Lilli Palmer · Umarmen hat seine Zeit

LILLI PALMER

Umarmen hat seine Zeit

Roman

DROEMER KNAUR

Umschlaggestaltung: Hans Schaumberger
Umschlagphoto: Fulvio Roiter, aus: »Traumhaftes Venedig«, Schroll, Wien
Satz: Appl, Wemding
Druck und Bindung: May & Co, Darmstadt
Printed in Germany
ISBN 3-426-19013-3

10 9 8 7 6

Erstes Buch

I

Als Sophie vom Stuhl zu Boden fiel, hielt sie den Löffel noch in der Hand. Sie stieß im Fallen den Stuhl um, landete seitlich und schlug mit der Schläfe auf den Teppich. Der Brei kleckerte drauf, sie merkte es nicht, mühte sich mit allen Kräften zu sagen: »Du siehst, Lutz, ich esse ... ich esse Brei, weil du gesagt hast, es setzt an ... du siehst, ich gebe mir Mühe ... du kannst also nicht sagen, ich tue nichts ... ich esse Brei ... ich kann nichts dafür, daß noch was übrig ist ...«
Und dann ging's nicht weiter: Störung im Gehäuse. Die Hand, die den Löffel hielt, lag auf dem Boden, aber der Weg zum Mund war versperrt.
Sie gab auf, ließ sich absacken, hatte noch ein letztes Gefühl der Erleichterung bei dem Gedanken, daß er ja den Löffel sehen würde, voller Brei, Beweisstück, nicht ins Klo geschüttet. Guter Wille ... du siehst ja ... nicht meine Schuld ...
Lutz, der in der Küche eine Kompottbüchse aufmachte, hatte den Aufprall gehört und fand sie am Boden. Er sah sofort, daß sie bewußtlos war, ließ sie liegen, wie sie gefallen war und lief zum Telefon. Er rief Werner Hensch an, seinen Arzt. Sophie hatte keinen, hatte sich seit Jahren geweigert, sich von irgend jemandem auch nur in den Hals sehen zu lassen.
Dann erst kniete er neben ihr nieder, nahm ihr den Löffel aus der Hand und hob sie aufs Sofa. Keine Kraftanstrengung, sie wog höchstens achtzig Pfund. Er setzte sich neben sie und sah sie an. Othello, der Kater, kam, schnurrte und sprang auf Sophies Bauch. Lutz wollte ihn wegscheuchen, aber Othello streckte sich sofort flach aus, so wie er es immer tat, quer über Sophies Leib

wie eine Küchenschürze. Vielleicht hält er sie warm, dachte Lutz, sie friert doch immer, auch jetzt bei dieser Hitze.
Er fühlte weder Unruhe noch Trauer, hatte es ja schon lange erwartet. Eigentlich war es überfällig. Sie hatte schließlich seit Wochen kaum noch gegessen, ihm immer vorgelogen, sie habe gerade oder sie werde später. Als er einmal Werner Hensch in die Wohnung brachte, hatte sie sich geweigert, auf irgendwelche Fragen zu antworten. »Ich war mein Leben lang zu fett«, hatte sie den Arzt angeschrien, »jetzt fühle ich mich endlich wohl in meiner Haut. Untersuchen Sie meinen Mann, wenn Sie schon mal hier sind. Der ist blutarm und schwul. Können Sie da *was machen?«*
Draußen ertönte, wenn auch von weitem, die Sirene des Krankenwagens. Lutz stand auf, um Ordnung zu machen, stellte den Stuhl wieder gerade, kratzte den Brei vom Teppich, trug das Geschirr in die Küche zurück. Als er wieder ins Zimmer trat, heulte die Sirene – jetzt ganz nah – noch einmal stark auf und verstummte. Stille. Er sah sich im Zimmer um: alles an seinem Platz, auch die reglose Figur auf dem Sofa mit dem flachen Kater auf dem Leib.
Hatte er Hensch und den Krankenwagen umsonst bestellt? Hielt Sophie vielleicht nur ihr gewöhnliches Mittagsschläfchen? Er lief zum Sofa, kniete nieder und lauschte auf ihren Atem. Ganz anders als sonst, in heftigen, unregelmäßigen Stößen, die Othello sichtlich störten, denn er ließ sich ohne Widerstand aufheben und in der Küche einsperren.
Gott sei Dank, dachte Lutz, Gott sei Dank habe ich Hensch nicht umsonst bemüht. Das wäre doch sehr peinlich gewesen.
Es klingelte.

Der Weg ins Krankenhaus werde eine gute halbe Stunde dauern, hatte Hensch gesagt, es war in der Eile kein Zimmer in der Nähe aufzutreiben gewesen. Lutz saß auf einer Bank mit dem Rücken gegen das milchbeschlagene Fenster. Sophie hatte man auf dem Tragbett angeschnallt, damit sie während der Fahrt nicht hin und her geworfen wurde.

Hensch hatte sie nur ganz kurz untersucht – Puls, Herztöne, Blutdruck – und den beiden unbeteiligt dreinschauenden Krankenwagenleuten zugenickt. Er, Hensch, werde in seinem eigenen Wagen später ins Krankenhaus kommen, aber alle Zuständigen zuvor unterrichten, damit Vorbereitungen getroffen werden konnten. Weiter gab er keine Auskunft. »Ich weiß es selbst noch nicht«, hatte er zu Lutz gesagt, »es ist kein Schlaganfall, auch kein Infarkt, wir werden ja sehen.« Auf Lutz' unweigerliche Frage: »Doktor, ist es was ... was?« hatte der geantwortet: »Das weiß ich noch nicht. Aber es sieht keineswegs schlecht aus.«
Auch Sophie »sah nicht schlecht aus«, obgleich sie immer noch bewußtlos war. Im Gegenteil: Wie sie da so friedlich und flacher als gewöhnlich dalag, schien sie Lutz weniger abgezehrt, weniger durchsichtig. Aber vielleicht war das nur ein Trick der ungewohnten Umgebung, des wechselnden Lichts der Straße. Schließlich hatte er sie in den letzten Wochen nur innerhalb der griesgrämigen, ockerfarbenen Tapeten des Wohnzimmers gesehen, mühsam aufrecht, hohlwangig, ein knochenloses Knochengerüst. Nun schien sie wieder Haltung zu haben, lag kerzengerade, das Gesicht ausgebügelt, entspannt.
Er fühlte sich ertappt, als sie plötzlich die Augen aufschlug. Sie sah ihn eine Weile nachdenklich an, ohne zu sprechen. Dann wanderte ihr Blick neben ihn, und sie sagte deutlich und etwas ungeduldig: »Ach, geh doch weg, Ei! Wir können dich jetzt nicht brauchen. Daß du das nicht selber fühlst!« Danach schloß sie sofort die Augen, um jede Chance zu einem Gespräch zu vermeiden.
Als sie sie später wieder aufschlug, betrachtete sie erst den leeren Platz neben Lutz, wie um sich zu vergewissern, daß das Ei nicht mehr dort saß.
»Lutz«, sagte sie ruhig, »kann ich mich auf dich verlassen?«
»Das weißt du doch.«
»Ja, aber das jetzt – ist was Besonderes.«
»Trotzdem.«
Sie schwieg einen Moment, als prüfe sie die Verläßlichkeit in seinem Ton.

»Wenn es sich herausstellt, daß es was Schlimmes ist, dann erlaube nicht, daß man mich operiert, um mein Leben zu verlängern. Es ist ja möglich, daß ich bewußtlos bin, und dann wird man dich fragen. Du wirst die Erlaubnis zur Operation verweigern, schwöre mir das.«

Die Stimme sachlich, die Augen trocken und ruhig, wenn auch eindringlich. »Schwöre«, wiederholte sie, »schwöre beim Andenken an Jonathan.«

Er schwieg.

»Du hast recht«, sagte sie, und jetzt war ihre Stimme auf einmal so sanft, wie er sie seit langer Zeit nicht mehr gehört hatte. »Nimm dir Zeit, überleg's dir. Ich weiß, du wirst mich nicht belügen. Schon wegen Jonathan.«

Gemein, dachte er. Warum muß sie mich an Jonathan erinnern. Jetzt habe ich seit Monaten nicht mehr an ihn gedacht, und nun wird das wieder losgehen. Jonathan, sein jüngster Bruder, war siebzehn Jahre alt gewesen, als er sich abends im Zoologischen Garten einschließen ließ. Das war ein leichtes gewesen. Es gab unzählige dichte Sträucher, in die man sich verkriechen konnte, wenn die Wärter gegen Abend Runde machten und alle Besucher aus dem Gelände herausklingelten. Um sechs Uhr früh hatte er sich vor dem Menschenaffenkäfig erschossen. Der große graue Gorilla hatte unbeweglich am Gitter gestanden und die Leute beobachtet, die von allen Seiten angelaufen kamen und sich um das Bündel Kleider bemühten, das ein paar Meter von ihm entfernt auf dem Boden lag. Dann hatte er sich abrupt umgedreht und war durch die Klappe in seinen Innenkäfig gekrochen, den er sonst im Sommer nie aufsuchte.

Weder Lutz noch sonst jemand hatte je herausgefunden, warum Jonathan das getan hatte, und schon gar nicht, warum er es so getan hatte, vor dem Käfig des grauen Gorillas. Was hatte er die zwölf Stunden getrieben? Was hatte er gedacht? Was hatte ihn gequält? Zwölf Stunden lang. Lutz hatte mit mehreren Psychiatern darüber gesprochen. Einer hatte ihm geholfen; er hatte versucht, ihn zu überzeugen, daß Jonathan sich vielleicht gar nicht gequält, sondern auf den Schuß wie auf eine Belohnung gefreut hatte. Schließlich akzeptierte Lutz diese Version, wie man die Synchronisation eines fremdsprachigen Films akzeptiert, der übersetzt und verständlich gemacht wurde. Er konnte wieder ohne Schlafmittel auskommen, vergaß aber nie, daß das, was er da mit sich herumtrug, nur eine Synchronisation war. Der Urtext blieb unverständlich. All das war nun über dreißig Jahre her. Niemand erinnerte sich an Jonathan, und er und Sophie sprachen seit Jahren nicht mehr von ihm. Aber anscheinend wußte sie, daß er sich immer noch um den Urtext bemühte, sonst hätte sie nicht verlangt, daß er bei Jonathan schwöre. Denn Jonathan war das einzig Unumstößliche, Unantastbare, Unverdorbene in Lutz' Leben. Außer dem Ei natürlich, aber die war sakrosankt. Sophie hätte ihn nie bei ihrem *Angedenken schwören lassen.*

»Nun?« sagte sie dann. »Brauchst du noch mehr Zeit?«

Er nickte.

Sie schloß die Augen. »Ob er wohl noch lebt, der große graue Gorilla? Wie alt werden die eigentlich? Vielleicht lebt er noch und erinnert sich. Ich bin ganz sicher, er erinnert sich – wenn er noch lebt.«

Nach einer Weile sagte Lutz: »Ich schwöre. Bei Jonathan.«

Unten in der Krankenhauskantine saß er dann vor seinem dritten Kaffee. Draußen dämmerte es. Es mußte wohl gerade Dienstwechsel gewesen sein, denn die Eingangstüren hörten nicht auf zu klappen, und Scharen von Schwestern und Krankenwärtern strömten herein. Vielleicht auch Assistenzärzte. Wer konnte das unterscheiden bei der weiß gestärkten, schlecht geplätteten Dienstkleidung. Hier und da fehlte sogar ein Knopf. Schlamperei, dachte Lutz. Fehlt da auch mal etwas im Operationssaal? Das brachte ihn wieder in sein Gedankengehege zurück, aus dem er seit Stunden nicht herauskriechen konnte. Operationssaal. Noch war nicht die Rede von einer Operation gewesen, obwohl man Sophie sofort in die Röntgenabteilung gebracht hatte. Noch hatte sich niemand festgelegt, was eigentlich mit ihr los war. Hensch hatte sich auch nicht blicken lassen.

Um ihn herum füllten sich die Tische mit Aluminiumtabletts. Es gab nicht genug Tische, man quetschte sich zu sechst an einen Vierertisch, aber keiner versuchte, sich zu Lutz zu setzen. Man wollte scheinbar unter sich bleiben und guter Dinge sein. Man kannte die verstörten Gesichter von Angehörigen, die hier unten warteten und die auch manchmal Fragen stellten. Wußte der Herr Doktor oder die Schwester denn immer noch nicht, was oben im Zimmer vor sich ging? Was konnte man, selbst wenn man es wußte, antworten, außer: »Da müssen Sie sich an den Oberarzt wenden.«

Die eifrige, lärmende, lachende Unterhaltung an den Nebentischen hatte ihre Wirkung auf Lutz. So was gab's also. So ging es im Krankenhaus zu. Es wurde nicht nur gestorben, hier heilte man und entließ die Menschen, gesund und munter – das war durchaus möglich, das war auch oben im Zimmer 384 möglich, in dem Sophie lag. Er sah sie plötzlich aufstehen, sich anziehen, auf den Gang treten, ihn unterm Arm fassen; hörte sie sagen: »Geh doch nicht wie ein alter Mann, Lutz! Komm, wir wollen schnell hier raus ... ich muß zum Friseur ... hast du Othello versorgt? ... wir nehmen ein Taxi, komm schon!«

Wollte er das? Wäre das gut? Zurück in die Wohnung, Sophie ins Schlafzimmer, er aufs Sofa, Othello im Körbchen – und wenn die Uhr fünf schlug, würde sie wieder in Hut und Mantel an der Tür stehen und sagen: »Wieder zurück um sieben Uhr dreißig, wie immer« –, dann mit leichten Schritten die paar Stufen hinunter auf ihren hohen Absätzen. Später, um sieben Uhr dreißig, die schweren, schleppenden Schritte, der unsichere Schlüssel im Wohnungstürschloß, der ewig brauchte, um die richtige Kerbe zu finden, das langsame Öffnen der Tür, das graue herabhängende Gesicht – wollte er das wieder?

Oben im Zimmer 384 schlug Sophie die Augen auf und vergewisserte sich. Man hatte sie also in ein Privatzimmer gelegt, nicht auf die Intensivstation. Ob das die Krankenkasse auch bezahlte? Ihr Kopf war ziemlich klar, und sie konnte die letzten paar Stunden einigermaßen rekonstruieren: Mittagessen zu

Hause, plötzlich im Krankenwagen mit Lutz – also war etwas Dramatisches geschehen, wie sie es ja immer erwartet hatte, eigentlich von Tag zu Tag. Nicht erwartet, *gewartet hatte sie, voll gleichgültiger Neugier – wenn es so was gab –, gleichgültig einer Krankheit gegenüber und neugierig, was jetzt wohl geschehen würde. Wichtig war nur, daß Lutz geschworen hatte.*
Die Tür ging auf, und eine Krankenschwester mit der Haube über dem grauen Haar kam herein. Sie stellte sich neben das Bett und fühlte den Puls, während sie an die Decke sah. Dann legte sie Sophies Hand sorgfältig zurück, beugte sich vor, um ihr ins Gesicht zu sehen, denn es dämmerte draußen, und noch war kein Licht angezündet. Sie schien auf etwas zu warten, aber Sophie sah sie nur an, fragte nichts.
»Ihr Mann wartet unten«, sagte die Schwester extra deutlich, damit Sophie auch verstehe. »Wollen Sie ihn sehen?«
Sophie schüttelte den Kopf, hörte, wie die Tür geöffnet und zugemacht wurde, schloß die Augen.

Als sie sie später wieder aufschlug, saß ein junger Mann im weißen Kittel an ihrem Bett. Sie konnte sein Gesicht nicht genau erkennen, weil er das kleine Nachtlicht auf ein Buch gerichtet hatte, in dem er las. Sophie beobachtete ihn, wie er vorsichtig und geräuschlos die Seiten umblätterte. Nach einer Weile spürte er, daß sie ihn ansah, und legte das Buch zur Seite.
»Wie fühlen Sie sich?« Eine ruhige, summende Stimme, ein Hauch von Akzent bei dem Wort »sich«. Ja, ja, dachte sie, das »Ch«, das hat's in sich. Nicht einmal das Ei hatte es ohne Anstrengung geschafft, obgleich sie doch perfekt deutsch gesprochen hatte.
»Haben Sie Schmerzen?«
Ja. Eigentlich hatte sie Schmerzen, oder besser, sie fühlte einen unangenehmen Druck auf der Brust, der ihr das Atmen erschwerte. Sie zögerte mit der Antwort. Richtige Schmerzen waren es nicht ...
»Möchten Sie die Bettschüssel?«
Sophie konzentrierte sich.

»Ja. Aber ...« fügte sie ungeduldig hinzu, »warum habe ich keine Nachtschwester?«

»Ich bin Ihre Nachtschwester, Frau Reinhold«, summte der junge Mann. »Der Pfleger auf Ihrem Flur hat Grippe. Ich habe seinen Nachtdienst übernommen. Bin ich Ihnen unsympathisch?« Er sagte »unsympathik«, und Sophie mußte darüber lächeln wie auch über die einfache, vertrauensvolle Frage.

»Nein, gar nicht«, sagte sie.

»Dann probieren wir's doch einmal«, sagte er und zog aus dem untersten Fach des Nachttisches die Schüssel heraus, diskret mit einem Handtuch verdeckt.

»Außerdem habe ich mehr Kraft als eine Schwester; dann ist es immer leichter. Passen Sie auf.«

Er schraubte den Kopfteil des Bettes hoch, schob einen Arm unter Sophies Schulter und stützte sie, während er mit der andern Hand versuchte, die Schüssel unter sie zu schieben. Zu ihrem Erstaunen kippte sie seitlich vornüber wie eine Stoffpuppe. Er schaffte es erst nach mehreren vergeblichen Anstrengungen, sie aufrecht sitzend zu halten.

»Ach Gott«, sagte sie, als sie ihm hilflos im Arm hing, »entschuldigen Sie, daß ich so ... so ...«

»Da gibt's nichts zu entschuldigen«, meinte er, und sie mußte wieder lachen, weil er »enthuldigen« sagte.

»Fertig?«

Sie nickte, und er ließ sie unendlich vorsichtig in die Kissen zurückgleiten, bevor er die Schüssel unter ihr hervorzog und sie nebenan ins Badezimmer trug.

Als er wieder zurückkam und den Kopfteil langsam herunterdrehte, hatte sie Zeit, sich ihn anzusehen. Der Kittel hing lose um ihn herum. Schwarze, dichte, kurze Haare, dunkle Hautfarbe, schwarze Augen hinter einer Stahlbrille. Er lächelte sie an, während sie sacht von ihm weg nach hinten sank, und sie verspürte das Bedürfnis, ihm das Gesicht zu streicheln. Statt dessen sagte sie: »Danke – Sie machen das wirklich gut, aber es ist mir doch etwas peinlich.«

Er schüttelte geduldig den Kopf und sagte: »Beim übernächsten

Mal wird's nicht mehr peinlich sein. Das wäre ja ganz dumm. Das ist doch mein Beruf. Da gibt es so was wie ›peinlich‹ gar nicht. Aber wissen Sie, was? Es ist ein gutes Zeichen, denn wenn es schlecht um Sie stehen würde, dann wäre Ihnen gar nichts mehr peinlich, glauben Sie mir.«

Ohne ihre Antwort abzuwarten, ging er wieder ins Badezimmer und kehrte mit einer Schüssel warmem Wasser, einem Stück Seife und einem Waschlappen wieder, schlug die Bettdecke ohne Hast zurück, schob das grobgewebte Krankenhausnachthemd auseinander, wusch sie mit ruhigen, festen Griffen, trocknete sie sorgfältig ab, zog die Decke wieder hoch und sah ihr einen Augenblick lang prüfend in die Augen, bevor er Schüssel und Handtuch hinaustrug.

Als er zurückkam, setzte er sich wieder auf seinen Stuhl neben das Bett. Sie hielt die Augen geschlossen, die kurze Prozedur hatte sie erstaunlich angestrengt.

»Haben Sie Schmerzen?« fragte er leise. »Ich kann Ihnen eine Spritze geben, dann schlafen Sie ganz ruhig bis zum Morgen.«

»Was für eine Spritze?«

»Ein Morphiumpräparat. Vertragen Sie Morphium?«

Gut, daß das Nachtlicht ihr nicht ins Gesicht leuchtete. Gut, daß ihre Augen noch geschlossen waren, obgleich sie das Gefühl hatte, er werde ihr durch die geschlossenen Lider hindurch die Aufregung ablesen können.

Er glaubte, sie habe ihn nicht verstanden, und wiederholte die Frage langsam und deutlich: »Vertragen Sie Morphium?«

Sie traute ihrer Stimme nicht, nickte nur. Hoffentlich nicht zu emphatisch. Sie war sicher, daß jede Reaktion verdächtig sein würde, also war es am besten, ganz still zu liegen und keinen Laut von sich zu geben.

Ein drittes Mal: »Haben Sie Schmerzen?«

Sie nickte.

»Wo?«

Schwach und vage deutete ihre Hand auf den Brustkorb.

Er ging schweigend aus dem Zimmer, und sie kreuzte die Arme und umklammerte ihre Schultern, um sich festzuhalten, denn sie hatte Angst, daß sie vor Aufregung zerspringen würde. Also hatte Lutz kein Wort gesagt! Hatte er vergessen? Möglich. Es war schließlich schon so lange her. Oder hatte er mit Absicht geschwiegen? Wollte er ihr einen letzten Genuß gönnen, weil es sowieso ganz gleichgültig war?

Der junge Mann kam zurück. Sie drehte sich seitlich von ihm weg, wie um es ihm zu erleichtern, ihr die Spritze in die Hüfte zu geben. So würde er auf jeden Fall ihr Gesicht nicht sehen können.

»Hat's weh getan?« fragte er.

Weh getan? Was meinte er wohl damit? Sie lag ganz still auf der Seite, den Kopf in das Kissen gedrückt, und folgte den wohlbekannten, so heiß geliebten, so lange entbehrten Spuren, die sie auf dem uralten Weg langsam, langsam, sanft, aber unaufhaltsam vorwärts trieben. Sie lag so still, daß er sie vorsichtig umdrehte und in ihr Gesicht spähte. Aber was er sah, beruhigte ihn. Sie lächelte ihn an, die Augen weit offen.

»Fühlen Sie schon eine Wirkung?«

Sie nickte.

»Das ging aber schnell. Um so besser. Jetzt werden Sie bald einschlafen.«

Er setzte sich auf seinen Stuhl, richtete das Nachtlicht auf sein Buch und begann zu lesen.

Sophie, das Gesicht im Schatten, betrachtete ihn unter halbgeschlossenen Lidern. Wie schön er war! So still und dunkel und friedlich. Ich liebe ihn, dachte sie. Gut, daß ich gerade jetzt jemanden gefunden habe, den ich lieben kann.

Sie fühlte sich genau wie er, still und dunkel und friedlich. Sein Zwilling.

Ein leises Surren. Er griff schnell in die Kitteltasche, und das Surren verstummte. Instinktiv schloß sie die Augen, spürte, daß er ihr Gesicht aus nächster Nähe betrachtete, glaubte sogar einen schönen Augenblick lang seinen Atem zu fühlen – dann hörte sie das sachte Öffnen und Schließen der Tür. Natürlich, er hatte Stationsdienst, sie war ja nicht seine einzige Patientin. Schade, dachte sie und fühlte, wie sich ihre Augen mit Tränen füllten. Wie schön wäre es, wenn er jetzt die ganze Nacht hier an meinem Bett sitzen würde. Ich werde sowieso kein Auge zutun, das Heilmittel sorgt dafür, das Heilmittel, das Mittel zum Heil. Ich bin ganz und gar heil, dachte sie, von oben bis unten, eigentlich könnte ich aufstehen, tanzen gehen – aber warum sollte ich tanzen gehen, wenn er *an meinem Bett sitzen und für mich sorgen wird. Denn dazu ist er da. Niemand darf mich ihm wegnehmen. Auch das Warten, bis er wiederkommt, ist schön. Nimm dir nur Zeit, die Nacht ist lang ...*

Die Tür öffnete sich, und der junge Mann kam auf Zehenspitzen herein.

»Sie schlafen nicht?«

»Nein, aber ich fühle mich gut.«

»Keine Schmerzen mehr?«

»Nein.«

»Versuchen Sie zu schlafen«, sagte er und nahm wieder sein Buch zur Hand.

Nach einer Weile schreckte ihn ihre Stimme auf, nicht mehr heiser und mühsam die Worte formend, sondern klar und fast heiter: »Wie heißen Sie?«

»Kostas Karanogliu.«

»Das kann ich unmöglich aussprechen.«

Er lachte.

»Sind Sie ein Doktor?«

»Ja. In drei Monaten habe ich mein Klinikum hinter mir.«

»Dann muß ich Sie Herr Doktor nennen.«

»Warum müssen Sie mich überhaupt nennen?«

»Ich möchte Sie anreden können. Ich sage doch auch sonst ›Schwester‹.«

Er überlegte. »Also gut, nennen Sie mich ›Bruder‹.«

»Bruder – was?«

»Gar nichts, nur Bruder.«

Sie schwieg. Wie war das nur möglich! Bruder. Jetzt war auch Turhan wieder da. Er war ihr immer der Bruder gewesen, nicht der Halbbruder, wie Papa ihn so ausdrücklich und bösartig genannt hatte: »Dein Halbbruder ist mal wieder ... dein Halbbru-

der hat mal wieder ....« Bruder. Wie lange sie dieses Wort nicht mehr gedacht hatte.
»Bruder«, sagte sie laut.
»Gefällt Ihnen das nicht?«
»Doch. Bitte ein Glas Wasser, Bruder.«
Er goß ihr ein halbes Glas ein, schlang den Arm unter ihr Kopfkissen und hob sie, damit sie trinken konnte. Wenn er doch den Arm nicht wegziehen würde! Sie hätte gern weiter so gehangen, mit seinem Gesicht ganz nah an ihrem. Vorsichtig ließ er sie wieder zurücksinken.
Bevor er nach seinem Buch greifen konnte, fragte sie schnell: »Wo kommen Sie her?«
»Ich bin auf Kreta geboren.«
Wie schön, dachte sie, und das Wort Kreta erfüllte sie mit überwältigender Seligkeit, denn hier war wieder ein Beweis, daß er ihr Zwilling war, ihr Bruder, verbündet.
»Meine Mutter war Türkin«, sagte sie feierlich, als hebe sie das auf eine Ebene, auf der sie einander nun gleich und gleich begegnen konnten.
Tatsächlich sah er erstaunt und erfreut aus.
»Wirklich? Das hätte ich nie gedacht.«
»Ich weiß«, sagte sie verzeihend, »ich sehe wie mein Vater aus. Er war Deutscher, hatte blaue Augen.« Sie schwieg, fügte dann verbissen hinzu: »Und rote Haare. Ich auch. Das heißt, ich hatte sie. Jetzt sind sie weiß, aber rot gefärbt.«
Er nickte, fühlte die Verpflichtung, etwas zu fragen. »Ein Deutscher und eine Türkin – wie haben die sich getroffen? Auf einer Reise?«
Sie schüttelte langsam den Kopf.
»Sie war ein Spezialangebot. Hat ihn nichts gekostet.«
»Wie bitte?« fragte er erstaunt.
Sie lächelte, und der Glanz in ihren Augen machte ihn einen Augenblick lang stutzig.
»Haben Sie schon einmal Morphium bekommen?«
»Ja.«
»Gegen Schmerzen?«

»Ich hatte einmal Blinddarmentzündung und dann Peritonitis.« Nicht mal gelogen.

»Und – reagieren Sie dann immer so? Sie schlafen nicht danach?«

»Nein.«

Er wollte sagen: Passen Sie auf, sonst werden Sie noch eines Tages süchtig – aber er dachte an den Bericht des Röntgenarztes und fragte sich, wovor er sie eigentlich noch warnen sollte.

Sie seufzte einmal glücklich auf. »Es war alles ganz einfach«, sagte sie langsam und blickte angestrengt an die Decke, als müßte sie dort etwas ablesen. »Keine Angst, Bruder, es ist keine komplizierte Geschichte, Sie werden sofort verstehen ...«

Es surrte wieder, und der junge Mann erhob sich automatisch, war im Geist schon draußen auf dem Flur, merkte gar nicht, daß er sie mitten im Satz stecken ließ.

Sie löste ihren Blick von der Decke und betrachtete den leeren Stuhl, aber das wohlige Gefühl, das sie von Kopf bis Fuß erfüllte, blieb ungetrübt. Die Gedanken flogen vor ihr her, quollen in alle Himmelsrichtungen, bis sie ausgewalzt vor ihr lagen, wie eine Landschaft, die man vom Flugzeug aus betrachtet; alles klar und sinngemäß eingeteilt, leicht übersehbar und langsam, langsam, beinah unmerklich abrollend.

Seltsam. Das Buch, das sie immer über ihr Leben schreiben wollte, enthielt ganz andere Landschaften: Dschungel, Felszacken, Wüste, hier und da mal eine Oase. Jedesmal, wenn sie in Gedanken daran schrieb, war es anders. Auch der Titel. Eine Zeitlang wollte sie es »Knäuel des Lebens« nennen, später gefiel ihr »Die türkische Mutter« besser, aber dann hätte es genausogut »Der deutsche Vater« heißen können – oder sogar »Die Stiefmutter«, doch das hätte das Buch in die falsche Bahn gelenkt. Jetzt aber fiel ihr auf einmal der richtige Titel ein: »Umarmen hat seine Zeit«, dachte sie und mußte vor Freude laut lachen. Das paßte haargenau, von Anita angefangen bis – bis zu dem jungen Doktor hier, dem »Bruder«, den sie so gern umarmt hätte. Nur der erste Satz war in allen Versionen der gleiche gewesen, und der paßte auch heute in diese neue, friedfertige, versonnene

Landschaft: »Im Frühling des Jahres 1903 fuhr der deutsche Kaufmann Johannes Berglund zum viertenmal nach Konstantinopel.« *Da lag alles drin. Und sie beschloß, ihn so lange wie möglich Johannes Berglund zu nennen und nicht Papa, wenigstens bis zu dem Zeitpunkt, an dem sie selbst zum erstenmal in Erscheinung treten würde. Vielleicht sogar noch länger, bis zu ihrer ersten klaren Erinnerung an ihn, auf dem Segelboot draußen auf dem Wannsee kurz vor dem Ersten Weltkrieg. Bis dahin würde er Johannes Berglund sein, ein Mann, den niemand nur flüchtig betrachtete, es sei denn, daß einen die roten Haare störten. Sie waren ziemlich dunkelrot, aber sein Bart und die Haare auf seiner Brust waren blond. Wie eine gelbe Wolldecke, hatte sie immer gedacht, wenn sie am Strand den Kopf darauf legte. Er war groß und stämmig, mit breiten Schultern – später hatte er einen Bauch wegen der Flasche Cognac, die ihn sogar ins Bett begleitete. Seine Augen waren ihr immer unheimlich gewesen, schon als Kind wollte sie sich manchmal hinter der Dade verstekken – aber von der durfte sie noch nicht erzählen, sonst würde alles durcheinandergehen.*

Bruder kam leise herein und setzte sich auf seinen Stuhl. Sie schlief immer noch nicht, schien aber keine Schmerzen zu haben. Ihre weit offenen Augen sahen ihn an, aber er war sich nicht klar, ob sie wußte, daß er wieder neben ihr saß. Er holte sein Buch aus der Tasche, drehte das Nachtlicht so, daß es voll auf die Seiten fiel.

»Sie waren groß, rund und blau, die Augen, und standen etwas vor«, kam ihre Stimme plötzlich aus dem Halbdunkel. »Wenn er böse war, sah er aus wie ein Basilisk. Aber er hatte eine sehr schöne Nase. Ich auch, ich habe auch eine schöne Nase, aber seine war noch schöner, weil sie größer war. Sein Mund – da ließe sich drüber streiten. Von Haus aus war's ein guter Mund, breit und flach, aber mit der Zeit wurde er schmaler und geiziger. Zum Schluß war's nur noch ein langer Strich. Aber damals, als er zum viertenmal nach Konstantinopel reiste – es gibt noch eine Fotografie von ihm, sie steht auf meinem Nachttisch zu Hause –, da war er Mitte dreißig, und das war sicher sein bestes

Alter. Es hat doch jeder sein bestes Alter, nicht wahr, Bruder? Welches ist Ihres?«

»Ich glaube, meins ist noch nicht gekommen«, sagte er bedächtig, »ich hab's noch vor mir.«

Sophie schwieg. Beinah hätte sie gesagt: Ich auch, ich hab' meins auch noch vor mir – aber irgendwas lachte da.

»Bruder?« fragte sie atemlos.

Er nahm ihre Hand und hielt sie fest. Sie sah ihm ins Gesicht, sagte jedoch nichts mehr. Nach einer Weile löste er seine Finger und widmete sich seinem Buch. Als er sie später wieder ansah, bewegten sich ihre Lippen ein wenig, wie wenn man die Tasten am Klavier nur halb niederdrückt, damit sie nicht anschlagen.

2

Im Frühling des Jahres 1903 fuhr der deutsche Kaufmann Johannes Berglund zum viertenmal nach Konstantinopel. Er nahm einen Zug von Berlin nach Wien und stieg am Abend in den Orientexpreß. Er streckte sich auf dem Sofa in seinem Abteil aus und dachte, daß er eigentlich nur deshalb mit alten Teppichen handelte, weil er so gern im Orientexpreß saß: drei Tage ungestört in dem rollenden, bequemen Zimmer aus Mahagoni, Spiegeln und Plüsch. Zweimal am Tag wanderte er in den Speisewagen, die übrige Zeit sah er aus dem Fenster oder beschäftigte sich mit seinen Bildermappen und Büchern, Fotografien und Zeichnungen von alten Perserteppichen. Er glaubte zwar, daß er allmählich ein Fachmann auf diesem Gebiet war, machte sich aber nichts vor, was den alten Mustafa Karabey betraf. Der würde ihn sein Leben lang übers Ohr hauen können. Trotzdem kaufte er nur bei ihm. Und Mustafa wußte, daß Berglund keine falschen Vorstellungen von ihm hatte, brauchte sich nicht zu verstellen und liebte ihn.

Er freute sich auf den Alten. Warum nannte er ihn eigentlich in Gedanken immer den Alten? Soviel älter als er selbst war er sicher nicht. Aber er war von kleiner gezwungener Statur, ging ihm nicht mal bis zur Schulter, und watschelte unbeholfen und würdevoll einher. Wahrscheinlich war er um die fünfzig. Schwer zu sagen, denn vom Gesicht sah man wenig, eigentlich nur wildes Haargestrüpp, angefangen bei den wüst wuchernden Brauen, die ihm wie bei zottigen Hunden so tief über die Augen hingen, daß man sie nur sehen konnte, wenn sie zornig funkelten. Und dann, gleich unter der kurzen Knollennase, Schnurrbart und Bart ineinander verwachsen. Dieser Bart, weißgrau, war eine Pracht. Er hing ihm bis über die Brust und endete in zwei weißen Spitzen, die nichts voneinander wissen wollten und auseinanderstrebten, obgleich er sie immer wieder zusammenzwirbelte. Gleich nach der Ankunft würde er ihm eine Botschaft senden. In sein Sommerhaus am Bosporus. Sicher würde er ihn wieder dorthin einladen und in der großen Empfangshalle seine Schätze für ihn aufstellen und nicht in seinem Geschäft in der Stadt. Mustafas Haus war nur für seine Freunde da, und zwischen dem Alten und ihm war es Liebe auf den ersten Blick – aber ohne Illusionen – gewesen.

Am dritten Tag der Reise fuhr der Zug mit nur wenigen Stunden Verspätung gegen Abend im Sirkeci-Bahnhof in Konstantinopel ein. Auf dem Bahnsteig drängten sich die Träger in schmutzigen weißen Pluderhosen, bunten Jacken, den Fes auf dem Kopf. Dutzende von braunen Händen streckten sich seinen zwei Koffern entgegen: Gebrüll, Fluchen, Püffe. Berglund sah dem Treiben vom Fenster aus gelassen zu, sprang nicht mehr wie beim erstenmal eilig hinunter, um sich an die siegreichen Träger zu hängen, damit sie nicht mitsamt dem Gepäck verschwinden konnten. Inzwischen kannte er den Ehrenkodex der *porteurs*: Fußtritte für den Kameraden, Moral für den *efendi*. Wären sie ihm im Gedränge abhanden gekommen, so hätte er sie am folgenden Morgen auf den Stufen des Bahnhofs treu neben seinen Koffern schlafend gefunden.
Vor dem Bahnhofsgebäude Pferdedroschken oder Esel, je nach Brieftasche. Berglund blieb einen Augenblick mitten im Gewühl stehen und atmete den Geruch der Stadt tief ein, das Gemisch aus Nebel, Rauch, Staub, Zwiebeln und salzigem Meerwasser, das er liebte. Dann stieg er in eine offene Kutsche und streckte die Beine von sich, müde von der langen Reise. Die Pferde kämpften sich durch die Menge, Hunderte von Männern mit Fes und in bauschigen Hemden und einige wenige, vorbeihastende, tiefverschleierte Frauen, meistens mit Kindern an der Hand. Als die Pferde über die alte Galata-Brücke trabten, hatte er auch diesmal

das Gefühl, daß sie unter ihm wackelte und gleich einstürzen würde. Er wandte den Kopf zurück, noch war es nicht ganz dunkel: Konstantinopel, die Stadt der zwei Kontinente, Europa hier unter seinen Füßen und Asien dort drüben, auf der anderen Seite des Bosporus.

Gleich von Anfang an hatte er im Pera-Palasthotel gewohnt, ehrwürdig-vornehm, gleich links von der Galata-Brücke im hoch gelegenen Stadtteil Beyoglu. Man reservierte ihm immer dasselbe Zimmer im vierten Stock: französische Stilmöbel, Plüschsofa, Gaslampen, zwei kleine Palmen in Töpfen. Wichtig war ihm nur der Balkon, und er blieb kurz angebunden mit dem eifrigen Hoteldirektor, um ihn loszuwerden und hinauszutreten, bevor es ganz dunkel wurde.

Die Aussicht beglückte ihn wie immer. Er kannte jedes Minarett, jede Kuppel, konnte sich aber die Namen nicht merken mit Ausnahme von der dort, ganz hinten am Horizont, der Blauen Moschee, und der Kuppel ihr gegenüber, der Hagia Sophia, rötlich im letzten Licht. Außerdem kannte er noch den Topkapi-Palast beim Namen, aber wer kannte den nicht, dort jenseits des Goldenen Horns, nicht weit vom Bahnhof.

Unten auf der Straße wurden die Gaslaternen angezündet. Jemand klopfte an die Tür und wollte dasselbe in seinem Zimmer tun. Eilig schrieb er ein paar Zeilen auf französisch und schickte sie mit dem Lampenanzünder zum Portier, damit sie noch am selben Abend in den Händen seines Freundes Mustafa Karabey seien.

Die Antwort lag bereits auf dem Frühstückstablett: Mustafa werde sich die Ehre geben, seinen Freund Monsieur Johannes Berglund, den Allah erhalten möge, in seiner Kutsche um zwölf Uhr abzuholen, um mit ihm gemeinsam das Mittagsmahl in einem Restaurant einzunehmen, da sein Küchenchef an Malaria erkrankt sei. Danach hoffe er, ihn in seinem ärmlichen Haus begrüßen zu dürfen. Dort würden einige wertlose Teppiche, die der Beachtung kaum wert seien, auf ihn warten.

Der Morgennebel über dem Goldenen Horn hatte sich noch nicht aufgelöst: ein ockerfarbener Dunst, hinter dem die Sonne lauerte. Erst blitzten die goldenen Halbmonde auf den Minaretten auf, dann brachen die Sonnenstrahlen über die Dächer, eroberten Berglunds Balkon und brannten ihm auf die Stirn. Sie würden in der geschlossenen Kutsche fahren müssen, sein rothaariger Schädel vertrug diese Sonne nicht.

Nach dem dritten Aufruf zum Gebet vom Minarett hielt Mustafas Kutsche vor dem Pera-Palasthotel, und Berglund stieg ein. Sein Freund saß würdig und sehr aufrecht im Polster und grüßte mit feierlichem *Salam 'aleikum* und einer gemessenen Bewegung der Hand vom Mund bis zur Stirn.

»Salam 'aleikum«, erwiderte Berglund. Sein einziger türkischer Satz, und er konnte ihn nur deshalb so lässig hinwerfen, weil die Jungen in seiner Schule *»Salam 'aleikum* – Gummi arabicum« gerufen hatten, wenn man sich einen Radiergummi borgen wollte.

Mustafa eröffnete seinem Gast, er werde ihn in ein Fischrestaurant führen, da diese Speise Allah und hoffentlich auch Monsieur Berglund gefällig sei.

Durch das offene Fenster feierte er Wiedersehen mit den vielen Wägelchen voll Gemüse, flachen Broten oder Pantoffeln, welche die Straßenhändler brüllend durch die Gassen zogen, mit den Eseln und hochnäsigen Kamelen, die den Pferden den Weg versperrten, und mit den Gassenjungen, die sich ans Kutschenfenster hängten, den winzigen roten Fes auf dem Wollhaar, und *»bak-schi-isch«* schrien, bis er sie lachend wie Fliegen vom Trittbrett wischte. Mustafa nahm von dem Treiben keine Notiz, meditierte würdevoll in seiner Ecke, bis die Kutsche vor einer alten Holzbaracke am Bosporus hielt.

Berglund stellte mit Befriedigung fest, daß die Latten lose herabhingen und daß die eine Hälfte des Gebäudes von wurmstichigen Pfählen gestützt wurde, die im Wasser standen. Dies alles versprach eine erstklassige – und teure – Mahlzeit.

Drinnen war es dunkel. Nur einige wenige Tische unter den winzigen, schiefen Fenstern. Ein Kellner schleppte Eimer an, in denen Fische zum Auswählen herumschwammen, die wenig später, in Kräutern gekocht, auf rotlackierten Holztellern vor ihnen lagen.

»Allah empfiehlt Schweigen beim Genuß des Fisches«, verkündete der Alte, und so konzentrierten sie sich auf die Gräten und wappneten sich zum bevorstehenden Gefecht; Mustafa mit Tee, Berglund mit Weißwein. Von jetzt ab hieß es auf der Hut sein!

Trotzdem traf ihn das erste Scharmützel unvorbereitet: Der Alte hatte etwas gerufen, und der Kellner war mit der Rechnung herbeigeeilt, aber Mustafas Aufmerksamkeit wurde plötzlich von ein paar Kräutern beansprucht, die sich in seinem Bart verheddert hatten. Eine kleine Pause entstand. Die Rechnung hing fragend in der Luft. Berglund streckte zögernd die Hand aus, betrachtete die Ziffern auf dem schmutzigen Stück Papier und murmelte unwillkürlich: »Großer Gott.«

Der Alte blickte teilnahmsvoll auf: »Sie sehen blaß aus, mein Sohn.«

Berglund suchte unter den buschigen Brauen nach den Augen seines »Gastgebers«, aber er fand sie nicht. »Allahs Speise liegt mir teuer im Magen!«

Mustafa neigte mitfühlend den Kopf: »Versuchen Sie, sich eine kleine Luftsäule abzuringen und diese lautstark zu entladen. Ihnen zur erheblichen Erleichterung und Allah zu Ehren.«

Als sie sich kurz darauf erhoben, hatte sich nicht sein Magen, sondern seine Brieftasche erheblich erleichtert.

Während der Fahrt am linken Bosporus-Ufer entlang wurde Mustafa, satt und sonnig nach dem gelungenen Mittagsmahl, gesprächig und berichtete ausführlich, welche Mühe es ihn gekostet habe, die armseligen Teppiche – die wertvollsten im Lande übrigens – herbeizuschaffen. Berglund hörte schweigend zu und hoffte im stillen, daß er genügend Geld mitgebracht hatte. Er sah aus dem Fenster, und seine schlechte Laune verschwand bei dem Wiedersehen mit den kostbaren kleinen Häusern am Rande des Wassers, die den Wohlhabenden zur Erholung von der Hitze der Stadt dienten; jedes einzelne elegant und zierlich, die Fassaden kunstvoll aus Holz geschnitzt und verschnörkelt.

Mustafas Haus unterschied sich äußerlich in keiner Weise von den anderen. Der Haupteingang war seitlich angelegt und der kleine, blumengefüllte Garten ging nach rückwärts, so daß man ihn von der Straße aus nicht sehen konnte. Berglunds Blick galt – wie immer – dem oberen Stock mit den vielen hohen, schmalen Fenstern, vor denen sich bemalte Gitterstäbe schlängelten, scheinbar gewichtloser Firlefanz, aber er wußte, sie waren aus Eisen und bewachten das kostbarste Gut des Hauses: den Harem. Zwei Diener halfen ihrem Herrn beim Aussteigen, ein dritter hielt den Wagenschlag für Berglund auf. Der Alte drehte sich in der offenen Haustür um, hieß ihn zeremoniell willkommen und erbat Allahs Segen für die Gesundheit des Gastes und den Abschluß des Geschäfts.

Berglund blieb einen Augenblick in der Tür stehen. Die Empfangshalle, quer durch das Haus, vom Eingang bis zur Gartenpforte, war sein liebster Aufenthaltsort in Konstantinopel. Sie war aber auch von besonderer Schönheit. Hoch, mit kuppelähnlicher Decke, einem Fußboden aus poliertem Holz, in der Mitte der traditionelle Springbrunnen. Kleine Alkoven saßen rechts und links in den Wänden wie Geheimfächer in einem alten Schreibtisch. Das Ganze war kühl, hell und still, nur der Springbrunnen plätscherte im schrägen Sonnenlicht.

Mustafa watschelte voraus und deutete stumm auf das hinterste Ende der Halle. Dort, im heiteren Licht des Gartens, lagen etwa ein Dutzend Teppiche verschiedener Größe, einer dicht am anderen. Sie leuchteten wollig oder samten, übersät von kühn verschlungenen Mustern auf buntem Grund. Es waren auch Gebetsteppiche dabei, leicht erkennbar an der ungeschmückten Mittelbahn für Knie und Füße, und an den ebenfalls einfarbigen Vierecken zum Aufstellen von Gefäßen. Der Muselman war praktisch: die herrlichsten Verzierungen für das, was Allah sehen konnte, aber weder Zeit- noch Raumverschwendung an Kunst, die er unter dem Gewand oder unter einem Kupferkessel sowieso nicht zu Gesicht bekam.

Berglund entschied sich – wie immer – schnell. Er wußte aus Erfahrung, daß es nur schwieriger wurde, wenn man sich einmal aufs gegeneinander Abwägen der einzelnen Muster einließ. Das,

was ihm auf den ersten Blick gefiel, das war's dann auch gewöhnlich. Nur zum Schein wendete er verschiedene Stücke um, untersuchte mit gerunzelter Stirn die Knüpfung, roch sogar daran. Mustafa stand etwas abseits mit der Gelassenheit des Kenners, dessen Ware für sich selbst spricht.
Dieser da – das war ein Kasak-Gebetsteppich, nicht wahr? Mustafa nickte. Ungefähr hundert Jahre alt? Der Alte nickte wieder, beifällig und würdevoll. Berglund war stolz auf sich. Und dieser da – war das nicht eine antike persische Pferdedecke? Mustafa warf ihm einen anerkennenden Blick zu, und Berglund seufzte tief auf und entschied sich. *Basta.*
Der Alte klatschte in die Hände, zwei Angestellte auf weichen Pantoffeln wuchsen aus dem Boden, rollten die übrigen Teppiche zusammen und trugen sie wie angeknickte Riesenzigarren fort. Berglund hockte sich auf den Boden, betrachtete sein neuerworbenes Eigentum und rieb die Handflächen ein paarmal zärtlich gegen die sanft-spröde Wolle. Dann folgte er Mustafa, der bereits in seinem Lieblingsalkoven auf ihn wartete.

Sie saßen einander am Boden gegenüber, jeder auf einem Lederkissen. Mustafa im Türkensitz, Berglund etwas unbequem, die langen Beine seitlich abgewinkelt. Beide waren zufrieden: Berglund, weil er sich über seinen alten Gebetsteppich und die antike Pferdedecke freute, Mustafa, weil der Kasak höchstens zwanzig Jahre alt und die Decke von der Frau seines Stallmeisters geknüpft war. Auf den niedrigen Tischchen neben ihnen standen je eine Kanne Kaffee und eine winzige Tasse. Neben Berglund lag seine Zigarre, neben Mustafa stand seine Wasserpfeife, die Nargileh. So hatten sie jedesmal gesessen, wenn das Geschäft abgeschlossen war, schweigend, Kaffee trinkend, rauchend, jeder noch mal im Kopf nachrechnend.
Und jedesmal war es Berglund, der die friedliche Stille mit der Frage unterbrach, ob er nicht einen Blick in den Harem werfen dürfe. Nur einen Blick. Dabei wußte er, daß *harem* das türkische Wort für »unzugänglich« war, aber schließlich versicherte ihm Mustafa bei jedem Besuch, er liebe ihn »wie einen Sohn«. War

Söhnen das Betreten des Harems verboten? Bisher hatte Mustafa noch niemals eine Antwort gegeben, nur den Kopf geschüttelt und die Nargileh energisch zwischen dem Bartgestrüpp verstaut.

Diesmal aber saß er eine Weile und zwirbelte seine Bartenden zusammen. Berglund war drauf und dran, seine Frage laut und deutlich zu wiederholen, als der Alte plötzlich mühselig aufstand und in seinen Pantoffeln mit den nach oben gebogenen Spitzen quer über den polierten Holzboden watschelte. Nicht weit von der Eingangstür befand sich eine Pforte, der Berglund noch nie Beachtung geschenkt hatte, so niedrig und unscheinbar war sie in die Ecke geklemmt. Lautlos ging er hinter Mustafa her.

Zu seinem Erstaunen war die kleine Tür unverschlossen. Ein langer Gang mündete in einer engen, dunklen Treppe, die ins Obergeschoß führte. Die Pantoffeln schlurften langsam, Stufe für Stufe hinauf, Berglund dicht dahinter. Oben angekommen, blieb der Alte stehen, um zu verschnaufen. Auch hier kein Fenster. Es war so dunkel, daß man die Umrisse einer niedrigen Tür nur an dem fahlen Glimmen der goldenen Verzierungen erkennen konnte. Der Alte stieß sie mit dem Fuß auf.

Die plötzliche Helligkeit blendete Berglund, so daß er stehenblieb, während Mustafa würdevoll über die Schwelle stolzierte. Zwischen Topfpflanzen, Kissen und niedrigen Tischen saßen etwa ein Dutzend heller Stoffbündel auf dem Boden und erstarrten, als sie einen fremden Mann sahen, der sich bückte und ins Zimmer trat. Mit einer einzigen, gleichartigen Bewegung waren alle Gesichter verhüllt. Nur hie und da blieben Stirn und Augen frei.

Berglund trat einen Schritt vor, die Stoffballen saßen regungslos. Etwas Dunkles löste sich aus dem Knäuel, richtete sich zu beträchtlicher Höhe auf, balancierte auf nackten Füßen auf Mustafa zu und küßte ihm die Hand. Sie war ganz und gar eingewickelt, ein großes, dunkelbraunes Paket, und Berglund dachte zuerst, sie sei vielleicht die erste Frau im Harem, und dann, als er sie sprechen hörte, glaubte er sogar, sie sei ein Eunuch, denn ihre Stimme war hart und knarrig, aber Mustafa erklärte ihm, dies sei die Dade, die Amme, die anderen seien einige seiner Frauen und Töchter. Wieviel Töchter habe er denn? Der Alte zählte an den Fingern und brachte es auf neun. Diese da drüben sei die Älteste. Er rief etwas, und ein Bündel aus gelbem Musselin drückte sich langsam aus den Kissen und näherte sich zögernd.

Wenn Berglund später an Amina dachte, tauchte immer wieder diese erste Bewegung auf, als sie auf ihn zuwedelte wie ein Schleierfisch unter Wasser oder wie eine von den Gestalten, die man im Traum sieht, ohne Gesicht, geheimnisvoll und leuchtend wie ein Irrlicht. Der Schleier ließ die niedrige Stirn und die großen, dunklen Augen frei. Sie sprach kein Wort, verneigte sich vor ihrem Vater, aber nur ein wenig. Von Berglund nahm sie keine Notiz, und von diesem Augenblick an war er ihr verfallen.

Mustafa sagte etwas zu den anderen Frauen, rief und lachte, und sie riefen und lachten zurück und kreischten und winkten mit den Armen, weil sie wußten, wie schillernd dann die Schleier hin und her fächelten.

Die Dade kam mit kleinen Tassen auf einem Silbertablett. Amina hob den Arm. Der Ärmel fiel zurück und entblößte eine Hand wie ein blasses Rosenblatt. Sie reichte Berglund die erste Tasse, gab die zweite ihrem Vater und nahm die letzte für sich selbst. Ihre Hand schwebte langsam und zierlich durch die Luft, und Berglund folgte jeder Bewegung wie hypnotisiert. Er leerte den süßen Minztee in einem Zug, obwohl ihm davon immer übel wurde. Er wußte, daß man ihn in kleinen Schlucken trinken sollte, aber er wollte sich von den hintergründigen Augen und den schmalen, durchsichtigen Fingern nicht einmal durch das Heben und Senken der Tasse ablenken lassen.

Die Dade hielt ihm das leere Tablett hin, als fordere sie ihn auf, den Raum alsbald zu verlassen. Er stellte seine Tasse hastig ab, fühlte ihre argwöhnischen und feindlichen Augen durch den Schleier hindurch und trat unwillkürlich einen Schritt zurück, während Mustafa und seine Tochter rhythmisch und gemächlich tranken und schwiegen. Um sie herum kicherte und zwitscherte und kreischte es wie in einem Vogelhaus.

Am selben Abend hielt Berglund um Aminas Hand an.
Sie saßen im Alkoven, jeder auf seinem Kissen. Mustafa schien nicht sonderlich überrascht, zwirbelte nachdenklich seine Bartenden. Ob ihn der Antrag ehrte? Ob er ihn kränkte? Vielleicht war er ihm gleichgültig, schließlich hatte er neun Töchter. Er warf Berglund einen kurzen, forschenden Blick zu, verschränkte die Arme und begann ohne Umschweife zu feilschen. Eine älteste Tochter war teuer, wieviel wollte Berglund investieren? Wenn es um Geschäfte ging, sprach der Alte immer fließendes, wenn auch gutturales Französisch, während er sich sonst lediglich auf Stichworte und Gesten beschränkte.
Aber diesmal machte das Feilschen keinen Spaß. Berglund protestierte nur zum Schein, starrte auf die Tür, die zum Harem führte, und hätte am liebsten ja und amen zu allem gesagt, wenn er nicht gewußt hätte, daß sich das nicht schickte. Er selbst stellte nur eine Bedingung: Sofort! Er würde nicht allein abreisen, Amina müsse ihn als seine Frau begleiten.
Der Alte wackelte mit dem Kopf hin und her, daß die weißen Bartspitzen wie Kissenzipfel durch die Luft wirbelten. Dann müsse Berglund eben noch einige Zeit in Konstantinopel verweilen. Beamte müßten »belohnt« werden, geistliche Würdenträger »versöhnt«, und die Rekonvaleszenz nach der Beschneidung würde auch eine gewisse Zeit in Anspruch nehmen.
Berglund kam irgendwie auf die Füße – es sah beinah so aus, als wollte er den Alten schlagen. Beschneidung? Mustafa blinzelte ungerührt zu ihm empor; sein plötzliches Schweigen zeigte an, daß es in dieser Angelegenheit kein Handeln gab.
Berglund trat einen Schritt zurück, weg von dem Lederkissen, aus dem Alkoven heraus, die Beine strecken.
Draußen in der Halle ging er auf und ab, umkreiste den Springbrunnen, zündete sich eine Zigarre an, wanderte weiter, hätte gern seine Jacke ausgezogen. Beschneidung! In seinem Alter! Auf was für ein sinnloses Abenteuer hatte er sich da eingelassen. Heute morgen war er noch ein freier Mensch gewesen – und nur, weil sich ihm eine verhüllte Gestalt mit schwarzen Augen genähert hatte …

Er blieb stehen, merkte, daß er zitterte. Noch nie hatte er etwas Ähnliches verspürt, hatte den Frauen in seinem Leben kaum einen Gedanken geschenkt, wenn sie nicht gerade in sein Blickfeld gerieten. Sein Nacken war plötzlich steif, und er drehte den Kopf hin und her und hoch hinauf zur Kuppel, die sich über die Empfangshalle wölbte. Er funktionierte einfach nicht wie sonst, sein Kopf. Er konnte sich nicht einmal mehr an den Kaufpreis für das Mädchen erinnern, den er erst vorhin mit dem alten Gauner ausgehandelt hatte.

Seine Mutter kam ihm in den Sinn. Würde es ihm am Ende doch so gehen wie dem Vater? Er wischte sich den Schweiß von der Stirn. Am besten die Unterredung abbrechen, fort aus dem Haus, zurück ins Hotel, abreisen – oder wenigstens Zeit gewinnen zum Nachdenken.

Er drehte sich um und sah zum Alkoven hinüber. Der Alte saß noch da, wie er ihn verlassen hatte, die Wasserpfeife im Mund. Jetzt hob er die Hand und winkte.

»Monsieur Jean!« – »Johannes« war ihm zu beschwerlich.

Berglund setzte sich zögernd in Bewegung. Der Alte deutete auf das Lederkissen. Es war mühselig, so hoch hinaufzusehen, er hatte den großen Mann gern am Boden.

»Sie können eine Narkose haben«, sagte er, nachdem Berglund sich widerstrebend heruntergelassen hatte. »Hier in der Stadt wird es jetzt oft mit Narkose gemacht. Bei uns findet das ja erst statt, wenn die Knaben über fünf Jahre alt sind, damit dieses Ereignis im Bewußtsein bleibt. Es ist ein Ehrentag für das Kind, eine Familienfeier mit Schattenspielen und Zuckerwaren. Wir würden natürlich auch für Sie ein Fest veranstalten, mit Musik und Fahnen – und Spaßmachern.«

Er lächelte entwaffnend, unbekümmert um den Blick, den Berglund ihm zuwarf.

»Man hat mir erzählt, daß im Koran nichts von Beschneidung steht.«

»Aber in den Kommentaren steht es, und die sind ausschlaggebend für uns.« Die Augen unter den wilden Brauen wurden plötzlich ernst, und die Stimme verlor den spöttischen Ton. »Ich bin nicht sehr fromm, und Amina ist nicht meine Lieblingstochter, aber sie wird keinen Unbeschnittenen heiraten.«

Berglund sagte nichts mehr. Er hatte das Gefühl, er sei an diesem Nachmittag in einen reißenden Bach gesprungen und treibe seither willenlos talabwärts.

Mustafa gewährte seinem künftigen Schwiegersohn eine kleine Atempause, bevor er zum letzten Schlag ausholte: Die Dade würde Amina selbstverständlich begleiten und bis ans Ende ihrer Tage an deren Seite bleiben, Allah sei gepriesen.

3

Es war schon spät, als Berglund ins Hotel zurückkehrte. Er hatte seit Mittag nichts als den süßen Tee getrunken, aber er war nicht hungrig, bestellte nur eine Flasche Bordeaux aufs Zimmer.
Oben trat er auf den Balkon hinaus und betrachtete die dunkle, schweigende Stadt. Es mußte geregnet haben, während er mit Mustafa gefochten hatte. Die Straßen glänzten wie nasse schwarze Seide im Licht der Gaslaternen. Eine Sänfte glitt langsam auf das Hotel zu. Jemand in weißem Burnus ging nebenher, wahrscheinlich ein Ehemann. Sicher saß seine Frau in ihre Schleier eingewickelt versteckt hinter den geschlossenen Vorhängen.
Er beugte sich über die Brüstung, um vielleicht den Anblick einer Hand oder gar eines Fußes zu ergattern, wenn die Frau die Sänfte verlassen würde. Lächerlich. Was lag schon an einer Hand oder einem Fuß? Nur interessant, weil sie verhüllt waren, die listige Weisheit des Korans.
Die Sänfte hielt, aber alles, was er sah, war das Aufleuchten eines hellen Gewandes, das dann ein paar Schritte hinter dem Burnus hertrippelte, so wie sich das gehörte.
Er trat zurück, setzte sich in einen Korbsessel auf den Balkon und widmete sich dem Bordeaux. Nicht nachdenken, erst mal die halbe Flasche austrinken. Das würde genügen; er fühlte sich ohnedies angetrunken, leicht im Kopf, unbeholfen auf den Beinen.
In der Ferne die goldene Sichel der Blauen Moschee, blaß vom Mond angestrahlt – aber die Gedanken liefen ihm davon, zurück zu Mustafas Haus am Bosporus, zu dem Springbrunnen in der

Empfangshalle, zu der kleinen Pforte, der engen Treppe, der Tür, die sich geöffnet hatte ...

Er stand auf und holte sich sein deutsch-türkisches Lehrbuch vom Nachttisch, hielt es so, daß er die fettgedruckten Buchstaben im Mondlicht lesen konnte. *Allahu akbar! La ilahu illa'llah.* »Gott ist groß. Ich bezeuge, es gibt keinen Gott als Allah.« Fünfmal täglich vom Minarett. Das war's nicht, was er suchte. Er blätterte weiter, fand das richtige Kapitel: »Vorschläge für angenehme Unterhaltung im Freudenhaus«. Das war's. Gleich der erste Satz: *Seni seviyorum.* »Ich liebe dich.«

Ob er sich das merken würde? *Seni seviyorum!* Ins Gehirn einbleuen, damit er's nicht verpaßte, wenn *sie* es zum erstenmal zu ihm sagen würde.

Im Anhang fand er das Kapitel: »Türkische Sitten und Gebräuche«, das er studiert hatte, als er vor fünf Jahren zum erstenmal, neugierig und ahnungslos, nach Konstantinopel gereist war. »Heiratszeremonie«. Diesen Abschnitt hatte er damals überschlagen, hatte nicht heiraten wollen, und wenn, dann bestimmt keine Türkin.

»Beide Familien müssen sich einig sein.« Das war erledigt.

»Beide Brautleute müssen Moslems sein.« Gestrichen. Mustafa hatte großzügig darauf verzichtet.

»Beschneidung«. Wird erledigt, verdammt noch mal.

»Der Bräutigam hat die Braut mit Schmuckstücken auszustatten.« Vielleicht eine Perlenkette. Zweireihig.

»Der Bräutigam muß der Familie einen vorher bestimmten Preis zahlen.« Wird erledigt.

»Der Mann und die Frau bereiten sich drei Tage auf die Hochzeit vor. Der Bräutigam befindet sich im Männerhaus, wo man ihn mit Speis und Trank feiert.« Drei Tage lang?

»Am letzten Tag wird er ins Bad geleitet und dort gründlich gereinigt.« Er lachte laut und hielt sich die Hand vor den Mund, man lacht nicht allein in der Dunkelheit.

»Die Braut befindet sich im Frauenhaus. Sie wird gewaschen, gesalbt und mit wohlriechenden Kräutern eingerieben.« Warum nicht?

»Sie wird an Händen, Füßen, Stirn und Gesäß mit Henna bemalt.« Schade. Amina ohne Henna wäre ihm lieber gewesen. Besonders der Gedanke an das rote Hinterteil – wie ein Pavian! – machte ihm zu schaffen.

»Sie wird dann kunstvoll geschminkt und an allen Stellen rasiert ...«

Er klappte das Buch zu. Morgen in aller Frühe würde er Mustafa aufsuchen. Der Alte sollte merken, daß er ihm nicht völlig ausgeliefert war, ihm nicht – und auch ihr nicht. Nötigenfalls würde er den Handel wieder rückgängig machen – aber bei dem bloßen Gedanken fing er wieder an zu zittern.

Er stand auf und lehnte sich über die Brüstung. In der Ferne schlug es zwei Uhr. Bisher war ihm nichts und niemand nahegekommen. Davor hatte er sich sein Leben lang gehütet, erst instinktiv, später bewußt. Keine Abhängigkeit! Nicht von Dingen und schon gar nicht von Menschen. Seine Freunde konnten nicht ohne eine bestimmte Frau oder ohne Tabak oder Alkohol leben, fürchteten sich nicht vor dieser Versklavung, fanden, es lohne sich. Warum hatte er eigentlich immer sofort einen Riegel vorgeschoben, wenn ihm jemand oder etwas zu sehr gefiel? Wann hatte das angefangen? Der Vater und der Ohrensessel! Da war's. Von dem Augenblick an, als er sich als Zwölfjähriger ins Arbeitszimmer zum Vater eingeschlichen hatte, um ihn um eine Mark anzubetteln, bevor er seine Siesta hielt. Zu spät. Der Vater war bereits eingeschlafen in seinem verdammten Ohrensessel. Er hatte ihn betrachtet, wie er da schlief, lächerlich und obszön, zerflossen, den offenen Mund ins Polster gepreßt.

Ohne dieses Ding konnte der Vater nicht leben, sagte er. Es war kein Möbelstück für ihn, es war sein bester Freund, war seiner kleinen Statur angepaßt, beschützte ihn vor kaltem Luftzug, wärmte ihn, wartete, wenn er ausging, unberührt auf seine Rückkehr. Sonst wartete niemand.

Die Mutter? War sie nun so, weil der Vater so war, oder war *er* so, weil *sie* so war? Wer war zuerst »so«? Wie war das, als sie sich kennenlernten? Es gab ein großes ovales Ölbild von der Mutter als junge Frau im Ballkleid, mit entblößten Schultern, das

rote Haar auseinandergepufft und aufgesteckt, Perlen um den Hals und eine Rose in der Hand. Die Rose war weiß, aber die Schultern der Mutter waren noch weißer, beinah wie Kreide. Wahrscheinlich war der Vater von ihr besessen gewesen, und sie hatte den kleinen Mann akzeptiert, weil er nach Geld roch.
Niemals wurde von dieser frühen Zeit gesprochen. Es gab keine Anekdoten, nicht einmal eine Fotografie des Brautpaares. Die Kinder fragten nie. Weder Vera noch er interessierten sich für die Eltern als Gespann. Man ging beiden aus dem Weg, dem Vater, weil er einen verlegen machte, der Mutter, weil man keine Ruhe hatte, wenn sie im Haus war, weil ein elektrischer Strom von ihr ausging, der durch alle Türen drang und einem zu jeder Zeit einen Schlag versetzen konnte.
Den Vater sah man eigentlich nur bei Tisch, wo er so viel und so hastig in sich hineinstopfte, als müsse er in den Krieg. Die Pfeife war ihm in den Wohnräumen verboten, und so zog er sich immer gleich wieder in sein Arbeitszimmer zurück, wo er eine Stunde auf seinem »Freund« schlief. Dann schlich er geräuschlos die Treppe hinunter zur Haustür. Auf Zehenspitzen. Er liebte alte, abgetragene Schuhe mit weichen Sohlen. Kaufte sich nie neue – mußte aber doch manchmal neue tragen. Nicht seine eigenen – die seiner Frau. Sie war so groß und er war so klein, daß beide die gleiche Schuhgröße hatten. Sie liebte neue Schuhe, aber sie durften nicht hart sein. Ein halb dutzendmal im Jahr standen ein Paar nagelneue Damenstiefel mit hohen Hacken und Knöpfen an der Seite vor dem Ohrensessel, der Schuhknöpfer daneben, und warteten auf die Rückkehr des Vaters. Die mußte er anziehen und einen Abend lang anbehalten, um sie auszutreten, konnte dann nur mit kleinen Kinderschrittchen die Treppe rauf und runter trippeln. Vera und er waren an den Anblick gewöhnt und lachten nicht mehr. Manchmal fiel er um, dann halfen sie ihm auf die Beine.
Berglund trat von der Brüstung zurück und ließ sich in den Korbsessel fallen. Warum rückte ihm der Vater plötzlich auf den Leib? Weil er selbst auf dem besten Weg war, hörig zu werden? Unsinn. Er wollte dieses Mädchen besitzen, weiter nichts. Der

Kaufpreis – Beschneidung, Heirat – war ungewöhnlich, zugegeben. Ungewöhnlich war auch das lächerliche Zittern, in das er verfiel, wenn er an das Fächeln der gelben Schleier dachte. Ein einziges Mal hatte sie ihn voll angesehen, und er hatte sofort erkannt: Das sind keine sanften, unschuldigen Kuhaugen, das sind wissende Augen, zwielichtig trotz der Schwärze. Dieses Mädchen mochte eine Jungfrau sein – sonst wäre sie keinen Heller wert –, aber sie hatte es faustdick hinter den Ohren, in solchen Dingen irrte er sich nicht.

Er öffnete noch einmal das Buch, erinnerte sich dunkel, daß es in diesem Lande eine ganz bestimmte Zeremonie gab, durch die der Bräutigam am Morgen nach der Hochzeit seine Zufriedenheit über den einwandfreien Zustand seiner »Neuanschaffung« ausdrückte.

»Der Bräutigam schießt mit seiner Pistole in den Kamin.« Das war's. Aber es würde schwierig sein, er hatte da bestimmte Pläne. Dem Brauch zufolge hätte er diese Nacht mit Amina im Haus ihres Vaters verbringen müssen, damit alle Bewohner in laute Freudengesänge ausbrechen konnten, sobald der Schuß fiel.

Er aber hatte vor, mit Amina gleich nach dem Festessen zum Bahnhof zu fahren. Er würde seine Hochzeitsnacht im Orientexpreß verbringen.

4

Mustafa schien ihn erwartet zu haben, denn der Diener führte ihn sofort in die Empfangshalle. Der Alte saß auf einem Kissen am Rand des Springbrunnens. Die Dade stellte gerade einen Schemel unter seine Füße. Sie watschelte eilig davon, als sie Berglund eintreten sah, und zog sich hastig den Schleier übers Gesicht.

Er ließ sich von Berglund auf die Beine helfen, um ihn mit der dreifachen Begrüßungsgeste – die Hand in Richtung von Herz, Mund und Stirn – zu ehren. Sollten sie sich in den Alkoven zurückziehen? Auf keinen Fall, da war er dem Alten immer ins Netz gegangen. Er hob den kleinen Mann kurzerhand hoch und plazierte ihn wieder auf sein Kissen am Brunnenrand. Setzte sich neben ihn.

Mustafa ließ eine längere Pause verstreichen, um sich wieder würdevoll zu verankern, und bemerkte dann, daß Allah groß und einzig sei. Berglund hatte nichts dagegen einzuwenden, im Gegenteil, das gab ihm das Stichwort für seinen Eröffnungszug.

»Allah«, meinte er bedächtig, während er seine Zigarre anzündete, »hatte doch sicher einen Bauplan voll göttlicher Weisheit, als er die Welt erschuf, meinen Sie nicht, Mustafa Karabey, *efendi*?«

Der Alte sah ihn erstaunt an. Er war darauf vorbereitet, daß sein künftiger Schwiegersohn ihn heute aufsuchen und den unverschämten Kaufpreis für Amina um einige Tausend herunterhandeln würde. Nicht unüblich und nicht unehrenhaft. Was aber sollte dieses Präludium zu Ehren Allahs? War es möglich, daß er zum Islam übertreten wollte? Er wußte, daß es in Berglund brannte, und hatte den Preis entsprechend erhöht, aber daß er Amina zu Gefallen ihre Religion annehmen wollte, hatte er ihm doch nicht zugetraut. Ihm, Mustafa, lag nichts daran und Amina sicherlich auch nicht. Doch die Sache hatte einen gewissen sportlichen Reiz. Er legte daher die Handflächen aneinander und nickte andächtig dreimal mit dem Kopf.

Berglund spielte mit der Hand im Brunnenwasser und ließ es langsam durch die Finger laufen.

»Auch die Menschen«, sagte er versonnen, »sind doch nach einer ganz bestimmten, gottgefälligen Konzeption erdacht, nicht wahr?«

Mustafa beeilte sich, auch diesem frommen Gedanken zuzustimmen. Jede Einzelheit sei genauestens ausgetüftelt und aufs herrlichste verwirklicht worden. Dabei kämmte er mit den Fingern den prächtigen Bart, mit dem ihn Allahs Sinn fürs Detail ausgestattet hatte.

»Warum versucht dann der Türke«, sagte Berglund und fixierte den Alten mit plötzlich steinharten blauen Augen, »an Allahs Modell herumzukorrigieren?«

Mustafa witterte, daß Berglunds Bekehrung im Eimer war, tappte aber immer noch im dunkeln. Er zog die wild wuchernden Augenbrauen zusammen und ließ sein Französisch ausfallen. Auch das Gehör funktionierte schlecht, aber sein zukünftiger Schwiegersohn zog sein türkisches Lehrbuch aus der Tasche und schlug eine Seite im Anhang auf.

»Warum malt man den Hintern der Braut mit Henna an?« fragte er drohend und zeigte mit dem Finger auf eine Zeile. »Warum rasiert man sie?«

Mustafa fiel die Kinnlade runter, so daß ein schwarzes Loch mit nur wenigen gelben Zähnen zwischen dem Bartgewirr klaffte.

»Hat Allah vielleicht einen Fehler begangen, als er die Frau erschuf?« fuhr Berglund unerbittlich fort. »Schämt man sich für ihn, und korrigiert man deshalb sein Werk heimlich im Frauenhaus, bevor es zur Inspektion zugelassen wird? Allah ist also ein Stümper?«

Jetzt war er zu weit gegangen. Mustafa wiegte sich in empörtem

Protest rückwärts und vorwärts und fiel vom Brunnenrand. Zwei Diener kamen herbeigestürzt und hoben ihn auf. Berglund rührte keinen Finger.
Der Alte brüllte auf türkisch, hob die Fäuste gen Himmel, schüttelte sie wild in der Luft und ließ sich halb getragen, halb geschleift aus der Halle bringen. Niemand kümmerte sich um Berglund, der auf dem Brunnenrand sitzen blieb und die Wasserkreise unter der Fontäne betrachtete. Es war angenehm kühl – und wahrscheinlich das letzte Mal, daß er hier sitzen durfte. Sein gesenkter Blick wanderte über den Holzboden und fiel auf ein Paar nackte braune Füße. Die Dade. Wahrscheinlich war sie im Auftrag von Mustafa lautlos angeschlichen gekommen, um ihm die Tür zu weisen. Langsam hob er den Blick, war sich bewußt, daß er im Nachteil war, denn sie stand und konnte ihn von oben herab beobachten, er aber saß und mußte zu einem verhüllten braunen Pfosten aufblicken.
Jetzt hob sie die Hand – um ihm den Ausgang zu zeigen? Aber die braunen Finger wiesen nicht in Richtung der Tür, die zur Straße hinaus ging, sondern – war so etwas möglich? – zu der kleinen Pforte, die zum Harem führte. Er sprang auf, aber die Hand machte eine gebieterische Bewegung, die in jeder Sprache »nein« hieß, und zeigte auf einen Alkoven, der am äußersten Ende der Empfangshalle, neben dem Ausgang zum Garten lag. Er setzte sich in Bewegung, sah sich noch einmal um – die Dade war verschwunden.
Auch in diesem Alkoven lagen Kissen auf dem Boden; daneben die niedrigen Tische. Er ließ sich nieder und wartete. Der Schweiß stand ihm auf Stirn und Oberlippe, obgleich er sich immer wieder mit dem Taschentuch sorgfältig abtrocknete. Er saß so, daß er die Pforte, die zum Harem führte, im Auge behalten konnte. Diesmal würde niemand auf nackten Füßen oder in weichen Pantoffeln aus dem Boden wachsen, er würde vorbereitet sein, das Öffnen der Pforte beobachten, das langsame, schwebende Sichnähern genießen …
»*Monsieur*«, sagte eine leise Stimme neben ihm.
Die Dade und Amina standen schräg hinter ihm vor dem Alko-

ven, eine dunkle und eine helle Statue, regungslos wie Geister im Sonnenlicht.
Berglund sprang auf. Die Gartentür! Frauen durften also im Garten herumspazieren. Schade. Der Gedanke, daß Amina in dem bunten Zimmer eingesperrt war, hatte ihm eigentlich gefallen.
In seiner Verwirrung verbeugte er sich und griff gleichzeitig nach Aminas Hand, um sie zu küssen, aber die Hand – das Rosenblatt – flog gerade im türkischen Gruß in Richtung des Herzens, des verhüllten Mundes und der freien Stirn.
Berglund kam zu sich und machte eine einladende Bewegung, die Frauen möchten doch in den Alkoven treten und sich auf die Kissen niederlassen, aber sie blieben stehen. Er räusperte sich, zerbrach sich den Kopf, wie er Amina anreden sollte.
»*Mademoiselle*«, brachte er endlich hervor, »es tut mir leid, Ihren Herrn Vater verletzt zu haben.« Anscheinend verstand sie Französisch, hatte ihn schließlich mit *Monsieur* angeredet. Was konnte er noch zu ihr sagen?
»*Monsieur*«, bat die helle Statue, »reisen Sie nicht ab.«
Er starrte sie an. Er hatte doch kein Wort von Abreise gesagt.
»Haben Sie Geduld. Sie werden Nachricht im Hotel erhalten.«
Die Stimme war die eines ganz jungen Mädchens, aber die Art, in der sie sprach, war erwachsen und ihr Französisch nicht übel. Er fand keine Worte, starrte sie weiterhin stumm an. Vielleicht legte sie sein Schweigen falsch aus, denn sie trat einen Schritt vor, und ihre Stimme klang beinah ängstlich.
»*Monsieur* ... ich gehe mit Ihnen.« Aber sowie sie den verklärten Ausdruck auf seinem Gesicht sah, trat sie wieder zurück. »Gestern hat mein Vater gewonnen, heute gewinnen Sie.«
Auf diese rätselhaften Worte wußte er keine Antwort, und so nickte er nur.
Nach einer kleinen Pause fügte Amina hinzu: »Ich lese Victor Hugo«, als sei dies ihre Erklärung für alles, was an diesen beiden Tagen geschehen war. Die Hand flatterte jetzt in umgekehrter Reihenfolge zum Abschiedsgruß – Stirn, Mund und Brust –, dann verschwand Amina durch die Gartentür. Die Dade wackelte hinterher.

Am nächsten Tag überbrachte ein Diener Mustafas die versprochene Nachricht: eine Pergamentrolle, mit Wachs versiegelt, auf der in verschnörkelten Buchstaben bezeugt wurde, daß das Mädchen Amina »im Naturzustand« und ohne jede »Verschönerung« dem verehrungswürdigen *Monsieur* Johannes Berglund, den Allah erhalten möge, übergeben werden würde, falls dieser sich zur Beschneidung zu Ehren Allahs und zu sechzehntausend Golddukaten zugunsten Mustafas verpflichtete.

Einen Monat später fand die Hochzeit in Mustafas Haus statt, Punkt fünf Uhr nachmittags, wie das Gesetz es vorschrieb. Der *hotscha,* ein kleiner Priester im schwarzen Talar, gab die Brautleute zusammen: Amina tief verschleiert, Berglund im Bratenrock mit Vatermörder. Über hundert Menschen versammelten sich nach dem Festmahl in der Empfangshalle, überwiegend Männer, aber auch ein paar verhüllte Frauen älteren Jahrgangs. Die Dade in ihrer dunkelbraunen Verpackung watschelte würdig mit dem Silbertablett von einem zum anderen und bot Minztee und Berge von Süßigkeiten an, die genauso bunt waren wie die Kostüme der Gäste.
Berglund überragte die Menge um Haupteslänge und hielt seinen Kopf steif in die Höhe, um Luft zu bekommen, kam sich unter den gestickten, farbigen Westen und weißen, bauschigen Hemden wie ein schwarzer Hirschkäfer vor. Er mußte aushalten, bis der letzte Gast das Haus verlassen hatte. Nur so hatte er Mustafa die Erlaubnis abgerungen, diese Nacht nicht unter seinem Dach verbringen zu müssen. Keiner der Verwandten und Freunde sollte Zeuge eines so schamlosen Abganges einer Tochter aus dem Haus ihres Vaters sein.
Die Nachmittagshitze stieg. Er meinte, in seinem steifen Kragen zu ersticken, und zog sich in einen entfernten Alkoven zurück, um den obersten Knopf aufzumachen. Seine Augen suchten unter den Gästen nach Amina, aber er konnte sie nirgends entdekken. Seit dem Gespräch am Gartentor – und das war einen endlos langen Monat her – hatte er sie bis zur Trauung nicht mehr sehen dürfen. Während der letzten Wochen vor der Hochzeit

mußte die Braut unsichtbar bleiben, ein letztes Anziehen der Schraube, um dem Bräutigam das Wasser im Mund zusammenlaufen zu lassen.
Mustafa drängte sich durch die Menge, trat in Berglunds Alkoven und ließ sich ächzend auf ein Kissen nieder.
»Die Braut ist oben im Harem«, sagte er als Antwort auf Berglunds suchenden Blick. »Die Braut«. Sie war bereits nicht mehr seine Tochter, nicht mehr sein Eigentum. »Sie sagt ihren Schwestern Lebewohl.« Nach einer Pause fügte er hinzu: »Ihre Mutter ist tot. Sie hat viel Geld gekostet, aber sie lebte nur kurze Zeit. Sie kam aus Alexandria. Amina ist ihr ähnlich. Auch sie ist störrisch. Wenn ich dir einen Rat geben darf, mein Sohn, spare nicht mit dem Stock. Trotzdem aber glaube ich nicht, daß du einen schlechten Kauf gemacht hast. Kennst du die Geschichte von dem Sultan, den man fragte, welche der Sklavinnen er für die Nacht haben möchte? Nun, der Sultan antwortete: ›Gießt über jede einen Eimer voll kaltes Wasser. Jene, von der Dampf ausgeht und ein leises Zischen – die nehme ich.‹ Ich meine, daß Amina zischen wird, mein Sohn.«
Berglund dachte, daß er wohl niemals in die Welt dieser Menschen eindringen würde. Da saß sein Schwiegervater, ein ehrwürdiger alter Mann, und sprach von seiner Tochter wie von einer billigen Sklavin.
»Ich hatte kein Glück mit meinen Frauen«, fuhr der Alte fort. Bisher hatte er sorgfältig vermieden, etwas von seinem Privatleben preiszugeben. Vielleicht rührte ihn das Hochzeitsfest.
»Die ersten vier starben oder waren unfruchtbar. Und die nächsten gebaren nur Töchter. Ich hoffe, daß Amina sich anstrengen wird, um dir einen Sohn zu schenken. Melde mir dies sofort. Wenn es eine Tochter ist, brauchst du dich nicht zu bemühen.«
Die Dade näherte sich mit ihrem Silbertablett, aber sowohl der Alte als auch Berglund schüttelten den Kopf, und sie verschwand wieder unter den Gästen.
»Gib der Dade eine Schlafstätte nicht weit von Amina entfernt, mein Sohn.«
»Ich werde ihr ein Zimmer einrichten«, sagte Berglund.

»Das ist nicht ratsam«, meinte der Alte und runzelte die Stirn. »Willst du, daß sie einsam ist? Leg ihre Matratze vor Aminas Tür.«
Berglund nickte, obgleich ihn die Aussicht nicht begeisterte.
»Wie heißt sie eigentlich? *Dade* heißt doch nur ›Amme‹, nicht wahr?«
»Sie hat keinen Namen. Vergiß nicht, daß sie eine Sklavin war, als mein Vater sie mitbrachte. Er brauchte Personal für sein Haus, und so kaufte er ein ganzes Dorf, etwa zwanzig Leute mit Hausrat und Kamelen und Ziegen, irgendwo in Libyen, ganz billig. Die Dade hatte keine Eltern. Er bekam sie vom Dorfältesten geschenkt, als Zugabe. Sie war damals vier Jahre alt. Später kaufte ich sie von ihm frei. Als ich heiratete, zog sie mit mir in dieses Haus.«
»Spricht sie nur Türkisch?«
Mustafa sah seinen Schwiegersohn erstaunt an. »Nur Türkisch? Sie spricht wenig, mein Sohn, sie ist eine gute Dade. Freue dich, daß sie weder lesen noch schreiben kann, so wird sie nicht Unheil stiften. Störe sie nicht auf ihrem Gebetsteppich, und gib ihr täglich zu essen.«
Er kam mühselig auf die Beine.
»Der *hotscha* wartet«, seufzte er, »ich habe ihn noch nicht bezahlt. Er ist sehr teuer.« Damit verließ er Berglund und widmete sich dem Priester, der würdevoll etwas abseits stand, die Hände in den weiten Ärmeln versteckt.
Nach und nach verringerte sich die Zahl der Gäste. Einige nahmen sich die Mühe, zu Berglunds Alkoven zu treten, sich leicht vor ihm zu verbeugen und ihm den Abschiedsgruß – Stirn, Mund und Brust – anzubieten. Er erwiderte den Gruß. Die Geste gefiel ihm, er hatte sie im Hotelzimmer vor dem Spiegel geübt. Nur so wollte er Amina begrüßen. Der Gedanke, ihr ein europäisches Händeschütteln beizubringen, kam ihm frevelhaft vor.

Es dunkelte, als die letzten Gäste endlich das Haus verließen. Der Orientexpreß fuhr erst um zehn Uhr ab, aber es war ein weiter

Weg zum Bahnhof in Konstantinopel, und Berglund mahnte zur Eile. Er hatte noch Wichtiges vor der Abfahrt zu erledigen: ein »Gespräch« am Schlafwagen, das einige Zeit in Anspruch nehmen würde. Man ließ sich nicht gern drängen hierzulande.

Aminas altmodische Truhen und Ledersäcke standen in der Empfangshalle. Berglund betrachtete sie nicht ohne Rührung. Er wußte, sie war noch niemals gereist, hatte noch nie einen Bahnhof, einen Zug gesehen; sie hatte nur Victor Hugo zum Beistand.

Die Diener hatten die Halle in Windeseile von den Spuren der Hochzeitsfeierlichkeiten gereinigt, und der Raum war jetzt wieder zu seiner kühlen, luftigen Schweigsamkeit zurückgekehrt.

Mustafa thronte in seinem Lieblingsalkoven und rauchte seine Wasserpfeife. Er hatte seinen neuen Schwiegersohn nicht aufgefordert, sich zu ihm zu setzen. Der saß nicht weit entfernt auf dem Brunnenrand, mundfaul nach den krassen Gegensätzen des Tages, der ohrenbetäubenden Festmusik, den Tänzen und Gesängen, und nun das einsame Warten, die Stille. Nur der Springbrunnen plätscherte aufdringlich. Er tauchte die Hand ins Wasser und kühlte sich das Gesicht.

Die kleine Pforte öffnete sich, und die Dade erschien mit einem Paket unterm Arm. Der Gebetsteppich, dachte Berglund. Dahinter Amina im bestickten Reisekleid, darüber trotz der Hitze eine lange Jacke mit Ärmeln, und eine Art von Fes auf dem Kopf, von dem der *petsche*, der alles verhüllende Schleier, bis zu den Schultern herabhing.

Mustafa schaukelte sich auf die Füße, legte die Nargileh beiseite und ging auf die Frauen zu. Berglund war ebenfalls aufgestanden, hielt sich aber im Hintergrund. Amina senkte den Kopf, der Alte hob die Hand wie zum Segen. Sie berührte Stirn, Mund und Brust etwas weniger flüchtig als sonst, küßte ihm die Hand und wandte sich zum Gehen. Sie hatten kein Wort gewechselt. Vielleicht war alles bereits gesagt worden. Die Dade trat vor und küßte dem Alten ebenfalls die Hand.

Das Gepäck wurde von den Dienern hinausgetragen und in der wartenden Kutsche verstaut. Beide Frauen blieben einen Augenblick am Eingang stehen und sahen zu, während Berglund sich seinem Schwiegervater näherte. Er bot ihm den türkischen Gruß, aber Mustafa streckte die Hände aus und legte sie schwer auf seine Schultern. Eine seltsame Rührung bahnte sich zwischen ihnen an, und er hätte beinah seinen Gefühlen nachgegeben und den Alten umarmt. Schnell drehte er sich um und ging aus der Tür, den Frauen nach.

Aber als er seinen Platz in der Kutsche neben Amina eingenommen hatte, geschah etwas Seltsames: Die Dade stieß einen hohen, spitzen Schrei aus, kletterte aus dem Wagen und lief, so schnell sie konnte – Sandalen an den Füßen –, zum Haus zurück. Dort stand Mustafa in der offenen Tür, das Licht einer Öllampe beleuchtete milde sein wirres, weißes Haar und die roten Schultern seiner Festjacke.

Berglund wollte ihr nach, aber Amina legte ihm die Hand auf den Arm, und er setzte sich wieder, so verblüfft über die Flucht der Dade wie über den kräftigen Druck des »Rosenblattes«.

Die Dade war vor der Haustür angelangt und kniete vor Mustafa auf dem Boden. Sie umarmte seine Knie und drückte ihr Gesicht gegen seine Schenkel. Der Alte beugte sich zu ihr nieder und sprach auf sie ein. Dann richtete er sich wieder auf und legte ihr die Hand auf den Kopf. So verblieben sie, unbeweglich. Dann hob er die Hand, und sie stand schwerfällig auf und trottete langsam zur Kutsche zurück.

Berglund, der die Szene gespannt beobachtet hatte, wandte sich zu Amina um. Sie saß ruhig da, in das Sitzpolster gedrückt, und blickte auf der anderen Seite aus dem Fenster, als gehe sie die Sache nichts an oder als wisse sie bereits, wie sie ausgehen würde.

Er streckte die Hand aus und half der Dade wieder auf ihren Sitz, dem Brautpaar gegenüber. Das Dunkelbraun des Polsters schluckte das Dunkelbraun ihrer Hülle, und er hatte den Eindruck, sie sei plötzlich verschwunden.

5

Eine Stunde später kamen sie am Bahnhof an, und Berglund hatte seine erste Schweigelektion gelernt. Amina hatte nur mit Ja oder Nein oder überhaupt nicht geantwortet, als er unterwegs versuchte, mit ihr zu sprechen. Man hörte nichts als das Klippklopp der Pferdehufe auf dem Pflaster, und er gab auf und saß steif und verdrossen in seiner Ecke. Allmählich aber merkte er, daß die Stille in der Kutsche nicht peinlich war, sondern ganz natürlich. Der Schleier vor dem Gesicht brachte den Redefluß ganz von selbst zum Stocken, man sprach ins Nichts, es gab kein antwortendes Lächeln, keine beredten Augen, nur das leichte Hin- und Herfächeln des Gewebes zeigte an, daß dahinter jemand atmete. Das war wohl der Grund, weshalb türkische Frauen soviel kicherten. Amina kicherte nicht. Er begann, sich wohl zu fühlen bei ihrem Schweigen.

Im Lärm und Gewühl des Bahnhofs drängten sich Amina und die Dade eng aneinander, und als die Gepäckträger mit den Truhen und Säcken davonliefen, streckte die Dade beschwörend die Hand nach ihnen aus. Berglund sprach beruhigend auf sie ein, aber sie hörte ihn nicht, rief verzweifelt etwas auf türkisch, und sein Mitgefühl war von kurzer Dauer, denn dort drüben auf dem Geleise stand der geliebte Orientexpreß und wartete.

Schade, daß die beiden Frauen den Unterschied zwischen diesem Zug und einem anderen nicht zu würdigen wußten. Sie hoben kaum den Blick vom Boden, hasteten schweigend hinter ihm her, bis er vor den zwei Schlafwagenabteilen des Zuges halt machte. Vor dem Frauenwaggon stand ein Schnauzbärtiger und wies die Gepäckträger an: Abteil Nr. 7B, zweibettig.

Berglund hatte eingesehen, daß Amina und die Dade unbedingt zusammenbleiben mußten während der achtzig Stunden bis nach Wien. Er hoffte nur, die Dade würde kein Geschrei machen, wenn man Amina nachts abholte und in den Schlafwagen für Männer zu Nr. 5 A brachte.
»*Monsieur*«, sagte der Schaffner »darf ich die Damen in ihr Abteil begleiten?«
Berglund verbeugte sich vor Amina, nickte der Dade zu und sagte beiläufig zu dem Mann: »Ich warte hier auf Sie.«
Der Schnauzbärtige wies auf seinen Kollegen, der am Trittbrett des Nachbarwaggons den männlichen Passagieren mit ihrem Gepäck half.
»Nein«, sagte Berglund nachdrücklich, »ich habe etwas mit *Ihnen* zu besprechen.«
Der Schaffner warf ihm einen argwöhnischen Blick zu und reichte Amina wortlos die Hand, um ihr beim Einsteigen zu helfen. Berglund wartete auf dem Bahnsteig.
Als die Glocke zwanzig Minuten später zur Abfahrt läutete, wartete er immer noch.
Fluchend stieg er ein und knallte die Tür hinter sich zu. Der Zug setzte sich unter Zischen und Dröhnen langsam in Bewegung. Er lief den Gang entlang zur inneren Verbindungstür zwischen den Waggons, aber sie war natürlich verschlossen.
Zum erstenmal fühlte er sich einsam in seinem »Zimmer« aus Mahagoni und Plüsch. Sein Bett war gemacht, der Vorhang zugezogen, aber er konnte sich nicht entschließen, sich auszuziehen.
Es klopfte an der Tür. Das ihm wohlbekannte Gesicht des Kondukteurs, auch ein Schnauzbart, aber ein fröhlicher. Berglund winkte ihn ins Abteil.
»Setzen Sie sich einen Moment.«
Der Mann drehte verlegen an seinem Schnurrbart.
»Das darf ich nicht, Herr Berglund.«
»Haben Sie einen Augenblick Zeit?«
Der Kondukteur schloß die Tür hinter sich und hörte aufmerksam zu.

»*Monsieur,* mit dem Kollegen nebenan ist nichts zu machen, er ist Witwer und stur wie ein Steinbock. Aber wenn Sie sich gedulden könnten, morgen abend in Bukarest, da wird er abgelöst von einem Freund von mir, da ließe sich vielleicht etwas arrangieren, verstehen Sie?«
Berglund verstand und zog zwei Golddukaten heraus. Der Kondukteur fegte sie mit eleganter Geste vom Tisch und in seine Tasche und zog sich respektvoll zurück.
Jetzt fühlte sich Berglund auf einmal kräftig genug, den Bratenrock und den steifen Kragen auszuziehen. Als er ins Bett stieg, strich er mit der Hand zärtlich über die Mahagoniwand. Morgen!

Der Zug hatte eine Stunde Aufenthalt in Bukarest. Gut so, und noch war es nicht dunkel genug. Das Fenster sollte offenstehen und die Nachtluft hereinwehen, wenn Amina kam.
Der Kübel mit dem Champagner, die zwei Gläser, die Schale mit den bunten Süßigkeiten, die Vase mit den Rosen, die der Kondukteur während des Aufenthaltes angeschleppt hatte – alles wartete. Er zwang sich in den Plüschsessel zurück und streckte die langen Beine von sich. Ruhe ... Gleichmut ... Abschalten.
Der Zug setzte sich mit gewaltigem Ruck in Bewegung, und Berglund hielt es nicht mehr auf dem Sessel aus. Er lehnte den Kopf aus dem Fenster, ließ sich das Gesicht vom Wind kühlen. Die Sonne war längst untergegangen, aber solange der Zug noch durch die Stadt fuhr, war das Abteil noch immer nicht dunkel genug. Geduld.
Er zog den Kopf zurück, sah im Spiegel sein zerzaustes rotes Haar, kämmte sich. Ob er sich ausziehen sollte? Der Morgenmantel stand ihm gut, das hatte man ihm schon öfter bezeugt. Aber das lange Nachthemd darunter? Trotzdem, irgendwann mußte er es ja doch anziehen. War es zu – direkt, Amina bereits im Morgenmantel zu begrüßen? Was würde *sie* wohl tragen? Wenn sie doch in den gelben Schleiern käme, in denen sie zum erstenmal aufgetaucht war ...
Jetzt war es wahrhaftig dunkel. Nur dann und wann raste ein schwacher Lichtkegel durch das Abteil, wenn der Zug durch eine

Ortschaft oder an einem Signal vorbeifuhr. Und er begann, sich auszuziehen, ohne es zu merken, auf einmal war es ganz natürlich. Kein Nachthemd, nur den Morgenmantel. Dann tastete er sich wieder zum Fenster zurück.
Als es klopfte, war er beinah ruhig. Sein Schnauzbart streckte den Kopf zur Tür herein – das Licht auf dem Gang draußen beleuchtete sein Grinsen – die Tür öffnete sich noch einen Spalt, etwas Weißes glitt herein, dann schloß sie sich wieder.
Das Brautkleid. Er erkannte es sofort wieder. Nur der Schleier war ein anderer. Obwohl das Licht nur eine knappe Sekunde auf sie gefallen war, hatte er ihre Augen sehen können. Die seinen hatten sich jetzt an die Dunkelheit gewöhnt, so daß er sie deutlich erkennen konnte, wie sie da an der Tür lehnte.
»Kommen Sie«, sagte er und führte sie zum Sessel am Fenster. Dann holte er sich einen Stuhl und setzte sich dicht neben sie. Morgen würde er »du« zu ihr sagen, aber jetzt brachte er es noch nicht fertig. Sie war schließlich eine Fremde. Er hatte sie gekauft, wie er oft in seinem Leben Frauen gekauft hatte, aber sie war keine Dirne, sondern ein junges Mädchen, das er nicht kannte. Allerdings hatte sie gesagt, sie wolle mit ihm kommen. Warum wohl? Weil sie aus dem Harem heraus wollte, als emanzipierte Frau leben (Victor Hugo!), oder weil sie eine plötzliche Zuneigung zu ihm gefaßt hatte? Unwahrscheinlich. Und in diesem Augenblick, wenn er ehrlich sein wollte, war es ihm gleichgültig. Da saß sie, während der Orientexpreß durch die Lande rollte. Sein Eigentum. Tausendundeine Nacht.
Er tastete nach der Champagnerflasche und füllte beide Gläser, aber sie schüttelte den Kopf. Natürlich. Sie durfte ja nicht trinken, darin verstand der Koran keinen Spaß. Er stürzte sein Glas hinunter, dann das ihre, fühlte sich erregt und kopflos.
Wie fühlte *sie* sich wohl? Sie saß im Sessel zurückgelehnt, die Hände im Schoß, abwartend. Die Hände! Er ergriff sie, streichelte sie, hatte das Gefühl, daß sie ihm aus den Fingern glitten, so schmal und gewichtlos fühlten sie sich an. Er hob sie hoch und preßte sein Gesicht in die Handflächen. Wohlriechende Kräuter. Ein Signal raste vorbei, und er sah eine Sekunde lang ihre Augen,

die ihn gelassen anblickten, ohne die geringste Spur von Bangigkeit.
Ob er es wagen sollte, ihren Arm zu streicheln, bis zur Schulter, dann ihren Hals bis zum Kinn, das noch vom Schleier bedeckt war? Sie ließ alles mit sich geschehen, zuckte nicht zurück, wehrte ihn nicht ab.
Er stand auf und zog sie hoch. Seine Finger suchten nach dem Verschluß ihres Kleides. Er tastete unter dem Schleier nach ihrem Nacken, nach den Haken und Ösen, die er bisher immer, mochten sie noch so klein sein, in kürzester Zeit auseinandergehakt hatte. Aber er tastete vergebens, fingerte wieder und wieder die Stickerei ab, erforschte das Material nach beiden Seiten, dann abwärts, begann verzweifelt, mit den Nägeln Stoff und Seidenfäden anzukratzen.
Amina war unter seinem heftigen Zerren nach vorn gekippt und lehnte wie eine Stoffpuppe gegen seine linke Schulter. Ein paar Sekunden lang lag sie so, dann stützte sie die Hände gegen seine Brust und sagte mit ruhiger Stimme: »Ich bin zugenäht.«
Berglunds Finger zuckten zurück, als seien sie von einer Wespe gestochen worden. Zugenäht? Entsetzt starrte er ihr in die Augen. Davon hatte nichts im Anhang des türkischen Lehrbuchs gestanden. Wo war sie zugenäht?
Vielleicht ließ sie ihn mit Absicht zappeln. Als sie wieder sprach, glaubte er, ein unterdrücktes Lachen in ihrer Stimme zu hören.
»Brautkleid ist immer zugenäht. Bräutigam schneidet mit seinem Dolch auf.«
Der Zug schwenkte heftig in eine Kurve, und er mußte sich mit einer Hand am Fenster festhalten, während der andere Arm das Mädchen umschlang. Wie wehrlos sie sich anfühlte. Als er sein Gleichgewicht wiedergefunden hatte, ließ er sie los und tastete sich zum Waschbecken. Er hatte keinen Dolch. Die Nagelschere würde es auch tun.
Aber als er mit der kleinen Schere in der Hand zum Fenster zurückkehrte, streckte Amina hastig und abwehrend beide Hände aus.

»Nicht!« flüsterte sie aufgeregt. »Schere schneidet Glück entzwei.«
»Ich habe kein Messer«, sagte er ratlos und ließ die Schere auf den Tisch fallen.
Sie trat einen Schritt vor und nahm seine Hand.
»Nur Dolch«, flüsterte sie wieder und legte seine Hand flach auf ihre Brust, dicht unter dem Halsansatz. »Hier!« Sie drückte auf seine Hand, und er glaubte, unter dem Stoff etwas Langes, Spitzes unter seiner Handfläche zu fühlen. »Braut darf nicht anfassen«, wisperte sie eindringlich und wartete geduldig, während er sich mühte, seine große Hand zwischen ihren Hals und den engen runden Kleiderausschnitt zu zwängen, ohne ihr weh zu tun, um das flache Ende eines kleinen Dolches zwischen Daumen und Zeigefinger zu erwischen und vorsichtig herauszuziehen. Er war höchstens fünfzehn Zentimeter lang, nicht breiter als ein Obstmesser, mit platter, tödlicher Spitze.
Amina deutete auf ihren Nacken. Er drehte sie um, damit das spärliche Licht, das von Zeit zu Zeit durchs Fenster des Abteils fiel, die Suche nach der Naht erleichterte.
So standen sie und warteten schweigend. Wieder sauste ein Signal vorbei, gerade lange genug, um den Punkt, auf den ihr Finger wies, eine Sekunde lang zu beleuchten. Da war sie, die Naht, hier begann sie. Er befreite ihren Arm aus der verrenkten Geste, während er seinen Zeigefinger auf die Stelle legte, um sie nicht zu verlieren. Er fühlte den Wulst der beiden zusammengenähten Säume, beschloß aber, auf die nächste Ortschaft zu warten, um auch etwas sehen zu können. Das Kleid lag eng am Körper an, und der Dolch war spitz.
Das Gaslicht im Abteil anzumachen, kam ihm nicht in den Sinn, und auch Amina schien diese Möglichkeit nicht zu erwägen.
Die Ansiedlung ließ auf sich warten, aber Berglund fühlte keine Ungeduld mehr. Er mußte an die Sixtinische Kapelle in Rom denken und an Michelangelos Idee von der Schöpfung des Menschen, die ihn immer fasziniert hatte: Adam, im Gras liegend, eben erst erschaffen, halb erwacht, beinah noch feucht, Gottvater auf der Wolke, nach dieser Anstrengung von Engeln gestützt,

und die einzige Verbindung, die noch zwischen dem Schöpfer und seinem Werk besteht, sind beider Zeigefinger, die sich gerade voneinander lösen ...
So schwebend leicht und zugleich so schicksalhaft kam ihm sein eigener Zeigefinger vor, der die Naht berührte, die er in wenigen Minuten aufschlitzen würde.
Der Zug fuhr durch eine kleine Stadt und verlangsamte das Tempo, wie um ihm sein Vorhaben zu erleichtern. Er hatte jetzt genügend Licht, setzte den Dolch vorsichtig an, verstand plötzlich und genoß den Sinn dieses Brauchs, schnitt langsam, langsam und mit sicherer Hand den Saum auseinander.

Einmal wachte er auf, war so klaftertief in seinen Schlaf versunken gewesen, daß er einige Zeit brauchte, bis ihm das Rattern und Schütteln des Zuges erklärte, wo er sich befand. Noch ein paar Sekunden, dann wußte er auch, was das Gewicht auf seinem rechten Arm bedeutete: Amina.
Oben an der Schulter piekte ihn etwas. Er forschte vorsichtig nach: eine kleine Metallspange, die ihren Schleier am Hinterkopf zusammenhielt, in ihre Haare verrutscht und verheddert.
Es war sicher noch früh, höchstens fünf Uhr, aber nicht mehr ganz so dunkel im Abteil. Das schwarze Haar auf seinem Arm war deutlich zu erkennen, auch ihr Gesicht, noch immer vom Halbschleier verdeckt. Sie schlief, atmete leicht und regelmäßig. Vorsichtig stützte er sich auf den linken Ellenbogen und beobachtete, wie sich das zarte Gewebe über dem Gesicht zitternd hob und senkte. Bald würde es hell genug sein – das Fenster stand noch immer offen –, dann würde er den Schleier lösen.
Gestern abend war sie von selbst aus dem aufgeschlitzten Brautkleid herausgestiegen und hatte es zusammen mit dem Unterkleid und den seltsam gefalteten Beinkleidern sorgfältig über den Stuhl drapiert. Erst dann hatte sie sich gemächlich zu ihm umgedreht. Enge Brüste, volle Hüften. Schade. Ihm gefiel gerade das Umgekehrte, aber es imponierte ihm, wie sie da stand und ruhig an ihm vorbei aus dem Fenster sah, vollkommen nackt bis auf den kurzen Schleier, den der Zugwind gerade noch erreichte und

hin und her fächelte. Mal klebte er ihn an ihr Gesicht, mal bauschte er ihn davor auf wie eine halbe Seifenblase.
Dann hatte sie in aller Ruhe die Arme gehoben, um den Schleier zu lösen – und er hatte nur beschwörend die Hand ausgestreckt, sprechen konnte er nicht. Sie hatte ihn erstaunt und beinah mißtrauisch angesehen, die Arme bereits wie zwei weiße Dreiecke hinter dem Kopf, aber dann hatte sie plötzlich begriffen, ließ sie langsam sinken, und er hätte schwören können, daß ihre Augen lächelten. Er hatte sich also nicht geirrt, sie verstand instinktiv, oder sie wußte bereits. Wußte Dinge, die er ihr nicht hätte erklären können.
Entweder war es schnell Morgen geworden, oder seine Augen hatten sich an die Dunkelheit gewöhnt. Vorsichtig löste er die Metallspange unter dem dunklen Haar an seiner Schulter. Sie öffnete sich und ließ den Schleier lose und abnehmbar liegen, wo er lag. Er schob ihn behutsam zurück, beugte sich tief über sie und erforschte gespannt das helle, im Schlaf verschlossene Gesicht.
So also sah sie aus.
Vielleicht fühlte sie, daß er sie betrachtete. Er hatte den Eindruck, sie atme nicht mehr so regelmäßig wie vorher, aber sie lag ihm nach wie vor regungslos im Arm. Er nahm sich Zeit, studierte ihre Züge. Plötzlich fiel ihm ein – und der Gedanke machte ihm Spaß –, daß er sie ohne Schleier auf der Straße nicht erkannt hätte.
Einiges war ihm bereits vertraut, die lang geschwungenen Brauen zum Beispiel, so dicht und so schwarz, wie es sich für eine Tochter Mustafas gehörte, den man allein an dem wilden Gestrüpp über seinen Augen erkennen konnte. Die Augen, die ihn vom ersten Augenblick an verführt hatten, waren jetzt geschlossen, die Lider zuckten leise. Die Nase war neu für ihn, und er betrachtete sie eingehend: Gestutzt, etwas breit, nicht gerade klassisch, aber auch nicht kartoffelartig, wie bei manchen Türkinnen, die er aus den Bordellen kannte, die Oberlippe sehr kurz und der Mund voll, dunkel und scharf eingezeichnet. Diese Art von Gesicht war nur reizvoll, solange es jung war, und sie war

noch sehr jung – was hatte Mustafa gesagt? – knapp sechzehn Jahre.
Jetzt war er sicher, daß sie wach war, denn er sah, wie sich die Iris unter den geschlossenen Lidern bewegte. Er ließ sich ins Kissen zurücksinken, wollte jetzt nicht begrüßen, lächeln, sprechen. Er war satt, zufrieden, friedlich, friedfertig wie noch nie zuvor in seinem Leben.
Es war längst hell, aber er schlief wieder ein und merkte nicht, daß Amina sich geräuschlos aufrichtete, sich über ihn beugte und ihn betrachtete.

Zweites Buch

I

Wenn Berglund später an diese ersten Monate zurückdachte, kamen sie ihm durchweg strahlend hell und sonnenbeschienen vor.
Wolkenlos blauer Himmel, von dem Augenblick an, als er gegen neun Uhr früh erwachte und Amina neben ihm schlief. Er weckte sie auf, sprang aus dem Bett, öffnete einen kleinen Koffer und holte seine Pistole heraus. Sie verstand, lachte, sah ihn fragend an. Kein Kamin! Dann würde er eben woanders hin schießen, aber geschossen mußte werden. Nackt, die Pistole in der Hand, kam ihm dieser orientalische Brauch plötzlich ganz natürlich vor. Aus dem Fenster? Das würde ja keiner hören. Er drehte sich einmal um seine Achse – Amina zog die Decke über den Kopf –, entschloß sich, dem Mittelspiegel über dem Plüschsofa die Ehre zu geben, drückte ab und lachte laut über den gewaltigen Knall und die Splitter, von denen dann einer in seinem Schenkel saß. Befriedigt zog er ihn heraus und war gerade dabei, die kleine Wunde auszuwaschen, als es heftig an der Tür klopfte. Er ließ sich Zeit, zog den Morgenmantel an – das Klopfen wurde zum wilden Donnern –, kämmte sich die Haare und öffnete: Drei schreckensbleiche Gesichter, eins davon sein Schnauzbart, die anderen zwei junge Männer vom Nebencoupé. Der Kondukteur verstand sofort, grinste und gratulierte mit der Hand am Käppi, steckte einen Golddukaten ein und sammelte die Scherben auf. Für die beiden jungen Männer, zwei österreichische Brüder, mußte Berglund schnell etwas Glaubwürdiges erfinden, während sie neugierig das Bett betrachteten, in dem Amina unter dem Laken versteckt lag.

Sie übernachteten nicht in Wien. Mit Amina und der Dade und all den Truhen und Säcken im Hotel Sacher zu erscheinen – peinlich. Sie blieben am Bahnhof und nahmen den nächsten Zug nach Berlin, alle drei zusammen in einem Abteil erster Klasse, allein für sie reserviert, Amina im Reisekleid und um den Kopf den *yashmak,* die Dade noch immer ganz und gar braun verpackt.

Berglund gab sich Mühe, zeigte aus dem Fenster auf dieses oder jenes, bekam aber nur einsilbige, wenn auch positive Antworten. »Das ist eine alte Burgruine, Amina, aus dem vierzehnten Jahrhundert.« – »Sehr hübsch.« – »Jetzt kommen wir an die deutsche Grenze. Siehst du, das sind schon deutsche Grenzposten, da drüben mit ihrem Gewehr.« – »Sehr hübsch.«

Er hatte versucht, auch die Dade miteinzubeziehen, aber als sie plötzlich mitten in seiner Beschreibung der drei Flüsse, die in Passau zusammenfließen, laut aufschnarchte, gab er auf.

Nach einer Weile wurde es still im Abteil. Sie schliefen alle drei.

Der Anhalter Bahnhof in Berlin, die Heimfahrt in zwei Droschken – Amina und er in der ersten, die Dade und das Gepäck in der zweiten –, die Ankunft in seinem Haus in der Rümelangstraße im Tiergarten: alles wie von innen erleuchtet. Das Telegramm hatte angekündigt, er habe eine Türkin geheiratet, und Frau Glaubitz, seine Haushälterin, war auf alles gefaßt. Blumen standen in jedem Zimmer, und sie selbst und Peelke, der Diener, auf der untersten Stufe der Treppe. Hinter ihnen, eine Stufe höher, aber immer noch verdeckt, der Gärtner Gerhard, ein Zwerg.

Als die erste Droschke hielt und Berglund Amina beim Aussteigen half, stieß Frau Glaubitz Peelke mit dem Ellbogen in die Rippen. Genauso hatte sie es sich vorgestellt: eine mit Schleier! Als dann die zweite Droschke mit den Truhen und der Dade erschien, verschlug es ihr die Berliner Schnauze. Eine Schwarze! Sie bekreuzigte sich und erwog, ob sie Gehaltserhöhung verlangen solle.

Was aßen denn diese – unter dem Schleier Versteckten? Das war allerdings ein Problem. Berglund löste es, indem er der Dade im ersten Stock ein Zimmer als orientalische Küche einrichten ließ, sogar mit offenem Feuer, obgleich Frau Glaubitz und Peelke die Hände rangen. Aber die Häuser in Konstantinopel waren schließlich auch nicht alle abgebrannt, und der Dade, da war er sicher, konnte man Feuer anvertrauen.

Es gab jetzt zwei abgetrennte Zonen in seinem Haushalt. Frau Glaubitz und Peelke regierten unten weiterhin ungestört, oben herrschte die Dade und kochte in »ihrem« Zimmer, so daß fettige, aber wohlriechende Düfte den ganzen ersten Stock durchzogen. Sonst änderte sich nichts an Berglunds alter Lebensweise, außer daß er seinen Segelclub seltener besuchte und seine Freunde weniger oft sah. Sie waren zum Begrüßungsfest erschienen, vollzählig und neugierig – aber Amina hatte den *yashmak* hoch ins Gesicht gezogen. Die Arme. Schüchtern. Was für eine Tortur für Berglund!

Gar keine Tortur für Berglund, und Amina war alles andere als schüchtern. Er liebte den *yashmak,* wußte ja, was drunter war. Am wichtigsten war, daß sie nachts verschleiert blieb. Tagsüber, wenn er nicht im Haus war und wenn niemand außer der Dade sie sah, nahm sie ihn ab.

Gleich nach der Ankunft in Berlin kehrte er in sein Geschäft zurück, zu weit entfernt, um mittags nach Hause zu kommen. Das hatte ihn nie gestört und störte ihn auch jetzt nicht. Er ging gern in das alte dreistöckige Gebäude in der Kaiser-Wilhelm-Straße, Lager sowie Ausstellungsräume für seine antiken Möbel und Teppiche. Im zweiten Stock hatte er ein großes, hohes Büro, in einer Ecke sein Sekretär, ein bleicher Jüngling namens Gerstenkorn, Gerste genannt. Wenn unten prominente Kunden erschienen, benachrichtigte man ihn mit Hilfe einer Sprechanlage. Dann fuhr er mit dem alten Aufzug hinunter, um einen imposanten Auftritt durch eine extra für diesen Zweck installierte alte spanische Tür zu inszenieren. Abends fuhr er mit einer Droschke nach Hause – aber vielleicht würde er jetzt ein Auto kaufen. Bisher hatte er es sich nicht gegönnt, denn er wußte nicht, was er mit dem Chauffeur tagsüber anfangen sollte. Jetzt wußte er es.

Auto und Chauffeur, ein Elsässer namens Gaston, wurden angeschafft, und Amina und die Dade fuhren täglich durch Berlin spazieren, wenn sich Amina wohl genug fühlte, denn sie war schwanger. Sie hatte dies Berglund sechs Wochen nach ihrer Ankunft ohne viel Federlesens mitgeteilt. Als er wissen wollte, ob sie ihren Vater benachrichtigt habe, schüttelte sie energisch den Kopf. Es könnte ja eine Tochter sein.

Manchmal fragte er sich, was sie eigentlich tagsüber tat. Sie beklagte sich nie, daß sie keine Freundinnen hatte, niemanden in der Stadt kannte. Die türkische Botschaft wollte sie nie besuchen, die seien »anders«. Wenn er nach Hause kam, lag sie auf einem Ruhebett entweder im Schlafzimmer oder auf der Terrasse und las Victor Hugo. Gut, daß dieser Mensch soviel geschrieben hatte. Als Berglund ihr einmal ein Buch von Zola brachte, gab sie es ihm ein paar Tage später zurück. »*Non!*« sagte sie nachdrücklich.

Anfangs hatten die Ehefrauen seiner Freunde versucht, mit ihr in Kontakt zu kommen, aus Neugierde oder weil ihre Männer es verlangten, aber Aminas Einsilbigkeit und die Gegenwart der Dade hatten den guten Willen im Keim erstickt. Man fragte sich allgemein, was wohl Berglund mit ihr anzufangen wußte. Diese Sorge hätte man sich ersparen können. Er liebte nicht nur den *yashmak,* er liebte ihr Phlegma, ihre Indolenz, ihre Leidenschaftslosigkeit allen Dingen gegenüber. Es hatte ihm sogar gefallen, daß sie kein Wort des Lobes für das Haus oder für den Garten gefunden hatte. Allerdings – weder sein Haus noch sein Garten konnte sich mit Mustafas vergleichen, warum sollte sie sie also loben? Ihm zu Gefallen? Er mochte es, daß sie niemandem etwas zu Gefallen tat, niemals Vergnügen heuchelte, wenn sie keins empfand. Sie war höflich, unterbrach ihn nicht, hörte zu – oder hörte sie *nicht* zu? – und begrüßte ihn und verabschiedete sich mit dem Türkengruß. Die Freunde bewunderten ihre Anmut und die Rosenblatt-Hände. Was wollte er mehr? Wenn er abends nach Hause kam, lächelte sie ihm zu und erlaubte ihm, mit ihren Händen zu spielen. Dann las er die Zeitung und sie blätterte in den Illustrierten, die er ihr mitbrachte. Sie sah sich nur die Bilder an, machte keinen Versuch, Deutsch zu lernen, und auch das war ihm recht. Sie konnten sich verständigen, mehr war nicht nötig. Nun würde sie ein Kind haben und beschäftigt sein. Um so besser. Ihm war es gleichgültig, ob er Kinder hatte oder nicht. Vielleicht, wenn er ernstlich in sich hineingehorcht hätte, wäre die Anwort gewesen: lieber nicht.

Die Monate der Schwangerschaft brachten keine Veränderung für Amina. Sie mußte nicht »ruhen« wie andere Frauen, sie ruhte bereits. Ob es eine innere Wandlung gab, ein Sichvorbereiten oder eine Vorfreude, ließ sich nicht erkennen, und das lag nicht nur an dem *yashmak*, denn es fiel ihm auf, daß die Dade, immer noch ganz und gar verhüllt, jetzt anders herumwatschelte, energischer, fröhlicher. Er hätte gern gewußt, wie sie aussah – alles Verhüllte faszinierte ihn –, und er forschte Amina nach Einzelheiten aus. Sie sei eine Negerin, erklärte diese und glaubte, damit alles gesagt zu haben. Aber Berglund bohrte weiter, und Amina mußte heftig nachdenken. Sie selbst »sehe« die Dade eigentlich nicht mehr, sie könne sich kaum erinnern – hier trage sie ja immer den *petsche*, den verhüllenden Schleier. Außerdem sei sie so an sie gewöhnt, daß sie sie nie richtig angesehen habe. Sie sei sehr, sehr dunkel und habe sehr, sehr viele Zähne, sehr, sehr weiß.
Im fünften Monat erklärte Amina, sie werde jetzt nicht mehr spazierenfahren, sie fühle sich nicht wohl genug. Das Hin- und Hergerutsche des Autos im Schneematsch mache ihr kein Vergnügen. Von da an verließ sie das Ruhebett im Schlafzimmer nur, um sich manchmal ans Fenster zu stellen und mit verhangenem Blick dem Schneetreiben zuzusehen.
Um diese Zeit kam es zur ersten Verstimmung und wenig später zum ersten – und einzigen – Streit. Berglund wollte, daß Dr. Schweikart, der Hausarzt der Familie, der auch die Kinder seiner Schwester Vera in die Welt gebracht hatte, nun über Amina wachen solle. Aber sie wollte nichts davon hören. Die Dade würde wachen, die Dade würde das Kind aufziehen. Und die Niederkunft? Die Dade. Sonst niemand.
Berglund schwieg. Am besten, der Arzt komme mal zu Besuch

und werde so Amina rein freundschaftlich kennenlernen. Sie würde sofort sehen, daß sie sich ihm ohne weiteres anvertrauen konnte.
Aber kaum hatte Dr. Schweikart das Haus betreten, als die Schlafzimmertür oben geräuschvoll abgeriegelt wurde. Woher wußte sie? Die Dade natürlich. Und woher wußte die Dade, daß der freundliche alte Mann mit dem Zwicker und mit der goldenen Kette über dem dicken Bauch ein Arzt war? Sie verstand doch kein Wort Deutsch, war nicht einmal imstande, die Uhrzeit abzulesen. Nur Geld zählen, das konnte sie, auch deutsche Münzen – und »riechen«. Den Arzt hatte sie ganz einfach gerochen.
Als Dr. Schweikart sich verabschiedet hatte – »Lassen Sie nur, lieber Berglund, wenn die Zeit kommt, wird sie selbst nach mir rufen.« –, blieb die Tür oben immer noch verschlossen, obgleich Berglund heftig gepocht hatte. Er fluchte leise, kniete nieder und spähte durchs Schlüsselloch: Dunkel. Braunes Dunkel. Die Dade blockierte innen die Tür.
Frau Glaubitz besaß einen zweiten Schlüssel für den Notfall. Er stieg die Treppe zum Wohnzimmer hinunter, klingelte, sah zum Fenster hinaus in den verschneiten Garten.
»Peelke – bringen Sie mir den zweiten Schlüssel zu meinem Schlafzimmer.« Ohne sich umzudrehen.
»Jawohl, Herr Berglund.«
Geräuschlos stieg er wieder hinauf, drehte den Schlüssel blitzschnell im Schloß und stieß die Tür auf. Die Dade fiel um, wie er gehofft hatte, und Amina, im Bett kauernd, gab einen kleinen Schrei von sich.
Berglund durfte man nicht die Zähne zeigen, wenn er zornig war, aber die Dade versuchte es. Sie rappelte sich auf und drängte sich zwischen ihn und das große Messingbett.
»Sag ihr, sie soll das Zimmer sofort verlassen!«
Amina zögerte, aber nicht lange. Die blauen Porzellankugeln sahen zum erstenmal bedrohlich aus. Sie flüsterte ein paar Worte auf türkisch, und die Tür schloß sich hinter seinem Rücken.
Bevor Berglund den ersten Satz sprechen konnte, stürzte ein Wasserfall von Worten aus Amina heraus, erst ein französischer,

dann, ohne Übergang, ein türkischer. Er glaubte aber, ungefähr zu wissen, um was es sich handelte, obgleich alles durcheinanderging: Die Dade hatte mehr als ein Dutzend Kinder in die Welt gebracht, nein, keine eigenen, die der Frauen im Harem; sie wurde auch in andere Häuser geschickt, weil sie so viel davon verstand; kein Mann, außer dem Ehemann, dürfe sich einer Türkin nähern, ob er Arzt ist oder nicht, Schande – Befleckung – Ruin – Selbstmord ...

Berglund ließ sie sich ausschreien. Als sie dann aber gleich heftig zu schluchzen begann, das Gesicht im Kissen verbarg und mit den »Rosenblättern« wild auf dem Messingbett herumhämmerte, bekam er es mit der Angst zu tun. Schließlich war sie schwanger, konnte sich vielleicht in eine Fehlgeburt hineinlamentieren. Er setzte sich aufs Bett, streichelte ihren Kopf und gelobte, daß die Dade, nur die Dade allein das Kind in die Welt bringen würde. Daraufhin wurde das Schluchzen ruhiger, und er verließ das Zimmer.

Als er später wieder eintrat, um schlafen zu gehen, erwartete sie ihn mit dem *yashmak* vor dem Gesicht.

2

Die letzten vier Monate vor der Geburt waren friedlich. Aber das war auch alles. Die magischen Ringe, die ihn eingekreist hatten, sobald er den Fuß ins Haus setzte, waren so weit auseinandergelaufen, daß er sehr viel Zwischenraum spürte. So war das nun mal, wenn man ein Kind erwartete, die Frau wurde unförmig und unzugänglich. Sogar die »Rosenblätter« waren geschwollen, und er durfte nicht mehr mit ihnen spielen.

Um so rühriger war die Dade. Treppauf, treppab, Blumentöpfe aus dem Treibhaus im Garten ins Schlafzimmer hinauf – Gerhard, der Zwerg, war ihr besonderer Freund –, Dutzende von beladenen Silbertabletts an Aminas Bett, wieder zurück in ihre Küche und wieder ins Schlafzimmer. Wenn sie so eilig und sichtlich freudig an Berglund vorbeitrottete, hatte er manchmal das Bedürfnis, mit ihr zu sprechen. Einmal hielt er sie an ihrem braunen Kaliko-Gewand fest, wunderte sich, wie hart sie sich anfühlte, kein bißchen schwabbelig, öffnete den Mund weit und lächelte sie an, so breit er konnte. Sie blieb zwar stehen, doch was ging hinter den dichten Falten ihres Schleiers vor? Wenn er nur ihre Augen hätte sehen können! Aber sie trug den *petsche,* den Vollschleier, im Haus wie im Garten. Er versuchte einige freundliche Geräusche auf französisch, die Wohlwollen ihr gegenüber und Anteilnahme an Amina ausdrücken sollten. Nach kurzem Schweigen gab sie ein paar dumpfe Töne von sich, aus denen er ebenfalls guten Willen herauszuhören glaubte. Er ließ sie los, und sie wackelte eilig davon.

Es war ihm aber doch nicht geheuer, ihr Amina ganz und gar auszuliefern, und er beschloß, sich bei der türkischen Botschaft Rat zu holen. Vielleicht kannte man dort ähnliche Probleme mit den Frauen. Scheinbar nicht. Der überaus höfliche Gesandte des Sultans, ein gepflegter, glatzköpfiger Herr in schwarzem Anzug, hörte ihm aufmerksam zu, schüttelte den Kopf und meinte kurzerhand, Berglund habe Pech gehabt mit seiner Wahl. Es gebe auch fortschrittliche türkische Frauen, die seinigen zum Beispiel. Sie unterschieden sich alle vier in keiner Weise von einer Französin, hätten hier in Berlin ein halbes Dutzend Kinder auf moderne Art und Weise, sogar mit Äthermaske, zur Welt gebracht. Er werde ihm seinen Ersten Attaché ins Haus schicken, um der Dade auf den Zahn zu fühlen.

Ein paar Tage später – Amina war bereits im achten Monat – erschien ein junger Mann, Mitte dreißig, mit dünnem Bleistiftschnurrbart, Monokel und leichtem Embonpoint in Berglunds Wohnzimmer und stellte sich als Dr. Kemal Edib von der türkischen Botschaft vor.

Wie aber sollte man die Dade aus ihrem Königreich herunterholen? Wie nach ihr rufen? Wie ihr etwas ausrichten lassen? Es blieb Berglund nichts anderes übrig, als den eleganten jungen Mann zu bitten, mit ihm hinauf zur Küche der Dade zu steigen.

Oben auf dem Gang waren alle Türen geschlossen. Unter der Schwelle zur Küche quollen wie immer wohlriechende Dämpfe hervor. Dr. Edib lächelte nachsichtig, bedeutete Berglund zurückzutreten, klopfte an die Tür und rief etwas auf türkisch. Stille. Der junge Mann wartete einen Augenblick, dann klopfte er noch einmal, energischer, und rief wieder etwas, weniger freundlich, aber ausführlicher. Stille. Sogar die Dämpfe quollen nicht mehr. Der Türke blieb eine Weile stehen, die Nase vor der geschlossenen Tür, und rief dann ein drittes Mal etwas, kurz und drohend. Dann drehte er sich um und stieg an Berglund vorbei die Treppe hinunter. Er war sichtlich erregt und wollte eigentlich gleich zur Haustür hinaus, aber Berglund zog ihn noch einmal ins Wohnzimmer. Dort warteten Kaffee und Liköre, und der junge Mann ließ sich herbei, beides wortlos und im Stehen hinunterzustürzen. Die Abfuhr, welche ihm die Dade erteilt hatte, war ihm in die Glieder gefahren. Trotzdem, so versicherte er Berglund, werde er ihn, wenn es mal soweit sei, nicht im Stich lassen. Schon wegen dieser Person. So was gebe es eben leider noch in seinem Land. Hier und da. Habe Berglund nicht erwähnt, daß sie eine Sklavin gewesen war? Sie hätte es bleiben sollen.

In diesen letzten Wochen vor der Niederkunft sah Berglund seine Frau nur noch im Bett. Sie trug jetzt nie mehr den *yashmak*, bekam sowieso nur schwer Luft. Auch ihr Gesicht war aufgequollen, und Berglund sagte sich wieder, daß das nun mal bei schwangeren Frauen so sei. Bald würde sie wieder zart und biegsam unter gelben Schleiern einherwedeln, vielleicht auch im Garten, wenn es warm genug war. Dort wartete eine Überraschung auf sie: Ein Springbrunnen, den er heimlich angelegt hatte. Der Gedanke, daß da auch ein quäkendes Bündel im Kinderwagen liegen wird, kam ihm nur ganz selten. Die Dade würde schon eine richtige Amme finden und das Kind in ihrer Küche behalten, von wohlriechendem Kräuterduft umgeben. Amina war hoffentlich keine passionierte Mutter.
Er hielt es für besser zu erwähnen, daß er »durch Zufall« einen türkischen Botschaftsattaché, einen Dr. Edib, kennengelernt hatte. Ob er verheiratet sei, fragte Amina mit einem Funken von Interesse. Ja. Mit einer Türkin? Mit einer Deutschen. Der Funke erlosch.

3

Anfang April, als Amina den neunten Monat begann und ihm kaum noch den Kopf zuwandte, wenn er abends nach Hause kam, glückte ihm ein heimlich vorbereiteter Volltreffer. Eigentlich hatte er ihn seinem neuen Freund, dem türkischen Botschafter, zu verdanken, obgleich er, Berglund, für alle Spesen – und die waren beträchtlich – aufkam. Nach langem Zögern und Dutzenden von Kuriersendungen hatte der Sultan endlich eingewilligt, seine berühmten Karagöz-Marionettenspieler ins Ausland reisen zu lassen. Karagöz und Hazivat waren die Hauptfiguren in einem Puppenspiel wüster, uralter Moritaten und Komödien, schnurrig und obszön, an denen die Türken schon seit Hunderten von Jahren ihren Spaß hatten.

Das erste Gastspiel im Ballsaal der türkischen Botschaft war beinah eine Katastrophe. Das gesamte diplomatische Corps und die dazugehörigen Damen saßen vor einer Leinwand, auf der etwa vierzig Zentimeter große Marionetten hin und her sprangen, das heißt, nur ihre Schattenrisse sprangen umher, sonst wären sie längst von den Moslems verboten worden. Aber Schattenrisse, so hieß es, seien keine menschlichen Abbildungen und daher unbedenklich.

Die geladenen Gäste verstanden nichts, jedenfalls taten sie so, und sahen steif und feierlich geradeaus, auch wenn das Treiben auf der Leinwand ganz unmißverständlich war. Außer dem türkischen Botschaftspersonal verstand kein Mensch, was diese seltsamen kleinen Figuren darstellten, ob sie Dirnen waren oder Küchenmädchen, Badeheizer oder Kavaliere, und warum sie alle brüllten und sich prügelten. Der Botschafter hielt sich die ganze

Zeit über ein Taschentuch vor den Mund, in das er manchmal unter konvulsivischen Zuckungen hineinhustete.
Die eisige Atmosphäre drang durch die Leinwand bis zu den Spielern, die bereits nach der zweiten Episode abbrachen, und der Botschafter hatte Mühe, sie zu überreden, doch noch eine Vorstellung am folgenden Abend zu geben, an einem anderen Ort.
Am Morgen verzögerte Berglund die Abfahrt in sein Büro und setzte sich zu Amina ans Bett. Sie blickte ihn aus trägen, dunkel umränderten Augen an und verbarg die Hände unter der Bettdecke, damit er sie nicht anfassen konnte.
»Amina – heute abend kommt Besuch für dich und für die Dade.«
Sie sah ihn erstaunt an. Er wußte doch, daß sie seit Wochen niemanden mehr empfing. »Jemand von der Botschaft?«
Er schüttelte den Kopf.
»Baba?« fragte sie leise. *Baba* war der Vater. So, wie sie fragte, konnte er nicht erkennen, ob sie sich gefreut hätte, wenn Mustafa plötzlich erschienen wäre.
»Karagöz und Hazivat kommen dich besuchen.«
Sie starrte ihn mit geöffneten Lippen an, warf den Kopf in die Kissen zurück und stieß einen lauten Schrei aus. Die Dade stürzte herein und kniete am Bett nieder. Amina umklammerte sie, flüsterte und schluchzte und lachte, während der braune Koloß in seltsamen Tönen knarrte, denen man aber doch eine gewisse Erregung anmerken konnte. Wann? Wann? Um sechs Uhr abends. Was würden sie spielen? Berglund wußte es nicht, erfand, daß es lauter neue Abenteuer seien, merkte an ihrer Enttäuschung, daß er das Falsche gesagt hatte, und fügte eilig hinzu, sie würden natürlich auch die alten spielen.
Sie fragte nicht, wie es kam, daß Karagöz aus Konstantinopel plötzlich in ihrem Haus in Berlin auftauchte. Hauptsache, er war da, und sie versprach, ganz still oben in ihrem Schlafzimmer zu bleiben, bis unten alles fertig aufgebaut war.
Nachmittags, pünktlich um fünf Uhr, hielten zwei Kutschen vor dem Haus, und sechs vermummte Gestalten trugen Kisten und Kasten hinein und riegelten das Wohnzimmer für eine Stunde

ab. Fünf Minuten vor sechs wurde Berglund eingelassen. Er beschloß, mit Frau Glaubitz und Gaston etwas weiter hinten zu sitzen, während ein Sessel für Amina und ein Stuhl für die Dade vorn aufgestellt wurden, damit beide das Gefühl hatten, ganz allein zu sein. Peelke wollte von der Tür aus zusehen, um unbemerkt verschwinden zu können. Alle Möbel waren an die Wände gerückt worden, und das Zimmer teilte ein Nesselvorhang, der »Vorhang der Lehre«, wie Dr. Edib erklärt hatte, in zwei Teile. Er war bereits von rückwärts angeleuchtet. Die Spieler rumorten noch dahinter, einer manipulierte hinter der Leinwand schnell eine Marionette vorbei, dann war es soweit.
Eine Glocke ertönte. Oben öffnete sich die Schlafzimmertür und Amina erschien, von der Dade halb gestützt, halb getragen. Berglund kam ihr auf halber Treppe entgegen und hielt ihren Ellbogen. Sie kam ihm fiebrig vor, die Augen glänzten, und die Haut fühlte sich heiß und trocken an. Sie trug zum erstenmal wieder den *yashmak,* alles sollte so sein wie in Konstantinopel, wenn der Karagöz, von Mustafa eingeladen, eine Vorstellung im Harem gab. Berglund ließ sie vorsichtig in ihren Sessel sinken, den sie wie eine überreife, pralle Frucht ausfüllte, und er sah, wie sie die Finger in den braunen Kaliko-Arm der Dade krallte.
Die Glocke ertönte ein zweites Mal; das Licht ging im Zimmer aus. Frau Glaubitz drückte sich auf ihren Platz neben Berglund und kicherte nervös, Gaston setzte sich auf die andere Seite. Peelke blieb an der Tür stehen.
Und dann katapultierte sich Karagöz, runder Bart und bauschige Mütze, mit lautem Freudengeschrei in die Mitte der Leinwand, und Amina plagte sich auf die geschwollenen Füße und schrie: *»Sala-am! Sala-am!«* Als dann Hazivat, mit Kegelmütze und Spitzbart, anhinkte, warf sie ihm eine Kußhand zu, winkte und rief, und auch die Dade stand auf, verbeugte sich und klatschte in die Hände. Berglund ließ seine Frau nicht aus den Augen. So hatte er sie noch nie gesehen, hätte nicht für möglich gehalten, daß sie die Arme so sehnsüchtig ausstrecken konnte. Sie lachte und weinte, eigentlich noch bevor das Spiel richtig begonnen hatte.

Er wußte ungefähr, um was es sich handelte. Dr. Edib hatte es ihm etwas verschämt erklärt. Die Fabeln waren einander immer ähnlich, wichtig war nur, daß tüchtig geprügelt wurde. Diesmal ging es um Dirnen, die einen reichen Mann prellten und ihm die Kleider vom Leib rissen, bis er splitternackt vor der Haustür auf dem Boden saß. Karagöz kommt des Wegs, will helfen und wird ebenfalls ausgeplündert und ausgezogen. Ein Trunkenbold hält die beiden Nackten für Tiere und will sie schlachten. Zum Schluß erscheint ein schöner Räuberhauptmann als Retter in der Not.
Berglund wußte, daß der Dialog eine Menge Obszönitäten enthielt, die je nach Belieben gestrichen werden konnten. Aber er hatte absichtlich keinen Einspruch erhoben, weil er den beiden Frauen den Spaß nicht verderben wollte. Die Wirkung übertraf alle Erwartungen. Die Dade stieß einen Schrei nach dem anderen aus und verbarg den ohnedies verhüllten Kopf unter dem Umschlagtuch ihrer Herrin. Amina trommelte mit den Fäusten auf die Sessellehne und wiegte sich hin und her in quiekendem Entzücken.
Frau Glaubitz und Gaston saßen steif auf ihren Stühlen und gaben keinen Ton von sich. Berglund wußte nicht, ob sie so erstarrt waren, weil sie nichts oder weil sie doch etwas verstanden. Und Peelke? Schwer zu sagen. Er stand wie versteinert an der Tür.
Zwei Stunden dauerte die Seligkeit. Dazwischen gab's eine Pause, damit Amina sich erholen konnte. Als es dann wieder dunkel wurde im Zimmer, fanden sich zu Berglunds Erstaunen Frau Glaubitz, Gaston und auch Peelke wieder ein.
Einmal war es aber doch zu Ende, und Amina winkte der leeren Leinwand erschöpft und glücklich zu, als sage sie einem Freund Lebewohl. Dann ließ sie sich widerstandslos von Berglund und der Dade zurück ins Schlafzimmer bringen. Die Marionettenspieler wollte sie nicht begrüßen. Sie hatten ihr Karagöz gebracht, sonst interessierten sie sie nicht.
Sie schlief sofort ein, hielt mit einer Hand den Rock der Dade fest.

4

Er hatte mit Dr. Edib verabredet, daß er ihn benachrichtigen werde, sobald die Wehen beginnen, damit dieser wenigstens ein paar Stunden lang unten im Wohnzimmer sitzen und sich mit Likören, Zigaretten und Berglunds pornographischen persischen Büchern die Zeit vertreiben würde. Nur so lange, bis man sicher sei, daß die Dade oben alles unter Kontrolle hatte.
Auch Dr. Schweikart hatte versprochen, Gewehr bei Fuß zu stehen, falls die Dade via Dr. Edib Töne der Unruhe von sich geben würde.
Ende April war es dann soweit. Berglund, der gerade vom Büro nach Hause kam, erriet es nur daran, daß die Dade einen Kessel voll heißes Wasser nach dem anderen ins Schlafzimmer schleppte und ihn unsanft zur Seite stieß, als er ihr im Weg stand. Sollte er noch schnell ins Schlafzimmer eindringen und Amina sagen – ja, was? Einen Kuß auf die Stirn und *»bonne chance, chérie!«* und tapfer zulächeln und dann an der Schwelle winken: »Auf bald!« oder »Ich sitze unten und denke an dich!« –, nichts dergleichen. Die Dade stand breit in der Tür und grunzte unmißverständlich drohend. Über ihre Schulter hinweg sah er aber doch, wie sich die »Rosenblätter« an die Messingstäbe des Bettes klammerten, hörte ein unterdrücktes Stöhnen, sah ein, daß jedes Wort lächerlich sein würde, und war eigentlich froh, daß er mit gutem Gewissen unten im Wohnzimmer bleiben durfte. Er ließ die Doppeltür, die zum Treppenansatz führte, weit offen und rückte seinen Sessel so, daß er die ganze Treppe und auch ein Stück der oberen Diele im Auge hatte.
Dr. Edib erschien, wie versprochen, und widmete sich den Likö-

ren. Die persischen Bücher, die Berglund ihm wortlos zuschob, würdigte er mit keinem Blick, da er den Augenblick für unpassend hielt. Der Hausherr stand entweder am Fenster und starrte in den dunklen Garten hinaus oder setzte sich an den Schreibtisch und blätterte blicklos in der »Vossischen Zeitung«. Beide horchten auf jedes Geräusch, das von oben kam, aber es gab nichts zu hören als das Öffnen und Schließen von Türen und den schweren, schlurfenden Schritt der Dade.

Um elf Uhr schickte Berglund den Chauffeur fort, um Dr. Schweikart zu holen. Kurz darauf saßen sie zu dritt, rauchten und schwiegen. Schweikart und Edib spielten eine Partie Schach.

Um Mitternacht, glaubte Berglund, einen unterdrückten Schrei zu hören, lief aus dem Zimmer, stand horchend am Treppengeländer. Stille. Die Gaslampen brannten oben auf dem Gang, aber die Dade war nicht zu sehen und alle Türen blieben geschlossen.

Erst schlief der Attaché ein, dann der Arzt, jeder in seinem Sessel, die Zigarre kalt in der herabhängenden Hand. Berglund ging lautlos zwischen ihnen auf und ab. Einmal blieb er stehen und betrachtete den Teppich unter seinen Füßen. Das war der erste, den er von Mustafa gekauft hatte, vor fünf Jahren, ahnungslos ...

Er hob den Kopf. Das war eben ein Schrei gewesen. Jetzt war er sicher. Er rüttelte den Arzt wach, und beide gingen ins Treppenhaus und lauschten. Stille.

»Hören Sie, lieber Berglund«, sagte Dr. Schweikart und unterdrückte einen Gähnkrampf, »das ist alles recht gut und schön, ich meine, daß Sie auf die Gefühle Ihrer Frau und dieser – dieser Person da Rücksicht nehmen, aber ich glaube, nun müßten Sie doch vielleicht etwas unternehmen.«

»Was?«

»Nun – ich würde den türkischen Herrn wecken. Er muß versuchen, die Frau abzufangen, wenn sie aus dem Zimmer kommt, und sie fragen, wie es steht.«

Berglund weckte Dr. Edib, der sich aus bleiernem Schlaf an die

Oberfläche kämpfte und seine steifen Glieder massierte. Torkelnd, aber entschlossen erklomm er dann Stufe für Stufe, während Berglund und Dr. Schweikart am Fuß der Treppe stehen blieben und ihm mit den Augen folgten.

Oben angelangt, blieb der Türke einen Augenblick lang unschlüssig. Er stand vor vier Türen und wußte nicht, welche die richtige war. In diesem Moment ertönte aus einer Tür links ein langgezogener, ächzender Schrei, und Dr. Schweikart sprang behende die Stufen hinauf, stieß den Türken zur Seite und wollte gerade mit erhobener Faust an diese Tür klopfen, als sie sich öffnete. Beinah wäre er mit der Dade zusammengestoßen, die mit einer Schüssel an ihm vorbei wollte.

»Halten Sie sie fest!« rief der Arzt und verschwand im Schlafzimmer.

Die Dade ließ die Schüssel fallen, und eine Lache blutigen Wassers breitete sich über den Fußboden aus. Der Türke packte sie am Arm und hielt sie fest, bis Berglund ihn erreichte und der wild um sich Schlagenden beide Arme auf den Rücken drehte, während sie schluchzende und klagende Töne ausstieß.

»Sprechen Sie doch mit ihr!« schrie er den Türken an. »Fragen Sie, wie weit es ist ... wie es meiner Frau geht ... ob das Kind schon da ist ... fragen Sie!«

Ein heftiger Wortschwall ergoß sich über den braunen Koloß, der wirr vor sich hinjammerte.

Die Schlafzimmertür wurde aufgerissen und Dr. Schweikart lief an ihnen vorbei die Treppe hinunter und sprang sie ein paar Sekunden später, seine große schwarze Ledertasche in der Hand, noch einmal hinauf.

»Sie soll wieder reinkommen!« rief er im Vorbeilaufen und deutete auf die Dade. »Aber sagen Sie ihr, Herr ... Herr ... sagen Sie ihr, daß sie vernünftig sein muß, sonst gibt's eine Katastrophe ... Äther ... sie muß mir helfen, den Schlauch halten.«

Er verschwand im Schlafzimmer, ließ die Tür offen.

Dr. Edib tat sein Bestes, aber die Dade hörte ihn nicht, lamentierte stöhnend weiter, worauf Berglund sie plötzlich losließ und ihr mit aller Kraft ins Gesicht schlug, das heißt, er schlug

irgendwo in den Schleier hinein, was einen seltsam dumpfen Ton verursachte. Aber er mußte doch getroffen haben, denn sie verstummte augenblicklich, und als der Türke noch etwas rief, das in der plötzlichen Stille wie ein Trompetenstoß durch das Treppenhaus schallte, setzte sie sich in Bewegung und folgte Berglund, der sie ins Zimmer stieß. Er blieb ein paar Sekunden auf der Schwelle stehen, sah, wie Schweikart am Boden kniete und in seiner Tasche kramte, sah zwei weiße Knie, rotbefleckte Betttücher und den Anschnitt einer Wange, halb von wirren schwarzen Haaren verdeckt.
Langsam stieg er die Treppe hinunter, Dr. Edib hinter ihm, ging wortlos zu seinem Eckschrank und goß sich einen doppelten Cognac ins Glas. Der Türke schenkte sich selber ein, sein Wirt hatte ihn vergessen.

Eine Stunde später war alles vorbei. Dr. Schweikart kam die Treppe herunter, und Berglund wußte Bescheid, als er den schweren Tritt hörte. Der Arzt hatte seine Tasche in der Hand und ließ sie hart auf den Tisch fallen, daß die Instrumente drinnen leise klirrten.
»Aber das Kind ist kräftig«, sagte er und stieß einen langen, tiefen Seufzer aus. »Ein Junge.«
Was nun. Hinaufgehen, an Aminas Bett knien und weinen oder – was ihm am liebsten gewesen wäre – unten bleiben und sich an die Gegenwart der beiden Männer klammern.
Dr. Edib erhob sich, pflanzte sich vor Berglunds Sessel auf, verbeugte sich und sprach die Kondolenz der Botschaft aus, zu der er sich erlaubte, noch die eigene hinzufügen zu dürfen. Dann blieb er unschlüssig stehen und wartete auf Anweisungen.
Berglund machte eine vage Geste an ihm vorbei zu Dr. Schweikart hin, der am Tisch stand und vor sich hinstarrte.
»Gehen Sie hinauf und sprechen Sie mit der Person«, gebot der Arzt dem Türken. Der zögerte. Der Auftrag gefiel ihm nicht. Alle drei hoben den Kopf und horchten, aber von oben kam kein Laut.
»Was sind die – Ihre Gebräuche?« fragte der Arzt.

»Es ist nicht üblich, daß Frauen einen Leichnam sehen«, begann der Türke, fügte aber hastig hinzu: »In diesem Fall muß wohl natürlich ...« Er brach ab, wandte sich an Berglund. »Haben Sie einen Koran im Haus?«
»Auf deutsch«, sagte Berglund und stand endlich auf.
»Das nützt nichts«, sagte der Türke mißbilligend. »Außerdem brauchen wir einen *kefen.*«
»Was ist das?«
»Ein Tuch für – wie sagt man ...«
»Leichentuch«, sagte der Arzt.
»Ja. Ich muß wohl mit der Dade sprechen ...«
»Tun Sie das«, sagte Berglund und folgte ihm mit den Augen, als er mutig die Stufen erklomm – und dann unschlüssig stehenblieb. Er hatte wieder vergessen, welches die Schlafzimmertür war, und diesmal ertönte kein Schrei, um den Weg zu weisen. Hilflos drückte er das Ohr an die ihm nächste Tür, dann an die danebenliegende.
»Die dritte links«, kam Berglunds barsche Stimme von unten.
Der Türke klopfte vorsichtig, öffnete und verschwand.
»Gott sei Dank«, sagte Berglund und ließ sich wieder in seinen Sessel fallen.
Der Arzt sah ihn erstaunt an. »Wie meinen Sie das?«
»Wie? Ach so – ich meine, daß die Dade jetzt jemanden braucht, der mit ihr reden kann. Trost zusprechen und so. Wollen Sie sich nicht setzen, Herr Doktor, es ist gleich drei Uhr.«
Aber der Arzt schüttelte den Kopf, starrte wieder auf die Tischplatte. »Wie alt war sie? Siebzehn? Erst sechzehn! Mein Gott.«
»Wie ... wieso kam es ... hat sie nicht die Kraft gehabt?«
»Kaiserschnitt. Es ging nicht anders. Die Wehen hatten ausgesetzt. Sie war schon sehr geschwächt, ist aus der Narkose nicht mehr aufgewacht.«
Berglund setzte sich steil auf.
»Hat die Dade – ist *sie* daran schuld, daß Amina ...«
»Nein. Sie hat getan, was sie konnte. Vielleicht, wenn ich früher hinaufgegangen wäre – aber das hätte das Mädchen aufgeregt,

sie hätte sich gegen die Narkose gewehrt. Nein, nein, machen Sie der Frau keine Vorwürfe, es wäre ungerecht.«

Berglund ließ sich wieder zurückfallen. Er hätte gerne jemandem die Schuld zugeschoben. Amina ... verschwunden ... keine gelben Schleier mehr ... Mustafa! Er mußte ihm wohl ein Telegramm schicken. Was sagte man bei solchen Gelegenheiten? Bedauere unendlich, mitteilen zu müssen – untröstlich, mitteilen zu müssen ...

»Wollen Sie sich nicht Ihren Sohn ansehen? Ein Prachtstück. Acht Pfund.«

»Sollte ich nicht lieber warten, bis die Dade ...« Er brach ab.

»Ja?«

» ... bis die Dade sich beruhigt hat.«

»Sie ist ganz ruhig«, sagte der Arzt, »ich glaube nicht einmal, daß sie geweint hat. Schwer zu sagen bei all dem Zeug vor dem Gesicht. Sie hat mir übrigens gut assistiert, könnte Krankenschwester werden. Ich muß jetzt schnellstens eine Amme besorgen, sonst wird sich Ihr Sohn bald bemerkbar machen.«

Er packte seine Tasche und ging zur Garderobe im Flur, nahm Mantel und Hut.

»Sie hören von mir, lieber Berglund. Ich brauche ja wohl keine großen Worte zu machen, Sie können sich sicher denken, wie sehr ich mit Ihnen fühle. Gute Nacht.«

5

Berglund blieb an der Treppe stehen, auch nachdem sich die Haustür längst hinter Dr. Schweikart geschlossen hatte. Dachte, daß er noch nie in seinem Leben so unfähig gewesen war, einen Entschluß zu fassen oder sich von der Stelle zu rühren oder irgend etwas zu tun, das Einfache, das Nächstliegende. War das nun, weil er so leer war, oder war er zum Bersten voll? Es kam auf dasselbe heraus. Hier stand er und hielt sich am Treppengeländer fest.

Er stand eine lange Zeit, unfähig, sich zu rühren. Plötzlich hörte er eine schüchterne Stimme von der anderen Seite des Flurs.

»Entschuldigen Sie, Herr Berglund, aber wir wollten doch alle gern wissen ... Wir nehmen doch Anteil, auch wenn wir nicht ... Darf man fragen?«

Er drehte langsam den Kopf in Richtung der Küchenräume. Ein Lichtspalt – und Frau Glaubitz in der Tür. Er räusperte sich, suchte nach einem Wort, einem Ton. Sie faßte Mut, näherte sich lautlos in Pantoffeln und spähte in sein Gesicht.

»Ach Gott, ach Gott!« Und als er immer noch nichts sagte: »Das ist ja schrecklich!«

Zuerst hatte er sie nicht erkannt, war nur mit ihrer blauen Arbeitskleidung vertraut, mit dem streng nach oben gezogenen, geknoteten Haar unter einem weißen Häubchen. Jetzt hingen die grauen Strähnen über ihr wollenes Nachthemd herab und gaben ihr etwas Naiv-Hilfloses.

»Das Kind lebt«, sagte er. »Ein Junge. Acht Pfund.«

Ihre Mundwinkel hoben sich automatisch, fielen aber gleich wieder herunter.

»Ach Gott, ach Gott!« wiederholte sie, und da er nichts mehr sagte, verschwand sie wieder durch die Lichtspalte.
Er hielt sich immer noch am Geländer fest, versuchte, sachlich herauszufinden, was es war, das er jetzt fühlte. Todmüde, dachte er, todmüde, weiter nichts.
Oben öffnete sich die Schlafzimmertür, und Dr. Edib kam die Treppe herunter, übernächtigt, aber nüchtern und zielbewußt, schließlich war er Türke. Daß einem eine Frau wegstarb, war keine Katastrophe. Deshalb hatte ja der Prophet in seiner Weisheit vier Frauen angeraten. Zum Verdünnen.
»Wir brauchen den Koran, obwohl ich die Hauptgebete bereits gesprochen habe. Und den *kefen*, ich meine ein Leichentuch, zwölf Meter lang und ohne Saum. Ich kümmere mich darum.«
Er holte seinen Mantel aus der Garderobe, Berglund reichte ihm automatisch Hut und Stock. Er sah ein, daß er ihn jetzt gehen lassen mußte.
»Ich bin Ihnen zu Dank verpflichtet, Doktor Edib, ich – werde sehen, wie ich mich erkenntlich zeigen kann. Werde auch dem Botschafter sagen, wie sehr – Ihr Beistand war von großem Wert.«
Edib verbeugte sich, wandte sich zum Gehen, drehte sich noch einmal um. »Sie ist ganz still, die Dade. Sie können ruhig raufgehen.«

Das Schlafzimmer lag im Halbdunkel, die Gardinen waren zurückgezogen, draußen dämmerte es. Er trat ans Fußende des großen Messingbettes und umfaßte die kühlen Metallstäbe. Amina lag bis ans Kinn zugedeckt, den *yashmak* halb über dem Gesicht, halb über der Bettdecke. Nur die Stirn und die geschlossenen Augen waren sichtbar.
Er wandte den Kopf. Die Dade saß in einer Ecke des Zimmers, etwas Weißes auf dem Schoß. Sie störte ihn nicht; im Gegenteil. Wie sie da so unbeweglich in der dunklen Ecke saß, gab sie ihm das Gefühl, weniger allein zu sein. Außerdem wußte er, daß sie ihm zu Gefallen den *yashmak* über Aminas Gesicht gezogen hatte. Zum erstenmal fühlte er ein Schluchzen in der Kehle.

Langsam ging er um das Bett herum und setzte sich auf den Bettrand. Vorsichtig, als könnte sie davon aufwachen, schlug er den Schleier zurück, betrachtete ihr Gesicht – wie damals, vor noch nicht einmal einem Jahr im Orientexpreß, um dieselbe Zeit, im frühen Morgengrauen. Sie sieht friedlich aus, dachte er erleichtert, nicht schmerzverzerrt. Der Mund stand ein wenig offen und verlieh ihr einen etwas verwunderten Ausdruck, als könne sie nicht ganz fassen, was ihr da passiert war.

Ob er versuchen sollte, das Bettuch zurückzuschlagen, um ihre Hände noch einmal zu sehen, zu berühren? Lieber nicht, sie waren sicher schon kalt, vielleicht sogar steif. Sollte er am Bett niederknien und weinen? Die Knie wollten eigentlich nicht – und ob Tränen kommen würden? Am liebsten wäre er hier sitzen geblieben, hier neben ihr, und hätte so getan, als betrachte er sie, obgleich er merkte, daß er nur noch starrte, nichts mehr sah.

Nach einer Weile gelang es ihm aufzustehen. Langsam, Schritt für Schritt ging er zur Dade hinüber. Als er vor ihr stand, merkte er, daß sie das weiße Bündel ganz leise wiegte, und als hätte das Kind gewußt, daß sein Vater es besichtigte, gab es ein paar wimmernde Töne von sich. Die braune Hand schlug das weiße Tuch zurück, und er sah den runden Kopf des Babys: schwarzes Haar, fest zusammengepreßte Augen und ein scharf gezeichneter Mund. Aminas Mund.

Er beugte sich hinunter und streichelte einmal die braune, harte Hand, die das Kind umfaßte. Die Dade hielt den Kopf gesenkt und gab keinen Laut von sich.

6

Mustafas Antwort kam einen Monat später. Ein langer Brief. Der erste Teil beschäftigte sich eingehend mit dem neugeborenen Knaben und Berglunds Glück, einen solchen so prompt zustande gebracht zu haben, ohne Zweifel ein Beweis für Allahs besondere Gunst. Diesem zum Wohlgefallen solle das Kind Turhan genannt und als Moslem erzogen werden.
Berglund fand sich, noch während er las, mit »Turhan« ab, aber ein Moslem als Sohn kam nicht in Frage.
Der zweite – kurze – Teil des Briefes bedauerte Aminas Ableben und bestaunte Allahs ewig unergründliche Beschlüsse.
Der dritte Teil verblüffte Berglund in so hohem Maße, daß er den Chauffeur wegschickte und zu Fuß ins Geschäft ging. Er mußte seiner Erregung Herr werden, nachdenken, sich Bewegung schaffen – und es war sowieso ein schöner Maimorgen.
Er wanderte am Brandenburger Tor vorbei, griff von Zeit zu Zeit in der Manteltasche nach Mustafas Brief, vergewisserte sich, daß er noch da war. Der Alte schrieb – warum hatte er, Berglund, nicht längst selbst daran gedacht? Das war doch überhaupt das Nächstliegende. Das Gegebene. Und logisch. Logisch? Ja, das auch, aber vor allen Dingen *weise.* Als wüßte Mustafa – und dabei hatte er ihm doch nur ein Telegramm geschickt –, wie sehr er litt.
Er schrieb, der Alte, daß er schließlich noch acht Töchter habe, wenn auch die unter zehn Jahren vielleicht nicht in Betracht kämen. Aber es gebe da zum Beispiel seine Tocher Yasmin, nur zwei Monate jünger als Amina, deren Mutter er in Haifa erstanden hatte. Sie sei vorzüglich gelungen und obendrein noch billig,

da der Kaufpreis für Amina durch ihr plötzliches Ausscheiden auch für die zweite Tochter gelten würde. Allerdings: Sollte nach Allahs unerforschlichen Plänen auch diese vorzeitig ins Paradies befördert werden, so müsse ein neuer Preis für die dritte Tochter vereinbart werden, wobei Berglund mit seiner Kulanz rechnen dürfe.

Sonnenklar. – Oder war das Ganze heller Wahnsinn? Wahnsinn, ein Mädchen zu heiraten, das er noch nie zu Gesicht bekommen hatte? Aber wieso eigentlich? Waren die Ehen seiner Freunde, die ihre Auserwählte vorher lange und eingehend beschnüffelt hatten, so famos? Warum hatte Georg Wertheimer, sein bester Freund von Kindesbeinen an, nicht gerochen, daß seine Zukünftige zu trinken anfangen würde? Und sein Vetter Wolfgang Berglund, warum hatte der nicht geahnt, daß seine Frau frigide war? Hin und wieder hatte einer Glück, und die Ehefrau war tatsächlich so, wie er geglaubt hatte. Sein Abenteuer mit Amina war auch nicht viel riskanter gewesen. Im Gegenteil! Sie hatte kein Wort Deutsch gekonnt, war daher außerstande gewesen, ihm mit Weibergeschnatter auf die Nerven zu fallen, war allein durch ihr Anderssein außer Konkurrenz gewesen; bereits zwei erhebliche Vorteile, von nächtlichen Schleiern gar nicht zu reden. Mit Yasmin würde es ganz genauso sein.

Er bog in die breite Allee Unter den Linden ein, wanderte versunken im Schatten der hohen Bäume und sah sich wieder das eine, einzige Mal durch die niedrige Tür in den Harem eintreten, in das Gewoge der bunten Schleier, aus dem sich dann der eine, der gelbe, geliebte, gelöst hatte ...

Irgendwo hatte damals auch das Mädchen Yasmin gesessen. Ob sie sich erinnerte? Natürlich erinnerte sie sich, es war ja kaum ein Jahr her. Ob sie auch Victor Hugo las? Hatte Mustafa sie gefragt, bevor er den Brief schrieb? Sicher nicht. Der verschlagene Alte, der ihn liebte »wie einen Sohn«, tat so, als sei das Brautgeld von Wichtigkeit. Dabei wußte er genau, daß es ihm, Berglund, völlig gleichgültig war, ob sich der Kaufpreis für Amina amortisierte oder nicht. Für ihn war nur das Mädchen Yasmin von Interesse.

Er blieb stehen und holte den Umschlag aus der Tasche, las noch einmal langsam Satz für Satz. Kein weiteres Wort über sie, außer daß es sie gab, daß sie gelungen war und daß ihre Mutter aus Haifa kam. Eine Jüdin also. Halbjüdin. Er steckte den Brief wieder ein und sah sich nach einer Droschke um. Auf einmal konnte er nicht schnell genug ins Büro kommen und Gerste einen Brief nach Konstantinopel diktieren. Alles war plötzlich ganz einfach: Yasmin würde abends auf ihn warten, den *yashmak* vor dem Gesicht. Sie könnte dem Kind – wie sollte es heißen? Turhan –, sie könnte Turhan eine Mutter sein. Im Augenblick war ja noch die Dade im Haus, aber sie wartete seit Aminas Begräbnis auf jemanden von der Botschaft, der zurück in die Türkei ging und sie begleitete. Nächste Woche fuhr Dr. Edib in Urlaub und hatte versprochen, sie mitzunehmen.

Berglund hatte die Dade wenig zu sehen bekommen, eigentlich nur, wenn er ins Kinderzimmer ging, in dem nun auch noch eine dicke Spreewälder Amme namens Mariechen saß, mit der sich die Dade anscheinend gut vertrug. Er kam nicht des Kindes wegen, er hatte wenig übrig für schreiende Bündel, wartete aber jeden Abend auf den Moment, in dem oben die Kinderzimmertür aufging und Mariechen zur Küche hinunterging. Dann stieg er schnell die Treppe hinauf.

Nur ein Nachtlicht brannte in einer Ecke. Die Dade saß formlos und unbeweglich wie verwunschen neben dem Wickeltisch. Er setzte sich nicht ohne Mühe ihr gegenüber auf den kleinen Stuhl, den Mariechen zum Stillen benutzte, und lächelte sie an. Manchmal vergaß er, sich erst einmal über die Wiege zu beugen und das schlafende Kind zu betrachten, wie sich das gehörte. Dann durchbohrte ein stummer Vorwurf den Schleier und brachte ihn auf die Beine. Erst wenn er sich hinterher wieder hinsetzte, ging von ihr die dunkle, samtene Ruhe aus, nach der er sich in den Wochen nach Aminas Tod den ganzen Tag über sehnte.

Allerdings, wenn es dann soweit war und er ihr endlich gegenübersaß auf diesem lächerlichen Stuhl und den Geruch von Seife, Milch, schlafendem Kind und brennender Kerze einatmete – die Dade selbst hatte keinen bestimmten Geruch an sich –, hielt er es nie länger als ein paar Minuten aus, stand auf und sagte: »*Salaam.*« Sie neigte den Kopf – die Audienz war zu Ende.

Am Abend, nach dem Mustafas Brief gekommen war, konnte er es kaum erwarten, die Treppe zum Kinderzimmer hinaufzusteigen. Er vergaß das Kind, wischte ihren stummen Vorwurf mit einer Handbewegung beiseite und rückte den kleinen Stuhl nah an sie heran.

Dann berichtete er ihr auf deutsch, was in dem Brief stand, sprach extra laut, als könne er damit ihr Nichtverstehen beheben. Sie hob warnend die Hand und zeigte auf die Wiege. Zu spät. Das Baby war aufgewacht, jaulte und begann ohne Übergang zu brüllen. Sie stand auf, hob das kleine Paket aus der Wiege, setzte sich wieder auf ihren Platz und schaukelte es auf den Knien hin und her. Es gluckste, murrte und schlief wieder ein. Berglund holte den Briefumschlag aus der Tasche, sagte mehrmals deutlich »Mustafa« und dann, fragend: »Yasmin?« Und noch einmal: »Yasmin?«

Ihre Knie, die eben noch in Bewegung waren, erstarrten. Mit einer Hand hielt sie das Kind, mit der anderen schlug sie mit jähem Ruck den Schleier zurück, als sei er ihr plötzlich im Weg. Er war so wenig darauf vorbereitet, daß er sie mit offenem Mund anstarrte, und sie fühlte sich wohl selbst überrumpelt, denn sie stieß einen leisen, wehklagenden Laut aus und ließ den Schleier wieder fallen. Aber er hatte Zeit genug gehabt zu sehen, was er schon so lange sehen wollte: Ein breites, grobes, dunkel getöntes Negergesicht, eingerahmt von krausem, grauem, kurzgeschnittenem Haar. Nur die Augen übertrafen jede Erwartung: tiefliegend, unnatürlich groß, von außerordentlicher Schönheit. Und in diesem kurzen Augenblick waren sie mit biblischer Intensität auf ihn gerichtet gewesen, so daß er sich augenblicklich schuldig gefühlt hatte, obgleich er nicht wußte, warum. Was er aber mit Sicherheit wußte, war, daß sie ihn verstanden hatte.

»Yasmin?« flüsterte er noch einmal, aber sie reagierte nicht, nickte nicht, schüttelte auch nicht den Kopf, beugte sich nur tief über Mustafas Briefumschlag. Er begriff, nahm den Brief heraus und faltete ihn auseinander. Sie berührte ihn vorsichtig mit einem Finger, als könne er entzweibrechen und ließ dann die Handfläche einen Augenblick auf der beschriebenen Seite ruhen. Dann stand sie auf und legte das Kind wieder in die Wiege zurück.

Unten im Wohnzimmer saß er dann vor einem einsamen Glas Cognac und brütete. Was wollte sie ihm sagen, als sie die Hand auf Mustafas Brief gelegt hatte? »Was mein Herr und Gebieter befiehlt, ist wohlgetan?« Vielleicht. Vielleicht auch nicht. Sollte er Dr. Edib bitten, herüberzukommen und die Dade nach Yasmin auszufragen? Peinlicher Gedanke. Außerdem hatte er ja schon heute früh an Mustafa geschrieben und sein Angebot dankend angenommen. Ein ganzes Jahr, das Trauerjahr, mußte sowieso vergehen, bevor Yasmin den Platz ihrer Schwester einnehmen durfte. Ihrer Halbschwester! Aminas Mutter war eine Ägypterin gewesen. Ob sie sich trotzdem ähnlich sahen, Mustafas Töchter? Vielleicht sollte er Mustafa um eine Fotografie bitten – aber was hätte er schon auf dem Bild eines verschleierten Mädchens erkennen können? Ob er seine Hochzeitsnacht wieder im Orientexpreß verbringen sollte? Unsinn. Etwas ganz anderes: vielleicht auf hoher See, wehende Segel, wehende Schleier …

Ein paar Tage später fuhr die Dade ab. Sie saß schon lange vor der Zeit unten in der Halle neben ihrem Ledersack und wartete auf Dr. Edib. Berglund war nicht dabeigewesen, als sie sich von dem Kind verabschiedet hatte. Vielleicht hatte sie geweint. Manchmal war es gut, einen Schleier vor dem Gesicht zu haben.
Edib erschien pünktlich mit einer Droschke, die aber von Berglund weggeschickt wurde. Gaston schleppte den Ledersack aus dem Haus und verstaute ihn neben sich im Wagen. Edib stieg ein. Die Dade zögerte, verbeugte sich vor Berglund, knarrte etwas wie »*Sala-am!*« und kletterte auf ihren Sitz, hinten, neben Dr. Edib. Berglund schlug die Wagentür zu, und Gaston kurbelte den Wagen an. Aber bevor er einsteigen konnte, öffnete Berglund plötzlich die Vordertür und setzte sich neben ihn auf den Ledersack der Dade. »Los!« sagte er.

Am Bahnhof begleitete er sie zum Zug. Edib stieg ein. Gaston, hinter ihm, trug den Ledersack in ein anderes Abteil.
Der Augenblick war gekommen. Berglund nahm die Hand der Dade und sagte zweimal »*Sala-am!*« Seine Stimme war heiser, und die Tränen, die sich bei Aminas Tod so rar gemacht hatten, saßen ihm auf einmal dick in der Kehle. Die Dade sagte nichts mehr, aber sie griff nach seiner Hand und küßte sie. Dann kletterte sie ohne Hilfe die Stufen zum Abteil hinauf.
Der Zug fuhr aus der Halle. Berglund blieb stehen und sah ihm nach. Niemand winkte.

7

Ein Jahr später, Anfang Juni 1905, fuhr er mit Gaston zum Anhalter Bahnhof. Diesmal war alles reibungslos gegangen. Kein Kaufpreis. Und beschnitten war er bereits. Eine Weile hatte er mit der Idee gespielt, nach Konstantinopel zu fahren und Yasmin dort zu heiraten, aber der Gedanke an ein *da capo* im Harem und ein Hochzeitsfest in der Empfangshalle hatte ihn davon abgehalten. Das Mädchen sollte Aminas Stelle einnehmen, aber nicht in seinen Erinnerungen dazwischenfunken.
Es war noch viel zu früh. Noch stand er als einziger auf dem Bahnsteig. Zu Hause war alles vorbereitet, obgleich er es bis zur letzten Minute aufgeschoben hatte, Frau Glaubitz zu informieren. Sie sollte es Peelke beibringen und dieser dann dem Gartenzwerg. Besser, als sie zu dritt aufmarschieren zu lassen, um ihnen zu eröffnen, daß nun Aminas Schwester das Messingbett oben mit ihm teilen werde. Frau Glaubitz' Gesicht, als er es ihr sagte, reichte ihm.
Er fühlte sich sowieso gänzlich isoliert. Alle seine Freunde, ohne Ausnahme, hielten ihn für verrückt. Einige hatten es ihm sogar ins Gesicht gesagt. Nicht ein einziger hatte Verständnis dafür, daß man einen Heiratskontrakt unterschrieb, ohne die Braut gesehen zu haben. Man sei doch in Deutschland und nicht in Hinterindien.
Nur seine Schwester Vera, die gerade mit ihrer Familie aus New York zurückgekehrt war und Amina nicht gekannt hatte, lachte aus vollem Halse. »Recht hast du!« rief sie und puffte ihn in die Rippen. »Ich dachte, du würdest nie eine finden – und jetzt hast du gleich zwei in einem Jahr aufgetrieben. Wenn ich doch mei-

nen Friedrich auch nur durch einen Schleier zu sehen bekäme!«
Er lief nun schon zum zehntenmal auf und ab. Langsam schlenderten andere Wartende heran, der Bahnsteig füllte sich. Gaston hatte er draußen vor dem Bahnhof gelassen. Er wollte niemand neben sich haben.
Mustafa hatte geschrieben, er brauche sich keine Sorgen zu machen, Yasmin werde von einem türkischen Konsul und seiner Frau begleitet, die nach Wien reisten. Das Mädchen solle dort zwei Tage im Konsulat verbringen und sich ausruhen. Dann würden sie sie in den Zug nach Berlin setzen.
Sicher hatten sie ihr Wien gezeigt. Ihre erste Ausfahrt in einer westeuropäischen Stadt! Der Gedanke ärgerte ihn. An *seiner* Seite hätte sie die erste Ausfahrt machen sollen. Er stellte sich vor, wie sie über den *yashmak* hinweg mit ihren schwarzen Augen – eine andere Farbe konnten sie nicht haben – den Ring und die Kärntnerstraße betrachtet hatte. Vielleicht war sie schüchtern und trug den *petsche,* den alles Verhüllenden. Auch das war ihm recht. Zu Hause wollte er sie dann zu gegebener Stunde auspacken.
Er sah auf die Uhr. Noch drei Minuten. Ob sie auch Mustafas dichte Augenbrauen hatte wie Amina? Schluß! Er blieb einen Moment stehen und gelobte sich feierlich, das Mädchen nicht mit seiner Vorgängerin zu vergleichen. Nie durfte er ihr das Unrecht antun, sie mit gewissen Maßstäben zu messen.
Da! Die winzige schwarze Raupe – das war er.
Er blieb auf halbem Weg zwischen Einfahrt und Ausgang stehen. Weit hinten bog der Zug um eine Kurve und schwenkte in seine Fahrbahn ein. Kolossal und gemächlich kroch die Lokomotive an ihm vorbei, hüllte ihn sekundenlang in Dampf ein, schlackerte zögernd weiter und blieb endlich mit kreischendem Ruck stehen. Die Wagen erster Klasse befanden sich gewöhnlich in der Mitte des Zuges, genau dort, wo er gerade stand. Wahrscheinlich saß sie scheu und allein in ihrem Abteil und wartete, bis er sie finden würde. Geduld! Bis die meisten Leute ausgestiegen waren; dann hinein und von Abteil zu Abteil gehen. Er zwang sich, ruhig stehen zu bleiben und den rufenden, winkenden Menschen zuzu-

sehen, die einander begrüßten, nach Trägern Ausschau hielten, davongingen. Langsam leerte sich der Zug.

Ohne Hast ging er auf die Tür des Waggons erster Klasse zu, neben dem er gewartet hatte. Als er den Fuß auf das Trittbrett setzte, streifte sein Blick das Mittelfenster des Korridors – die Dade! Sie stand, wie immer in ihrem dunkelbraunen Kaliko-Gewand, den *petsche* über dem Kopf, hinter einer Dame mit großem Federhut.

Er schwang sich die Stufen hinauf. Die Dade! Also hatte Mustafa auch diese Tochter nicht ohne sie fortgelassen! Er hatte keine Zeit, sich darüber klarzuwerden, ob er sich freute oder nicht, dachte nur schnell, wie dumm es von ihm war, das nicht vorausgesehen zu haben. Nun: Wo die Dade war, da war auch – beinah hätte er Amina gesagt –, da war auch Yasmin. Wahrscheinlich stand die Dade Wache vor ihrem Abteil. Er betrat den Korridor, rief laut: *»Salam 'aleikum!«* und eilte auf sie zu.

Sie drehte sich um, verbeugte sich und antwortete schweigend mit dem Türkengruß: Herz, Mund und Stirn. Die Dame im Federhut wandte sich ebenfalls ihm zu und sagte: »Guten Tag« – mit leichtem Akzent.

»Guten Tag«, antwortete Berglund flüchtig, berührte die Dade an der Schulter und fragte dringlich: »Yasmin?«

»Guten Tag«, sagte die Dame im Federhut noch einmal, und als er sie verständnislos ansah, fügte sie lächelnd hinzu: »Ich bin Yasmin.«

Später, zu Hause, als das Schlimmste vorbei war und er allein im Wohnzimmer vor einem Glas Cognac saß, hätte er gerne gewußt, was er ihr geantwortet hatte. Vermutlich hatte er sie in ähnlicher Weise angestarrt, wie er jetzt seinen Cognac anstarrte. »Fassungslos« war das richtige Wort. Er hatte »ohne Fassung« dagestanden, ohne Schutzumschlag, ohne jeden Verputz – das war es doch, was »Fassung« bedeutete, nicht wahr.

Sie hatte sofort verstanden, das heißt, er hoffte, sie habe nur einen Bruchteil von dem verstanden, was in ihm vorgegangen war, denn sie mühte sich sehr, das Wort »Überraschung« auszusprechen, was dann aber doch zu viel für sie war. Sie gab auf und sagte statt dessen: »Ich habe Deutsch gelernt.« Dies mit gutturalem Akzent, aber durchaus verständlich. Trotzdem hatte er noch – er wußte nicht wie lange – dagestanden, als habe ihn jemand von hinten auf den Kopf geschlagen. Schließlich hatte sich die Dade in Bewegung gesetzt und aus dem Fenster gewinkt, etwas behindert, des Schleiers wegen, aber sie tat doch wenigstens etwas, damit sie aus dem Korridor kamen.

Raus aus dem Waggon, einen Träger finden. Er mußte den ganzen Perron entlang laufen, denn sie waren alle schon weg, und es war gut, daß er laufen mußte, das brachte das Blut in Bewegung; etwas davon drang vielleicht auch ins Gehirn, so daß er einigermaßen zu sich kam und mit Gaston zum Waggon zurückkehrte, vor dem jetzt die Dade und – und die Dame im Federhut, die gesagt hatte, sie sei Yasmin, einsam und verloren standen. Gut auch, daß die Dame so viel Gepäck hatte, lauter nagelneue Koffer, und er Gaston helfen mußte, alles hinauszubringen und aufzuladen: Zeitgewinn!

Als sie dann im Wagen saßen, die Dade vorn neben Gaston, war er soweit, daß er etwas fragen konnte, und an diese erste Frage erinnerte er sich jetzt.

»Warum«, hatte er auf deutsch gefragt, »sind Sie – so angezogen?«

Sie hatte nicht ganz verstanden, *so* gut war ihr Deutsch scheinbar doch nicht, und er wiederholte die Frage auf französisch. In dieser Sprache konnte sie ohne jede Anstrengung antworten.

»Madame Karabekir, die Frau des Konsuls, hat mich in Wien eingekleidet, von Kopf bis Fuß. Es hat ihr großen Spaß gemacht. Das ist die Mode dort. Gefällt sie Ihnen nicht?«

»Doch, doch«, antwortete er mechanisch, und sie lachte und wippte mit dem Federhut.

Diese Feder hatte ihn ins volle Bewußtsein zurückgewippt. Bis dahin war die Verbindung von seinen Augen zum Gehirn verstopft gewesen, als sei er sehend mit Blindheit geschlagen. Jetzt nahm er sie aufs Korn: Sie war kleiner als A..., sie war mittelgroß, schwarzhaarig, schwarzäugig, zierliche Taille – großer Gott, ein Korsett! Er hätte gern jemanden ermordet.

Während der Heimfahrt schwatzte sie wie ein Kind, merkte nicht, daß er kaum antwortete. Sie habe das ganze Trauerjahr hindurch, seit der Heiratskontrakt unterschrieben war, täglich Deutschunterricht gehabt, der Vater habe es ihr erlaubt, sie spreche schon ganz gut, er werde bald sehen, nur jetzt sei sie eben aufgeregt. Madame Karabekir habe sie heimlich aus dem Konsulat geschmuggelt, denn die Dade wollte durchaus nicht erlauben, daß sie *solche* Kleider trage, hatte gedroht, zurück nach Konstantinopel zu fahren, aber sie konnte nicht, sie hatte ja kein Geld! Und die schönen Koffer – alles habe Madame Karabekir besorgt und gesagt, sie sei sicher, das sei im Sinne des zukünftigen Gatten, sie werde ihm die Rechnungen schicken, er werde sich bestimmt freuen, man könne doch nicht in Berlin in türkischen Gewändern und *yashmak* herumlaufen!
Doch, dachte Berglund und wußte jetzt, wen er ermorden wollte: Madame Karabekir. Man konnte und man sollte. Aber wie mußte er jetzt vorgehen, um bei Yasmin den Rückwärtsgang einzuschalten? Er wollte gerecht sein, es war sicher nicht ihre Schuld, daß sie ihm bereits in dieser ersten kurzen Stunde auf die Nerven gegangen war. Er nahm noch einen Schluck Cognac. Würde *er* denn zurückschalten können und noch mal von vorn beginnen, wenn sie das Korsett ausgezogen hatte? Und woher sollte er so plötzlich türkische Gewänder und einen *yashmak* herbeizaubern?
Noch während der Frage fand er die Antwort, und er stand auf und ging aus dem Zimmer. Horchte im Treppenhaus nach oben. Tiefe Stille. Sie schlief. Gott sei Dank. Obgleich es erst neun Uhr war. Müde von der Reise, der Aufregung, dem verdammten Korsett. Auch die Dade schlief – vielleicht. Er hatte ihre alte Matratze eigenhändig vor die Schlafzimmertür gelegt, aber sie hatte sie sofort weggeschleppt und in ihre »Küche« gebracht. Sie wollte also nicht vor Yasmins Tür schlafen. Früher hatte sie immer genau gewußt, wann der Zeitpunkt gekommen war, an dem er mit Amina endgültig im Schlafzimmer verschwand. Dann erst hatte sie ihre Matratze geholt und sie vor die Tür gelegt. In den ersten Wochen hatte ihn das Geschleppe und Gezerre gestört und

auch der Gedanke, daß sie da so nah an der Tür lag. Dann hatte er sich daran gewöhnt wie an die Ouvertüre vor der Oper.
Sie hatte also etwas gegen Yasmin. Nicht so Frau Glaubitz; die wäre dem Federhut vor freudigem Erstaunen beinah um den Hals gefallen. Auch Peelke sah weniger streng drein. Bei dem Gartenzwerg wußte man's nicht. Sein Gesicht war ebenso verwachsen wie sein Körper. Nur wenn er lachte und zwei Reihen makelloser Zähne zeigte, konnte man sicher sein, woran man bei ihm war. Bei Yasmins Ankunft hatte er aber nicht gelacht.
Berglund beschloß, rücksichtslos zu sein und die Dade zu wekken. Wenn sie begriff, was er vorhatte, würde sie ihm verzeihen. Er klopfte leise an ihre Tür. Sie öffnete so prompt, als hätte sie darauf gewartet. Er ging ihr voran den Gang entlang. Ganz hinten gab es eine Tür, die zum Dachstuhl führte. Dort standen Koffer, überflüssige Möbel und ein großer Kleiderschrank. Die Dade kam ihm zuvor und öffnete die Schranktüren. Da hingen sie, Aminas Gewänder, da standen ihre Schuhe, ihre Silberpantoffeln, und dort, auf Seidenpapier, ihr *yaṣhmak*. Die Dade fegte die Kleider mit einem Schwung von ihren Bügeln herunter und trug sie zur Treppe. Berglund folgte mit den Schuhen und dem Schleier mit der kleinen Spange hinten.
Unten, in ihrer »Küche«, legte sie die Kleider sorgfältig über eine Stuhllehne, denn es gab keinen Schrank in diesem Zimmer. Er stellte die Schuhe daneben. Den *yashmak* drückte er ihr in die Hand, sah sie bedeutsam an, und sie nickte zu seiner Erleichterung. Er konnte es ihr also überlassen. »Es«. Es würde nicht leicht sein.
Das war es auch nicht. Er hatte unten im Wohnzimmer auf dem Sofa übernachtet und wachte auf, als früh am Morgen jemand oben gedämpft weinte und hin und wieder auch wütend schrie. Einmal ging die Tür auf, Yasmin wollte scheinbar entkommen. Schrille, heftige Töne, dazwischen drohendes Geknarre von seiten der Dade. Er öffnete die Tür. Oben hielt die Dade das Mädchen in eisernem Griff an sich gepreßt, während Yasmin, im Nachthemd, mit den Füßen um sich stieß – bis sie ihn plötzlich sah.

»Monsieur!« schrie sie, befreite einen Arm und streckte ihn flehend nach ihm aus. *»Monsieur!* Sagen Sie ihr doch, sie soll mir meine schönen Kleider wiedergeben. Wenn *Sie* es ihr sagen, muß sie's doch tun ... bitte!«
Er zögerte. Es war noch schlimmer, als er befürchtet hatte. Und jetzt gab sie ihm den Rest: *»Monsieur* – ich kann doch nicht ihre Kleider anziehen ... *ihre* Kleider ... ich bin doch nicht Amina ... ich bin Yasmin!« Dies letzte auf deutsch, so daß Frau Glaubitz und Peelke, die gerade angelaufen kamen, begriffen und entsetzt stehen blieben. Dann erst sahen sie ihn in der Wohnzimmertür und zogen sich eilig zurück.
Er konnte sich nicht länger drücken und hinter der Dade verstekken. Langsam stieg er die Treppe hinauf.
Die Dade ließ das Mädchen los, als sie ihn kommen sah. Yasmin stürzte sich auf ihn, warf die Arme um seinen Hals und schluchzte unzusammenhängende Worte in mehreren Sprachen. Aber er wußte, was sie ihm sagen wollte, befreite sich sanft aus ihrer Umklammerung, nickte der Dade zu und führte das Kind – denn sie sah aus wie ein Kind in ihrem Nachthemd – den Arm um ihre Schultern gelegt, ins Schlafzimmer zurück.
Ein Schlachtfeld! Aminas Kleider auf dem Boden, zerrissen, zertrampelt, ihre Schuhe überall verstreut, die neuen Kleider aus Wien mitsamt dem Federhut als ein Knäuel in der Ecke. Er drückte das zitternde Geschöpf auf den Bettrand und setzte sich neben sie.

Es war nicht seine Absicht gewesen, ganz bestimmt das Allerletzte, woran er gedacht hatte, als er die Treppe emporgestiegen war. Er hatte mit ihr über die Kleider sprechen wollen, über das Korsett, über den Federhut. Aber nun lag sie ihm im Arm, ohne Korsett, schluchzend, willenlos, weich. Er drückte sie in die Kissen zurück und schob das Nachthemd hoch – am hellichten Tag, eigentlich ohne Verlangen, nur weil er ausgehungert war und das nackte Fleisch unter dem dünnen Nachthemd spürte, schnell, viel zu schnell, hastig und auch etwas brutal. Er schämte sich, als es vorbei war und sie neben ihm lag und schluchzte. Sie hat nicht einen Augenblick aufgehört zu weinen, dachte er ärgerlich. Allerdings, er hatte ihr auch keine Zeit gelassen, hatte sie eigentlich gar nicht angesehen. Doch! Einmal. Und der Ausdruck in ihren Augen hatte ihn sekundenlang verwirrt. Sie hatten ihn verzweifelt angefleht, diese schwarzen Augen, verzweifelt, aber auch sehnsüchtig, und das paßte ihm gerade in diesem Augenblick nicht in den Kram.

Kurz darauf trat er allein aus dem Schlafzimmer und bestellte Gaston mit dem Wagen. Zur türkischen Botschaft. Gut, daß er den Kontakt das ganze Trauerjahr über aufrechterhalten hatte. Der Botschafter war nicht zu sprechen, aber Dr. Edib erschien. Den hatte er vor einem Jahr in seine Pläne eingeweiht, den neuen Heiratskontrakt lesen lassen. Der Türke hatte keinerlei Erstaunen gezeigt, nur gemurmelt, daß »so was« in seinem Land durchaus üblich sei, manchmal aber danebengehe. Berglund hatte so getan, als habe er das nicht gehört.
»Dr. Edib«, sagte er nun und vermied es, den Mann anzusehen. »Gibt es eine Möglichkeit, türkische Kleider und ... und alles, was dazugehört, in Berlin aufzutreiben?«
Edib machte seinem Beruf Ehre. In den letzten fünf Jahren spielten sich heftige Kämpfe in vielen türkischen Häusern ab, Kämpfe, die nicht nur mit der weiblichen Bekleidung zu tun hatten, sondern auch mit dem immer stärker werdenden Einfluß europäischer Sitten auf die gesamte Lebensweise. Väter wurden gewalttätig, Töchter flohen aus dem Elternhaus ... Er ahnte, was geschehen war, tat aber so, als handle es sich tatsächlich nur um eine Frage des Schneiderhandwerks. Ja, es gab eine solche Möglichkeit. Eine der Frauen des Botschafters, die älteste, trug noch manchmal diese Art Kleider im Haus und ließ sie sich von einer hiesigen Schneiderin anfertigen.
Am gleichen Nachmittag betrat die Schneiderin Berglunds Haus. Yasmin war im Bett geblieben. Die Dade hatte die Wiener Garderobe mitsamt Korsett, Schuhen und Federhut oben im Dachstuhl versteckt, und Yasmin wollte »lieber sterben« als Aminas Sachen anziehen.

Berglund war nicht dabei, während die Schneiderin Maß nahm, aber er fing die Frau unten am Treppenabsatz ab und bot ihr den doppelten Betrag, wenn sie sofort an die Arbeit gehen würde und schon morgen etwas liefern könnte. Von oben, aus dem Schlafzimmer, kam unterdrücktes Schluchzen.

Das Schlimmste war, daß er mit niemandem sprechen, niemanden um Rat fragen konnte außer seine Schwester Vera, und das lohnte sich nicht. Sie mochte manchmal recht amüsant sein mit ihren verrückten, konträren Ansichten, aber eine vernünftige Unterhaltung mit ihr war unmöglich. Und keiner seiner Feunde hätte etwas anzubieten gehabt außer »Geschieht dir recht!« oder »Schick sie wieder nach Hause – mitsamt dem Heiratskontrakt!«

Das hatte er verpatzt, das ging nun nicht mehr. Schon Mustafas wegen. Außerdem konnte er ihr wahrhaftig nichts vorwerfen, denn sie hatte aufgehört zu weinen und hatte die neuen türkischen Gewänder stumm angezogen. Nur den *yashmak* wollte sie unter keinen Umständen tragen, fragte, ob er sie denn so häßlich finde, daß sie ihr Gesicht verbergen solle. Nein, natürlich nicht. Sie war übrigens gar nicht häßlich, hatte ein rundliches, stupsnasiges Kindergesicht und eine außerordentlich schöne, hell goldfarbene Haut.

Irgendwie würde es schon gehen, sagte er sich. Erst mal den Kontrakt erfüllen und die Heirat hinter sich bringen. In der Botschaft. Ohne Fest. Nur die bare Zeremonie. Dann eine Woche Hochzeitsreise auf einem der großen Mittelmeerdampfer. Irgendwie würde es schon gehen.

Es ging. Das Schiff war vollbesetzt, Berglund hatte sogar Bekannte getroffen. Und Yasmin plapperte nicht mehr, vielleicht bedrückten sie die Kleider, jedenfalls zeigte sie sich kaum auf Deck. Solange sie schwieg, hielt er es auch in der Kabine mit ihr aus.

Sie war weder dumm noch dickfellig. Als sie das Schiff in Genua verließen, um mit dem Zug nach Berlin zurückzufahren, wußte

sie, daß er sie nicht liebte, nie lieben würde. Damals, als der rotblonde Riese in den Harem eingedrungen war, hatte sie in einer Ecke gesessen und ihn mit den Augen verschlungen. *Das* war ein Mann! Von so einem erzählten die Bücher, die sie liebte, nicht nur Victor Hugo, auch Balzac und – heimlich – Maupassant. Aber obgleich *sie* Mustafas Lieblingstochter war, hatte sie sich keine Hoffnungen gemacht, als sie die Augen sah, mit denen dieser Mann die Schwester anstarrte. Als dann der Vater ein Jahr später mit der Todesnachricht kam, war sie ihm weinend um den Hals gefallen, und er hatte vielleicht geahnt, daß ihre Tränen nicht nur der Schwester galten. Der Vater war weise. Er hatte ihr nicht verhehlt, daß sie es schwer haben würde. Denn was da zwischen Berglund und Amina gewesen war, würde durch deren frühen Tod eher noch stärker in der Erinnerung brennen. Deshalb hatte sie mit solcher Wonne die Wiener Kleider angezogen, hatte gehofft, die Schwester auszustechen in seinen Augen, weil sie, Yasmin, moderner, kühner war.
Alles verdorben. Unwiderruflich. Dabei hatte sie versucht, es wiedergutzumachen, als sie endlich begriffen hatte, trug jetzt sogar des Nachts den verhaßten *yashmak*, aber auch der half nichts mehr.

In Berlin entdeckte sie zu ihrem Schrecken, daß sie schwanger war. Daß etwas Konkretes aus der sterilen Gymnastik hervorgehen sollte, die sie mit Berglund und in seinem Rhythmus geübt hatte, war ihr geradezu unheimlich. Gleich zu Anfang hatte er zu ihr gesagt: »Wenn's vorbei ist, ist es vorbei, finden Sie nicht auch?« Zum Duzen war es nicht zwischen ihnen gekommen. »Was dann hinterher noch angehängt wird, nenne ich das Zärtlichkeitspensum. Brauchen Sie das?«
»Nein, nein!« Während jede Faser in ihr »ja, ja!« schrie.
Kein Zärtlichkeitspensum. Nur die paar trostlosen, elenden, schließlich verhaßten Sekunden. Jedesmal, wenn er an ihrem Bett stand, hatte sie die Augen geschlossen, versuchte, den Mann wiederzufinden, der damals über die Schwelle des Harems getreten war, und jedesmal mußte sie sich aufs neue vor seiner

eiligen, rauhen Zweckmäßigkeit in die Erstarrung flüchten, um nicht zu schreien oder aus dem Bett zu springen. Jede dieser Erinnerungen – eigentlich war es nur eine einzige, denn sie waren sich alle gleich, alle gleich furchtbar – hatte sie aus dem Gedächtnis brennen wollen. Und nun sollte sie sich bis ans Ende ihres Lebens erinnern müssen, daß ihr das alles doch geschehen war, daß ihre sehnsüchtige Liebe Nacht für Nacht vergewaltigt worden war, denn da würde ein lebendiges Wesen sie täglich daran gemahnen, sie vielleicht aus seinen Augen ansehen, von *ihr* ein Zärtlichkeitspensum verlangen.

Sie weinte viel in den ersten Wochen, aber man hielt das für normal. Alles, was schwangere Frauen taten oder unterließen, war »normal«. Nur die Dade freute sich ganz offensichtlich, sorgte von nun an für sie wie eine Mutter. Yasmin holte sich manchmal den kleinen Turhan, der seine ersten Schritte an der Hand der Dade machte, und spielte mit ihm. Er hatte nichts von seinem Vater, sah auch Amina nicht ähnlich, abgesehen vielleicht von ihren dunklen Augen in seinem mageren, bänglichen Kindergesicht.

Berglund schlief jetzt meistens im Gästezimmer, und sie fand sich auch damit ab. Sie fand sich mit allem ab. Das einzige, was ihr Freude machte, war ihr täglicher Deutschunterricht. Ein Student, von der Botschaft empfohlen, kam jeden Morgen um elf Uhr, und sie mochte ihn gern und machte Fortschritte. Sie merkte bald, daß er sich in sie verliebt hatte, trotz der Schwangerschaft, und seine hungrigen, demütigen Augen taten ihr wohl.

Ihr Mann verbrachte wenig Zeit zu Hause. Er ging wieder in seinen Segelclub, blieb abends bei seinen Freunden wie früher, als er Junggeselle war. Yasmin fuhr mit der Dade und Turhan im Wagen spazieren, sie machte Besuche bei den Botschaftergattinnen, und die Zeit verging. Manchmal saß sie allein im Garten, las nicht, lauschte. Es schien ihr, als warte sie auf etwas, das noch geschehen mußte, und das hatte nichts mit der Schwangerschaft zu tun.

Sie wurde schnell dick, und jetzt waren die türkischen Gewänder sogar willkommen. Berglund verlangte, daß sie von Dr. Schweikart betreut wurde. Sie hatte nichts dagegen, und der Arzt beglückwünschte ihn zu seiner gescheiten, charmanten Frau, sah den erstaunten Blick nicht, den er dafür erntete.
Neun Monate nach der Hochzeitsreise brachte Yasmin ohne viel Aufhebens eine Tochter zur Welt, während ihr Mann auf einer Segelregatta war.
Das Kind wurde nach Berglunds Mutter Sophie genannt.

Drittes Buch

I

Es klopfte früh um sieben Uhr an der Tür, aber Sophie sagte nicht »herein«. Sie beobachtete mit gespannter Aufmerksamkeit die gegenüberliegende Wand des Krankenzimmers. Dort kroch jetzt seit einer Stunde im Licht der Morgensonne ein Zweig mit fünf Blättern als Schattenriß über den Verputz. Orakel: Wenn das erste Blatt den Spiegel berührte, ohne daß jemand ins Zimmer getreten war, dann hieß das, daß dieser Jemand Bruder sein würde.
Es klopfte zum zweitenmal.
Der Schatten des vordersten Blattes war noch zwei Zentimeter vom Spiegelrand entfernt. Das Orakel hatte gesprochen, Bruder klopfte nie.
Die Tür öffnete sich einen Spalt, Lutz trat vorsichtig ein und setzte sich auf Bruders Stuhl. Verdrossen drehte sie den Kopf zur Wand.
»Hast du Schmerzen?«
Ohne sich umzuwenden, sagte sie langsam: »Lutz, ich muß dich was ganz Wichtiges fragen.«
O Gott, dachte er, laß sie so liegen bleiben, sonst liest sie's mir am Gesicht ab. »Du hast eine ... eine leichte Lungenentzündung, einseitig, weißt du? Der linke Lungenflügel.« Dr. Hensch hatte ihm gestern noch gesagt, der linke Lungenflügel existiere gar nicht mehr: weggefressen.
Sophie machte eine abwehrende Bewegung mit der Hand und wandte ihm langsam das Gesicht zu.
»Lutz, denk mal nach! Hat dir das Ei jemals gesagt, wie das war, als sie nach Konstantinopel zurück mußte?«

»Warum?« fragte er argwöhnisch, sofort auf der Hut. »Warum interessiert dich das jetzt?«

»Ich brauch' es«, sagte sie ungeduldig, »für mein Buch. Ja doch! Ich schreib's jetzt. Hab's schon die ganze Nacht durch geschrieben, mindestens siebzig Seiten. Ich bin gerade da, wo ich zur Welt komme, aber jetzt ist dort ein Loch. Ich weiß, daß sie zurückfuhr, als ich noch klein war, aber ich weiß eigentlich nicht, warum. Hat sie's dir erzählt?«

»Ich weiß es nicht mehr genau.«

»Denk nach, Lutz«, forderte sie streng, hustete, kniff die Augen vor Schmerz zusammen, fügte atemlos hinzu: »Du hast doch ... sonst ein gutes ... Gedächtnis.«

»Sie hat's mal erwähnt, wir sprachen vom KZ, und sie sagte, das sei nicht das Schlimmste in ihrem Leben gewesen, jedenfalls hätte sie nie an Selbstmord gedacht. Aber als junge Frau, während der drei Tage im Zug zurück nach Konstantinopel, da habe sie ein paarmal an der Waggontür gestanden, nachts, mit der Hand auf dem Hebel.«

»Was hat sie zurückgehalten?«

»Mein Gott, sie war ja erst siebzehn Jahre alt, das ganze Leben noch vor sich. An Mut hat's ihr nicht gefehlt, wie du weißt.«

Er haßte sich, als er ihre Augen sah. Hätte er sich das nicht verkneifen können? Sie hatte recht, er hatte ein böses Maul, eben ein Schwuler »mit all den schlechten Eigenschaften einer Frau«, und es half auch nicht, daß es ihm immer leid tat, hinterher. Gerade das war bei Sophie immer schlecht angekommen. »Schlag nicht an deine Brust, Lutz, ich bin nicht dein Beichtvater, von mir kriegst du keine Absolution.« Irgendwie mußte er sie jetzt zum Lachen bringen.

»Er hat sich auf türkisch scheiden lassen, dein Vater.« Feierliche Stimme. Er hatte ein echtes parodistisches Talent: »Yasmin Karabey, verehelichte Berglund, kehre in deines Vaters Haus zurück! Dreimal hintereinander, um Mißverständnisse zu vermeiden.«

Sie lachte ein bißchen, und das tat so weh, daß sie sofort aufhörte und die Augen schloß.

»Sophie, strengt dich das ... das Schreiben nicht an? Du solltest doch schlafen, ich meine, so gut geht's dir nicht.«
»Doch«, flüsterte sie kaum hörbar, »es geht mir ganz wunderbar, verstehst du?« Er nickte, wußte natürlich; es war da noch ein letzter Rest von Glanz in ihren Augen gewesen, den er zwar noch nie gesehen hatte, aber er konnte sich denken, woher der kam. »Ich möchte nie wieder aus diesem Zimmer heraus, hörst du, Lutz? Hier fühle ich mich endlich wohl.«
»Und Othello? Heute früh hat er nicht mal seine Milch getrunken.«
Wieder die abweisende Handbewegung, als wolle sie alles, was außerhalb dieser vier weißen Wände lag, austilgen.
»Lutz, ich hab mich verliebt. Ich weiß, du wirst dich freuen.«
»In den jungen Doktor?«
»Er heißt Bruder. Ich warte schon seit Stunden auf ihn, hab' wieder Schmerzen, brauch' noch eine. Sag denen draußen ... du weißt schon ...«
Er stand auf, verließ das Zimmer, kam mit einer Schwester zurück. Sophie schloß sofort die Augen und röchelte. Die Schwester schlug das Laken zurück, drehte sie vorsichtig zur Seite und entblößte den Hüftknochen. Es ist ja gar nichts mehr da, dachte Lutz.
»Ich bleibe hier, bis sie eingeschlafen ist.«
Die Schwester nickte, verließ das Zimmer.
Sophie lag noch immer auf der Seite. Er ging um das Bett herum, um ihr ins Gesicht zu sehen. Sie lächelte ihn aus großen, glänzenden Augen an. Okay, dachte er, soll sie's haben. Ich nehm's auf mich.
»Schick mir Bruder.« Und als er nicht gleich reagierte: »Den jungen Arzt, den aus Kreta.«
»Er hatte nur Nachtwache, Sophie, er schläft jetzt.«
Ach so. Sie schloß die Augen.
»Geh nach Hause, Lutz. Ich muß jetzt weiterschreiben.«
Er ging auf Zehenspitzen aus dem Zimmer.

2

Sie besaß ein einziges Foto von ihrer Mutter, aus dem Jahre 1906, vor ihrer Rückreise nach Konstantinopel. Wespentaille, toupiertes Haar, die behandschuhte Hand auf einem Sonnenschirm mit Spitzenvolants, ein herausforderndes Lächeln im Gesicht, als wolle sie sagen: »Versucht ja nicht, mir irgendwas zu befehlen.«

Kurz darauf wurde ihr etwas befohlen: »Yasmin Karabey, raus!«

Es war sicher entsetzlich gewesen. So entsetzlich, daß sie nie darüber sprechen konnte. Außer, viel später, zu Lutz. Er war ja kein Schwiegersohn für sie, er war ihr »adoptierter« Sohn.

Schade, daß Lutz schon weg war. Sie hätte ihn noch fragen sollen, wie Yasmin ihr Leben in Konstantinopel wiederaufgenommen hatte, als zurückgesandtes, unbrauchbares Frachtgut. Sie konnte sich's denken: Mustafa in der Empfangshalle, die Arme ausgebreitet, Yasmin stürzt weinend hinein, in türkischen Gewändern und yashmak *oder, wie auf dem letzten Berliner Foto, im Korsett, mit toupiertem Haar? Diese Frage muß offenbleiben, dachte Sophie. Tut mir leid, lieber Leser, aber hier kann ich Ihnen nicht helfen, ich weiß es wirklich nicht. Ich sehe die Empfangshalle, ich höre den Springbrunnen, aber Mustafa und Yasmin liegen sich zweifach in den Armen, wie auf zwei Fotografien, übereinanderkopiert, einmal morgen- und einmal abendländisch. Ich weiß auch nicht, wie das in den folgenden siebzehn Jahren wurde, die sie in der Türkei verbrachte. Auch davon hat sie nie gesprochen. Aber vielleicht weiß Lutz etwas, ich muß ihn noch so viel fragen. Jetzt ist es mir gleich, daß sie*

ihn *liebte und mich nicht. Im Gegenteil, ich freue mich für ihn.* Jemand *hat ihn wirklich geliebt. Warum war ich damals so neidisch? Und so schlecht vor lauter Neid. Ich kann's nicht begreifen; es ist doch alles so klar und schön und gut eingerichtet, weil es ja kein bestimmtes Quantum Liebe gibt; sie ist doch unerschöpflich – genug für alle, sogar für mich.*
Bald wird Bruder wiederkommen. Ich muß ihm von meiner ersten Erinnerung an Papa erzählen: Ich stehe vorn auf dem großen Segelboot und halte mich an seinen weißen Hosen fest, die hin und her schaukeln, und sehe auf zu ihm, und da ist über mir, sehr hoch über mir, ein ganz seltsames Gebilde: ein dreieckiges Stück Kinn, darüber gelbe Schnurrbartfransen, die heftig im Winde flattern, und darüber zwei große Höhlen – Nasenlöcher – und blauer Himmel drum herum.
Nein. Ich kann ihn nicht immer von unten beschreiben, aus der Wurmperspektive, in der ich so viele Jahre – eigentlich immer – verblieb. Er war ja so viel größer als andere Menschen. Erinnere dich, Bruder, daß es Papa ist, von dem ich spreche, aber ich muß ihn doch wieder Berglund nennen, und ich bin ab jetzt Sophie. Das gibt mir mehr Spielraum, und ich komm' aus der Wurmperspektive raus und kann alles von allen Seiten betrachten. Also: Kurz nach meiner Geburt – nein, nein, das muß heißen:

Kurz nach der Geburt seiner Tochter machte Berglund mit ein paar Freunden auf einem großen Segelschiff eine Reise um die Welt. Er würde sechs bis sieben Monate wegbleiben, hatte er gesagt. Er würde schreiben. Postkarten. Es kamen auch ein paar, wenigstens zu Anfang. Und Yasmin wußte jetzt, daß das, worauf sie gewartet hatte, drauf und dran war, über sie hereinzubrechen. Nicht, daß es deshalb leichter zu ertragen war, aber sie versuchte, sich zu wappnen, sogar aufzumucken. Eines Tages, als ein ganzer Monat ohne Postkarten vergangen war, befahl sie der Dade, die Wiener Kleider zu bringen. Die Dade gehorchte ohne jeden Widerspruch, bügelte, reparierte, kämmte die Straußenfeder. Sie ahnte, was bevorstand.
Am nächsten Tag fuhr Yasmin zum erstenmal in Korsett und

Federhut Unter den Linden spazieren. Anstatt der Dade nahm sie den jungen Studenten mit. Deutschstunde.
Die Dade sah ihr durch die Vorhänge des Kinderzimmers nach. Dann legte sie Sophie in den Kinderwagen, gab Turhan seinen Reifen in eine Hand, hielt die andere fest in ihrer braunen Pratze und wanderte die Siegesallee auf und ab. Das war ihr Lieblingsspaziergang. Sie war überzeugt, daß die großen weißen Marmorgestalten die hiesigen Götter waren, und so schlurfte sie langsam von Gott zu Gott, blieb vor jedem stehen und verneigte sich. Hier fühlte sie sich sicher. Albrecht dem Bären bot sie sogar den Türkengruß. Was ihr gerade an diesem gefiel, war nicht zu ergründen.

Als Berglund wieder in Berlin ankam, war er bester Laune. Zwei Kabinen des Schiffes waren vollgepackt mit Kunstwerken, die er an allen Ecken der Welt erworben hatte. Gerste arbeitete bis spät in die Nacht, um die Listen anzufertigen. Der Chef hatte hervorragend eingekauft. Teure persische Teppiche waren diesmal nicht darunter.
Yasmin hatte ein französisches Modell von Worth zum Empfang angezogen, dunkelbrauner Samt und plissierte Chiffonrüschchen. Berglund nahm es wortlos zur Kenntnis.
Kurz darauf lud er Dr. Edib zum Abendessen ins Hotel Esplanade ein. Aber der bockte diesmal, sprach den Likören zu und schwieg obstinat. Berglund mußte praktisch buchstabieren, was er von ihm wollte. Edib zog die Augenbrauen hoch und wich seinem Blick aus. Berglund schlug eine Stiftung zugunsten türkischer Waisenkinder vor. Edib trank die letzte Tasse Mokka und öffnete zum erstenmal den Mund, kurz und schroff und unmißverständlich. Er könne ihm in keiner Weise helfen, er wolle auch nicht. Die junge Frau sei sehr jung. Sie als geschiedene Frau zurückzuschicken, sei grausam, kein Türke würde sie heiraten. Und sie von dem Kind zu trennen …
Das Kind könne sie mitnehmen, unterbrach ihn Berglund hastig und erhielt noch einen feindseligen Blick mehr als Quittung. Er gab auf, lehnte sich in seinem Stuhl zurück und schwieg. Er war

ein Bösewicht. Auch das nahm er in Kauf, solange jemand mit Yasmin sprechen würde.
Sein nächster Versuch galt seiner Schwester Vera. Yasmin hatte sie ein paarmal empfangen, erst in türkischen Gewändern, dann in französischen Modellkleidern. Die Kinder waren hereingebracht worden, Turhan blaß und verängstigt an die Knie der Dade geklammert, das rothaarige Baby auf Yasmins Schoß. Irgendwie hatte sie es aber fertiggebracht, es nicht anzufassen. Es war klar, daß sie es nicht ausstehen konnte.
Und nun verlangte ihr Bruder, sie solle dem Mädchen beibringen, zu ihrem Vater zurückzukehren und ihr Kind mitzunehmen? »Laß sie doch hierbleiben, du machst doch sowieso, was du willst. Sie stört dich doch nicht.«
Doch, sie störte ihn. Wann immer er sie sah, verdarb sie ihm sein Haus. Je stiller sie wurde, je mehr sie ihn mied, desto schlechter wurde seine Laune. Die Sache war verfahren, verpfuscht, unhaltbar.

In dieser Zeit wurde der Knabe Turhan zum erstenmal ernstlich krank: Bronchitis. Die erste von vielen, weshalb in den folgenden Jahren eigentlich immer des Nachts ein kleiner Kessel mit kochendem Wasser voller Heilkräuter wohlriechende Dämpfe durch das Kinderzimmer verströmte; Sophies erste Geruchserinnerung. Als Dr. Schweikart gerufen wurde, fand er die Dade sowie Yasmin am Bett wachen. Nach der Untersuchung ging er mit der jungen Frau im Garten auf und ab. Gerhard fegte gerade das Laub zusammen, das von den hohen Ulmen fiel. Yasmin hob ihren langen Rock und watete in kleinen Knöpfelstiefeln durch die Hügelpyramiden aus knisternden gelben und braunen Blättern. Wie ein Kind, dachte Schweikart und sah zu, wie das Laub auseinanderstieb, das der Zwerg so ordentlich zusammengeharkt hatte.
»Herbst«, sagte er. »Eine schöne Jahreszeit: Dahlien, Birnen, Weintrauben.« Sie versetzte dem Blätterhaufen einen Tritt, so daß das Laub noch höher in die Luft stob. »Machen Sie sich keine Sorgen um den Jungen. Kinder fiebern leicht. Ihre Kleine sollte

nur auf ein paar Tage in Ihr Schlafzimmer übersiedeln – oder würde das Ihren Mann stören?«

»Mein Mann schläft nicht in meinem Zimmer.«

Schweikart blieb stehen. Yasmin ging weiter und attackierte den nächsten Haufen Laub.

»Frau Berglund, ist das eine temporäre Maßnahme? Hatten Sie Streit mit Ihrem Mann? Verzeihen Sie, wenn ich mich da eindränge.«

»Das können Sie gar nicht, Doktor. Wir sind nicht zusammen, also kann sich niemand eindrängen. Zwischen uns ist viel Platz.«

»Darf ich fragen, seit wann?«

»Von Anfang an.«

»Möchten Sie – soll ich mit Ihrem Mann sprechen?«

»Wenn Sie wollen. Er wird Ihnen sagen, daß er mich loswerden möchte.«

»Das wissen Sie?«

»Ja.«

»Und was werden Sie tun?«

»Ich warte darauf, daß ich eines Morgens aufwache und mir sage: ›So. Heute werd' ich's können.‹ Dann packe ich schnell und nehme den Abendzug.«

Der Arzt schwieg einen Augenblick, sah in ihr blasses, noch immer rundes Kindergesicht mit dem fest zusammengepreßten Mund und den zuckenden Augenlidern.

»Aber was wird aus dem Kleinen, wenn Sie die Dade und das Baby mitnehmen? Ich kann mir den Jungen ohne die Dade nicht vorstellen.«

»Die Dade und Sophie bleiben hier. Alle bleiben hier. Ich fahre allein zurück.«

»Sie wollen sich von Ihrer Tochter trennen?«

»Ich gehe zu meinem Vater zurück.«

Der Arzt hielt es für seine Pflicht, Berglund zu informieren; vielleicht war doch noch etwas zu retten. Aber zu seinem Erstaunen wurde er bei den Schultern gepackt und umarmt. »Mann,

Schweikart, hat sie das wirklich gesagt? Dann schreibe ich sofort an Mustafa.«
»An wen?«
»An ihren Vater. Meinen Freund. Er liebt mich, hat sieben Frauen gehabt, Yasmin ist seine Lieblingstochter, vielleicht freut er sich, wenn sie zurückkommt.«
»Und – die Kleine?«
Berglund zögerte einen Augenblick, seufzte. Kindergebrüll!
»Sie kann hierbleiben, wenn's sein muß. Platz ist genug. Die Dade wird sich um sie kümmern. Sie ahnen nicht, Doktor, wie Sie mir geholfen haben!« Er drückte ihn noch einmal an sich, strahlte vor Güte und Herzenswärme.
Der Arzt befreite sich, griff nach seiner Ledertasche.
»Sagen Sie, Berglund, es geht mich natürlich nichts an, aber was haben Sie eigentlich gegen dieses reizende Geschöpf?«
»Nichts, nichts, lieber Doktor, sie ist reizend, aber nicht für mich, verstehen Sie, sie ist frigide, die Arme, aber dafür kann sie natürlich nichts. Alles meine Schuld, wenn Sie wollen, aber was nützt uns das. Die ganze Geschichte war ein Fehler.«

Danach hatte er eine lange Unterredung mit der Dade, das heißt, sie hatten sich länger als gewöhnlich angeschwiegen, als er abends ins Kinderzimmer kam. In seiner Tasche war ein neuer Brief von Mustafa, der die Nachricht von Yasmins bevorstehender Rückkehr philosophisch aufgenommen hatte; wenn auch mißverstanden. Mustafa war der Meinung, daß Berglund sich von Yasmin scheiden ließ, weil diese ihm eine Tochter geboren hatte anstelle eines zweiten Sohnes, ein legitimer Grund. Er selber hatte alle seine überflüssigen Frauen im Hause behalten, aus Gutmütigkeit und weil er soviel Platz hatte.
Die dritte Tochter wurde nur nebenbei angeboten, Mustafa ahnte, daß sein Schwiegersohn die türkischen Abenteuer satt hatte.
Berglund saß wieder auf Mariechens kleinem Stillstuhl der Dade gegenüber. Alles war beim alten geblieben, nur daß jetzt zwei Kinderbetten an der Wand standen. Die Dade wartete, stumm

und dunkel wie immer, aber mit erhobenem Kopf, als schnuppere sie Außergewöhnliches. Sie war ja so gut wie mundtot in Berlin, hatte die Spürnase der Taubstummen entwickelt.
Er entfaltete den Brief, sagte langsam »Mustafa«, und genau wie damals preßte sie die Handfläche gegen die Schriftzeichen, als begrüße sie ihren Herrn.
»Yasmin«, sagte Berglund kurz und streng und deutete mit ausgestrecktem Finger auf die Tür. Die Dade setzte sich steil auf und wandte den Kopf in die Richtung seiner Hand, als ginge Yasmin dort gerade hinaus, zurück nach Konstantinopel.

Mustafa hatte mit der gleichen Post an seine Tochter geschrieben. Sie verlor keine Zeit, erschien am nächsten Morgen im Schlafzimmer ihres Mannes, dem früheren Gästezimmer. Sie werde den Abendzug nach Wien nehmen, ihre Koffer seien gepackt. Dort werde sie im Konsulat übernachten und dann – zurück nach Konstantinopel. Es gebe da einen besonders guten Zug, den Orientexpreß. Habe er von dem gehört? Würde er ihr ein Abteil reservieren? Dies alles mit ruhiger Stimme, die Augen auf dem Fußboden.
Er stand unwillkürlich auf und machte einen Schritt auf sie zu. Sie zog sich bis zur Tür zurück und sagte mit fester Stimme: »*Monsieur,* sprechen Sie jetzt das Scheidungswort aus. Dann sind Sie frei.« Etwas leiser fügte sie hinzu: »Und ich auch.«
Das Scheidungswort? Sie zeigte stumm auf das deutsch-türkische Lehrbuch, das immer auf seinem Schreibtisch zur Hand lag. Er schlug den Anhang auf, überblätterte schnell das Kapitel »Heirat« und fand als nächstes »Scheidung«.
Leise und verlegen murmelte er ihren Namen dreimal hintereinander und hieß sie, in das Haus ihres Vaters zurückzukehren. Als er vom Lehrbuch aufsah, war sie bereits gegangen.

3

Sophies erste Eindrücke waren ausschließlich dunkelbraun: dunkelbraun die harten, dicken Hände der Dade, die wuschen, kämmten, festhielten, dunkelbraun das spröde, steife Tuch ihres Gewandes, an das man sich klammerte, dunkelbraun die weichen, wehenden Falten des *petsche*, an denen man zerrte, dunkelbraun die prallen Wangen der Dade, in die man hineinbiß.
Aber da war – etwas später – das Segelboot, der einzige Ort, auf dem es nie einen dunkelbraunen Fleck gab. Nie kam die braune Hand und hielt sie fest, nie knarrten die Töne, die Sophie genau verstand, obgleich sie keine Ahnung hatte, was das nun für eine Sprache war, Türkisch, Arabisch oder einfach nur »Dade«. Auch Turhans Mäusegesicht war dort nie zu sehen, er wurde schon auf dem Wannsee seekrank. Berglund wollte niemand an Bord haben, um den er sich kümmern mußte. Um Sophie brauchte sich niemand zu kümmern. Sie paddelte schon mit vier Jahren wie ein junger Hund im Wasser, die roten Haare, dunkel vor Nässe, an den winzigen Kopf geklebt, die gelben Augen weit aufgerissen vor Anstrengung, besessen von der Idee, dem Vater zu gefallen. »Papa, sieh mal!« wagte sie nicht zu rufen, zappelte aber unablässig in seiner Blickrichtung im kalten Wasser, bis eine weibliche Stimme rief: »Sophie! Komm sofort heraus. Deine Lippen sind dunkelblau.«
Die weibliche Stimme wechselte so häufig, daß sie in Sophies Gedächtnis mit keiner bestimmten Person verbunden war. Die Stimmen lösten sich ab wie bei anderen Kindern die Kinderfräuleins. Sie ertönten eines Sonntags an Deck, immer freundlich, dann verstummten sie eines Tages und wurden meist schon am

folgenden Sonntag ersetzt. Eine lange Kette verschiedener Weiblichkeit, die sich bemühte, auf »das Kind« Eindruck zu machen. Manche bestachen sie, fütterten sie heimlich mit Schokolade, brachten Puppen. Sophie warf die Puppen ins Wasser, kaum daß die freundliche Dame abgelöst war, und interessierte sich nur dafür, wie lange sie dahintrieben, bevor sie sanken.

Zu Hause regierte die Dade nach wie vor autonom im oberen Stock. Ihr Gegrunze waren die Zehn Gebote des Kinderzimmers. Sie strafte selten. Nur wenn man log oder – ein denkwürdiger Tag – als Turhan in das kupferne Gewürzgefäß pinkelte, das immer neben ihren Knien auf dem Gebetsteppich stand, während sie ihre Andacht verrichtete, Sophies Idee, aber sie übertrug Turhan die Ausführung; er war treffsicherer. Als die Dade mitten im frommen Vor- und Rückwärtswiegen die Finger ins Gewürzgefäß steckte und sie naß wieder herauszog, von beiden Kindern atemlos beobachtet, hörte sie nicht eine Sekunde mit dem Schaukeln und Beten auf. Dann erhob sie sich ohne Hast, wusch sorgfältig Hand und Gefäß, rollte den Teppich zusammen und drehte sich nach den Kindern um. Erst gab sie Turhan eins um die Ohren, aber nur flüchtig, ohne echte Hingabe, dann packte sie Sophie mit sicherem Griff an den Haaren, legte sie übers Knie, streifte ihr die Hosen herunter und bearbeitete ihr Hinterteil mit Inbrunst. Dann knöpfte sie sie wieder zu und ging mit beiden Kindern in der Siegesallee spazieren. Von ihrem Geheul nahm sie wie gewöhnlich nicht die geringste Notiz. »Alte Mumie«, schrien andere Kinder hinter ihr her, aber sie verstand ja kein Deutsch.

Berglund ließ die Kinder zu Hause von zwei Privatlehrern unterrichten. Er wollte nicht, daß sie in eine Schule gingen. Wie sollten sie ihre Mütter erklären oder die Dade. Sie hatten daher keine Freunde, waren auf sich selbst angewiesen. Sophie lernte schneller als Turhan, obgleich sie zwei Jahre jünger war. Kaum hatte sie das entdeckt, als sie den Altersunterschied umkehrte und sich zur Älteren und zu seiner Beschützerin ernannte. Ihm war das recht, er wollte von allen beschützt werden, von der Dade, von »denen unten« (Frau Glaubitz und Peelke), vom Gartenzwerg. Sogar vom Vater, aber da kam er an die falsche Adresse. Dem mußte man imponieren, wenn er einen überhaupt bemerken sollte, und Turhan gab bald auf. Sophie gab nie auf. Ihr Leben lang. Sie machte es sich zur Aufgabe, ihn jeden Tag aufs neue zu erobern, hoffte immer wieder, daß er sie beachten, vielleicht sogar loben würde.

Als Sophie »ein Mensch« wurde, wie ihr Vater das nannte – Turhan wurde nie einer für ihn –, fühlte sie manchmal, daß seine Augen tatsächlich auf ihr ruhten, und nicht ohne ein gewisses Wohlgefallen. Es machte ihm Spaß zu beobachten, wie lächerlich ähnlich sie ihm wurde. Sie war jetzt acht Jahre alt und groß für ihr Alter. Seine roten Haare sprossen aus ihrer Kopfhaut wie ein Krankheitssymptom, orangengelb an den Schläfen, wo die Sonne sie ausgebleicht hatte, und dann langsam in ein brennendes Ziegelrot übergehend. Die Augenfarbe kam nicht von ihm. Wie Bernstein, eigentlich recht schön, dachte er eines Tages, als sie auf Deck saß und die Sonne fixierte. Sie konnte das tun, ohne zu blinzeln und ohne daß die Augen tränten, war deshalb schon oft bestaunt worden. Und nun hatte es Papa entdeckt. Triumph! Sie saß und starrte noch in den Himmel, als er schon längst in seiner Kajüte verschwunden war.

Eines frühen Sonntagmorgens bemerkte Sophie einen neuen jungen Matrosen an Deck, der an einem Mast lehnte, die Mütze auf dem Kopf.

Er machte keinerlei Anstalten, den anderen beiden beim Deckscheuern zu helfen, sah zum Himmel auf, pfiff vor sich hin. Sophie schlich sich interessiert näher heran, verbarg sich hinter dem Rettungsboot, ohne daß der Matrose es bemerkte. Jetzt zündete er sich eine Zigarette an. Sophie schnellte wie ein Sioux-Indianer aus ihrem Versteck hervor und pflanzte sich vor dem dreisten jungen Mann auf.

»Sie! Dem Personal ist das Rauchen auf Deck verboten.«

Der junge Mann sah auf das Kind hinunter, das mit vor Aufregung roten Flecken auf den Backen vor ihm stand, Hand und

Zeigefinger gebieterisch ausgestreckt – in einer Geste, die ihm bekannt vorkam.

»Auch an einem so schönen Sonntagmorgen?« Der Kerl lächelte unverschämt und nahm einen neuen, tiefen Zug.

»Ich sag's meinem Vater – Sie!«

»Petze.«

O Gott, der Mensch hatte recht. Eine Petze! Abschaum der Menschheit. Nicht einmal Turhan petzte. Tränen würgten im Hals, und die ausgestreckte Hand sank herab und versteckte sich hinter dem Rücken. Dem jungen Mann entging nichts von der Verwirrung in den Bernsteinaugen, die eben noch so gebieterisch geblitzt hatten, aber er rauchte schweigend weiter.

Eine Kajütentür öffnete sich hinter ihm, und Berglund erschien auf Deck. Sophie sah ihn zuerst und zischte: »Schnell, Zigarette weg!« Aber der junge Mann lachte nur, beugte sich hinab und küßte sie auf den Mund. Dann drehte er sich um und ging dem Vater entgegen.

Sophie, den warmen, zigarettenduftenden Kuß auf den Lippen, starrte ihm nach, wollte ihn retten, rufen: »Papa, der Neue weiß noch nicht – sei ihm nicht böse, wirf ihn nicht raus, ich liebe ihn!« Dies, urplötzlich, wie ein Blitzschlag. Zu spät! Der neue Matrose hatte den Vater erreicht, grüßte militärisch, rechte Hand am Mützenrand. Papa grüßte lächelnd zurück, der Matrose nahm die Mütze ab, langes braunes Haar fiel über seinen breiten Kragen, der Vater legte den Arm um seine Schulter – *ihre* Schulter. Dann lachten sie beide und kamen auf sie zu, Arm in Arm.

»Das ist Anita«, sagte der Vater, »lernt euch kennen.« Und wanderte davon. Die Matrosenfrau setzte sich auf die Reling und versuchte, sich im Wind eine neue Zigarette anzuzünden, aber der Wind blies das Streichholz immer wieder aus, obgleich sie die Hände schützend davorhielt. Sophie wartete ungeduldig. »Lernt euch kennen«, hatte Papa gesagt. Zwei kräftige weiße Kinderfinger umklammerten plötzlich die schmalen braunen Hände des »Matrosen«, als würden sie damit einen stärkeren Schutzwall abgeben. Das Streichholz flammte auf, die Zigarette brannte.

Der »Matrose« sah lächelnd hoch. »Danke.«

Sophie zog schnell ihre Hände zurück, wußte nicht, wohin damit, versteckte sie hinter ihrem Rücken. »Schau mal«, sagte sie und fixierte die Sonne aus weitaufgerissenen Augen.
»Das kann ich auch«, sagte der »Matrose« und drehte die Augen himmelwärts.
Sophie runzelte die Stirn. »Das ist keine Kunst«, sagte sie verdrossen. »Sie haben ja Fransen davor.«
Die Augen der neuen Frau waren so dicht mit dunklen Wimpern verhangen, daß sie im Schatten lagen, auch wenn sie weit offenstanden. Sie blickten wieder auf das Kind hinunter. »Was siehst du, wenn du in die Sonne starrst?«
»Rote Kreise«, sagte Sophie. »Und Sie?«
»Ich sehe Feuergarben. Gelbe, rote, manchmal auch ganz dunkelviolette.«
»Ich möchte auch Feuergarben sehen.«
»Dann gib mir deine Hand. Versuchen wir's zusammen.«
Als Berglund vom Achterdeck zurückkam, sah er Anita und Sophie Hand in Hand an der Reling stehen, die Köpfe weit zurückgelehnt, Augen weit offen, der Sonne dargeboten.

Von nun an gab es Anita nicht nur sonntags auf dem Boot, auch zu Hause. Abends ging sie weg, wohin, wußte man nicht. Sie lehnte jede Begleitung ab, sagte, sie gehe gern nachts ein paar Schritte allein. Vorher kam sie immer erst ins Kinderzimmer und sagte gute Nacht. Sophie schlug die Arme wie eine Zange um ihren Hals, Turhan offerierte eine scheue Hand. Nur die Dade stand da wie früher: braun verhüllt und unheilschwanger.
Anita brachte weder Puppen noch Schokolade, saß aber oft bei Sophie und sprach mit ihr. Manchmal sagte sie Dinge, die Sophie zu schaffen machten.
»Sag nicht zu Gerhard, du seist schon zwei Fingerbreit größer als er.«
»Warum nicht? Ist doch wahr!«
»Es tut ihm weh, eben weil's wahr ist. Geh vorsichtig mit der Wahrheit um, Sophie.« Damit ging sie aus dem Kinderzimmer. Sophie blieb verstört zurück. Mit der Wahrheit hatte sie von

jeher einen schweren Stand gehabt, sie hatte kein Talent dafür. Schwindeln war ihr angeboren, Lügen kamen in reicher Auswahl aus ihr herausgeschossen, ohne daß sie auch nur eine Sekunde nachdenken mußte. Dies zum großen Kummer der Dade, die große Stücke auf die Wahrheit hielt. Turhan log nie. Ebenso automatisch wie die Lügen bei Sophie kam die Wahrheit aus ihm heraus, und so ertönte das grollende »Hosen runter!« der Dade immer nur für Sophie, deren Hinterteil sich allmählich abgehärtet hatte. In letzter Zeit zeichnete sich eine gewisse Besserung ab. Hin und wieder quetschte sie unter großer Anstrengung »die Wahrheit« aus sich heraus zur großen Befriedigung der Dade, die freudig knarrte und sie dann niemals bestrafte. Als Sophie das begriff, drosselte sie ihre Phantasie mehr und mehr ab und »log« die Wahrheit. Das machte beinah genausoviel Spaß.

Und nun sagte Anita, sie solle »vorsichtig« mit der Wahrheit umgehen! Am folgenden Tag wartete sie am Gartentor. Anita kam gewöhnlich gegen Mittag und aß im Kinderzimmer mit, ließ sich auch von dem braunen Schweigen der Dade nicht abschrecken.

Als sie um die Ecke bog, stürzte ihr Sophie entgegen und versperrte ihr den Weg. »Anita, wie geht man vorsichtig mit der Wahrheit um?«

»Hat das nicht Zeit, bis wir im Haus sind?«

Heftiges Kopfschütteln, daß die roten Zöpfe flogen. »Sag's mir, Anita, sag's mir schnell.«

»Wichtig ist eigentlich nur, daß *du* die Wahrheit weißt, auch wenn du den Leuten die Hucke vollügst, und das tust du doch, nicht wahr? Aber wenn jemand anders im Spiel ist, mußt du achtgeben. Die Wahrheit kann genauso weh tun wie die Prügel von der Dade, wenn sie dir auf die Schliche gekommen ist.«

Die blockierenden, kräftigen kleinen Hände sanken herab. Sie fühlte, wie ihr die Hitze in die Wangen kroch, langsam das ganze Gesicht überflutete, bis in die Haare stieg.

Anita beobachtete sie schweigend, wie sie da schluckend vor ihr stand, die Stirn von Sommersprossen wie mit winzigen Butterblumen übersät, die bernsteinfarbenen Augen voller Tränen, die

kurze, noch nicht endgültige Nase und der scharfumrissene, entschlossene Mund, um den es gerade verdächtig zuckte.
Sie dachte: Ich beginne, sie zu lieben.

Das wußten alle im Hause. Auch die Dade, und sie wehrte sich nicht, dachte vielleicht, daß die Zeit gekommen sei, wo sie Hilfe brauchte.
Wie zum Beispiel an dem Tag, als die große Porzellanpuppe im Kinderzimmer umfiel und zerbrach. Sophie und Turhan hatten vor Schreck laut aufgeschrien und sich zitternd aneinander festgehalten. Das geborstene Puppengesicht klaffte weit auseinander, je ein rundes Auge glotzte heiter über einem Stück rosa Backe. Stille. Die Dade war in ihrer Küche. Nichts geschah, die Puppe grinste weiter. Dabei war sie doch tot, hätte wenigstens die Augen schließen sollen, das konnte sie ja, wenn sie lag, und jetzt lag sie. Sophie lachte einmal versuchsweise, Turhan meckerte hinterher. Immer noch nichts, nur Stille. In wortlosem Einverständnis machten sie sich daran, das Werk zu vollenden. Sophie brach ihr die Arme und Beine ab, Turhan riß die blonden Locken aus, der Rumpf wurde in den Papierkorb gestopft.
Was aber sollte mit den Kleidern geschehen? Die Puppe war lebensgroß gewesen, kostbar angezogen, von Papa aus Paris mitgebracht. Sophie überlegte, zog Turhan den Anzug aus und stülpte ihm die Puppenkleider über. Sie paßten. Dann hob sie ihn in den Puppenwagen, setzte ihm das Spitzenhäubchen auf, band die rosa Schleife unter seinem Kinn. Sie gluckten und prusteten beide vor Lachen und Aufregung, hatten das Gefühl, Ungeheuerliches vollbracht zu haben: Mord und Maskerade. Sophie schob den Puppenwagen im Kreis herum. Turhan, das Mäusegesicht von Spitzen eingerahmt, quiekte vor Wonne und Schwindelgefühl.
Die Tür öffnete sich, und die Dade erschien. Der Wagen hielt mit einem Ruck – Turhan fiel beinah heraus. Sophie drückte die Hände vor die Augen, schwankte duselig, wartete stoisch auf den harten Griff der braunen Nemesis.
Statt dessen fiel die Tür wieder ins Schloß. Die Kinder starrten,

sahen sich beklommen an – die Dade war verschwunden. Was bedeutete das? Vorsichtig begann Sophie, den Wagen wieder in Bewegung zu setzen, aber Turhan sah ängstlich drein und wimmerte.

Die Tür öffnete sich ein zweites Mal, da war sie wieder, die Dade – und neben ihr Anita. Die Dade hatte ihren Feind zur Verstärkung mitgebracht! Warum? Doch nicht wegen der zerbrochenen Puppe, so was regte die Dade sonst nur mäßig auf. Und warum lachte Anita nicht, als die Dade Turhan aus dem Wagen zerrte? Sah er etwa nicht komisch aus in seinem langen Seidenkleid und dem Häubchen? Nein, Anita lachte nicht, sie sah nur die Dade an, die vor Aufregung den *petsche* zurückgeschlagen hatte und der die Tränen über das Gesicht liefen. Sophie kicherte und beobachtete Anita gespannt, hätte zu gern gewußt, was die dachte. Die hatte ja noch nie das Gesicht der Dade gesehen! Aber Anita tat, als sei ihr dieses Gesicht seit langem vertraut, und half, dem strampelnden Jungen das Seidenkleid abzuziehen. Turhan kroch nackt und weinend unters Bett, die Dade wischte sich mit dem Puppenkleid die Tränen vom Gesicht. Aber bevor sie den Schleier wieder fallen lassen konnte, legte ihr Anita die Hand auf den Arm. Langsam hob die Dade den Blick, die riesigen Augen noch voller Tränen. Anita beugte sich vor und küßte sie schnell auf die Wange. Dann nahm sie Sophie an der Hand und führte sie aus dem Zimmer.

Sie ging mit ihr die Treppe hinunter, durch das leere Wohnzimmer hinaus auf die Terrasse. Dort ließ sie ihre Hand los, setzte sich auf die Steinbank. Sophie stellte sich erwartungsvoll zwischen ihre Knie. Irgend etwas Wichtiges war geschehen: Die Dade hatte noch nie geweint, und Anita hatte sie geküßt. Warum? Anita zündete sich eine Zigarette an, blickte hartnäckig an ihr vorbei.

Sophie beschloß, einen Angriff zu wagen.

»Warum darf Turhan nicht im Puppenwagen fahren?«

»Weil er ein Junge ist. Du darfst ihm keine Puppenkleider anziehen, Sophie, du machst ihn lächerlich.«

»Turhan spielt gern ›Puppe‹.«

»Hast du gern eine Puppe zum Bruder?«
Sophie nagte an der Unterlippe. »Warum nicht?«
»Möchtest du nicht lieber, daß er wie Papa ist?«
Die gelben Augen starrten feindselig.
»*Ich* bin wie Papa.«
»Du bist ein Mädchen, Sophie, und du siehst ihm ähnlich, das ist ganz was anderes.«
Der kleine Kopf mit den roten Zöpfen senkte sich in stummer Wut, stieß aber wieder aufwärts wie bei einem jungen Ziegenbock.
»Es ist aber nicht gerecht, Anita.«
»Was?«
»Turhan spielt gern ›Puppe‹. Ich nicht. Vielleicht bin ich ein Eunuch.«
»Wie kommst du darauf? Weißt du überhaupt, was das ist?«
»Frau Glaubitz sagt, ein Eunuch ist etwas in der Mitte zwischen einem Mann und einer Frau. Sie sagt, die Dade ist ein schwarzer Eunuch. Vielleicht bin ich auch einer – in Weiß.«
»Die Dade ist schwarz, aber kein Eunuch, und du bist auch keiner, Sophie, verlaß dich drauf.«

4

Schade, dachte Sophie. Sie wäre gern einer gewesen, es klang so schön. Wenn aber die Dade kein Eunuch war, was war sie dann? Einmal, als sie sie badete und den *petsche* zurückgeschlagen hatte, sah ihr Sophie in das dunkle Gesicht und sagte: »Dade, wo kommst du eigentlich her?« Statt einer Antwort war der Schleier wieder heruntergefallen wie ein Vorhang. Mit Fragen kam man nicht weiter.

Vor langer Zeit hatte sie sogar die Courage gehabt, Papa zu fragen: »Wo kommt die Dade her?« Papa hatte erstaunt ausgesehen und eine ganze Weile nachgedacht. Dann hatte er gesagt: »Ich weiß es nicht, Sophie. Ich hab's mal gewußt, aber ich hab's vergessen. Aber sie kommt von irgendwo sehr weit her.«

Von sehr weit her. Sie wäre auch gern »von sehr weit her« gekommen, anstatt von der Rümelangstraße im Tiergarten. Eines Abends las sie in einem Buch von einem, der »sehr weit auszog«, um den Stein der Weisen zu finden.

»Anita, könnte die Dade der Stein der Weisen sein? Papa sagt, sie ist weise, und sie ist hart wie Stein, faß sie mal an. Was meinst du?«

»Ja«, sagte Anita ohne Zögern. »Du hast es erraten. Aber erzähl's niemandem, hörst du? Es ist ein Geheimnis. Niemand darf wissen, daß wir den Stein der Weisen im Haus haben, sonst verschwindet sie vielleicht.«

Die Dade verschwinden? Jetzt, da es Anita gab, war der Gedanke nicht mehr so unerträglich. Zum erstenmal begriff sie, daß es etwas wie Ablösung gab im Leben: Einer kam, der andere ging. Traurig? Ja. Aber nicht ohne Reiz.

Sie war achteinhalb Jahre alt, als im August 1914 der Krieg ausbrach und forderte, daß sich das Leben nun für alle Menschen grundlegend ändern sollte. Sophie sah eigentlich keine Ursache dafür. Anita war ja da. Die einzige Sorge: Wird Papa eingezogen? Das Wort war bösartig, als würde man geschnappt und an einem langen Seil weggezerrt.
Papa war schon alt, sechsundvierzig Jahre, und »Reserve«. Reserve bedeute Notgroschen, sagte Frau Glaubitz, die welche besaß, »für den Notfall«. Man würde ihn also nur schnappen, wenn der Kaiser im Notfall war und seine Groschen brauchte. In den ersten Kriegsjahren brauchte er sie noch nicht, und Papa blieb zu Hause.
Aber andere »Einrichtungen« um Sophie herum wurden geschnappt. Erst Peelke, später auch die zwei Privatlehrer. Zum erstenmal betrat sie eines Tages eine öffentliche Schule und Turhan ein Gymnasium. Sophie kam an diesem denkwürdigen Tag mittags strahlend nach Hause, hatte bereits eine Freundin, die ihr die Schultasche trug. Turhan war schon lange vorher vom Pedell zurückgebracht worden. Er hatte ununterbrochen geheult und »den Unterricht gestört«.

Abends, als die Kinder schliefen, saß Berglund noch mit Anita im Wohnzimmer. Jetzt kommt's, dachte sie, jetzt ist es soweit. Sie war vorbereitet, strickte an einem Schal. Zum erstenmal seit ihrer Schulzeit. Feldgrau, leider, eine mürrische Farbe.
Berglund saß in seinem Lieblingssessel, dem einzigen, der nicht zu klein für ihn war, kaute an seiner Zigarre, mißvergnügt.
»Ich versteh' nichts von Kindern, aber bei dem fehlt was, da bin ich sicher.«
Jawohl, dachte Anita, erst wird von den Kindern gesprochen. Laut sagte sie: »Bei Turhan?«
Berglund hatte gerade klagen wollen, daß er nicht wisse, wo zum Teufel der Junge das herhabe, dieses Zittrige, Verpimpelte, Verkorkste – da fiel ihm sein Vater ein. Manchmal übersprang die Vererbung eine Generation, sagte man.
»Ich sollte ihn nach Konstantinopel zu seinem Großvater schik-

ken. Aber ich weiß nicht einmal, ob der noch lebt. Hab' seit Jahren keine Verbindung mit ihm.«

»Und Sophie? Würdest du sie mitschicken?«

Berglund warf einen kurzen Blick auf sie, lange genug, um den Schreck in ihren Augen aufzufangen, und er schüttelte den Kopf. Nach einer Weile sagte er beiläufig: »Wie wär's, wenn wir heiraten würden.«

So, da wären wir, dachte Anita und strickte weiter.

»Wir könnten doch mal drüber reden, unsere Ansichten austauschen, auf genereller Basis, es verpflichtet ja zu nichts.«

Ungefähr so hab' ich's mir vorgestellt, dachte sie. Die Stricknadeln klapperten in der Stille.

»Warum eigentlich nicht?« sagte Berglund und seufzte. Der Seufzer war fehl am Platz, war ihm nur herausgerutscht.

Das Klappern hörte auf, aber nur, weil eine Masche gefallen war.

»Nein? Ich hätte es natürlich anders sagen können.«

»Zum Beispiel?«

»Ich hätte sagen können: Anita, ich liebe dich.«

Sie lachte. »Nein, das hättest du nicht sagen können.«

»Und warum nicht?«

»Weil du nicht weißt, was das ist.«

»Weißt du's?«

»Ja.«

»Ich denke, du hast deinen ersten Mann nicht geliebt?«

»Den nicht.«

»Wen denn?«

»Geht dich nichts an, Johannes.«

Er seufzte noch einmal, und diesmal tat's ihm nicht leid.

Sie holte eine Zigarette aus ihrer Tasche, und er beugte sich vor und hielt ihr das brennende Streichholz hin.

»Danke«, sagte sie. »Dein Antrag ehrt mich, denn ich weiß, warum du ihn machst: Du wirst bald eingezogen werden, und da möchtest du, daß jemand dein Haus überwacht.«

»Nicht ›jemand‹, du. Allerdings hatte ich gehofft, daß du nicht stricken kannst.«

Sie betrachtete den grauen Lappen in ihrem Schoß, mußte lachen und warf das Strickzeug in den Papierkorb. Dann sah sie ihn eine Weile nachdenklich an, die Hände im Schoß gefaltet.
»Ich kann's dir eigentlich nicht raten, Johannes. Ich meine, ich kann schon dein Haus überwachen, aber sonst ... Ich bin ein eifersüchtiger Mensch und nicht unbedingt gutartig.«
»Ich auch nicht.«
»Ich weiß. Aber du weißt zu wenig über *mich*. Wenn ich noch mal heirate ...« Sie ließ den Satz unvollendet. »Ich hab' dir ja erzählt, wie das damals war, aber eben doch nicht richtig erzählt. Der Schreck sitzt mir immer noch in den Gliedern, und es ist zwölf Jahre her. Ich wußte gar nicht, daß ich hassen konnte, hatte immer gedacht, ich sei ein liebes Mädchen. Und dann auf einmal der blanke Haß ... *Ihn* hab' ich nicht lange gehaßt, man kann nicht jemanden hassen, der plötzlich mit offenem Mund und hilflosen Augen flach auf dem Rücken liegt und nicht mehr aufstehen kann. Blieb nur der Haß auf mich. Es hat Jahre gedauert, bis ich mit mir, so wie ich bin, einigermaßen in Frieden leben konnte. Aber irgendwo ganz unten, da sitzt er vielleicht noch, fürchte ich, und vor dem muß ich dich warnen, Johannes.«
Sie saßen noch eine Weile, ohne sich anzusehen. Dann stand sie langsam auf, streckte sich wie nach einer anstrengenden Turnübung und ging aus dem Zimmer. Er blieb noch einen Augenblick sitzen, drückte die Zigarre im Aschenbecher aus, dann folgte er ihr in die Halle, lehnte sich an die Wand und sah zu, wie sie sich vor dem Spiegel den Hut aufsetzte und die Hutnadel hindurchstach. Vielleicht bin ich stark und komme nicht wieder, dachte sie.
»Adieu, Johannes.«
Sie streckte ihm die Hand entgegen, aber er schüttelte den Kopf.
»Nimm doch den scheußlichen Hut ab, Anita. Und komm her.«

Das Telegramm, das ihn binnen vierzehn Tagen zu seinem Regiment abrief, kam ein paar Tage vor Sophies elftem Geburtstag.
»Sophie«, sagte Anita, während sie ihr die Schulschürze abnahm, »was würdest du sagen, wenn dein Vater und ich heiraten?«

Das Mädchen senkte den Kopf so tief, daß Anita nur den roten Scheitel und die weiße Rundung der Stirn mit ein paar winzigen »Butterblumen« darauf sehen konnte.
»Würdest du dich nicht freuen?«
Der rote Kopf stieß aufwärts. »Nein.«
»Warum nicht?«
»Weil ...« Der Mund preßte sich fest zusammen, aber die Tränen liefen bereits herunter. »Weil ... jetzt gehörst du mir ... und Papa auch.« Sie sah den Zweifel in Anitas Augen. »Doch! Wenigstens ein kleines Stück Papa. Aber wenn ihr heiratet, dann ist auch das kleine Stück weg. Und du bist auch weg. Ganz weg.«
»Schau mich an, Sophie. Dein Papa und ich, wir sind in Wirklichkeit schon lange verheiratet. Wir müssen jetzt nur noch eine Unterschrift auf ein Blatt Papier setzen. Nichts wird anders sein, glaub mir.«
»Alles ist immer anders, wenn man heiratet.«
»Wer hat dir das gesagt?«
»Die Dade.«
Der Stein der Weisen, dachte Anita.
»Du willst uns also nächsten Montag nicht zum Standesamt begleiten?«
Sophie überlegte, fing die letzten Tränen sorgfältig mit der Zunge auf.
»Vielleicht – würde ich dorthin *radeln.*«
Es dauerte einen Moment, bis Anita begriffen hatte.
»Was du meinst, ist: ›Wenn Papa mir ein Rad zum Geburtstag schenkt, dann dürft ihr heiraten.‹«
Auge in Auge. Dunkelgelbe, störrische gegen braune, forschende. Allmählich wurden die gelben heller, bis sie sonnig und unschuldig strahlten.
»Wäre das nicht lustig, wenn ich angeradelt käme? Gerhard hat's mir beigebracht als Überraschung für Papa.« Und als die dunklen Augen immer noch undurchdringlich blieben, fügte sie großzügig hinzu: »Das ist mein Hochzeitsgeschenk für euch beide.«

5

Berglund wurde von einem Uniformierten mit Hand an der Mütze abgeholt. (Sophie, hinter dem Vorhang versteckt, hielt umsonst nach einem Lasso Ausschau.) Danach schien es ihr, als würde ihr geregeltes und gewohntes Dasein täglich um ein kleines Stück karger. Man merkte es allerdings nur, wenn man von Zeit zu Zeit stillstand und sich erinnerte, wie es früher gewesen war. Zum Beispiel roch das Haus jetzt anders, weil keine Pakete mehr für die Dade aus der Türkei kamen. Immer, wenn sie aus der Schule nach Hause kam, schnupperte sie vergeblich nach den herrlichen Gerüchen, die früher aus ihrer Küche geströmt waren. Die Dade selbst schien langsam einzuschrumpeln, sie wurde kleiner – oder war es, daß Sophie größer wurde? Sie ging jetzt auch oft ohne *petsche* herum, um besser atmen zu können. Sie wußte, man war »im Krieg«, hielt sich oft die Illustrierten mit den Fotografien von Soldaten in Schützengräben dicht vor die Augen, manchmal auch verkehrt rum. Turhan war ihr Kind geworden. Sie knarrte glücklich, wenn er seine Schularbeiten in ihrem Zimmer machte, und er erzählte ihr in ihrer Sprache, die sonst nur noch Sophie verstand, was in seinem täglichen Leben geschah. Er war ein schlechter Schüler, hatte keine Freunde. Nur sein Gesanglehrer mochte ihn gern, weil er eine klare, schöne Stimme hatte und im Chor die Soli übernahm. Jeden Abend saß die Dade an seinem Bett und hörte andächtig zu, während er ihr Schubert-Lieder vorsang. Er hatte noch immer sein blasses Mäusegesicht, wuchs zu schnell, aß zu wenig, ging eilig und engbrüstig die Schattenseiten der Straßen entlang, denn er vertrug keine Sonne.

In Sophies Klasse gab es hin und wieder Kummer, der sie daran erinnerte, daß man im Krieg war und sich grämen sollte. Manchmal »fehlte« ein Mädchen und erschien dann wieder, schwarzgekleidet. Sophie weinte mit. Aber auf dem Heimweg hüpfte sie pfeifend durch die Straßen, immer wieder von demselben seligen Gefühl erfüllt: Anita sitzt am Eckfenster und hält Ausschau nach mir.

Alle paar Monate hüpfte sie nicht, sondern ging langsam und nachdenklich nach Hause. Manchmal blieb sie stehen und dachte angestrengt nach. Freu dich, sagte sie zu sich, Papa ist auf Urlaub, da freut man sich. Aber es hieß natürlich, daß Anita nicht wie sonst am Eckfenster auf sie warten würde.

Papa brachte immer etwas mit, Sardinen oder Schokolade und so. Er kämpfte nicht an der Front, er lag nicht im Schützengraben, er hatte was mit der Verpflegung der Truppen im besetzten Belgien zu tun, soviel wußte sie. Sardinen und Schokolade. Sie begann wieder zu hüpfen, blieb wieder stehen. Anita würde nicht am Eckfenster sitzen ...

Abends war's immer am schlimmsten. Abends wollte er mit Anita allein im Wohnzimmer sein. Manchmal flüchtete sie sich zu Turhan, der jetzt sein eigenes Zimmer hatte, aber der klebte Briefmarken ein oder sang der Dade vor. Sie ging dann oben auf dem Flur auf und ab, auf und ab, wußte nicht, wo sie mit sich hin sollte.

Und Anita sah nicht einmal, wie es um sie stand, sie hatte Besseres zu tun. Besseres? Das fragte sie sich jedesmal, wenn Berglund auf Urlaub nach Hause kam. Es war nicht gut, sich so auf ihn zu freuen. Gefährlich. Als hätte sie das nicht gewußt! Aber, mein Gott, es war schwer, sich im Zaum zu halten während der paar Tage. Und es sah beinah so aus, als empfinde Berglund das gleiche. War das möglich? Geschahen Wunder? War's der Krieg? Unsinn. Trotzdem: Es war nicht zu leugnen, er wollte immer, daß sie dicht bei ihm saß, ließ ihre Hand nicht los, auch während er die Zigarre rauchte, die er im Lager gestohlen hatte. Er erzählte wenig, schüttelte den Kopf, wenn sie fragte: »Wie ist es, Johannes, wie *ist* es?« So schlimm war es also.

Nachts lag sie voller Furcht in seinen Armen, konnte nicht einschlafen, wollte es auch nicht, wollte die Stunden genießen und nicht eine einzige verschlafen. Angst. Angst vor dem Telegramm: Heldentod fürs Vaterland. Immer möglich, auch hinter der Front im besetzten Belgien, wo nicht gekämpft wurde, Angst, daß sie zu abhängig wurde, zu viel von ihm verlangte, Liebe, Treue, all den Kram.

Wenn der Morgen kam, an dem er abreiste, standen Anita und Sophie stumm in der Diele neben ihm, hielten beide zusammen seine Uniformjacke, jede einen Ärmel, dann seinen Mantel, jede einen Ärmel, Anita die Mütze, Sophie die Tasche, keine gönnte es der anderen.

Sophie verstand nicht mehr, was eigentlich mit ihr los war. Warum heulte sie jetzt? Warum umarmte sie Papa so heftig und steckte ihre Nase tief zwischen seinen Hals und den Uniformkragen, weil er immer so gut roch, und da am besten.

Anita weinte nicht. Nur wenn sich die Haustür endgültig hinter ihm geschlossen hatte, konnte es passieren, daß sie plötzlich in Tränen ausbrach und ganz sinnlos »Johannes! Johannes!« rief und den Kopf an die Haustür lehnte. Dann rannte Sophie in den Garten, im Nachthemd, Anita hinterher. Sophie ließ sich fangen, und sie hielten sich umschlungen und weinten. Aber nicht aus dem gleichen Grund.

Im letzten Kriegsjahr, 1918, schrieb Papa, er bekomme nur ein einziges Mal Urlaub. Seltsam, alle anderen Väter hatten ihr übliches Quantum, wie Sophie in ihrer Klasse feststellte. Sie war jetzt zwölf Jahre alt, sah aber älter aus, weil sie groß war und bereits einen Busen hatte (wenn auch nur einen kleinen), um den sie viel beneidet wurde.

Irgendwas war anders mit diesem einen Urlaub, gleich von Anfang an, obwohl Papa nicht nur Schokolade und Sardinen, sondern auch Wein und zwei Paar Strümpfe für Anita mitbrachte. Er sah besonders gut aus, fand Sophie, richtig schön, trotz der ersten weißen Haare in seiner kurzen roten Mähne. War auch ausgezeichneter Laune, fragte sie alle möglichen Dinge und wid-

mete sich sogar Turhan für ein paar Minuten, die den Jungen verstört und in Schweiß gebadet zurückließen.
Und abends wurde es dann ganz merkwürdig. Papa verlangte plötzlich, daß wenigstens Sophie – Turhan hatte sich im Badezimmer eingeschlossen – im Wohnzimmer bleiben solle, sie sei jetzt erwachsen, er sehe sie viel zu selten. Sophies erste Reaktion war Entzücken – dann sah sie Anitas Gesicht. Unsicher blickte sie von einem zum anderen, blieb an der Tür stehen, wartete noch ein paar Sekunden, um ganz sicher zu sein; denn was sie jetzt tun würde, war ihre erste eigenmächtige Entscheidung.
»Ich bin müde, Papa. Entschuldige. Gute Nacht.« Mit fester Stimme.
Draußen auf der Treppe wurde sie mit jeder Stufe mehr von dem ekstatischen Gefühl erfüllt, richtig gehandelt zu haben. Sie allein. Niemand hatte ihr einen Wink gegeben.
Mit hocherhobenem Kopf trat sie in ihr Zimmer, blieb in der Mitte stehen, fühlte sich zum erstenmal während Papas Urlaub weder einsam noch ausgeschlossen und so stolz auf sich, daß sie zum Spiegel ging und sich betrachtete. Sie war jetzt eine Person, ein Mensch, der Entschlüsse faßte. Vielleicht sah man's schon. Sie beugte sich vor und betrachtete sich. Nein, das war noch das Gesicht von heute früh, zu rund und zu sommersprossig, aber die Nase war schön. Papas Nase. Sie knöpfte die Bluse auf, streifte das Leibchen ab und drehte sich seitwärts. Vielleicht war der Busen gewachsen; sie kontrollierte ihn jeden Sonntag früh. Heute war Dienstag, keine Veränderung.
Von unten kamen Stimmen. Sie warf sich auf den Boden und preßte das Ohr an das Holz. Das war Anitas Stimme, aufgeregt. Jetzt die von Papa, ruhig, aber nicht freundlich. Jetzt wieder Anita. So heftig hatte sie sie noch nie gehört. Stille. Eine Tür wurde aufgemacht und gleich wieder geschlossen. Schritte die Treppe herauf. Sophie sprang auf und griff nach ihrem Nachthemd, aber die Schritte gingen in entgegengesetzter Richtung. Anitas Schritte. Sie gingen ins Schlafzimmer – allein.

6

Sie wußte nicht, wie lange er schon dagesessen hatte, in sein Buch vertieft. Warum schlichen sie sich immer so lautlos herein in einem Krankenhaus? Warum öffneten sie nicht die Tür mit dem gewohnten guten Knack, so daß man wußte, jetzt war jemand im Zimmer, und sich entsprechend verhalten konnte, klagen, lächeln, sich schlafend stellen, je nachdem.
Laut sagte sie: »Nimm doch das Gummiding weg, das da, an der Tür.«
Der junge Arzt fuhr von seinem Buch hoch, wandte ihr das Gesicht zu.
»Das darf ich nicht, das ist Krankenzimmereinrichtung. Man kann Kranke beobachten, ohne sie zu stören.«
»Ich will aber gestört werden, jedenfalls von dir, Bruder. Ich warte schon so lange auf dich. Wo warst du? Zu Hause? Hast du ein Zuhause? Hast du eine Frau?«
»Ich hab' ein Zimmer hier, im Wohnheim.«
»Keine Frau?«
»Nein.«
»Hättest du gern eine?«
Er wollte sie kurz abfertigen, brachte es nicht fertig, schüttelte schweigend den Kopf, nahm sein Buch wieder auf.
»Komm, sei kein Frosch! Siehst du, jetzt lachst du sogar. Erzähl mir. Ich hab' dir auch so viel zu berichten; wir haben doch die ganze Nacht zusammen, nicht wahr? Ist das schön!« Sie schloß die Augen, wiegte den Kopf ganz sacht hin und her, seufzte vor Glück, runzelte die Stirn.
»Haben Sie Schmerzen?«

»Nur ganz von weitem, mir ist sehr wohl dabei. Wo waren wir? Erinnerst du dich, was ich von Anita berichtet habe?«
Er zögerte. Sie öffnete die Augen, sah ihn scharf an.
»Du! Ich schreibe das alles nicht zum Spaß. Du bist der erste, der davon weiß. Sonst hat's noch keiner zu lesen bekommen. Was war das letzte, was ich geschrieben habe – das mit Anita und Papa, nicht wahr?«
Er nickte, hoffte, sie werde nicht weiterforschen.
»Weißt du schon, warum sie so weinte an diesem Abend? Nein? Siehst du, da waren wir steckengeblieben, weiß nicht mehr, warum.« Sie schwieg einen Augenblick, zog die Mundwinkel nach oben, halb lächelnd, halb verlegen, kicherte.
»Du wirst es nicht glauben. Hier bin ich, eine – sagen wir eine erfahrene Frau, und da bist du, ein Arzt, der alles weiß – du weißt doch alles, nicht wahr, Bruder?«
»Meinen Sie medizinisch? Da habe ich noch einiges zu lernen.«
»Ach wo«, sagte sie verdrossen, »manchmal bist du ganz dumm, Bruder. Ich rede von Menschen, von dem, was sich da manchmal anspinnt.« Sie hielt inne, horchte, als spräche jemand zu ihr, nickte, lächelte. »Und dann geht es ganz anders aus, als man wollte. Davon weißt du doch, nicht wahr, sonst könnt' ich's dir nicht erzählen, du würdest alles falsch verstehen. Erklären kann ich's nicht, das heißt, ich könnt's vielleicht, aber ich mag nicht.« Sie sah ihn ernst an. »Ich würde mich genieren, und dazu bin ich zu alt. Ich will dir nichts beibringen müssen, ich will zu jemandem sprechen, der um die Dinge weiß. Gleich zu gleich, verstehst du? Als ich dich zum erstenmal hier sitzen sah, wußte ich sofort: Der weiß.«
Er dachte an ihr Röntgenbild und klappte sein Buch zu. Er würde ihr diese Nacht schenken, sie nicht am Sprechen hindern. Er kannte die Stärke der Morphiumspritze, die sie vor einer Stunde bekommen hatte, als die Tagesschwester ihren letzten Rundgang gemacht und sie stöhnend und scheinbar bewußtlos gefunden hatte. Daß das Morphium diese Wirkung bei ihr hatte, anstatt sie zu beruhigen und einzuschläfern – nun, das war nicht seine

Sache. Er hatte seine Pflicht getan, mit ihrem Mann gesprochen, aber der hatte keinerlei Auskünfte gegeben. Und er, als Arzt, war nicht verpflichtet, in ihrer Vergangenheit herumzuspionieren.

»Ich hoffe, ich weiß, was es zwischen zwei Menschen geben kann, jedenfalls würde ich alles verstehen.«

»Das genügt«, sagte sie zufrieden. »Wenn du verstehst, dann weißt du's auch. Für immer. Und wenn es mal bei dir zu so was kommt, dann wirst du dich erinnern, auch wenn es nicht ganz dasselbe sein kann, denn du bist schließlich ein Mann, aber weißt du, Bruder, das Gefühl, *das wirst du sofort wiedererkennen, wie einen alten Freund. Deshalb muß ich's dir so genau wie möglich beschreiben. Also, wo waren wir? Sag's mir.«*

»Bei – bei Anita und Papa.« Er kam sich vor wie in der Schule.

»Richtig. Richtig. Ach, Bruder, das war eine ganz schlimme Nacht. Erinnere dich, mitten im Krieg, die Straßen dunkel, Papa auf Urlaub, und alles, was er von ›draußen‹ erzählte, war sehr schlecht, es sah aus, sagte er, als würden wir vielleicht doch nicht siegen. Aber all das interessierte mich eigentlich nicht. Mir ging's nur darum, was an diesem Abend in unserem Haus geschah, nachdem Anita allein ins Schlafzimmer gegangen war. Ich war schon alt genug, ich verstand genau, was das bedeutete: Papa unten im Gästezimmer und Anita oben allein in dem Riesenbett, in dem sie so einsam war, wenn Papa in Belgien war. Sie wickelte sich dann immer in sein Nachthemd, sonst könne sie nicht einschlafen, sagte sie. Nun stell dir vor, sie hatte sieben Monate auf ihn gewartet, nur sein Nachthemd gerochen und geküßt, und jetzt war Papa da *und kam nicht zu ihr. Ich wußte das, denn ich hatte das Licht in meinem Zimmer ausgemacht und die Tür ein bißchen geöffnet. So konnte ich alles hören. Ich hörte Papa unten ins Badezimmer gehen, ich hörte ihn* pfeifen*! Nur ein paar Töne, er hörte schnell wieder auf, vielleicht schämte er sich, aber* mir *zeigte es ganz klar, wie er sich fühlte. Er fühlte sich gut; nur dann pfiff er. Und zur gleichen Zeit hörte ich Anita weinen, aber so, als stopfte sie sich etwas vor den Mund, damit es niemand hören konnte. Dann war Stille. Papa*

schloß die Tür unten. Leise, auf Zehenspitzen bin ich an ihre Tür gegangen und hab' geklopft. Keine Antwort. Die Tür verschlossen. Ich hab' noch mal geklopft und durchs Schlüsselloch geflüstert: ›Ich bin's, Sophie.‹ Erst hat sie gerufen: ›Geh weg, Sophie, geh schlafen.‹ Aber ich sagte: ›Ich geh' nicht weg. Ich schlaf' hier vor deiner Tür und hol mir eine Lungenentzündung.‹ Da hat sie ein bißchen gelacht. Das wollte ich natürlich, und dann hat sie aufgeschlossen. Ich muß schon sagen, ich zitterte vor Kälte, hatte ja nur mein Nachthemd an und keine Pantoffeln, und so zog sie mich im Dunkeln ins Bett, und da war's warm. Ich fühlte was Langes, Wollenes neben mir und wußte sofort: Papas Nachthemd. Ich setzte mich auf und zog und zerrte. Es lag halb unter mir und halb unter ihr. ›Was machst du denn?‹ fragte sie, aber ich ließ nicht los, bis ich das ganze Ding in den Händen hatte, und bevor sie's mir wegreißen konnte, feuerte ich es mit aller Kraft in die Dunkelheit.

›Was unterstehst du dich!‹ rief sie und wollte das Licht anmachen, aber ich warf mich auf sie, ich war schon ziemlich kräftig, und drückte sie zurück in das Kissen.

Und plötzlich – deswegen beschreibe ich es ja so ausführlich –, plötzlich war ich etwas ganz Neues. Vielleicht war ich an diesem Abend wie eine reife Kastanie auseinandergeplatzt. Erinnere dich, wie ich vorher zu Papa gesprochen hatte! Ich weiß nur, daß ich fühlte, ich war im Sattel wie ein Mann, ich hatte zu befehlen. Ich drückte sie also in das Kissen zurück und sagte: ›Anita, hör sofort auf zu weinen. Du schläfst nicht allein. Du brauchst das alte Nachthemd nicht, du hast mich.‹

Und da wehrte sie sich auf einmal nicht mehr, sondern streckte sich unter der Bettdecke aus, schluchzte noch ein paarmal auf und war still. Ich streckte mich neben ihr aus, und sie legte den Arm um mich. Erst drückte ich mich an ihre Schulter, dann legte ich auch meinen Arm um sie, und so lagen wir eine Weile beieinander, ganz eng und warm.

Dann sagte ich: ›Siehst du, du brauchst Papa gar nicht. Ich bleib' bei dir.‹

Sie sagte nichts mehr, und ich bin sehr bald darauf eingeschla-

fen, in ihrem Arm, und meinen Arm um sie. Ich glaube, ich hab' mich die ganze Nacht nicht gerührt, ich schlafe immer so, wie ein Sack Kartoffeln, denn ich bin genauso aufgewacht, in ihrem Arm. Ich drehte den Kopf zu ihr. Sie starrte an die Decke mit weit offenen Augen. Es war früher Morgen, ich konnte sie deutlich sehen.

Ich hob den Arm und streichelte ihr Gesicht, wußte, ich durfte jetzt fragen: ›Was ist mit Papa? Liebt er dich nicht mehr?‹

Sie war nicht böse, sie antwortete mir, aber sie sah mich nicht an, immer nur an die Decke.

›Er hat eine andere Frau gefunden. In Antwerpen. Eine Belgierin. Sie hat den Wein geschickt und auch die Strümpfe. Nett von ihr.‹

Dies alles ganz ruhig.

›Und die liebt er jetzt?‹

›Ja.‹

Ich hörte nicht auf, ihr Gesicht zu streicheln, aber es war doch, als ob mir einer eine Ohrfeige gegeben hätte. Papa hatte eine andere Frau gefunden, eine, die mit uns nichts zu tun hatte, mit uns, *mit Anita und mir, mit Turhan und der Dade und unserem Haus und Frau Glaubitz und Gerhard, wir waren doch alle* eins, *Papa gehörte doch da hinein, zu* uns, *wie konnte da jemand anderes dazwischenkommen? Plötzlich erinnerte ich mich an die Zeit* vor *Anita, wo alles schon da war, das Haus und wir alle, und trotzdem kein Zusammengehören wie jetzt. Aber das war ja eine Ewigkeit her, da war ich noch ein Kind, da wußte ich noch nicht, wie es ist, wenn jemand am Eckfenster wartet.*

›Anita, die aus Belgien, darf die bei uns ins Haus?‹

Sie drehte den Kopf zu mir um, so daß ich jetzt ihre Haare streichelte, sah mich an, als hätte ich etwas ganz Verrücktes gesagt.

›Wie meinst du das?‹

›Du sagst doch, er liebt sie, dann darf sie doch ins Haus, nicht wahr? So wie du damals, weißt du noch? Erst warst du auf dem Boot und dann plötzlich im Haus, und da wußte ich, jetzt gehörst du zu uns.‹

Sie löste sich von mir und setzte sich auf, spielte wie abwesend mit einer langen Haarsträhne. Dann sah sie mich an und lächelte. Ach, Bruder, das war so traurig, da bin ich beinah in Tränen ausgebrochen, aber ich wußte, daß das schlecht für sie gewesen wäre, also kniff ich mir in die Handflächen, so stark ich konnte, damit der Schmerz mich ablenkte. Das war ein alter Trick von mir, es ›stoppte‹ einen, wenn man nicht lachen oder nicht weinen durfte.

›Ich glaube, da wird noch einige Zeit vergehen, Sophie, bis diese Frau hier im Haus ist. Wer weiß, vielleicht wird es nie dazu kommen.‹

Das wollte ich hören, mehr brauchte ich nicht. Ich warf beide Arme um ihren Hals, küßte sie, wohin es traf, flüsterte: ›Vielleicht kommt er heute nacht wieder hier herauf und schläft neben dir.‹ Sie wehrte mich ab, schüttelte den Kopf. ›Das tut er nicht. Dein Papa ist kein Mann, der seiner Frau etwas vormacht.‹ Als wollte sie ihm ein Lob erteilen.

Dann ist sie langsam aus dem Bett gestiegen und sagte vor sich hin: ›Am besten wär's vielleicht, wenn er gleich wieder abfahren würde.‹

Das fand ich auch. Raus mit ihm. Zurück zu seiner Belgierin. Wir würden alle zusammenbleiben wie vorher, und Anita würde wieder am Eckfenster sitzen.

Ich bin dann auch aufgestanden und in mein Zimmer gegangen. Aber dann kam mir ein Gedanke, und ich bin noch einmal ins Schlafzimmer zurückgelaufen. Sie stand im Nachthemd am Fenster und sah zu Gerhard hinunter, der im Garten abgebrochene Zweige aufsammelte. Ich nahm ihren warmen Morgenmantel und legte ihn ihr um die Schultern, kam mir vor wie ein Ehemann.

›Anita, vergiß nicht, du bist nicht allein. Heute abend schlafe ich wieder bei dir.‹

Und da geschah es.«

Der junge Arzt setzte sich auf in seinem Stuhl. »Was geschah?«

Sie drehte den Kopf zu ihm, und er sah an dem Glanz in ihren

Augen, daß das Morphium schon seine Höchstwirkung erreicht hatte.

»Es war sehr schön, Bruder«, sagte sie langsam. »Es kam mir ganz natürlich vor, und vielleicht ist *es das, vielleicht haben viele Menschen so was erlebt.«*

»Was geschah?« fragte er, zum erstenmal ungeduldig. Aber sie ließ sich nicht drängen.

»Ich kam zu spät in die Schule, wie du dir denken kannst, dachte nur an Anita, bekam eine ganz schlechte Note. Die Lehrerin fragte, was mit mir los sei. Ich log, ich hätte Kopfschmerzen, und sie glaubte es, fühlte meine heiße Stirn. Notlüge, dachte ich. Erlaubt. Ich wollte nur schnell nach Hause, Anita sehen, aufpassen, daß sie nicht weinte.

Aber als ich endlich daheim ankam, außer Atem, ich war den ganzen Weg gerannt, sagte Frau Glaubitz schon an der Tür, Anita sei fortgegangen. Papa auch. Aber nicht zusammen. Wir aßen also allein zu Mittag, Turhan, die Dade und ich, und keiner sprach ein Wort. Nur als wir aufstanden, sagte Turhan mit Nachdruck: ›Papa ist eben ein schlechter Mensch.‹

Aber die Dade schüttelte den Kopf und sagte in ihrer Sprache: ›Bei einem Mann gibt es nicht gut oder schlecht. Er ist, wie er ist.‹ Sie ging dann gleich in die Siegesallee.

Aber das hat nicht gut getan. Später am Nachmittag, während ich versuchte, Schularbeiten zu machen, klingelte es an der Haustür. Ein Telegramm für Papa. Es wartete in der Silberschale in der Diele, und als die Dade von der Siegesallee zurückkam, sah sie es dort liegen und blieb eine Weile davor stehen, aber ohne es zu berühren. Dann schlurfte sie langsam hinauf in ihr Zimmer.

Kurz darauf kam Papa nach Hause. Ich hörte seinen Schlüssel im Schloß und beobachtete von oben durch das Treppengeländer, wie er das Telegramm öffnete. Dann blickte er hoch und sah mich, bevor ich mich verstecken konnte.

›Sophie‹, rief er leise, ›ist die Dade allein in ihrem Zimmer, oder ist Turhan bei ihr?‹

›Sie ist allein, Papa.‹

Er kam die Treppe herauf, das Telegramm in der Hand. ›Mustafa ist tot‹, sagte er, und als er mein verständnisloses Gesicht sah: ›Dein Großvater.‹ Ich versuchte erst gar nicht, ein trauriges Gesicht zu machen, denn ich wußte nichts von ihm, niemand hatte je von ihm gesprochen.

Papa stand noch immer mit dem Telegramm in der Hand da, als sollte ich ihm sagen, was er tun müsse. ›Bleib hier stehen‹, sagte er. ›Vielleicht brauch' ich dich.‹ Dann ging er zur Dade ins Zimmer. Kurz darauf rief er mich hinein. Die Dade saß auf einem Stuhl mit dem Telegramm im Schoß. Sie hatte den petsche *zurückgeschlagen, wiegte sich vor und zurück wie im Gebet, aber nur ganz wenig. Papa stand vor ihr und sah unglücklich aus.*

›Sophie, die Dade will mir etwas sagen.‹

Ich ging zu ihr und legte meinen Kopf an ihren. Sie hörte auf zu beten und flüsterte in ihrer Sprache: ›Dein Vater soll nach Konstantinopel eine Nachricht schicken – ich möchte zu seinen Füßen begraben werden – sie sollen einen kleinen Platz freihalten.‹

Ich sagte es Papa, und er nickte. Dann beugte er sich zur Dade hinunter und streichelte ihren Kopf. Sie hatte recht, er war weder gut noch schlecht, er war, wie er war.

Anita kam erst nach dem Abendbrot zurück und ging gleich hinauf ins Schlafzimmer. Ich glaube, sie hat Papa gar nicht gesehen. Der war im Wohnzimmer mit seinem Freund Georg Wertheimer, und ich hörte sie sprechen und einmal auch lachen, aber vielleicht war das der Georg.

Ich zog mich aus und wartete. Endlich ging der Georg. Ich hörte, wie Papa die Haustür zuschloß und wie er ins Badezimmer ging und dann ins Gästezimmer. Trotzdem rührte ich mich nicht von meiner Tür. Es hätte ja sein können, daß er zu Anita heraufstieg, vielleicht hätte er ihr doch etwas zu sagen gehabt.

Es war ganz still im Haus. Extra still, als hielte jeder in seinem Zimmer den Atem an. Die Tür unten öffnete sich nicht mehr. Ich bildete mir ein, ich hörte Papa schnarchen.

Ich schlich mich aus meinem Zimmer und ging leise zu Anita hinüber. Die Tür war wieder verschlossen. Ich hatte doch gesagt, ich würde kommen! ›Anita‹, rief ich wütend durchs Schlüsselloch, ›mach auf.‹

›Geh schlafen, Sophie.‹

›Ich denke gar nicht dran, ich bleibe hier, bis du aufmachst. Du brauchst mich.‹

›Nein‹, sagte sie von drinnen, ›ich brauche niemand. Geh schlafen.‹

Ich rüttelte an der Tür, es war mir ganz egal, ob mich jemand hörte, aber alles blieb still. Da tat ich etwas richtig Gerissenes, Bruder, weiß der Teufel, wie mir das in den Sinn kam. Ich sandte einen Schluchzer durch das Schlüsselloch und sagte mit zitternder Stimme: ›Ich will dich sehen, Anita – mein Großvater ist tot.‹ Raffiniert, was? Ich war ja kaum zwölf Jahre alt, aber ich war schon damals ein Teufelsbraten.

Anita öffnete die Tür, und ich warf meine Arme um sie und preßte noch ein paar Schluchzer aus mir heraus. Sie führte mich zum Bett, und ich wickelte mich in die warme Bettdecke ein, vergaß Papa, vergaß die Dade, den Großvater, wer immer er gewesen war, vergaß alles, wollte nur Anitas Nähe, Wärme, ihren Arm um mich. Aber der Arm kam nicht. Sie löschte das Licht auf dem Nachttisch, streckte sich neben mir aus, steif, ohne mich zu berühren. Ich wartete, lauschte – weinte sie? Nein, sie atmete ruhig. Ich stützte mich auf einen Ellbogen, tastete mit der Hand nach ihrem Gesicht, fühlte nasse Wangen. Also doch! Ich beugte mich über sie, begann ihre nassen Augen zu küssen, ihre Wangen, die Stirn, ihre Nase; das kitzelte sie wohl und sie lachte ein bißchen und drehte den Kopf zur Seite, aber ich holte ihn mir mit Gewalt zurück, küßte ihren Mund, sie wehrte sich, wollte etwas sagen, öffnete den Mund, und ich begann ihren offenen Mund zu küssen mit einem ganz neuen, ganz anderen, wilden Vergnügen.

Sie war, glaube ich, ebenso erstaunt wie ich, befand sich auf einmal in einem anderen Klima, in einer ganz anderen Landschaft.

Ich merkte plötzlich, daß sie meinen Kuß erwiderte, und das

erschreckte mich. Ich erinnere mich ganz genau, daß ich erschrak, weil jemand mir *etwas antat, und da war es auch ganz egal, daß dieser Jemand Anita war. Ich zuckte zurück, aber jetzt war* sie *es, die mich nicht losließ, sie wurde heftig, bohrte ihren Mund in meinen, daß ich kaum atmen konnte, so als ob sie mich bestrafen wollte – und vielleicht nicht nur mich! –, aber das denke ich heute, damals hatte ich nur Angst, denn sie tat mir weh. Ich fiel auf mein Kissen zurück, sie hatte mich losgelassen. Da fühlte ich auf einmal eine Leere in mir, die unbedingt gefüllt werden mußte, oder besser: ich hatte das Gefühl, ich sei angezündet und könnte trotzdem nicht brennen. Ich griff wieder nach ihr, versuchte, ihren Mund zu finden, wollte diese Leere füllen, wollte brennen, wußte nicht ganz, was nun geschehen mußte, was nun geschah, wußte ganz genau, was geschah, nämlich, daß sie mir das Nachthemd abstreifte und daß ich ihre Hände auf meiner Haut fühlte. Das wußte ich ganz genau, aber zur gleichen Zeit, wahrscheinlich, weil es das erste Mal war, trieb ich besinnungslos dahin, eine Straße hinunter oder einen Bach entlang – ich weiß nur noch, daß ich* trieb, *unaufhaltsam, einem Ziel entgegen.*

Das ließ sich ganz schnell und ganz leicht erreichen, ohne jede Anstrengung. Es war ganz ungeheuerlich, wie es die Leere ausfüllte. Ich lag absolut still, Anita neben mir, aber ich hatte keine Verbindung zu ihr, ich war ganz allein mit mir. Es kam mir gar nicht in den Sinn, daß sie *etwas mit mir zu tun gehabt hatte. Aber das dauerte nur Sekunden, dann funktionierte mein Gehirn wieder, und ich verstand, was mit mir geschehen war.*

Was nun? Aufsetzen, Nachthemd anziehen und mich bedanken? Tat man das?

Anitas Arm kam und drückte mich an sich, bevor ich etwas unternehmen konnte. Sie weinte wieder, und das enttäuschte mich. Ich hatte fest angenommen, daß sie sich genauso fühlte wie ich, nämlich wohl und ausgefüllt und ganz und gar zufrieden.

Ich streichelte ihren Arm, aber ich war nicht ganz bei der Sache, meine Gedanken waren so übervoll, daß ich mich nicht wirklich auf ihren Kummer konzentrieren konnte. Oder wollte. Ich mußte mir doch über so vieles erst mal klar werden, am dringendsten natürlich über die Frage: Hatte ich eben auf irgendeine Weise Papas Stelle eingenommen – oder nicht? War ich – was war das richtige Wort –, war ich nur eine Zärtlichkeit für sie? Oder mehr? Oder viel mehr?

Ich kam zu keinem Ergebnis in dieser Nacht, denn mein Kopf wurde wollig, und die Gedanken zerflossen. Ich glaube, ich bin sofort eingeschlafen.

Als ich erwachte, war es schon hell und der Platz neben mir leer. Ich lief ans Fenster und sah sie ganz hinten im Garten unter den Platanen auf und ab gehen. Keine Zeit, irgend etwas anderes zu unternehmen, als in mein Zimmer zu laufen, waschen, anziehen, Schulranzen packen und wegrasen.

Als ich mittags atemlos zu Hause ankam, sagte Frau Glaubitz wieder an der Tür, daß Anita nicht daheim sei, aber daß Papa mit mir sprechen wolle. Noch vor dem Mittagessen. Sofort. Im Wohnzimmer.

Ich war sonst kein Feigling, aber jetzt klopfte mir das Herz so laut, daß ich vor der Tür stehenblieb, damit er's nicht hören konnte. Er saß in seinem Lieblingssessel und rauchte, sah aus, als habe er schon eine Weile gewartet.

›Komm her, Sophie.‹ Er deutete auf den anderen Sessel ihm gegenüber. ›Setz dich dahin.‹

Ich versank in dem Ding. Meine Beine hingen herunter, ohne Boden zu finden. Ich wußte, wie lächerlich ich aussehen mußte mit meinen baumelnden Kinderbeinen in den schwarzen Wollstrümpfen und den alten Schulschuhen.

›Wo warst du gestern nacht?‹ Ruhig, aber unheilvoll. Das war's, was einen immer lahmlegte, die gelassene Stimme und die unguten Augen. ›Deine Tür stand offen. Ich kam, um dir etwas zu sagen.‹

Ich bekam keine Luft. Gestern nacht – war das kein Meisterstück gewesen? Kein Riesenschritt vorwärts? Kein über alle Maßen beglückendes Erlebnis? Hatte ich ganz einfach nur was ausgefressen? Ich hörte die Stimme der Dade: ›Hosen runter.‹

›Ich glaube, ich weiß, wo du warst.‹ Immer noch ruhig. Ich dachte, ich müsse vor Angst zerspringen. ›Ich möchte, daß du mir die Wahrheit sagst.‹

Ja, Papa, ja, wenn ich nur könnte! Ich öffnete den Mund, schnappte nach Luft wie ein Fisch auf dem Trockenen. Er sah ein, daß ich nicht sprechen konnte, solange er mich so ansah, also nahm er den Blick von mir und klopfte die Zigarrenasche sorgfältig in den großen Aschenbecher auf dem Tisch neben ihm. ›Ich tu' dir nichts, solange du die Wahrheit sagst.‹

Wieder Luft in der Lunge. Und Gott sei Dank keine Tränen im Anrücken, er haßte Tränen. Aber leider immer noch keinen festen Boden unter den Füßen. Ich rutschte tiefer und angelte vergeblich bodenwärts nach einem Halt, dann wär's nämlich leichter gewesen zu versuchen, ihm tadellos in die Augen zu sehen. Aber ich fand keinen, mußte mich sozusagen in der Luft aufrichten und wappnen. Aber ich wußte, auch während ich da so albern hing, hier gab's nur eines: Die Wahrheit sagen. Wenn's absolut sein mußte, sogar rückhaltlos – aber hoffentlich kam's nicht dazu.

›Ich war bei Anita. Die ganze Nacht.‹ Der freiwillige Zusatz war wichtig, er roch nach ›ich habe nichts zu verbergen‹.

›Warum?‹

›Jemand mußte doch bei ihr sein.‹

›Bist du auch bei ihr, wenn ich in Belgien bin?‹

›Nein. Da braucht sie mich nicht, da hat sie dein Nachthemd.‹

›Mein Nachthemd?‹

›Sie schläft mit deinem Nachthemd, Papa.‹

Er richtete die blauen Kugeln direkt auf mich und sah mich lange und schweigend an.

›Und heute? Wirst du heute wieder bei ihr schlafen?‹

›Ja, Papa.‹

›Komm her zu mir, Sophie.‹

Ich schlängelte mich aus dem Sessel und stellte mich vor ihm auf. Mein Gesicht war genau auf derselben Höhe wie seins. Aus nächster Nähe waren sie eigentlich gar nicht so bedrohlich, die Augen.

Er griff nach mir mit beiden Händen, zog mich auf seine Knie und drückte mich an sich. Jetzt war ich wieder heruntergerutscht und lag mit dem Gesicht ungefähr an seiner Schulter. Bisher war ich immer diejenige gewesen, die ihn umarmte, und er hatte es geduldet, aber jetzt hielt er mich, und ich hatte die seltsamsten Gefühle: seine Arme um mich – und gestern nacht meine Arme um Anita …
Ob er es ahnte?
›Sophie‹, sagte er leise, so leise, daß ich hinterher nicht sicher war, ob er es wirklich gesagt hatte. ›Ich hab' dich sehr lieb, hörst du? Ich hab' das nie vorher so gemerkt. Ich hab' dich lieber, als irgendwas anderes auf der Welt.‹
Anstatt vor Seligkeit zu zerfließen, wurde mir ganz kalt im Magen. Ich war doch ein Verräter, ich hatte ihn betrogen – mit seiner eigenen Frau!«
»Wie?« unterbrach der junge Arzt mit heiserer Stimme. »Sie dachten tatsächlich …«
»Ich dachte nicht, ich wußte es. Oder findest du, es war kein Betrug? Jemand hatte mit seiner Frau geschlafen. Der Jemand war ich. Es hätte auch jemand anders sein können, der Milchmann, der Hausfreund – was starrst du mich so an? Betrug ist Betrug.«
»Ja«, sagte er nach einer Weile leise. »So muß man es wohl nennen. Und – haben Sie es Ihrem Vater gestanden?«
»Er fragte nichts mehr. Ich weiß nicht, ob er etwas ahnte und es nicht wissen wollte oder ob er annahm, daß ein zwölfjähriges Kind bestimmt brav und lieb das Bett mit der Stiefmutter teilen durfte. Dagegen spricht nur, daß er genau wußte, ich war weder brav noch lieb, ich war seine Tochter und hatte dazu noch eine orientalische Mutter, war also früh entwickelt. In der Türkei heirateten die Mädchen in diesem Alter. Aber selbst wenn er daran gedacht hatte, wischte er es weg wie so mancher betrogene Ehemann.« Sie kicherte leise vor sich hin. »Er sagte: ›Ich freu' mich, daß du bei Anita bist.‹ So gemütlich wurde es zwischen Papa und mir – und dann zog er mich richtig ins Vertrauen, als sei ich bereits seine Verbündete: ›Es ist mir schlimm‹, sagte er,

›daß sie unglücklich ist, ich nehme an, du weißt, warum.‹ Ich nickte, an seine Schulter gepreßt. ›Ich weiß selbst nicht, wie das alles kam, ich kann nicht gut allein leben, verstehst du das?‹ Ich nickte wieder, Verräterin und Verbündete. ›Es war reiner Zufall, die Frau war mir zugeteilt worden als eine Art Buchhalterin, ihr Mann ist gefallen, sie ist noch ganz jung, vielleicht geht alles wieder vorüber, ich weiß es nicht, ich hoffe – nein, verdammt nochmal, ich hoffe, sie bleibt bei mir, denn ich mag sie wahnsinnig gern, du verstehst schon.‹
Ich dachte, ja, jetzt *versteh' ich.*
Er ließ mich los und stellte mich wieder auf die Füße, sprach wieder ganz anders, sachlich, trocken.
›Vielleicht will sie *am Ende nicht bei mir bleiben, und das Ganze ist nur eine Kriegsliebschaft gewesen, wie tausend andere. Wer weiß. Abwarten. Es wird sowieso bald alles drunter und drüber gehen, ich nehm' halt mit, was ich noch kriege. Inzwischen bin ich froh, daß du bei Anita bist.‹*

Und so kam es zu unserer dritten Nacht.«
Sie schwieg so lange, daß der junge Arzt aufstand und sich über sie beugte, um ihre Augen zu sehen. Aber sie waren weit offen, glommen in der Dunkelheit wie zwei Zigarettenstummel.
»Bruder …«, hauchte sie und hob die Arme, die wie gebleichte Gebeine aus den weiten Ärmeln des Krankenhausgewandes herausragten, aber sie schaffte es nicht, und sie fielen kraftlos herab. Ihr Mund begann zu zittern, und die dunklen, glühenden Bernsteinaugen füllten sich mit Tränen. Er nahm die beiden Arme, hielt sie vorsichtig am Ellbogen, sie wogen so gut wie nichts, und legte sie sich um den Hals, knotete die Finger ineinander, so daß sie nicht wieder hinabsinken konnten.
Ein paar Tränen rollten über die Wangen, glatte Wangen, wie Elfenbein, faltenlos über die Backenknochen gespannt. Sie war wahrhaftig nur noch Haut und Knochen. Warum hatte sie so lange gewartet, bis sie ins Krankenhaus gebracht wurde? Er hätte es gern gewußt. Über sie gebeugt, ihre Arme um seinen Hals wie eine Liebende, war sie nicht mehr seine Patientin, sie

war wie seine Mutter oder seine Schwester oder eine alte Geliebte, aber vor allem sein Kind, das Kind, das er nur einmal in den Armen gehalten hatte, denn es war ja offiziell nicht seins. Aber es war *seins, das hatte er sofort gewußt, als die Frau es ihm gezeigt hatte, auch wenn sie ihm mit ihren schiefen schwarzen Augen nicht so bedeutsam zugezwinkert hätte. Sie hatten nur einige wenige Nächte zusammen verbracht, während ihr Mann nicht im Haus war. Der war ein alter Freund von ihm, und er hatte ihn trotzdem ohne Zögern betrogen. In seinem eigenen Bett ... Ein Jahr später war er wieder in Kreta auf Urlaub gewesen und hatte sich sein Kind angesehen. Der Freund hatte ihn herzlich willkommen geheißen, er wußte nichts, würde nie etwas wissen. Und sogar sein Beichtvater hatte zugestimmt, daß es so am besten sei. Das war nun bald fünf Jahre her, und er dachte nur noch selten an sein Kind. Aber jetzt hatte er es wieder im Arm in Gestalt dieser alten Frau, die sich so gewichtlos anfühlte wie das kleine Kind damals und die ihn jetzt genauso unschuldig und neugeboren anlächelte.*

Er küßte sie ganz leicht auf die glatten, abgezehrten Wangen, löste ihre Finger von seinem Nacken und setzte sich auf den Bettrand. Dann nahm er ihre Hand und legte seine darüber, damit sie sich nicht plötzlich einsam fühlte.

»Siehst du«, sagte sie und betrachtete die Hände, die sie beschützten, »siehst du, jetzt hab' ich dich. Ich wußte, ich krieg' dich noch. Ich habe alle gekriegt, die ich gewollt habe, weil ich ein Biest bin. Sieh mich nicht so erstaunt an, du weißt es längst, und es stört dich nicht, obwohl du ein Guter bist. Das hab' ich auf den ersten Blick gewußt. Jemand wie ich, der kann riechen, ob man einen Guten gefunden hat. Mein Mann ist auch ein Guter, oder er war es jedenfalls, als wir heirateten. Dabei glaub' ich nicht, daß es eine Tugend ist, gut zu sein. Ich bin überzeugt, daß es ein Talent ist, mit dem man geboren ist, oder eine Frage der Konstitution wie gute Zähne und gute Verdauung. Ich bin keine Gute, wollte nie eine sein. Vielleicht ein Fehler, denn man kann sich ja schließlich auch darum bemühen, gut zu sein, obgleich es dann nie ganz lupenrein ist, nie ganz spontan und echt.

Aber zum Beispiel jetzt, während du meine Hand hältst und wir hier so schön still im Dunkeln sitzen, jetzt würde ich dir zu gern was ganz Großartiges von mir erzählen, damit du mich im stillen bewundern könntest. Ich glaube nämlich, daß ich dir schon etwas unter die Haut gegangen bin, aber du wehrst dich noch dagegen, und es wäre leichter für dich, wenn du jetzt was wirklich Schönes über mich erfahren könntest. Statt dessen werde ich dir die Geschichte meiner dritten Nacht mit Anita erzählen – und es ist möglich, daß du mir dann deine Hand entziehst.«

»Erzähl«, sagte er und merkte nicht, daß er nun auch »du« zu ihr gesagt hatte.

»Hast du eine Schwester?«

»Sogar zwei.«

»Älter oder jünger?«

»Viel jünger.«

»Kannst du dich an sie erinnern, als sie zwölf, dreizehn Jahre alt waren?«

»Natürlich.«

»Könntest du dir vorstellen, daß eine von ihnen in diesem Alter eine richtige Liebende war?«

Er schüttelte lächelnd den Kopf. »Die Ältere ist Laienschwester, die jüngere ist jetzt vierzehn, nicht sehr gescheit, fürchte ich, aber auch fromm. Hilft der Mutter im Haushalt.«

»Dann wirst du es schwer haben zu verstehen, was ich dir erzählen will. Ich war weder fromm noch half ich irgendwem; ich glaube, ich war ganz gescheit, aber ich war vor allen Dingen von Leidenschaft zerfressen. Ich sage mit Absicht ›Leidenschaft‹, denn das ist ja etwas an sich Unschuldiges, und ich war durch und durch unschuldig. Ich fühlte mich nur Papa gegenüber schuldig, weil ich mir ja seinen Platz angeeignet hatte, ohne daß er's wußte. Aber meine Liebesnacht mit Anita empfand ich als genau das, nämlich als Nacht der Liebe, und mein einziger Kummer war, daß sie immer noch geweint und sich nach Papa gesehnt hatte. Ich beschloß, sie noch mehr zu lieben und konnte kaum erwarten, bis es Abend wurde.

Papa ging früh aus dem Haus, wollte in seinem Segelclub zu

Nacht essen, Anita war immer noch nicht zurückgekommen. Wo war sie nur? Ich zog mich aus und ging in ihr Schlafzimmer. Hier war es eiskalt. Jetzt, im vierten Kriegsjahr, gab's keine Kohlen mehr, und von unseren Bäumen im Garten schnitt Gerhard täglich nur ein oder zwei dürre Äste ab für die Öfen in Turhans Zimmer und in meinem. Anita gab ihre Ration der Dade. Sie sei alt und an ein heißes Klima gewöhnt.
Ich kroch in das große Bett und fror. Und der wilde Aufruhr, den ich den ganzen Tag über gefühlt hatte, flaute ab und verkümmerte. Das Bett war wie ein riesiger dunkler Schacht.
Allmählich bekam ich's mit der Angst. Was, wenn Anita heute gar nicht nach Hause kam? Wenn sie überhaupt nie mehr zurückkam? Meine Zähne klapperten, und ich fing an zu schluchzen. Ich hätte ja in mein eigenes kleines, warmes Bett zurückkehren können, aber ich beschloß, hier in ihrem Bett wie in einem eisigen Grab zu erfrieren. Vielleicht würde sie mich dann morgen früh finden, kalt und starr, aber sie würde verstehen, wissen, daß ich aus Liebe zu ihr erfroren bin.
Unten ging die Haustür. Ich setzte mich auf, schlotternd vor Kälte und Aufregung. Jemand mit Schlüssel! Das hätte aber Papa sein können. Oder war es …
Ein leiser Schritt auf der Treppe, ein Schritt, den ich gut kannte. Ich fiel wieder zurück, bohrte mein Gesicht in das Kissen.
Gleich darauf ging das Licht an. Sie trat ans Bett und drehte meinen Kopf zu sich herum, sah meine verweinten Augen, fühlte meine kalten Hände.
›Ach Kind‹, sagte sie und seufzte, setzte sich auf den Bettrand.
Ich richtete mich auf und legte meine Arme um ihren Hals. Sie ließ es geschehen. Ich drückte mein kaltes Gesicht an ihres und wärmte es auf. Langsam begann ihre Wärme durch meinen ganzen Körper zu strömen, und nun taute auch die Kälte in meinem Gehirn auf, und der Aufruhr und das Bedürfnis, sie in meinen Armen zu haben, waren auf einmal wieder da. Ich war sehr froh, daß ich noch nicht gestorben war.
Ich kniete mich im Bett auf und versuchte, ihren Mantel herunterzuziehen.

›Laß, Sophie‹, sagte sie und stand auf. ›Geh in dein Zimmer zurück, hier ist es viel zu kalt für dich.‹
›Komm und wärme mich‹, sagte ich und streckte mich unter der Bettdecke aus. ›Komm! Ich warte schon so lange.‹

In dieser Nacht war ich der Verführer, Bruder. Vergiß nicht, ich war außerordentlich gelehrig und auch völlig – du magst es schamlos nennen, aber ich sage dir, ich war ganz unschuldig-schamlos. Ich hatte nur einen Gedanken im Kopf: Heute nacht darf sie nicht mehr an Papa denken, sie soll fühlen, wie ich sie liebe, so sehr, daß ich für sie sterben könnte. Du lächelst, Bruder? Es war mir sehr ernst. Vielleicht hast du vergessen, was du mit zwölf Jahren fühlen konntest. Ich glaube nämlich nicht, daß ich so eine Ausnahme war. Kinder werden von Eifersucht oder Haß oder Bosheit genauso aufgerieben wie Erwachsene, und selbstverständlich auch von der Liebe. Aber man vergißt später, man geniert sich sogar, will es nicht wahrhaben. Nur ganz wenige forschen ernstlich, wie das mit ihnen war, damals. Ich sage dir, Bruder, in manchen Fällen haben die Leute nur als Kinder geliebt und gehaßt. Später ist dann beides verkümmert. Bei dir auch?«
»Ich weiß es nicht.«
»Du hast noch niemals geliebt, nicht wahr?«
Er merkte, daß er noch immer ihre Hand hielt, ließ sie los und stand auf, ging zum Fenster und blickte hinaus. Keine Sterne, es regnete ein wenig. Es gab genug Dramen auf seiner Station, aber es hatte ihn nie spürbar gepackt. Hier und da starb jemand wie erwartet oder es starb jemand unerwartet, es gab Tränen, Schmerzen, körperliche wie seelische, aber er hatte sich wie alle Kollegen langsam gepanzert, wie es der Beruf verlangte, denn sonst würde man ja zusammenbrechen, anstatt stoisch und nur bis zu einem gewissen Grad mitfühlend Beistand zu leisten. Bis zu einem gewissen Grad: oberstes Gesetz des Selbstschutzes. Aber diese Frau hatte diesen Grad einfach beiseite geschoben und ihn zum Mitleiden gezwungen, an ihrem und gleichzeitig auch an seinem eigenen Schicksal. Sie zupfte rücksichtslos an allen

möglichen neuentdeckten Saiten seiner Seele, und er fühlte, wie sie mitschwangen, ob er wollte oder nicht. Ging das gegen den hippokratischen Eid? Vielleicht war er nur angesteckt von ihrer närrischen Bekenntnislust, und nun wollte er auch beichten und nicht nur beistehen.

Er drehte sich um und kehrte wieder zu ihrem Bett zurück. Sie hatte die ganze Zeit über kein Wort gesprochen, schlau, wie sie war. Sie wußte genau, wann sie zu schweigen hatte.

Er setzte sich auf den Bettrand und nahm wieder ihre Hand. Ein Gefühl des drohenden Verlustes erfüllte ihn. Eines Tages – bald? – würde er in dieses Zimmer treten und einen anderen Menschen in diesem Bett finden.

»Du hast recht«, sagte er und streichelte ihre Hand. »Ich habe noch niemals jemanden geliebt. Ich hatte natürlich – Bindungen, habe jetzt zum Beispiel eine mit einer Studentin, die hier im Labor arbeitet. Sie kommt nachts in mein Zimmer, wenn ich keinen Dienst habe, und das gefällt mir, ich meine, sie *gefällt mir. Vielleicht kann ich nicht lieben, so wie du es verstehst.«*

»Doch«, sagte sie und sah ihn mit den drogenglänzenden Augen fest an. »Du liebst mich. *Du spürst etwas und weißt nicht ganz, was du damit anfangen sollst, und du denkst: Lächerlich! Da liegt eine alte Frau, bald wird sie wieder verschwunden sein, was geht sie mich an. Aber du wirst sehen, du wirst mich niemals vergessen, denn du hast die Entdeckung gemacht, daß du lieben* kannst, *und ich habe dir vielleicht sogar die Chance genommen, mit einem anderen Mädchen glücklich zu werden, weil du sie heimlich alle mit mir vergleichen wirst …«*

Es surrte in seiner Kitteltasche. Er stand automatisch auf, löste behutsam seine Hand und streichelte noch einmal die mageren weißen Finger.

Sie sagte nichts, drehte das Gesicht zur Wand:

Papa wartete unten in der Halle, es war früher Morgen, und diesmal half ihm Frau Glaubitz in den Mantel …

7

Er reiste ab, ohne noch einmal mit Anita gesprochen zu haben. Alle Hausbewohner standen um ihn herum. Sophie am nächsten, die Dade und Anita gute zwei Meter entfernt. Ganz hinten Turhan. Berglund küßte Sophie, umarmte Anita und die Dade auf die gleiche herzhafte Weise und schüttelte Frau Glaubitz die Hand. Vergaß Turhan, der sich geduckt hatte.
In der Tür drehte er sich noch einmal um und sagte zu niemand Bestimmtem: »Ich werde bald zurück sein, man wird mich nicht bis zur letzten Minute brauchen. Zwei, drei Monate höchstens, dann bin ich wieder da.«
Sophie sah die geschlossene Haustür an und fragte sich, was das war, das sich da in ihrem Gemüt auf einmal so heftig bekriegte. Zuoberst kam wohl doch die Genugtuung: Papa wird heil davonkommen, alles wird wieder wie früher sein. Aber darunter lauerte eine heiße Panik: Was wird dann aus Anita und mir?
Ihre Augen fielen auf Anita, die diesmal weder weinte noch den Kopf an die Haustür lehnte, sondern ruhig dastand und ihrerseits Sophie ansah. Ihre Blicke kreuzten sich, und beide wußten, daß sie dasselbe gedacht hatten. Anita lachte einmal kurz auf und wanderte ins Wohnzimmer, beobachtete vom Eckfenster aus, wie ein Uniformierter die Koffer im Fond des Militärfahrzeugs verstaute. Berglund saß schon vorn. Er sah nicht ein einziges Mal zurück zum Haus.
Sophie stellte sich neben sie, und beide blickten schweigend dem Wagen nach, der in den dunklen Morgen hinausfuhr. Sophie sprach es aus.
»Was wird aus uns, wenn er zurückkommt, Anita?«

»Vielleicht kommt er nicht *hierher* zurück.«
Was? Papa zurück – aber nicht nach Hause? Wortlos starrte sie Anita an. Hieß das, daß sie wählen müßte zwischen Papa und Anita?
Anita drehte sich um und stieg die Treppe hinauf. Sophie hinterher. Aber als sie ihr ins Schlafzimmer folgen wollte, blieb Anita in der Tür stehen.
»Nein. Pack deinen Schulranzen, es ist höchste Zeit. Du gehst jetzt immer viel zu spät weg. Ich will das nicht, hörst du?«
»Anita, bitte!« Wacklige Stimme, flehende, nasse Augen. »Nur eine einzige Frage! Ich kann sonst nicht in die Schule gehen.«
»Also?«
»Anita, könntest du nicht Papa *und* mich lieben?«
»Geh jetzt, Sophie. Wir sprechen heute nachmittag.«
Sophie hörte, wie die Tür von innen verriegelt wurde, und die Panik, die vorhin gelauert hatte, brach nun über sie herein und ballte sich zu einem einzigen, brennenden Wunsch zusammen: Daß der Krieg doch andauern möge, damit Papa nicht nach Hause komme! Sie schloß die Augen vor Scham über diese Schändlichkeit, ihr Kopf dröhnte, gleich würde sie sich übergeben müssen. Sie drehte ihn hin und her, versuchte tief zu atmen, sagte tonlos vor sich hin: »Ich kann doch nicht *so* in die Schule gehen ...«
Ein Geräusch hinten aus dem dunklen Korridor – auch mit dem Licht mußte gespart werden – und ein paar schwere, schlurfende Schritte.
Die Dade kam langsam heran, unverschleiert, die tintenschwarzen, riesigen Augen forschend und unheilschwanger.
»Ich gehe ja, Dade«, stammelte Sophie und lief in ihr Zimmer.
Als sie kurz darauf mit dem Schulranzen wieder auf den Gang trat, stand die Dade immer noch an derselben Stelle und starrte auf Anitas Tür. Langsam wandte sie den Kopf und sah Sophie an. Die holte einmal tief Luft und schoß seitwärts an ihr vorbei die Treppe hinunter und zur Haustür hinaus.

Die Qual der Schulstunden! Sie schlichen endlos dahin in einem Vakuum ohne Geräusche. Sie sah, wie sich die Lippen der Lehrerin bewegten, sie glaubte, sie sogar zu verstehen, aber ohne zu hören, und zu einer Antwort reichte es nicht. Erst als sich die Gesichter der anderen Mädchen nach ihr umdrehten, begriff sie, daß sie dran war, daß etwas von ihr erwartet wurde. Sie stand auf und sagte: »Wie bitte?«

»Ich frage dich, ob du krank bist, Sophie.«

»Ich weiß nicht.«

»Hast du Schmerzen?«

»Ja.«

»Wo?«

»Überall.«

Die Kinder lachten, aber die Lehrerin blieb ernst. Das Mädchen sah erschreckend blaß aus, mit dunklen Ringen unter den Augen.

»Zieh deinen Mantel an, und geh nach Hause, Kind. Gertrud wird dich begleiten.«

Gertrud war die Klassenerste und keine Freundin von Sophie. Also: Zusammennehmen und langsam durch die Straße gehen, wie es sich gehört für einen, der überall Schmerzen hat.

»Was ist denn los mit dir?« fragte die Klassenerste. »Du bist so komisch in den letzten Tagen. Bist du wirklich krank, oder tust du nur so?«

Dieser Seitenhieb mußte pariert werden.

»Mein Vater war auf Urlaub. Heute früh ist er abgefahren.« Die reine Wahrheit und trotzdem gelogen.

»Ach so«, sagte Gertrud, und ihre kühlen Augen blickten weniger frostig. »Hängst du so an ihm?« Und als Sophie nicht antwortete, fuhr sie fort: »Meiner ist mir eigentlich ganz fremd. Ich kenne ihn gar nicht mehr.«

Meiner ist mir zum erstenmal nahgekommen, dachte Sophie. Ich habe ihn betrogen, und ich werde ihn weiter betrügen.

»Du siehst ziemlich elend aus«, sagte die Klassenerste, »aber ich glaube nicht, daß das mit deinem Vater zu tun hat. Du bist sicher krank.«

Hoffentlich hört sie bald auf, mich anzusehen. Ich glaube, es steht mir auf der Stirn geschrieben. Die Dade hat's gesehen.

»Vielleicht ist es was Ansteckendes«, sagte Gertrud und rückte etwas von ihr ab.
»Nein«, sagte Sophie, »es ist bestimmt nicht ansteckend« – und mußte lachen. Der Gedanke war wirklich lustig. Die Klassenerste sah sie befremdet an.
»Ich glaube, du bist nicht ganz richtig im Kopf.«
»Richtig«, sagte Sophie und lachte noch lauter. Gertrud blieb stehen. »Wo wohnst du eigentlich? Ist es noch weit?«
»Da drüben. Das weiße Haus an der Ecke.«
»Na, dann kannst du jetzt alleine gehen. Ich bleibe hier stehen und passe auf, bis du durch die Haustür gegangen bist.« Klassenerste. Pflichtbewußt.
»Wiedersehen«, kicherte Sophie und lief so plötzlich davon, als hätte man sie von der Leine befreit. Unter der Haustür drehte sie sich um und winkte der kleinen Figur zu, die wartend am anderen Ende der Straße stand und nicht zurückwinkte.

Anita war zu Hause. In Turhans Zimmer, sagte Frau Glaubitz. Warum? Da ging sie nur ganz selten hinein. *Weil sie nicht mit mir allein sein will.*
Sophie brachte es fertig, an Turhans Tür vorbei in ihr Zimmer zu gehen. Sie zog den Mantel aus, nahm die Schürze ab, wusch sich die Hände, trocknete sie ab, wusch sie wieder, wußte nicht, was sie tat. Sie stellte sich ans Fenster und sah in den Garten hinunter. Fahler Rasen, ein paar frühe Knospen an den Büschen, niemand zu sehen. Wenn doch wenigstens Gerhard irgendwo arbeiten würde! Irgendein menschliches Wesen, an das sie ihre Gedanken hängen könnte; blockieren, sich ablenken, *nicht* die Stirn am Fenster kühlen und stöhnen …
Unten dröhnte der Gong. Mittagessen. Nebenan ging die Tür auf, Anita sprach zu Turhan, während sie die Treppe hinuntergingen. Keiner rief: »Sophie!« Die Dade blieb unsichtbar.
Vor Sophie ein Teller voll Kohlrüben und Kartoffelbrei, hinterher Apfelmus, die letzten Äpfel vom vorigen Jahr. Anita nickte ihr zu, freundlich neutral. Sie hatte viele Fragen an Turhan zu stellen über seine Partie im »Messias«, der vom Schulchor zu

Ostern aufgeführt werden sollte. Er war so viel Beachtung nicht gewöhnt und stocherte nervös in seinen Rüben. Sophie würgte an ihrem Apfelmus, starrte auf die Tapete: gelbe Rosen, die sich liebend auf blauem Grund umschlangen. Anita würde Wort halten. »Wir sprechen heute nachmittag.« Orakel: Wenn die Zahl der Rosen eine gerade war, dann würde alles gut werden. Eins, zwei, drei, vier, fünf, sechs ... dreiundzwanzig Rosen. Sie hatte es ja gewußt. Wenn sie sich nur an irgendwas halten könnte, an irgendwen wenden ...

Mitten hinein in Anitas musikalische Erläuterungen sagte sie plötzlich: »Weißt du, ob meine Mutter noch lebt?«

Anita war gerade dabei, das Wort »Harmonie« zu formen, ihr Mund erstarrte über dem »O«. Die Frage war so unerwartet gekommen, und die Augen in dem weißen kleinen Gesicht waren so voll von verzweifeltem Ernst, daß sie einige Sekunden verstreichen ließ, bis sie antworten konnte.

»Es besteht kein Grund anzunehmen, daß sie nicht mehr lebt, Sophie. Sie ist ja noch jung, ich glaube, sie ist sogar jünger als ich. Frag doch einmal die Dade.«

Danach wollte oder konnte sie nicht mehr zum »Messias« zurück, und Turhan sah seine Chance und entfloh.

»Komm«, sagte Anita. »Zieh deinen Mantel an. Wir gehen in den Garten.«

Eigentlich hatte ihre Mutter überhaupt nichts mit dem zu tun, was sie mit Anita besprechen wollte, aber jetzt hatten sich ihre Gedanken auf diesem Geleise festgefahren. Sie hatte noch niemals mit jemandem über ihre Mutter gesprochen außer mit der Dade, vor langer Zeit, und ganz unergiebig. Papa nach ihr zu fragen, war natürlich völlig ausgeschlossen. Aber anstatt daß die Mutter zum spannenden Geheimnis wurde, hatte sie mit der Zeit jedes Interesse an ihr verloren. Sie litt nicht, wenn andere Kinder ihre Mütter umarmten, sie beneidete sie nicht um sie, sie besaß andere Dinge: Papa, die Dade, das Boot – mehr als genug. Und dann war auch noch Anita vom Himmel gefallen.

Aber eben, während des Mittagessens, war alles eingestürzt. Sie

besaß *nichts*. Niemand kümmerte sich um ihre Not, am wenigsten Anita. Und da war plötzlich diese Frage auf die Lippen gekommen und saß noch immer dort.
»Anita, hat Papa jemals mit dir von meiner Mutter gesprochen?«
Sie wanderten nebeneinander auf den Gartenwegen unter den hohen, kahlen Bäumen. Der Himmel hatte sich aufgehellt, und eine blasse Vorfrühlingssonne bemühte sich, die Schatten der Äste auf den Rasen zu skizzieren. Aber es war immer noch kalt. Anita hatte ihren Pelzkragen hochgeschlagen; nur ihre Augen waren zu sehen.
»Ganz zu Anfang. Anscheinend haben sie sich schnell getrennt. Sie war viel zu jung, sechzehn Jahre, glaube ich.«
»Vier Jahre älter als ich heute.«
»Ja. Aber sie war in einem Harem aufgewachsen. Dein Vater konnte sich nicht mit ihr unterhalten.«
»Konnte er sich mit Turhans Mutter unterhalten? Die kam doch auch aus dem Harem.«
»Sie starb, bevor er ... bevor sie ...«
»Bevor sie ihn langweilen konnte?«
Anita antwortete nicht.
Aha, *so* war das gewesen. Ihre Mutter hatte Papa gelangweilt. Armer Papa. Gut, daß sie sie nie gesehen hatte, sie wollte nichts mit ihr zu tun haben. »Wie hieß sie?«
»Das weißt du nicht?«
Sophie wurde rot. Warum eigentlich? *Mußte* man sich schämen, wenn einen die langweilige Mutter nicht interessierte?
»Sie hieß Yasmin.«
Yasmin. Schöner Name. Paßte eigentlich nicht ins Bild.
»Hör zu, Sophie.« Der Ton war sehr forsch, aber im selben Augenblick kam Anitas Arm und legte sich ihr um die Schulter. »Was zwischen uns geschehen ist, das muß aufhören. Du weißt schon, was ich meine. Das heißt aber nicht, daß ich dich nicht mehr lieb habe, verstehst du mich?«
Sie war ja darauf vorbereitet, hatte ja den ganzen Morgen über Zeit gehabt, sich an den Gedanken zu gewöhnen, sich zu wapp-

nen, womöglich sogar mit Bravour, etwa: Aber natürlich, Anita, ich wollte dir gerade dasselbe vorschlagen! Nichts dergleichen. Sie fiel in das schwarze Loch, das seit heute früh auf sie wartete.

Der Arm um ihre Schulter hielt sie noch fester, hob sie beinah vom Boden auf, und das half. Es half so entscheidend, daß sie es fertigbrachte, die letzte Hoffnung, das letzte Kinderbetteln: bitte – nur noch ein einziges Mal! unausgesprochen zu lassen.

Stumm und eng aneinandergepreßt gingen sie den Gartenpfad entlang, kehrten am Treibhaus um, neben dem Gerhard stand und sie breit anlächelte, aber sie sahen ihn nicht. Anitas Arm um ihre Schulter hatte sich sekundenlang gelöst, aber Sophie drückte sich sofort wieder hinein. Der Arm hielt sie dann ganz fest auf dem langen Rückweg zum Haus.

8

Sechs Monate nach Kriegsende, als Sophie mittags aus der Schule kam, flüsterte ihr Frau Glaubitz aufgeregt an der Haustür zu, Papa sei im Wohnzimmer, in Zivil! Die Tür stand offen.
»Sophie!«
Er fand, sie sei gewachsen, aber zu dünn und zu blaß. Gut, daß er einen ganzen Sack voll Lebensmittel mitgebracht hatte. Anita sei bereits in der Speisekammer und räume alles ein.
Sophie, ihrerseits, fand, er sehe besser denn je aus, auch ohne die schöne Uniform. Sie saß ihm gegenüber im Sessel – ihre Füße reichten jetzt auf den Boden – und betrachtete ihn, während er heiter und gelassen von den Abenteuern der Rückreise berichtete. Er war ganz offensichtlich froh, zu Hause zu sein, also keine Rede davon, daß er »woandershin« heimkehren würde. Wie war wohl das Wiedersehen zwischen ihm und Anita gewesen? Ob es nun wieder wie früher mit ihnen sein würde? Sie schloß einen Augenblick lang die Augen. Lange Monate waren vergangen, Monate der Dürre. Anitas Schlafzimmer war verriegelt geblieben, hatte sich nie geöffnet, was sie auch immer durch das Schlüsselloch beteuert und gewinselt hatte. Schließlich hatte sie sich hingekniet und hemmungslos vor der verschlossenen Tür geweint in den ersten bösen Nächten, als ihr Verlangen und ihre Einsamkeit sie nicht schlafen ließen – bis zu dem Augenblick, als die Dade plötzlich vor ihr stand, ein Nachtlicht in der Hand. Sie hatte sie nicht kommen hören vor lauter Schluchzen, und da stand sie nun wie das Jüngste Gericht, mit Augen, die im Kerzenlicht wie Kohlen glühten. Sie hatte sich nicht rühren können, hatte wie ein kranker Hund am Boden gekauert und ihr Gesicht

in den Armen versteckt. Die Dade hatte sie aufgehoben und in ihr Zimmer zurückgetragen, hatte sich zu ihr ans Bett gesetzt, ihre Hand gehalten und gebetet, sich vor und zurück gewiegt, die Augen geschlossen. Ihre Lippen murmelten die Suren des Korans. Zurück. Zurück in ihre früheste Kindheit. Das letzte, das sie damals immer vor dem Einschlafen gesehen hatte: die Dade, auf ihrem Gebetsteppich kniend, summend, sich wiegend, heilsam. Auch jetzt, nach all den Jahren, schmerzstillend, selbst in dieser schlimmen Nacht. So war sie dann eingeschlafen. Und von da an hatte sie nie mehr des Nachts bettelnd vor Anitas Tür gestanden.

Papa zündete sich eine Zigarre an, die er auf dem Rückweg ergattert hatte, nahm einen tiefen Zug, sah sie forschend an.

»Du gefällst mir nicht«, sagte er. »Ich möchte, daß der alte Schweikart dich mal ansieht. Du bist nicht nur unterernährt, du siehst mir irgendwie kümmerlich aus, ganz anders als das letzte Mal. Ist irgendwas passiert? In der Schule?«

»Ich – hab' ein schlechtes Zeugnis gehabt.«

»Warum? Es ist dir doch immer so leichtgefallen.«

»Ich weiß nicht, ich kann nicht mehr so gut aufpassen. Ich freu' mich, daß du da bist, Papa.«

»Komm her«, sagte er, und als sie vor ihm stand, streichelte er ihr Gesicht. »Früher hast du mir ähnlich gesehen, jetzt siehst du aus wie ein Rest Kriegsseife.«

Sie mußte lachen und dachte, daß sie sich wahrhaftig freute, weil er da war, jetzt, wo sowieso alles verloren war.

Nach dem Mittagessen gingen Papa und Anita auf die Terrasse, um dort den Kaffee zu trinken, den Papa mitgebracht hatte. Sophie und Turhan wanderten in den Garten, jeder mit einem Stück Schokolade aus Papas Sack.

»Jetzt wird er's ihr sagen«, meinte Turhan und setzte sich im Schatten auf den Rasen.

»Was?« Sie streckte sich neben ihm aus und verschränkte die Arme hinter dem Kopf.

»Daß es aus ist.«

»Woher weißt du das?«
»Es gibt manche Dinge, die ich weiß und die du nicht weißt. Jetzt werde nicht gleich wild«, fügte er lächelnd hinzu, als sie aufgebracht in die Höhe fuhr. »*Ich* hab's nicht gewußt, die Dade hat's gerochen wie immer. Sie sitzt seit seiner Ankunft auf ihrem Teppich und spricht mit Allah. Aber ich glaube, der wird auch nichts machen können.«
Sophie schwieg. Was da wieder in ihr durcheinandersauste! Mitleid mit Anita – und Schadenfreude: geschieht ihr recht. *Mich* soll sie lieben. *Ich* lasse sie nicht im Stich. Wut auf Papa: fahnenflüchtig, wetterwendisch – aber *mich* liebt er. Anders natürlich, aber so, wie er eben kann. Er kann nicht viel, das weiß ich schon lange. *Ich* kann mehr.
»Was wird jetzt?« fragte Turhan und biß nachdenklich auf einem Grashalm herum.
Er fängt an, anders auszusehen, dachte Sophie. Die Haare hingen jetzt nicht mehr wie schwarze Bindfäden über die Stirn, sie waren in der Mitte gescheitelt und glänzten blauschwarz. Auch das Gesicht war nicht mehr so mäusehaft, und unter den dünnen, geschwungenen Nasenflügeln saß der erste Schatten eines Schnurrbarts.
»Er hat eine in Belgien«, sagte sie.
»*Eine?* Das würde mich wundern.«
»Er wird alt.« Es war ihr bisher nie in den Sinn gekommen, daß man mit Turhan *reden* könne.
»Ich glaube eher, es ist der Krieg. Er ist nicht mehr so – flott. Hoffentlich macht Anita mit und reißt nicht einfach aus.«
»O Gott.« Sie ließ sich wieder ins Gras zurücksinken und schlug die Hände vors Gesicht. Turhan betrachtete sie eine Weile und kaute nachdenklich an seinem Grashalm.

»Es ist heiß«, sagte Berglund, obgleich er mit seiner Tasse und seiner Zigarre auf der Terrasse im Schatten saß. »Mein Anzug ist mir zu eng geworden. Darf ich die Jacke ausziehen?«
»Natürlich.«
Wie förmlich sie miteinander waren. Sie rückte ihren Liegestuhl

in die Sonne und sah in den wolkenlosen Himmel hinauf. Erinnerte sich plötzlich an den Tag, als sie und Sophie um die Wette in die Sonne gestarrt hatten.
»Keine gute Zigarre«, sagte er und betrachtete die graubraune Wurst zwischen seinen Fingern. »Aber ich kann von Glück sagen, daß ich überhaupt welche erwischt habe, bevor das ganze Lager aufgelöst wurde. Jeder hat weggetragen, was er schleppen konnte.«
Anita nickte abwesend und fixierte die Sonne. Die Feuergarben sprühten wieder in alle Richtungen, gelb, rot und dunkelviolett. Berglund betrachtete sie, wie sie da in einem weißen Kleid auf dem Liegestuhl ausgestreckt lag, das braune, schmale Gesicht der Sonne dargeboten, die dunklen, beschatteten Augen weit geöffnet. Sie war noch immer sehr schön. Schade, daß es ihn nicht mehr interessierte.
Er räusperte sich. Jetzt kommt's, dachte Anita und ließ die Augen nicht von den Feuergarben, die in Diagonalen einherschossen oder sich zu Kreisen formten, immer größer und größer wurden.
»Ich hab' mich nicht von Keitje trennen können«, sagte er, als sei dies der Abschluß und nicht der Anfang einer Unterredung. Er wartete, ob sie etwas sagen würde, aber sie blieb still und starrte weiter zur Sonne hinauf. »Das heißt, ich *habe* mich von ihr getrennt – zeitweise –, denn sie will Belgien nicht verlassen. Haßt Deutschland, natürlich. Auf der anderen Seite kann ich mich *auch* nicht entschließen, hier alles stehen und liegen zu lassen und nach Antwerpen zu übersiedeln, schon des Büros wegen. Das will ich doch wieder eröffnen, sobald ich kann. Sie verlangt wahrhaftig etwas zuviel von mir. Wir sind also in eine Sackgasse geraten.« Sie sagte noch immer nichts, und er fuhr etwas ungeduldig fort: »Ich hatte gehofft, *du* würdest vielleicht etwas vorschlagen.«
Anita stand auf, ging an ihm vorbei durchs Wohnzimmer zur Treppe. Er holte sie an der Tür ein.
»Wieso kränkt dich das? Es ist doch schon ein Jahr her, daß ich's dir erzählt habe.«

Statt einer Antwort hob sie die Hand, als wolle sie ihn schlagen.
»Du Tier!« schrie sie. »*Ich* soll dir auch noch einen Rat geben.«
Er fing ihre Hand ab und zwang sie nieder, drückte sie hinter ihren Rücken und preßte ihren Körper fest an sich, als hielte er sie in zärtlicher Umarmung. Sie kämpfte, versuchte vergebens, sich loszumachen, drehte den Kopf zur Seite, während die Tränen aus den geschlossenen Augen liefen. Er beugte sich hinunter und lehnte seinen Kopf an den ihren.
»Anita«, sagte er leise, »du bist doch mein Freund, ich will dich doch nicht kränken. Ich dachte, du hättest längst ... ich wußte nicht, daß du noch immer ... komm, sei mein Freund. Hilf mir doch!«
Sie öffnete die Augen, bog den Kopf zurück, so weit sie konnte, und betrachtete ihn, als sei er ein seltsames, noch nie vorher gesehenes Wesen. Ihre Lippen zitterten, versuchten vergeblich, ein Lächeln zustande zu bringen.
»Du armer Mensch«, sagte sie tonlos.
Er ließ sie los, und sie wischte sich die Tränen von den Wangen.
»Willst du nicht ... kannst du nicht mein Freund sein?«
Sie sah ihn lange an, und die Tränen versiegten allmählich. Aber es war da etwas in ihrem Blick unter den dichten, nassen Wimpern, das ihm nicht ganz geheuer war, etwas bisher Unbekanntes, beinah Hinterlistiges in den starren, dunklen Augen, die die seinen nicht losließen.
»Komm«, sagte er noch einmal. So demütig bittend hatte sie seine Stimme noch nie gehört. Sie ließ es geschehen, daß er den Arm um sie legte und sie zum Sofa führte, sich neben sie setzte, ihre Hand nahm.
»Sprechen wir nicht mehr darüber. Ich – es wird sich schon irgend etwas ergeben, ich werde schon eine Lösung finden.« Sie schwieg hartnäckig. Er blickte zur Terrassentür hinaus und sah Sophie und Turhan hinten im Garten unter den hohen Bäumen im Gras sitzen, zu weit weg, um etwas gehört zu haben.
»Sophie sieht schlecht aus, findest du nicht?« Sie nickte. »Wenn

Schweikart einverstanden ist, würde ich sie gern irgendwohin zur Erholung schicken, vielleicht ans Meer. Seebäder...« Sie nickte wieder, sah teilnahmslos in den Garten hinaus.
In seinem Gehirn formte sich plötzlich ein Gedanke – den er sofort verwarf. Aber warum eigentlich? Das wäre doch eine ganz gute Lösung, es würde Anita über diese böse Zeit hinweghelfen, und Sophie war wahrhaft mager. Also? Aber er zögerte doch noch ein paar Sekunden, amüsierte und entsetzte sich innerlich. Sittliches Verantwortungsgefühl? Nicht einen Funken.
Dann sagte er es laut: »Wie wär's, wenn ihr beide für ein paar Wochen nach Venedig fahren würdet? Vielleicht läßt sich das arrangieren. Würde dir das Spaß machen?«
Sie wandte ihm langsam das Gesicht zu, und da war wieder dieser seltsame, undurchdringliche Blick, der ihn beunruhigte.
»Ja«, sagte sie langsam. »Das würde mir Spaß machen.«

Viertes Buch

I

Das beste Zimmer im Hotel Fenice für »Frau Berglund und Tochter«. Es gab sowieso nur drei bewohnbare, in den anderen waren die Fenster noch verbarrikadiert. Der Speisesaal war in aller Eile ausgeräumt und Kartentische und ein paar Stühle waren aufgestellt worden. Anita warf einen kurzen Blick hinein und beschloß, oben zu essen; notfalls die Reste des Reiseproviants.
Sie waren vierzig Stunden unterwegs gewesen. In Mailand hatte sie einen einarmigen Gepäckträger gefunden, der hatte beide Koffer zum Zug nach Venedig gebracht und dann Sophie, huckepack. Die merkte nichts, schlief ganz fest, den Kopf an seinen Nacken gedrückt.
»*Che carina!*« sagte er und ließ sie vorsichtig auf die Bank des Abteils der ersten Klasse gleiten. Dann faltete er sie ordentlich zusammen wie eine Stoffpuppe, die Arme in den Schoß, die Knie anständig nebeneinander, den Rock heruntergezogen und geglättet. Als letztes bettete er den Kopf in die Fensterecke, betrachtete sie einen Augenblick, wie sie da schlafend und wehrlos lag. »*Che bella fanciulla!*« Er beugte sich vor, konnte nicht widerstehen und berührte das Haar – jetzt nicht mehr in strengen Zöpfen, sondern offen und lang. »*Capelli d'oro rosso*«, flüsterte er und verließ auf Zehenspitzen das Abteil.
Noch einmal acht Stunden bis Venedig. Anita wachte erst auf, als der Schaffner sie an der Schulter rüttelte. Sophie lag noch immer, wie der Einarmige sie hingelegt hatte. Tot? Sekunde der kopflosen Panik – Unsinn, sie atmete ganz ruhig, fiel vornüber in Anitas Arme, öffnete die Augen und stammelte ein paar unzusammenhängende Worte.

»Wir sind da, Sophie. Venedig!«
War es morgens oder abends? Früher Abend. Ein zweiarmiger Gepäckträger fand sich ein, und die beiden taumelten schlaftrunken neben ihm zu der einzigen Droschke, die einsam vor dem Bahnhof wartete. Auch das Abteil war leer gewesen, man reiste noch nicht viel in Italien im Oktober 1919.
Das Zimmer im Fenice: zwei Betten, zwei Stühle, eine Art Küchentisch und eine Kommode mit Wasserschüssel und Kanne. Dazu ein riesiger, unheimlicher alter Schrank ohne Türen, weit offen wie ein böses Maul.
Anita leerte die Tüten aus der Reisetasche auf den Tisch aus, während Sophie wartend auf dem Bettrand saß. Als Anita aufsah, war sie rückwärts auf das Kissen gesunken und schlief. Sie zog ihr nur die Schuhe aus, deckte sie zu, löschte das Licht.
Eine Straßenlaterne vor dem Fenster schien neblig ins Zimmer, und sie aß ein letztes, hartgewordenes Butterbrot von zu Hause und einen Apfel, zog sich lautlos aus und streckte sich neben Sophie auf der Matratze aus, starrte an die Decke, fühlte keinen Schlaf in sich. Sie stützte sich auf den Ellenbogen und betrachtete das schlafende Mädchen. Der Schein der Laterne fiel auf die *capelli d'oro,* die Haare aus rotem Gold. Sie strich sie ihr aus der Stirn, genoß die Stille, das sanfte Dunkel, die Abgeschiedenheit.
Che bella fanciulla! Unheilvolle Worte, hier, in dieser Stadt. Vor wieviel Jahren? Sie schloß die Augen und sank zurück auf das harte Kissen, das nach modrigem Mehl roch. Hochzeitsreise mit Rudolf ... Hotel Bauer-Grünwald, Suite im ersten Stock über dem Wasser ... Sessel aus rotem Samt ... Tische mit Gold verziert ... Himmelbett mit Baldachin, ebenfalls aus rotem Samt mit goldenen Quasten ... mittags angekommen, gleich in eine Gondola ... Canal Grande ... und Rudolfs Zeigefinger, der nicht einen Augenblick ruhte, immer nur zeigte, auf diesen Palazzo, auf jene Kirche ... der Gondoliere, klein, mager und zäh vom ständigen Stehen und Rudern, knollige Nase, listige Äuglein, treuherzig abstehende Ohren, vom Strohhut flach seitwärts gedrückt, auf ewig in ihr Gedächtnis eingebrannt.

Als sie aus der breiten Wasserstraße in eine enge, dunkle, stille einbogen und Rudolfs Zeigefinger endlich heruntersank, hatte der Gondoliere sie angelächelt, wie sie da so sittsam und scheu auf ihrem Kissen saß.
»Che bella fanciulla!«
»Was sagt er?«
»Er sagt, ich sei ein – ein schönes Kind«, gestammelt und glühend rot vor Verwirrung. Und gleich anschließend noch schlimmer, denn jetzt lächelte er Rudolf an, der Gondoliere, der Arme. Wie konnte er wissen! Der Herr Papa dürfe stolz auf sie sein, meinte er und sprach extra langsam, damit der Herr es auch verstehe. Diesmal mußte sie nicht übersetzen, das Wort »Papa« verstand sogar ihr Ehemann, der sonst nur griechisch und lateinisch sprach. Er war von ihr abgerückt, hatte kein Wort mehr gesprochen, bis die Gondel sie zurück zum Hotel brachte. Als er ihr beim Aussteigen half, hatte der Gondoliere sie ängstlich angesehen. Er verstand nicht, aber er ahnte etwas.
Dabei war es doch Rudolf gewesen, der sie durchaus heiraten wollte, frisch von der Schule weg. »Du wirst mich wieder ganz jung machen.« Fataler Irrtum.
Zurück nach Berlin von dieser Hochzeitsreise – seiner dritten – und kurz darauf die erste Herzattacke. *Che bella fanciulla* hatte das auf dem Gewissen.
Und nun »Frau Berglund und Tochter«. Jetzt war sie *la signora Mamma* und Sophie *la bella fanciulla.*
Wie schnell. Wie schnell!

Es rauschte, als sie erwachte. Wasser, dachte sie. Natürlich. Venedig. Es fließt …
Aber es war Sophie, welche die Kanne in die Schüssel leerte und sich das Gesicht wusch.
»Wach auf, Anita, ich muß was essen, sonst sterbe ich.«
Schnell anziehen und hinunter in den Speisesaal. Der Raum war noch dunkel, kein Mensch zu sehen. Sophies Unterlippe zitterte wie bei einem Kind.
»Ich muß was essen. Schnell. Bitte, Anita!«

»Setz dich hier ans Fenster, lauf nicht hinter mir her, hörst du? Ich will sehen, was ich auftreiben kann.«
Der Portier schnarchte in seiner Loge, den Kopf auf dem Tisch neben der Mütze. Anita strich ihm sanft über die Glatze. Er fuhr in die Höhe, starrte sie verstört an.
»Keine Angst«, sagte sie, »wir möchten nur gern etwas essen. Frühstück, ja?«
Er schüttelte den Kopf, zu verschlafen, um sich über ihr perfektes Italienisch zu wundern. Alles könne die *signora* haben, antikes Murano-Glas, einen Gebetsstuhl aus dem 17. Jahrhundert, eine echte Perlenkette der verstorbenen Gräfin Benzoni ...
»Brot.«
Er seufzte. *»Mamma mia!«*
»Kaffee.«
»Nicht einmal der Papst«, er bekreuzigte sich, »bekommt Kaffee.«
»Milch? Ein Ei? Es gibt doch noch Hühner, nein?«
Wortlos sah er sie an. Sie verstand und öffnete ihre Handtasche. Johannes hatte Dollars aufgetrieben. Der Mann sah den ersten grünen Schein und setzte sich die Mütze auf.
»Kommen Sie, *signora.*«
Anita lief zurück zum Speisesaal; Sophie saß am Fenster und schluchzte vor sich hin.
»Zähle, Sophie. Zähle bis hundert, dann bin ich wieder zurück. Ich bringe was zu essen, verlaß dich drauf. Aber zähl' langsam.«
Der Portier wartete bereits am Eingang, sah besorgt nach allen Seiten.
»Schnell, *signora!*«
Sie lief hinter ihm her über den kleinen Platz vor dem Hotel. Es dämmerte, die Laternen verloschen gerade. Er hastete unter einem niedrigen Torbogen hindurch, ein paar Stufen hinauf, über eine enge Brücke, Stufen hinunter und dicht an die Häusermauer gepreßt am Wasser entlang. Sie rutschte aus und fiel hin, rappelte sich auf und lief hinter ihm her, verlor ihn aber in einem plötzlichen Nebelschwaden am Wasser und rannte ihn beinah

um, so unerwartet tauchte er wieder auf. Er stand vor einer niedrigen Holztür neben einem imposanten steinernen Portal, das mit Brettern verschalt war, und klopfte. Die kleine Tür öffnete sich.

»Schnell, *signora!*«

Er stieß sie über die Schwelle und schloß die Tür hinter sich. Eine dicke Frau im Nachthemd, mit schwarzem, zotteligem Haar, eine Kerze in der Hand, stand unbeweglich wie eine Statue in einem langen, dunklen Gang.

»Meine Schwester, *signora.*«

Das Nachthemd klaffte weit über einem gewaltigen Busen auseinander, die Kerze tropfte darauf, aber die Frau rührte sich nicht. Der Bruder bestürmte und beschwor sie, bis sie dumpf grollend verschwand und mit ihr das Licht. Anita lehnte sich im Stockdunkeln an eine feuchte Wand, dachte, daß sie eigentlich zur Erholung gekommen waren, und lachte vor sich hin. Der Portier hielt es für Gewimmer.

»Wenn Sie ein Geräusch hören, *signora,* keine Angst, das sind Ratten. Wir haben überall Ratten. Das Wasser, Sie verstehen. Auch hier im *palazzo.* Meine Schwester ist Köchin hier, die Familie ist auf dem Land, da gibt es mehr zu essen.«

Der Lichtschein erschien wieder und die Dicke dahinter. Sie trug ein rundes, flaches Landbrot, einen Krug Milch und eine Schale voll Eier. Da keine Hand mehr frei war, hatte sie einen kleinen Topf Honig oben zwischen die Brüste eingeklemmt.

Anita stieß einen leisen Freudenschrei aus – da raschelte es, und zwei Ratten erschienen und drückten sich im Kerzenschein an die Wand. Sie waren auf dem Weg zum Wasser. Ihre schwarzen Kaviaraugen blickten eilig und unschlüssig von einem zum anderen. Der Portier trat höflich zur Seite, und sie schossen an ihm vorbei durch ein unsichtbares Loch zur Tür hinaus.

Die Dicke sah Anita an. »Das sind nur kleine, *signora,* im Krieg haben wir die großen gegessen.«

»Ich mag Ratten gern«, sagte Anita und sah sich um, als hoffe sie, es würden noch einige auftauchen. »Ich hatte mal eine weiße, die war ganz zahm.«

Die Frau warf ihr einen langen Blick zu und übergab Brot, Krug, Topf und Schale. Dann wandte sie sich an den Bruder und zeigte mit gebieterisch ausgestrecktem Arm auf Anita. »Die darf wiederkommen, wenn sie Hunger hat.«

Als sie die Tür zum Speisesaal öffnete, schluchzte ihr Sophie ein empörtes »Zweihundertunddreiundvierzig, zweihundertundvierundvierzig« entgegen und riß ihr das Brot aus der Hand.
»Warte doch, der Portier kocht Eier. Warte wenigstens, bis er ein Messer bringt!«
Warten? Das schwere Landbrot ließ sich nicht brechen. Sophie schlug die Zähne hinein und riß ein Stück heraus, kaute, schluckte und streichelte Anitas Arm.
»Und du? Hast du keinen Hunger?«
»Ich kann warten.«
»Ich kann nie warten«, sagte Sophie und riß ein zweites Stück aus dem Brotlaib heraus.

Anita half dem Portier, alles wegzuschließen, was übriggeblieben war. »Gibt es überhaupt noch eine Gondel in Venedig?«
»Es gibt alles, *signora,* außer Essen.«
»Und wie leben die Leute?«
»So wie Sie heute früh, *signora.* Irgendwie.«
Als die Sonne herauskam, verließen sie das Hotel. Es war plötzlich so heiß wie im Hochsommer. Anita überquerte den kleinen Platz und lief ohne zu zögern durch die Gassen, bog einmal hier und einmal dort ab. Sophie blieb stehen.
»Du kennst dich hier aus?«
»Ja.«
»Warum läufst du so?«
»Laufe ich? Halt mich fest, wenn ich laufe, ja?«
»Wo gehen wir denn hin?«
»Zum größten und schönsten Wohnzimmer in der Welt.«
»Einem Zimmer?«
»Es hat keine Decke, es liegt im Freien«, sagte Anita.
»Das ist gut, die Gassen sind so eng, ich krieg' keine Luft.«

»Du mußt dir vorstellen, wir gehen jetzt durch einen langen, dunklen Flur, eine Art Hausflur, und dort, ganz vorn, da ist er zu Ende, und dann treten wir in das Zimmer.«

Der »Hausflur« verengte sich noch, machte eine Krümmung, öffnete sich – und vor ihnen, als habe sich eine Riesenpforte aufgetan, lag der Markusplatz.

Anita blieb stehen und nickte lächelnd, als habe ihr jemand guten Tag gesagt.

Da war er. Unendlich weit und frei, aber nicht auseinandergelaufen. Nie hatte man den Eindruck: Der zerfließt ja nach allen Seiten! Nein, er war säuberlich an allen vier Seiten auf das vornehmste eingezäunt. Immer gab er ihr das Gefühl, daß sie selber großzügig und nobel wurde, während sie ihn betrachtete.

»Ist das dein Wohnzimmer?« Sophie war noch ein paar Schritte weiter unter die Kolonnaden gelaufen, drehte sich um.

Anita trat langsam näher, holte tief Atem. Der riesige Platz war voller Menschen, Hunderte von bunten Punkten. Wo kamen sie her? Hatte es jemals Tage gegeben in den dunkelsten Jahren, an dem er leer war?

»Ist das dein Zimmer?« drängte Sophie.

»Nicht meins, Napoleons. Das ›Wohnzimmer Europas‹ hat er's genannt.«

Sophie blickte ehrfürchtig und gehorsam von einem Ende zum anderen. Was will ich denn, dachte Anita, sie ist doch viel zu jung.

Sie traten aus dem Schatten der Kolonnaden in das grelle Sonnenlicht.

»Sieh mal die vielen Tauben«, rief Sophie entzückt und hockte sich auf die Steine. Ein paar Dutzend kamen eilig angelaufen.

»Doppelt soviel wie Einwohner in der Stadt«, sagte Anita und betrachtete das blaugraue Gewimmel zu ihren Füßen mit kalten Augen.

»Magst du Tauben nicht?«

»Grausame Viecher.«

»Es heißt aber doch: sanft wie eine Taube.«

Anita stieß mit dem Fuß nach einer, die sich eifrig nickend genähert hatte. »Hier, auf der *piazza,* habe ich zugesehen, wie eine kranke Taube zu Tode gehackt wurde. Da drüben, an der Ecke, hüpfte sie auf einem Bein, hatte sich irgendwo verletzt. Erst kam eine gelaufen, um sicher zu sein, daß sie auch wirklich lahm war, dann hat sie die anderen gerufen, und sie haben sich auf sie gestürzt. Eine ist sogar aus der Luft auf ihr gelandet, um nichts zu versäumen. Wölfe sind barmherziger, sage ich dir.«

Sophie, noch immer am Boden, hörte mit offenem Munde zu. Eine kleine dunkle Taube sprang ihr auf den Arm und wanderte zierlich hin und her. Sie bog den Arm und studierte das seidig polierte Vogelgesicht aus nächster Nähe. Die Taube zwinkerte heftig und wippte erwartungsvoll. Sophie sprang so plötzlich auf die Füße, daß das Tier empört mit den Flügeln schlug, bevor es abflog. Sie folgte ihm mit den Augen. »Alles ist ganz anders, als man denkt, wenn man älter wird.«

Eine unerklärliche Traurigkeit überfiel sie, als senkte sich ein schwarzes Tuch auf sie herab, hier, mitten in der Sonne unter den bunten Menschen, ganz plötzlich, hier, neben Anita. »Warum lachst du? Lachst du mich aus?«

»Nein. Du hast recht, alles *ist* anders, als man denkt, ganz gleich, wie alt man ist.«

Sophie trat nah an sie heran und spähte ihr ins Gesicht. Sie ist genauso groß wie ich, dachte Anita, sie hat mich eingeholt.

»Du willst mich warnen, nicht wahr? Du willst mir sagen, ich soll auf der Hut sein, nicht wahr?«

»Hast du nichts gelernt in den letzten Monaten?«

Sophie wich zurück, als hätte sie sie geschlagen. Die gelben Augen flackerten. »Heißt das, daß ich dich hier nicht lieben darf?«

»Doch, das darfst du. Ich will nur, daß du wachsam bist.«

»Auch bei dir?«

»Mach keine Ausnahme.« Sie beugte sich vor und streichelte das blasse sonnengeblendete Gesicht. »Du stehst auf dem schönsten Platz der Welt, und du hast ihn noch nicht angesehen. Schau dich einmal um! Dreh dich langsam um deine Achse, und du wirst keinen einzigen häßlichen Fleck sehen, nur Vollendung.«

Was ist Vollendung, dachte Sophie, während sie sich gehorsam

drehte. Die Häuser mit den vielen Säulen davor? Der lange, dünne Turm? Die Kirche mit den seltsamen Zwiebeln drauf?
»Laß sein, Sophie, dreh dich nicht wie ein Kreisel. Komm, wir gehen zur Mole, vielleicht finden wir eine Gondel.«
Hand in Hand wanderten sie über die Piazzetta am Dogenpalast vorbei. Anita blieb stehen. Hier war das gewesen, hier, an dieser Stelle. Rudolf hatte geredet, geredet: Dogenpalast, Baukunst, genialer Widersinn, unten Filigran anstatt oben. Dann hatte er sie gefragt: »Nun, was sagst du dazu, Anita?« – »Zuckerwerk aus Marmor«, hatte sie gesagt, und er hatte sie ein dummes Kind genannt und noch einiges mehr. Als er fertig war, hatte sie gesagt: »Aber ich bin doch deine Frau!« Er war stumm weitergegangen. Hier war das gewesen, an dieser Stelle, daß sie zum erstenmal gedacht hatte: Ich bin eine Frau, ich habe ein Leben, und es gefällt mir nicht.
»Was ist das, Anita?«
»Der Dogenpalast.«
»Muß ich was sagen?«
Sie ist klüger als ich damals. »Nein, du mußt gar nichts sagen. Da drüben sind die Gondeln, siehst du? An den Pfählen.«
»Du läufst schon wieder, Anita.«
»Entschuldige.«
Ein halbes Dutzend Gondolieri stürzten herbei, bestürmten Anita, drohten einander mit wild erhobenen Fäusten und ließen ebenso plötzlich voneinander ab. Ein alter Gondoliere von kräftiger Statur ging als Sieger hervor und ergriff die Ruder. Sie stiegen ein und setzten sich nebeneinander auf die abgenutzten, geflickten Kissen.
»Bleiben Sie in den kleinen Wasserstraßen«, sagte Anita, und er bog in einen engen Kanal ab. Gleich darauf glitten sie unter der ersten Brücke hindurch. Sophie unterdrückte einen Juchzer. Das schwarze Tuch der Traurigkeit hatte sich ebenso plötzlich gelüftet, wie es gekommen war – und schon waren sie wieder am Tageslicht. Sie seufzte einmal glücklich auf.
»Anita, hier stinkt's.«
»Ja«, sagte die und schloß die Augen. »Venedig stinkt.«

Sophie betrachtete sie aufmerksam. »Du bist schon mal mit jemandem in einer Gondel gefahren, nicht wahr?«

»Ja.«

»Warst du glücklich?«

»Nein.«

»Dann gilt's nicht.« Sie schlang einen Arm um ihre Schulter. Der alte Gondoliere lächelte zahnlos.

»Sie zeigen Ihrer Tochter Venedig, *signora?*«

»Ja«, sagte Anita langsam und öffnete die Augen. »Ich zeige meiner Tochter Venedig.« Sophie lachte und drückte ihre Fingernägel in Anitas Schulter.

»Das Leben geht weiter«, sagte der Gondoliere und blickte über beide hinweg hoch in die Luft, die alten Augen trübe in der Vergangenheit.

Grünes, gedämpftes Licht auf dem Wasser, Schatten der Brükken, sanftes Eintauchen der Ruder. Gleiten, gleiten ...

Sophie nahm ihr Kissen und legte es auf den Boden der Gondel, streckte sich der Länge nach darauf aus, den Kopf zu Anitas Füßen, ließ die dunklen Brückenbogen über sich hinwegziehen, dann wieder ein enges Stück Himmel zwischen alten Dächern – und wieder ein paar Meter Brücken – dunkel – und wieder sanftes Licht.

»Schön«, sagte sie und seufzte glücklich. Nach einer kleinen Weile fügte sie, immer noch das verträumte Lächeln auf dem Gesicht, hinzu: »Weißt du, daß ich mich umbringen wollte?«

»Ja?«

»Du glaubst mir nicht?«

»Doch.«

»Es hat nicht viel gefehlt.«

»Es hat viel gefehlt, sonst wärst du nicht hier.«

Sophie hob den Arm und ließ ihn über den niedrigen Gondelrand hängen, so daß ihre Fingerspitzen von Zeit zu Zeit das Wasser berührten.

»Ich bin einmal in die Schwimmanstalt gegangen«, sagte sie langsam und so, als liege ihr nichts ferner, als Anita überzeugen zu wollen. »Am Montagnachmittag ist das Bassin leer, weil sie's

neu einfüllen am Dienstag. Ich sagte dem Pförtner, ich hätte meine Badekappe vergessen. Dann bin ich auf das Zehnmeterbrett gestiegen.«
Wieder eine Brücke und weiches Dunkel. Anita blickte auf das Mädchen zu ihren Füßen, beobachtete, wie der Schatten langsam über das weiße Gesicht und über die roten Haarsträhnen schlich.
»Und warum bist du nicht gesprungen?«
Tröstliches Dunkel unter der Brücke. »Ich hatte Angst.« Und schnell, bevor es wieder hell wurde: »Ich wollte mich an dir rächen.«
Jetzt war es wieder hell, und sie fühlte die Hitze in ihren Wangen, immer noch, genau wie als Kind.
Aber Anitas Stimme kam ruhig und ungerührt: »Man will sich immer rächen. Ich wollte mich auch an deinem Vater rächen. Bin nachts in die Küche gegangen, hab' das Brotmesser aus der Schublade geholt und genau die Stelle ausgesucht, wo das Herz schlägt, und die Spitze angesetzt ...«
»Das Brotmesser?«
»Warum nicht? Ein unschuldiges Messer, es hat noch niemals Blut gekostet. Außerdem wußte ich doch die ganze Zeit, es ist nur ein Spiel. Danach konnte ich sogar besser schlafen. Aber man muß natürlich gut spielen, fast bis zum Ende. Du bist ja auch Stufe für Stufe auf den Turm geklettert, zehn Meter hoch. Hast du runtergesehen, als du oben warst?«
»Ich träume oft davon, und dann springe ich.«
»Das schadet nichts. Dann wirst du's mit der Zeit loswerden.«
Sophie griff hinter sich und tastete in der Luft, bis sie Anitas Knie berührte, ließ ihre Hand dort ruhen und schloß die Augen. Sie wußte auch so, wann sie unter einer Brücke hindurchglitten. Hell – dunkel – hell.
»Papa sagt, man muß frei bleiben. Es gibt nichts Schlimmeres im Leben als Abhängigkeit, sagt er.«
»Sagt er.«
»Meint er damit die Liebe? Oder auch andere Sachen?«
»Alles.«
»Ich bin aber so gern von dir abhängig. Wenn du nicht da bist,

wenn du mir nicht erlaubst, dich zu lieben, dann bin ich frei, wie Papa es meint – und unglücklich.«
»Dein Vater ist ein von Angst geschüttelter Mann, er weiß es nur nicht.«
Sophie öffnete die Augen. Papa, von Angst geschüttelt?
»Anita, braucht man denn Mut, um abhängig zu sein?«
»Man muß sich zu etwas oder zu jemandem bekennen, auf Biegen oder Brechen. Und auch mal ein Risiko eingehen, sonst lebt man nicht. Und es lohnt sich nicht.«
Das kleine weiße Gesicht auf dem Boden der Gondel entspannte sich wieder, die Augen suchten, nach rückwärts, Anitas Blick. »Wir leben doch im Risiko, wir beide, nicht wahr?« Nach einer Weile sagte sie, so leise, als sei es eigentlich nicht wichtig, ob Anita es hören konnte: »Ich hab' immer gewußt, ich bin wie Papa. Von Angst geschüttelt – ich auch. Jetzt weiß ich's.«
»Wovor hast du Angst?«
»Daß ich – daß es ist, als ob ich gebunden bin, mit Stricken, und daß ich abhängig bin und es gern habe.«
Anita streichelte die feste kleine Hand, die immer noch auf ihrem Knie lag. »Hab keine Angst. Ich laß dich nicht im Stich. Später allerdings mußt du sehr aufpassen. Dein Vater ist übrigens auch nicht kugelfest. Wenn ihn mal etwas von hinten anfällt, wird er umkippen, gerade weil er sich so sicher glaubt.«
»Wie paßt man auf, Anita?«
»Es ist schon viel, daß du – weißt. Dann paßt du ganz von selber auf.«
»Ich werde niemand so lieben wie dich.«
»Das ist durchaus möglich.«
Der Gondoliere zog die Ruder ein, setzte sich, nahm den Strohhut ab und wischte sich die schweißbedeckte Stirn. Er neigte den grauen Kopf zur Seite und sah nachdenklich auf die schöne junge Frau mit dem ernsten, schmalen Gesicht und auf die kleine Hand des Mädchens, die so zärtlich auf ihrem Knie ruhte.
»Ihre Tochter liebt Sie, *signora.*«
Anita nickte und strich langsam über die Hand auf ihrem Knie. »*Ecco.* So ist es.«

Gleich in dieser ersten Nacht fand eine grundlegende Veränderung statt. Sophie wartete nicht, ob Anitas Arm sie holen würde, sie, Sophie, forderte, und Anita gehorchte. Das war einfach so gekommen, ohne Vorbedacht. Anita lag in ihren Armen, ihre kleinen kräftigen Hände hielten sie und beschützten sie.
Im Schein der Straßenlaterne sah Anita, daß Sophies Augen weit offen standen, an die Decke starrten. Sie wartete, aber das Mädchen schwieg. Anita lag ganz still, fühlte sich auf einmal unsicher und abhängig. Wie schnell. Wie schnell.
»Was denkst du, Sophie?«
»Mit wem warst du hier in Venedig?«
»Mit meinem ersten Mann.«
Sophie lockerte die Umklammerung, lehnte sich zurück und forschte in Anitas Gesicht.
»Du warst schon mal verheiratet?«
»Was ist daran so besonderes?«
»Ich ...« Sie stockte, schüttelte den Kopf. »Es ist nur, daß ich's mir nicht vorstellen kann. Du und Papa – ja. Aber ein *anderer* Mann! Wer war das? Ist das schon lange her?«
»Ich war achtzehn Jahre alt, aber sehr viel jünger als du. Ich war nicht nur jung, ich war unwissend. Und für manche Dinge unbegabt. Für die Liebe zum Beispiel und für die Sinnlichkeit. Man lernt dann mit der Zeit. Es gibt aber Leute, die wissen von Anfang an, sie *wissen* einfach, und sie *können.* Und zu diesen Leuten gehörst du.«
Statt einer Antwort begann Sophie sie sacht hin und her zu wiegen, als halte sie ein Kind in den Armen.
»Erzähl mir.«
»Da gibt's nicht viel zu erzählen. Er war ein Freund meines Vaters, ich saß schon als Kind auf seinen Knien, und er sagte: ›Du wirst einmal meine Frau, was meinst du?‹ – ›Fein‹, sagte ich. Dabei lebte seine zweite Frau noch, und ich kannte sie gut und fand nichts dabei. Dann starb sie, und ich saß wieder auf seinen Knien, und er sagte: ›Siehst du? Bald bist du meine Frau.‹ Und ich sagte wieder: ›Fein‹, weil ich nicht wußte, was ich sagen sollte. Zwei Jahre später kam ich aus der Schule und wir

gingen zum Standesamt, als gehörte das noch zum Schulpensum. Jetzt wirst du wissen wollen, was meine Eltern dazu sagten, nicht wahr? Er war sehr reich. Wahrscheinlich sagten sie auch beide nur: ›Fein.‹«

»Wo ist er? Lebt er noch?«

Anita machte eine Bewegung, und Sophie ließ sie los. Sie rollte sich auf den Rücken und sah zur Decke. »Ja, er lebt noch. Er hatte zwei schwere Herzattacken und kann sich nicht rühren. Er liegt zu Hause und wird gepflegt. Rund um die Uhr.«

»Besuchst du ihn?«

»Ja.«

»Jetzt weiß ich, wo du hingehst, wenn du manchmal verschwindest und niemand weiß, wo du bist.«

»Er hat es gern, wenn ich komme. Ich sitze an seinem Bett und rede. Früher hat *er* geredet, nur er. Jetzt rede *ich,* und ich denke oft, früher hatte ich's leichter. Er kann nicht antworten, er sieht mich nur an, aber ich sehe so ungefähr an seinen Augen, was er denkt.«

»Armer Schatz«, sagte Sophie leise und öffnete ihre Arme.

2

Morgens, ganz früh, lange bevor Sophie wach war, ging Anita manchmal allein aus dem Hotel. Sie schlief plötzlich schlecht, nur ein paar Stunden, und auch dann war es nur ein hauchdünner Schlaf, ganz oben an der Oberfläche.

Sie nahm immer denselben Weg bis zur Rialto-Brücke, dann über den Seitenkanal, bis sie zum *scrigno d'oro* kam, zum »Schatzkästlein«. So nannten die Venezianer die Kirche Santa Maria dei Miracoli, die ganz eingeengt zwischen mißgünstig häßlichen Häusern wie ein kleines Schmuckstück prangte. Sehr klein, und innen noch kleiner, altes Holz und alter, verblichener Marmor, dunkel, von Opferkerzen schwach beleuchtet und zur Frühmesse immer von denselben alten Frauen besucht, alle schwarz gekleidet und kleingeschrumpft, alle gleich unförmig und ältlich und bekümmert. Anita wartete geduldig, bis sie wie ein Schwarm Krähen gemeinsam die Kirche verließen; dann war sie endlich allein in dem harten Chorgestühl. Jetzt kann Er sich auf mich konzentrieren, dachte sie, vielleicht interessiere ich Ihn. Mir macht's jedenfalls Spaß, so zu tun, als ob ich zu Ihm spreche, genau wie die alten Weiber.

Ob Er sich an mich erinnert? Natürlich erinnert Er sich, für Ihn spielt ja Zeit keine Rolle. Aber für mich. Eine Ewigkeit her, daß ich hier mit Rudolf gesessen habe. Von all den Kirchen, in die er mich geschleppt hat, war diese die einzige gewesen, die mir gefiel. Später hat er mal zugegeben, es sei auch seine Lieblingskirche. Und nun sitze ich wieder hier, nach siebzehn Jahren – was sind siebzehn Jahre für diese Mauern! Seit über vierhundert Jahren sitzen die Menschen hier und beklagen sich bei Ihm. Ich werde mich aber nicht beklagen, ich will nur einen guten Rat. Er weiß ja, wie alles gekommen ist, ich muß Ihm ja nichts erzählen. Das ist überhaupt das Beste an der Sache, wenn man sich schon mit Ihm einläßt, keine langen Erläuterungen. Er weiß Bescheid. Ich muß Ihm nicht Johannes erklären und nicht Sophie und nicht mich. Vielleicht kann Er's *mir* erklären. Oder jedenfalls eine Andeutung machen, was nun geschehen soll, wie's nun weitergeht, denn ich weiß es wahrhaftig nicht.

Vielleicht hat Er sogar Humor – oder ist das Blasphemie? Humor ist doch was Gutes, und Er ist doch die Verkörperung von allem Guten, sagt man. Also. Dann hat Er auch Humor. Und den braucht Er, wenn Er sich mit mir befassen will. Hier bin ich, eine erwachsene Frau mit allerhand hinter mir, ich habe einen Liebhaber, und der ist, und *die* ist, und *das* ist ein Mädchen, ein dreizehnjähriges Mädchen. Meine Stieftochter. Das ist schon zum Lachen, nicht wahr? Aber wie soll's jetzt weitergehen, damit wir nicht am Ende alle weinen? *Ich liebe meine Stieftochter,* hab' sie von Anfang an geliebt. Erst auf *eine* Weise, dann kam noch eine andere dazu, ohne daß die erste je verschwand, verstehst Du? Alles »Liebe«. Eine andere Art, aber keine Abart.

Ich gebe zu, ich habe mich festgefahren, deshalb sitze ich hier. Ich will nicht behaupten, daß ich nur das Gute will. Keine Rede. Ich will irgendwie Sophie retten, und ich will mich selber retten. Johannes mag krepieren. Und jetzt nochmal von vorne: Was soll geschehen, wenn ich mit Sophie zurück nach Berlin fahre?

Wenn sie dann wieder im Hotel ankam, saß Sophie unten im Speisesaal und wartete, fragte aber nie, wo sie gewesen sei.

Sie besuchten keine Kirchen, gingen in kein Museum, wanderten nur immer Hand in Hand über die Brücken oder trieben in einer Gondel unter ihnen hindurch. Manchmal aßen sie Eis in einem der kleinen Cafés am Markusplatz. Es gab Eis. Es hatte den ganzen Krieg über Eis gegeben, sagte man ihnen voller Stolz.

Sie blieben drei Wochen, und nach kurzer Zeit vergaßen sie, daß sie in Venedig waren. Es hätte genausogut woanders sein können, dann eben ohne Gondel und ohne Eis.

Nacht für Nacht lagen sie sich in den Armen. Anita war dann noch lange wach. Ich *will* es genießen, dachte sie. Schuld? Man kann sich nicht zwingen, sich schuldbewußt zu fühlen, entweder man ist es, oder man ist es nicht. Aber ich glaube, ich werde bestraft werden. Also doch Schuld? Nein. Noch lange kein Beweis. Man wird auch für seine Tugenden bestraft. Ich werde bestraft werden, weil es um Liebe geht, und das ist lebensgefährlich.

Einmal, vor dem Einschlafen, murmelte Sophie: »Was wird aus uns, wenn wir wieder in Berlin sind?«

Die Antwort ließ lange auf sich warten.

»Anita, hast du mich gehört?«

»Ich weiß es selbst noch nicht. Weißt du, wie man die Männer nannte, die früher über Venedig geherrscht haben?«

»Die Dogen.«

»Aber du weißt sicher nicht, was ihr Amtseid war.«

»Warum beantwortest du meine Frage nicht?«

»Ich antworte dir. Alle Menschen, die einen Amtseid schwören, geloben, dies oder jenes zu tun. Aber die Venezianer waren schlauer. Der Doge von Venedig mußte nur schwören, dies oder jenes *nicht* zu tun. Sie wußten schon damals, die Venezianer, daß es leichter ist, Böses zu unterlassen, als Gutes zu tun. Das hat mir Rudolf erzählt, mein erster Mann, und ich hab's mir gemerkt, weil's mir so gut gefiel. Ich glaube, ich kann dir schwören, dich nicht zu belügen und nicht zu verraten und nicht zu verlassen. Genügt dir das?«

»Aber – glaubst du, du wirst mich immer lieben?«

Nach kurzem Zögern: »Ja. Aber nicht auf dieselbe Weise. Du übrigens auch nicht, du wirst mich lieben – aber anders als jetzt.«

»Anita! Ich werde dich immer lieben – und immer *mehr* lieben.«

»Nein, nicht *mehr.* Anders. Hör auf jetzt.«

Danach wollte sie nichts mehr sagen, und Sophie weinte sich in den Schlaf. Am nächsten Morgen mußte sie Anita geloben, nie wieder von der Liebe zu sprechen.

3

Am Tag der Abreise ging Anita schon ganz früh in die Kirche Santa Maria dei Miracoli. Sie hatte in der letzten Nacht fast überhaupt nicht geschlafen, hatte fast jede Stunde von den vielen Kirchtürmen schlagen hören und mitgezählt. Trotzdem fühlte sie sich nicht müde, im Gegenteil, sie ging leichten Schrittes durch die dunklen Gassen und sprang die Treppen zu den Brücken hinauf, als hätten ihre Füße keinerlei Gewicht zu tragen. Es war höchstens fünf Uhr, die Kirche würde wahrscheinlich noch geschlossen sein. Macht nichts. Sie würde dann eben zur Rialto-Brücke zurückgehen und sich aufs Geländer setzen.

Aber die niedrige alte Holztür im Hauptportal war offen. Wie schön ... Innen war es beinah stockfinster, nur in einer Nische brannten drei Kerzen. Gut, daß sie sich auskannte. Sie tastete sich im Chorgestühl an ihren gewohnten Platz. Sie wollte es Ihm leichtmachen. Er sollte immer wissen, wo Er sie finden konnte. Heute ist Seine letzte Chance. Wenn Er mir doch noch etwas zu sagen hat, dann bitte jetzt, bevor die schwarzen Krähen zur Messe kommen. Es hat ja doch keinen Zweck, dachte sie, natürlich spricht Er nicht zu mir, Er weiß, daß ich nicht an Ihn glaube. Schade. Zu den schwarzen Krähen spricht Er.

Sie hörte ein Geräusch hinter sich. Die Krähen. Schon so früh? Sie wandte den Kopf – nein, niemand war hereingekommen. Aber ganz hinten sah sie jetzt, da ihre Augen sich an die Finsternis gewöhnt hatten, zwei Gestalten sitzen. Die Kerzen warfen einen zittrigen, schwachen Schein auf ihre dunklen Mäntel. Männer? Ja, zwei Männer, die ersten, die sie je in dieser Kirche gesehen hatte. Beide trugen Schlapphüte, tief in die Stirn gezogen. Der eine, das konnte sie jetzt erkennen, hatte einen weißen, spitzen Bart, und der andere, der hatte auch einen Bart; sie war nicht ganz sicher, kniff die Augen zusammen. Ja, der hatte auch einen Bart, aber einen dunklen. Sie sahen sich irgendwie ähnlich, die beiden, vielleicht weil sie gleich gekleidet waren. Pilger? Vater und Sohn? Wahrscheinlich waren sie es gewesen, welche die Kerzen angezündet hatten.

Sie drehte den Kopf wieder zum Altar. Heute mittag fahre ich ab, dachte sie. Traurig? Ich weiß es nicht. Ich kann eigentlich gar nichts richtig fühlen. Sehr merkwürdig. Ich bin nicht müde, ich habe keinen Hunger, ich will nicht hierbleiben, ich will auch nicht nach Hause fahren.

Hinter ihr unterhielten sich die beiden Männer. Sie sprachen leise, aber in der Stille konnte sie verstehen, was gesprochen wurde, wenn sie genau hinhörte. Eben hatte einer von ihnen gesagt: »Es gibt nichts Neues unter der Sonne. Oder ist da etwas, von dem man sagen könnte, dies hier ist etwas Neues?«

Sie sah sich um, hätte gern gewußt, welcher der beiden das eben gesagt hatte, der Alte oder der Junge, aber um das zu unterscheiden, war es zu dunkel. Jetzt antwortete der andere: »Ja. Alles ist nur Haschen nach Wind, und was krumm ist, kann man nicht grade machen.« Das war die junge Stimme, dachte Anita. Sie schwiegen aufs neue und saßen unbeweglich. Sicher Vater und Sohn auf einer Wallfahrt, dachte Anita und wandte den Kopf nach vorn.

Die beiden hinter ihr sprachen wieder. »Alles hat seine bestimmte Stunde«, sagte der Alte. Anita drehte sich ganz um und betrachtete die beiden dunklen Gestalten. Was taten die nur so früh in der Kirche. Ein Gelübde? »Jedes Ding unter dem Himmel hat seine Zeit«, fuhr dieselbe Stimme fort, und die andere sagte: »Ja. Umarmen hat seine Zeit, und sich meiden hat seine Zeit.«

Jetzt konnte sie ganz deutlich erkennen, wie der Alte mit dem Kopf nickte und flüsterte, aber sie konnte es trotzdem gerade noch hören: »Besser der Ausgang einer Sache als der Anfang.«

Das stimmt, dachte sie, eben darauf kommt's jetzt an, auf den Ausgang. Die kleine Tür im Hauptportal knarrte, sie wandte den

Kopf und sah die erste der alten Frauen eintreten, dann die nächste, und eine nach der anderen ging zum Weihwasserbecken, ein Dutzend schemenhafter Gesichter unter den schwarzen Kopftüchern, Kniebeugen, Flüstern, Lachen, einige hatten Kerzen gebracht, steckten sie auf und zündeten sie an. Der dämmrig flakkernde Schein hellte das Dunkel auf, und Anita dachte, so, jetzt bin ich aber doch mal neugierig, wie die beiden Männer aussehen, die da hinten sitzen. Sie drehte sich wieder zu ihnen um – aber sie waren gegangen.
Der Priester kam durch den Mittelgang, und sie stand schnell auf und verließ die Kirche.
Draußen auf dem Vorplatz sah sie sich nach den Männern um, aber sie waren schon fort. Langsam ging sie zu dem kleinen Seitenkanal und setzte sich auf eine Bank. Es ist kalt und feucht hier, dachte sie, aber das macht nichts. Es schlug gerade sechs Uhr von den Kirchtürmen, das dunkle Wasser vor ihr wurde langsam heller. Ihre Gedanken waren noch bei den beiden Männern. Merkwürdig, daß zwei Deutsche früh am Morgen in Santa Maria dei Miracoli gesessen hatten. Oder hatten sie gar nicht deutsch gesprochen? Hatten sie alles auf italienisch gesagt? Sie mühte sich, die Worte noch einmal erklingen zu lassen, schloß die Augen, horchte in sich hinein. War es *Meglio la fine di una cosa anziche dell'inizio* oder »Besser der Ausgang einer Sache als der Anfang«? Das letzte Wort, war es »Anfang« oder war es *»inizio«?* Je mehr sie ihr Ohr quälte, ihr Gehirn bestürmte, desto tauber wurden beide. Na ja, dachte sie, ob nun jemand *»meglio«* oder *»besser«* sagt, für mich ist da kein Unterschied, es bedeutet genau das gleiche. Italienisch war ihr so geläufig wie Deutsch. Die Großmutter, *la Nonna,* war Italienerin gewesen. Aus Genua. Hatte nie Deutsch gelernt, nur Italienisch mit ihr gesprochen, von Kind an. Und sie wohnte ja im Haus, ihr Zimmer direkt neben Anitas. Bis sie starb; der erste tote Mensch, den sie gesehen hatte. Sechzehn Jahre alt war sie damals. *La Nonna, cara Nonna.* Vielleicht waren die Männer doch Italiener gewesen ...
Sie stand auf und ging langsam zum Hotel zurück.

4

Und wieder die lange Fahrt zurück nach Berlin. Sie saßen sich im Abteil gegenüber, schwiegen. Von Zeit zu Zeit sahen sie sich an und lächelten, die eine, als wolle sie sagen: »Sorg dich nicht, vertrau mir«, während die andere bestätigte: »Ich weiß, ich weiß.«

Anita ließ ihr Buch ungeöffnet im Schoß liegen und sah aus dem Fenster. Geradezu unheimlich, dachte Sophie, wie sie dasitzen konnte, Stunde um Stunde, als sähe sie nicht die Landschaft, sondern etwas noch viel Schöneres, und sie blätterte in ihren Zeitschriften so unauffällig wie möglich, um Anita nicht abzulenken. Das Schweigen fiel ihr nicht schwer. Sie war ganz und gar erfüllt von einem wunderbaren Gefühl des Behütetseins. Sie glaubte zu wissen, warum Anita so wenig sprach und so in sich vertieft aus dem Fenster starrte, auch noch, als es draußen schon lange dunkel war: Anita plante, was sie tun, was sie sagen würde, wenn sie in Berlin ankamen. »Ich werde dich nicht belügen und nicht verraten und nicht verlassen.« Nicht verraten, das hieß doch, ihre Liebe nicht verraten. Die durfte, mußte sich ausbreiten können, ungehindert. Wie? Das war es eben, was Anita beschäftigte, das Wie.

Kurz vor der Ankunft beugte sich Sophie vor und berührte ihren Arm. Sie zuckte zusammen, kam von weit her zurück, lächelte Sophie an.

»Willst du mir jetzt sagen, was wir tun werden, wenn wir zu Hause sind?«

Anita antwortete nicht, aber sie streichelte die Hand, die auf ihrem Arm lag, hob sie an ihr Gesicht und küßte sie so voll sanfter Zärtlichkeit wie eigentlich noch nie zuvor, daß Sophie fühlte, es bedurfte jetzt keiner Worte mehr, Anita hatte alles genau bedacht.

Sie sah Berglund schon von weitem über die Köpfe der Menge auf dem Bahnsteig herausragen, während der Zug in den Anhalter Bahnhof einkeuchte, und fühlte einen Stich in der Magengegend.

»Anita, da ist Papa.«

Anita warf einen kurzen Blick aus dem Fenster, nickte, stand langsam auf und streckte sich wie eine Katze, die lange geschlafen hat und sich wohl fühlt. Sophies letzte Ungewißheit verschwand, und sie winkte heftig aus dem Fenster.

Berglund umarmte beide gleich freundlich, gleich flüchtig – und hinter ihm, verlegen grinsend, stand Peelke. Nein, Peelke! Sophie legte ihm die Hände auf die Schulter, hätte ihn vielleicht auch geküßt, wenn der Mann sich nicht vorsorglich steif zurückgelehnt hätte. Er lud sich schnell die Koffer auf und folgte ihnen.

»Peelke, Sie hinken ja!«

»Dafür kann ich jetzt chauffieren, Fräulein Sophie.«

»Er hat einen Oberschenkelschuß«, sagte Berglund, »und da haben sie ihn gezwungen, Chauffeur zu werden. Jetzt fährt er mich ins Büro.«

Vor dem Bahnhof wartete Papas alter Daimler. Peelke verstaute das Gepäck gewissenhaft im Kofferraum und hinkte würdevoll zum Fahrersitz.

»Du hast dein Büro wieder aufgemacht, Papa?«

»Sozusagen. Es funktioniert noch nichts, es fehlt noch an allem, und ich möchte eigentlich auf Gerste warten. Habe allerdings keine Ahnung, ob er noch lebt. Vor zwei Jahren hieß es, er sei auf der Vermißtenliste, und es kommen jetzt täglich Hunderte zurück. Ohne Gerste bin ich vorläufig aufgeschmissen. Zu dumm, denn ich könnte jetzt schon Geschäfte abschließen, bekomme bereits Anfragen aus der Schweiz. Die Amerikaner, die drüben geblieben sind, die meinen, sie könnten jetzt bald wertvolle Ge-

genstände in Deutschland kaufen. Billig! Und da spekulieren sie richtig.«

Er schwieg, sah, daß Anita vor sich hinstarrte.

»Nun, wie war es in Venedig? Habt ihr euch erholt? Ihr seht beide gut aus, du besonders, Sophie, du bist gewachsen.«

»Ja, Papa?«

»Jetzt wirst du dich wieder an die Schule gewöhnen müssen. Vielleicht brauchst du sogar Nachhilfestunden.«

»Sicher nicht, Papa. Du wirst sehen, ich fühle mich so – so stark, ich schaff' das schon.«

»Gut. Gut. Sie haben sich also gelohnt, eure Ferien in Venedig.« Er machte eine winzige Pause, sah Sophie von der Seite an. »Habt ihr alles besichtigt, Kirchen und Museen und solche Sachen?«

Sophie zögerte. Anita fühlte sich nicht angesprochen.

»Wir – wir wollten mehr im Freien bleiben, es war so schön draußen.«

Er nickte. »Ich hab' auch nie viel für Museen übrig gehabt, aber ich dachte, Anita würde dich sicher in einige mitschleppen.«

Anita schüttelte ruhig den Kopf.

»Nein? Um so besser.«

Danach schwiegen sie, bis der Wagen vor dem Haus in der Rümelangstraße hielt.

»Dade!«

»Du bist groß, Sophie.«

»Ach, Dade.«

Sie umarmte die alte Frau, wagte zum erstenmal, ihr den *petsche* zurückzuschlagen, küßte sie auf die dunkle, faltige Wange. Auch zum erstenmal. Derartiges hatte es nie vorher gegeben. Aber in den letzten drei Wochen war alles anders geworden, sie war nicht nur gewachsen, sie trat ganz anders ins Zimmer, stand anders, überstürzte sich nicht mehr, wenn sie sprach, merkte es gar nicht, so selbstverständlich war es ihr geworden.

»Dade, du wirst immer kleiner.«

»Ja.«

»Bist du krank? Hast du Schmerzen irgendwo?«

Die Dade schüttelte den Kopf, aber ihre Stimme knarrte heiserer als zuvor. »Ich bin so gesund, wie Allah es will.«
Turhan kam ins Zimmer, und Sophie umarmte ihn, sah neidisch zu ihm auf. »Du bist *noch* größer als ich.«
»Ich bin ja auch zwei Jahre älter.«
»Das vergeß' ich immer.«
Jetzt weiß ich, wie er später mal aussehen wird, dachte Sophie: noch länger und schmaler, wie ein Schnittmuster. Es fehlt ihm eine Dimension. Man wird sagen, wie schön er ist – aber eben zu blaß und zu kraftlos. Man wird auch sagen, er sei dumm, aber das ist er bestimmt nicht. Nur, nur was? Was fehlt ihm? Saft fehlt ihm und Mumm.
Er setzte sich auf seinen Schemel neben den Stuhl der Dade, nahm ihre Hand und streichelte sie. Alles änderte sich mit der Zeit, früher hatte die Dade keine Zärtlichkeit der Kinder geduldet. Sie sah von einem zum anderen, murmelte: »Allah sei gepriesen.«
Anita öffnete die Tür, und die Dade stand etwas mühselig auf und drehte ihr die riesigen Augen zu. Bei ihr war das mehr als eine Bewegung der Pupillen, es war wie ein Abfliegen und ein neu Landen.
Anita streckte ihr die Hände entgegen, aber die Dade wich einen Schritt zurück, verbeugte sich, nahm erst dann Anitas Hand. Sophie und Turhan sahen sich an. Die Dade hatte sich noch nie vor jemandem verbeugt außer vor Papa, und auch das schon lange nicht mehr. Ob Anita verstand? Sie sagte zu Sophie: »Sag ihr, ich freue mich, sie zu sehen. Sag ihr, ich freue mich ganz besonders.«
Sophie sprach ein paar Worte, und die Dade nickte.
»Sag ihr, sie soll sich wieder setzen.«
Aber die Dade blieb stehen.
Anita wandte sich zu Turhan, der gelassen abgewartet hatte, ob sie ihn bemerken würde.
»Wie geht es dir, Turhan?«
Er küßte ihr wortlos die Hand, und sie erwartete auch keine Antwort und verließ das Zimmer.

Es dämmerte. Sophie zündete die Öllampe an. Nach dem Abendbrot, dachte sie, wird sie mit Papa sprechen. Vielleicht werden sie mich dazurufen.
Die Dade starrte auf die geschlossene Tür.
»Was ist mit ihr?« fragte sie plötzlich, ohne die Augen von der Tür zu nehmen. Sophie sah sie verständnislos an. »Was ist mit ihr?« fragte die Dade noch einmal.
»Mit Anita? Nichts, Dade, nichts.«
Aber die alte Frau starrte noch immer auf die Tür. »Sie ist krank«, sagte sie dann und setzte sich wieder auf ihren Stuhl.
»Aber nein, Dade, sie ist nicht krank, im Gegenteil, sie – wir hatten schöne Ferien.«
Die Dade wandte ihr die zeitlosen, glühenden Augen zu, und Sophie fühlte sich mit einem Schlag sündig und schuldbeladen und ratlos. Hilfeflehend sah sie Turhan an.
»Turhan, sag ihr doch, Anita ist ganz gesund. Ich hab' nichts getan, wirklich nicht.«
Turhan setzte sich wieder auf seinen Schemel zu Füßen der Dade, aber als er ihre Hand ergreifen wollte, entzog sie sie ihm. Er versuchte es trotzdem.
»Was hat Anita, Dade? Warum glaubst du, daß sie krank ist?«
Aber die Dade schüttelte ungeduldig den Kopf, blickte in die Ecke, in der ihr Gebetsteppich zusammengerollt stand, und ließ den Schleier über ihr Gesicht fallen.
Turhan stand sofort auf, und auch Sophie wußte, daß man jetzt das Zimmer zu verlassen hatte, denn die Dade wollte mit Allah sprechen.

Peelke servierte beim Abendessen. Der Schuß in seinem Oberschenkel – er hinkte von Stuhl zu Stuhl – und sein Aufenthalt im Lazarett in Württemberg lieferten den kargen Gesprächsstoff. Sophie sah Anita verstohlen an. Unsinn, sie war nicht krank, sie aß mit Appetit. Sie sagte nichts, aber ihr Gesicht war aufmerksam und beteiligt, vielleicht nicht unbedingt an Peelkes Leidensweg, er hatte über zwei Stunden aufgespießt am Stacheldraht gehangen, aber ganz bestimmt an *etwas*, was immer es war. Der

Ausdruck in ihren Augen war ungetrübt friedlich, keine Spur von Schmerz oder Unbehagen. Weil sie die Lösung weiß, dachte Sophie. Sie bereitet sich jetzt vor, es Papa zu sagen, *es,* und zwar so, daß er es versteht und nicht böse ist, nicht auf mich und nicht auf sie. Sie lächelte ihr über den Tisch zu, und Anita lächelte zurück.

Sophie seufzte einmal glücklich auf und beschloß, etwas zur Unterhaltung beizutragen. Und so berichtete sie von den grausamen Tauben auf dem Markusplatz.

»Tauben? Grausam?«

»Ja, Papa. Anita hat gesehen, wie eine kranke zu Tode gehackt wurde von den anderen, nicht wahr, Anita?«

Alle Augen wandten sich Anita zu. Selbst Peelke blieb stehen, die Käseplatte in der Hand.

»O ja«, erwiderte Anita träumerisch. »Sie sind böse, die Tauben.«

Berglund sah seine Frau einmal kurz von der Seite an und lenkte die Unterhaltung wieder auf Peelke zurück.

Wenn das Essen doch fertig wäre! Wenn man doch endlich aufstehen könnte! Aber Papa aß Käse. Belgischen Käse. Es gab keinen Käse in Deutschland, er hatte ihn vorige Woche aus Antwerpen mitgebracht. Sophie schloß die Augen, fühlte die Ungeduld wie einen Brand in ihrem Kopf.

Endlich. Anita erhob sich, alle standen auf. Aber sie schlenderte nicht, wie Sophie erwartet hatte, zum Wohnzimmer, sondern ging festen Schrittes zur Flurtür, drehte sich noch einmal um und nickte freundlich-abwesend: »Gute Nacht.«

Sophie lehnte steif an ihrem Stuhl und starrte die geschlossene Tür mit offenem Munde an.

»Ich trinke meinen Kaffee im Club«, sagte Berglund. »Du bist doch sicher müde von der langen Fahrt, Sophie.«

Müde! Das war's natürlich, Anita war *müde.* Todmüde. Denn sie, Sophie, hatte sich während der Reise gewundert, daß Anita eigentlich nie schlief. Tagsüber bestimmt nicht; aber auch nachts, wenn der Zug sein Rattern unterbrach, an einer Station hielt und Sophie davon aufwachte und sich vorsichtig von ihrer oberen Schlafbank hinunterbeugte, dann hatte sie jedesmal gesehen, wie Anita mit weit offenen Augen vor sich hinstarrte, immer in derselben Haltung, die Arme über der Brust gekreuzt. So lag man nicht, wenn man gerade aufgewacht war.

Das war's natürlich, Anita wollte endlich *schlafen.*

Papa zog sich draußen auf dem Flur den Mantel an.

»Gute Nacht, Sophie.«

»Gute Nacht, Papa.«

Oben stand sie einen Augenblick vor ihrer Tür, dann zwang es sie ein paar Schritte weiter zu Anitas Tür. Kein Geräusch von drinnen, totenstill. Wie sie sie haßte, diese Tür. Wegen dieser Tür würde sie niemals in diesem Haus leben wollen, oder sie würde sie mit eigener Hand einschlagen, mit einer großen Axt, und eine andere einsetzen lassen, eine mit einer anderen Füllung, anderen Rillen, anderen Kerben.

Nein, sie würde nicht probieren, ob die Tür verschlossen war, auch nicht ganz vorsichtig. Sie wußte, sie war verschlossen.

Novembermorgen, neblig-dunkel. Schwer, am nächsten Morgen um sieben Uhr aus dem Bett zu kriechen. Sie packte ihre Tasche. Keinen Ranzen mehr, eine Schultasche. Erwachsen.

Papa hatte recht, sie war weit zurückgeblieben während dieser drei Wochen in Venedig. Sie hatte ja auch die mitgenommenen Schulbücher kein einziges Mal aufgeschlagen, und Anita hatte sich nicht darum gekümmert.

»Erzähl uns etwas von Venedig, Sophie«, sagte die Lehrerin. »Du hast dir doch sicher alles angesehen. Komm vor, und halte uns einen kleinen Vortrag.«

Vom Katheder herab freundliche, erwartungsvolle Augen hinter dicken Brillengläsern, unten zwanzig neugierige, faule, scheinheilige Mädchengesichter.

»Na?«

Sophie stand auf. Das einzige, was ihr einfiel, waren die grausamen Tauben.

»Ich ... ich würde mir das gern überlegen, vielleicht morgen könnte ich ...«

Gut. Morgen. Ein kleiner Vortrag über Venedig. Sonst fand man, daß Sophie zwar von Gesundheit strotzte, sich aber immer noch nicht konzentrieren konnte, ja, nicht einmal ordentlich zuhörte.
»Ich – kann den Anschluß noch nicht finden, vielleicht sollte ich Nachhilfestunden haben ...«

Auf dem Heimweg verflog alles, was mit der Schule zu tun hatte. Jetzt gab's nur eins: reinen Tisch mit Papa. Und Anitas Zimmertür – unverschlossen. Sie würde ihr einfach den Schlüssel wegnehmen, falls Anita wegen der Dade oder Turhan ... Ach was, das ging nur sie und Anita etwas an, niemand sonst. Papa vielleicht, aber das mußte eben heute in Ordnung gebracht werden. Anita hatte genug Zeit gehabt, sich auszuschlafen. Sophie fühlte zu ihrem Erstaunen einen Zorn in sich aufsteigen. Gegen wen?
Frau Glaubitz öffnete die Tür. Anita da? Ja. Papa da? Nein.
»Frau Berglund hat geweint.« Dies geflüstert.
Aha. Sie hat also schon gesprochen. Und es war nicht einfach gewesen. Warum eigentlich? Er hatte doch seine – seine Dame in Belgien! Er hatte kein Recht, Anita *ihre* Liebe zu verbieten. Und daß es sich um keinen fremden Mann, sondern um sie, Sophie, handelte, also quasi in der Familie blieb – Papa hatte doch Humor!
»Frau Berglund ist fortgegangen, schon sehr früh. Und dann ist sie wiedergekommen, ganz verweint.«
Sophie drehte sich auf dem Treppenabsatz um.
»Wann ist Papa fortgegangen?«
»Wie immer. Nach dem Frühstück. Ins Büro.«
Sophies Gedanken schossen kreuz und quer. Anita »sehr früh« fortgegangen, Papa erst nach dem Frühstück – möglich, daß sie eine kurze Auseinandersetzung *vor* dem Frühstück gehabt hatten ...
Sie stieg schnell die Treppe hinauf, nahm sich nicht einmal Zeit, Mantel und Tasche abzulegen, klopfte an Anitas Tür. Verschlossen. »Ich bin's.« Schritte. Die Tür öffnete sich.
»War's schlimm, Anita?«

Anita sah aus, als verstehe sie nicht. Sophie nahm sie bei der Hand, drückte sie in einen der zwei kleinen Sessel am Fenster, setzte sich, immer noch im Mantel, ihr gegenüber. Sie wartete, sah sogar zu Boden, damit Anita nicht die Ungeduld in ihren Augen lesen konnte, und da war vielleicht auch noch ein Rest Zorn, der nicht weichen wollte. Nur Ruhe, sie würde es jetzt erfahren.
Aber es dauerte doch zu lange.
»Also. Was hat er gesagt?« Ruhig bleiben.
»Wer?« Dunkle, verhangene Augen, halb geschlossen.
»Wer? Papa natürlich.« Der Zorn! Halt die Stimme *leise.*
»Ich habe deinen Vater heute nicht gesehen.«
»Was?« Sophie schrie einfach los. »Du hast gar nicht mit ihm gesprochen?«
»Nein.«
»Warum weinst du dann?« Zitternd vor Zorn.
»Rudolf ist tot.«
»Wer?« Die Aufregung drosselte ihr das Gehirn ab.
»Rudolf. Mein erster Mann.«
Sophie holte tief Luft. Jemand war tot. Rudolf. Was machte das schon? Halt die Klappe, sag nichts. Laß *sie* reden. Ruhe!
»Ich bin heute früh hingegangen, ich wollte ihm von Venedig erzählen, von Santa Maria dei Miracoli ...«
»Von was?«
»Da sagte mir seine Haushälterin, er sei längst begraben. Einfach weg. Schon vor ein paar Wochen, kurz nach unserer Abreise. Ganz plötzlich. Die Nachtschwester saß in seinem Zimmer und strickte. Als sie eine neue Reihe anfing, sah sie zu ihm hinüber – und da war er nicht mehr da.«
Sophie schwieg. Konnte nicht mal »ach Gott« sagen, konnte nicht mal Anitas Hand ergreifen. Der Zorn. Völlig sinnlos, aber da saß er.
»Und es wäre wichtig für mich gewesen, ihn zu sehen«, sagte Anita, als müsse sie sich rechtfertigen. »Ich wollte ihm das erzählen von unserer Kirche.«
»Welcher Kirche?«

»Das hätte ihn interessiert. Er hätte genau gewußt – und jetzt ist es zu spät. Es wäre so wichtig für mich gewesen«, sagte sie noch einmal, wie jemand, der eine Vorlesung versäumt hat.
»Anita, ich weiß überhaupt nicht, wovon du sprichst. Was wäre wichtig gewesen? Welche Kirche?«
Anitas Augen waren trocken, nur noch die dichten Wimpern glänzten feucht.
»Du kennst sie nicht, die Kirche.«
»Anita, wann wirst du mit Papa sprechen?«
»Heute abend, nach dem Essen. Ich *muß* heute abend mit ihm sprechen.« Mit unerwartetem Nachdruck.
»Anita!« Jetzt konnte sie plötzlich ihre Hand nehmen, teilnehmende Äußerungen machen. »Ach, Anita! Der arme ... wie hieß er? Rudolf. Der arme Rudolf! Ach, das tut mir leid. Und du wolltest ihn noch einmal sehen!«

Nachmittags konnte sie sich sogar auf ihre Schulbücher konzentrieren, Hefte ausfüllen, Landkarten zeichnen. Plötzlich fiel ihr der versprochene Vortrag über Venedig ein. Sie schlich hinunter ins Wohnzimmer – gar kein Grund zum Schleichen, Turhan hatte Gymnastikunterricht, die Dade war sowieso unsichtbar, und Anita war auf den Friedhof gegangen, Rudolfs Grab besuchen.
Papa hatte nicht viele Bücher, und die wenigen waren Kunstbücher über antike Möbel, Vasen, Teppiche, Geschirr, Bilder – halt! Da war eins über venezianische Bilder, da würde doch einiges zu finden sein.
Oben schrieb sie sich auf einen Zettel auf, wo welches Bild hing, wo welche Statue stand und an welche Decke dieses oder jenes Fresko gemalt war. Das würde genügen, und sie würde die italienischen Namen auswendig lernen und herunterschnurren; Tintoretto, Guardi, Canaletto, Donatello ...
Unten ging die Haustür. Sophie stürzte aus dem Zimmer, spähte hinunter. Anita zog sich langsam einen schwarzen Mantel aus, den Sophie noch nie an ihr gesehen hatte, schüttelte ihn aus – regnete es? –, hängte ihn unten in der Garderobe an den Haken.

Dann stieg sie die Treppe herauf, den Blick nach unten gesenkt.

War es vielleicht besser, sie jetzt nicht anzusprechen? Sophie trat lautlos zurück, stand noch in der Tür ihres Zimmers, als sie hörte, daß sich eine andere Tür öffnete. Die Dade trat auf den Gang heraus. Zufall? Oder hatte sie auf Anita gewartet? Sophie zog sich noch ein paar Schritte zurück, ließ aber ihre Tür offen.

Die Dade empfing Anita oben am Treppenabsatz und knarrte sie mit dringenden Tönen an, aber als Anita nichts verstand und sie nur hilflos anstarrte, drehte sie sich kurzentschlossen um und zerrte Sophie aus ihrem Zimmer, als habe sie die ganze Zeit über gewußt, daß sie dort gelauert hatte.

»Sag ihr, sie soll mit mir kommen.«

»Anita, du sollst mit der Dade gehen.«

»Jetzt? Warum?«

»Ich weiß es auch nicht. Dade, soll ich nicht mitkommen?«

»Nein.«

»Aber ich muß doch übersetzen!«

»Bleib hier.«

Kurz darauf verließen die beiden Frauen das Haus, Anita wieder in dem nassen schwarzen Mantel, die Dade in einem schweren Umschlagtuch, den Schleier heruntergelassen.

Am Königsplatz griff die Dade nach Anitas Hand und führte sie in die Siegesallee, zur ersten Marmorgruppe rechts. In der Mitte, die zwei Nebenfiguren hoch überragend, siegte Albrecht der Bär, das tropfende Kreuz in der rechten Hand. Schade, die runde Bank hinter ihm, auf der sie sonst saß, tropfte ebenfalls, es würde also nur eine kurze Andacht sein. Sie zog Anita die drei Stufen empor, so daß sie mit dem Gesicht genau in der Höhe des Sockels standen.

Anita wußte, daß die Dade die Marmorstatuen der Siegesallee für die Götter des Volkes hielt, weder Sophie noch Turhan hatten je versucht, ihr das auszureden, aber niemand verstand, warum gerade dieser ihr Lieblingsgott war. Jetzt begriff sie auf einmal: Der Riesenmann hielt als einziger das Kreuz hoch in die Luft, und das Kreuz – soviel wußte die Dade – war das Symbol

der christlichen Religion. Dieser also war der Obergott: Albrecht der Bär.
Die Dade schlug den Schleier zurück, hob den Kopf und genoß die Regentropfen, die ihr auf das Gesicht fielen. Dann steuerte sie auf den gepanzerten, trotzig vorgestreckten linken Marmorfuß zu und drückte einen Kuß auf die nasse große Zehe, wandte sich zu Anita um und bedeutete ihr, das gleiche zu tun. Anita zögerte. Die Dade knarrte und öffnete den Mund zu einem breiten, ermutigenden Lächeln. Sie hat ja kaum noch einen Zahn, dachte Anita und beugte sich gehorsam über des Bären Fuß. Hinter ihr begann die Dade zu summen, ließ den Schleier herunter und wiegte sich mit geschlossenen Augen im strömenden Regen hin und her. Ich darf sie nicht unterbrechen, dachte Anita, sie ist hier in *ihrer* Kirche Santa Maria dei Miracoli. Aber als sie sah, daß die alte Frau vor Nässe und Kälte zitterte, blickte sie sich doch um. Keine Seele weit und breit, nur eine Droschke rollte langsam auf der anderen Seite der Siegesallee entlang. Anita hob die Hand. Mach, daß sie leer ist, Albrecht, du Bär! Die Droschke hielt. Der Kutscher beugte sich vor. Standen da zwei Frauen im strömenden Regen beim ollen Albrecht? Eine schwankte, die andere winkte.
Auf dem Heimweg in der Kutsche begann die Dade zu husten, so daß sie den *petsche* wieder zurückschlagen mußte, um Luft zu holen. Als sie kurz darauf vor dem Haus ankamen, sah der Kutscher ihr Gesicht. »Jesus, Maria und Joseph!« sagte er und vergaß vor Schreck das Trinkgeld zu zählen.

Das schweigsame Abendessen dauerte nur kurze Zeit. Berglund machte keine Anstrengung, eine Unterhaltung in Gang zu bringen, er hatte es ganz offensichtlich satt. Turhan hob die Augen nicht vom Teller, Anita träumte leise lächelnd in die Luft.
Sie hob die Tafel auf und wandte sich ihrem Mann zu, immer noch das sanfte Lächeln auf dem Gesicht.
»Johannes, wollen wir den Kaffee zusammen im Wohnzimmer nehmen?«
Berglund hatte andere Pläne gehabt, war drauf und dran abzuleh-

nen. Das Lächeln, dieses selbständige, unbefangene Lächeln verwirrte ihn einerseits, andrerseits versprach es eine Viertelstunde ohne Peinlichkeiten. Man konnte ja immer noch hinterher entfliehen.
Warten, ganz ruhig abwarten. Ein Buch lesen. Als Sophie dieselbe Seite viermal hintereinander gelesen hatte, ging sie aus dem Zimmer, stand im Gang, horchte nach unten. Kein Laut. Aus Turhans Zimmer: Schweigen. Nur hinter der Tür der Dade ein Geräusch: Sie hustete. Besser als nichts. Sophie klopfte und trat ein.
»Dade, hast du dich erkältet?«
Kopfschütteln.
»Dade, wie war es heute nachmittag?« Sophie wußte natürlich, wo die beiden Frauen gewesen waren. Die Dade ging immer sofort zum Bären, wenn jemand im Haus krank war, und sie hatte doch erklärt, Anita sei krank.
Kopfnicken. Sophie seufzte. »Der Stein der Weisen« fiel ihr ein, und sie lächelte in der Erinnerung. Es war schwer, mit einem Stein zu leben, auch wenn er weise war.
»Sie ist krank«, sagte die Dade plötzlich und bekam sofort einen Hustenanfall.
»*Du* bist krank.«
Sophie stand auf, kramte in der Kommode und fand, was sie suchte. Das erste Päckchen aus der Türkei war neulich für die Dade gekommen. Darin wieder die alten, herrlichen Kräuter, die heilsamen. Sie setzte den Teekessel auf den kleinen Herd in der Ecke und zündete das Gas an.
»Welche Kräuter, Dade?«
Die alte Frau befühlte mit den Fingern, ohne hinzusehen, die kleinen Leinenbeutel und zog einen davon heraus.
»Wieviel Löffel?«
Die Dade hob zwei Finger.
So war das, so einfach. Umsturz, Putsch, Neuordnung: Jetzt kochte Sophie für die Dade.
Sie wußte es und genoß den Augenblick, fühlte die Augen der Dade auf ihrem Rücken. Es gibt sicher immer einen besonderen

Augenblick im Leben, in dem man sich endgültig erwachsen fühlt, dachte sie, es muß kein großer Augenblick sein, nichts Außergewöhnliches muß geschehen, eben so, wie ich mich jetzt fühle, während *ich* für die Dade koche. Ob mich noch irgend etwas wieder zum Schulkind zurückstutzen könnte? Die Unterredung unten zum Beispiel, jetzt, in diesem Augenblick ... Der bin ich auch gewachsen. Soll doch Papa brüllen. Was kann er schon tun? Mich aus dem Haus weisen? Anita rauswerfen? Um so besser. Uns kann niemand trennen.

Das Wasser kochte über. Juchhe, dachte sie, stellte das Gas kleiner und schüttete die Kräuter in den Kessel, genauso fühle ich mich: Ich koche auch über, vor Kraft und Liebe und Zorn und Galopp.

Sie goß das kochende, betäubend duftende Getränk in eine Tasse und brachte es der Dade. Die alte Frau trank gehorsam und betrachtete das Mädchen. Sophie, hoch aufgerichtet, hatte die Augen halb geschlossen, als lausche sie auf etwas. Die roten Haare fielen in glatten, dichten Strähnen auf die Schultern, aufsässig, hitzig, und das weiße Gesicht, das sie umrahmten, tat nichts, um einen zu besänftigen. Auch die halbgeschlossenen Augen waren noch gefährlich und der Mund fest entschlossen, jeden Widerstand zu brechen.

Sie blieben schweigend im Halbdunkel, das die Dade liebte. Nur die Öllampe brannte in einer Ecke des Zimmers.

Turhan trat ein.

»Die Dade ist krank«, sagte Sophie und setzte sich auf seinen Schemel. Er fand einen Platz auf dem Boden und lehnte den Kopf an die Knie der alten Frau. Dann begann er unvermittelt zu singen: »Ei-ne Krä-he war mit mir aus der Stadt ge-zo-o-gen. Ist bis heute für und für um mein Haupt ge-flo-gen.«

Die Dade lehnte sich in ihrem Stuhl zurück, das dunkle alte Gesicht friedlich versunken.

Als das Lied zu Ende war, saßen sie noch lange, ohne sich zu rühren. Sophie dachte, es sei jetzt schon eine sehr lange Zeit, daß Anita unten mit Papa sprach.

»Sing noch ein Lied, Turhan, aber kein trauriges.«

Er schüttelte den Kopf. »Gute Nacht, Dade.« Er streichelte ihr Knie, nickte Sophie zu und ging aus dem Zimmer.
Warten. Noch länger? Sie stand auf, lief zur Tür. Dort erreichte sie die Stimme der alten Frau.
»Kein Mißgeschick trifft ohne den Willen Allahs ein.«
»Laß mich, Dade.«
Draußen auf dem Flur. Noch immer Stille von unten – oder war das Papas Stimme? Sie setzte sich auf die oberste Treppenstufe, lauschte. Papas Stimme, aber nicht wütend, nicht einmal argumentierend, eher – konnte das sein? – beschwörend?
Die Arme um die Knie geschlungen, blieb sie auf der Treppe sitzen. Sekundenlang tauchte der Gedanke auf, einfach ins Wohnzimmer zu stürmen und zu rufen: »Ich halt's nicht mehr aus. Laßt mich dabeisein. Schließlich geht es um *mich,* nicht wahr?«
Zweifel meldeten sich an: Es ging nicht um sie, nicht *nur* um sie ...
Die Wohnzimmertür unten öffnete sich – und ihr Magen wurde kalt. Papa stand in der offenen Tür.
»Sophie!« Er sah sie oben auf der Treppe sitzen und sprach leiser. »Komm herunter.«
Bei ihrem Eintritt stand Anita von ihrem Sessel auf und ging ohne Hast an ihr vorbei zur Tür hinaus. Sie zögerte nicht einen Augenblick, lächelte Sophie im Vorbeigehen an, freundlich-zärtlich, aber eigentümlich neutral.
Sophie sah ihr nach, bis die Tür sich hinter ihr geschlossen hatte. Dann erst drehte sie sich um. Berglund stand mit gespreizten Beinen mitten im Zimmer, die Arme übereinandergeschlagen, den Kopf leicht gesenkt, die Augen auf Sophie gerichtet. Sophie kannte diesen Ausdruck nicht bei ihm. War es möglich, daß Papa verwirrt war, vorsichtig? Er schwieg, und sie stand und wartete.
»Setz dich hin, Sophie. Und gib mir noch einen Augenblick Zeit. Frag mich jetzt nichts.«
Sie sank in den Riesensessel, sah ihm zu, wie er da stand und auf den Hacken hin und her wippte, wie er zum Schreibtisch ging

und eine Zigarre aus dem Kasten holte, sie abschnitt, anzündete, den Rauch tief einzog, dann wieder langsam zu seinem Sessel zurückkehrte, wie er rauchte, sie nicht ansah.

»Ich weiß wahrhaftig nicht, wie ich dir das beibringen soll, Sophie, denn ich glaube beinah, du hast von all dem keine Ahnung. Hab etwas Geduld mit mir, ja?«

»Von was – hab' ich keine Ahnung, Papa?«

Er zog an seiner Zigarre und betrachtete sie eingehend, als frage er sich, was das eigentlich für ein Ding sei.

»Hat Anita dir von der Kirche erzählt?«

»Von welcher Kirche?«

»Mein Gott, von dieser Kirche, wo sie die Männer gesehen hat.«

»Welche Männer, Papa?«

»Ich dacht's mir schon. Du weißt also nichts.«

»Männer?«

Berglund ließ die Zigarre sinken und sah Sophie ins Gesicht. Ihre Augen waren weit aufgerissen, die Lippen zuckten.

»Sophie! Was ist denn mit dir?«

»Welche Männer, Papa?« Flehend, weit offen, nichts beschönigend.

Er beschloß, hier auf keinen Fall einzudringen. Jetzt jedenfalls nicht. Vielleicht später einmal, jetzt nicht. »Hör mir zu, Sophie, und unterbrich mich nicht, ja?« Sie nickte so heftig, als hätte sie Schüttelfrost. »Anita sagt mir, sie habe eine – eine Begegnung gehabt in einer Kirche in Venedig, Herrgott, ich hab's auch nicht ganz mitgekriegt. Zwei Männer, sagt sie, Pilger, Vater und Sohn. Ich hab' nicht herausbekommen, wie sie sie kennengelernt hat, aber sie hat einige Dinge erwähnt, die diese Männer gesagt haben, und ich weiß nicht, aber die sind mir irgendwie bekannt vorgekommen, ich meine, ich hatte das Gefühl, das habe ich alles schon mal irgendwo gehört, aber wo? Es ist auch nicht wichtig, jedenfalls nicht im Moment. Wichtig ist, Sophie –« Er hielt ein und sah sie fest an. »Du merkst, ich spreche zu dir wie zu einem Erwachsenen, und so mußt du dich auch benehmen, auch wenn es dir schwerfallen wird.«

»Papa?« Kaum, daß er es hören konnte. Wie ein Hauch.
»Anita will zurück zu dieser Kirche.«
»In Venedig?«
»Ja. Sofort.«
»Wie – wie meinst du das, Papa?«
»Sie fährt morgen zurück nach Venedig.«
Sie stieß einen kleinen Schrei aus, nur einen Laut, schluckte ihn sofort wieder.
»Papa, läßt du mich mitfahren? Bitte, Papa, bitte! Ich *muß* mit ihr mitfahren – ich kann doch nicht hier allein bleiben.«
»Sophie, ich ließe dich jederzeit mit ihr zurückfahren, obgleich es der reine Wahnsinn ist. Dieser weite Weg, ihr seid doch gerade erst angekommen. Aber bitte, ich kann vollkommen verstehen, daß du bei ihr bleiben willst.« Er sah sie nicht an, als er das sagte, die Zigarre nahm seine ganze Aufmerksamkeit in Anspruch. Aber jetzt sah er wieder auf. »Nur ...«
»Papa?« Sie hatte nur die Lippen bewegt, plötzlich die Antwort vorausahnend.
»Sie sagt, sie muß allein fahren. Sie weiß auch nicht, wann sie wiederkommt.«
Sophie saß einen langen Moment regungslos, dann sprang sie auf. Aber er war darauf gefaßt gewesen und packte sie am Arm.
»Wenn du jetzt mit ihr sprichst, Sophie, vergiß eines nicht: Anita ist – sie ist im Augenblick nicht ansprechbar, sie hört dich nicht, verstehst du? Sie hat sich da in etwas verrannt, und du mußt sie *lassen*. Bedräng sie nicht, hörst du?«
Sie riß sich los, und er ließ sie gehen.

Anitas Tür war nicht verschlossen. Sie wurde also erwartet. Sie brach ein, als wollte sie das Zimmer in Brand stecken. Anita stand mit dem Rücken zum Fenster, das schmale, ruhige Gesicht ihr zugewandt. Sophie war die Treppe so schnell hinaufgestürzt, daß sie nach Atem rang, kein Wort hervorbrachte.
»Ist es wahr?«
Anita nickte, die Augen unerbittlich. Sophie rannte dagegen an,

als befehlige sie einen Sturmbock und müsse eine Bresche in eine Festung schlagen. Sie schrie los, packte Anita am Arm, brüllte unzusammenhängende Worte, schüttelte sie. Anita leistete keinen Widerstand, hielt die Augen fest geschlossen.

»Du willst mich nicht ... Warum ... Männer ... du hast geschworen, du wirst mich nicht verlassen.«

»Ich verlasse dich nicht, Sophie.« Nur geflüstert, aber Sophie hörte es, hielt sofort ein, keuchte: »Du nimmst mich mit?«

»Nein.«

Sophie hob beide Fäuste und schlug zu. Anita fiel zu Boden, Blut sickerte langsam aus ihrem Mund, dort, wo die Zähne in die Unterlippe gebissen hatten. Sophie stand mit hängenden Armen da und sah auf sie hinab.

Die Tür öffnete sich, Berglund stieß Sophie beiseite und hob Anita auf. Er trug sie zum Bett, legte sie vorsichtig hin, holte sein Taschentuch aus der Brusttasche und wischte das Blut von Mund und Kinn. Sophie trat einen Schritt näher und sah zu. Anita schlug die Augen auf.

»Es tut nicht weh, Johannes«, die Stimme zitterte ein wenig, aber der Ton war ganz ruhig. »Danke dir.« Sie setzte sich auf und nahm ihm das Taschentuch aus der Hand, hielt es selbst an die Lippe. Sophie wandte sich zum Gehen.

»Bleib hier, Sophie, setz dich her.«

Berglund stand auf und machte ihr Platz. Sie näherte sich zögernd, setzte sich so weit entfernt wie möglich auf den Bettrand.

»Ich fahre morgen fort, Sophie. Ich muß wieder zurück. Du würdest nicht verstehen, warum, auch wenn ich es dir erklärte. Wenn Rudolf noch am Leben wäre – dann könnte ich vielleicht hierbleiben, wenigstens vorläufig.« Sie sprach mühsam, die Lippe schwoll langsam an. »Ich muß versuchen, die zwei Männer wiederzufinden, die ich in der Kirche Santa Maria dei Miracoli gesehen habe. Ich glaube, sie sind noch da. Vielleicht weiß der Küster, wo sie sind. Ich muß mit ihnen reden. Deshalb weiß ich noch nicht, wann ich zurückkomme. Aber ich verlasse dich nicht, Sophie, du bist jede Stunde bei mir. Ich muß nur jetzt – auf

einige Zeit weg. Ich kann nicht anders. Wenn ich hierbleiben müßte, dann würde ich dich vielleicht nicht mehr lieben.«
Sophie stand auf und ging zur Tür. »Ich darf nicht mitkommen«, sagte sie mit heiserer Stimme, und da niemand antwortete, ging sie aus dem Zimmer.

Zum erstenmal verriegelte sie ihre Tür, wußte nicht vor wem, hatte nur das Bedürfnis zu *verriegeln.* Mußte sie auch gleich wieder aufschließen. Papa. Er setzte sich neben sie auf ihr Bett.
»Hör zu«, sagte er und sein Gesicht hellte sich plötzlich auf. »Es gibt Augenblicke im Leben, da muß man einen Schlußstrich machen. Ich werde ihn für dich machen, jetzt sofort, denn wenn du hierbleibst und auf den Postboten wartest, dann gehst du ein. Und das wäre echt schade. Du mußt fort von hier. Weit fort. Du wirst sehen, das hilft. Ich habe einen alten Freund in London, mein Jahrgang, der ist bestimmt noch mein Freund – wenn er noch lebt. Ich werde ihm morgen telegrafieren und ihn fragen, wie lange das dauern wird, bis ein junges Mädchen nach England kommen kann. Sicher noch ein paar Monate, bis sie alle Minen aus dem Kanal herausgefischt haben. Inzwischen fahre ich mit dir nach Antwerpen. Nein, du brauchst Keitje nicht zu sehen, wenn du nicht willst. Es gibt dort eine Familie, die ich kenne. Die haben zwei Töchter, älter als du, das wird gerade passen. Und einen Sohn. Giftgasverwundet. Ich melde dich morgen in der Schule ab, und wir fahren beide, du und ich. Man muß was *unternehmen,* verstehst du? Wir haben noch nie eine Reise zusammen gemacht, du wirst sehen, das geht ganz gut. Und Anita – lass' sie morgen ruhig abfahren. Wenn du meinen Rat hören willst: Sieh sie nicht mehr! Es ist sinnlos, hinterläßt nur Wunden. Quäl dich nicht, weil du sie geschlagen hast. Es tut nicht weh, hat sie gesagt, und das ist wahr. So was tut nicht weh. Ihr nicht. Nur dir. Denk nicht mehr daran. Schlaf jetzt. Ich werde dir einen Cognac bringen und eine Schlaftablette. Anita reist morgen. Wir auch.«

Fünftes Buch

I

London.
Wenn Sophie später, als London »ihr Dorf« geworden war, an diese ersten Tage zurückdachte, konnte sie nie begreifen, daß es ein und dieselbe Stadt war. Damals war es dräuend, schwarzgrau, fremd-abstoßend gewesen. Sie hatte sich an Miss Whitings Hand geklammert, obwohl die auch fremd war, aber nicht abstoßend. Hätte Sophie sie einmal wirklich angesehen, so hätten ihr die schneeweißen Löckchen, die so fein waren, daß jeder Luftzug sie zum Tanzen brachte, und die vielen weißen Porzellanzähne, die sie ohne Unterlaß anlächelten, gefallen. Aber noch sah sie nichts. Menschen, Orte, Dinge kamen und verschwanden, ohne daß sie es merkte. Die vier Monate in Antwerpen hatten nichts ausrichten können, außer daß sie jetzt meist ganz ordentlich aß. Als sie in Berlin abfuhr, war ihr Fasten als das Natürliche erschienen, warum sollte sie an jedem Bissen würgen? Sie hatte nur Durst, trank viel Wasser, wollte nur irgendwo ganz still sitzen, nicht aufpassen, nichts gefragt werden.
Papa hatte das verstanden und seine Bemühungen bald aufgegeben. Sie nahm es zur Kenntnis, erleichtert und dankbar und zugleich noch ärmer als zuvor. Er hatte sie bei den van Fliets abgegeben wie ein verschnürtes Paket und allen eingeschärft, man solle nicht versuchen, sie auszupacken. Sie werde das schon von alleine machen, hatte er gesagt, mit der Zeit.
Dann war er zu seiner Keitje gegangen und nur noch ein paarmal kurz aufgetaucht, bevor er wieder nach Berlin fuhr. Was er als Grund für ihren Zustand angegeben hatte, wußte Sophie nicht, es war ihr auch ganz gleichgültig, solange es den gewünschten

Effekt hatte. Man ließ sie in Ruhe, niemand fragte, niemand drängte, das Essen stand da. Wenn sie es nicht anrührte, verschwand es wieder. Und nach einigen Tagen begann sie, ein paar Löffel zu sich zu nehmen; kein Kommentar von seiten der Familie. Und so gewöhnte sie sich wieder an die Nahrung.

Von den Monaten bei den van Fliets blieb ihr nur eine einzige klare Erinnerung: Jan, der Giftgasverwundete, zeigte ihr eines Tages seine verbrannten Beine. Warum er das plötzlich tat, blieb ein Rätsel. Vielleicht wollte er ihr einen Schock versetzen und sie zur Teilnahme zwingen, vielleicht hatte er auch weniger therapeutische Motive. Jedenfalls hinkte er auf dem Gang an ihr vorbei wie schon Dutzende Male vorher, im Bademantel, auf dem Weg zum Bad, drehte sich plötzlich um und fragte, ob sie schon mal Giftgasnarben gesehen habe. Dann schlug er den Bademantel zurück. Seine Beine sahen aus wie zwei Birkenstämme, weiß und schwarznarbig. Die Haut hatte noch den früheren Zuschnitt und hing in unordentlichen Falten lose herum. Er ließ ihr Zeit, und sie studierte die Beine eingehend. »Danke«, sagte sie dann. Er schlug den Bademantel wieder zu und hinkte weiter.

Dieser Vorfall rief keine Teilnahme hervor, blieb aber in der Erinnerung. Später hatte sie das Gefühl, daß sie die vier Monate dort durchgeschlafen hatte, konnte sich nicht mal an die eine der Zwillingsschwestern van Fliet erinnern, mit der sie das Zimmer geteilt hatte.

Und dann London. Und Miss Whiting, die sie auf Papas Geheiß in Antwerpen abgeholt und hierher begleitet hatte. Sie sprach nur Englisch, und das war gut, denn man erwartete vorläufig keine Antworten von Sophie, und sie konnte ungestört weiterdösen. Wie lange, ob Wochen oder Monate, wußte sie nicht, aber eines Morgens stand Papa vor ihrem Bett in Miss Whitings kleiner Wohnung in der Half Moon Street am Green Park und sagte, es sei Frühling und nun müsse sie aufwachen.

Während sie sich anzog, fragte sie sich, ob Dornröschen mit dem Kuß des schönen Prinzen, der sie zum Leben erweckte, wohl einverstanden gewesen war. Vielleicht hatte sie auch so gern geschlafen, und noch dazu hinter einer Dornenhecke.

Sie gingen im Green Park spazieren, am Ententeich entlang, und Papa berichtete von zu Hause. Nicht viel Neues. Die Dade? Hustete. Peelke, Frau Glaubitz, Gerhard? Wie gehabt. Turhan? Tja. Turhan sei ein Problem, er, Papa, habe beschlossen, ihn zu Ostern aus der Schule zu nehmen nach dem »Einjährigen«. Was solle man mit einem Jungen anfangen, der für nichts Interesse habe außer vielleicht für Musik, aber auch dafür nicht genug. Ach ja – er zog einen Brief aus der Tasche. Für Sophie. Von Turhan. »Lies ihn zu Hause oder gleich, wie du willst.« Sie steckte ihn in die Manteltasche, vergaß ihn.

Danach gingen sie eine Weile, ohne zu sprechen, nebeneinander her. Papa grübelte offensichtlich, steuerte plötzlich auf eine leere Bank zu, die unter einer Trauerweide am Wasser stand.

»Ich glaube, ich werd's dir doch erzählen, Sophie. Ich hatte erst Bedenken, aber du scheinst mir jetzt wieder ganz vernünftig zu sein. Vielleicht wird's dir sogar gut tun. Sag mal, hast du dich jemals gefragt, was das mit den – den Männern in dieser Kirche in Venedig auf sich hatte? Nein?« Er schwieg, bohrte mit seinem Stock Löcher in den sandigen Boden. »Ist dir nie der Gedanke gekommen, daß – daß Anita auf einmal nicht ganz normal war?«

Sophie folgte dem Stock mit den Augen und zählte die Löcher, kam bis elf, war immer noch nicht sicher, was er meinte. Nicht »normal«? Wenn doch eine Dornenhecke auch um *sie* herumwachsen würde!

»Damals, als ich dich in Antwerpen bei den van Fliets untergebracht hatte, bin ich in Berlin zu einem Psychiater gegangen. Weißt du, was das ist, ein Psychiater? Gut. Ein Freund vom alten Schweikart, ziemlich verrückt, aber das sind sie ja alle, haben ja nur mit Verrückten zu tun den ganzen Tag, da weiß schließlich keiner mehr, wo die Grenze liegt, wenn es überhaupt eine gibt. Auf Anita paßt das übrigens haargenau. Wo ist die Grenze? Also, diesem Arzt, diesem Psychiater, dem hab' ich von Anitas Männern in der Kirche erzählt, erinnerst du dich? Pilger, Vater und Sohn? Und dann hab' ich ihm vorgelesen, was die vor ihr gesagt haben sollen, ich hatt' es mir nämlich aufgeschrieben, noch in derselben Nacht, weil's mir irgendwie komisch vorkam. Und schon beim zweiten Satz unterbrach er mich und sagte: ›Das ist doch aus dem ›Prediger‹! Weißt du, was das ist, Sophie, ›der Prediger‹?« Er legte den Stock übers Knie und sah sie forschend an. Sie hörte auf, die Löcher auch rückwärts zu zählen.

»Ja, Papa, das ist was aus der Bibel.«

»Gratuliere. *Ich* wußte es nicht, es kam mir nur irgendwie bekannt vor. ›Der Prediger Salomo‹, sagte er, ›gehört zu den Lehrbüchern des Alten Testaments, die Sprüche daraus werden als Leitmotiv zu Predigten verwandt, manchmal auch als Buchtitel.‹ Natürlich! Schule, Bibelstunde. Dann hab' ich dem Mann die ganze Sache erzählt. Hab' ihm auch von dir erzählt – von dir und Anita.« Er sah sie nicht an, als er das sagte, bohrte wieder Löcher in den Sand. »Und da hat er zum Schluß gesagt – jedenfalls ungefähr so etwas wie: ›Ihre Frau leidet an einem Schuldkomplex und hat sich in die Religion geflüchtet. Die beiden Männer, die Pilger, das sind natürlich Gottvater und Jesus, und was sie angeblich vor ihr sagten, daran erinnert sie sich aus ihrem Religionsunterricht – ohne es zu wissen, natürlich –, weil es ist, was sie hören will, und es tröstet sie.‹ So ungefähr sagte er. Und zum Schluß meinte er, man solle sie aber nicht ganz sich selbst überlassen, es sei doch nicht ungefährlich, sie könne da mehr und mehr hineingeraten und vielleicht am Ende in eine Art religiösen Wahn verfallen.« Er schwieg eine lange Zeit, hoffte, daß Sophie etwas sagen würde, aber es kam nichts.

Er seufzte, nahm einen neuen Anlauf: »Ich rief im Hotel Fenice an; man kann das jetzt, kostet ein Heidengeld, aber sie wohnte nicht mehr dort. Mein Italienisch ist nicht sehr gut, aber so viel verstand ich doch: Sie wohne jetzt bei der Schwester vom Portier. Kennst du diese Schwester?«

Sophie schüttelte stumm den Kopf, bohrte in ihrem Gehirn, sagte plötzlich: »Ich glaube, das ist die Frau, von der Anita immer unser Essen holte, Brot und Eier und Honig.« Berglund wartete, aber das war alles.

»Richtig«, sagte er. »Das ist sie. Ich bin nämlich hingefahren.«

Und sofort Angst in Sophies Augen. »Du bist hingefahren?«

»Ich dachte, ich bin's ihr schuldig. Jemand mußte sich wenigstens ein bißchen kümmern.« Er seufzte tief. »Es hat mir gar nicht gepaßt, aber dann hab' ich schließlich doch einige interessante Sachen dort gefunden, und nicht zu teuer, es war also nicht ganz umsonst, finanziell, meine ich. Ja, also ich kam im Fenice an, und der Portier führte mich zu seiner Schwester. Ratten! Überall im Flur liefen sie an einem vorbei. Anita lag im Bett, als ich kam, obgleich es Mittag war. Die dicke Frau, die Schwester vom Portier, führte mich zu ihr, und da lag sie in einer kleinen Kammer. Das Bett war sauber, muß ich sagen, aber sonst! Ein winziges, vergittertes Fenster – die ganze Behausung war ja nur die Gesindewohnung vom *palazzo* nebenan. Sie war nicht gerade erfreut, daß ich da plötzlich auftauchte und sie so liegen sah, wollte mir nichts erklären, sagte was von ›Hotel zu teuer‹, lauter Unsinn, ich hatte ihr genug Dollars mitgegeben. Außerdem hab' ich ihr Dokumente geschickt: Sie ist die alleinige Erbin ihres ersten Mannes, und der hatte unter anderem ein ansehnliches Konto in der Schweiz. Aber sie wollte nun mal durchaus bei der dicken Frau mit den Ratten bleiben. Ich konnte nichts ausrichten, kam mir ziemlich dumm vor, den weiten Weg gemacht zu haben. Der Portier erzählte mir, daß sie jeden Morgen in diese eine Kirche gehe. Ob sie die Männer wiedergefunden hat, weiß ich nicht. Aber bevor ich abreiste, zog ich den Portier ins Vertrauen, ein paar Dollars, weißt du, da werden die Leute plötzlich intelligent. Ich sagte ihm also, er solle ein Auge auf Anita haben, das heißt, seine Schwester solle ihm sagen, ob es da irgendwas Beunruhigendes gebe in ihrem Betragen oder in ihren Reden, und wenn, dann müsse er sofort den Doktor benachrichtigen. Ich hatte nämlich eine Adresse von einem italienischen Psychiater in der Tasche. Bolognini hieß er, ganz vernünftiger Mann. Mein Italienisch hat da nicht ausgereicht, aber als ich ihn verließ, wußte er doch so ungefähr, um was es sich handelte. Ja, und diese Adresse gab ich dem Portier. Mehr konnte ich nicht tun, das siehst du doch ein?«
Sophie nickte. Sie hatte jedes Wort verstanden, erinnerte sich an jedes Wort, das Papa eben gesagt hatte, und noch dazu war sie

plötzlich mit ihren Gedanken in Venedig, etwas, was sie sich strikt untersagt hatte. Aber jetzt war sie wieder dort, im Hotel Fenice, sie sah den Portier – und Anita, und sie konnte es ertragen.

»Ich bin dann abgefahren, Sophie. Fünf oder sechs Wochen hörte ich nichts. Dann kam plötzlich ein Brief von diesem Bolognini. Ich ließ ihn sofort übersetzen. Anita war – du bist ja jetzt vorbereitet, nicht wahr? Du kannst dir also sicher denken, was geschah.« Aber er erschrak doch über ihr kreidebleiches Gesicht und wünschte, er hätte nichts gesagt. »Man hat sie in die psychiatrische Klinik gebracht, Sophie. Es ging nicht anders.«

»Warum? Was hat sie getan?« Ein atemloser, unterdrückter Schrei.

»Sie hat angefangen, alle Leute zu segnen, auch die Ratten im Hausflur hat sie gesegnet. Da hat die dicke Frau es mit der Angst zu tun bekommen ...«

»Aber warum? Sie hat doch niemandem etwas zuleide getan, warum ...«

»Weil sie, als der Doktor mit ihr sprach, nicht ganz – zurechnungsfähig war. Sie hielt sich für eine Wanderpredigerin, und sprach lauter Zeug, das niemand verstand. Außerdem hatte sie tagelang nicht geschlafen und auch fast nichts gegessen, sah furchtbar aus ... Wein' nicht, Sophie, jetzt ist ja alles schon viel besser, ich hätte das gleich vorwegnehmen sollen. Es geht ihr schon bedeutend besser. Sie weiß, wer sie ist und wo sie ist. Es ist anscheinend ein ganz schönes Haus, nicht wie eine Klinik, aber eben Gitter vor den Fenstern. Sie ißt wieder, und jetzt schläft sie auch wieder etwas; das war überhaupt das Wichtigste. Und alle Schwestern mögen sie gern, und auch der Doktor. Der ist ganz begeistert von ihr, er meint, sie wird wieder ganz in Ordnung kommen. Ja. Jetzt ist sie schon seit zwei Monaten dort, und der Doktor schreibt, sie soll noch weitere zwei bleiben. Sie will auch gar nicht weg. Ich habe einmal mit ihr am Telefon gesprochen. Sie hat nicht viel gesagt, aber als ich sie fragte, ob sie lieber nach Hause kommen möchte, da hat sie ganz fest nein gesagt, sie sei sehr glücklich dort. Also!«

Sie hatte lange gegrübelt, was wohl geschehen würde, wenn sie, Sophie, plötzlich in Anitas Zimmer träte. Würde sie sie erkennen? Oder würde sie sie vielleicht für eine Ratte halten und sie segnen? Und was würde *sie* tun? Lachen würde sie und vielleicht die Hand vor den Mund halten, damit Anita es nicht merkte. Und dann schnell wieder raus aus dem Zimmer, oder drin bleiben und sich in einer Ecke verstecken und sie heimlich beobachten wie das Mädchen damals, das plötzlich zu Ostern in ihrer Klasse erschien, allerdings nur für einen Tag, viel älter als alle anderen und immer mit offenem Mund und feuchter Nase. Während der Pause hatte ihr eine einen Bleistift gegeben und gesagt: »Steck das in deine Neese, sonst looft se weg!« Und die anderen hatten sich ausgeschüttet vor Lachen, sie, Sophie, natürlich auch, und was das Merkwürdigste war: die Neue auch. Die hatte den Bleistift angenommen und laut mitgelacht, und dann war's auf einmal nicht mehr so komisch.
Irrenhaus. Krankenschwestern. Sie war also doch krank gewesen, Anita, die Dade hatte recht gehabt. Es war auch nicht blanker Verrat gewesen, Anita hatte sie nicht einfach verlassen, sie war krank. Gruselig krank ...
Schritt für Schritt rückte sie von ihr ab, war durch sichtbare sowohl wie unsichtbare Gitterstäbe von ihr abgetrennt.

Papa und Miss Whiting begleiteten sie nach St. Leonards, einem kleinen Ort nicht weit von Hastings am Ärmelkanal. Dort gab es eine sogenannte *finishing school* für junge Mädchen. Sophie war die Jüngste und in den Schulstunden die Schlechteste. Ihr Englisch war noch ungenügend und ihre ganze Schulbildung mangelhaft. Aber ein paar Wochen nach Papas Abreise merkte sie, daß sich morgens früh, wenn sie aufwachte, das schwarze Tuch etwas gelüftet hatte und daß ihr die kräftige, salzige Meerluft in die Nase blies. Nicht mehr als das, aber eben doch etwas, was wenigstens nicht weh tat. Sie klammerte sich an dieses erste, schüchtern keimende Gefühl des Wohlbefindens mit aller Kraft, verbannte das Sehnen nach der Dornenhecke, fragte sich zum erstenmal nach diesen langen Monaten, ob es sich nicht vielleicht

doch lohnte zu leben. Noch war alles wackelig und gefährdet, aber es war Juni, und das Meerwasser wurde warm. Salzwasser, Schwimmen, Tauchen – sie hörte sich plötzlich prusten und lachen und laut rufen wie die anderen. Und als sich alle später am Strand abtrockneten, sagte eine, eine Französin aus Rouen, zu ihr: »Sieh mal an, du bist ja plötzlich ganz menschlich.«
Danach hatte sie auch zum erstenmal wieder Appetit, richtigen Hunger, wollte *essen*, beinah wie früher. In den nächsten Wochen dachte sie oft: Jetzt tue ich dies oder jenes wieder zum erstenmal, jetzt fühle ich, denke ich dies oder jenes wieder zum erstenmal, jetzt laufe ich wieder zum erstenmal, ich renne ja!

Sie schliefen zu dritt in den Zimmern. Drei war die »sichere« Zahl, sie verringerte das Risiko eines Techtelmechtels. Sophie teilte den Raum mit Danielle, der Französin aus Rouen, und Jeannie, einer Schottin aus Edinburgh.
Eines Nachts, als Jeannie mit Ziegenpeter in der Krankenabteilung lag, kam plötzlich die Stimme der Französin aus dem Dunkel.
»Sophie? Bist du noch wach? Ich würde dich gern was fragen.«
Keine Reaktion aus dem Bett an der gegenüberliegenden Wand, aber das war zu erwarten; die Deutsche war bisher absolut unzugänglich gewesen. Barfuß und lautlos überquerte Danielle den Linoleumboden und hockte sich ans Fußende von Sophies Bett.
»Erzähl doch mal, was war da los mit deiner Stiefmutter?«
Stille. Keine wohltuende, friedliche oder nachdenkliche, sondern so elektrisch geladen, daß selbst die kecke Französin verstummte. Sie stand auf, wandte sich zum Gehen, kehrte noch mal zurück.
»Entschuldige.« Im Flüsterton. »Es ... es tut mir leid, wenn ich da was ... Ich hab' nur gefragt, weil wir gerne wissen wollten ...«
»Was?« Wie ein Peitschenhieb. Danielle, entsetzt und verwirrt, traute sich nicht, sich zu rühren und in ihr Bett zu fliehen.
»Was?« Drohend jetzt und fordernd.
Danielle erinnerte sich plötzlich, daß diese hier, die Deutsche,

zwei Jahre jünger war als sie und daß die Deutschen den Krieg verloren hatten.
»Na, wir haben doch gehört, daß deine Mutter tot ist und daß du eine böse Stiefmutter hast.«
»*Was* hab' ich?«
Das Rascheln zeigte an, daß Sophie sich aufgesetzt hatte, und Danielle besann sich auf ihre Beine. Sie flüchtete mit Riesensprüngen in ihr Bett zurück und sammelte dort Mut.
»Was ist schon dabei? So was gibt's doch.«
Stille. Dann raschelte es wieder drüben an der Wand. Hoffentlich hieß das, daß die Deutsche sich wieder hingelegt hatte. Sieh an! Die war ja gemeingefährlich.
»Wer hat euch das erzählt, das von meiner Stiefmutter?« Immer noch geladen.
»Na, gleich zu Anfang, wie du gekommen bist, da wurde gesagt – ich glaube, die Olle, die mit dir kam, die hat's uns erzählt, irgendwas mit deiner Stiefmutter, und wir sollten dich alle in Ruhe lassen, weil deine Mutter tot sei und so. Ist das *nicht* wahr, das mit deiner Stiefmutter?«
»Nein.«

Dieses nächtliche Intermezzo warf sie wieder hinter ihre Dornenhecke zurück, aber sie spähte doch hin und wieder durch die Zweige, ging auf einsame Spaziergänge und kam eines Tages zu der Erkenntnis, daß das Märchen von der toten Mutter und der bösen Stiefmutter vielleicht gar keine schlechte Idee war: Es folgten keine Annäherungsversuche mehr.
Bis auf den Nachmittag mit Mister Goodenday. Physik, Chemie, Biologie waren seine Fächer, und Sophie war besonders schlecht in allen dreien.
Eines Tages nach dem Unterricht rief er sie zu sich ans Katheder. Es sei doch ein schöner Tag, vielleicht solle sie mal mit ihm einen kleinen Ausflug machen, nach Hastings, an die Stelle, an der Wilhelm der Eroberer damals im Jahre 1066 von Frankreich her gelandet war. Sie interessiere sich doch für Geschichte, nicht wahr? Also dann: Heute nachmittag um zwei Uhr.

Zunächst wanderten sie stumm den steinigen Strand entlang. Sein dünnes Haar flatterte im Wind, er wollte eigentlich einiges sagen, aber nur der Adamsapfel rutschte über seinem steifen Kragen rauf und runter. Sophie hatte ihren Wintermantel wieder angezogen und ihr langes rotes Haar in eine Baskenmütze eingerollt, denn ein heftiger Wind fegte den einsamen Strand entlang. Goodenday fand die Anfangsworte nicht und fragte sich, ob das Ganze überhaupt der Mühe wert sei. Vorige Woche im Kollegium hatte Miss Newman, die Vorsteherin, den Fall Sophie Berglund zur Sprache gebracht und verlangt, daß man sich um das Mädchen kümmere. Ihr Vater habe angefragt, ob sie inzwischen aufgetaut sei. Die Antwort war natürlich nein, aber jetzt sei es an der Zeit, aktiv zu werden. Wer von dem zuständigen Lehrpersonal würde das übernehmen? Niemand meldete sich. Das Mädchen war zu merkwürdig. Interessant vielleicht, aber nicht unbedingt sympathisch. Da hatte er, Goodenday, sich zögernd gemeldet. Ihm war sie sympathisch.

»Dort oben, siehst du die Mauer und den Turm? Das ist alles, was an diese Schlacht erinnert. Wenn man bedenkt, daß das unser aller Schicksal entschieden hat!«

Er blieb stehen.

»Stell dir vor, hier sind sie gelandet, die paar Dutzend Schiffe, und die Männer sind mit ihren schweren Rüstungen durchs Wasser gewatet. Sie mußten sich beeilen und sich schnell formieren, denn der Angelsachsenkönig – weißt du, wie er hieß?«

»Harold«.

»Richtig. Der war natürlich sofort benachrichtigt worden. Hier war das also, da, wo du jetzt stehst. Ein paar Hundert Normannen, auf fremdem Boden, erstaunlich, nicht wahr?«

Sophie nickte, blickte um sich. Ein breiter, gelbgrauer Strand, kahl, nur hier und da eine Düne. Der Wind tobte, schien aus allen Richtungen zu kommen. Sie hatten Mühe gehabt, voranzukommen, auch ohne Rüstung. Nur die kleinen wippenden Seevögel liefen ungehindert umher, verspielt und frech, wichen Sophies Schuhen erst im allerletzten Moment aus.

»So war's damals sicher auch«, knallte die Stimme des Lehrers in

cholerischen Windstößen an ihr Ohr. »Derselbe steinige Strand, derselbe tobende Wind. Was haben die sich wohl gedacht, als sie sich hier hinsetzten, sich abtrockneten und ihre Lanzen und Schwerter putzten! Sicher hatten sie alle Angst vor dem fremden Land.«
Sophie blickte über das Meer. Dort hinten, gar nicht so weit weg, da war Frankreich, und da ging ein Zug nach Paris und nach Berlin – oder auch nach Venedig ...
Goodenday versuchte es mit einem Frontalangriff.
»Du bist auch so ein fremder Soldat hier, nicht wahr? Putzt deine Rüstung und erwartest einen Angriff von allen Seiten. Dabei lauern keine Feinde hinter den Dünen, alle hier sind dir wohlgesinnt und würden sich gern mit dir verbünden, wenn du es erlaubst. Was sagst du? Fühlst du dich immer noch wie ein Eindringling, immer noch fremd?«
»Nicht fremd.«
»Aber einsam?«
Sie sah zu Boden, stieß Kieselsteine mit der Fußspitze in alle Richtungen. Er betrachtete sie nicht ohne eine gewisse Bewunderung. Entweder war es noch die kompromißlose Unabhängigkeit des Kindes von gängigen Manieren oder es war bereits eine frühe Geschlossenheit ihres Wesens, die einen immer etwas außer Fassung brachte, wenn man mit ihr zu tun hatte. Sie fühlte sich nie verpflichtet, eine Frage zur Kenntnis zu nehmen, wenn es ihr nicht paßte. Er beschloß, ihre Abweisung ebenfalls nicht zur Kenntnis zu nehmen.
»Es ist nicht gut, daß du dich so absonderst, Sophie. Hast du mal bemerkt, was für ein Tier sich von der Herde absondert? Ein krankes Tier.«
Sie sah ihn an, und ihr Mund verzog sich zu einem halb mitleidigen, halb ironischen Lächeln. Es paßte nicht in das Gesicht, das durch die Baskenmütze noch ganz kindlich wirkte.
»Sind wir Herdentiere?«
»Ja. Wir alle.«
Sie zuckte die Achseln.
»Vielleicht *bin* ich krank.«

»Nein, das bist du nicht. Du bist kerngesund. Du hast anscheinend Schlimmes erlebt, hast vielleicht eine unglückliche Kindheit gehabt ...«
»O nein!« rief sie gegen den Wind. »Ich hatte eine glückliche Kindheit.«
»Ich auch«, sagte er unvermittelt und fragte sich, wie es kam, daß er ihr Geständnisse machte. »Hinterher wurde es dann schwierig, aber so ist es doch nun mal, man muß für alles bezahlen.«
Sie fand das keiner Antwort wert, hob den Kopf und betrachtete den Himmel. Riesige weiße Wolkentürme jagten darunter entlang. Sophies Mütze riß sich von ihrem Kopf los und rollte über die Steine. Goodenday lief hinterher, während sie stehenblieb und zusah, wie er versuchte, die Mütze vor den gierig zugreifenden Wellen zu retten. Schnell schwamm sie davon, umgeben von ein paar uninteressierten Möwen.
Atemlos kam er zurück und hob die Arme in hilflos-resignierender Geste.
»Macht nichts«, signalisierte Sophie, deren lange rote Haare in Medusasträhnen um ihren Kopf tobten. Wie eine junge Hexe, dachte der Lehrer, im Mittelalter hätte man sie verbrannt.
»Ich höre, du hast – Schwierigkeiten mit deiner Stiefmutter.«
Der ganze Satz ging im Heulen des Windes verloren, aber sie hörte »Schwierigkeiten« und »Stiefmutter«, sah ihn mit ihren gelben Augen abschätzend an. Wandte sich dann wieder den Möwen zu, in deren Mitte die Mütze langsam versank.
»Sind Möwen eine Art Tauben?«
»Sie sind nicht einmal Verwandte. Wieso?«
»Sind sie auch grausam?«
»Grausam? Ich verstehe nicht ...«
Der Wind ließ etwas nach, als wolle er dem netten älteren Mann eine Chance geben.
»Meine Stiefmutter war wie eine Taube, zärtlich und grausam.«
Goodenday schwieg verwirrt.
»Inwiefern?« rief er dann laut über einen neuen Windstoß hinweg.

»Weg ist sie«, sagte Sophie und deutete auf die Möwengruppe. »Meine Mütze ist ertrunken, die Möwen haben sie nicht gerettet. So was tun sie nicht.«
Aber er ließ sich nicht ablenken.
»Bist du deshalb hier bei uns, Sophie, weil du dich mit deiner Stiefmutter nicht verstehst?«
Sie nickte, schloß die Augen und ließ den Wind an ihren Haaren zerren und sie ihr übers Gesicht peitschen.
Der Lehrer gab noch nicht auf, er brauchte mehr für seinen Bericht im Kollegium.
»Hat sie dich – geschlagen?« wagte er auf gut Glück.
»Ich hab' *sie* geschlagen.«
Er sah sie sprachlos an, holte tief Atem. »Und dein Vater? Konnte er nichts tun?«
Auf einmal ließ der Wind nach, und die dichten roten Haarsträhnen fielen ermattet von ihrem wilden Tanz zu beiden Seiten ihres Gesichts herab. In der plötzlichen Stille hörte sie sich viel zu laut sagen: »Sie ist fort. Er hat sie fortgeschickt.«
»Aber dann ist doch alles gut«, rief er und übertrieb die Freude in seiner Stimme. Er trat einen Schritt näher an sie heran, unterdrückte das Verlangen, ihr Haar zu berühren. »Wenn du wieder zu Hause bist, dann ist doch der Spuk verschwunden, und du wirst wieder in deine glückliche Kindheit zurückkehren.«
»Ich bin kein Kind mehr.«

Auf dem Heimweg schwiegen beide. Goodenday glaubte, seine Mission wenigstens zum Teil erfüllt zu haben, auch wenn er dem Mädchen um keinen Schritt nähergekommen war. Vielleicht besser so. Sie war gefährlich, die kleine Hexe, sie schlug zu.
Der Wind hatte nachgelassen, aber kalte, trockene Luft fegte ihm hinterher. Sophie fröstelte und vergrub die Hände in den Manteltaschen – fühlte plötzlich etwas Hartes, Papierenes und zog es hervor. Ein Brief. Von Turhan. Mein Gott, das war der Brief, den ihr Papa damals gegeben hatte – im Green Park in London. Vor bald einem Jahr!
Zurück ins Pensionat, kurzer Abschied von Goodenday, ohne

Lächeln, aber auch nicht ohne ein gewisses Wohlwollen ihrerseits. Genau wie Miss Newman bei Semesterabschluß, wenn sie einen verabschiedete, dachte der Lehrer und beschloß nachzuprüfen, ob das Mädchen wirklich erst fünfzehn Jahre alt war.
Sophie kroch in ihr Bett und wärmte ihre durchfrorenen Glieder. Dann öffnete sie Turhans Brief.

> Liebe Sophie,
> kannst Du mir helfen? Papa will mich Ostern aus der Schule nehmen und ins Büro stecken. Die Schule war mein einziger Unterschlupf, zweimal in der Woche Musikunterricht. Dafür hab ich gelebt. Ich weiß, ich hab' nicht genug Talent, um Musiker zu werden, aber ich wäre schon ganz zufrieden, wenn ich Klavierunterricht geben könnte. Das würde mir schon reichen. Das, und die Dade, solange sie noch da ist. Vielleicht, wenn sie *nicht* mehr da ist, werde ich nach Konstantinopel gehen. Vielleicht. Ich weiß nicht, ob ich mich das traue. Aber in Papas Büro – das kann ich nicht! Sprich doch mit ihm. Ich kann es nicht, das weißt Du ja. Stell Dir vor, ich müßte da sitzen, und Papa könnte jeden Augenblick ins Zimmer treten! Gerste ist angeblich zurückgekommen aus der russischen Gefangenschaft, doch er darf noch nicht arbeiten, heißt es, er hat einen Kopfschuß, aber seine Mutter sagt, er kann noch rechnen. Ich habe keinen Kopfschuß, und ich kann *nicht* rechnen. Tu doch was. Die Dade hat's versucht, sie hat Papa gesagt, es wäre mein Tod, aber er hat's natürlich nicht verstanden. Sie hat ihn sogar zu Albrecht den Bären gezerrt, und da war er zum erstenmal richtig böse mit ihr. Er hat überhaupt nichts verstanden. Tu doch was, Sophie!
>
> Turhan

Sie zerriß den Brief. Zu spät. Nichts mehr zu machen. Der Magen tat ihr weh vor Scham. Was mochte Turhan wohl denken? Sie würde ihm sofort schreiben, erklären …
Und was würde das nützen? Er saß sicher längst in Papas Büro, litt wie ein Tier, täglich acht Stunden lang, oder hatte er sich dran

gewöhnt? Niemals. Vielleicht war Gerste jetzt wieder zurück und Turhan durfte für ihn Kaffee holen und Akten ordnen. Gerste. Schwer, ihn zurückzuzaubern, er verschwand immer wieder in der Wand, neben der er arbeitete, genauso grau und glatt. Sophie erinnerte sich mit Mühe an einen Mittelscheitel und farblose Haare auf dünnem Eierschädel. Und da war nun ein Loch drin in diesem Schädel. Merkwürdig, daß er nicht sofort auseinandergeplatzt war.
Unter dem arbeitete Turhan wohl jetzt. *Unter* ihm. Ob es überhaupt einen Zweck hatte, jetzt noch an Turhan zu schreiben? Anita hätte helfen können. Aber wo war sie? Unmöglich, sie irgendwo festzunageln. Noch in der Klinik? Vager Begriff. Oder wieder bei der dicken Frau mit den Ratten? Und wieder morgens früh in die Kirche?
Heute morgen war sie eine Sekunde lang versucht gewesen, dem alten Kerl über den tobenden Wind hinweg die ganze Geschichte in sein ahnungsloses Lehrergesicht zu schreien, schon um den Adamsapfel rauf und runter tanzen zu sehen.
Gut, daß sie geschwiegen hatte. Nie, nie würde sie einer menschlichen Seele davon erzählen.

2

»Außer dir, Bruder, sonst niemandem. Du bist der erste Mensch, dem ich von Anita erzähle, so wie es wirklich war. Mein Mann? Er weiß nichts. Es hätte mir keinen Spaß gemacht, das alles vor ihm auseinanderzuklauben. Auch mein erster Mann wußte nichts. Ihn *hätte es sogar amüsiert. Aber eben das wollte ich nicht. Du siehst, es gibt Dinge in meinem Leben, vor denen sogar* mein *Humor kneift. Du bist der einzige, der alles weiß.«*

Elf Uhr nachts. Die vierte, seit ihrer Einlieferung, und der junge Arzt saß seit einer Stunde an ihrem Bett. Sie hatte tagsüber zwei weitere Morphiumspritzen bekommen, mehr konnte man nicht für sie tun. Sie weigerte sich auf das heftigste, sich noch einmal röntgen zu lassen.

Das erste Mal war sie im Dunkelraum ohnmächtig geworden und seitlich von der Tragbahre, auf der sie nicht angeschnallt war, zu Boden geglitten. Aus dem eingefallenen Brustkorb und dem abgezehrten Gesicht kam eine erstaunlich kräftige und bösartige Stimme, wenn man sich ihr mit andern Vorschlägen näherte. Operation? Ein einziger Blick aus ihren weit aufgerissenen gelben Augen hatte den Chirurgen aus dem Zimmer getrieben. Und ihr Mann gab keine Erlaubnis, etwas ohne ihr Einverständnis zu unternehmen.

Also nur Morphium. Karanoglius Nachtberichte enthielten nur Positives. Die Patientin schlief meistens, verhielt sich ruhig. Schmerzlos. Zufrieden.

Manchmal sprach sie ganz deutlich, wenn auch leise, und er konnte lange Passagen Wort für Wort verstehen. Dann verwirrten sich ihre Worte auf einmal, und sie murmelte nur noch.

Er griff nach seinem Buch und bog das Nachtlicht zu sich hinüber. Aber bevor er noch die erste Seite aufschlagen konnte, fing sie wieder an zu sprechen und zwang ihn, das Buch zuzuklappen.

Es gab auch Pausen, jetzt zum Beispiel, in denen sie die Augen fordernd auf ihn richtete: Jetzt sollte er *etwas zum besten geben, zumindest fragen.*

»Hast du sie jemals wiedergesehen, Anita, meine ich?«

Sie schloß die Augen, stöhnte leise.

»Hast du Schmerzen? Soll ich dir ...«

Sie bewegte kaum merklich den Kopf.

»Ich hab' noch genug«, hauchte sie. »Nur einen Moment, bin gleich wieder da.« Wie jemand, der das Zimmer verläßt, um frische Luft zu schnappen.

Er wartete geduldig, griff nicht nach seinem Buch, obgleich sie eine lange Zeit brauchte, bis sie wieder da war.

»Hast du schon mal etwas Furchtbares erlebt, Bruder? Etwas wirklich Schlimmes?«

»Ich weiß nicht – ja, vielleicht war das so etwas, was du meinst.«

»Erzähle.«

»Ich sah zu, wie der linke Arm meines Großvaters in die Sägemühle hineingezogen wurde. Der Knopf an seinem Hemdärmel war abgeplatzt und das Hemd hing lose herunter. Ich brüllte, aber niemand konnte etwas tun, es ging alles zu schnell, und ich sah, wie die zwei großen Messerschneiden den Arm an der Schulter abtrennten, ohne jede Mühe, als schnitten sie Stoff. Nur das Geräusch war anders, ein gemächliches, schepperndes Knirschen – während der einen Sekunde, bevor Großvater schrie.« Er schwieg einen Augenblick. »Ich drücke mich auch heute noch vor Amputationen.«

»Ist er daran gestorben?«

»Nein. Man hat ihn wieder zusammengenäht. Und er ging bald wieder in die Taverne und gab einen aus. Erzählte jedem, der's noch mal hören wollte, alle Einzelheiten, auch die, an die er sich unmöglich erinnern konnte, denn er war natürlich sofort be-

wußtlos gewesen. Aber ich *hab alles mitangesehen. Ich seh's heute noch, wie die Schneidemesser emsig stückelten und mahlten, als freuten sie sich, daß sie endlich mal einen anständigen Brocken erwischt haben.«*

Er schwieg, machte sich Vorwürfe. Daß selbst für einen Arzt grausige Einzelheiten unwiderstehlich waren! Doch das Gesicht der alten Frau zeigte weder Ekel noch Entsetzen.

»Aber er lebte«, murmelte sie vor sich hin.

»Noch sechzehn Jahre.«

Sie nickte. Ja, ja, das war sicher furchtbar gewesen, er durfte mitreden.

»Eines Tages kam ein Telegramm von Papa«, sagte sie dann und sprang nahtlos von der Dorfschenke auf der Insel Kreta zurück ins englische Mädchenpensionat. »Die Dade sei sehr krank, ich solle sofort kommen. Ich packte nur das Nötigste und hatte Spaß daran, den Mädchen, die um mich herumstanden, ein paar Brokken aus Tausendundeiner Nacht hinzuwerfen, denn sie wollten natürlich wissen, wer ›die Dade‹ war. Ich dachte, ich würde wieder nach St. Leonards zurückkommen, hatte mich eingewöhnt in den drei Jahren dort, sprach jetzt gut Englisch, wollte eigentlich nicht wieder zurück in das Haus in der Rümelangstraße. Aber ich konnte die Dade doch nicht allein sterben lassen: ›Sehr krank‹ hieß natürlich ›liegt im Sterben‹.

Am selben Abend fuhr ich mit dem Schiff von Dover nach Ostende, dann weiter mit dem Zug. In Köln hatten wir zwei Stunden Aufenthalt, und ich ging in den Dom. Sehr schön, Bruder, ganz dunkel, eine riesige Höhle, aber nicht ungemütlich. Die alten Fenster waren noch drin. Ich setzte mich irgendwohin in eine Reihe, es war ganz früh am Morgen, kaum jemand da. Es roch nach Frühmesse. Eine Sekunde lang kamen Anita und ihre Pilger ins Bild, in der Kirche in Venedig – weg damit!

Ich dachte an die Dade. Merkwürdig, daß sie sterben mußte wie andere Leute. So lange ich mich erinnern konnte, war sie immer alt gewesen, nie älter geworden, ein Stück von unserem Hausrat, eine alte, verschlossene Truhe aus Papas Lagerräumen, Abteilung Orient. Sie gehörte dazu, man liebte sie. Warum hatte ihr das nie jemand gesagt? Jetzt würde ich's nachholen: ›Seni seviyorum, *Dade.*‹

Peelke stand auf dem Perron. Allein. Kein gutes Zeichen.
›Lebt sie noch, Peelke?‹
›Wer, Fräulein Sophie?‹
›Mein Gott, Peelke – die Dade!‹
›Ja, Fräulein Sophie.‹
Er trug meinen Koffer zum Auto, hielt sein Gesicht abgewendet. Einbildung? Wahrscheinlich, aber irgendwas hinderte mich zu fragen, wie es Papa gehe und den anderen allen. Ich setzte mich neben ihn nach vorn. Er fragte auch nicht, wie die Reise gewesen war, sah steinern geradeaus. Einmal, als wir an einem Rotlicht hielten, fragte ich forsch: ›Also was ist los, Peelke, nun erzählen Sie schon, Mann.‹
Das Licht wechselte, und der Wagen fuhr an.
›Wir sind gleich da, Fräulein Sophie.‹
Angst kroch mir in den Magen, als wir in die Rümelangstraße einbogen. Der Wagen hielt.
›Peelke!‹ Ein Hilfeschrei. ›Sagen Sie mir doch …‹ Aber er tat, als habe er nichts gehört, hinkte eilig zur Gartenpforte, klingelte, hinkte zurück und versteckte den Kopf im Kofferraum.
Ich griff nach dem runden eisernen Knauf der Gartenpforte und sah zum Haus hinauf. Oben öffnete sich langsam die schwere Haustür – Anita stand im Eingang.
Kein Zuruf von ihr und auch keiner von mir, als liege die Begrüßung schon hinter uns. Es waren ja nur ein paar Stufen, bis ich vor ihr stand, aber die wenigen Sekunden hingen wie Blei um mich herum.
Ich war jetzt größer als sie, sah auf sie hinunter. Ihr braunes Gesicht war abgezehrt, die dunklen Augen waren noch verhangener als früher.
›Die Dade?‹ flüsterte ich.
Sie schüttelte den Kopf, hob die Hände und legte sie schützend um mein Gesicht. Die Geste war liebend, aber die Finger drückten hart und peinigend auf meine Schläfen und Wangen.

›Sophie, alles, was in dir steckt an Courage und an – an Willen, das nimm jetzt zusammen und sage dir: ›Ich werde nicht *zusammenklappen, ich werde auch diese Stunde überleben – und weitergehen‹. Das verlange ich von dir. Hörst du mich?‹*

Wir standen immer noch in der offenen Haustür, als verstellte sie mir den Weg, bis ich ihr ›Verlangen‹ erfüllen würde. Unten am Gartentor stand Peelke, meinen Koffer in der Hand und wartete, als wüßte er, daß da oben erst einiges bereinigt werden mußte, bevor ich und mein Gepäck ins Haus durften.

›Was …‹ war alles, was ich hervorbringen konnte, ich machte auch keinen Versuch, mich von Anitas quälendem Druck auf meine Schläfen zu befreien. Es half, obwohl es weh tat, es hielt mich zusammen.

›Turhan‹, sagte Anita und ließ den Blick nicht von meinen Augen, ›er ist tot.‹ Sie gewährte mir eine Sekunde Gnade, bevor sie fortfuhr: ›Er hat sich erhängt. Gestern nacht. Die Dade hat ihn gefunden.‹

Nimm die Hände nicht von meinem Kopf, dachte ich, halt mich fest.

›Komm‹, sagte sie.

Sie ließ mich los, griff nach meiner Hand und führte mich ins Haus. Hinter uns hörte ich Peelke die Treppe hinaufhinken.

Das erste Wort, das ich aussprach, war: ›Dade?‹

›Sie schläft. Der Doktor hat ihr eine Spritze gegeben. Sie war zu schwach, ihn abzuwehren.‹

Dann erst: ›Papa?‹

›Oben, im Schlafzimmer. Er wartet auf dich. Aber ich glaube, es ist besser, daß ich dich vorbereite.‹ Ich konnte nichts tun, als sie mit den Augen anflehen: Sag es! Aber ich sah, daß sie sich jedes Wort abrang.

›Ich muß dir erst sagen, warum Turhan – starb.‹

Ich saß auf dem Stuhl vor Papas Schreibtisch und folgte ihr mit den Augen, damit sie mir nicht entkommen konnte. Sie wanderte auf und ab, von einem Ende des Wohnzimmers zum anderen. Jetzt stand sie am Fenster und drehte mir den Rücken zu.

›Du weißt, daß Turhan im Büro bei deinem Vater gearbeitet hat?‹

Der Brief! Der Brief! Ich hätte doch noch schreiben sollen, ganz egal, wann.

Anita schwieg, mußte sich erst wieder in die Hand bekommen. Sie sah zum Fenster hinaus: Herbstgarten, Laub, Astern. Ich sah eine große Krähe, die auf dem Rasen hüpfte. Diese Krähe werde ich nie vergessen, dachte ich. Ich werde mich immer an sie erinnern, wenn ich an Turhan denke …

›Wahrscheinlich weißt du auch, daß er dort nicht sehr glücklich war.‹

Er hatte nie wieder an mich geschrieben, aber aus Papas Briefen hatte ich's entnehmen können.

›Wann hast du zum letztenmal von deinem Vater gehört?‹

›Vor einem Monat.‹

›Ein Brief?‹

›Ja.‹

›Hat er darin erwähnt – nein, so lange ist das ja alles gar nicht her.‹

›Was?‹

›Sophie, erinnere dich, was ich dir an der Tür gesagt habe. Weißt du noch?‹

›Ja.‹ Ich weiß nicht, ob sie's hören konnte, aber sie drehte sich um und sah mir ins Gesicht.

›Dein Vater hat Turhan schließlich in der Katalogabteilung beschäftigt, und täglich ins Kunsthistorische Museum geschickt, aber Turhan ist statt dessen im Tiergarten spazierengegangen. Dein Vater hat ihn dort getroffen, als er die Schwäne im See gefüttert hat. Da hat er ihn unter Gerstes Aufsicht – du weißt, daß Gerste wieder zurück ist? – ins Büro gesteckt, damit er Buchführung lernte. Das war vor etwa zwei Monaten, ich bin nicht ganz sicher, bin ja erst gestern nacht angekommen.‹ Aus Venedig, dachte ich. Wieder eine Pause. Wieder wanderte sie einmal durch das Zimmer mit langen, schweren Schritten, blieb in einiger Entfernung stehen, sah mich nicht an. ›Vor zwei Wochen, sagt dein Vater, fehlte Geld bei der täglichen Kassenabrechnung. Gerste hat's nicht sofort gemeldet, er dachte, er habe sich geirrt oder verzählt. Aber vor zwei Tagen fehlten fünfundachtzig Mark. Da hat er es melden müssen. Dein Vater sagt, es komme sonst niemand in Frage, niemand anderes habe den Schlüssel zur Kasse. Er hat Turhan sofort zur Rede gestellt.‹

›Was hat er gesagt? Anita, bitte!‹

›Dein Vater sagt, er hat es nicht geleugnet.‹

›Was?‹

›Er hat nur den Kopf geschüttelt, kein Wort gesagt.‹

Ich stand auf, mußte mich gegen den Schreibtisch lehnen. Mein Atem war so heftig, daß ich nur ein paar Worte herausbringen konnte.

›Nie! Hörst du? Niemals hat Turhan Geld gestohlen, niemals! Ich bring' dich um, wenn du das sagst.‹

›Ich sage es nicht, Sophie.‹

Ich lief die Treppe hinauf.

›Papa!‹ Noch bevor ich die Schlafzimmertür erreicht hatte.

Ich klopfte nicht an, brach einfach ein. Er stand mitten im Zimmer, die Beine gespreizt, die Arme über der Brust gekreuzt, nur ein Umriß gegen das Dämmerlicht, ein Koloß, aus Holz geschnitzt.

Ich schloß die Tür hinter mir, lehnte mich dagegen, um einen Halt zu haben. Er fing sofort an zu sprechen.

›Dein Halbbruder ist – war ein Dieb.‹ Er schwankte etwas, spreizte die Beine noch weiter auseinander, stand wieder fest.

Erst als er wieder sprach und sich die Worte merkwürdig gepreßt herausdrängten, kam ich auf die Idee, daß er betrunken war. Ich hatte noch nie einen Betrunkenen gesehen, aber das mußte es wohl sein.

›Wenigstens hat er sich geschämt. Wenigstens das. Mehr war nicht dran an ihm.‹

›Papa!‹

›Warum schreist du? Weil er sich aufgehängt hat vor lauter Angst, ehrt ihn das etwa? Soll man um ihn trauern? Ist er ein Verlust? Nur für die Dade, und die liegt im Sterben, das hat er auch noch fertiggebracht. Sag mir nicht, daß er dir fehlen wird.

Was war er für dich? Nichts.‹ Und noch einmal: ›Nichts!‹ Gebrüllt. ›Oder willst du mir vorlügen, daß es besser wäre, wenn er's nicht *getan hätte? Wie hättst du ihn angesehen? Hättst ihm die Hand gegeben und dann in deinem Portemonnaie dein Geld nachgezählt?‹*

›Papa.‹

Er machte einen Schritt auf mich zu, ließ aber noch genügend Luft zum Atmen zwischen uns.

›Ja, ich habe getrunken in der Nacht, was denn sonst. Aber ich habe nicht den Verstand verloren, nicht eine Minute. Natürlich war's nicht gerade schön, ihn da liegen zu sehen, natürlich war's ... war's ...‹ Er machte eine wilde Geste, als beschreibe er etwas Riesiges, Rundes. ›Aber dann hab' ich eingesehen, daß es besser so ist. Und so mußt du auch denken, so viel Verstand hast du. Keine Gefühlskisten! Du wirst ihn nicht mehr sehen. Sei froh. Die Dade stirbt daran. Gut so. Hoffentlich schnell. Weiß nicht, ob sie dran schuld ist, daß er so war, wie er war. Vielleicht ... seine Mutter ...‹ Ohne sich umzudrehen, rief er befehlerisch über die Schulter: ›He, Georg! Wie hat sie geheißen?‹

Ich riß die Augen von ihm los und sah Georg Wertheimer in der Ecke sitzen, regungslos, zu Boden starrend. ›Amina‹, sagte er, ohne den Kopf zu heben.

Ein einziges Wort, leise hingesagt, aber der Koloß schwankte, als habe ihm jemand einen Stoß versetzt. Wertheimer stand auf und ging zu ihm. Er war beinah einen Kopf kleiner, früher mal ein schlanker, sportlicher Mann, jetzt hatte er einen runden Bauch und Schildkrötenhaut am Hals. Er war in Hemdsärmeln, die Weste aufgeknöpft, die Augen vor Müdigkeit weit aufgerissen. Er legte den Arm um Papas Schulter und führte ihn zum Bett, ohne jede Anstrengung, als hätten beide gewußt, daß jetzt die Zeit gekommen war.

Ich stand noch immer an der Tür, sah, wie Papa sich willenlos auf sein Bett lagern ließ, wie er mit einer Hand automatisch nach der Cognac-Flasche auf dem Nachttisch tastete, wie Georg Wertheimer die Flasche außer Reichweite schob und seinem Freund statt dessen beide Hände auf der Brust faltete, als sei er

tot. Papas Kopf fiel zur Seite, der rotgraue Schopf hing wirr über der Stirn, die Augen geschlossen.
›Geh jetzt, Sophie‹, sagte der kleine Mann, zog sich einen Lehnstuhl ans Bett und streckte sich darauf aus, als liege er auf einem Sofa. Auch seine Augen fielen zu.
›Geh jetzt‹, wiederholte er.
›Die Dade‹, flüsterte ich, aber Wertheimer schüttelte den Kopf, ohne die Augen zu öffnen.
›Stör sie nicht.‹

›Fräulein Sophie!‹
Unten am Treppenabsatz stand Frau Glaubitz in Schwarz. Auch der längst ergraute Haarknoten glänzte schwarz, Augen und Nasenspitze dagegen rot vom Weinen und Abwischen.
›Wie geht es Ihrem Herrn ...‹
›Er schläft.‹
›Ach, das ist gut. Frau ... Frau ... Verzeihung, Fräulein Sophie, aber ich kann mir den neuen Namen von Frau Berglund nicht merken ...‹
Ich blieb stehen.
›Neuen Namen? Warum?‹
›Sie hat doch wieder geheiratet, wußten Sie das nicht?‹ Ich öffnete die Tür zum Wohnzimmer. Niemand zu sehen. ›Sie ist im Gästezimmer, Fräulein Sophie. Wie Sie gewachsen sind, mein Gott!‹
Ich machte kehrt, drehte mich dann noch einmal um. Die gefärbten schwarzen Haare hatten es mir angetan.
›Frau Glaubitz, wie geht es Ihnen?‹
Sie fiel mir um den Hals und weinte laut und ohne Scham, der falsche Ton in dem stillen Haus.
Ich hielt eine Weile aus, dann machte ich mich los von den umklammernden Armen und strich einmal ganz vorsichtig über den gebeugten Kopf, als könne die schwarze Farbe an meiner Hand kleben bleiben.
›Es geht vorbei, Frau Glaubitz‹, hörte ich mich sagen, aber sie schüttelte den Kopf.

›Das erlebe ich nicht mehr, daß es vorbeigeht, Fräulein Sophie.‹ Der Schmerz hatte ihr eine gewisse Würde verliehen. ›Ich will auch nicht, daß es vorbeigeht, ich will jeden Tag daran denken.‹ Sie richtete sich auf und putzte heftig Augen und Nase. ›Ich glaub's nicht, Fräulein Sophie, Sie wissen schon, was ich meine. Ich glaub's nicht.‹ Und mitten im heftigen Kummer setzte sie mit böse verkniffenem Mund hinzu: ›Und wenn er mich rauswirft, Ihr Herr Vater, mir ist es egal. Ich glaub's nicht.‹
Ich wandte mich zum Gehen, fühlte mich plötzlich am Arm gepackt und zurückgezogen: ›Glauben Sie's?‹ In ihren Augen Tränen und noch nie gesehener Ingrimm.
Ich weiß nicht, wollte ich antworten, statt dessen sagte ich mit fester Stimme: ›Ich auch nicht.‹

Als ich eintrat, saß Anita an dem kleinen Gästeschreibtisch und schrieb. Ohne aufzusehen, deutete sie auf einen Sessel am Fenster. Es war schon beinah dunkel, aber ich konnte draußen noch Gerhard deutlich erkennen, wie er den Karren zum Treibhaus schob.
›Ich schreibe an meinen Mann, Sophie, bin gleich fertig. Warte einen Augenblick.‹
Ich sah zu, wie Gerhard Blumentöpfe ins Treibhaus trug, hörte ihn laut und fröhlich pfeifen. Ob er es wußte, der Zwerg? Ob es ihn etwas anging? Vielleicht war seine Abneigung gegen alles Nichtzwergenhafte so tief, daß er sogar seine Freude daran hatte, wenn der Schmerz die anderen zu Boden drückte, so daß sie noch kleiner waren als er.
Ich drehte mich um und beobachtete Anita, während sie schrieb. Was schrieb sie wohl? ›Ich sitze hier mit meiner früheren Geliebten, und ich fühle …‹
Was fühlte sie für mich?
Und ich? Was fühlte ich? Nichts, wenn ich ehrlich war.
Anita faltete den Brief sorgfältig zusammen und schrieb mit großen, heftigen Buchstaben die Adresse auf den Umschlag, betrachtete ihn einen Augenblick, bevor sie sprach.
›Du weißt wahrscheinlich, daß ich mich voriges Jahr wieder ver-

heiratet habe. Besser gesagt, ich wurde *wieder geheiratet, wofür ich dankbar bin, übrigens. Wär' da kein Druck gewesen, hätt' ich's nicht gewagt. Dein Vater hat dir ja damals erzählt, daß ich in eine Klinik kam, nicht wahr? Und sicher auch, warum. Ich …‹ Sie zögerte, betrachtete den Brief in ihrer Hand. ›Der Professor dort, der hat mich wieder ganz – in Ordnung gebracht. Und dann hat er mich geheiratet. Ich heiße jetzt Bolognini.‹ Sie bettete den Brief zwischen beide Handflächen und streichelte ihn sanft. ›Er hat mir erlaubt herzukommen, als dein Vater gestern früh in der Klinik anrief. Ich durfte sogar* allein *fahren, obwohl Lorenzo wußte, was hier auf mich wartete. Er meinte, ich könne jetzt mit allem fertigwerden, und ich sei es dir schuldig, hier zu sein, wenn du ankommst. Er weiß natürlich.‹*

Sie legte den Brief wieder zurück auf den Schreibtisch, drehte sich zu mir um, aber ich sah, daß eine Hand noch immer darauf liegen blieb, als könne sie sich nicht ganz losreißen.

›Ich weiß nicht, ob die Dade noch einmal aufwachen wird. Während du bei deinem Vater warst, war ich oben bei ihr. Es ist schwer zu sagen, ob sie noch atmet. Ich hoffe, sie wacht nicht mehr auf.‹

›Warum?‹ stammelte ich. ›Ich will noch einmal mit ihr sprechen, sie ist auch meine *Dade.‹*

›Sie hat Turhan gefunden, hat ihn abgeschnitten‹, sagte Anita, und ich verstummte. ›Er hat sich in seinem Zimmer eingeschlossen, nachdem dein Vater mit ihm gesprochen hatte, hat sie nicht hineingelassen. Sie blieb am Boden vor seiner Tür sitzen. So hat sie Frau Glaubitz gefunden, als sie ihr das Abendbrot hinaufbrachte. Sie hatte schon die ganzen letzten Wochen im Bett bleiben müssen, aber irgendwie ist es ihr gelungen, aufzustehen und zu Turhans Tür zu gelangen. Frau Glaubitz wollte sie wieder in ihr Zimmer zurückbringen, aber sie hat sie weggescheucht, blieb dort auf dem Boden liegen, die ganze Nacht. Dein Vater hat sie beten gehört. Er hat auch nichts bei ihr ausrichten können, hat sich wohl auch nicht getraut, sie anzufassen, so wie sie ihn ansah. Er sagt, er hatte das Gefühl, sie würde ihn erwürgen. Sie ist dann aber doch wohl eingeschlafen. Als sie früh am Morgen

aufwachte und wieder an Turhans Tür klopfte, merkte sie, daß sie plötzlich unverschlossen war – und so fand sie ihn. Er hatte die Kordel seines Bademantels genommen. Sie ist dann zu deinem Vater ins Zimmer gegangen und hat ihm die Kordel in die Hände gelegt.‹«

3

»Bruder? Ich seh' dich hier sitzen, auch wenn du nicht da bist.«
»Ich bin da.«
»Daß man gar nicht merkt, daß jemand neben einem lebt, und dann ist er verschwunden und es zerreißt einen. Ich saß an dem Abend bei der Dade am Bett und dachte, ich könne nicht weiterleben, nicht ohne Turhan. Früher ist er wohl mal hereingekommen, hat ein Schubert-Lied gesungen und ist wieder gegangen, kaum, daß ich's gemerkt habe. Jetzt, jetzt, jetzt hätt' ich ihn gebraucht, hätt's ihm erzählen wollen, alles, auch über Anita, auch über seinen Tod. Hätt' mit ihm weinen wollen über seinen Tod. Hätt' ihn gebeten, mir zu helfen. Nur er, Turhan, hätte helfen können, wir hätten zusammen mit der Dade gesprochen – und nun war er nicht mehr da. Hatte sich aus dem Staube gemacht.
Die Dade – sie war schon sehr kalt, als ich ihre Hände berührte. Vielleicht war sie auch schon tot. Ihre Augen waren weit offen, aber ich bin nicht sicher, ob sie mich sahen, obwohl sie auf mich gerichtet waren. Ich hab' sie ein paarmal angesprochen, aber sie gab kein Zeichen, sah mich nur an. Einmal hatte ich das Gefühl, sie habe geblinzelt.
Später kam Anita herein und sagte, sie sei tot, aber ihre Augen sahen mich noch immer an, bis Anita sie schloß.
Turhans Begräbnis am nächsten Tag – ich weiß kaum noch davon, war plötzlich todmüde. Papa wollte mich nicht mitnehmen, aber ich bin doch hingegangen. Trug ein helles Sommerkleid – meine Sachen waren ja noch in St. Leonards – und darüber einen

dunklen Schleier. Die Leute starrten mich an, aber der Schleier beschützte mich.
Als ich aufwachte, in meinem alten Zimmer, war alles vorbei. Turhan in der schwarzen Schachtel auf dem Friedhof Weißensee, die Dade im langen Tuch auf dem Weg nach Konstantinopel, Anita zurück in Venedig als signora *Bolognini – besser so. Wäre einer von den dreien noch da gewesen, hätte ich angefangen zu wehklagen. Man braucht Zuhörer zum Wehklagen, aber ich hatte nur Frau Glaubitz, und da lohnte es sich nicht.*
Papa sah ich nur zu den Mahlzeiten, immer in Begleitung von Georg Wertheimer. Aber nicht lange. Einen Monat nach Turhans Tod griff er nicht mehr nach der Cognac-Flasche, und Georg war entlassen. Jetzt aßen wir allein, Papa und ich. Selbstverständlich ging ich nicht nach England zurück. Mit wem hätte er sonst über Turhan sprechen können? Denn das wollte er, Bruder, täglich. Er konnte gar nicht genug Einzelheiten aus Turhans Büroleben ans Tageslicht zerren. Manchmal brachte er Gerste mit, der ihm respektvoll soufflierte, ihn taktvoll an dies und jenes erinnerte, was Turhan sich hatte zuschulden kommen lassen. Dabei sah er mich unglücklich an, flehte schweigend um Vergebung. Er tat es nicht gern, aber er wußte, solche Gespräche taten Papa gut, denn Turhans Versäumnisse nahmen plötzlich andere Dimensionen an, wenn man an das Ende dachte. Ich war feige. Nur ein einziges Mal wagte ich zu fragen, ob nicht vielleicht doch ein Dritter – die Aufwartefrau oder sonst jemand –, ob nicht vielleicht doch die entfernte Möglichkeit bestanden habe …
›Warum, meinst du wohl, hat er sich aufgehängt?‹ fragte Papa schroff, und Gerste schloß die Augen.
Ich hätte ein oder zwei Antworten parat gehabt, reine Hypothesen, aber ich traute mich nicht. Die blauen Kugeln schwammen drohend auf geröteten Augäpfeln – gleich würde in seiner Stimme die entsetzliche Ruhe sein, vor der ich mich fürchtete, und dann hätte ich hinauf in mein Zimmer fliehen müssen.

So ging es ein Jahr lang. Frag mich nicht, was ich tat in diesem

Jahr. Offiziell ging ich in die Berlitz-Schule, um mein Englisch nicht einrosten zu lassen. Sonst fällt mir zu diesem Jahr nur ein, daß ich einen Hund kaufte, einen großen schwarzen Pudel, der August hieß und Gerhard in die Waden biß, wann er nur konnte.
Einmal kam ein Brief von Anita.

> *Liebe Sophie,*
> *verzeih mir, daß ich abgefahren bin, während Du schliefst. In meinem Kopf meldeten sich wieder die halben, doppelten Gedanken, die allzuschnellen, und ich mußte mich retten. Alles, was ich an Vernunft zusammengekratzt hatte, habe ich Dir während der bösen Tage gegeben. Mehr war nicht da. Ich mußte zu meinem Mann zurück und abdichten und dann frisch einfüllen. Jetzt bin ich wieder so gesund, daß ich Lorenzo in der Klinik helfen kann. Mit den gestörten Kindern. Das kann ich gut, denn ich kenne den langen Weg, auf dem sie vorwärtskrabbeln. Eines der Kinder erinnert mich an Dich, es hat auch rote Haare, braucht viel Liebe. Ich bin eigentlich sehr glücklich. Es gibt nur eine Traurigkeit in mir: der Gedanke, daß Du vielleicht ohne Liebe an uns zurückdenkst. Sag es mir ganz ehrlich. Es ist wichtig.*
>
> *Anita.«*

Sie hustete, drückte beide Fäuste gegen das Brustbein. Er stand sofort auf und beugte sich über sie, und sie hob die Hand und streichelte sein Gesicht.
»Du fällst immer wieder auf mich rein, Bruder«, flüsterte sie. »Ich muß nur ein bißchen husten – es tut etwas weh, aber es lohnt sich –, und schon bist du da. Bleib bei mir. Setz dich wieder hier ans Bett und gib mir deine Hand.« Sie hustete wieder, krümmte sich zusammen, und er sah den Schmerz in ihren Augen. Vorsichtig hob er ihren Kopf und flößte ihr mit einem Röhrchen ein wenig von der Flüssigkeit ein, die im Glas auf dem Krankentisch bereitstand.
»Frag mich was«, hauchte sie.
»Was hast du ihr geantwortet?«

»Nichts.« Ihr Atem ging noch rasch, aber die Augen schillerten wieder. »Sie sagte doch ›ehrlich‹, da hätte ich antworten müssen: Ich denke an ›uns‹ voller Scham und voller Haß.« Sie schwieg, sah an ihm vorbei. »Dann kam ein Brief ihres Mannes, in schlechtem Englisch. Ungefähr so:

> *Liebe Sophie,*
> *ich wage Sie so zu nennen, denn ich teile die Gefühle meiner Frau für Sie, wie auch alle ihre anderen Gefühle. Schreiben Sie ihr ein paar Zeilen. Man soll nie eine Gelegenheit versäumen, das Wesentliche mit guten Händen zu gewähren.*
>
> *Lorenzo Bolognini.*

Als dieser Brief kam, war ich schon ein ganzes Stück weiter. Weiter weg, meine ich. Das brauchte ich damals, brauchte Abstand, eine Kluft, klare Sicht. Dann schrieb ich ihr. Ganz kurz. Nur, daß ich mit Liebe an sie, an uns zurückdenke. Und das war immer noch eine Lüge. Es hat Jahre und Jahre gedauert, bis der Brief wahr wurde.« Ihre Augen flackerten plötzlich, sie zupfte an seinem weißen Kittel. »Gib mir noch eine, bitte. Eine kleine. Ich fühle, es ist was im Anmarsch ... Ich muß dir was Wichtiges erzählen ... Und ich fürchte, gleich kommt mein Gejammer und Gewimmer ...«

Er ging ins Badezimmer, kehrte mit der Spritze zurück, schlug das Laken zur Seite und stieß die Nadel mit kurzem, heftigem Druck in die Hüfte. Sie hatte noch mehr an Gewicht verloren in diesen drei Tagen, wurde intravenös ernährt, während sie schlief. Riskant, denn wenn sie zufällig allein aufwachte, riß sie sich den Schlauch aus der Vene und warf den Apparat auf den Boden.

Ein paar Minuten später atmete sie bereits ruhiger, stöhnte nur noch ganz leise, bewegungslos, die Augen geschlossen.

»Warte«, flüsterte sie, »gleich bin ich wieder da.«

Er setzte sich auf die Bettkante und nahm ihre Hand. Nur noch eine Hülle, die sich eng über die Knochen spannte. Er wunderte sich, daß sie überhaupt noch Gewicht hatte. Vielleicht machten

das die Sommersprossen, die hier und da über die weiße Haut verstreut waren.
Sie öffnete die Augen. Keine Spur von Erschöpfung, sie brannten förmlich vor Eifer und Unternehmungslust. Hexerei, dachte er, wie unheimlich schnell und wie stark doch das Morphium bei ihr wirkt.
»In diesem Jahr, Bruder, in diesem trostlosen, leeren Jahr nach Turhans Tod, geschah etwas ganz Merkwürdiges: Ich lernte meine Mutter kennen. Da sperrst du die Augen auf, was? Weil du sie ganz vergessen hast, nicht wahr? Das dumme Ding mit dem Korsett und dem Federhut! In meinem Buch heißt dieses Kapitel ›Yasmins Rückkehr‹, und es beginnt mit dem Telefonanruf. Peelke meldete, eine Dame sei am Apparat, aber er könne den Namen nicht verstehen. Das ging dann ungefähr so, unser Telefongespräch:
›Sophie?‹
›Ja? Wer ist dort, bitte?‹
›Madame *Yasmin Berglund, geborene Karabey.‹*
›Wer?‹
Da sagte sie laut und richtig grob in ausgezeichnetem Deutsch: ›Ich bin deine Mutter, du dummes Mädel.‹
Siehst du, jetzt lachst du, Bruder! Ich mußte damals auch lachen, es war einfach zu närrisch, und es gefiel mir, daß sie so sachlich blieb, keine Emotionen an den Tag legte. Sie gab mir ihre Telefonnummer – sie wohnte sehr fein im Hotel Adlon Unter den Linden –, ich solle sie doch mal besuchen. ›Auf Wiedersehen.‹ Ich hängte ein und lachte ganz blöde vor mich hin. ›Ich bin deine Mutter …‹
Papa allerdings lachte nicht, als ich's ihm abends erzählte.
›Die hat mir gerade noch gefehlt. Besuch sie, wenn's dir Spaß macht, mach, was du willst, solange ich aus dem Spiel bleibe.‹ Und dann fragte er plötzlich: ›Bist du neugierig?‹
Natürlich war ich neugierig. Ging gleich am nächsten Tag hin. Sie ließ mich aber nicht aufs Zimmer kommen, ich solle in der Halle warten. Um mich herum nur Englisch mit amerikanischem Akzent, die Frauen geschminkt, alle mit kurzen Haaren.

Meine waren jetzt auch kurz und mit der Brennschere gewellt. Ich sah mich von weitem in einem der vielen Wandspiegel sitzen, fand mich richtig schön. Sie machte sich oben sicher auch schön, denn ich wartete eine lange Zeit.

Gescheit von ihr, dachte ich, mich nur hier unten unter all den Menschen zu begrüßen. Tränen der Rührung unerwünscht. Um so besser.

Der Fahrstuhl öffnete und schloß sich wieder und wieder, Leute strömten heraus – vielleicht war sie längst da! Wie sollte ich sie erkennen? Wie sollte sie mich erkennen? Sie hatte ja noch nie eine Fotografie von mir gesehen, und ich dachte immer noch an die Wespentaille und den Federhut.

Wie alt war sie jetzt eigentlich? In zwei Tagen hatte ich Geburtstag, würde siebzehn werden, also mußte sie um die vierunddreißig sein. Ich hielt Ausschau nach einer einzelnen Frau mittleren Alters. Hier kam gerade eine, eine sehr schöne, schlanke, schwarzhaarige. Sie zögerte und sah sich um. Ich stand ebenfalls zögernd auf und lächelte, sie lächelte auch – aber zu jemandem hinter mir, einem passenden Herrn. Schade. Die hätte mir gut gefallen.

Und da war sie: Yasmin. Schon wie sie aus dem Fahrstuhl ausstieg und sich suchend umsah, erinnerte sie mich – an mich. Sie blieb stehen und sah prüfend von einem zum anderen, bis ihr Blick auf mich fiel.

›Hab's mir doch gedacht: rote Haare‹, sagte sie anstelle einer Begrüßung. ›Wollen wir einen Kaffee trinken?‹

Sie ging voraus in den tea-room, ich hinterher. Machte kurz Bilanz: bedeutend kleiner als ich, etwas füllig, teuer angezogen, wunderschöne goldene Haut; dies letzte voller Neid, meiner Sommersprossen wegen, die ich haßte.

Wir saßen uns gegenüber, vermieden sorgfältig, uns gegenseitig zu studieren, kiebitzten, wenn überhaupt, unauffällig. Ich muß sagen, was ich da sah, gefiel mir.

›Ich bin auf der Durchreise‹, sagte sie, und ich staunte, wie akzentfrei sie Deutsch sprach. ›Ich besuche Freunde in Paris. Wie geht es deinem Vater?‹

›Gut, danke.‹

Damit war dieses Thema erledigt. Vor der nächsten Frage hatte ich Angst. Sie würde doch sicher nach Turhan fragen, aber der Kellner rettete mich mit dem Kuchenwagen, und sie suchte sich zwei Stück mit Sorgfalt aus.

›Ich bin zu dick‹, sagte sie, ›aber es stört mich nicht.‹

Ich brachte keinen Bisser runter. Alles, was mich anfiel, legte sich sofort auf den Magen: eiskalt vor Schreck oder wie mit heißen Kohlen angefüllt vor Freude oder zugeschnürt vor Erregung.

Sie stellte die üblichen Fragen, was ich tue, ob ich schon verlobt sei, alles unbefangen, unverfänglich. Ich erzählte von England. Das war gutes, neutrales Gebiet. Sie hörte zu, aß ihren Kuchen. Ob sie von Anitas Existenz wußte? Wahrscheinlich nicht. Zum Schluß kam noch August, mein Pudel dran. Weiter hatte ich nichts auf Lager. Was sagte man zu einer Frau, die einem völlig fremd ist und die doch Ansprüche auf Intimität und Vertrauen haben könnte? Könnte! Denn sie machte keine, erwähnte nichts Niedliches aus meiner Babyzeit, entdeckte keine ›Ähnlichkeiten‹, berührte mich kein einziges Mal. Trotzdem war sie interessiert, sogar herzlich, jedenfalls glaubte ich das an ihren Augen und ihrer Stimme – einer molligen, zärtlichen Stimme – festzustellen.

Sie nahm den letzten Schluck Kaffee und sah mich nachdenklich an, bevor sie in aller Ruhe sagte: ›Hab keine Angst, ich frage dich nicht nach Turhan.‹

›Woher weißt du …‹ Das war das erste Mal, daß ich sie direkt ansprach und du zu ihr sagte, und ich stockte.

›Der türkische Gesandte hat es uns geschrieben. In unseren Zeitungen stand nur, daß mein verstorbener Vater seinen Enkel verloren hat. Weiß man, warum er es getan hat? Gab es einen Grund?‹

Und ich antwortete wie selbstverständlich: ›Ja.‹

Kaum jemand wußte von dem Loch in der Kasse und von der Unterredung zwischen Papa und Turhan. Bekannte und Verwandte – auch Tante Vera –, alle glaubten an ›Jugendwahnsinn‹

oder ›gestörtes Verhältnis zur Realität‹. Das war die offizielle Version. Und hier saß ich, im tea-room *des Hotels Adlon, und erzählte dieser fremden Frau ohne jede Hemmung, daß Turhan gestohlen hatte ... Nur den Brief, seinen letzten Brief an mich, den erwähnte ich nicht. So weit waren wir noch nicht.*
Sie hörte zu, ohne zu unterbrechen, stellte keine extra Fragen, betrachtete ihren leeren Teller, zwinkerte heftig mit den Augenlidern, ein nervöser Tick, wie ich später herausfand. Als ich fertig war, schwieg sie eine lange Weile.
›Schlimm‹, sagte sie dann. ›Arme Dade. Schlimm. Gut, daß mein Vater das nicht mehr erlebt hat.‹ Dann hob sie die Augen, sah mich forschend an, zum erstenmal wirklich forschend. ›Fühlst du dich schuldig?‹
›Ich? Wieso?‹
›Du warst doch nicht da, und er hätte dich gebraucht.‹
›Aber ich wußte doch nichts.‹
›Eben. Man fühlt sich schuldig, weil *man nichts wußte und auch weil man noch am Leben ist und der andere tot.‹*
Sie winkte dem Kellner, zahlte, stand auf. ›Fürs erste reicht's, denke ich‹, sagte sie und ging zur Hotelhalle zurück. ›Wenn wir Freunde werden wollen, dann müssen wir das ganz vorsichtig anfangen und nichts überstürzen, meinst du nicht?‹
Sie begleitete mich zum Ausgang und winkte einem Taxi. ›Zur türkischen Gesandtschaft, bitte. Kann ich dich zu Hause absetzen?‹
›Ich laufe die paar Schritte, wir wohnen ja nicht weit von hier.‹
›Richtig.‹ Sie lächelte mit seltsam verzogenem Gesicht, und die Augenlider zuckten. ›Das hatte ich ganz vergessen. Ich fahre morgen nach Paris. Wenn ich zurückkomme, melde ich mich. Adieu, Sophie.‹
Sie stieg ein und winkte einmal kurz.

4

Sie hätte gern jemandem von dieser Begegnung erzählt. Aber wem? Keine ihrer Freundinnen stand ihr nah genug, und Berglund hatte am selben Abend nur geknurrt: »Na? Hat sie dich an die Mutterbrust gedrückt?« Und als Sophie »nein« sagte, hatte er zufrieden genickt. »Du brauchst keine Mutter. Manchmal ist es besser ohne. Ich hatte auch keine.«

»Und die Frau mit den roten Haaren auf dem Bild im Wohnzimmer, war das nicht deine Mutter?«

»Ich nehme an«, sagte er. »Der roten Haare wegen.«

»Warum hast du sie im Wohnzimmer hängen?«

»Der roten Haare wegen.«

Später, als sie im Bett lag, ertappte sie sich dabei, wie sie Yasmin von Richard Junghans erzählte. Richard, der erste »Freund«. Alle Mädchen hatten jetzt einen »Freund« anstelle eines Bräutigams. Richard war zwanzig Jahre alt, studierte, sah aus, wie er aussehen sollte, und das Knutschen in seinem Wagen machte Spaß. Und nun das alte Problem: Wie weit sollte, durfte das gehen? Wo mußte das aufhören? An der Gürtellinie? Man trug den Gürtel in diesem Jahr ziemlich tief, weit unter der Taille. All das hätte sie eigentlich gern mit Yasmin besprochen, viel lieber mit ihr als mit den dämlichen, kichernden Mädchen, ihren Freundinnen, von denen keine die Wahrheit sagte. Yasmin – da war sie sicher – hätte eine präzise Antwort gegeben, vielleicht sogar eine lustige. Je länger sie grübelte und die halbe Stunde im Adlon rekapitulierte, desto besser gefiel sie ihr. »Und das ist meine Mutter«, sagte sie laut in die Dunkelheit, als habe ihr jemand widerspro-

chen. Beim nächstenmal würde sie ihr das klarmachen, daß sie sich richtiggehend freute, eine Mutter zum Geburtstag bekommen zu haben.
Vielleicht würde sie ihr dann auch erzählen können, was niemand wußte und was sie noch täglich peinigte: der Brief, Turhans letzter, ungehörter Hilfeschrei. Nächsten Montag war es ein halbes Jahr, daß er gestorben war – und die Dade, einen Tag später. Sie würde zwei Blumensträuße kaufen, einen auf Turhans Grab in Weißensee legen, den anderen zu Füßen von Albrecht dem Bären.

Aber die Blumen wurden nicht gekauft.
Montag früh, als sie gerade die englischen Bücher für die Berlitz-Schule zusammenpackte, klingelte das Telefon: Papas neue Sekretärin, ein Fräulein von Siebrich, verarmter preußischer Adel. Sie flüsterte heiser und aufgeregt, Sophie müsse sofort kommen, Taxi nehmen, schnell ...
Sophie unterbrach sie schreiend: »Papa?«
Nein, nein, nicht Herr Berglund, nein, nein. Aber bitte schnell kommen, Herr Wertheimer sei schon unterwegs.
Sophie schrie wieder: »Was ist geschehen? So reden Sie doch endlich!«
Unmöglich ... am Telefon ... bitte schnell kommen!
Und aufgehängt.
Als sie in der Kaiser-Wilhelm-Straße ankam, stand ein Polizeiwagen vor der Tür. Oben auf dem Gang vor dem Büro wartete Fräulein von Siebrich, ein älteres, durchsichtiges Wesen, das auch an gewöhnlichen Tagen eine stumme Klage auf dem Gesicht und einen Seufzer in der Stimme hatte.
»Gehen Sie nicht hinein, Fräulein Sophie«, flüsterte sie, zwei rote, aufgeregte Flecken auf den dünnen Wangen. Sophie schob sie zur Seite. Drinnen war alles von unterst zu oberst gekehrt. Akten, Broschüren, Folianten, Kunstbücher lagen durcheinander auf dem Boden. Zwei Männer in Zivil, aber sicherlich Polizeibeamte, wühlten und suchten und sichteten. Die Innentür zum Allerheiligsten, zu Berglunds Privatbüro, war geschlossen.

»Kommen Sie, Fräulein Sophie, ich werd' Ihnen alles erklären.« Eine arthritisch verknotete Hand, die aber erstaunlich gut tippen konnte, wie Papa berichtete, zog sie in den kleinen Waschraum vor der Toilette auf dem Gang und schloß die Tür so lautlos, als tue sie etwas Verbotenes.

»Also?« sagte Sophie drohend.

»Herr Gerstenkorn ist weg«, wisperte das Fräulein, und ihre Augen hinter den Brillengläsern glotzten wie die einer Eule.

»Was heißt das, weg?«

Fräulein von Siebrich atmete einmal ganz tief ein, hielt dann den Atem an, als wolle sie unter Wasser tauchen, und flüsterte in Sophies Ohr: »Er kam heute früh nicht ins Büro ... Ich dachte, er sei vielleicht krank ...« Die Puste ging ihr aus, und sie mußte wieder tief einatmen. »Ich rief bei ihm zu Hause an, da sagte seine Mutter, er sei gestern abend abgefahren, Herr Berglund habe ihm doch zwei Wochen Urlaub gegeben ...«

Sophie schob sie ungeduldig zur Seite.

»Warum flüstern Sie? Es hört uns doch keiner.«

Aber das alte Fräulein hielt auch noch die Hand vor den Mund, die Sache zwickte einem einfach die Stimme ab.

»Und weiter?«

»Dann kam Ihr Herr Vater. Er hatte ihm gar keinen Urlaub gegeben!«

»Und?«

»Ihr Herr Vater ist sofort zum Safe gegangen.« Jetzt hauchte sie nur noch. »Er war leer, Fräulein Sophie. Nur ein kleiner Zettel lag drin. Ich weiß nicht, was draufstand, aber Ihr Herr Vater – der las ihn und wurde ganz weiß, ich dachte, er fällt um. Ich hab schnell den Sessel hingeschoben ... Er hat kein Wort gesprochen, immer nur den Zettel angesehen. Ich habe gesagt: ›Herr Berglund! Herr Berglund!‹ Aber er hat mich nicht gehört. Dann hat er verlangt, daß ich Herrn Wertheimer anrufe ...«

»Ist er schon da?«

»Drinnen bei Ihrem Herrn Vater. Er hat mir gesagt, ich soll Sie verständigen, aber Sie möchten bitte warten, bis er sie holen kommt.«

Sophie trat auf den Gang hinaus, sah noch einmal ins Büro hinein. Die Männer stöberten noch, die Tür zu Papas Arbeitszimmer war noch immer geschlossen. Zurück in den Waschraum.
»War sehr viel Geld im Safe?«
Die Eulenaugen weiteten sich. »Beinah sechzigtausend Mark, Fräulein Sophie. Der Amerikaner, der aus San Francisco, der hat gestern früh in Dollars bezahlt, und der Herr Nägeli hat die erste Rate für den Louis-XVI.-Schreibtisch gebracht, in Schweizer Franken. Ihr Herr Vater wollte alles heute zur Bank bringen.«
Sophie schüttelte den Kopf. Das alte Fräulein empörte sich.
»Doch, Fräulein Sophie, doch! Ich war ja dabei. Ich habe doch die Quittungen ausgeschrieben.«
Sophie hörte sie nicht. Papa, weiß im Gesicht, gestützt von der kleinen Vogelscheuche hier – wegen einer Summe Geldes? Ausgeschlossen. Auch Gerstes Verrat hätte das nicht fertiggebracht, er hätte geflucht und getobt, aber es hätte ihn doch nicht ernstlich angeschlagen.
»Was tun die Männer im Büro?«
»Die suchen nach falschen Eintragungen. Einer ist auch bei Ihrem Herrn Vater drinnen.«

Dieser, in Uniform, kam aus dem Arbeitszimmer und sprach kurz mit seinen Leuten, bevor er ging. Hinter ihm wartete Georg Wertheimer. Er sah Sophie, winkte ihr, und sie folgte ihm zu Berglunds kleinem Fahrstuhl, der direkt vom Büro hinunter in die Ausstellungsräume führte. Sie warteten schweigend, bis das altmodische Gestell nach oben gekeucht kam. Aber gerade als sie einsteigen wollten, erreichte sie eine zitternde Stimme von der Eingangstür.
»Ach bitte! Entschuldigen Sie, ich bin Frau Gerstenkorn, die Mutter.« Weiter kam sie nicht, hielt sich am Türrahmen fest, sah hilfesuchend von einem zum anderen, eine kleine Frau mit zerknittertem Gesicht und wirrem, grauem Haar, außer Atem, die Augen voll Tränen.
Sophie drehte sich um, sah Wertheimer an. Auch die Polizisten hoben erwartungsvoll die Köpfe.

»Ein Glas Wasser, bitte, Fräulein von Siebrich«, sagte Wertheimer und führte die alte Frau zu einem Stuhl. Die Polizisten wandten sich wieder ihrer Arbeit zu.
»O Gott!« flüsterte Frau Gerstenkorn und blickte auf das wüste Durcheinander. Sie schluckte krampfhaft. »Mein Sohn ... glauben Sie mir, der Kopfschuß ... er war nicht mehr derselbe ... er war nicht mehr derselbe ...«
Sophie nahm der Sekretärin das Glas Wasser aus der Hand und hielt es Frau Gerstenkorn an den Mund. Sie trank gehorsam ein paar Schlucke, blickte auf, sah Sophie verstört an.
»Ach«, sagte sie mit zitternder, kaum verständlicher Stimme. »Sind Sie vielleicht Fräulein Sophie? Mein Sohn hat mir immer von Ihnen erzählt ... er hat Sie geliebt ...« Sie brach in ein lautloses, hoffnungsloses Schluchzen aus.
»Das wußte ich nicht«, murmelte Sophie und biß sich auf die Lippen.
»Bringen Sie Frau Gerstenkorn nach Hause«, sagte Wertheimer zu der Sekretärin und öffnete die Tür zum Fahrstuhl.
Während der Fahrt schwieg er hartnäckig und sah zu Boden.
Der Laden unten war geschlossen, halb im Dunkeln. Niemand zu sehen. Wertheimer ließ sich auf einen Ballen Teppiche fallen, als könne er keinen Augenblick länger auf den Füßen stehen bleiben, die Ellbogen auf die Knie gestützt, beide Fäuste vor die Stirn gepreßt. Sophie griff nach einem der orientalischen Lederschemel und setzte sich ihm gegenüber.
»Georg, was stand auf dem Zettel?«
Er hob langsam den Kopf, sah sie einen Augenblick lang an, schloß die Augen.
»TURHAN LÄSST GRÜSSEN. In Gerstes Handschrift.«

5

Bei Berglund half diesmal keins seiner gewöhnlichen Heilmittel, weder Georg noch die Cognac-Flasche.

Eines frühen Morgens stand er in Hut und Mantel an Sophies Bett, eine Reisetasche in der Hand, rüttelte sie wach, ragte plötzlich hoch über sie, ein Turm mit rotem Dach.

»Ich gehe fort, Sophie. Du verstehst. Ich kann nicht im Haus bleiben. Wenn ich den Gang hier oben sehe ... Muß einfach weg! Georg wird sich um das Büro kümmern. Wenn's nicht klappt, dann schließe ich's eben. Mir egal. Du kennst ja meine Ansicht: Wenn einem das Wasser bis hier steht, nichts wie weg. Merk dir das. Du und ich, wir sind ja in einigen Dingen ähnlich, also paß auf, daß dich nie was einkreist.«

Er sah einen Augenblick hinunter in ihre weitgeöffneten, verstörten Augen und setzte sich auf den Bettrand.

»Es hat mich erwischt, Sophie.« Er senkte den Kopf, sie wagte nicht, sich zu rühren. »Ich lasse dich wissen, wo ich bin. Weiß noch nicht, wo. Mach's gut.«

Er beugte sich hinunter, küßte sie auf das wirre Haar und ging.

Sophie zog sich mechanisch an, betrachtete ihre Bücher für die Berlitz-Schule, schob sie zur Seite. Unten saß sie dann mit August auf der Frühstücksbank in der Wohnzimmerecke und trank ihren Kaffee. Beide beobachteten durchs Fenster, wie Gerhard an den Rosensträuchern arbeitete, die größer als er waren, wenn er sich neben sie hinkauerte. August knurrte leise, haßte Gerhard auch durchs Fenster hindurch, und sie streichelte seinen dicken, wolligen Kopf.

Papa ist fort, dachte sie, soll ich so tun, als sei er *nicht* fort?

Einfach weiterleben mit Peelke und Frau Glaubitz und dem Zwerg. Oder soll ich auch weggehen, irgendwohin, nur mit August …

Telefon. Sie hörte, wie Peelke in der Küche antwortete. Er hinkte herein. »Es ist wieder die Dame, ich kann den Namen nicht verstehen.«

Sophie war mit einem Satz am Telefon. Yasmin – Notleine – Ausweg – Asyl …

Durfte sie ins Adlon kommen? Sofort?

Diesmal durfte sie sogar aufs Zimmer kommen. Yasmin, im Morgenrock, saß vor ihrem Frisiertisch, sah Sophie im Spiegel hereinkommen. »Was ist? Erzähl mir.«

Sophie hätte gern geweint, aber die Tränen kamen nicht. Die hätten es ihr leichter gemacht, hätten ohne viel Worte erklärt, wie es um sie stand. Ihre Arme hoben sich von selbst, legten sich um Yasmins Hals.

»Was ist geschehen, Sophie?«

Wo anfangen? Bei Turhan? Bei Papa? Vielleicht sogar bei Anita …

»Ich bin allein«, sagte sie schließlich. »Ich habe nur den Hund. Sonst niemand.«

Sie blieb den ganzen Tag über bei Yasmin, wanderte am späten Nachmittag langsam zu Fuß nach Hause. Von dort rief sie Georg Wertheimer an.

»Georg? – Sophie. Papa ist fort. Ich möchte nicht hierbleiben – nein, ich kann nicht nach St. Leonards zurück – wegen August. Man darf doch keinen Hund nach England bringen – doch, Georg, er bedeutet mir viel. Ich werde hier in Berlin bleiben und bei Yasmin wohnen – ja! Meine Mutter. Sie ist hier. Sie will eine Wohnung mieten, und ich kann bei ihr wohnen, so lange ich will.«

Sie packte noch am selben Abend. Frau Glaubitz half ihr, weinte still vor sich hin. »Ich kann's ja verstehen, Fräulein Sophie, aber was wird aus *uns?*«

Später kam Wertheimer, und sie saßen unten im Wohnzimmer und sprachen von Geld. Sophie sollte sagen, wieviel sie im Monat brauche. Woher sollte sie das wissen? Bisher war alles für sie bezahlt worden, es hatte immer jemanden gegeben, der ihr aushändigte, was sie verlangte, Anita oder Papa oder die Hausmutter in England. Niemand hatte je zu ihr gesagt: »Nein, das ist zu teuer.«

»Es ist wichtig«, sagte Wertheimer, »daß du weißt, wie man mit Geld umgeht, Sophie. Wahrscheinlich wollte dein Vater warten, bis du volljährig bist, nun mußt du's eben früher lernen. Andere junge Leute wissen das schon von Kindesbeinen an, aber bei euch war sowieso alles anders, und du hast schließlich einen Teil der schlimmen Nachkriegsjahre in England verbracht. Du weißt ja eigentlich nur vom Hörensagen, wie es hier war. Und dazu hast du auch noch Glück gehabt: Dein Vater ist einer der ganz wenigen, die ihr Vermögen nicht eingebüßt haben trotz Krieg und Inflation, weil sein Besitz, sein Antiquitätenlager, nie an Wert verloren hat. Hast du dir überhaupt mal Gedanken darüber gemacht, wie es anderen Leuten ging? Ich habe alles verloren, jeden Pfennig, und dein Vater hat mir erst auf die Beine helfen müssen mit meiner Kanzlei. Er konnte sich ja sogar dieses Haus leisten. Und das Personal. Allerdings«, er sah sie prüfend an, ob sie einen harten Puff vertragen konnte, »er wird sein Geschäft nie wieder so weiterführen wie bisher. Er sagt das, und ich glaube ihm. Die Lust daran, die ist mit deinem Bruder zusammen verschwunden. Ich habe jemanden gefunden, der seine Sache ganz gut versteht, aber dein Vater ist einfach nicht zu ersetzen, und ich fürchte, das Geschäft wird langsam zugrunde gehen. Es kann noch ein paar Jahre dauern, aber dann ist es aus.«

»Glaubst du nicht, daß Papa später doch wieder ...«

Der kleine Mann schüttelte den Kopf. »Es gibt da etwas in seinem Leben, etwas Neues, das hat bisher nur eine geringe Rolle gespielt, aber jetzt fürchte ich, daß es an Bedeutung gewinnen wird.«

Sophie sah ihn fragend an. Er zögerte, entschied dann, er sei es ihr schuldig.

»Diese Frau in Antwerpen ...«
»Keitje?«
»Ja. Die ist eine Spielerin. Eine Glücksspielerin. *Chemin de fer* und Croupiers – ihre Leidenschaft. Sonst hätte dein Vater sie längst geheiratet. Er hat sie manchmal in Antwerpen zu solchen Spielclubs begleitet, aber er selbst hat kaum mitgemacht. Er wollte so etwas nicht in seinem Leben. Du weißt ja, er haßt nichts so sehr wie Abhängigkeit. Aber jetzt, fürchte ich, jetzt krempelt er sein Leben um, jetzt *braucht* er so was. Nichts Solides, Reelles, Gediegenes, das hat er ja zur Genüge gehabt, damit will er jetzt brechen, verstehst du? Er braucht etwas, was ihm den Atem nimmt. Ich glaube sogar, er wird sehr hoch spielen, damit es sich lohnt.«
Sophie nickte stumm und er wußte, daß sie ihn verstanden hatte, daß sie *es* verstanden hatte, sofort, nachtwandlerisch, und er hatte Angst um sie.
»Laß' mich wissen, wo du sein wirst«, sagte er wieder ganz sachlich. »Ich werde deinem Vater sagen, daß du nicht mehr hier wohnst. Vielleicht will er das Haus verkaufen. Mach dir keine Sorgen, ich kümmere mich um Frau Glaubitz und Peelke und Gerhard. Wenn du meinen Rat willst, fang an, das Geld zu verstehen. Es schadet nichts, wenn du dir Mühe gibst zu sparen. Ich werde dir monatlich fünfhundert Mark überweisen, damit solltest du auskommen. Außerdem – du müßtest einen Beruf haben.«

Aber welchen? Sophie zerbrach sich den Kopf, während sie Yasmin half, eine Wohnung am Olivaer Platz einzurichten. Unterdessen lebte sie in einem kleinen Zimmer ihr gegenüber im Adlon.
Der Abschied von der Rümelangstraße war doch nicht so einfach gewesen. Sie war langsam von Raum zu Raum gewandert, und August hatte sich dicht an sie gepreßt, leise schniefend, als fürchte er sich vor Geistern.
Oben verbrachte sie eine lange Zeit in ihrem Zimmer und sah aus dem Fenster wie so oft zuvor. Wie oft? Hunderte von Malen,

Stirn und Nase an die Scheiben gepreßt. Erst als Kind, ganz unten am Fenstersims, eifrig spähend: Waren die Rosen aufgeblüht, die Erdbeeren reif, hatte es geschneit? Später, an der Fensterscheibe emporwachsend, faul hinunterdösend oder gespannt auf etwas wartend – und zum Schluß stundenlang in unseliger Not, auf das Klappen von Anitas Zimmertür horchend, immer noch Ausschau haltend, aber nichts mehr sehend.

Nebenan das große Schlafzimmer, erst Anitas, dann Papas, ein kurzer Blick hinein und dann ein so wilder Fußtritt in die verhaßte Tür, daß sie beinah hinfiel und August laut bellte. An Turhans Tür vorbei, ohne hineinzugehen. »Feiges Stück«, sagte sie zu sich und schlich weiter zur Dade. Die »Küche« war leer. Die paar Dinge, die sie besessen hatte, der Gebetsteppich, die Gefäße, ihre Kochtöpfe, alles war auf Papas Anordnung mit ihr nach Konstantinopel gereist.

Abschied von Frau Glaubitz. Tränen, aber nicht zu viele, denn sie würde in Reichweite bleiben als Haushälterin bei Georg Wertheimer.

Peelke küßte ihr vornehm die Hand. Georg hatte ihm eine gute Stelle als Abteilungsleiter bei Horch verschafft. Wie schön, Peelke, alles Gute! Ihnen auch, Fräulein Sophie.

Und Gerhard. Er wartete an der Gartentreppe vor dem Haus. Neben ihm stand eine Zwergin, noch kleiner als er, eine knödelige Nase im niedlichen Puppengesicht. Gerhard strahlte. Nächsten Monat würden sie heiraten, jawohl. Er und Fräulein Beluka hier seien beim Zirkus Sarrasani engagiert – er schlug einen Purzelbaum, als Beweis, ohne seine Rede zu unterbrechen – er würde gut verdienen und mit Fräulein Beluka hier – wie aufs Stichwort schlug sie auch einen Purzelbaum, aber rückwärts – in einem Wohnwagen wohnen.

Sophie, sprachlos, gratulierte. Sie hatte Mühe, August festzuhalten, den der Anblick von *zwei* Zwergen und die Purzelbäume in Raserei versetzten. Die beiden winkten und liefen lachend davon wie zwei Kinder, Hand in Hand.

Sophie blieb stehen und sah ihnen nach, bis sie um die Ecke verschwanden. Gerhard hatte nie gelacht, solange sie sich erinnern konnte. Nun, da er wegging, lachte er. Sie hatte ihn nicht besonders gemocht, warum grämte sie sich dann?

Zwei Monate später zogen sie in die Wohnung am Olivaer Platz ein. Jetzt kannten sie sich schon recht gut. Sophie gefielen Yasmins Zurückhaltung und ihre grobe Sachlichkeit. Noch konnte sie nicht »Mutter« zu ihr sagen. Das wird später kommen, dachte sie. Aber es kam nie. Sie hatte das gute Gefühl, daß Yasmin sie gern mochte, aber keineswegs liebte und sich auch nicht nach innigen verwandtschaftlichen Banden sehnte. Sie war akzeptiert, so wie sie war – bis auf die roten Haare. Die waren Yasmin ein Greuel. Es sei die grelle Farbe, erklärte sie, und nicht die Erinnerung an ihren Vater. Aber Sophie wußte es besser.

Die Wohnung war groß, beide konnten unabhängig voneinander leben. Für Yasmins Begriffe war Sophie mit achtzehn Jahren mündig und für sich selbst verantwortlich. Sie fragte sie nie aus, auch wenn sie merkte, daß Sophie gern etwas preisgegeben hätte. Eine solche Frage wäre bereits ein Wagnis gewesen. Niemals würde sie jemanden mit roten Haaren zu nah an sich herankommen lassen.

Geld spielte keine Rolle, kostbare Möbel und teures Personal zogen wie selbstverständlich ein. Sie war offenbar reich, sprach aber nicht darüber. Wahrscheinlich war sie als Lieblingstochter die Haupterbin ihres Vaters gewesen. Trotzdem bestand Sophie darauf, von ihren fünfhundert Mark hundertfünfzig für Miete und Essen beizutragen. Yasmin nahm es an. Es war richtig.

Daß Sophies Hauptinteresse den jeweiligen Freunden galt, wurde kommentarlos hingenommen. Auch daß sie sie in die Wohnung brachte. Aber warum wollte sie ihr durchaus jeden einzelnen dieser Jünglinge vorstellen, diese Richards und Ludwigs und Hans-Joachims?

»Sophie, bleib in deinen Zimmern, wenn du Besuch hast. Es besteht keine Notwendigkeit, daß ich deine Freunde kennen muß. Wenn du sie gern hast, genügt das.«

»Ich würde aber lieber wissen, ob sie dir gefallen. Vielleicht bleibe ich mal bei einem.«

»Solange du ›vielleicht‹ sagst, besteht keine Gefahr.«
Sophie maulte. »Woher weiß man, daß man weiß? Woran merke ich das? Hast du's damals sofort gewußt bei Papa?« Keine Antwort. Sophie sah erschrocken in ein plötzlich eisiges Gesicht, wußte nicht, womit sie sich in die Nesseln gesetzt hatte.
Ist das möglich, dachte Yasmin, weiß sie nicht, was damals geschah? Hat sie nie gefragt? Die Dade hätte es ihr sagen können. Hab' ich ihr nie gefehlt? Wahrscheinlich nicht. Ihres Vaters Tochter, gefühlsarm! Aber – was will ich denn –, sie hat mir auch nicht gefehlt. Ich hatte sogar Angst, ihr zu begegnen, Angst, daß sie mich an den Vater erinnert. Gott sei Dank mag ich sie, aber sie ist mir fremd. *Ich* kann ihr nicht von damals erzählen. Es gibt keine Brücke. Meine Schuld. Warum bin ich hergekommen? Pure, dumme Neugier.
Nach einer Weile sagte sie gelassen: »Niemand kann's dir vorbuchstabieren, es nimmt jeden auf andere Weise her. Du wirst es eines Tages von selber wissen.«

Dieser Tag stand bereits im Kalender auf Sophies Schreibtisch: Mittwoch, elf Uhr, Foto Martensen, Uhlandstraße 48. Georg Wertheimer hatte sie an Papas Geburtstag erinnert.
»Ich glaube, dein Vater könnte dein Gesicht, nett gerahmt, auf seinem Nachttisch brauchen.«
»Sprichst du mit ihm, Georg?«
»Manchmal.«
»Warum ruft er mich nie an? Warum beantwortet er meine Briefe nicht?«
»Vielleicht, wenn du woanders wohnen würdest – aber gräm dich nicht, Sophie, und bleib, wo du bist, da bist du gut aufgehoben. Dein Vater kann dir im Augenblick nichts bieten.«
»Geht es ihm schlecht? Ich könnte doch zu ihm fahren.«
»Tu das nicht. Gesundheitlich geht's ihm gut.«
»Trinkt er?«
»Ja.«
»Und – spielt er?«
»Ja. Bleib, wo du bist. Hast du immer noch keine Arbeit?«

»Ich suche, Georg.«
»Lern Stenografie und Schreibmaschine.«
»Was?«
»Überleg dir's. Inzwischen melde ich dich bei Martensen an. Der macht die besten Fotos in Berlin, besonders von Frauen. Bißchen zu verhübscht, aber das wird deinem Vater gefallen. Ich lasse dich wissen, wann und wo.«

Mittwoch, elf Uhr. Sophie in einem weißen, plissierten Rock, darüber eine weiße Bluse. Sie hatte vorher angerufen, um sich zu erkundigen. Eine weibliche Stimme hatte geantwortet: »Einen Augenblick, gnädiges Fräulein, ich werde Herrn Martensen fragen.«
Danach eine Männerstimme, ohne guten Tag und ohne besonderes Interesse. »Wie alt sind Sie, Fräulein ... äh ... Berglund?«
»Achtzehn.«
»Was für ein Typ sind Sie?«
»Eine Augenweide.«
Der Mann am anderen Ende lachte. »Ich meine, sind Sie hell oder dunkel?«
»Knallrot.«
»Das kommt dunkel auf der Fotografie. Tragen Sie etwas Weißes. Etwas Einfaches.«
Die weibliche Stimme gehörte zu einer hübschen, blonden jungen Frau, die ihr die Tür öffnete und sie ins Wartezimmer führte. Kurz darauf erschien Herr Martensen.
»Ich lasse meine Kunden sonst gern warten, damit sie ungeduldig werden und Ausdruck im Gesicht haben, aber bei Ihnen war ich neugierig. Wahrhaftig, rothaarig! Guten Tag. Kommen Sie ins Atelier.«
Ein großes, abgedunkeltes Zimmer, beinah ohne Mobiliar. Lampen auf Ständern und ein paar verschiedenartige Stühle und Sessel. Er wählte einen Hocker.
»Keine andere Linie hinter ihrem Kopf. Nur die glatte Wand.«
Sie saß, die Hände im Schoß gefaltet, sah hierhin und dorthin, wie er es befahl. Die blonde junge Frau half, die Lampen hin- und

herzurücken. Nach der ersten halben Stunde schickte er sie weg und arbeitete allein.
Sophie versuchte, ihn trotz seiner Anordnungen zu beobachten. Im Gegenlicht der Lampen war er ein Schatten, ein großer, dünner Schatten, mehr konnte sie nicht ausfindig machen. Dunkle Haare, das war alles, was sie mit Bestimmtheit wußte.
Als sie die Uhlandstraße 48 eine Stunde später verließ – und das nur, weil die nächste Kundin bereits so lange wartete, daß sie mehr Ausdruck im Gesicht hatte, als Martensen lieb war –, wußte sie mehr. Zum Beispiel, daß sie auf jeden Fall seine Einladung zum Abendessen annehmen würde, obgleich sie nur »ja, vielleicht« gemurmelt hatte. Die Blonde hatte ihr in den Mantel geholfen und mit tonloser Stimme auf Wiedersehen gesagt. Aha. *So* war das! Egal.

Er holte sie in der Wohnung ab und wurde Yasmin vorgeführt. Als sie sich verabschiedeten, sagte Sophie plötzlich: »Ich werde früh zu Hause sein«, und fragte sich, als sie die Treppe hinuntergingen, warum sie sich freiwillig an die Kette gelegt hatte.
Unten stieg sie in Martensens Sportwagen, einen schwarzen Auburn-Cord. Papa hätte gesagt: zu auffällig. Aber das paßte zum Besitzer. Martensen war – außer Papa – der auffälligste Mann, den sie je gesehen hatte. Ähnlichkeit mit Papa? Überhaupt nicht. Im Gegenteil. Aber vergleichbar in der Wirkung.
Er setzte sich hinter das Steuerrad, fuhr aber nicht ab, sondern lehnte den Kopf zu ihr hinüber, ohne sie anzufassen, und küßte sie mühelos, denn sie kam ihm entgegen.
Sie fuhren ins Restaurant Horcher, wo man ihn freudig begrüßte und zu »seinem« Tisch führte. Er bestellte das Menü für beide und auch die Weine. Sie hatte in der Rümelangstraße gelernt, Wein zu trinken, »damit so ein Kerl nicht eines Tages denkt, er könne dich betrunken machen und dann ...! So hab' ich's auch immer mit den anständigen Mädchen gemacht. Ein alter Trick.«
Als der Wein kam, stießen sie an.
»Dimitrios heiße ich«, sagte er. »Dimi. Und du?«

»Sophie.«
»Auf unser Wohl, Sophie. Willst du mich heiraten?«
»Natürlich. Aber warum heißt du Dimitrios?«
»Ein Überbleibsel meines wirklichen Namens. Mein Vater war ein serbischer Graf, ein unehelicher Sohn der Kaiserin Elisabeth von Österreich. Prost!«
Sophie lachte. Ein unehelicher Habsburgersproß. Warum nicht? Belege wollte sie nicht.
Als sie nach dem Essen wieder in den niedrigen schwarzen Wagen stiegen, küßte er sie auf die gleiche Weise wie vorher und fragte sie dann, ob sie mit ihm nach Hause kommen wolle.
»Nein.«
»Warum nicht? Wir werden doch heiraten.«
»Deswegen«, sagte sie und küßte ihn wieder. Er lehnte sich zurück und sah sie forschend an.
»Du bist doch nicht etwa eine Jungfrau?«
Sie nickte und lächelte auf eine Weise, die er nicht verstand und dann falsch auslegte.
»Beinah hätt' ich's geglaubt.«
Auf der Fahrt zurück zum Olivaer Platz lehnte sie den Kopf an seine Schulter, und er rieb seine Wange an ihrem Haar.
»Morgen muß ich etwas erledigen ...«, sagte er langsam.
»Ich weiß. Wie heißt deine Assistentin?«
»Marie. Woher weißt du ...?«
»Das wird traurig sein«, sagte sie, ohne ihren Kopf von seiner Schulter zu heben. »Mach's gut.«
Er nickte stumm.
»Mein Vater hat's immer schlecht gemacht«, fügte sie nachdenklich hinzu. »Die Frauen gingen kaputt.«

Oben in der Wohnung fand sie Yasmin im Wohnzimmer beim Patience-Legen. »Es ist ja noch nicht einmal elf Uhr«, meinte sie, ohne aufzusehen, denn sie legte gerade eine Karte an.
»Ich sagte doch, ich würde früh zurück sein.«
Yasmin nickte abwesend und probierte die nächste Karte aus. Sophie wartete, ob sie nicht vielleicht doch etwas fragen würde,

wanderte dann langsam in ihr Schlafzimmer, zog sich aus, ging noch einmal im Nachthemd ins Wohnzimmer zurück.
»Yasmin, wie gefällt dir der Mann?«
»Gar nicht.«
Es traf sie nicht ganz unvorbereitet, sie hatte einen Blick aufgefangen, den Yasmin auf Dimi geworfen hatte. War es möglich, daß er auch auf sie ähnlich wie Papa wirkte? War sie deshalb so *punktum basta* in ihrer Abfuhr?
»Ich möchte ihn heiraten.«
»Was hindert dich daran?«
Sophie setzte sich neben sie auf den Boden und legte den Kopf auf ihre Knie. »Es wäre schön für mich, wenn er dir gefiele.«
Yasmin hob die Hand, konnte sich aber nicht überwinden, das rote Haar zu berühren. »Danke dir, Sophie. Ich freue mich, daß es dir etwas bedeutet hätte – ich freue mich *sehr*. Ich will dir auch sagen, warum er mir nicht gefällt.« Sophie hob den Kopf. Ob sie's ehrlich eingestehen würde? »Es gibt in eurer Sprache ein Wort, das es in meiner nicht gibt, und auch im Französischen und im Englischen brauchst du einen halben Satz, um dasselbe auszudrücken. Aber auf deutsch ist es ein einziges, kurzes Wort: Güte. Der Mann hat keine. Glaub mir.«
Papa auch nicht, dachte Sophie. Trotzdem kann man nicht sagen, daß er ungütig ist. Er ist etwas – dazwischen, zwischen Güte und Ungüte. Aber vielleicht ist gerade das fatal.
»Muß man das haben?«
»Es ist das einzige«, sagte Yasmin und legte gleich zwei Karten an.
Sophie seufzte. Güte. Sehr möglich, daß Dimi das nicht hatte, daß er wie Papa auf halbem Weg stehen blieb. Aber was machte das? Sie war nicht auf seine Güte angewiesen, sie würde sich nicht kaputtmachen lassen, sie war anders als Yasmin, wollte anderes von einem Mann. Dimi sollte sie nicht behüten oder schonen oder trösten. Er sollte sie aufregen. So wie jetzt. Auch später. Immer! Gab es so was? Ausprobieren. Außerdem: Güte hatte was mit Alter zu tun. War Yasmin gütig? Sicherlich. War sie, Sophie, gütig? Sehr die Frage.

6

Die fünfte Nacht.

Als der junge Arzt vorsichtig die Tür öffnete, streckte sie ihm aufgeregt beide Hände entgegen.

»Komm schnell! Denn jetzt bin ich gerade bei der Stelle, auf die du schon lange gewartet hast. Hab' ich recht, Bruder?«

Es dämmerte, und er löschte das Nachtlicht. Ein schwacher rötlicher Schein zeichnete sein Profil gegen das dunkle Zimmer ab, und die Brillengläser leuchteten sanft auf.

»Ich habe keine Ahnung, wovon du sprichst.«

Sie kicherte, lachte, hustete, alles zur gleichen Zeit.

»Leg mir deine Hand auf die Brust, hier oben, unterm Hals, dann tut's nicht mehr weh.«

»Brauchst du ...«

»Nein, nein, ich hab noch genug. Sei still. Ich bin zu aufgeregt, weil – du wirst ja sehen.« Sie zwang sich, ruhig und gleichmäßig zu atmen. »Hab' noch einen Augenblick Geduld, gleich kommt's. Wir mußten doch bis zu meinem neunzehnten Geburtstag warten, Dimi und ich, bis wir heiraten konnten – hab' ich dir das schon erzählt? Papa wollte durchaus nicht die Erlaubnis geben. Auf meinen Brief hatte er nicht reagiert, aber er sagte zu Georg Wertheimer am Telefon, das Foto, das Dimi von mir gemacht hatte, sei ja ganz hübsch, aber den Kerl deswegen gleich heiraten! Ich sei wohl nicht ganz bei Trost. Alle Dummheiten in dieser Hinsicht habe bereits er gemacht. Genug des Unfugs. Ein Jahr zum gut Überlegen. Ich würde ihm einmal dankbar sein.

Und in diesem Wartejahr, da geschah das, wonach du mich schon lange fragen willst.« Sie schloß einen Augenblick lang die

Augen, sah ihn dann auf einmal ganz ernst und beinah ängstlich an. »Ich weiß nicht, Bruder, jetzt, wo's soweit ist, fühl' ich mich auf einmal ganz übel, hier im Magen ...«

»Zwing dich nicht«, sagte er ruhig, obgleich er sich eingestehen mußte, daß er wahrhaftig neugierig war. »Erzähl's mir ein andermal.«

Sie schüttelte den Kopf. »Nein, nein, ich muß! Ich darf's nicht auslassen und später mal schreiben; hier gehört es hin, und ich darf mich nicht davor drücken. Also: Eines Abends, während ich zu Hause auf Dimi wartete – wir wollten ins Theater gehen –, bekam ich plötzlich Bauchschmerzen, aber so, daß ich mich krümmte. Hier!« Sie drückte rechts auf die Decke, die sich flach über das Bett spannte, als sei kein Leib darunter. »Schmerzen wie Messerstiche, ganz lokal. Ich hatte sie schon öfters gehabt, nur nicht so heftig, aber wir hatten immer irgendwas Herrliches vor, Dimi und ich, da war einfach keine Zeit, sich Gedanken zu machen oder zum Arzt zu gehen. Aber jetzt waren sie unbarmherzig da und forderten ihr Recht. Dazu war mir übel. Ich übergab mich, und Yasmin rief den Arzt. Sofort ins Krankenhaus und innerhalb einer Stunde auf den Operationstisch. Durchgebrochener Blinddarm, Bauchhöhlenentzündung – siehst du, jetzt weißt du, was ich dir erzählen will, nicht wahr?«

Er nickte, lächelte ihr zu wie ein Verschwörer, und sie jauchzte leise vor Entzücken.

»Wenn du wüßtest, wie ich dich liebe, Bruder! Du glaubst mir nicht, du denkst, die weiß ja nicht mehr so ganz, was sie daherredet ...« Sie schloß die Augen, und als sie sie wieder öffnete, standen sie voll Tränen. »Daß ich das noch haben darf! Diese wunderbaren, langen Nächte! Und auch die Tage, wenn du nicht da bist und ich so tue, als schlafe ich, damit mich niemand besucht und mich beim Schreiben stört – dann bist du auch da, in dem Stuhl, der auf dich wartet, bis es dunkel wird.«

Er streichelte über die Decke, murmelte: »Ich weiß.«

»Also, jetzt sind wir im Diakonissen-Krankenhaus, und ich wache aus der Narkose auf und brülle, und man gibt mir eine Spritze, und ich brülle nicht mehr, liege still und glücklich, und

alles gefällt mir, mein Zimmer, die Schwestern, der Arzt, alles ist schön.
Die nächsten zehn Tage dasselbe Spiel. Ich brülle – Morphiumspritze, und ich segle auf sanften Wellen dahin, zerfließe, löse mich auf, habe nur einen Wunsch: so bleiben!
Dann heilte die Wunde langsam und tat kaum noch weh. Keine Spritzen mehr. Ein paar Tage lang ergatterte ich noch die eine oder die andere durch gut gespieltes Gestöhne, aber dann war's aus. Strenger Befehl des Chirurgen, der sich meine Narbe angesehen hatte – und dann mich, und zwar böse.
Nachts konnte ich nicht schlafen, trotz Schlafmittel, warf mich hin und her im Bett, klingelte Sturm, klagte, weinte – umsonst. Keine Spritze, nur läppische Beruhigungstabletten, die ich der Schwester ins Gesicht spuckte. Das war eine ganz schlimme Woche, Bruder. Ich war ja ahnungslos, wußte nicht, daß mein wüster Zustand, das innere Toben, die Schmerzen, die ich fühlte, aber nicht näher beschreiben konnte, daß das alles Entziehungswehen waren. Und zwar ganz milde, denn ich hatte ja nur zwei Wochen lang Morphium bekommen.
Ganz langsam ließ die Qual nach, ich wurde ruhiger, schlief wieder des Nachts, durfte mich tagsüber aufsetzen. Dimi kam jeden Abend, Yasmin immer am Morgen. Georg Wertheimer besuchte mich, Papa wäre beinah angereist, wurde aber vom Chirurgen telefonisch beruhigt. Noch ein paar Tage, dann sollte ich wieder nach Hause gehen.
Und dann geschah's. Am Abend vor meinem Abschied vom Krankenhaus. Dimi war gerade gegangen, ich hatte das Licht gelöscht und war am Einschlafen. Plötzlich öffnete sich die Tür und schloß sich sofort wieder. Ein weißer Kittel stand im Zimmer.
›Psst!‹ flüsterte eine heisere Männerstimme. ›Keinen Ton. Sonst schlag ich dir die Fresse ein.‹ Der Kittel schlich lautlos an mein Bett. ›Wenn du's Maul hältst, kriegst du was Schönes.‹ Er beugte sich über mich, ich konnte nichts erkennen, aber ich hörte ihn direkt über mir schwer atmen. ›Aber nur für gute kleine Mädchen, kapiert?‹

Ich war wie gelähmt, flüsterte nur: ›Bitte nicht! Bitte, bitte, ich bin frisch operiert!‹
Er grinste lautlos, denn ich sah auf einmal seine Zähne aufblitzen.
›Was – was wollen Sie von mir?‹
›Schnauze!‹ sagte er leise und drohend und blickte sich zur Tür um. Stille. ›Du sagst nur ja und nein. Und nur, wenn du gefragt wirst.‹
Er setzte sich auf mein Bett. ›So‹, flüsterte er, ›schön ruhig bleiben‹, und zündete sich eine Zigarette an. Sekundenlang erwischte ich einen Schimmer seines Gesichts, noch jung, mit überlangem Kinn, scharf hervorstehenden Backenknochen, eingesunkenen Wangen, Tränensäcken.
Er schwieg ein paar Sekunden und zog heftig an der Zigarette. Dann sagte er plötzlich in völlig verändertem Ton: ›Also, Fräulein – ich kann Ihnen das Zeug verschaffen.‹
›Was für ein Zeug?‹ stammelte ich.
Er grinste wieder und sagte, es sei kein Geheimnis auf der Station, wie ich auf Morphium reagiert hätte. Falls ich also welches wollte ... Das letzte in beinah hilflosem Gemurmel. Ich atmete wieder ruhiger.
›Sie nehmen Morphium?‹
Er nickte und sah wieder zur Tür.
Los. Ja oder nein.
So war's, Bruder. Ich kaufte ihm ein Päckchen und eine Spritze ab, und er zeigte mir, wie man's macht, stieß sich die Nadel durch die Hose in den Schenkel.
›Wenn Sie welches brauchen, rufen Sie mich an, und wir treffen uns irgendwo. Tut mir leid, daß ich vorhin so ausfällig war, aber so waren Sie wenigstens mäuschenstill. Ich heiße Wächter. Meine Telefonnummer schreiben Sie lieber nicht auf, aber Sie werden sie sich leicht merken: Oh! Oh! Nein, nein!‹
Er verschwand so lautlos, wie er gekommen war, und ich saß aufrecht in meinem Bett, mit dem Päckchen und der Spritze, vor der ich Angst hatte. Wie sie da in meiner Hand lag, ein kühles, unheimlich gewetztes, langes Ding ...«

Sie schwieg erschöpft und schloß die Augen.
»Und du hast dir noch in derselben Nacht die erste Spritze gemacht? Warum? Du brauchtest es doch nicht mehr.«
»Aus Jux«, hauchte sie, »und um mir meinen Schneid zu beweisen. Und auch, weil ich nicht glaubte, daß ich es tatsächlich können würde. Ich konnte, Bruder. Gleich beim ersten Versuch schwamm ich wieder glücklich davon, schlief die ganze Nacht nicht, duselte wunschlos vor mich hin. Früh am Morgen versteckte ich alles sorgfältig in meiner neuen Handtasche. Dimi hatte sie mir gerade geschenkt, eine große aus Krokodilleder, innen viel Platz und eine abgetrennte geschlossene Innentasche, als habe er sie extra für meinen Zweck ausgesucht. Diese Tasche und ich, wir blieben viele Jahre unzertrennlich, auch wenn sie nicht zu meinem Kleid paßte. ›Mein Dimi hat sie mir geschenkt‹, sagte ich, und man fand es einfach rührend.
Zuerst spritzte ich nur ganz wenig, aber es genügte, und ich wurde sofort ausgelassen und sogar witzig, was ich eigentlich gar nicht bin. Ich schlief mit Dimi, kaum daß ich auf den Beinen war, und er entdeckte, daß ich tatsächlich eine Jungfrau war. Sieh mich nicht so an, Bruder, von ihm aus gesehen war *ich es. Erst war er entsetzt – so was war nicht üblich im Jahre 1925 –, dann war er richtig stolz. Ich sei voller Überraschungen, sagte er.*
Am Morgen meines neunzehnten Geburtstages heirateten wir. Papa war ein paar Tage vorher gekommen und besah sich Dimi. Und ich besah mir Papa. Beinah weißhaarig, mit Bauch und dicken Säcken unter den Augen! ›Was willst du‹, sagte er, als er mein Gesicht sah, ›ich bin siebenundfünfzig. Und die letzten paar Jahre zählen doppelt, das kannst du mir glauben.‹ Dann gab er mir einen Scheck, sagte: ›Ich wünsch' dir Glück, du wirst es brauchen‹, und fuhr schnell wieder ab, noch vor der Hochzeit, um Yasmin nicht zu begegnen.«
»Hat er nichts gemerkt?«
»Vielleicht glaubte er, ich sei so munter vor lauter Aufregung. Yasmin glaubte das auch. ›Du hast dich sehr verändert‹, sagte sie einmal. ›Trinkst du, wenn du mit Dimi zusammen bist?‹

Nein, ich trank nur wenig, aber ich hatte *mich verändert, und das hatte nichts mit Dimi zu tun und mit meinem Glück. Manchmal hörte ich meine eigene Stimme in der Gondel in Venedig: ›Anita, ich habe Angst, daß ich abhängig bin und es gern habe.‹ Und ihre Antwort: ›Es ist schon viel, daß du –* weißt *... Später allerdings mußt du sehr aufpassen.‹*
Ich hatte nicht aufgepaßt. Auf meinem Nachttisch oder unter meinem Arm saß ein Krokodil. Und niemand ahnte etwas, nicht einmal Yasmin, mit der ich doch die Wohnung teilte.
Unser Zusammenleben war natürlich nicht mehr dasselbe, ganz abgesehen davon, daß ich manchmal die ganze Nacht bei Dimi blieb. Auch dann sagte sie nichts, aber ich wußte, was sie dachte. In solchen Dingen war sie ihr Leben lang ›alttürkisch‹. Auch sonst stimmte unsere gemeinsame Existenz in der Wohnung nicht mehr. Mutter und Tochter waren wir nicht geworden. Etwas Enttäuschtes, Unerfülltes hing in der Luft. Wir wußten es und hatten sicher beide denselben Gedanken: Nichts merken lassen.«
Sie sah den jungen Mann forschend an.
»Was hast du für eine Mutter, Bruder? Warum macht dich das verlegen? Ich hab' das schon öfters bemerkt, wenn man die Menschen nach ihrer Mutter fragt. Dann sind sie befangen und wissen nicht, warum. Vielleicht, weil man mal ein Stück von ihr war. Man fühlt sich verantwortlich, als wäre es umgekehrt, als hätte man sie *geboren. Fragt man nach dem Vater oder den Geschwistern, dann bekommt man unbefangene Antworten.«*
Er nahm die Brille ab und putzte sie umständlich.
»Siehst du? Du auch. Du genierst dich. Erzähl mir von deiner Mutter.«
»Meine Mutter«, sagte der junge Mann und setzte die Brille wieder auf, »ist eine Bauersfrau. Sie ist etwas wie deine Dade, nur daß sie natürlich griechisch spricht. Aber auch sie kann nicht lesen oder schreiben. Sie lebt wie im Mittelalter. Die Bibel bestimmt ihre Tagesordnung.«
»Liebst du sie? Putz nicht wieder deine Brille, die ist ganz sauber.«

»Wenn sie krank wäre, würde ich sofort hinfahren und sie pflegen.«

»Aber sie fehlt dir nicht.«

Er schwieg.

»Siehst du, du bringst es nicht fertig, es zuzugeben, weil da der Mutterzwang ist, wie ich das nenne. Ich habe den nie bei Yasmin gehabt. Und die neun Monate, die ich in ihr verbracht habe – ich hätte genausogut in einem Blumentopf stecken können. Wir waren einfach nur zwei Weiber, die eine jung, die andere älter.« Sie schwieg plötzlich und biß auf ihrer Unterlippe herum. »Ich gebe zu, sie tat viel für mich, denn sie hatte ›Güte‹. Ich konnte nur ein einziges Mal etwas für sie tun – viel später.«

Die letzten Worte waren kaum zu hören. Ihre großen gelben Augen starrten plötzlich wie gebannt an ihm vorbei zum Fenster, als sähe sie da draußen etwas Einsames, Gottverlassenes.

Sechstes Buch

I

Wenn man Sophie später nach ihrer ersten Ehe fragte, fiel ihr zunächst immer dieselbe Szene ein: Sie saß im Schuhgeschäft Leiser in der Tauentzienstraße, auf beiden Seiten bis zur Schulter von Bergen aus Schachteln und Seidenpapier bedrängt. Sie hatte ein Paar Schuhe kaufen wollen, und Dimi war mitgekommen. Drei Verkäuferinnen liefen atemlos hin und her mit immer neuen Kartons. Er hatte bereits zehn Paar gekauft, und es war immer noch nicht genug.
»Dimi, ich flehe dich an …«
»Bringen Sie mir dieses Paar hier in Dunkelblau, Fräulein.«
»Ich hab' schon ein Paar dunkelblaue.«
»Man kann nie genug dunkelblaue haben. Gibt es vielleicht noch dunkelblauere, Fräulein? Mit grünlichem Stich, nicht rötlich, verstehen Sie mich?«
»O ja, mein Herr«, hauchte sie. »Ich verstehe Sie.« Sie hätte ihm gern noch deutlicher gemacht, wie gut sie ihn verstand, aber eine zweite verdrängte sie vom Hocker und hielt ihm ein Paar Sportschuhe unter die Nase.
»Und diese, mein Herr? Das Leder! Riechen Sie nur«, flötete sie und wurde ihrerseits von Nummer drei entthront, die gleich mit zwei Exemplaren vergoldeter Sandalen heranschwebte.
»Beide, Fräulein, beide natürlich. Probieren Sie sie mal an.«
»Dimi!«
Niemand hörte sie. Die Verkäuferinnen, wie betrunken von diesem Mann und seiner Begehrlichkeit, knieten am Boden und boten ihm ihre ledernen Opfergaben dar, bevor sie Sophies Füße hoben und senkten wie die einer Gliederpuppe.

Sie gab auf. Tränen liefen ihr über die Wangen, aber niemand sah in ihr Gesicht, alle nur auf ihre Füße.
Als sie siebzehn Paar gekauft hatte, war Dimi satt und ging triumphierend zur Kasse, umringt von drei somnambulen, hinter Schachteltürmen verborgenen Verkäuferinnen. Sophie saß verlassen auf ihrem Stuhl, den rechten Fuß noch in einem Seidenpumps, den linken in einem Haferlschuh. Sie tastete nach einem Taschentuch in ihrer Handtasche – in der schönen, großen Krokodiltasche –, stand auf und fragte, wo die Toilette sei.
Kurz darauf kam sie zurück und lächelte ihren Mann an.
»Siehst du, jetzt macht's dir doch Spaß.«
»Großen Spaß!«

Das ganze Haus in der Uhlandstraße achtundvierzig gehörte Dimi. Sagte er. Die Hypotheken erwähnte er nicht, das fand sie erst später heraus. Unten war sein Atelier mit Zugang zu seiner Junggesellenbude darüber. Im zweiten Stock gab es eine Dreizimmerwohnung, die er bisher vermietet hatte. Während des Gut-Überlegen-Jahres richtete er sie ein, und Sophie durfte dabei zuschauen. Sie hatte gemeint, sie verstehe etwas von antiken Möbeln, aber das war für Dimi nur das Einmaleins. Farben und Formen, das Wenige und Einfache, aber Auserlesene, darauf kam es an. Sophie staunte.
Sie staunte auch, als er gleich zu Anfang ohne jede Verlegenheit fragte, ob ihr Vater ihr ein monatliches Einkommen garantieren werde. Nein, sagte Georg Wertheimer mit bösem Blick.
Niedergeschlagen kehrte sie von seinem Büro nach Hause zurück, und Yasmin erriet sofort den Grund. Für sie hatte Dimis nüchterne Anfrage nichts Anrüchiges. Eine Heirat war ein Handel. Jemand mußte zahlen, entweder der Vater oder der Bräutigam. Wenn beide versagten, mußte man sich an Dritte wenden, das war der Brauch. Sie gab Sophie noch am gleichen Tag einen Scheck über zwanzigtausend Mark und wehrte ihre stürmische Dankbarkeit erstaunt ab. Von diesem Geld wurden die Wohnung eingerichtet und auch einige Kleinigkeiten bezahlt, die Dimi nicht näher bezeichnete: »Verpflichtungen.«

Papas Scheck reichte für die Hochzeit und Sophies Garderobe – von Dimi ausgesucht –, und es blieb noch etwas übrig für zwei Dutzend Seidenhemden, englische Sportjacken und französische Schlipse für den Bräutigam.
»Schön, daß er groß denkt«, sagte Yasmin. »Es ist seine beste Eigenschaft. Männer, die klein denken, bringen es zu nichts.«
»Aber er macht Schulden! Papa hat immer gesagt, man müsse innerhalb seines Einkommens leben.«
»Wenn man jung ist, darf man seiltanzen. Wie alt ist er?«
»Einunddreißig.«
»Doch schon! In ein, zwei Jahren wirst du ihn bremsen müssen.«

Bremsen? Dimi? Sie ahnte, daß es besser war, ihn gewähren zu lassen. Auf einem Gebiet fiel ihr dies besonders leicht, und ihre Anpassungsfähigkeit und ihre Phantasie entzückten ihn: Er erwähnte einmal, daß er seine erste und in gewissem Sinn vollendetste Affäre mit einer Maniküre gehabt habe, dabei sei das Mädchen selbst gar nicht besonders attraktiv gewesen. Aber sie habe darauf bestanden, ihm immer vorher die Hände zu maniküren, und das habe eine erstaunliche Wirkung auf ihn gehabt ...
Noch am selben Abend forderte ihn Sophie plötzlich auf, sich im Wohnzimmer in einen bestimmten Sessel zu setzen, sie müsse sich leider auf kurze Zeit zurückziehen, aber jemand anderes würde ihm einen Besuch abstatten. Dimi, verdutzt, aber neugierig, versprach zu warten. Nicht lange darauf klopfte es an der Tür. »Herein.« Sophie erschien in einem weißen Arbeitskittel, einen Kasten unter dem Arm, und knickste.
»Guten Abend. Das Hotel Adlon schickt mich. Der Herr wünschen eine Maniküre? Wo kann ich warmes Wasser holen?«
Er spielte sofort mit. »Dort drüben im Badezimmer, Fräulein.«
Sie kehrte mit einem Schälchen Wasser zurück und balancierte es sorgfältig auf die linke Sessellehne.
»Tauchen Sie bitte die linke Hand ein. Ich fange immer rechts an.«
»Danke, Fräulein.«
Sie setzte sich auf einen Hocker vor ihn und packte den Kasten

aus: Scheren, Feilen, kleine Tücher, Creme, alles. »Die rechte Hand, wenn ich bitten darf.«

Langsam hob er die Hand und legte sie auf ihr Knie, ganz leicht, aber sie hatte das Gefühl, als brenne sie durch den Kittel hindurch. Eine Sekunde lang sah sie hoch, und ihre Blicke trafen sich. Dann begann sie, die Nägel zu feilen, und betrachtete aufmerksam die langen, braunen Finger.

»Ist es recht so, mein Herr?«

»Ja, Fräulein. Ich sehe, Sie verstehen Ihr Handwerk.«

»Ich bin vom Fach. Die linke Hand bitte, und die rechte eintauchen.«

Beide waren konzentriert bei der Sache, höflich und diskret.

»Haben Sie viele Kunden?«

»Es geht. Ich bin nicht billig.«

»Irre ich mich, Fräulein, oder haben Sie nichts an unter Ihrem Kittel?«

»Sie haben gute Augen, mein Herr, die rechte Hand, wenn ich bitten darf.«

»Kann man Sie zu jeder Zeit bestellen?«

»Ich werde Ihnen meine Telefonnummer dalassen. Ich stehe nicht im Buch. Wünschen der Herr Nagellack oder nur Polieren?«

»Nur Polieren, bitte, aber sorgfältig, ja?«

»Darauf kann sich der Herr verlassen. Es wird nichts unpoliert bleiben.«

Sie holte ein kleines weißes Lederkissen aus dem Kasten und begann, die Fingernägel zu polieren. Dabei sah sie hoch und in seine Augen – und die Maniküre wurde abrupt beendet. Der Weg ins Schlafzimmer erwies sich als zu beschwerlich, aber es gab ein Sofa im Wohnzimmer.

Er hatte eigentlich Geiger werden sollen, erzählte er ihr, aber sein Talent reichte nicht aus; nur die Leidenschaft war geblieben, und sie gingen jede Woche ins Konzert oder in die Oper. In der Rümelangstraße hatte es so gut wie keine Musik gegeben, außer Turhans *A-cappella*-Schubert-Liedern. Papa hatte sich nichts

draus gemacht, und Anita war völlig unmusikalisch gewesen. Sophies Unkenntnis entsetzte Dimi, aber er stellte bald fest, daß sie ein gutes Gehör hatte und in kurzer Zeit und mit Begeisterung lernte. »Ich hab' dich zweimal entjungfert«, sagte er, »das zweite Mal in der Philharmonie.«
Jeder Tag kam ihr wie ein Ereignis vor, wie ein nagelneues, aufregendes Abenteuer. Oder war es etwa nur das bißchen Zeug? Unsinn, es war Dimis Anwesenheit, die sie jeden Morgen frisch aufputschte. Immer wieder mußte sie sich vor Augen führen, daß es ihn tatsächlich gab, in Reichweite, daß er ihr zur Verfügung stand, zu ihr gehörte. Und wenn sie an schönen Sommertagen, während er arbeitete, allein durch die Straßen ging, fühlte sie sich so jung, so unbesiegbar, so über alle Maßen begnadet, daß sie meinte, ihre Schuhe müßten Spuren im Asphalt hinterlassen.

Morgens wachte sie spät und faul in ihrem gelben Schlafzimmer auf (»gelbe Wände, dann scheint die Sonne auch, wenn's regnet«), räkelte sich, hörte August unten im Atelier bellen. (Den Hund hatte sie allerdings verloren; als sie vom Diakonissen-Krankenhaus zurückkehrte, wollte er nicht mehr zu ihr kommen, drückte sich scheu an Dimis Beine und wurde sein Hund.) Dimi war bereits bei der Arbeit, entwickelte Platten, kopierte, sortierte, empfing die erste Kundin schon um neun Uhr. Anstelle der blonden Marie gab es jetzt eine dunkelhaarige Susanne mit etwas vorstehenden Zähnen, die ihm schon in der ersten Woche verfallen war, obwohl sie zu Hause Mann und Kinder hatte. Sophie merkte es und fand es ganz natürlich. Es war so einfach, Dimi zu lieben, er hatte keine Launen, war niemals unnahbar wie Papa (immer noch und für alle Zeiten ihr Maßstab). Nichts war ihm langweilig, was er auch tat, wurde neu entdeckt und genossen. Er liebte eigentlich alles, solange es unkompliziert und vor allem gesund war. Er selbst sei so aggressiv gesund, sagte er, daß er Kranksein einfach nicht begreife und immer das heimliche Gefühl habe: Ach, die tun ja nur so! Schuldbewußt gestand er ihr, daß er beinah aufgehört habe, sie zu lieben, als sie die vier Wochen im Diakonissen-Krankenhaus gelegen habe. Sie sei so

verändert gewesen, so fremd, nicht zum Wiedererkennen. Gott sei Dank sei sie gerade noch zur rechten Zeit gesund geworden.
Er lachte, als er es sagte, aber Sophie wußte: Das, was im Innenfach ihrer Krokodiltasche lauerte, das mußte abgeschafft werden.

Einmal im Monat verlangte sie oh, oh, nein, nein am Telefon und traf Wächter in einem Café in Moabit, j. w. d. (janz weit draußen). Sie kaufte immer nur ein einziges Päckchen in der Hoffnung, es werde das letzte sein. Wächter, enttäuscht, hob ständig den Preis an.
»Bei Ihnen geht's aber langsam«, sagte er mit hämischem Blick. »Sind Sie pleite, oder haben Sie Angst?«
Auf dem Rückweg im Taxi, das sie vor dem Café warten ließ, schwor sie sich jedesmal: Montag ist Schluß.

An ihrem dreiundzwanzigsten Geburtstag verließ Dimi das Schlafzimmer noch früher als sonst. Sophie schlief, hörte nicht, wie er kurz darauf wiederkam, fühlte nicht, wie er langsam und vorsichtig etwas Leichtes, Weiches über sie ausbreitete. Dann ging er auf Zehenspitzen aus dem Zimmer.
Unten nahm Susanne die Schutzhüllen von den Lampen. »Ist Ihre Frau schon wach? Ich hab' ihr Nelken mitgebracht.«
Er winkte ihr. »Kommen Sie. Ich zeig' Ihnen was.«
Sie folgte ihm die Treppe hinauf, und er öffnete die Schlafzimmertür einen Spalt.
»Können Sie sehen – auf dem Bett?«
»Die Decke?«
»Das ist ein Nerzmantel. Sie soll darunter aufwachen.«
Er schob sie zur Seite und spähte hinein. Sophie nieste, der Pelz hatte sie an der Nase gekitzelt. Schnell trat er ins Zimmer und schloß die Tür hinter sich.
Susanne stieg die Treppe hinunter. Eine siedende Welle Neid stieg in ihr auf – so daß sie die Augen schloß vor Pein – und klang langsam wieder ab. »Was geht's mich an«, flüsterte sie vor sich hin und machte sich auf die Suche nach einer Vase für die Nelken.

Der Nerzmantel war die Morgenüberraschung. Zur Nachmittagsüberraschung fuhren sie im Wagen zum Grunewaldsee, gingen Hand in Hand durch ein Stück Wald in Richtung einer eingezäunten Lichtung, Sophie trotz der Frühlingssonne in den Nerzmantel gewickelt, von dem sie sich nicht trennen wollte. Dimi legte zwei Finger auf die Zunge und pfiff. Weit hinten im Schatten einer Gruppe Föhren bewegte sich etwas und trat ans Licht, die Ohren gespitzt, das rotbraune Fell glänzte in der Sonne.

»O Gott«, seufzte Sophie. »Ist der schön!«

»Das ist Katrina. Sie gehört dir, weil sie deine Haarfarbe hat.«

Die Stute schnaubte und tänzelte heran. Er holte Zucker aus der Tasche, und Katrina stülpte die breiten Lippen auf und nahm den Zucker aus der dargebotenen Handfläche. Sie ließ sich von ihm streicheln, nickte eifrig mit dem Kopf und scharrte mit den Vorderhufen.

»Gib *du* ihr Zucker, mich kennt sie schon, wir sind schon einige Male zusammen spazierengegangen. Jetzt muß sie sich an *dich* gewöhnen.«

Sophie hielt nicht ohne Angst ein paar Stück Zucker unter die blaßrosa Pferdenüstern. Katrina ignorierte ihre Hand und beschnupperte Dimis Gesicht.

»Ich weiß nicht«, sagte Sophie zögernd. »Ich glaube, Pferde mögen mich nicht. In England sind wir oft den Strand entlang geritten, aber mein Pferd hat immer wieder versucht, mich an der Mole abzuquetschen.«

»Mietpferde. Alle schlechtgelaunt und tückisch. Warte nur, bis du auf Katrina sitzt, da wirst du den Unterschied merken.«

Der Unterschied war, daß es Katrina schon beim ersten Ausreiten mit dem Lehrer gelang, Sophie an einer mächtigen Föhre loszuwerden. Sie galoppierte wie besessen auf den Baum zu und drehte erst im letzten Augenblick ab. Sophie wurde aus dem Sattel gerissen und blieb reglos am Boden liegen. Als der Reitlehrer sie ein paar Sekunden später aufzuheben versuchte, stöhnte sie und zeigte auf ihr linkes Bein, das zwischen Knie und Knöchel angeknickt im Gras lag und aussah, als gehöre es nicht zu ihr. Er konnte nicht einmal einen Notverband anlegen, und so gab er ihr nur mehrere Aspirintabletten, bettete sie in sein Auto und fuhr in die Stadt zurück. Während der Fahrt wimmerte sie ohne Unterlaß und erbrach das Aspirin auf halbem Weg.

Die Reitschule hatte Dimi verständigt. Er stand vor der Haustür, als sie ankamen, und trug sie ins Schlafzimmer hinauf. Dort wartete bereits sein Arzt, ein energischer jüngerer Mann, Fritsche mit Namen. Susanne hatte allen Kunden abtelefoniert. Sie stand hilflos im Atelier zwischen den dunklen Lampen und wagte nicht, Dimi anzusprechen, der auf einem Stuhl saß, das Gesicht in den Händen vergraben.
Dr. Fritsche kam die Treppe herunter, und Dimi sprang auf.
»Das Schienbein, nicht wahr?«
»Ich muß Ihre Frau ins Krankenhaus bringen, Martensen, ich kann es ohne Narkose nicht setzen.« Er ging zum Telefon, bestellte einen Krankenwagen.
»In welche Klinik soll ich sie legen?«
»Ins Diakonissen-Krankenhaus. Das kennt sie schon.«
Dr. Fritsche schüttelte den Kopf. »Ihre Frau möchte dort nicht wieder hin, das hat sie mir ausdrücklich gesagt.«
»Aber warum? Sie war doch so gern dort!«
Oben hörte man Sophie halb weinen, halb schreien. Dimi hob den Kopf, fuhr den Arzt an.
»Können Sie ihr nicht etwas geben, etwas Schmerzstillendes, während wir warten? Haben Sie ihr wenigstens eine Spritze verabreicht?«
Dr. Fritsche sah ihn an. Dann drehte er sich zu Susanne um.
»Würden Sie uns bitte einen Augenblick allein lassen?«
Susanne lief hastig zur Haustür. Der Arzt wartete, bis sie sich geschlossen hatte.
»Martensen«, sagte er leise, »wissen Sie denn nicht? Ich kann Ihrer Frau keine Spritze geben – jedenfalls möchte ich es ohne versuchen.« Er schwieg einen Augenblick, seufzte, sah in Dimis ahnungslos gespanntes Gesicht. »Wissen Sie nicht, daß Ihre Frau Morphinistin ist? Haben Sie nie die Einstiche in ihren Schenkel bemerkt?«

2

Als Sophie im Westend-Krankenhaus aus der Narkose erwachte, saß Yasmin an ihrem Bett. Nicht Dimi. Yasmin.
Sie schloß die Augen. Der Schmerz in ihrem linken Bein drohte über ihr zusammenzuschlagen. Sie stöhnte und warf den Kopf auf dem Kissen hin und her. Yasmin verließ das Zimmer und kam mit Dr. Fritsche wieder.
»Da«, sagte sie drohend und zeigte auf das Bett. »Wollen Sie sie so lassen? Sind Sie ein Arzt oder ein Unmensch?«
»Ich kann es mit meinem Gewissen nicht vereinbaren, einer Süchtigen auch noch die Droge zu verabreichen.«
»Ich bin ihre Mutter, und ich sage Ihnen, jetzt ist nicht der Zeitpunkt, eine Entziehungskur zu machen.«
Sophie erhielt vier Tage lang Morphium und wurde dann auf ihr dringendes Verlangen und zur Erleichterung Doktor Fritsches im Krankenwagen nach Hause gebracht. Sie hatte Dimi in diesen vier Tagen nicht einmal gesehen, aber die Nachtschwester berichtete, daß er in der ersten Nacht gekommen sei. Was sie ihrer Patientin verschwieg, war die seltsam steife Haltung, in der er ein paar Minuten am Bett gestanden hatte, zurückgebeugt, als komme ein schlechter Geruch aus den Kissen.

Sie hatte nicht versucht, ihn anzurufen. Sie wußte, Doktor Fritsche hatte ihre Schenkel gesehen ... Am späten Nachmittag nach ihrer Rückkehr hörte sie ihn langsam die Treppe vom Atelier zur Wohnung heraufkommen. Er setzte sich an ihr Bett und nahm ihre Hand, die schlaff und hilflos in der seinen lag. Sie suchte seine Augen, aber er blickte hartnäckig zu Boden. Tränen ver-

engten ihr die Kehle, und sie schluckte verzweifelt, um sie runterzuwürgen.
»Dimi, ich werde es loswerden, du wirst sehen.«
Er streichelte abwesend ihre Hand. »Ich weiß noch nicht, was werden wird, Sophie. Der Gedanke, daß du – es ekelt mich einfach. Verzeih, daß ich das sage, aber es ist besser, daß du's weißt.«
»Und wenn ich's nicht mehr tue, Dimi? Was dann?«
»Ich weiß es nicht. Ich weiß nicht, was dann noch übrig ist.«

Er kam jeden Tag nach der Arbeit und saß eine halbe Stunde an ihrem Bett. Sie wartete den ganzen Tag auf diesen Moment, horchte auf jedes Geräusch von unten, und ihre Verzweiflung wuchs. Nicht daran zu denken, das Morphium auch nur einen Tag wegzulassen. Im Gegenteil, sie mußte größere Mengen spritzen, um gleichmütig zu erscheinen, und ließ Wächter heimlich ins Haus kommen. Kaufte ihm gleich drei Päckchen ab.
»Wissen Sie, was Sie angerichtet haben?« flüsterte sie heiser, als er zufrieden grinste.
Er schüttelte den Kopf. »Ich seh' das anders. Sie sind von Haus aus 'ne Hungrige. Ich bin Ihr Wohltäter. Seien Sie froh, daß Sie mich haben.«

Solange Sophies Bein noch im Gipsverband war, kam Yasmin täglich, setzte sich aber nie ans Bett, sondern immer auf einen Stuhl.
»Deine Ehe ist kaputt«, sagte sie. »Das ist noch nicht das Schlimmste. Du wirst wieder heiraten, du bist noch jung.«
»Du hast auch nicht wieder geheiratet, und du warst noch viel jünger.«
»Ich war *zu* jung, ich bin entzweigebrochen. Du brichst nicht. Erst mußt du mal das Zeug loswerden.«
»Ja«, sagte Sophie. Aber sie wußte nicht, wie.

Eines Tages, nachdem sich Yasmin bereits verabschiedet hatte, drehte sie sich in der Tür noch einmal um.

»Dein Mann betrügt dich. Es ist besser, daß du's weißt.«
Sophie lag eine lange Zeit ohne sich zu rühren, griff dann nach der Krokodiltasche.
Abends, als Dimi in ihr Zimmer kam, fragte sie ihn, und er gab es sofort zu. »Schade«, meinte er nur. »Ich wollte es dir selbst sagen. Aber erst wenn du wieder aufstehen kannst. Deine Mutter hat uns wohl zusammen gesehen.«
»Susanne?«
Er nickte. »Es ist nicht wichtig, bedeutet mir nichts. Sie weiß es auch.«
Sophie schwieg. Die Krokodiltasche hatte ihre Pflicht getan und ihr zu der Überzeugung verholfen, daß eigentlich nichts wichtig war. Arme Susanne. Laut sagte sie und versuchte sogar ein kleines Lächeln: »Wird das jetzt oft vorkommen?«
»Schon möglich.«
Sie setzte sich auf, griff nach seiner Hand. »Dimi, nur eine einzige Bitte: Nimm diese Mädchen nicht mit ins Konzert! Versprich mir das.« Ihre Augen flehten, die Wangen waren vor Inbrunst hochrot.
Trotzdem mußte er lachen, und er streichelte ihre Hand, welche die seine umklammerte. Beinah wie früher, dachte Sophie. Dann sah er sie traurig an, hatte wahrscheinlich dasselbe gedacht.
»Ich verspreche es dir.«

In den folgenden Wochen, als sie wieder herumhumpeln konnte, versuchte Sophie jeden Morgen aufs neue, das Verlangen nach der Spritze zu ignorieren oder zu unterdrücken. Anfangs meinte sie, daß es nur ihres ernstlichen Willens bedürfe, und die Krokodiltasche werde in hohem Bogen auf den Misthaufen fliegen. Der ernstliche Wille hielt nur ein, zwei Stunden an, bis sie kapitulierte. Dann kam die Periode des *eisernen* Willens. Der krachte wenig später zusammen. Sie hatte nicht mit den Schmerzen gerechnet, hielt es zuerst für reinen Zufall, daß ihr Kopf dröhnte und sie meinte, vor innerem Druck auseinanderzubersten. Zur gleichen Zeit hatte sie Mühe, vor Panik und Herzklopfen nicht laut loszubrüllen. Das hätte Dimi unten im Atelier gehört! Her mit der Krokodiltasche, morgen wird's noch einmal versucht. Aber als sich die Tage des Mißlingens aneinanderreihten, wurde sie allmählich mutlos und verlor den ernstlichen und schließlich auch den eisernen Willen. Rat? Nur Dimi, Fritsche und Yasmin wußten Bescheid. Vor Dimi schämte sie sich, vor Fritsche fürchtete sie sich. Blieb die Mutter. Yasmin ihrerseits holte sich Rat bei ihren Freunden in der türkischen Botschaft.

»Du mußt für ein paar Wochen in ein Sanatorium gehen. Es gibt sogar welche, die darauf spezialisiert sind.«

In eine Anstalt? Das würde den dünnen Faden, an dem ihre Ehe hing, abzwicken, selbst wenn sie's schaffen würde. Noch kam Dimi meistens abends zum Essen, noch fuhren sie sonntags im Auburn-Cord spazieren oder hörten Musik, noch gab es Hoffnung, auch wenn ihr Zusammensein die zärtliche Intimität und vor allem das Lachen eingebüßt hatte. Hin und wieder ging er noch spät abends fort, und Sophie fragte nicht. Sie hatte nicht das Recht.

Mehr noch als unter ihrer gefährdeten Liebe litt sie unter der vernichtenden Absage, die ihr von ihrem eigenen Willen erteilt worden war. Die klaustrophobische Angst vor den Schranken, vor dem Gefängnis, in dem sie sich befand, lief parallel mit dem aufgeputschten Wohlbefinden durch die Spritze. Irgendwas mußte geschehen, irgend jemand mußte ihr doch helfen können! Papa? Georg Wertheimer sagte, er lebe jetzt in Baden-Baden mit Keitje, dort gebe es ein Spielkasino. Es war, als ahnte er und als hätte er sie abgeschrieben. Noch schlimmer allerdings wäre – und um die Ecke! –, wenn sie sich selber abschreiben müßte.

Der Tag kam, an dem ihr eine Bekannte am Telefon erzählte, sie habe Dimi am vorigen Abend in der Philharmonie gesehen.

»Ich weiß«, sagte Sophie, obwohl sie nichts wußte. Und fügte instinktiv hinzu: »Ich hatte Zahnschmerzen, meine Cousine hat mein Billett genommen.«

»Ach, *das* war die große Blonde ...«

Sie hielt die geballten Fäuste vors Gesicht, schluchzte und zitterte und kreiselte spiralenförmig in den Abgrund, aus dem sie nur die Krokodiltasche retten konnte.

Am nächsten Morgen stand sie früh auf und ging ins Wohnzimmer. Dimi saß in der Frühstücksecke am Fenster. Die Wintersonne schien aus blauem Himmel auf den Tisch mit dem schönen Rosenthal-Porzellan, das sie zusammen ausgesucht hatten. »Das ist das Allerwichtigste«, hatte er damals gesagt. »Es muß uns gleich am frühen Morgen in die richtige Stimmung bringen.«
Er war gerade dabei, ein Ei in den kleinen Becher zu plazieren, sah erstaunt auf, lüftete sich etwas vom Stuhl und lächelte sie an. Sie setzte sich ihm gegenüber. Er hob den Eierlöffel, ließ ihn aber wieder sinken. Sie hatte offenbar ein Anliegen, da konnte man sich nicht dem Ei widmen.
»Warum hast du mich vorgestern nicht mitgenommen? Ich liebe doch Kreisler.«
Er schwieg, dachte, wie schade es doch war, daß er sein Versprechen brechen mußte.
»Dimi, du bist mit einer anderen Frau ins Konzert gegangen?« Leise und ohne Vorwurf, eigentlich nur eine Feststellung.
Schade. Schade. Inmitten der Welle des Bedauerns, die über ihn kam, und voll Scham über die Bredouille, die er sich eingebrockt hatte, griff er nach dem Löffel, nicht absichtlich, nur um etwas zu tun, und köpfte das Ei.
»Mußt du ein Ei essen, wenn ich mit dir spreche?«
Der Löffel mit dem kleinen Eierkopf schwebte in der Luft – sollte er ihn feige wieder zurück aufs Ei legen oder mutig auf dem Teller deponieren?
»Ich dachte, ich könne dir trauen. Es ist das einzige, um das ich dich gebeten habe.«
Scheußlich von mir, dachte er und beschloß, den Eierkopf aus seiner ungeklärten Lage zu erlösen, indem er ihn schnell aß. Dann legte er den Löffel hin und erwartete den kommenden Sturm. Statt dessen schlug Sophie die Hände vors Gesicht und begann zu weinen. Die Tränen liefen durch ihre Finger und tropften auf die Tischdecke.
Ob sie heute schon gespritzt hat? Der Gedanke enervierte ihn derart, daß er wieder nach dem Löffel griff und das Ei attakkierte.

Sophie wischte sich die Tränen ab. Ihr Herz klopfte so stark, daß sie das rhythmische Hämmern gleichzeitig im Kopf und im Hals spürte. Ich *sage* es, dachte sie. Wenn ich es *nicht* sage, werde ich mich mein Leben lang verachten. Sag's ihm. Jetzt! *Frag* ihn – vielleicht sagt er nein.

»Dimi, würdest du ... würdest du es lieber haben, wenn ich ausziehe?«

Das Ei war noch zur Hälfte da. Sie starrte auf das restliche Gelb und das sanfte Weiß drum herum und dachte wie damals bei Turhans Tod, als sie die Krähe auf dem Rasen hüpfen sah: Dieses halbe Ei werde ich niemals vergessen und auch den Löffel nicht und die gesenkte Stirn ...

Zweimal noch tauchte der Löffel in die Schale, dann wurde er auf den Teller gelegt, die Stirn hob sich, und die Augen sahen sie ruhig an.

»Ja«, sagte er. »Ich glaube, das wäre das beste.«

3

Sie hatte an diesem Morgen noch *nicht* gespritzt, ein großer Fehler, nicht wieder gutzumachen. Jetzt mußte eine doppelte Ration her, und die brachte es dann fertig, daß sie ihre Koffer vom Boden holte und packte, ganz ruhig, Stück für Stück.

Unten bellte August. *Sein* Hund, hatte nichts mehr mit ihr zu tun. Von Zeit zu Zeit hörte sie Dimis Stimme, aber das Zeug hielt dicht, und sie blieb nicht einmal stehen, um zu lauschen, wanderte hin und her, stapelte und faltete alles sorgfältig zusammen. Zwei Stunden später war sie fertig und rief Yasmin an.

Gegen Mittag klingelte sie an der Tür am Olivaer Platz und stellte die Koffer ab: »Keine Angst, ich ziehe nicht ein.«

»Willst du etwas essen?«

Sophie schüttelte den Kopf. Yasmin ließ ihr Kaffee bringen. Sie selbst saß vor einem Teller Schaschlik.

»Ich werde langsam fett«, meinte sie, während sie kaute. »Wie alle orientalischen Frauen. Du bist eher zu dünn, du ißt ja auch nichts. Na ja.« Sie ließ sekundenlang die Gabel sinken. »War's schlimm?«

Sophie berichtete.

»Erinnere dich«, sagte die Mutter und tunkte die Sauce mit einem Stück Brot auf, »erinnere dich, was ich dir über die Güte gesagt habe. Er hat keine, dein Dimi, und deshalb ist es nicht mal schade um ihn. Schade ist nur, daß man nicht trauern kann. Wie wär's, wenn du jetzt ins Sanatorium gingst und eine Kur machtest? Jetzt wäre der richtige Zeitpunkt.«

»Eben nicht. Jetzt *brauch'* ich das Zeug. Eigentlich zum erstenmal.«

Yasmin vertiefte sich in eine Schokoladencreme. Als sie fertig war, wischte sie sich den Mund sorgfältig mit einer Damastserviette ab und betrachtete ihre Tochter.
»Du machst es dir leicht. Du weigerst dich zu leiden, wie es sich gehört. Das wird sich rächen, du wirst schon sehen. Du mußt es eines Tages loswerden, das weißt du selbst, denn ich nehme an, daß du ab heute deine Rationen verdoppeln wirst. Aber jetzt, wo du in Wahrheit innerlich kaputt bist, *jetzt* solltest du den Teufel mit Beelzebub austreiben, wie man hier sagt. Ein weises Wort. Hast du mal drüber nachgedacht? Es heißt: Wenn dich dein Kopf schmerzt, kneif dich in den Arm, dann fühlst du deinen Kopf nicht mehr.«
»Ich hab' nicht die Kraft«, sagte Sophie leise. »Nicht mal zum Kneifen.«
»Waschlappen«, sagte Yasmin nicht ohne Zärtlichkeit. »Also: Was willst du tun?«
»Kannst du mir helfen, eine Wohnung zu finden? Eine ganz kleine, denn ich hab' kein Geld. Dann muß ich mir Arbeit suchen. Würdest du mir drei Monate lang helfen? Ich will nichts von Dimi annehmen.«
»Der hat sowieso nichts«, meinte Yasmin seelenruhig. »Er hat mich schon zweimal angepumpt.«
Sophie mußte lachen. Es tat ihr wohl, sich Dimi als Bittsteller auszumalen.
»Ich bin sehr dafür, daß du allein wohnst. Man soll nie zweimal in dieselbe Kerbe hauen. Ich werde dir dreihundert Mark monatlich geben, bis du selbständig bist.«
»Aber ...«
»Ich weiß, das reicht nicht für deine Ration. Leider gehörst du zu der Sorte, die es schlecht verträgt, wenn man's ihnen zu leicht macht.«
Sie hatte die Wahl: entweder anständig wohnen und winzige Rationen – oder scheußliche Bude, aber genügend Zeug, um vor Sehnsucht nach Dimi nicht schlappzumachen. Die Entscheidung fiel ihr nicht schwer, denn sie hatte in Wahrheit gar keine Wahl. Sie mietete ein möbliertes Zimmer hinterm Nollendorfplatz für

sechzig Mark im Monat. Ob Georg Wertheimer nicht vielleicht doch ...
Er hörte sie nicht einmal zu Ende an.
»Nicht einen Pfennig. Ich erzähl's deinem Vater erst gar nicht, es würde ihn nur aufregen, und es geht ihm nicht sehr gut, gesundheitlich. Das Geschäft habe ich jetzt endgültig liquidiert, und er wird sich selber einschränken müssen.«
»Einschränken? Spielt er nicht mehr?«
»Das ist seine Sache. Und deine Sache ist deine Sache.«

Zurück zum Nollendorfplatz. Ihr Zimmer ging nach hinten hinaus. Alle zwanzig Minuten dröhnte die U-Bahn vorbei. Einen Schrank gab es nicht, nur eine Art Verschlag mit Vorhang, und so packte sie den einen Koffer mit ihren schönen Kleidern gar nicht aus. Die Wirtin, vor allem aber der Sohn, gefielen ihr nicht. Einmal sah sie im Vorbeigehen durch die offene Tür in sein Zimmer: Über dem Bett kreuzten sich zwei Degen, darüber hing eine Hakenkreuzfahne und darunter ein Bild von dem Mann mit der Schmachtlocke und dem Schnurrbart. »Einen ganz trüben Hecht«, hatte Papa den genannt, als der sich ein paar Jahre zuvor »mausig gemacht« hatte. In Sophies Zeitung, dem »Berliner Tageblatt«, stand jetzt viel über ihn. Sie las nun täglich und ausführlich und nicht nur die Stellenanzeigen. Sie schlief schlecht, saß oft nachts am Fenster, grübelte und weinte. Die vorbeirasenden U-Bahnzüge zeigten ihr an, daß die Zeit verstrich, und wurden ihr beinah lieb. Aber um zwei Uhr ratterte der letzte vorbei, und dann waren es noch sechs lange Stunden bis zum Frühstückskaffee und zur Spritze.
Wächter merkte es natürlich. Schon weil es plötzlich kein Taxi mehr gab und weil sie ihn zum erstenmal wütend anfauchte: »Wenn Sie mit dem Preis nicht runtergehen, such' ich mir jemand anderen.«
»Na, versuchen Sie's mal«, grinste er, zahlte aber erstmals ihren Kaffee. »Der Herr Gemahl hat's wohl gerochen und Sie rausgeworfen, was? Warum arbeiten Sie nicht?«
»Wo? Was?« knurrte sie. »Gibt's nicht genug Arbeitslose?« Ihre

Zähne waren fest aufeinandergepreßt, und die Hand an der Tasse zitterte.
»Sie sind doch nicht vom Mond, Mädchen. Irgendwas müssen Sie doch können ...«
»Nichts!« brüllte sie plötzlich los. Die paar Leute im Café drehten sich um, und der Wirt kam hinter der Theke hervor. Er kannte das. Wenn's ein Anfall war, dann besser raus mit ihr. »Ich kann nichts! Ich hab' nichts gelernt!« schrie sie noch einmal gellend. Der Wirt kam näher, aber da legte sie schon den Kopf auf die schmutzige Marmorplatte und heulte los, und er kehrte beruhigt hinter die Theke zurück. Wächter fingerte an seinem überlangen Kinn und betrachtete ungerührt den gesenkten roten Kopf und die zuckenden Schultern.
»Hör'n Sie auf, dumme Kuh, noch ist Polen nicht verloren, ich geb's Ihnen heute mal gratis, na? Sie reden doch ganz anschaulich, Sie haben doch sicher was gesehen von der Welt. Warum schreiben Sie nicht was, anstatt zu heulen, na? Mein Bruder ist Journalist bei der ›Vossischen‹, schreibt über Fußball, sonst weiß er nichts, aber er hat mehr im Monat als ich im Diakonissen-Krankenhaus, na?«

Sie schrieb einen Artikel über Venedig und einen über Hastings. Der über Venedig (er hieß »Gondelträume«) gefiel ihr besser, obwohl er so gut wie nichts von den Kunstschätzen und nur das Allernötigste über die Architektur berichtete. Das Ganze war in einen Erinnerungstraum verpackt, den ein junges Mädchen träumt, während sie, auf dem Boden einer Gondel ausgestreckt, durch die Wasserstraßen gleitet. Die Dade kam oft darin vor und Turhan, sonst niemand. Der Bericht über Hastings (»Vom Wind an der englischen Küste«) war etwas pedantisch und pingelig, aber vielleicht war es ratsam, zwei ganz verschiedene Probestücke einzusenden.
Yasmin bewilligte anstandslos das Geld für die gemietete Schreibmaschine, und Sophie tippte mit einem Finger, dann mit zwei Fingern und immer wieder von vorn, der vielen Fehler wegen.

Eines Abends, spät, öffnete sich die Tür, ohne daß sie es klopfen gehört hatte. »Der Sohn« lehnte im Türrahmen.
»Erstens mal, Fräulein, tippen Sie nicht nachts. Sie stören mich. Zweitens: Warum lernen Sie nicht, wie man tippt? Alle paar Sekunden ein Knacks auf der Maschine, das kann ja kein Mensch aushalten. Was tippen Sie da überhaupt?«
»Einen Artikel.«
»Für 'ne Zeitung? Ich kenn' jemand, der arbeitet bei 'ner Zeitung.« Er ging in sein Zimmer und kehrte mit einem fettgedruckten Blatt in der Hand zurück. »Hier, lesen Sie das mal. Worüber schreiben Sie denn?«
»Über Venedig.«
»Venedig – das is' Italien, nicht wahr? Das ginge vielleicht. Toller Bursche, der Mussolini. Da steht auch was über ihn drin. Wenn Sie fertig sind, können Sie mir ja mal Ihren Wisch geben, vielleicht gefällt er denen. Gute Nacht.«
Sie schloß die Schreibmaschine und nahm die Zeitung mit ins Bett. Der »Völkische Beobachter«. Das war doch deren Zeitung, die mit den dicken rotunterstrichenen Schlagzeilen! Klosettpapier hatte Papa sie genannt. Aber konnte sie es sich leisten, wählerisch zu sein?

Yasmin bezahlte ebenso anstandslos Sophies Kurs in Stenographie und Schreibmaschine und war sogar bereit, einen Privatlehrer zu engagieren, aber sie lehnte ab. Die Zeit der Extrawürste war endgültig vorbei.
Sie stürzte sich mit wahrer Wut auf diese Stunden in der überfüllten Schule, in schäbigen Klassenräumen, inmitten von Hunderten von Schülern, die meist jünger waren als sie und schneller lernten. Trotzdem konnte sie ein paar Wochen später ihre beiden Artikel langsam, aber fehlerfrei abtippen und sie »dem Sohn« übergeben. Als Gegenleistung holte er ein Buch aus seinem Zimmer.
»Lesen Sie's wenigstens oberflächlich, sonst haben Sie keine Chancen beim ›Völkischen‹. Sie sind doch arisch?«
»Was bin ich?«

»Lesen Sie das Buch. Dann wissen Sie's.«
Sie gab ihm »Mein Kampf« nach ein paar Tagen einigermaßen erschüttert zurück.
»Na? Wissen Sie's jetzt?«
»Ja.«
»Und? Sind Sie in Ordnung?«
»Ja.«

Aber da wartete eine Überraschung auf sie.
Als sie Yasmin mittags von der Aussicht berichtete, vielleicht beim »Völkischen Beobachter« arbeiten zu können, hörte ihre Mutter auf zu essen.
»Du kannst dort nicht hingeben, du bist nicht arisch.«
Sophie starrte sie mit offenem Mund an. »Wieso? Warum bin ich nicht ...«
»Weil ich Halbjüdin bin. Meine Mutter kam aus Haifa. Wahrscheinlich hat's dein Vater nie gewußt, es war ja auch unwichtig, damals.«
Als »der Sohn« ihr ein paar Tage darauf stolz mitteilte, sie habe einen Termin beim »Völkischen«, da ließe sich vielleicht was machen, wenn sie in dem Geschreibsel die Schwarze rauslassen und die ganze Sache mehr politisch interessant machen würde, log sie ihm vor, sie habe den Artikel bereits untergebracht.
»So? Wo denn?«
»Beim ›Berliner Tageblatt‹.«
»Bei der Judenzeitung? Ach so. Hätt's mir denken können, bei den roten Haaren.« Er ging aus dem Zimmer und knallte die Tür hinter sich zu, bevor ihm Sophie mitteilen konnte, daß sie dieses Erbstück ihrem arischen Vater zu verdanken habe. Am nächsten Tag kündigte ihr die Wirtin. Sophie nahm es mit Fassung hin, hatte sowieso vor auszuziehen.
Inzwischen schickte sie Kopien ihrer Artikel an alle Redaktionen in Berlin. Noch vor dem Ersten lag ein Brief vor ihrer Tür. Sie hob ihn mit spitzen Fingern auf: Ullstein-Verlag, »BZ am Mittag«, Feuilleton, Kochstraße 22–26, Kreuzberg. Die erste Absage? »Wir danken Ihnen für Ihre Zusendung, müssen aber lei-

der etc. etc.«? Sie legte die Krokodiltasche bereits geöffnet auf den Tisch, riß dann erst den Umschlag auf: »Nächsten Montag um zehn Uhr in der Redaktion.« Unterschrift unleserlich.
Sie schloß die Krokodiltasche und öffnete dafür zum erstenmal ihren Kleiderkoffer. Holte ein schwarzes Kostüm von Knieze und eine weiße Bluse heraus. Ließ beides bei Yasmin aufbügeln, wusch sich dort am Montag früh das Haar und schminkte sich. Zum Schluß noch Papas letztes Geschenk: ein Paar Ohrringe, zwei große, gelbweiße Perlen.
»Warum das?« fragte Yasmin.
»Für den Herrn Redakteur«, sagte Sophie grimmig.

Der Bus setzte sie Ecke Wilhelmstraße und Kochstraße ab. Nummer 22–26, ein riesiger, imponierender Bau, acht Etagen hoch. Der Portier las den Brief, den sie ihm lässig hinstreckte, obwohl ihre Hand zitterte.
»Frau Mewes«, erklärte er, nachdem er sein Verzeichnis studiert hatte.
»Ist das der Redakteur?«
»Det is' Frau Mewes. Vierter Stock links. Name is' an de Tür. M wie Möwe«, rief er ihr noch nach.
Als sie Frau Mewes gegenübersaß, wußte sie auch, warum. Die sah tatsächlich wie eine Möwe aus, eine unternehmungslustige, zielbewußte Möwe, mit ihrem weißen, glatten Haar um das junge Gesicht, in weißer Bluse und weißem Rock.
»Moment noch«, sagte sie und hob ohne aufzusehen eine Hand zum Gruß, eine braune Hand mit rotlackierten Fingernägeln. »Bin gleich fertig.« Sie kreuzte noch einige Stellen auf einem Blatt Papier an, unterschrieb, legte den ganzen Packen beiseite und sah hoch.
»Guten Tag, Frau – oder Fräulein Martensen?«
»Frau. Guten Tag.«
Frau Mewes nahm sich Zeit und studierte sie eingehend.
»Ja«, meinte sie dann. »Noch ganz jung. Das hab' ich mir gedacht, als ich Ihre Geschichte las. Einundzwanzig? Zweiundzwanzig?«

»Vierundzwanzig.«
»Aha. Also: Mir gefallen beide, jeder in seiner Art. Am meisten gefällt mir, daß Sie einem keine Vorlesung halten über Venedig, die Stadt der Künste, oder die Schlacht bei Hastings tausendsechsundsechzig. Das haben Sie alles sorgfältig weggelassen. Raffiniert.«
»Das war nicht der Grund.«
»So? Was denn?«
»Keinen Dunst.«
Die Möwe lachte. »Um so besser. Wenn Sie das ganze Drum und Dran, das mir so gefallen hat, erfunden haben ...«
»Ich war dort, in Venedig und in Hastings, aber die historischen Kisten, die haben mich nie interessiert.«
»Aha«, sagte die Möwe. Das sagte sie immer, wenn sie Zeit gewinnen wollte. »Warum waren Sie denn dort? Ferien?«
»Und Quarantäne«, sagte Sophie und fragte sich, warum sie das der fremden Frau anvertraute.
»Mußte zu Hause gelüftet werden?«
»Ich war drei Jahre in England«, sagte Sophie, wieder steif.
»Aha. Sie sprechen also gut Englisch. Schreibmaschine? Steno?«
»Nur sechzig Silben in der Minute.«
»Genügt. Vielleicht könnten wir Sie in der englischen Abteilung brauchen. Sie müßten englische Tageszeitungen lesen und katalogisieren, je nach internationaler Bedeutung oder für Deutschland interessant oder einfach nur Aufschlußreiches und Skurriles aus dem englischen Leben. Ich glaube fast, Sie haben dafür besonderes Gespür, für das Skurrile, meine ich, nach Ihren Gondelträumen zu urteilen. Die schwarze Amme, wie hieß sie noch?«
»Dade«, sagte Sophie leise.
»Ja, die. Die hat mir am besten gefallen. Von der müssen Sie mir mal mehr erzählen.«
In den bernsteinfarbenen Augen war auf einmal eine solche Pein, daß Frau Mewes ihre Aufmerksamkeit wieder dem kleinen Stoß »Gondelträume« und »Vom Wind an der englischen Küste« zuwandte.

»Ich habe nur wenige Striche gemacht«, sagte sie sachlich. »Eigentlich ist bei Ihnen das Ungewöhnliche der Fall: Man möchte mehr wissen, zum Beispiel von dieser Dade und auch von diesem Turhan. Gibt es die beiden wirklich?«
»Sie sind tot.«
»Aha.« Nach einer Pause. »Aber wenn Sie schon von ihnen erzählen, dann müssen Sie uns auch einen präzisen Eindruck geben. Ein Zeitungsartikel muß kräftiger auftragen als etwa ein Buch. Der Artikel ist kurz, der Leser hat wenig Zeit und Geduld, aber er möchte trotzdem etwas ›erleben‹, während er in der U-Bahn liest, verstehen Sie?«
»Ich werd's versuchen.«
»Gut. Hier sind Ihre Artikel mit meinen Kommentaren. Arbeiten Sie ein wenig daran, ja? Ich glaube, wir könnten den Venedig-Bericht nächsten Sonntag im Feuilleton bringen. Inzwischen melde ich Sie beim Betriebsleiter an, Wehrmann heißt er, Name, Alter etc. Ich hab' das Gefühl, Sie haben noch nie in einer Redaktion gearbeitet ...«
»Ich habe überhaupt noch nie gearbeitet.«
Der Möwe verschlug es das Aha. »Sagen Sie ihm das ja nicht, sonst stellt er Sie für ein Mindestgehalt ein. Wieviel verlangen Sie überhaupt?«
»Ich weiß es nicht.«
»Müssen Sie davon leben, oder ist es nur eine Beschäftigung?«
»Ich muß damit auskommen, und ich muß so einiges – bezahlen.«
»Dreihundert im Monat?«
»Damit schaff' ich's nicht.«
»Na hör'n Sie!« sagte die Möwe aufgebracht. »Sie haben ja keine Ahnung. Dreihundert ist ein Gehalt für einen Familienvater mit Kindern.« Sie war aufgestanden, und die Vogelaugen blitzten, nicht unfreundlich aber bündig. Sophie stand ebenfalls auf und griff nach ihrer Krokodiltasche. »Ja – *solche* Sachen müssen Sie sich allerdings abgewöhnen«, sagte die Möwe, während sie die Tasche betrachtete, und Sophie kicherte innerlich und ging zur Tür.

Die Möwe kam ihr nach und streckte ihr die Hand hin. »Also dann, auf gute Zusammenarbeit!« sagte sie etwas knarrig und hielt Sophies Hand fest.

»Danke.« Und da die Frau ihre Hand nicht losließ, noch einmal: »Danke vielmals. Auf Wiedersehen.«

Eine Sekunde später lag sie ihr in den Armen. Sie versuchte, sich zu befreien, aber die weißen Flügel hielten sie fest umklammert, und sie hatte große Schwierigkeiten, ihren Mund nicht völlig auszuliefern. Der Möwenkuß dauerte eine Ewigkeit. Dann wurde sie endlich losgelassen und durfte sich aufrichten und ihren Kopf wieder zurechtrücken. Irgend etwas kullerte auf den Boden – ein Ohrring. Die Perle hatte unter der Wucht des Möwenangriffs die Fassung verloren und rollte den Parkettboden entlang. Sophie bückte sich.

»Ach Gott«, sagte die Möwe.

»Macht nichts.« Sophie verstaute die Perle in ihrer Tasche und benutzte die paar Sekunden, um wieder ins Gleichgewicht zu kommen.

»Frau Mewes, ich bin nicht für solche Sachen. Es tut mir leid, aber das ist nicht mein Fall. Ich hoffe, Sie sind mir nicht böse.«

»Böse? Sind Sie verrückt? Aber – sind Sie *nicht* schwul? Komisch, ich irre mich da eigentlich nie.« Die Vogelaugen spähten ihr noch einmal ins Gesicht.

»Soll ich jetzt *nicht* zu dem Herrn Wehrmann gehen?«

»Ja, warum denn nicht, um Gottes willen?« fragte die Möwe erstaunt. »Was denken Sie denn von mir!«

Sophie beugte sich vor und küßte sie auf die Wange.

»Danke.«

4

Am sechsten Tag nach Sophies Einlieferung ins Krankenhaus wanderte ein Mann abends kurz vor acht Uhr auf dem leeren Korridor auf und ab. Der Fahrstuhl öffnete sich, und Dr. Karanogliu erschien.

»Entschuldigen Sie, Herr Doktor ...«

»Bitte?« Dann erst erkannte er ihn. Sophies Mann. »Herr Reinhold, nicht wahr?«

»Herr Doktor, hätten Sie ein paar Minuten Zeit für mich?«

Am äußersten Ende des Korridors standen ein paar Korbstühle neben einem Tisch mit alten Zeitschriften für die Angehörigen und Freunde, die man zeitweise abrupt aus dem Krankenzimmer hinauskomplimentieren mußte. Wenn dann die Schwester mit diskret verdeckter Schüssel das Zimmer verließ, schlichen sie sich wieder hinein. Jetzt war die Zeit für Besuche längst vorbei, und die Korbstühle standen in genau gleichem Abstand zum Tisch in peinlich exaktem Krankenhausdrill. Die alten, zerfledderten Zeitschriften voll gelöster Kreuzworträtsel waren sorgfältig gestapelt, als seien sie nagelneu.

»Was kann ich für Sie tun, Herr Reinhold?« Er sprach, als hätte er unbegrenzte Muße, dabei griff er nervös nach dem kleinen Apparat in seiner Kitteltasche. Sophie wartete auf ihn. Jede Minute konnte sie Sturm läuten ...

»Ich will nicht fragen, wie es um meine Frau steht, Herr Doktor. Ich weiß es. Ich möchte nur wissen, warum sie mich nicht sehen will. Ich komme zweimal täglich her vom Büro, es ist ein weiter Weg, einmal während der Mittagspause und dann wieder nach sechs Uhr.«

»Was arbeiten Sie, wenn ich fragen darf?«
»Ich bin Musikredakteur bei der ›Süddeutschen‹. Nicht Nummer eins, natürlich. Nummer zwei oder drei, wenn Sie wollen. Ich muß meist abends irgendwohin fahren, wo's gerade ein Konzert gibt, das für Nummer eins nicht interessant genug ist. Die Schwester sagt mir, meine Frau spricht nur nachts, und auch dann nur mit Ihnen. Ein einziges Mal hat sie von mir Notiz genommen, sie wollte etwas wissen für ihr ›Buch‹. Was meint sie damit, Herr Doktor?«
»Ihre Frau steht unter Morphium.« Lutz' Gesicht blieb unbeweglich. »Sie ist in einem Dämmerzustand, in dem sie nicht unterscheiden kann, ob sie spricht oder ob sie das Buch schreibt, das sie scheinbar immer schreiben wollte. Sie benutzt mich als eine Art Katalysator.«
»Und als Beichtvater?«
Der junge Arzt überlegte. Dieser Mann, Sophies Ehemann, hatte eigentlich ein erstaunlich junges Gesicht unter den Bartstoppeln und den ungekämmten langen Locken, die ihm tief in die Stirn hingen. Die Augen blickten ihn voll Schwermut und gleichzeitig spöttisch an. »Ich verstehe ja nur einen Teil, Herr Reinhold. Sie meint in ihren Wahnvorstellungen, daß sie auch tagsüber an diesem Buch schreibt, das ich dann irgendwie zu lesen bekomme. Es gibt keine Logik in ihren Ideen. Ich halte nur Nachtwache.«
»Sollte nicht einmal ich *Nachtwache halten?«*
»Ich weiß nicht, es ist sehr anstrengend, wenn Sie tagsüber arbeiten müssen.«
»Heut' ist Samstag, morgen arbeite ich nicht.«
Es surrte in seiner Kitteltasche, und an den Lichtsignalen im Korridor zuckte seine Nummer zusammen mit 384 auf.
»Das ist Ihre Frau. Gehen Sie hinein. Ich warte hier.«
Lutz griff nach seinem zerknitterten, karierten weichen Hut und setzte ihn auf, bevor er im Zimmer Nummer 384 verschwand.
Ich hätte ihn begleiten sollen, dachte der Arzt, dann hätte sie sich beherrschen müssen, und vielleicht hätte er dableiben dürfen …
Weiter kam er nicht in seinen Betrachtungen, denn die Tür zu

Nummer 384 wurde heftig aufgerissen, und Lutz stürzte heraus, als hätte ihm drinnen jemand einen Fußtritt versetzt. Er trug noch seinen Hut auf dem Kopf, verrutscht und noch verbeulter als zuvor, schloß die Tür hinter sich mit forcierter Ruhe, weil er wußte, daß er beobachtet wurde. Er atmete einmal tief ein und marschierte dann zu den Korbstühlen zurück, setzte sich wieder hin, nahm den Hut ab und restaurierte ihn.

»Er gehört meinem Freund«, sagte er und streichelte ihn. »Er ist eine Art Talisman für mich. Wenn ich was Schwieriges vorhabe, dann leiht er ihn mir. Aber er funktioniert nicht hundertprozentig – wie Sie eben sehen konnten.«

»Braucht Ihre Frau mich?«

»Ja. Ja, natürlich. Sie will weiterschreiben.«

Wie aufs Stichwort surrte es in der Kitteltasche. Soll sie warten, dachte der Arzt. »Sie sehen sehr blaß aus, Herr Reinhold, ruhen Sie sich doch einen Moment hier aus. Darf ich Ihnen ein Taxi bestellen?«

Aber Lutz war bereits aufgestanden und setzte sich den Hut auf. »Mir geht's schon wieder gut, ich bin ein bißchen blutarm. Unten wartet mein Freund. Er hat einen Wagen.«

Es surrte unaufhörlich in der Kitteltasche. Mit zusammengepreßten Lippen holte der Arzt den Apparat heraus, drückte auf einen Knopf und schaltete Sophie ab. Lutz beobachtete ihn und lächelte ein wenig.

»Gehen Sie nur, Herr Doktor. Und vielen Dank für alles, was Sie für sie tun. Unten im Büro weiß man, wo ich zu finden bin. Ich komme jetzt nicht mehr, es sei denn, Sie lassen mich rufen.«

»Ist er weg?«

Er setzte sich auf den Stuhl, dachte sogar einen Augenblick daran, sein Buch hervorzuholen.

»Was ist denn, Bruder? Bist du böse mit mir? Ich sollte mit dir *böse sein! Die Tür geht auf – endlich. Und was kommt hereinmarschiert? Lutz. Warum hast du das erlaubt? Ich hab' keine Zeit mehr für gutes Benehmen, verstehst du das nicht? Jede Minute zählt.«*

Er setzte sich auf den Bettrand und nahm ihre Hand, und sie drückte sie an ihre Wange.

»Was ist zwischen euch, zwischen deinem Mann und dir, ist das alter Groll oder ein altes Gängelband?«

»All das und noch einiges dazu. Wart's ab. Soweit bin ich noch nicht.« Sie schwieg einen Augenblick. »War er allein, oder war mein Neffe dabei?«

»Er sagte, ein Freund warte unten auf ihn.«

»Mein Neffe. So nenn' ich ihn, ich hab' keinen Neffen. Sehr netter Junge. Paßt auf Lutz auf. Bruder, Bruder! Wir versäumen soviel Zeit. Wo waren wir – bei der Möwe, nicht wahr? Komm, laß mir deine Hand, während ich dir von der Möwe erzähle. Die war meine Rettung, das ist dir doch klar, und nicht nur wegen der dreihundert Mark im Monat. Zwei Dinge brauchte ich dringend: Arbeit, anspruchsvolle, ermüdende Arbeit und eine Freundin, jemanden aus meiner Generation. Sie war zehn Jahre älter, aber so jung wie ein Frühlingshuhn. Schwul natürlich, aber dann auch wieder nicht. Sie nahm, was ihr gerade gefiel, und das Beste an ihr war die Noblesse, mit der sie eine Abfuhr akzeptierte. Sie war überhaupt nobel, es gibt kein anderes Wort dafür. Und wenn man ihre Ritterlichkeit falsch verstand und sie übel ausnützte, dann war sie immer nur etwas erstaunt, niemals bitter oder gar rachsüchtig – du siehst mich so seltsam an, Bruder, was ist?«

»Aber du warst doch selber ...«

»Schwul? Nein. Überhaupt nicht. Wie kommst du darauf?«

»Du hast doch mit deiner Stiefmutter ...«

»Anita?« Sie schwieg eine kleine Weile. »Ja«, meinte sie dann nachdenklich. »Wenn man so etwas erzählt, dann kommt das wohl in die Schublade ›schwul‹. Aber es war etwas ganz anderes zwischen Anita und mir, es war eine vollkommen reine Liebe, eine Liebe, die eben vor nichts halt macht. Hätte Anita einen Buckel gehabt, ich hätte es nicht gemerkt oder sie dafür extra liebkost. Kinder haben noch keinen festen Schönheitsbegriff, und ich liebte sie nicht, weil sie schön war, sondern weil sie Anita war. Und auch – aber das wußte ich natürlich erst viel später –,

weil Papa sie mir vorgeliebt hatte. Ich war *ja Papa, soweit ich das sein konnte, er ist erst später langsam von mir abgeglitten. Und niemals vollständig, bis zum heutigen Tag nicht.«* Sie atmete schwer, keuchte leise. »*Jetzt bin ich wieder bei Papa – sinnlos! Er war ja zu dieser Zeit gut versorgt in Baden-Baden bei seiner Keitje, und* das *war eine! Ich komm' ganz durcheinander, Bruder ...«*

»Du hast von der Möwe erzählt und von deiner Arbeit.«

»Ja. Ja.« Aber der Atem wurde nicht ruhiger, und sie mußte ihm sogar die Hand entziehen, um beide Fäuste auf die Brust drücken zu können. Er wartete nicht länger, ging ins Badezimmer und kam mit der Spritze zurück.

»Danke«, hauchte sie mit geschlossenen Augen. Diesmal dauerte es einige Minuten, während der er sie scharf beobachtete und das Ohr auf ihren Brustkorb legte, bis sie die Augen wieder aufschlug. Aber es waren nicht die fröhlich blitzenden, die ihn immer überraschten, sie sahen fiebrig aus und voll Panik.

»So wenig Zeit«, flüsterte sie, »und noch soviel zu schreiben. Ich werd's nicht schaffen, Bruder.«

»Doch, du schaffst es. Ich geb' dir noch eine, wenn's nötig ist, diese war nur ganz klein.«

Gelogen, aber es wirkte. Allein das Versprechen genügte, und ihr Gesicht entspannte sich, die Augen lächelten, und die Hand fand ihren Weg zurück in die seine.

»Die Möwe trieb auch eine Wohnung für mich auf, in ihrem Haus, in einer anständigen Nachbarschaft. Das wurde auf einmal wichtig, weißt du, hinterm Nollendorfplatz hätte ich jetzt nicht mehr leben können. Denn plötzlich fuhren Lastwagen voller Kerle mit Armbinden durch die Straßen – Uniformen durften sie noch nicht tragen –, krakeelend und nach ›Roten‹ brüllend, und wenn sie welche fanden, gab's eine Schießerei und Blut auf dem Pflaster, und die Leute flüchteten in die Hausflure und mucksten nicht. Ich fuhr frühmorgens im Bus zur Kochstraße, und unterwegs standen sie schon Schlange an den Schaltern für Arbeitslose. Alle im Bus reckten die Hälse und gafften, ich auch, und wir waren froh, wenn wir weiterfuhren. Aber jeder dachte,

wie soll das bloß enden? In meiner kleinen Dachwohnung, einer richtig schönen, mit schrägen Wänden – zwei Zimmer unmöbliert –, da merkte man natürlich nichts. Allerdings, in der Redaktion gab's täglich wilde Auseinandersetzungen, eben gerade weil die ›BZ‹ ›verjudet‹ war, wie es hieß. Die einen schrien: ›Unken! Miesmacher! Defaitisten!‹ Und die anderen: ›Blinde! Kriminelle Schönfärber!‹ Und beide behaupteten, sie hätten eine Verantwortung dem Leser gegenüber. Aber keiner, Bruder, auch der Pessimistischste nicht, keiner ahnte, wie *es kommen sollte – und in kürzester Zeit.*
Yasmin freute sich so über meine Stellung bei der ›BZ‹, daß sie mir ein Bett schenkte. Mehr erlaubte ich nicht, sparte, wo ich konnte, und erwarb jede Woche irgend etwas aus zweiter Hand, einen Stuhl, einen Tisch, einen Schrank, nicht gerade antik, aber nützlich. Und ich platzte vor Stolz über jedes Stück. Hätte ich Wächter abschaffen können – der blieb übrigens anständig, erhöhte die Preise nicht mehr –, dann wäre meine Einrichtung gar kein Problem gewesen, aber ich schrie immer noch in regelmäßigen Abständen: Oh! Oh! Nein, nein.
Selbstverständlich merkte die Möwe bald, was los war. Mit den *Vogelaugen! Sie war entsetzt, Bruder, keifte und tobte in meiner Dachwohnung herum, bis die Leute unter mir mit dem Besen an ihre Zimmerdecke klopften. Ich sei eine Verbrecherin, ein übles Subjet, stinkig, sie werde mir auf der Stelle kündigen, ich solle nur verkommen, in der Gosse, auf der U-Bahn-Toilette, ganz egal wo, nur weg mit einer solchen Eiterbeule.*
Ich kauerte in einer Ecke am Boden und sagte kein Wort. Das Getöse brandete über mich hinweg und bedeutete nichts. Ich sah die Möwe, zur Fratze verzerrt, aber sie schrie in einer Sprache, die ich nicht verstand. Ich hatte ja gerade gespritzt, alles war still und freudig in mir. Wenn sie doch nur aufhören würde, damit ich Kaffee machen könnte!
Endlich fiel sie erschöpft in meinen einzigen Sessel und fing an zu weinen. Ich brachte ihr ein Taschentuch und betrachtete sie neugierig.
›Entschuldigen Sie‹, sagte sie und schneuzte sich mit Lust. ›Ich

weiß eigentlich nicht, was über mich gekommen ist. Wahrscheinlich mag ich Sie sehr gern, und der Gedanke, daß Sie drauf und dran sind, sich mit ihren vierundzwanzig Jahren zu ermorden ...‹
Ich hörte aufmerksam zu, verstand nichts. Warum ›ermorden‹? Mir ging's gut, jeden Tag besser. Zugegeben, ich spritzte jetzt zweimal am Tag, aber ich heulte nur noch manchmal nach Dimi, war mit Leidenschaft bei meiner Arbeit im Büro, was wollte sie eigentlich?
In meiner winzigen Küche setzte ich den Kaffee auf, und sie kam und lehnte in der Tür.
›Hören Sie zu: Sie müssen eine Entziehungskur machen.‹
›Ich gehe nicht ins Sanatorium.‹
›Sie werden sie hier machen, hier in Ihrer Wohnung. Und ich helfe Ihnen dabei, werde mich genau erkundigen, wie man das macht. Sie werden sehen, wir schaffen das. Es braucht nur etwas guten Willen.‹
Ich erinnerte mich an meine Versuche mit dem Willen, dem ernstlichen und dem eisernen. Nun würde der gute drankommen. Mir auch recht.

Die Möwe war Feuer und Flamme, wollte so schnell wie möglich mit der Kur anfangen, während ich Gründe erfand, sie auf die lange Bank zu schieben. Ich war doch erst ein paar Monate in der Redaktion, wie konnte ich da plötzlich ein paar Tage, vielleicht sogar eine ganze Woche wegbleiben? ›Meine Sache‹, sagte die Möwe. ›Ich bin Ihr Chef. Ich schicke Sie offiziell nach London. Basta. *Wir dürfen keine Zeit verlieren. Morgen treffe ich mich mit einem Arzt, der mich genau instruieren wird.‹*

Ich erwartete sie oben in meiner Dachkammer voll Gemütsruhe, hatte frisch gespritzt, auch ihre gefurchte Stirn änderte nichts an meinem ungetrübten Seelenfrieden. Sie genehmigte sich einen Cognac, setzte sich aber nicht, sondern wanderte auf und ab.
›Es ist doch komplizierter, als ich dachte. Und es dauert mindestens drei Wochen.‹

›Dann machen wir's eben nicht, Frau Mewes, oder später mal, irgendwann, wenn's gerade paßt. Vielleicht während des Urlaubs.‹
*Sie blieb vor mir stehen und zwirbelte drohend das Cognac-Glas in den Fingern. ›*Jetzt *oder ...‹*
›Oder?‹ fragte ich munter.
›Oder ich kündige Ihnen morgen früh wegen Rauschgiftsucht.‹
Das war allerdings ein Schlag, der mich trotz meiner Wunderwaffe aus dem Sattel hob.
›Also?‹
›Frau Mewes ...‹
›Ja oder nein?‹
Es war ihr ernst. Scheiße.

Am nächsten Tag reiste ich offiziell nach London. Niemand wurde eingeweiht außer Yasmin, die tagsüber, wenn die Möwe in der Redaktion war, Wache halten sollte. Die beiden trafen sich und verstanden sich vom ersten Augenblick, nannten sich gleich beim Vornamen. Die Möwe hieß Alice, mit der Betonung auf dem ›i‹. Alice würde um sechs Uhr abends erscheinen, Yasmin ablösen und die Nacht bei mir in der Dachstube verbringen. Auf dem Sofa im Wohnzimmer.
›Keine Angst‹, sagte sie mit schwarzem Vogelblick. ›Hier handelt es sich nur um die Kur und nichts anderes. Übrigens, ich will Ihnen keine Angst einjagen, aber es wird kein Zuckerlecken sein. Sie haben heute abend Ihre letzte volle Ampulle gespritzt. Ab morgen gibt es nur noch die Hälfte. Nächste Woche nur ein Viertel, dann ein Achtel, und dann gar nichts mehr.‹
Später gestand sie mir, daß der Arzt ihr wenig Hoffnung gemacht hatte. ›Es erfordert ungeheure Willenskraft‹, hatte er gesagt. ›Von der Patientin, weil sie große Schmerzen ertragen muß, und von Ihnen, weil Sie hart bleiben müssen. Ihre *Rolle ist die schwierigere.‹ Er hatte ihr Eudokal und Pantopon mitgegeben als Beruhigungsmittel und war bereit, jederzeit zu kommen und Somnifen oder Luminal zu spritzen, damit ich schlafen konnte.*

Ach Bruder, du weißt ja, wie so was vor sich geht. Auch heute ist es noch beinah unmöglich, das Zeug außerhalb einer Klinik loszuwerden, und heute gibt es schon viel stärkere Hilfsmittel. Damals, Anfang der dreißiger Jahre, war man noch ratlos.
Die Möwe und Yasmin waren einigermaßen vorbereitet. Mir sagte man nichts oder immer nur: ›Ja, ja, Sophie, das gehört dazu, du mußt es durchstehen.‹ Und Panik und Wut erschütterten mich genauso stark wie die physischen Schmerzen.
In den ersten paar Tagen ging es erstaunlich gut. Die Möwe strahlte und Yasmin lobte mich. Mein Zimmer war voller Bücher, Zeitschriften, das Radio plärrte ununterbrochen. Yasmin kaufte Dutzende von Platten, kurbelte unermüdlich das Grammophon auf, spielte meine Lieblingsoper, Lieblingssymphonien, nahm keine Notiz von meiner Gereiztheit und meinen gelegentlichen Ausbrüchen. Die Möwe ließ nachts die Tür zu meinem Schlafzimmer offen, alle Schlüssel waren verschwunden, auch der zum Badezimmer, und die Wohnungstür abgeschlossen.
Am fünften Tag ging's los. Schüttelfrost und Gliederschmerzen. Yasmin fütterte mich mit Pantopon, um mich ruhig zu halten, aber ich heulte und beschimpfte sie und klapperte mit den Zähnen. Sie steckte mich in ein heißes Bad, verbrühte mich beinah, das half ein bißchen. Sie rief die Möwe bei Ullstein an, sagte im verabredeten Schlüsseltest: ›Frau Mewes? Ihre Nichte ist stark erkältet‹, und die Möwe kam eilig angeflogen. Ich schrie und beschimpfte sie beide, staunte, welch ordinäre Flüche ich auf Lager hatte.
Und dann kam die erste furchtbare, schlaflose Nacht. Schlaflos auch für die Möwe natürlich. Als Yasmin früh um neun Uhr am Eingang klingelte, um sie abzulösen, sah ich, wie sie schlaftrunken zur Tür taumelte. Das war meine Chance. Ich wartete, bis sie endlich den Schlüssel im Schloß hatte und die Tür sich auftat, stürzte mich auf sie, so wie ich war, im Nachthemd, stieß sie zur Seite und versuchte, an Yasmin vorbei ins Treppenhaus zu kommen. Aber die stand wie eine Säule, und die Möwe packte mich von hinten und hielt mir noch dazu die Hand vor den Mund, damit ich nicht brüllen konnte.

Der Arzt kam und spritzte schwere Beruhigungsmittel, Yasmin und die Möwe hielten mir Arme und Beine fest. Ich versuchte vergebens, ihm ins Gesicht zu spucken, mein Mund war wie ausgetrocknet. Dann schlief ich wohl doch ein paar Stunden, wachte auf, jedes Glied schmerzte, und der Schüttelfrost warf mich hin und her, als sei ich an einen elektrischen Draht angeschlossen. Yasmin trug mich wieder in ein heißes Bad – ich verlor das Bewußtsein –, sie hielt mir den Kopf aus dem Wasser raus – ich kam wieder zu mir –, schlug um mich, durchnäßte sie von Kopf bis Fuß, brüllte. Die Leute unter mir klopften wieder mit dem Besen an die Decke, klingelten an der Tür, drohten mit der Polizei. Die Möwe kam, todmüde, mit dem Arzt und der Luminal-Spritze. Aber die half diesmal nur eine halbe Stunde.
Yasmin war fort, wir waren allein. Ich rutschte auf den Knien zum Stuhl, auf dem sie zusammengebrochen saß, weinte, bettelte, drohte – sie gab auf. Holte eine meiner Ampullen aus ihrer Handtasche, und ich jagte sie mir durch mein Nachthemd hindurch in den Arm, dort, wo ich kniete, am Boden. Ich umarmte ihre Knie, legte meinen Kopf darauf, der Druck, die Schmerzen, die furchtbare Kälte: alles vorbei.
›Ach Kind, du armes Kind‹, war alles, was sie sagte. Dann stand sie auf, nahm Mantel und Handtasche und ging zur Tür. Aber sie schaffte es nicht, fiel, wie sie war, aufs Sofa und rührte sich nicht mehr. Ich dagegen, neugeboren, schmerzlos und selig, hätte gern etwas unternommen, so gut fühlte ich mich, aber meine Beine trugen mich nicht mal zum Kleiderschrank. Auf allen vieren kroch ich zum Telefon. Wie spät war es eigentlich? Drei Uhr morgens. Macht nichts. Ich rief Yasmin an. Sie meldete sich sofort, aus dem Schlaf geschreckt und besorgt.
›Yasmin? Keine Schmerzen mehr … Alles ist wieder gut … Ich bin so glücklich …‹
Sie legte den Hörer auf.
Ich nahm es nicht zur Kenntnis. Ich wachte nur noch ganz selten auf. Nur wenn die Faust mir im Nacken saß, kam ich zu mir und blickte verdutzt um mich. Und um mich, Bruder, waren die ersten Hitlerjahre.«

5

Im Hitlerjahr 1934 wurde der Verlag Ullstein »gleichgeschaltet«, das hieß auch, alle nichtarischen Elemente wurden langsam eliminiert. Sophie, als Vierteljüdin, wurde bei der rassischen Tauglichkeitsprüfung besonders lange verhört. Sie konnte zwei prächtige arische Berglund-Großeltern anführen, eine unmögliche jüdische Großmutter aus Haifa und einen etwas anrüchigen, weil unkontrollierbaren türkischen Großvater, Mustafa Karabey. Die erste Kommission vertagte die Entscheidung; man müsse sich erst informieren, ob ein Moslem-Türke ein Arier sei. Ja, er sei's, teilte man Sophie später wohlwollend mit, er sei Kaukasier, und sie dürfe sich fortan als Arierin betrachten und die öffentlichen Bäder benutzen. Allerdings müsse sie jede Hoffnung aufgeben, in die Partei eintreten zu können.

Abends ging sie zur Möwe.

»Alice, ich wandere nach England aus. Die können mich mal bei Ullstein.«

»Mich auch«, sagte die und zerriß die vier Taufscheine ihrer rein arischen Bremer Großeltern. »Ich komme mit. Vielleicht kann man mich beim Balthus-Verlag in London brauchen, ich habe dort schon seit vielen Jahren mit dem Inhaber zu tun.« Sie schwieg und goß sich einen kleinen Cognac ein. »Allerdings ...« Sie zögerte, brachte es nicht über die Lippen.

»Laß nur.« Sophie strömte frischgespritzte Zuversicht aus. »Drüben gibt's auch Zeug. Man muß nur die richtigen Beziehungen haben. Morgen treffe ich Wächter, vielleicht hat er welche. Solche Typen kennen sich ja international.«

»Zu solchen Typen gehörst du auch, bist du dir darüber klar?«

Sophie ging achselzuckend aus dem Zimmer. Wozu sich die Laune verderben?
Der nächste Tag brachte gleich zweimal einen Strich durch ihre Rechnung. Den ersten Strich machte Yasmin. Sie erklärte während des Mittagessens, sie werde in Deutschland bleiben. Die Nazis seien auch nicht viel schlimmer als der letzte türkische Sultan und sicher wie dieser eine vorübergehende Erscheinung. Nur keine Panik. Ihre Freunde von der türkischen Botschaft müßten es schließlich wissen. England sei ihr ein Greuel, was für ein Klima! Und in die Türkei würde sie auf keinen Fall zurückkehren.
»Aber du bist doch nicht sicher hier, du bist Halbjüdin.«
»Ich bin genausogut Halbmoslem. Mit mir hat das alles nichts zu tun.«
»Du hast einen deutschen Paß.«
»Die Botschaft wird mich beschützen.«
Den zweiten Strich machte Wächter. Er erschien nicht zum üblichen Rendezvous in Moabit. Gestern hatte er noch auf »oh, oh, nein, nein« geantwortet und versprochen, ihr mehr als gewöhnlich mitzubringen. Sie wartete über eine Stunde auf ihrem üblichen Platz im Café, wunderte sich, wie leer das Lokal war. Alles war neuerdings anders als früher, andere Leute saßen in den Restaurants, eine andere Sorte Menschen machte sich auf den Straßen breit, oder war das nur, weil man automatisch einen Bogen um sie herum machte? Hier im Lokal gab es keine SA-Uniformen, aber die alten, wohlbekannten Gesichter waren verschwunden. Sie ging zur Theke. Der Wirt saß einsam in der Ecke.
»Entschuldigen Sie, Sie kennen doch den Herrn, mit dem ich hier manchmal sitze ...« Er sagte nicht ja und nicht nein, sah sie ausdruckslos an. »Hat er vielleicht eine Nachricht für mich hinterlassen?« Kopfschütteln. »Darf ich mal telefonieren?«
Die Augen des Mannes glitten langsam wie schläfrig durch das Lokal. Ohne sie anzusehen flüsterte er: »Sie ham' ihn heute früh verhaftet. Gehn Se weg. Komm' Se nich wieder. Rufen Se'n nich an.«

Sie verließ das Café wie jemand, den man mit einem Kinnhaken halb betäubt hatte, so daß er keinen Schmerz fühlte, aber seines Weges nicht sicher war. Draußen stolperte sie und hielt sich an einer Straßenlaterne fest. Ein Mann näherte sich mit »na, Fräuleinchen?«, und sie lief quer über die Straße, staunte, daß ihre Beine funktionierten.

Zu Hause zählte sie ihre Ampullen. Sie war in letzter Zeit verschwenderisch gewesen, hatte manchmal dreimal am Tag gespritzt, aber Geld gespart für Wächter ...

Die Treppen hinunter zur Möwe. Die biß langsam auf einer weißen Haarsträhne herum, bevor sie sich äußerte.

»Was du von mir verlangst, ist unmöglich. Aber ...«

»Ja?« Warum schrie sie immer gleich los? Sie hatte doch gespritzt, warum schlotterte sie, warum brach ihr der Schweiß aus, warum kam der Atem wie Gestöhne aus ihr heraus? Die Möwe wandte den Blick ab.

»Ich kenne jemand. Mußte ihn vor ein paar Jahren rausschmeißen. Er arbeitete in der Fotoabteilung, und ein Kollege zeigte ihn an. Er hatte eine Frau und einen alten Vater. Ich hab' ihm eine Stellung verschafft bei Agfa und für ihn gebürgt. Er war dann wohl vorsichtiger, denn er ist immer noch dort.«

»Alice!«

»Hör auf! Ich hasse dieses hysterische Gebrüll.« Die Möwe schlug sich mit den flachen Hand an die Stirn, sprach aber ganz ruhig. »Daß *ich* so etwas tue! Zwischenhändlerin im Rauschgiftgeschäft! Weißt du eigentlich, was du anrichtest?«

Sophie kniete sich auf den Boden nieder, die Hände vor dem Gesicht, schwankte hin und her in unterdrücktem, haltlosem Schluchzen. Die Möwe stand abrupt auf.

»Mach, daß du rauskommst.«

Zwei Tage später erschien sie oben in Sophies Dachwohnung.

»Hier«, sagte sie und gab ihr einen Zettel, vermied aber, sie anzusehen. »Das ist seine Adresse. Er weiß Bescheid.«

Sophie wagte nicht zu danken, barg das Papier zwischen den zusammengepreßten Handflächen, die sie wie zum Gebet hob.

»Wieviel Geld hast du?« knurrte die Möwe.
»Achthundertfünfzig Mark.«
»Reicht das für eine Weile?«
Sophie nickte stumm.
»Jetzt hör zu: Ich fahre morgen nach London. Mal sehen, was sich machen läßt beim Balthus-Verlag. Für mich und vielleicht auch für dich. Die Arbeitserlaubnis ist das größte Problem; England ist gestopft voll mit Emigranten, und die Leute werden langsam eklig. Hier ist dein Billett nach London. Heb's gut auf. Sowie ich was weiß, telegrafiere ich dir, und du kommst nach.«

Der neue Mann hieß Heinrich Bosse: ein kleiner, dürrer Mensch mit kahlem Kopf und verschlossenem, grauem Gesicht. Er war bedeutend billiger als Wächter, und sie war gewitzter, war zu Fuß gekommen und hatte ihre ältesten Sachen angezogen.
Er hatte ein Päckchen mitgebracht, und sie verschwand eilig in der Toilette, schlenderte dann gelassen zurück zu dem Ecktisch in dem kleinen Fischrestaurant in Halensee, das nun Moabit ersetzen würde. Sie saß ihm gegenüber, das Licht fiel von rückwärts auf ihre Haare, so daß sie wie ein roter Heiligenschein leuchteten, lächelte ihn an, sorglos, flott, federleicht. Er lächelte nicht zurück, betrachtete sie aus argwöhnischen, wäßrigen Augen.
»Ich tue das für Frau Mewes. Wieviel brauchen Sie?«
»Alles, was Sie kriegen können.«
Er blickte auf den roten Heiligenschein um ihr weißes, eifriges junges Gesicht – und wandte die Augen ab. Bisher seien seine Quellen unerschöpflich gewesen, sagte er dann mit karger Stimme, obgleich die Nazis jede Spur verfolgten, mit Ausnahme jener, die Göring benutze und die aus Schweden komme. Er verzog den Mund zu etwas wie einem gallenbitteren Lächeln. Seine, Bosses, Frau sei Schwedin, eine der »Quellen« sei mit ihr verwandt, entfernt, aber es reiche.
»Haben Sie ein Schwein!« sagte Sophie voll Bewunderung.
»Schwein?« wiederholte er und betrachtete sie mit plötzlich haßerfülltem Blick. »Warum nehmen Sie das Zeug überhaupt? Sind Sie hirnverbrannt oder nur schwachsinnig.«

»Sie nehmen's doch auch.«
»Ich habe einen Lungenschuß, jeder Atemzug ist ...« Er sprach den Satz nicht zu Ende, als lohne es sich für ihn nicht. »Aber Sie! Sie müssen nicht, und Sie tun's, weil's Ihnen leichtgemacht wird.«
»Leicht?« zischte Sophie, und die gelben Augen glühten. »Was wissen Sie, wie entsetzlich ich ...«
Er ließ sie nicht einmal ausreden, stand auf, um zu gehen, beugte sich aber noch einmal über die Tischplatte und flüsterte: »Sie haben ja keine Ahnung – und mich geht's schließlich nichts an. Ich verschaff's Ihnen wegen Frau Mewes. Aber wenn Sie nicht bald Schluß machen, dann werden Sie mal am Boden liegen wie eine verlauste alte Ratte, und keine Seele wird Ihnen auf die Beine helfen, verlassen Sie sich drauf.«
Er ging, bevor sie antworten konnte, und sie hatte auch nichts auf Lager. Blieb ganz still sitzen, streichelte nur wieder und wieder und mit zitternden Händen die Krokodiltasche – prall gefüllt.

Die Möwe war abgereist, ohne sich zu verabschieden, aber Sophie sorgte sich nicht. Sie machte sich nichts vor. Es gab zu ihr keine normalen freundschaftlichen Beziehungen mehr. Entweder man »wußte« es nicht und blieb ihr fremd oder man wurde zum Komplizen wie Yasmin und die Möwe, zähneknirschend, aber unverbrüchlich. Sie begann, ihre Siebensachen zusammenzupakken. Jeden Augenblick konnte ein Telegramm aus England eintreffen, und dann: auf Wiedersehen. Ob diese Art von schwedischer Nachtigall auch Nester in England baute?
Beim nächsten Rendezvous wagte sie zu fragen, aber Bosse, diesmal nicht aggressiv, sondern sachlich und gleichgültig, schüttelte den Kopf. Nein, dort hatte er keine Verbindungen. O Gott. Hieß das, daß sie in Deutschland bleiben mußte? Einmal rief die Möwe an, und sie ließ ihr Dilemma vorsichtig durchblicken. Da sagte die Möwe ruhig: »Stirb in einer Nazi-Gosse, du verdienst es nicht anders«, und hängte ein.
Womit ihr Dilemma gelöst war. Als verlauste alte Ratte in der Gosse, und dann Schluß, aus – das konnte sie sich auch in Eng-

land leisten. Vorläufig durfte sie noch alles aufschieben. Bisher hatte sich in letzter Minute immer ein kleines Loch aufgetan, durch das sie schlüpfen konnte.
Noch arbeitete sie bei Ullstein, machte Überstunden, um Ampullen zu hamstern. Was sollte sie auch sonst tun? Von den wenigen Freunden, die sie hatte, waren die meisten bereits emigriert, Juden und Nichtjuden. Sie vermißte sie kaum. Die Ampullen hatten sie in eine Art Glaskasten gesteckt, zu dem es nur rein utilitäre Verbindungen gab; nur Stimmen, die sie *brauchte,* hörte sie laut und klar, alle anderen mümmelten außerhalb.

Georg Wertheimer rief eines Morgens an. Papa habe vor einem Monat einen leichten Schlaganfall gehabt – keine Aufregung, er sei jetzt wieder zu Hause. Hätte es aber gern, wenn sie ihn besuchen würde. Der Glaskasten barst mit lautem Knall, sie arrangierte noch eilig ein Rendezvous in Halensee und nahm den nächsten Zug.

6

Baden-Baden. Umsteigen in Stuttgart. Sie kam erst gegen Abend an. Papas Adresse klang nicht gut: kein Hotel, eine »Pension für In- und Ausländer« in einer engen Gasse hinterm Markt. Sie ließ ihren Koffer bei einer schmuddeligen Frau unten in der Küche. Herr Berglund könne keine Treppen steigen, das letzte Zimmer links, Fräulein. Sie wanderte einen langen, dunklen Gang im Erdgeschoß entlang.
Er saß im Rollstuhl am Fenster.
»Papa?«
Der große, schneeweiße Kopf drehte sich langsam zu ihr herum, der Mund versuchte zu lächeln, aber nur eine Seite hob sich, die andere sackte schlaff in einer flügellahmen Falte herab. Auch das Auge hing ein wenig schief, tief überdacht von einem ängstlichen Lid. Die andere Gesichtshälfte war normal, das Auge frostig.
»Denk einfach, ich sei beim Zahnarzt gewesen, da hat man ja auch manchmal hinterher ein schiefes Gesicht, nicht wahr, und später kommt's wieder ins Geleise. So wird's auch bei mir sein. Paar Wochen Geduld. Setz dich hin.« Sophie zog den Mantel aus, setzte sich neben ihn und nahm seine Hand.
»Warum hast du mich nicht sofort benachrichtigt?«
»Ich wußte ja nicht, ob ich davonkommen würde. Sterbebettgestammel im Krankenhaus – nicht mein Fall. Der Anfall war links, Gott sei Dank, das heißt, die rechte Seite funktioniert. Ich kann sogar schreiben, wüßte nur nicht, an wen.« Er las ihr die Frage an der Stirn ab. »Keitje? Im Kasino, wo sonst.«
»Du brauchst doch Pflege, Papa.«
»Das Kasino öffnet erst um sechs Uhr abends. Bisher kam immer

eine Schwester und fummelte herum, ein häßliches Weib, bin froh, daß ich sie ein paar Tage los bin. Sie macht Ferien. Deshalb rief ich Georg an, daß er dich fragt … Außerdem – ich habe Bücher und ein Radio, ich stell's aber nicht an, sonst krieg ich *noch* einen Schlaganfall. Hast du den Kerl mal reden gehört? Beim Parteitag?«
»Ich gehe weg, Papa, nach England.«
»Georg hat's mir erzählt. Gut so.« Eine lange Pause. Sie drückte seine Hand und fühlte den Gegendruck. »Heul nicht, Sophie, ich bin froh, daß du dich in Sicherheit bringst, auch wenn ich dich nicht mehr sehen sollte. Heul nicht, Mädchen, ich vertrag's nicht. Warum bist du nicht mehr so schön? Du bist doch erst – was? – siebenundzwanzig, achtundzwanzig? Trinkst du? Dann versteh' ich's nicht. Schade. Du siehst älter aus, bist weniger geworden. Zu dünn, natürlich. Nimm mal die Mütze ab.«
Sie wußte, was er wollte, und hielt ihm den Kopf hin wie ein Hund, der gekrault werden wollte. Er strich mit der heilen Hand darüber, ließ die Finger durch die roten Strähnen gleiten.
»Was ist bei dir los – hast du einen Freund?«
»Nein.«
Er sah sie scharf an.
»Auch keine Freundin, Papa, jedenfalls nicht in *dem* Sinn.«
»Laß dich scheiden von deinem jugoslawischen Gigolo. Wer weiß, was kommt. Hängst du etwa noch an ihm?«
»Wir sind schon geschieden.«
»Gut. Ich hatte schon Angst, du bist im Schlepptau, als ich dich mit ihm sah. Laß dich nie von irgendwas einfangen, versprich mir das.«
»Ich versprech's dir, Papa.«
Er studierte ihr Gesicht, lächelte schief.
»Du lügst. Wie alle Weiber.«
Sie hob den Kopf und sah ihm ins Gesicht. »Anita hat mal gesagt, du seist auch nicht kugelfest, Papa.«
»Hat sie das gesagt? Sieh mal an.«
»Sie hat gesagt, daß du umkippen würdest, wenn mal was Unerwartetes von hinten kommt.«

Er wandte den Kopf und sah durch das Fenster. Draußen war es stockfinster. »Turhan. Das kam von hinten.«
»Papa, ich glaube, das mit der Unabhängigkeit, das gibt es gar nicht. Und wenn man immer aufpaßt und sich immer vorsieht, dann lebt man nicht.«
»Ich weiß nicht«, sagte er langsam, »warum ich plötzlich so oft an meinen Vater denke. Nicht etwa, daß mir das Spaß macht. Da gibt es so einiges ... Ich hab' dir doch mal erzählt, daß er Mutters neue Schuhe austreten mußte, erinnerst du dich?«
»Und dann ist er manchmal umgefallen!« Sie lachte, verstummte erschrocken, als er ihr die Augen zuwandte.
»Dann starb sie und lag im Wohnzimmer aufgebahrt zwischen Kerzen und Blumen. Er schlich sich hinein, trug etwas unterm Arm; was es war, konnte ich nicht sehen. Gleich darauf erschien er wieder, und *ich* schlich mich hinein, wollte wissen, was er ihr mit ins Grab geben wollte. Ich fand nichts, aber ihr Kopf lag höher als vorher. Ich griff unter das weiße Seidenkissen, fühlte etwas Hartes. Ein Paar Knopfschuhe! In diesem Moment klingelte es an der Haustür, wahrscheinlich die Leute vom Begräbnisinstitut, um den Sarg zuzunageln und abzuholen. Ich hatte also nur ein paar Sekunden, um mich zu entscheiden.« Er schwieg. Sophie wartete, aber er sah wieder zum Fenster hinaus, hatte sie vergessen.
»Du hast die Schuhe liegen lassen.«
»Weißt du, daß sie mich oft drücken? Eben, wie du hereingekommen bist, da drückten sie mich gerade. Hier im Nacken.« Er lehnte den Kopf zurück, drehte ihn hin und her. »Dabei glaube ich nicht an ein Jenseits, hasse alles metaphysische Gequassel. Aber hier drückt's mich, als bohrten sich die Hacken in meinen Hals.«
»Dimi hat mir beigebracht, wie man massiert, Papa ...«
»Da hilft keine Massage. Und es ist auch lauter Blödsinn. Warum sollten sie *mich* drücken? Die Sache ging schließlich nur ihn und sie an. Und sie war ein böses Weib, glaub mir, ich fühl's in *mir*, wie böse sie war. Also Schluß damit. Weiß nicht, warum ich's erwähnt habe. Aber – du kannst was anderes für mich tun.«

»Was du nur möchtest, Papa – wenn du wüßtest, wie gern ich ...«

»Warst du schon mal in einem Spielkasino? Nein?« Die heile Gesichtshälfte fiel enttäuscht herunter, zog beinah mit der gelähmten gleich. »Na, dann müssen wir's eben bescheiden versuchen. Mit Roulette. Du gehst in den großen Saal, wo die langen Tische mit dem grünen Tuch sind, mit den Zahlen drauf. Die höchste ist sechsunddreißig. Setz dich so nah an die heran, wie du kannst. Rühr dich nicht, bis jede der letzten sechs Zahlen zwölfmal hintereinander *nicht* gekommen ist, verstehst du?«

»Wie – woher kommt sie, Papa?«

»Idiot«, knurrte er. »Die kleine Kugel auf der Drehscheibe bleibt bei einer Zahl stecken, und die wird ausgerufen. Also: Du paßt auf, ob eine der letzten sechs, also von dreißig bis sechsunddreißig, ausgerufen wird. Danach beginnst du zu zählen. Wenn diese Nummern zwölfmal hintereinander *nicht* kommen, dann ist die Chance groß, daß eine kommt, und dann setzt du das nächste Mal auf. Öffne mal den Schrank da drüben. Unten, ganz hinten, die Bergstiefel, bring sie her. Sind sie noch ausgestopft? Gut. Nimm das ganze alte Zeitungszeug heraus – vorsichtig! Langsam jetzt.«

Der letzte zusammengeballte Zeitungsfetzen kam zum Vorschein und dahinter ein Bündel Geldscheine.

»Zähl sie. Es müssen ungefähr zehntausend sein. Meine letzten. Keitje hat alles andere an sich genommen. Ich darf nicht mehr spielen. *Sie* spielt. Manchmal gewinnt sie sogar. Tüchtige Person, im Grunde. Sie läßt es nicht zu, daß ich Schindluder mit ihr treibe, und du weißt ja, Frauen haben's sonst nicht gut gehabt bei mir, außer ...«

»Außer Amina. Ich weiß, Papa. Was hatte die? Was war so Besonderes an ihr?«

»Nichts. Außer ihrer Jugend – und vielleicht eine gewisse Indolenz, die mir gefiel. Meine romantische Ader verstopft schnell, und dann bleibt nur die Frage: Ist die Frau nützlich oder nicht. Keitje ist nützlich.«

»Ich kenn' dich besser. So kaltschnäuzig bist du nicht.«

»Sophie, hör zu: Ich möchte noch einmal auf die Pauke hauen. Geh *du* hin, und setz für mich. Zehnmal. Hol dir am Eintritt zehn Tausender-Spielmarken, setz dich an den Tisch, und warte ab, wie ich's dir gesagt habe. Setz immer nur einen einzigen Tausender. Behalte den Gewinn. Spiel nur mit denen, die du da in der Hand hast. Dann geh zurück in dein Hotel, hier kannst du nicht übernachten. Komm morgen abend nach sechs Uhr und bring mir das Geld.«

Es wurde neun Uhr abends, bis sie endlich vor dem Kurhaus stand, und sie war müde. Müde und voller Angst, daß sie Papa enttäuschen würde. Sein letztes bißchen! Immerhin zehntausend Mark.

Ihren Koffer hatte sie in einem kleinen Hotel gelassen, nicht weit von Papas Pension hinter dem Marktplatz. Wer weiß, vielleicht würde sie noch in dieser Nacht ins Grand Hotel übersiedeln. *Etwas* würde ihr Papa doch von seinem Gewinn abgeben.

Der Portier in Galauniform sah ihr befremdet nach, als sie steif die breite Treppe zum rechten Flügel hinaufstieg, in dem sich das Kasino befand, beide Arme wie eine ägyptische Uschebti über die Brust gedrückt. Unter dem linken ragte eine große Krokodiltasche hervor, darüber der rechte, der den linken beschützte. Denn ihre Tasche barg jetzt drei unersetzliche Schätze: das übliche in dem abgetrennten Mittelfach, das Billett nach London und Papas letztes bißchen.

Der Saal mit den zwei grünen Tischen war halbvoll. Hitler hatte nichts für Glücksspiele übrig, und das Kasino lebte nur von einem Tag auf den anderen. Sie fand sofort einen Stuhl am äußersten Ende direkt neben den letzten sechs Zahlen und sah sich unauffällig um: zwei Croupiers, der eine mit der langen Harke jung, mit pomadeglänzendem schwarzem Haar, der andere, ältere hinter ihm. Dieser sagte nichts, tat nichts, schaute nur. Die rot-weiß-schwarze Drehscheibe, die kleine Kugel, die Männer und Frauen, die um den Tisch saßen, ihre Gesichter, ihre Hände, die Spielmarken – nichts entging seinem kalten, starren Blick.

Sophie lernte schnell, gewöhnte sich an das Klappern der Kugel, an die Stimme des jungen Croupiers, die die Gewinnzahl ausrief, und an die blitzartigen, tierhaften Bewegungen der Harke, welche die Spielmarken gierig einfing oder sie dem Gewinner verächtlich hinstieß. Sie begann zu zählen, wie Papa es befohlen hatte. Hin und wieder kam eine der letzten sechs Ziffern, und sie fing wieder von vorne an, aber noch hatte sich kein Abstand von zwölf Spielrunden ergeben. *»Mesdames, Messieurs, faites vos jeux. Rien ne va plus!«* Nach einer halben Stunde fühlte sie sich *blasé* wie ein Veteran – aber noch hatte keine einzige ihrer kostbaren Spielmarken auf dem grünen Tisch gelegen.

Plötzlich fühlte sie einen Blick von der gegenüberliegenden Seite. Hinter und über einer perlengeschmückten dicken Dame, die am Tisch saß, ragte eine große Frau im schwarzen Wollkleid auf, von kräftigem, knochigem Bau, mit langem Hals und gerötetem Gesicht, das eigentlich nicht ins Kasino paßte, sondern irgendwo aufs Meer, zum Rudern oder Netzelegen. Ein paar farblose Augen sahen sie starr an, und als Sophie ihrem Blick begegnete, kam noch etwas Drohendes dazu.

»Rien ne va plus! Numéro vingt-six.« Sophie zählte automatisch weiter. Achtmal – oder war es schon neunmal? Die Augen der Frau dort drüben bedrängten sie. Wollte sie ihren Platz? Es gab doch noch freie Stühle am Tisch. *»Rien ne va plus! Numéro dix-neuf.«* Und plötzlich wußte sie's: Die Frau dort war Keitje, die sie an der Ähnlichkeit mit Papa erkannt hatte. Zum Teufel mit Keitje, eben war die Nummer neunzehn gekommen. Nur noch *einmal* eine Nummer unter dreißig, dann durfte sie setzen. Ihre Hände zitterten schon wieder. Ob sie nicht schnell noch auf die Toilette gehen und sich Mut spritzen sollte? Zu spät. Nummer drei war angesagt worden, ergo: Die letzten sechs waren zwölfmal hintereinander *nicht* gekommen. Los. Wenn doch das Weib da drüben abhauen würde! Lässig, und als falle es ihr erst im letzten Moment ein, schob sie die erste ihrer zehn Spielmarken auf das grüne Tuch. Da schwamm sie nun auf den *six derniers* mutterseelenallein. Sophies Hände zitterten so stark, daß sie sie unterm Tisch verbarg. *»Rien ne va plus!«* Kugelgeklingel, erst eifrig scheppernd, dann müde klappernd und schließlich ver-

stummend. »*Numéro vingt.*« Die gierige Harke kam angeschossen und verschlang ihren einsamen Tausender. Auf Wiedersehen.

Sie begann wieder zu zählen, hob trotzig die Augen und begegnete denen der Belgierin. Die drohten nicht mehr, die feixten ganz unverhohlen. Sophie verzählte sich, postierte die geballten Fäuste auf beiden Seiten ihres Häufchens Tausender. Die Lange drüben wich nicht von der Stelle.

Sie verlor die nächsten drei Tausender, und die Frau war plötzlich verschwunden. Gott sei Dank. Noch konnte sie mit einem einzigen Gewinn alles wiedergutmachen, ein einziger gelungener Wurf würde ihr bereits sechsmal tausend bringen.

»Lassen Sie das doch«, sagte eine kratzige Stimme hinter ihr. »Geben Sie mir den Rest. Ich setz' ihn vernünftig für ihn ein. *Chemin de fer!* Das hier ist ja für den Kindergarten.«

Sophie wandte sich nicht um. Ich muß zählen, dachte sie verzweifelt. Wo war ich gerade? Sechsmal oder achtmal oder was? Laut sagte sie über die Schulter: »Was wünschen Sie? Ich versteh' Sie nicht ...«

»Ich kann's nicht mitansehen, wie Sie sein Geld verscherbeln.«

»Wer sind Sie überhaupt? Was für ein Recht haben Sie, über mein Geld ...«

»Sie haben keinen Pfennig. Und auch keine Ahnung. Los. Geben Sie's mir.«

»Machen Sie, daß Sie fortkommen, sonst ...«

»Sonst was?«

Sophie antwortete nicht, stieß vor Zorn und Ratlosigkeit einen weiteren Tausender auf das grüne Tuch und sah ihn Sekunden später davonschwimmen. Hinter ihr lachte es kratzig – danach Stille. Sie drehte vorsichtig den Kopf: Keitje war verschwunden.

Eine Stunde später war Sophie blank. »Bamm« hatte man das in der Schule beim Murmelspiel genannt, wenn man alle verloren hatte. »Bamm!« knurrte sie wütend auf dem Weg zur Toilette – und sang fröhlich »bamm-bamm, bamm-bamm« vor sich hin, als sie wieder herauskam.

»Sie sind wohl nicht ganz bei Trost«, sagte die kratzige Stimme, und Keitje türmte sich an ihrer Seite auf. »Kommen Sie, wir trinken einen zusammen, ich lade Sie ein.«
»Moment«, sagte Sophie und ging zur Kasse.
»Sie werden doch nicht *noch* mehr Geld verplempern.« Keitje versperrte ihr den Weg. »Sie sind ja noch verbohrter als Ihr Vater!«
»Weg da«, sagte Sophie und schob sie zur Seite. »Fräulein, können Sie mir für dieses Billett nach London Bargeld geben? Ich glaube, es ist vierhundert Mark wert.«
»Sind Sie total verrückt?« raunte Keitje an ihrem Ohr.
Das Fräulein besah sich das Billett zweiter Klasse.
»Nein«, sagte es voll Verachtung.

Sophie trank einen Cointreau, Keitje einen doppelten Whisky. Sie saßen an der Bar im Kasino und betrachteten sich ungeniert von oben bis unten. Keitje war nicht ohne, wenn man sie so aus der Nähe sah. Es war zwar nichts Rundes, Weiches an ihr, aber die Zusammenstellung war lange nicht so grobschlächtig, wie es zunächst den Anschein hatte.
»Für jemand, der gerade das letzte bißchen des kranken Vaters verspielt hat, sind Sie eigentlich ganz kregel«, sagte sie wohlgefällig. »Oder ist es Ihnen scheißegal?«
Nein. Trotz Ampullen und Cointreau.
»Wo hatte er's denn versteckt?« Sophie schüttelte den Kopf. »Na gut. Ist ja auch egal.« Sie schwiegen beide. »Prost«, sagte Keitje, und sie stießen an, schwiegen wieder. »Wenn Sie meinen Rat hören wollen: Fahren Sie ab. Ersparen Sie ihm die Szene. *Ich* werd's ihm beibringen. Keine Sorge, ich werd's nett machen. Werde ihm auch sagen, daß Sie Ihr Billett nach London verkloppen wollten.« Sophie senkte den Kopf. Tränen der Liebe zu Papa und des Mitleids mit sich selbst tropften in ihr Glas. »Sehen Sie, so was wollen wir doch von ihm fernhalten, was?«
Sophie nickte etwas zu heftig und kippte beinah vom Barhocker. Morphium plus Alkohol war ein überzeugendes Gemisch, sie hatte es noch nie vorher versucht.

»Übrigens«, sagte Keitje, hob ihr den Kopf, wischte mit der rauhen Hand die Tränen ab und zwinkerte ihr zu, »was das Versteck anbelangt, wo er die zehntausend Mark verborgen hatte, das ist beileibe nicht das einzige. Und das waren auch garantiert nicht seine letzten zehntausend, da freß' ich 'n Besen.«

Am Bahnhof in Berlin reichte ihr Bargeld nicht mal zu einem Taxi. Sie fuhr im Bus zum Reisebüro und tauschte dort ohne Schwierigkeit ihr Billett nach London gegen Bargeld ein, telegrafierte der Möwe »SOS Sophie« und sagte sich bei Yasmin an. Während des Mittagessens berichtete sie von ihrem Wiedersehen mit Papa und dem Abenteuer im Kasino. Keitje ließ sie aus. Yasmin hörte aufmerksam zu, während sie kaute, nickte zum Schluß, als wolle sie sagen: So ist das nun einmal.
Als die Zitronencreme serviert wurde, hielt Sophie den Augenblick für gekommen und pumpte sie vorsichtig an. Sie stieß auf Eisen. Keinen Pfennig. Sie dürfe zum Essen kommen, wann sie wolle, sogar zum Frühstück. Zu Fuß.
Während der nächsten zwei Tage verkaufte sie ihre Möbel (bis auf das Bett), ihre Ohrringe und ein paar andere goldene Kinkerlitzchen. Alles zusammen brachte über dreitausend Mark. Dann rief sie Bosse an und nahm einen leeren Koffer mit ins Fischrestaurant in Halensee. Er brachte auch einen Koffer, aber keinen leeren. Sie tauschten sie schweigend aus, und auch die dreitausend Mark wechselten den Besitzer. Auf Wiedersehen, Herr Bosse, oder besser: Adieu.
Außer zu den Mahlzeiten bei Yasmin blieb sie zu Hause in der Dachwohnung und wartete, lag auf dem Bett und träumte. Die Möwe würde kommen, da war sie sicher. Ich bin Heinrich der Vogelfänger, dachte sie, Anita ist die grausame Taube, Alice die treue Möwe ...
Die dann auch drei Tage später eintraf.
Noch bevor sie Hut und Mantel ablegen konnte, gestand ihr Sophie alles – auch das verkloppte Billett – in einem einzigen, unaufhaltsamen, tollkühnen Beicht-Wasserfall. Die Möwe, auf Schlimmes gefaßt, mußte sich doch schnell aufs Bett setzen.

»Bamm!« sang Sophie. »Ich bin vollständig, restlos, hundertprozentig bamm!«
Die Möwe sah sich in dem leeren Zimmer um. »Du hast nichts mehr«, sagte sie tonlos.
»Nur das hier«, rief Sophie und holte den Koffer. »Voll! Bis obenhin.«
Die Möwe ihrerseits hatte gute Nachrichten, obgleich ihr nicht danach war, sich über irgend etwas zu freuen. Sie hatte einen Vertrag bei Balthus, würde deutsche Bücher übersetzen, sich generell nützlich machen. Bei Lichte besehen war es keine echte Anstellung, sondern reine Wohltätigkeit, aber sie würde jetzt, bei der Wiedereinreise, *mit* Arbeitserlaubnis ins Land kommen.
»Hurra!« brüllte Sophie und tanzte auf dem nackten Fußboden herum, bis die Leute von unten wieder mit dem Besen klopften.
»Aber *du* wirst als Besucher einreisen«, sagte die Möwe traurig. »Und ich weiß nicht, was ich dort für dich tun kann. Du kannst nichts, du bist nichts ...«
»Ich bin deine Freundin«, rief Sophie und küßte sie auf die Wange. »Du brauchst eine dort drüben, in dem kalten Land.«

In den nächsten Wochen war sie mit unermüdlicher Ausdauer und Energie damit beschäftigt, die Möbel der Möwe loszuwerden – es gab jetzt Spezialagenturen, die den Emigranten »die guten Sachen« eifrig und billig abnahmen – und den Erlös in ein paar einfache Schmuckstücke umzuwandeln, von denen sie während der ersten Monate in England leben wollten. Bargeld durfte man ja nicht mitnehmen.
Dann war es soweit. Sie saßen in der nackten Wohnung auf den gepackten Koffern und studierten die Landkarte. Der alte Mercedes-Benz der Möwe sollte sie außer Landes bringen, um die strengen Zugkontrollen zu vermeiden.
»Wir fahren über die belgische Grenze hinter Aachen, Richtung Lüttich«, sagte die Möwe und musterte ihre drei Koffer und die zwei von Sophie. Etwas abseits, schwarz und abweisend, der

Bosse-Koffer. »Da lassen wir die alte Karre einfach stehen. Hoffentlich schafft sie's bis dahin.«
»Du könntest sie doch in England brauchen.«
»Erstens kommt das zu teuer, und zweitens ...« Sie holte tief Luft, bevor sie weitersprach. »Zweitens können wir nicht zweimal riskieren, ungeschoren über die Grenze zu kommen. An der belgischen sind sie manchmal schlampig, da haben wir eine Chance, aber die Engländer sehen sich so einen fremden Wagen genau an.«
»Und warum sollten sie ihn sich nicht ...« Sophie unterbrach sich und begriff. Der Bosse-Koffer! Voll bis obenhin. »Wo wirst du den verstecken?«
»Weiß noch nicht. Irgendwas wird mir schon einfallen.«

Sie verabschiedeten sich nur von Yasmin. Die stand früh um sieben Uhr im rosa Morgenrock in der Diele, drückte der Möwe fest die Hand und strich Sophie über die Wange.
»Mach's gut.«
»Yasmin, überleg dir's noch einmal! Es gibt auch in London eine türkische Botschaft.«
»Vielleicht. Wer weiß. Schickt mir eure Adresse. Geht gesund, und kommt gesund.«
Aus dem Fenster sah sie auf den Olivaer Platz hinunter, sah zu, wie Sophie sich vorn neben die Möwe setzte. Das offene Kabriolett war voll bepackt; Koffer und Mäntel auf den Hintersitzen. Sie öffnete das Fenster und rief: *»Seni seviyorum!«* Ich liebe dich! – nicht wirklich laut genug, um gehört zu werden, aber in der frühmorgendlichen Stille, als die Wagentüren zugeschlagen waren, und gerade bevor die Möwe auf den Anlasser drückte, drang das *Seni seviyorum* wie ein Windhauch an Sophies Ohr. Sie fuhr herum, dachte automatisch: Dade! – besann sich und blickte hinauf zum Fenster. Yasmin hob die Hand, und Sophie wollte antworten: *»Seni seviyorum!«*, denn das war noch nie zwischen ihnen gesagt worden – aber der Motor sprang an, der Wagen setzte sich in Bewegung, und so winkte sie nur, bis sie um die Ecke bogen.

7

Während der Fahrt vermieden es beide, sich gegenseitig auf die Schönheiten der Landschaft aufmerksam zu machen. Ob sie diese herrlichen, blühenden Wiesen, die Tannenwälder, die alten Bauernhöfe, die Dorfkirchen – ob sie die wohl jemals wiedersehen würden? Schweigend fuhren sie gen Westen, ohne Hast. Die Möwe wählte sogar absichtlich kleine Nebenstraßen. Jetzt, da sie Stunde um Stunde stillsitzen und nachdenken konnten, wurde ihnen erst bewußt, was der Abschied bedeutete. Emigrant. Emigration, das Blindekuh-Schicksal. So gut wie vorbestraft.

Die Möwe hatte es besonders schwer, denn sie war aufgeregt, sagte aber nichts. Sophie würde schon im rechten Augenblick die Nerven behalten, aber sie sollte nicht die ganze Fahrt über innerlich schlottern. Die Aufregung galt dem Bosse-Koffer. Er lag neben zwei anderen, größeren, auf dem Hintersitz. *Wenn* die nämlich durchsuchten, dann sicher zunächst den Kofferraum und das dort verstaute Gepäck. Sie hatte mit Sophie über die belgische und englische Zollkontrolle gesprochen, aber ihre wirkliche Angst galt der Ausreise aus Deutschland, *da* war dicke Luft, *da* waren die Beamten auf Beute aus. Sie hatten eben zu viele Koffer, fünf plus den ominösen schwarzen. Man würde vielleicht merken, daß sie emigrieren wollten – ohne Emigrationsgenehmigung –, dann müßten sie alle Koffer öffnen, und dann …

»Was stöhnst du denn?« fragte Sophie.

Am ersten Tag schafften sie es bis Hannover und auch noch bis Dortmund. Dort mußte übernachtet werden, und weiter ging's am nächsten Tag durch Köln hindurch.

»Ach! Fahr' doch am Dom vorbei! Ich möchte gern noch mal fünf Minuten drin sitzen.«
»Muß das sein?«
»Als ich das letzte Mal drin saß, da lebte die Dade noch. Was ist denn, Alice, du bist ja ganz blaß.«
»Ich hab' Kopfschmerzen.«
»Dann komm mit in den Dom, da ist es dunkel und kühl.«
Die Möwe antwortete nicht, hielt den Wagen an. »Ich warte hier. Aber mach's kurz.« Sie folgte ihr mit den Augen, bis sie im Hauptportal verschwand, unterm Arm die Krokodiltasche. Im Dom war's dunkel ...
Dann Aachen, und von dort waren es nur noch wenige Kilometer bis zur belgischen Grenze. Die Möwe fuhr langsamer, wischte sich mit dem Handrücken den Schweiß von der Stirn.
»Was hast du nur? Ist dir nicht gut?«
»Halt die Klappe!« knurrte die Möwe und fuhr in eine kleine Ortschaft ein. Hier irgendwo gab es einen Grenzübergang. Sie fuhr noch langsamer, spähte nach allen Seiten. Es war gegen drei Uhr nachmittag, die Gassen waren leer, auch die Hunde lagen schläfrig im Schatten. Ein junger Mann in SS-Uniform kam aus einer Kneipe und ging die Straße entlang, entfernte sich.
»Was jetzt auch geschieht, du hältst den Mund, verstanden?«
»Wieso ...« Weiter kam sie nicht, denn die Möwe fuhr langsam hinter dem jungen SS-Mann her. »Bist du wahnsinnig?« flüsterte Sophie, aber der Wagen hatte ihn schon eingeholt.
»Ach, entschuldigen Sie ...«
Der Mann blieb stehen und grüßte mit erhobenem Arm: »Heil Hitler.«
»Heil Hitler«, lächelte die Möwe. Er sah Sophie an.
»'l Hitler«, murmelte die.
»Könnten Sie uns vielleicht sagen, wo der Grenzübergang ist?« strahlte die Möwe.
»Da müssen Sie da vorne links abbiegen, dann die erste rechts am Rathaus und dann ganz geradeaus.«
»Danke vielmals. Also vorne rechts abbiegen, dann links ...«
»Nicht doch, gnädige Frau, gerade umgekehrt!« Die Möwe lä-

chelte blöde, und auch die andere saß mit offenem Munde da. Weiber, dachte er, taube Nüsse, aber einen Mercedes fahren sie! Die Rothaarige ist hübsch. »Am besten komme ich mit«, sagte er mit plötzlichem Entschluß. »Sonst fahren Sie ewig im Kreise.«
»Ach, das wäre aber nett von Ihnen«, flötete die Möwe. »Können Sie hinten einsteigen? Den kleinen schwarzen Koffer können wir noch hier vorn unterbringen.«
»Aber wo«, sagte der Uniformierte und öffnete den Wagenschlag. »Den nehme ich auf den Schoß. So schwer wird er ja nicht sein.« Er hob den Bosse-Koffer, staunte. »Nanu, der hat ja ein ganz schönes Gewicht! Was haben Sie denn da drin, Steine?«
Er setzte sich auf den Hintersitz und legte den Koffer flach auf die Knie. Sophie schloß die Augen.
»Edelsteine«, lachte die Möwe. »Rubine und Smaragde. Geht's?« fügte sie fürsorglich hinzu. »Können Sie's aushalten?«
»Aber sicher doch, gnädige Frau, so weich sind meine Knie nicht.« Die Möwe bog sich vor Lachen. »Fahren Sie nur los.«
Kurz darauf erreichten sie die deutsche Zollstation, schon von weitem durch die riesigen Hakenkreuzfahnen erkennbar. Zwei Beamte in Uniform mit Armbinden standen vor dem Schlagbaum. Sie schlugen die Hacken zusammen und grüßten, als sie den jungen SS-Mann sahen.
»So, da wären wir«, sagte der, öffnete den Wagenschlag, stieg aus und stellte den Bosse-Koffer sorgfältig auf den Sitz. »Alles wieder auf seinem Platz. Gute Reise, meine Damen!« Er grüßte, wehrte den Dank der Möwe mit freundlichem Lächeln ab – die Rothaarige war schön, aber anscheinend dämlich –, nickte den Zollbeamten zu und ging davon. Die Möwe holte ihren Paß aus der Handtasche und stieß Sophie an, die noch immer stocksteif dasaß und dem SS-Mann nachstarrte, damit sie dasselbe tat.
»Nicht nötig, meine Damen, nicht nötig. Gute Fahrt!« Die Uniformierten überschlugen sich vor respektvollem Eifer.
»Wiedersehen!« Die Möwe winkte lässig mit zwei Fingern und trat etwas zu heftig aufs Gas. Der Wagen schoß vorwärts, Sophie stieß mit der Nase an die Windschutzscheibe und kam zu sich.
»Großer Gott!«

Siebentes Buch

I

Der Buchladen, nach dem Sophie fahndete, war in der Highstreet in Hastings, nicht weit von der Strandpromenade. Man hatte ihr die Adresse in St. Leonards gegeben, als sie die alte Schule besuchte. Die Vorsteherin, Miss Newman, war noch da, auch einige der damaligen Lehrer fanden sich ein zum *high-tea*, mit Milch und hauchdünnen Gurken-Sandwiches, genau wie früher. Sophie war Ehrengast. Man freute sich auf gedämpft-englische Art, sie wiederzusehen. Und Mister Goodenday? *Well, well* – Mister Goodenday! Miss Newmans Augen wurden elegisch: Mister Goodenday hatte eine Erbschaft gemacht, *wasn't it marvellous,* war jetzt richtig wohlhabend und hatte sich einen Buchladen in Hastings angeschafft. Sophie solle ihn doch mal besuchen, er würde sich sicher freuen. »Nein, nein«, sagte Sophie, »wozu denn.«

Aber auf dem Rückweg, als ihr Bus in Hastings stoppte, war sie plötzlich ausgestiegen, stand einige Zeit unschlüssig an der Bushaltestelle und ging dann langsam die Highstreet entlang. Es war kurz vor sechs, der Laden war noch auf, hell beleuchtet, drei riesige Schaufenster voller Bücher. Imposant. Drinnen funkelten die Neuerscheinungen in glänzend bunten Umschlägen von den Regalen, ein halbes Dutzend Angestellte bedienten eine beträchtliche Anzahl von Kunden, die blätterten, suchten, bestellten, bezahlten.

Dezentes Kassengeklingel, gedämpftes Gemurmel; der gediegene literarische Geruch nötigte einen zu angemessenem, respektvollem Ton. Hier würde ich gern ein bißchen bleiben, dachte Sophie, setzte sich auf einen Stuhl und blickte in die Runde. Alle diese

Gesichter, alte, junge, alle waren sie hier zu einem bestimmten und erfreulichen Zweck, alle waren verankert, wußten, wo sie hingehörten, warum sie hier waren, und die jungen, ärmlichen, die »nur mal schnell reinsehen« wollten in irgendein Buch, die waren am besten dran. Noch nie war sie sich so schiffbrüchig vorgekommen.

»Was darf's sein, Fräulein?«

»Ist Mister Goodenday zu sprechen?«

»Wen darf ich melden?«

»Sophie Berglund.«

Die Verkäuferin verschwand und kehrte Sekunden später mit Goodenday zurück, der ihr vorauseilte.

»Nein – ich glaube es nicht!«

Ausgestreckte Hände – beinah eine Umarmung. Angestellte wie Kunden sahen interessiert zu, er blickte sich verlegen um, winkte ihr und floh in sein Büro, drehte sich mehrmals um, ob sie ihm auch folgte.

Waren es der schöne, alte Schreibtisch, hinter dem er so selbstverständlich saß, die Beine lässig übereinandergeschlagen, und die getäfelten Wände mit den kostbaren Drucken, die ihm ein ganz anderes Gepräge gaben? In ihrer Erinnerung stand ein etwas schäbiger, älterer Mann mit dünnem, grauem Haar und zu kurzen Hosen am Strand. Jetzt trug er eine elegante Lederjacke über einem tadellosen Seidenhemd, und seine Augen, die damals immer auf dem Sprung waren, sahen sie jetzt ruhig und prüfend an.

»Was führt Sie hierher, Sophie? Ich darf doch noch Sophie sagen.«

»Ich wollte meine alte Schule besuchen. Nostalgie und Neugierde, professionelle Neugierde, ich ... arbeite für den Balthus-Verlag.«

»Balthus? Mit wem haben Sie da zu tun, mit dem Alten oder mit dem Jungen?«

»Mit dem Jungen.« Auf gut Glück.

»Schreiben Sie ein Buch?«

»Buch? Nein. Berichte. Reiseberichte ... und Politik.«

»Für Johnnie Balthus? Der hat doch bisher nur mit Belletristik zu tun gehabt.«

»Doch«, sagte sie, weil ihr nichts anderes einfiel.

»Sind Sie nur vorübergehend in England oder ...«

»Oder, Mister Goodenday. Ich bin emigriert.«

»Ich wußte gar nicht, daß Sie Jüdin sind.«

»Ich auch nicht.«

Sie lachten beide wie alte Verschwörer. Beim Abschied hielt er ihre Hand einen Augenblick lang fest: »Erinnern Sie sich noch an unseren Spaziergang am Strand? Und – geht es Ihnen jetzt gut?«

»Sehr gut. Danke. Also, auf Wiedersehen, Mister Goodenday.«

Der Laden war jetzt leer, eine Verkäuferin schloß hinter ihr ab. Langsam wanderte sie die Straße entlang, an der Bushaltestelle vorbei, zum Strand. Hier, am Meer, auf den grauweißen Steinen stand er wieder wie damals vor ihren Augen: ein zerfledderter Kranich, der sie unsicher und ungeschickt nach ihrer bösen Stiefmutter ausfragte und dann ihrer Mütze nachlief.

Sie setzte sich hin. Die Steine fühlten sich noch warm an, es war ein heißer Tag gewesen. Der Strand war schon beinah verlassen, ein paar Leute falteten noch die Strandschirme zusammen, zwei Kinder schwammen auf dem dunklen, stillen Meer und riefen einander etwas zu.

Keine Eile, nach London zurückzukehren, zu dem Zimmer in der billigen Fremdenpension. Alles, was ungewohnt war, half. Lieber hier am Strand sitzen, anstatt auf dem Bett liegen und dem Radio zuhören. Es lenkte sie ab von dem Druck und dem Verlangen und der elenden Wut. Deswegen war sie ja heute nach St. Leonards gekommen. Mal was anderes, selbst wenn es sie im Grunde einen Scheißdreck interessierte. Auch der Besuch bei Goodenday – nur um die Heimfahrt hinauszuzögern, denn sie hatte keine Ampulle mehr für heute abend. Die Möwe gab ihr nur zwei am Tag, und die reichten einfach nicht mehr. Herrgott noch mal, gottverdammte Möwe, gottverdammte Scheiße, ich kann nicht mehr, lieber Gott, ich kann nicht mehr. Ich bin so

weit, ich geh ins Wasser, jetzt gleich, sobald die Kinder weg sind.
Sie beobachtete die kleinen Jungen, die aus dem Wasser herauswateten und sich lachend den Strand entlang jagten. Geht doch nach Hause, verdammte Gören! Ich schwimme einfach weit hinaus, ich freu mich drauf, schert euch nach Hause! Ihr habt doch ein Zuhause ...
Hinter ihr knirschten die Steine. Schritte. Jemand kam näher. Sie setzte sich steif auf und starrte auf das Meer, unbeweglich wie eine Statue.
Der Jemand stand neben ihr. Wenn der mich anquatscht, dann schmeiß ich ihm Steine in die Fresse ...
»Sophie«, sagte Mister Goodenday und setzte sich hin. »Hab's mir doch gedacht.«

In dem kleinen Pub *The Norman* konnte man gut essen. Goodenday bestand darauf, daß sie den Claret trinken müsse, der sei berühmt in der ganzen Stadt. »Na, sehen Sie, jetzt haben Sie schon etwas Farbe im Gesicht. Der Wein tut Ihnen gut.« Sophie leerte gehorsam ihr drittes Glas. Wenn er wüßte, *wie* gut er ihr tat! Bei ihrem Budget kam Alkohol nicht in Frage. Die Möwe verdiente zwölf Pfund in der Woche und gab Sophie vier Pfund zehn Shilling. Für den heutigen Ausflug nach St. Leonards hatte sie etwas dazu gespendet.
Goodenday bestellte noch eine Flasche. Und als auch die geleert war, war Sophie bereit, seine Fragen zu beantworten. Er hatte natürlich gemerkt, daß die Sache mit dem jungen Balthus Schwindel war. Und warum gerade Balthus? Sophie erzählte von der Möwe.
»Wie lange sind Sie denn schon in England?«
»Ein halbes Jahr.«
»Und warum arbeiten Sie nicht?«
Keine Arbeitserlaubnis. Auch keine Aussicht, je eine zu erhalten.
»Ach so.«
Er bestellte Kaffee und sah, wie ihre Hand zitterte, als sie nach

der Tasse griff. »Sophie, vorhin am Strand, das war ein schlimmer Augenblick?«
»Ich muß bald gehen«, sagte sie. »Mein Bus ...«

Er rief schon am nächsten Morgen in ihrer Pension an. Am Wochenende komme er nach London, ob sie den Samstagabend für ihn freihalten würde.
Warum nicht. Wieder etwas zum Ablenken, und das Wochenende war immer besonders fürchterlich, weil sie es nicht lassen konnte, die Möwe zu bestürmen, ihr mehr Ampullen zu geben, und weil sich dann die Möwe in ihr Zimmer einschloß oder davonrannte. Sie hielt den Bosse-Koffer unter strengem Verschluß. Sophie fragte nie, wieviel Ampullen noch da waren. War der Bosse-Koffer zu Ende, winkte sowieso tröstlich »der Ausweg«. Die Möwe ahnte es, und das gab ihr die Kraft, Sophies Ansturm zu widerstehen.

Sie trafen sich im Restaurant, bei Prunier's in der St. James Street. Sophie wollte nicht, daß Goodenday die Pension sah, in der sie und die Möwe lebten. Ihr schwarzes Knieze-Kostüm und die weiße Bluse waren zeitlos und die Blicke, die von den Nebentischen kamen, ebenso.
Er fing es geschickt an. Er wollte sehr viel mehr über sie wissen, packte daher erst mal über sich selbst aus. Das Zuhören wurde leichter nach der ersten Flasche Wein, sie verlor nur selten den Faden von dem, was er erzählte. Wohl auch, weil er von ernsten Dingen sprach, als seien sie jemand anderem passiert. Seine ganze Aufmerksamkeit galt den Schnecken, deren Inneres er intensiv erforschte, während sie erfuhr, daß seine erste Frau vor zwanzig Jahren im Auto verunglückte, daß sein reicher Schwiegervater in ihm einen kaltherzigen Opportunisten gesehen hatte, daß nach dessen Tod, nach vielen Jahren des starren, unnachgiebigen Schweigens, beim Öffnen des Testaments der einfache Satz dagestanden hatte: »Ich ernenne meinen Schwiegersohn Alan Goodenday zum alleinigen Erben, da ich mich in ihm geirrt habe.«

Wie sie zuhören konnte! Diese bernsteinfarbenen Augen, dieser unverwandte, teilnahmsvoll-ergriffene Blick!
Sie nahm wahrhaftig teil, und es ergriff sie sehr, daß *sie* nun wohl bald dran war, denn ein solches Aufblättern der persönlichen Lebensgeschichte setzte eine Gegenleistung voraus; jetzt war es an ihr, ihm Wein einzuschenken, es mußte ja kein reiner sein.
Er sah sie verzückt aus seinen kurzsichtigen Augen an. Was für ein schönes Geschöpf, und so zurückhaltend und schüchtern, erstklassige Tugenden in seinem Land; es fiel ihr anscheinend immer noch schwer, über sich selbst zu sprechen. Taktvoll begann er, sie auszufragen, und er erhielt präzise und zutiefst verlogene Antworten. Wie ging es dem Herrn Vater? Gut. Und – hatte es nochmal eine Stiefmutter gegeben? Nein, nein, Papa lebe allein in friedlichem Ruhestand. Hatte sie nie geheiratet? Sophie wollte gerade Dimi ableugnen, da fiel ihr zur rechten Zeit ihr Personalausweis ein, auf dem »Sophie Martensen« stand. Also: Sie sei verheiratet gewesen, nur kurze Zeit, eine Jugendsünde, schon lange geschieden, böse Erfahrung, längst vorbei. Danke, die Seezunge ist ausgezeichnet. Weiter gebe es eigentlich nichts zu erzählen, außer daß sie in Berlin beim Ullstein-Verlag gearbeitet habe, und da sei sie aus rassischen Gründen rausgeflogen. *Ecco.*
»Und nun?«
»Meine Aufenthaltserlaubnis gilt für ein Jahr.«
»Und dann?«
Sie zuckte die Achseln und lächelte. Das war englisch und würde ihm gefallen. Tapfere, kleine Frau ...
Er streckte kühn die Hand aus und legte sie über die ihre.
»Sophie, würde es Sie sehr überraschen, wenn ich Ihnen gestehe, daß ich ... daß ich ...«
Daß er. Nichts überraschte sie nach dem guten Wein.
Da sie ihm die Hand nicht entzog, fand er den Mut, den Satz zu Ende zu sprechen: »... daß ich mich in Sie verliebt habe?« Die beiden Hände lagen ruhig übereinander auf der Tischdecke, und er wurde feurig: »Eigentlich schon damals am Strand, da hab' ich

mir's natürlich noch versagt. Aber jetzt, wo ich in der Lage bin ...«

Als sie gegen Mitternacht nach Hause kam, hatte sie einen Heiratsantrag in der Tasche. Die Möwe war noch auf und sagte: »Aha.«

2

Aber am nächsten Morgen, bevor sie zum Bus ging, erschien sie in Sophies Zimmer und blieb an der Tür stehen. Sophie lag noch im Bett, die Arme hinter dem Kopf verschränkt, und starrte in die Luft.

»Sag mal«, meinte die Möwe zögernd, »ich hab mir das überlegt, wie willst du das überhaupt angehen? Kannst du mit jemandem schlafen, ohne daß du's willst?«

Sophie stellte ihren Blick auf die Möwe an der Tür ein. Sie hatte eben erst gespritzt, und das Zeug war gerade im Kommen. Da ließ sie sich eigentlich ungern stören.

»Irgendwie«, murmelte sie vage, »wird sich das schon bewerkstelligen lassen.« Sie weigerte sich, an die Hochzeitsnacht zu denken. Nur daß es dunkel sein müsse, das wußte sie. Die Einstiche an ihren Armen und Beinen saßen jetzt dicht nebeneinander, und einige eiterten immer. Gewöhnlich war's die Möwe, die Probleme löste, aber diesmal würde das nicht funktionieren – oder konnte sie, Sophie-Isolde, die Möwe-Brangäne dem Herrn Marke-Goodenday unterschieben? Sie platzte bei dem Gedanken laut los, und die Möwe sah sie verwundert an.

»Du findest das komisch?«

Goodenday meinte, sie seien zu alt, um lange »verlobt« zu sein. Sophie stimmte eifrig zu. Es konnten einfach nicht mehr sehr viele Ampullen im Bosse-Koffer sein. Allerhöchste Eisenbahn. Weder die Möwe noch Sophie sprachen es aus, aber beide dachten dasselbe: Von jetzt an würde Geld vorhanden sein, und mit Geld ließen sich Kontakte herstellen …

Laut sagte die Möwe nur: »Ich werde langsam genauso unmoralisch wie du.«
»Moral kann ich mir nicht leisten«, murmelte Sophie.
»Der Mann ist es wert, daß man ihn gern hat.«
»Ich habe ihn gern.«
»Ich fürchte, er liebt dich«, sagte die Möwe kummervoll. Sophie nickte stumm. Alles wäre viel einfacher gewesen, wenn er sich nicht so gefährlich in sie verliebt hätte. Damit hatte sie nicht gerechnet, als sie bei Prunier's über der ausgezeichneten Seezunge ja gesagt hatte. Er war doch schon – ja, wie alt war er eigentlich? Sie hatte ihn nie gefragt, so was fragte man nicht, aber damals, vor fünfzehn Jahren in St. Leonards, da war er doch sicher schon Ende Dreißig gewesen. Sie hatte natürlich geglaubt, bei *dem* Alter könne sie auf ruhige Hin-und-wieder-Weise ihren ehelichen Verpflichtungen nachkommen, aber die sehnsuchtsvollen Umarmungen, die er ihr bei jeder Gelegenheit verpaßte, ließen sie das Schlimmste befürchten. Wie lange konnte sie noch die Schüchterne spielen?
Mit einem heiteren Auge (Bosse-Koffer) und einem feuchten (dräuende Hochzeitsnacht) verfolgte sie Goodendays Vorbereitungen für die Trauung, beobachtete mit einer Mischung aus kopfschüttelnder Rührung und ahnungsvoller Beklemmung, wie er strahlend und stolz mit den verschiedenen Behörden verhandelte und die Blicke nicht sah – oder falsch auslegte –, mit denen die Beamten erst ihn und dann sie bedachten, wenn er sie als seine zukünftige Frau vorstellte. Sie war jetzt fast neunundzwanzig Jahre alt, sah aber jünger aus, besonders zu gewissen Stunden des Tages, nachdem sie sich »gestärkt« hatte.
Oder hatte er es eines Tages doch erraten?
Sie standen nachts vor der Haustür ihrer Pension, und er bedeckte ihre Handfläche mit Küssen und drückte seine Stirn und seine Augen hinein, wie ein Hund, der verschämt spielt.
»Sophie, was würdest du sagen, wenn ich mir die Haare ein bißchen färben ließe? Ich meine ganz diskret natürlich«, fügte er hastig hinzu.
Sie ließ ihm die Hand, strich mit der anderen über sein dünnes,

graues Haar. Es war weder dünner noch grauer geworden seit dem Spaziergang damals, als es so wild im Winde geflattert hatte.
»Warum nicht? Wenn's dir Spaß macht.«
Aber als sie ihn am nächsten Tag bei Prunier's, ihrem Stammlokal, zum Lunch erwartete, bekam sie doch einen Schreck, als sich plötzlich ein Herr mit schuhwichseschwarzem Haar an ihren Tisch setzte und sie mit erwartungsvoll-flehentlichem Blick um Zustimmung bat.
»Erstaunlich«, war alles, was sie hervorbrachte.
Er lächelte erlöst, brauchte aber noch mehr Bestätigung.
»Ist es nicht zuviel? Ich meine, zu schwarz? Ich meine, zu jugendlich?«
Jugendlich war es bestimmt nicht. Es sah aus, als habe er auf einmal weniger Haare, und was da war, glänzte wie gelackt. Was soll's, dachte Sophie, im Dunkeln sieht man's nicht.
»Es steht dir ausgezeichnet.« Und um noch etwas zu sagen: »Hast du früher so ausgesehen?«
»Eigentlich nicht«, sagte er zögernd. »So habe ich noch nie ausgesehen. Meine Haare waren immer farblos, man wußte nie, wie man sie im Paß beschreiben sollte.« Er setzte sich die Brille auf und betrachtete sich in einer entfernten Spiegelwand des Restaurants. »Ich kenne mich gar nicht wieder, aber wenn's dir gefällt ...«
»Es gefällt mir«, sagte Sophie, und er drückte ihr unterm Tisch heftig die Hand.

Am Hochzeitsmorgen kam die Möwe noch einmal in Sophies Zimmer, während sie packte, und übergab ihr wortlos den Bosse-Koffer. Er fühlte sich leicht an, viel zu leicht. Sie hatte nicht den Mut, ihn zu öffnen. Später, später ...

Auf dem Standesamt in der Caxton Hall trafen die Möwe und Sophie zum erstenmal den *best man*, Goodendays Trauzeugen, einen weißhaarigen Professor der Archäologie in Cambridge, mit dem er zusammen studiert hatte. Sophie trug wieder ihr schwar-

zes Knieze-Kostüm mit weißer Bluse, die roten Haare eingerollt zu der neuen *pageboy*-Frisur. Die Möwe ganz in Weiß, wie es sich gehörte.
Der Professor war wohl etwas schwerhörig, jedenfalls schüttelte er der Möwe herzlich die Hand und offerierte ihr Segenswünsche fürs künftige Eheglück. Goodenday fiel ihm hastig ins Wort und stellte ihm noch einmal Sophie als seine Braut vor, was den *best man* derartig verstörte, daß er den sofortigen Rückzug antreten wollte, da er sich nicht als *best,* sondern als *worst man* erwiesen habe.
Sophie lachte und beruhigte ihn, aber Goodenday – Alan, wie sie ihn jetzt nennen mußte – war ganz blaß vor Schreck. Sie griff beruhigend nach seiner Hand, die sich eiskalt anfühlte; seine Stimme vor dem Standesbeamten war heiser und kaum verständlich.
Während der Bräutigam den Fragebogen ausfüllte, sah Sophie den Professor an. Sein Blick ruhte voll bestürztem Staunen auf ihr und blieb dann an seines alten Freundes neuem schwarzem Haar hängen. Sie kniff sich in die Handflächen, um nicht zu lachen. Zu Ehren des Tages hatte sie sich eine Extra-Ampulle gespendet und fand Caxton Hall, den Professor, Alan, sich und die Möwe – alles urkomisch.
Später, im Savoy-Hotel, wo das Hochzeits-Lunch stattfand, stärkte sich der Professor mit einigen Martinis und fand seine Sprache wieder. Auch Alan genehmigte sich zwei, die Möwe auch. Nur Sophie trank Orangensaft, denn sie wollte einen klaren Kopf behalten. *Nach* dem Lunch kam das für sie wichtigste Ereignis des Tages: Besuch beim *Home Office* in der Fremdenabteilung. Die nagelneue Heiratsurkunde in der Hand, füllte sie die Formulare aus. Innerhalb von zwei Wochen würde ihr ein englischer Paß beschert!
Der Professor zeigte sich etwas befremdet über diese, wie er sich ausdrückte, seltsam überstürzte Maßnahme am Hochzeitstag, aber Alan lächelte verständnisvoll: Natürlich wolle sie ihren grauen Personalausweis gegen einen prachtvollen, dunkelblauen englischen Paß eintauschen! Dann könnten sie sogar nach Spa-

nien auf Hochzeitsreise gehen. Während sie noch schrieb, legte er ihr einen Arm um die Taille.
»Jetzt ist alles in bester Ordnung, jetzt bist du meine Frau.«
Jetzt bin ich Engländerin, dachte Sophie und unterschrieb zum erstenmal *Sophie Goodenday.*

Das dicke Ende kam nach. Hochzeitsnacht im Savoy-Hotel. Alles hat seinen Preis – aber daß die Extra-Ampulle nicht half! Nackt und steif wie ein tiefgekühlter Fisch lag sie in Alans Armen mit vor Panik weit aufgerissenen Augen. Verstört ließ er von ihr ab.
»Ich verstehe nicht ...«, sagte er, als er seiner Stimme wieder mächtig war. »Erklär mir ...«
Sie antwortete nicht, konnte nicht antworten, denn ihre Zähne klapperten. Was ist los mit mir, dachte sie, mir ist doch nicht kalt! Aber was es auch war, das sie schüttelte, sie konnte es nicht kontrollieren.
»Was ist denn? Bist du krank?«
Keine Antwort, nur aufeinandergepreßte Zähne und zuckende Glieder. Er wickelte sie in alle Decken, die er finden konnte, zog sein Pyjama an und saß frierend auf dem Bettrand. Langsam ließ der Krampf nach, und sie lag mit geschlossenen Augen da wie eine Tote, ließ es geschehen, daß er die Bettlampe anknipste.
»Sophie, sprich doch! Soll ich den Arzt holen?«
Sie schüttelte den Kopf, flüsterte, ohne die Augen zu öffnen: »Schlafen! Morgen früh ... Ich werd's dir sagen ... Morgen.«
Er zog sich an, zog den extra für den großen Tag angefertigten Anzug wieder an, breitete seinen Mantel über sich aus, legte sich neben sie und tat sein Bestes, um einzuschlafen. Sie rührte sich nicht, die ganze Nacht.
Am Morgen sagte sie es ihm. Irgendwann hätte er es ja doch herausgefunden. Wie Dimi. Mitten in ihrer Beichte stand er auf und ging ans Fenster, starrte auf die Themse hinunter, auf der lange Kähne ruhig dahintrieben. Sie schwieg einen Augenblick, betrachtete seinen Rücken, gab ihm Zeit. Er stand noch am Fenster, nachdem sie längst geendet hatte. Wenn er sich um-

dreht, dachte sie, wird er mich fragen, ob ich ihn deswegen geheiratet habe oder wegen des Passes. Ich mag ihn gern. Werde lügen.

Aber dazu kam es nicht. Er verließ das Fenster, ging zum Schrank und holte seinen Schal und den Hut heraus. Teilnahmslos sah sie ihm zu.

»Hast du schon gespritzt heute früh?« Ohne sie anzusehen, trokken und konzentriert wie Mister Goodenday im Unterricht.

»Ja.«

»Dann warte hier auf mich. Ich werde mich beeilen, aber es wird vielleicht zwei Stunden dauern, bis ich wieder da bin.« Er ging zum Telefon und riß die Schnur aus der Wand. »Ich muß dich leider einschließen. Hab keine Angst. Vertrau mir.« Er sah einmal kurz in ihre schreckerfüllten Augen und verließ das Zimmer.

Sie sank wieder zurück auf das Bett. Jetzt geht er zum *Home Office* und macht meinen Paß rückgängig – und dann zur Polizei. Rauschgiftsucht und Heirat unter Vorspiegelung falscher Tatsachen. Aus dem Fenster springen? Keine Lust. Wahrscheinlich lag es an dem Zeug. Noch war sie vollgepumpt und unfähig, Konsequenzen zu ziehen. Später vielleicht.

Aber »später« war der Anfang vom Ende, oder, wenn man so will, der Anfang vom Beginn, denn Goodenday kam nicht alleine zurück. Neben ihm, an Sophies Bett, stand ein großer Mann mit Adlernase und Schnurrbart. Scotland Yard? Nein, dies sei Dr. Hartley, Chefarzt einer Privatklinik in der Wimpole Street, die eine Spezialabteilung für Entziehungskuren eingerichtet habe.

»Guten Tag, Mrs. Goodenday«, sagte der Mann munter. Sophie sah wortlos von einem zum anderen. »Wieviel Ampullen haben Sie noch?«

Langsam, als habe sie Gewichte an den Beinen, stand sie auf und holte den Bosse-Koffer. Auf einmal wog er einen Zentner.

Gemeinsam zählten sie die Ampullen. Sie hätten noch für knapp zwei Monate gereicht.

»So«, sagte Dr. Hartley in dem gleichen munteren Ton und

schüttete den kostbaren Inhalt des Bosse-Koffers in seine Arzttasche. »Hier ist ein Formular, das Sie unterschreiben müssen. Es besagt, daß Sie sich freiwillig in meine Klinik begeben ...«
»Freiwillig?« brüllte Sophie.
»... und daß Sie so lange dort bleiben, bis ich Sie für geheilt erkläre.«
Der leere Bosse-Koffer flog in hohem Bogen durch die Luft, und Sophie stürzte sich auf Goodenday, hämmerte mit den Fäusten auf seine Brust: »Du hast gesagt: ›Vertrau mir!‹«
»Eben«, sagte Goodenday. Sie stieß ihn zur Seite und raste zum Fenster, schlug mit aller Kraft zu. Es zerbrach, und ein Splitter stak seitlich in ihrer Faust. Schreiend und halb besinnungslos vor Schmerz und Wut versuchte sie, mit der anderen Hand einen der großen Scheibensplitter herauszureißen, aber da hatten sie sie schon gepackt.

»Was Sie sich da antun, ist weit schlimmer als das, was in meiner Klinik auf Sie wartet«, sagte der Arzt ruhig und verband ihre Hand, nachdem er den Splitter entfernt hatte. Sie wimmerte mit geschlossenen Augen vor sich hin, stammelte unverständliche Worte, aber die Raserei war verflogen, und Goodenday ließ sie vorsichtig los. »Gut, daß es die linke Hand war«, sagte Hartley und lächelte sie an, als habe sie sich gerade einen kleinen Scherz erlaubt. »Da können Sie mit der Rechten unterschreiben. Hier.« Er hielt ihr das Formular hin und legte seine Füllfeder in ihre Finger.

3

»Es war nicht viel anders als das erste Mal, Bruder, nur daß anstelle der Möwe und Yasmins lauter fremde Menschen um mich waren, die ich ›Gefängniswärter! Mörder!‹ nannte. Außerdem war man vier Jahre fortgeschritten seit meiner ersten Kur und wußte ein wenig mehr, und du weißt ja, wieviel ›ein wenig‹ in der Medizin bedeutet. Und dann: Jetzt wußte ich ja, was kommen würde, erwartete also nicht täglich die Besserung und rieb mich nicht innerlich auf vor Wut und Enttäuschung. ›Es werden drei böse Wochen sein, hier ist ein Kalender, den gebe ich allen meinen Patienten. Streichen Sie täglich einen Tag ab. Von der vierten Woche an geht es aufwärts. Meinen Sie nicht, daß es sich lohnt, drei Wochen lang um sein Leben zu kämpfen?‹
Und dann ging's gleich los. Die Gliederschmerzen und die entsetzliche Kälte waren sofort wieder da, aber man hielt mich bis zu acht Stunden am Tag halb bewußtlos in einem gleichmäßig heißen Bad und nachts in elektrisch gewärmten Decken. Nicht eine Sekunde ließ man mich aus den Augen, nicht mal auf der Toilette. Stundenlang, mit Engelsgeduld flößte man mir löffelweise Nahrung ein; ich brüllte wie beim erstenmal, wahrscheinlich lauter, weil es den Druck erleichterte und die letzten Hemmungen über alle Berge waren. Wenn man so tief gedemütigt wird, dann will man sich auch entsprechend benehmen. Während der schlimmsten Tage, in der zweiten Woche, gab man mir Äther, und ich war zeitweise herrlich bewußtlos, leider nur allzu selten, weil ich zu schwach war. So schwach, daß ich nicht mehr schreien konnte. Ich wußte, als Hartley alle paar Stunden am Bett stand, wie schlimm es um mich stand. Ich war eben a na-

tural, *eine von Natur aus zur Abhängigkeit Prädestinierte, und das Morphium, das in mir eine Heimstatt gefunden hatte, wollte und wollte nicht ausziehen.*
Einmal befahl Hartley, mir eine Zigarette zu bringen, und steckte sie mir selbst zwischen die Lippen. ›Rauchen Sie!‹ Ich zog, hustete, verschluckte mich, rauchte ein paar Züge – es lenkte mich sekundenweise ab. Auch ein paar Tropfen Cognac wurden mir manchmal eingeflößt, lauter kleine Maßnahmen, aber jede schob mich ein paar Zentimeter vorwärts.
Und dann – ich hatte schon lange nicht mehr die Tage abstreichen können, hatte keine Ahnung, wie viele vergangen waren – fühlte ich eines Morgens, wie das Blut in meinen Adern irgendwie anders rollte, ich kann's nicht besser ausdrücken, Bruder, als sei eine ganz, ganz leise Hoffnung in mir hin- und hergeflossen. Ich schlief in der folgenden Nacht ein wenig, konnte etwas Nahrung aufnehmen. Hartley kam und setzte sich an mein Bett. ›So. Hurra und Gratulation und chapeau! *Heute ist der dreiundzwanzigste Tag. Jetzt geht's aufwärts, und zwar rasant. Weinen Sie ruhig, dann weiß ich, daß Sie mich verstanden haben.‹*
Man trug mich zur Waage. Ich hatte über dreißig Pfund abgenommen. Haut und Knochen. Wie jetzt, Bruder, nur …« Sie brach ab, lächelte, als wolle sie sich entschuldigen, fuhr fort: »In den folgenden Tagen wurden die Schmerzen milder, und die Kälte verschwand ganz und gar. Ich aß drei Mahlzeiten am Tag, das heißt, ich wurde gefüttert, konnte noch kein Glied rühren. Dann verschwand die heiße Wanne endgültig, und ich begann zu fressen, konnte nicht genug kriegen. Man stellte mir nachts sechs Brötchen ans Bett, und ich aß trotzdem eine dreifache Frühstücksportion. Nur die Schwäche blieb. Es dauerte noch volle zwei Wochen, bis ich am Arm der Schwester durchs Zimmer humpeln konnte. Man gab mir zum erstenmal einen Spiegel: Ein schneeweißes Mondgesicht sah mich an, die Augen in tiefen, dunklen Höhlen, und der Mund schlaff. Aber meine Arme und Beine hatten keine Einstiche mehr, keine eiternden Risse, die Haut war wieder glatt, und ich trug nach Jahren zum erstenmal wieder ein Nachthemd mit kurzen Ärmeln.

Hartley kam jeden Morgen auf ein paar Minuten, ›um sich an mir zu erfreuen‹. Ich dürfe jetzt Besuch haben. Zwei Leute hätten täglich angerufen. ›Ihr Mann, natürlich, und eine Frau Mewes. Wen möchten Sie zuerst sehen?‹
›Frau Mewes, bitte.‹
Er sah mich einen Augenblick an, gab dann seine Anordnungen, und die Möwe kam noch am selben Tag angeflattert, fiel mir wortlos um den Hals.
›Wie findest du mich, ehrlich?‹
›Du hast schon mal besser ausgesehen.‹
Wir lachten, es gab aber auch ein paar Schluchzer. Dann sagte sie resolut: ›Du bist beinah ersoffen, aber man hat dich im letzten Augenblick an den Haaren herausgezogen. So – und nun werden wir nie wieder davon sprechen, hörst du? Nie wieder. Vorbei.‹

Der letzte Akt wartete in Hartleys Arbeitszimmer auf mich, als ich mich verabschieden wollte. Er legte gerade ein großes Holzscheit auf das offene Feuer in seinem Kamin.
›Ihnen zu Ehren‹, sagte er. ›Das ist mein Privat-Autodafé. Hier sind schon manche Tüten, Taschen, Rucksäcke, Aktenmappen, Pappdosen und sonstige Behälter verbrannt worden. Es stinkt manchmal tagelang, aber es ist mein Lieblingsgeruch. Da!‹ Er deutete mit dem Zeigefinger auf seinen Schreibtisch. In der Mitte stand einsam und böse in seinem schwarzen Ornat der Bosse-Koffer. ›Hinein mit ihm, huhu, haha ...‹
Ich nahm ihn – er fühlte sich federleicht an – und schob ihn langsam, mit Genuß und einem letzten heiligen Schauer, zwischen die lodernden Holzscheite – die er sofort erstickte. Erschrocken sah ich Hartley an. Er nahm meine Hand. ›Passen Sie auf, jetzt wird's spannend. Wer wird siegen, der schwarze Teufel oder das reine Feuer?‹
›Ist es schon vorgekommen, daß ... daß ...‹ Mir war, als entscheide sich dort meine Überlebenschance, und ich hatte Angst.
›Daß die Flammen erlöschen? Ja. Manchmal. Aber mein Kamin

zieht gut, er ist so hartnäckig wie ich.‹ Er ließ die Augen nicht vom Feuer. Es stöhnte und knackte zwischen den dicken Holzkloben, und ein übelriechender Rauchschwaden zog durch das Zimmer.

›Machen Sie manchmal auch ›Orakel‹, Herr Doktor?‹ wagte ich mich zu erkundigen, weil er so gebannt hinstarrte.

›Oft. Als Arzt klammert man sich hin und wieder an die primitivsten Dinge.‹

Ein lauter Knall, und das schwarze Ding barst auseinander. Blaßgrüne schwefelige Flammen züngelten an allen Seiten um das Leder.

›Das stinkt, was?‹ rief Hartley fröhlich. ›Gleich werden die Geldboten kommen, und dann ist es aus mit dem Ungetüm. Gewonnen! Das Orakel verkündet, daß Sie nie wieder rückfällig werden. Ich beglückwünsche Sie – und grüßen Sie Ihren Mann.‹

Grüßen Sie Ihren Mann ... Bruder, das war noch mal eine Riesenhürde. Er hatte täglich angerufen, war aber nie gekommen. Ich hatte keine Ahnung, was er für mich empfand, Groll, Zuneigung, Verlangen, Mitleid – oder gar nichts.«

Sie schloß die Augen und schwieg so lange, daß er glaubte, sie sei eingeschlafen, und er war gerade dabei, sich vorsichtig vom Bettrand herabzulassen.

»Nein, bleib bei mir. Ich mußte nur nachdenken. Über die Engländer. Ich habe oft gehört, daß dort Mann und Frau nebeneinander herleben und nicht wissen und nie fragen, ob sie überhaupt etwas und was sie füreinander oder gegeneinander empfinden. Habe es nie wirklich geglaubt. Dummes Gerede, politische Karikatur. Und nun ging es mir so, Bruder, ich hatte plötzlich einen Maulkorb um, ich wagte nicht zu fragen oder wollte es nicht wissen. Ich kroch bei ihm unter, bei Mister Goodenday in Hastings, in seinem Haus und in seinem Buchladen, und ich weiß bis heute nicht, was er dachte, als ich plötzlich wieder vor ihm stand. Er fragte nicht, wie es gewesen sei, ob ich noch, ob ich nicht mehr, ob ich nie mehr – nichts. Ich ging hinter ihm her in sein Haus. Er zeigte mir mein Zimmer und trat nie wieder über

die Schwelle. Frag mich nicht, ob es an mir *lag. Ich glaube nicht. Ich war so tief in seiner Schuld, daß* er *sich hätte herabbeugen müssen. Und das konnte er nicht. Zu stolz, zu gehemmt, zu verletzt, weiß der Teufel. Zu talentlos.«*
Der junge Arzt nickte. »Ich weiß. Mein Studium wurde von meinem Paten bezahlt, und als seine Frau starb, heiratete er meine Mutter. Er war gut zu ihr, wir waren nicht mehr arm. Aber ich ging ihm aus dem Weg. Ich fühlte, ich müsse meine Dankbarkeit jeden Tag neu beweisen, und was ich auch sagte, war zu wenig oder zu viel. Peinlik.«
*»Pein*lich!-lich!*« Sie wollte lachen, aber der Laut erstarb ihr auf den Lippen.*
»Was ist? Hast du Schmerzen?«
»Ich mußte an Yasmin denken, sie konnte auch nie das ›Ch‹ richtig ...« Sie schluckte. »Es sind immer die kleinen Dinge, die Winzigkeiten, die einem zusetzen.«
Er streichelte langsam und beruhigend über ihre Hand, die sich plötzlich umdrehte und die seine fest umklammerte. »Jetzt kommt was Schlimmes, Bruder ...« Die Stimme versagte.
»Vergiß nicht«, sagte er vorsichtig und blieb auf der Hut. »Vergiß nicht: Du schreibst ein Buch. Du bist nur der Erzähler. Bleib hinter deiner Schreibmaschine und erfinde schöne Sätze.«
Die nassen Augen trockneten, der Mund öffnete sich wie erlöst. »Jetzt kommt das Kapitel ›Kantine bei Balthus‹. Also, neue Seite: November 1938. Die Möwe rief an, wollte mich unbedingt sehen, weigerte sich zu sagen, warum, klang zu munter am Telefon, ich war ganz böse mit ihr. Am nächsten Tag fuhr ich nach London, und wir trafen uns in der Kantine des Balthus-Verlags. Sie hatte dort endlich eine anständige Stellung, ähnlich der bei Ullstein, kam in ihrem eigenen, kleinen, offenen Wagen angefahren, sah sehr flott aus am Steuer mit den wehenden weißen Haaren. Aber ich sah schon von weitem, daß etwas ganz Schlimmes los war. Sie fackelte nicht lange, legte zwei Briefe auf den Tisch, einen von der türkischen Botschaft in Berlin, die Handschrift auf dem anderen war mir unbekannt und kein Absender hinten drauf. Beide Briefe waren geöffnet, obwohl sie an

mich adressiert waren, an unsere frühere, gemeinsame Adresse.
›Nein, ich schäme mich nicht!‹ sagte sie kampflustig. ›Ich erlaube nicht, daß man dir Sachen schreibt, die dich aufregen, ohne daß ich's weiß, denn dann, dann ...‹
›Nein‹, sagte ich, ›das ist vorbei. Endgültig. Weißt du das nicht?‹
›Dann lies mal‹, sagte sie. ›Aber gib mir deine Hand.‹
Sie hielt sie die ganze Zeit über, während ich las. Die Botschaft teilte mit, daß Yasmin verhaftet worden sei. Sie hatte während der Kristallnacht – weißt du, was man die ›Kristallnacht‹ nannte in der Nazi-Zeit? Gut, dann muß ich's dir nicht erklären –, während dieser Nacht hatte sie einen jüdischen Gemüsehändler und seine Frau in ihrer Wohnung versteckt. Der Brief schloß mit dem Satz: ›Wir setzen unsere Bemühungen fort, ihren Aufenthaltsort zu ermitteln, und werden Sie auf dem laufenden halten.‹ Akkurat. Ich ›lief‹ von diesem Augenblick an, ging nie mehr ruhig meiner Wege, saß nie mehr ruhig und entspannt, bis der Krieg ausbrach, ein Jahr später. Da gab ich sie auf. Ich gab Yasmin auf. Das klingt schlecht, nicht wahr, Bruder, aber man stumpft ab im Krieg.«
»Und der andere Brief?«
»Von Keitje. Die Möwe hatte lange hin und her überlegt, ob sie mir beide zugleich zeigen solle. Sie waren mit derselben Post gekommen. Zufällig. Schließlich meinte sie, daß der eine Schlag den anderen auffangen werde. Besser als einen Schmerz ganz auskosten und dann ein paar Tage später noch einmal von demselben Becher trinken.

> *Liebe Sophie,*
> *Ihr Vater starb gestern nacht. Ich will Ihnen nichts vorlügen, er ist nicht im Schlaf gestorben. Er hatte noch einen Schlaganfall und lebte einen ganzen Tag. Ich war froh für ihn, als es zu Ende war. Seien Sie auch froh. Mit herzlichem Gruß*
>
> *Keitje.*

Ich bin an diesem Tag bei der Möwe geblieben. Erst saß ich in ihrem Büro herum, dann nahm sie mich mit zu sich nach Chelsea. Sie hatte ein nettes kleines Häuschen gemietet –, so was gibt's in London, nicht größer als eine Wohnung, aber eben ein Häuschen, für sie allein, mit Garage. Sie machte mir ein Bett auf dem Sofa im Wohnzimmer zurecht und rief Mister Goodenday an. Ich käme erst morgen zurück nach Hastings, ich hätte Zahnschmerzen.

Richtig. Jetzt wußte ich, wo ich war. Beim Zahnarzt. Und er bohrte. Ohne lokale Betäubung.

Mein Privatfriedhof wuchs, Bruder. Jetzt lagen da schon Turhan, die Dade, Papa, und ich richtete den Platz für Yasmin her.«

4

Am 3. September 1939, als der Krieg ausbrach, wußten die Menschen in England, wohin sie gehörten, und erfuhren am Radio, was sie tun sollten. Das gab allen, abgesehen von einem Klacks Aufregung, ein gewisses kollektives Gefühl der Sicherheit. Ob sie nun überall mit sich Gasmasken – die bald abgeschafft wurden – herumschleppten, ob sie sich zu den Streitkräften oder für die Rationierung meldeten, ihre Keller verstärken ließen oder ihre Kinder vorsorglich nach Amerika schickten, sie alle reagierten gemäß derselben nationalen Zwangslage, die aber jedem genügend Spielraum für seine Individualität ließ. Eine Zeitung schrieb: »Hitler besetzt Warschau. Einem Pastor in Wales gelingt es, eine völlig grüne Maus zu züchten.«
Die Möwe aber stand am Fenster ihres kleinen Hauses, sah dem eiligen und zielbewußten Treiben auf der Straße zu und wußte nicht, wohin mit sich. Sie gehörte nicht dazu. Niemand war unfreundlich zu ihr, aber niemand konnte ihr raten. Der Balthus-Verlag bürgte für ihre absolute Loyalität, aber sie mußte doch zur peinlichen Befragung ins *Home Office*, Abteilung Ausländer, wo Hunderte von Menschen standen, eine endlose, stumme Schlange verstörter Gesichter.
»Sie sind doch nicht mal Jüdin«, stellte man stirnrunzelnd fest. »Was wollen Sie hier? Zurück nach Deutschland mit Ihnen.«
»Okay«, sagte die Möwe mit Vogelblick. »Mit Handschellen. Freiwillig gehe ich nicht.«
Das machte Eindruck. Man ließ sie unbehelligt, allerdings den Fremdengesetzen unterworfen. Sie durfte sich nicht ohne polizeiliche Erlaubnis über einen Radius von dreißig Kilometern ent-

fernen, nicht auswärts übernachten, kein Radio besitzen. Sophie dagegen hatte keine Schwierigkeiten, sie war ja Mrs. Goodenday. Aber wenn jemand sie so anredete, hatte sie das Gefühl, sie habe sich einen englischen Paß gekauft wie die französischen Nutten am Piccadilly, die irgendeinen Kerl heirateten und ihn bezahlten, damit sie nicht deportiert wurden.

Sie hatte an die türkische Botschaft in Berlin geschrieben, ihren neuen Namen und die neue Adresse angegeben, ohne jede Hoffnung, nur der Ordnung wegen. Und dann kam plötzlich doch ein Brief über das Schweizer Rote Kreuz im Telegrammstil ohne Unterschrift: »Frau Yasmin Berglund im Arbeitslager Ravensbrück.«

Gott sei Dank, meinte Goodenday. Gott sei Dank? Wußte er denn nicht, daß »Arbeitslager« Konzentrationslager hieß?

»Besser als tot.«

Sophie schluckte und schwieg. Was wußte er von Deutschland. Für ihn war Hitler trotz allem das deutsche Staatsoberhaupt. Früher war's der Kaiser – auch ein unsympathischer Mensch –, jetzt war's eben Hitler. Und er ließ durchblicken, daß man vielleicht nicht unbedingt weise gewesen war im *Foreign Office*, man hätte den Mann benutzen sollen. Wofür, um Gottes willen? Als Bollwerk gegen Rußland, was denn sonst.

Mister Goodenday. Nie nannte sie ihn Alan in ihren Gedanken, er blieb Mister Goodenday, und ein paarmal redete sie ihn auch so an. Er tat, als habe er es nicht gehört; vielleicht fand er es zutreffend.

Sie sah ihn wenig, denn er arbeitete ohne Mittagspause im Geschäft, um die eingezogenen Angestellten zu ersetzen. Das Wenige war genug, schon das gemeinsame Abendessen mühselig. Er saß ihr dann gegenüber, sprach nur das Nötigste, fragte sie nie etwas, immer höflich, aber voll von vergrabener Bitterkeit unter der dicken Schicht angelsächsischer Abneigung gegen jede Art von Aussprache. Während sie die Augen nicht von ihrem Teller hob und immer wieder vergeblich nach den richtigen Worten suchte, die ihm klarmachen sollten, daß sie wußte und verstand, daß sie dankbar war, daß sie jetzt ohne Morphium, aber auch

ohne Selbstvertrauen war, daß er doch eigentlich sehen müsse, wie reduziert sie war, wie dürftig und frierend …
Dazu kam dann noch bei ihr das allabendliche Warten auf einen einzige, aber tödlichen Moment, der sich erst nach dem Essen ereignete, wenn der Kaffee serviert worden war. Er holte dann sein Zigarettenetui aus der Tasche – das war's nicht, warum sollte er nicht rauchen? – und hielt es ihr hin, Abend für Abend, immer mit demselben höflich fragenden Ausdruck im Gesicht. Und wenn sie nur stumm den Kopf schüttelte – in den ersten paar Wochen hatte sie noch hinzugefügt: »Danke, ich rauche nie« –, dann zögerte er kurz und jedesmal aufs neue überrascht, als wolle er sagen: »Keine Zigarette? Ach!« Und gleich darauf folgte ein leichtes Neigen des Kopfes, das bedeuten sollte: »Nun, dann rauche ich eben allein und hoffe, es stört dich nicht.«
Abend für Abend. Um aus dem Fenster zu springen.
Ihre Nerven waren sowieso noch reichlich anfällig, oder besser, sie hatte das Gefühl, daß ihr seit dem Autodafé des Bosse-Koffers die äußere Schutzhaut abgezogen war und sie die daruntersitzende noch nicht an die frische Luft führen konnte. Hätte Goodenday gefragt, wie sie die Stunden des Tages verbrachte, so hätte sie ihm nur sagen können: »Ich tue nichts, absolut nichts. Ich muß warten, bis meine Haut sich festigt.«

Erst im Frühjahr 1940, als das unsympathische deutsche Staatsoberhaupt sich anschickte, Frankreich zu verspeisen, fand Goodenday, daß der Mann nun doch zu weit gegangen sei, und es gab jetzt neutralen Gesprächsstoff während des Abendessens, Übereinstimmung und eine gewisse neugeborene Sympathie.
Sophie kratzte an ihrer Haut, fand sie endlich wieder wetterfest und dachte, bald werde ich wieder Sommersprossen haben! Sie fuhr nach London, die Möwe zu besuchen, die sich ja aus ihrem Umkreis von dreißig Kilometern nicht fortbewegen durfte.
»Tu doch was, zum Donnerwetter«, sagte die. »Ich darf ja nicht, aber du darfst doch. Fahr Sanitätswagen, melde dich beim Roten Kreuz – *tu* was!«
Am Abend sprach sie mit Goodenday, und er betrachtete sie

nachdenklich und zum erstenmal ohne die anonyme Abwehr, die sie so lange gelähmt hatte. »Wenn du wirklich was tun willst, dann hilf mir doch im Laden. Ich habe jetzt nur noch zwei alte Weibsen, die die Bücher nicht aus den Kisten heben können.« Sie lächelte ihn an und seufzte einmal tief auf.
»Das wär' schön. Dann könnte ich dir doch endlich ...« Aber er ließ sie nicht zu Ende sprechen, stand schnell auf.
»Ich melde mich jetzt bei der Heimwehr«, sagte er an der Tür. »Irgendwo habe ich noch mein Gewehr aus dem Ersten Weltkrieg.«
Er fand es, putzte es und präsentierte es vor dem hohen Spiegel in der Diele. Sophie sah ihn, wie er dort kerzengerade im Halbdunkel stand und sich mit entschlossenem, kriegerischem Ausdruck anstarrte. Er kam ihr trotzdem nicht lächerlich vor.
Als er sie bemerkte, ließ er das Gewehr sinken. »Muß mir die Haare schneiden lassen«, murmelte er. Sie waren längst wieder grau. Die schwarzen waren schon bei Sophies Rückkehr aus der Klinik verschwunden gewesen. Er hatte sie bis auf die Kopfhaut abschneiden lassen und wochenlang einen Hut getragen, auch im Geschäft.
Nun exerzierte er ohne Uniform auf dem grünen *common,* dem Stück Rasen in der Mitte der Stadt, auf dem man sonst sonntags Kricket spielte, während Sophie täglich im Buchladen arbeitete und Bücher schleppte, gleich von Anfang an acht Stunden am Tag. Es sah so aus, als freue er sich darüber, und sie meinte, wenn sie abends todmüde ins Bett fiel, sie habe nun endlich angefangen, ihre Dankesschuld abzutragen. Jetzt störte sie auch das abendliche Zigarettenritual nicht mehr.

Im Sommer 1940 wurde Mister Goodenday direkt fröhlich. Invasionsgefahr! Vielleicht hatte »der Mann« doch Sinn für Geschichte und landete wie weiland Wilhelm der Eroberer in Hastings! Das wäre noch mal was.
Die ersten Bomben fielen auf London, einige sausten auch auf dem Weg dorthin herunter, nicht weit von Hastings. Goodenday sah sehnsüchtig zum Himmel auf.

Eines Nachts beobachtete Sophie durchs Fenster, wie er im Mondlicht am Strand auf und ab ging. Er durfte das, als *home guard.* Manchmal blieb er stehen und starrte aufs Meer. Das Käppi hatte er abgenommen, und sein graues Haar flatterte befreit im nächtlichen Wind. In seiner schlechtsitzenden *Homeguard*-Uniform sah er wieder wie der Chemielehrer von damals aus. Er setzte sich auf die Steine, nicht weit von der Stelle, an der er sie damals gefunden hatte. Dort blieb er lange Zeit sitzen. Bald wird er mir etwas zu sagen haben, dachte sie.

Anfang 1941 sagte er es. »Ich bin erst sechsundfünfzig; auch wenn meine Lungen nicht erstklassig sind, irgendwo werden sie mich wohl noch einsetzen können, ich war schließlich Major. Vielleicht Übersee. Heißes Klima. Australien, Indien, ich kenne ein paar Leute von früher im *Commonwealth Office.*«

Nach einer Woche in London kam er ganz aufgeregt zurück. Burma! Ein administrativer Posten, aber immerhin. Und auf einem Zerstörer durch den Indischen Ozean!

»Ich könnte den Laden allein weiterführen«, bot Sophie an.

»Es lohnt sich nicht bei dem Papiermangel. Außerdem ist es gefährlich hier an der Südküste. Aber ich habe einen Vorschlag für dich.« So intensiv und freudig aneinander interessiert konnten sie jetzt zusammen sprechen. »Würde es dir Spaß machen, im Propagandaministerium zu arbeiten? Ich traf da einen Bekannten im Club ...«

Nicht nur Sophie, auch die Möwe landete im MI 5, dem Zentrum für politische Informationen. Sie hätte zur Möwe in das kleine Haus ziehen können, erinnerte sich aber noch zur rechten Zeit an Yasmins Spruch vor der Kerbe, in die man nie zum zweitenmal hauen sollte, und nahm sich ein möbliertes Zimmer, nicht weit von ihrem Arbeitsplatz.

Aus Goodendays Haus war sie ausgezogen, als habe sie dort in Pension gewohnt. Sein Abruf nach Burma erfolgte so unerwartet schnell, daß keine Zeit blieb, ihre neuaufgefrischten herzlichen Beziehungen auszubauen. Schade.

Goodbye, Mister Goodenday, dachte sie, als sie in der Haustür stand und seinem Wagen nachwinkte. Sie haben mir das Leben gerettet und ich habe mich schlecht benommen Ihnen gegenüber. Tut mir ehrlich leid. Sie hatten es wahrhaftig nicht verdient.

Im MI 5 wurde hart gearbeitet. Sophie und die Möwe sichteten, klassifizierten und erläuterten Wehrmachtsberichte und deutsche Radiokommentare; manchmal ganz interessant, aber im allgemeinen Routinearbeit. Man ließ in Deutschland Geborenen natürlich nichts Brenzliges sehen.

Unten gab es einen großen Luftschutzkeller, vor dem sich niemand drücken durfte, der gerade Nachtschicht hatte, wenn die Sirenen zu heulen begannen. Hatte man tagsüber zu tun, blieb man nachts, während die Bomben fielen, zu Hause im Bett und hoffte. Aber im Sommer 1943 wurden die Angriffe so heftig, daß Sophie sich daran gewöhnte, bei Anbruch der Dunkelheit mit ihrem Kopfkissen und einem Krimi unterm Arm in den nahegelegenen Keller zu wandern. Die Möwe setzte sich einen *Homeguard*-Helm auf und legte sich unter ihren dicken Küchentisch schlafen; der sei genauso sicher, behauptete sie.

Anfang August hatte Sophie eine Woche lang Nachtschicht. Als sie einmal früh am Morgen den MI-5-Keller verließ, kam ihr die allgemeine Verwüstung grausamer als sonst vor. Brände überall, die Straßen mit Bombenkratern übersät. Die Luft war prallvoll vom Sausen der Flammen, vom Zischen der Feuerwehrschläuche, dem ohrenbetäubenden, unverständlichen Gebrüll aus Hunderten von Megaphonen, den gelegentlichen, allzu verständlichen Schreien. Es hätte längst hell sein müssen, aber der dicke Rauch der schwelenden Gebäude hing undurchdringlich zwischen den Häusern und ließ das Morgenlicht nicht durch. Sie half Warnlichter um ein paar Krater stellen, damit wenigstens die Sanitätswagen fahren konnten, trank Tee mit dem Aufräumekommando und wanderte endlich todmüde nach Hause. Ihr Haus stand noch. Das nebenan hatte keine Fenster mehr. Bevor sie ins Bett stieg, rief sie die Möwe an, wie sie das immer abwechselnd taten, wenn eine Nachtdienst hatte. Keine Antwort. Wahrscheinlich hatte sie kein Auge zutun können in der Nacht und schlief jetzt fest unter ihrem Küchentisch.

Um neun Uhr weckte sie ein Anruf aus dem MI 5. »Mrs.

Goodenday? Mrs. Mewes ist noch nicht hier, und wir bekommen keine Antwort unter ihrer Nummer.«

Sophie war Minuten später auf der Straße. Ein Taxifahrer hatte Mitleid mit ihrem Gesicht und fuhr sie nach Chelsea. Die Straße, in der die Möwe wohnte, war für Fahrzeuge gesperrt. Sophie rannte und sah schon von weitem ein Häuflein Menschen vor Alices Haus, eine ganz bestimmte Art von geballtem Klumpen. Aber niemand stand herum. Alle arbeiteten im Klumpen, einer neben dem anderen gruben und schaufelten sie. »Da ist etwas passiert«, sagte man, wenn man einen solchen Klumpen sah, und drehte schnell den Kopf weg.

Das kleine Haus der Möwe war nur noch ein Schutthaufen. Volltreffer. Nachbarn erkannten Sophie und machten ihr Platz.

»War sie drinnen, die Mrs. Mewes, oder war sie vielleicht auswärts?«

Sophie brachte heiser hervor, daß Mrs. Mewes ja nicht auswärts sein durfte ...

Jemand brachte ihr Tee, streichelte ihr Gesicht. »Man kann nie wissen, vielleicht konnte sie nicht nach Hause wegen der Bomben. Bei meiner Tante war's genauso, wir haben gebuddelt und gebuddelt, und sie war gar nicht drunter.«

»Gehen Sie doch nach Hause«, sagte der *home guard,* der die Arbeiten überwachte. »Wir rufen sofort an, wenn wir was finden. Ehrenwort.«

Sie rührte sich nicht von der Stelle. Man kannte das und ließ sie. Einer der Männer brachte einen Kasten auf seiner Schaufel. »Eier! Ein paar sind noch ganz. Ist das zu glauben? Das hier muß die Küche gewesen sein. Wieviel Zimmer hatte das Haus, Miss, wo war ihr Schlafzimmer?«

Sophie antwortete nicht. Sie war auf die Knie gesunken und starrte auf eine Stelle, nicht weit von der, wo der Kasten Eier gefunden worden war. Aus dem Schutt und dem Mörtel ragte etwas Rotes heraus. Der Mann folgte ihrem Blick und versuchte sofort, ihr mit seinem Rücken die Sicht zu blockieren.

Aber Sophie hatte sie erkannt, die Hand der Möwe mit den rotlackierten Fingernägeln, und sackte vornüber. Der *home gu-*

ard hob die leblose Gestalt auf und trug sie in die zusammenlegbare Unterkunft, die neben jeder Rettungsmannschaft aufgebaut wurde und einen Tisch mit Medikamenten, Verbandzeug und eine Teekanne enthielt. Er bettete sie auf ein paar zusammengerückte Stühle. Sie öffnete die Augen, als die Sirene des Rettungswagens näher kam.

»Vielleicht lebt sie noch.«

»Vielleicht«, sagte die Schwester in Uniform, die bei ihr Wache hielt. Sie war schon Zeuge der abenteuerlichsten Überlebenswunder gewesen.

Sophie setzte sich auf und sah durch die offene Tür der Unterkunft, wie man jemanden auf eine Tragbahre legte. Sie stürzte hinaus, kniete sich neben der Bahre nieder. Der *home guard* ließ es zu; die Frau war äußerlich kaum verletzt, es würde kein Geschrei geben.

»Sie ist tot«, sagte er und legte seine Hand auf die Schulter der Knienden. »Dieser Tisch da, der hat sie vor den einstürzenden Wänden beschützt – er ist noch ganz unversehrt, sehen Sie? –, aber der Luftdruck hat ihr die Lungen eingedrückt. Das geht blitzschnell, sie hat es sicher nicht gefühlt.«

Er beugte sich hinunter und kratzte kleine Stücke Mörtel vom Gesicht ab. Die Möwe kam zum Vorschein, friedlich, die Augen geschlossen, das schöne weiße Haar grau mit Schutt verklebt.

»Eine alte Dame«, meinte er.

»Nein«, flüsterte Sophie, »noch ganz jung.«

»Ihre Mutter?«

»Nein.«

Man ließ sie in den Rettungswagen steigen und neben der Möwe sitzen, bis sie im Krankenhaus ankamen. Dann nahmen sie sie ihr fort.

5

Wochen? Monate? Wieviel Zeit war vergangen, seit die Möwe verschwunden war? Sophie stand jeden Morgen pünktlich auf, ging zum MI 5, tat ihre Arbeit wie vorher. Tagsüber war es besser, da verblaßte die Hand mit den roten Fingernägeln, die aus dem Schutt herausgeragt hatte, als wolle sie ihr auf Wiedersehen sagen. Aber abends, wenn Sophie in ihr Zimmer zurückkehrte, war sie wieder da, die Hand. Raus aus dem Zimmer! Irgendwohin, ganz gleich wohin, meistens in die Kantine des MI 5. Dort setzte sie sich an einen Tisch zu Leuten, die sie kaum kannte, trank sich Vitalität an, hatte eine kurze, unfrohe Affäre mit einem Kollegen.

Einmal fiel sie hin und jagte sich einen langen und dicken Holzsplitter ins Knie. Man trug sie zur Rettungsstation im MI 5, und die diensthabende Krankenschwester, die gelangweilt in einer Zeitschrift blätterte, freute sich, daß sie etwas zu tun bekam.

»Keine Angst«, meinte sie fröhlich, »ich gebe Ihnen eine kleine Morphiumspritze, und dann kann ich das ganze Ding in Ruhe herausschneiden, ohne daß Sie was merken.«

»Kein Morphium«, flüsterte Sophie zwischen zusammengebissenen Zähnen.

»So? Sind Sie allergisch? Na, dann mache ich Ihnen eine Lokalanästhesie.« Sophie schüttelte heftig den Kopf. »Auch nicht? Ja, was soll ich Ihnen denn geben?«

»Nichts«, stöhnte Sophie kaum hörbar. »Ich darf nicht. Ich darf nichts nehmen.«

Die Schwester war schwer von Begriff. »Ja, warum denn nicht, um Gottes willen?«

»Ich ... war ... süchtig ... Ich darf fünf Jahre lang ... nicht mal Aspirin ...« Weiter kam sie nicht, verlor die Besinnung vor Schmerz, und die entsetzte Schwester benutzte die Gelegenheit, um den Splitter herauszuziehen.
Sophie kam wieder zu sich, noch während sie verbunden wurde, aber sie hielt die Augen geschlossen, sprach mit der Möwe: »Das war für dich, Alice, okay?«
Der erste gute Tag, trotz der Schmerzen. Der erste Tag, an dem sie sich nicht so gottverlassen fühlte, weil sie sich bewiesen hatte, daß sie, Sophie, noch da war.
Eines Tages fragte man sie, ob sie singen könne. Singen? Sie wurde in ein Zimmer geführt, in dem ein Klavier stand. Ein junger Mann spielte und summte eine Melodie aus dem amerikanischen Musical »Oklahoma«. Er unterbrach nicht bei Sophies Eintritt, lüpfte nur das Hinterteil ein paar Zentimeter, murmelte: »Lutz Reinhold«, spielte und summte weiter, bis das Lied *I'm just a girl who cant say no ...* zu Ende war.
»Kennen Sie das?«
»Ja.«
»Hier ist die deutsche Übersetzung.« Er reichte ihr ein Blatt Papier über das Klavier. ›Ich bin die Marie, die nicht nein sagen kann ...‹ »Singen Sie das mal. Ich begleite Sie.«
Er spielte die Anfangstakte, aber die Frau mit den roten Haaren setzte nicht ein.
»Warum singen Sie nicht?«
»Ich – kann das nicht.«
Was hatten sie ihm da bloß geschickt! Das weiße, verschlossene Gesicht da, und die Marie, die nicht nein sagen kann, aber irgendwas hinderte ihn daran, sie zu verabschieden.
»Wie wär's mit der ›Lorelei‹?«
Er spielte und sang die erste Strophe, wartete, daß sie mitsingen würde, aber sie hörte nur schweigend zu.
»Na?« sagte er ungeduldig und nahm die Hände von den Tasten.
Plötzlich begann sie die zweite Strophe *a cappella:* »Die schönste Jungfrau sitzet ...« Er machte keinen Versuch, sie zu begleiten,

sah sie nur an und hörte zu. Ihre Stimme war wie die eines ganz jungen Mädchens. Sie *ist* die Lorelei mit ihrem »güldenen Haar«, dachte er. Aufpassen! Sonst zerschellt man noch im Kahn.

Bletchley hieß die kleine Stadt, die bis zum Kriegsende Sophies Wohnort wurde. Ein paar Straßen, zwei Kirchen, ein Pub – die anderen waren geschlossen –, ein Kino. Ein scheußliches Loch. Etwas außerhalb der Stadtgrenze stand ein langgestrecktes, zweistöckiges Gebäude von der Art, an der man vorbeigeht, ohne zu merken, daß es dasteht. Aber ideal für den Zweck: In diesem Haus arbeitete der neugegründete Soldatensender West für die Amerikaner. Es gab noch mehrere solcher Häuser in der Umgebung. Sie belieferten das erhabene Herz der Organisation, Woburn Abbey, früher das *stately home* der Herzöge von Bedford, jetzt ein Quartier der OSS, des militärischen amerikanischen Geheimdienstes.

Das Personal in den Zweigstellen wurde absichtlich klein gehalten, um nicht aufzufallen, und niemand trug Uniform. In Sophies Gebäude gab es noch drei andere weibliche Mitarbeiter, eine Tschechin, eine Österreicherin und noch eine Deutsche, die alle ebenso perfekt Deutsch wie Englisch sprachen. Lutz Reinhold, gebürtiger Amerikaner im Sergeantenrang, war allein verantwortlich für Auswahl und Qualität des Programms, mit dem man die Deutschen zum heimlichen Zuhören verführen wollte. Es bestand aus einem Potpourri von alliierten Kriegskommuniqués, amerikanischem Jazz, allgemeiner Unterhaltung und »Botschaften«: echte Namen von Kriegsgefangenen und falsche Mitteilungen an die Angehörigen in der Heimat. Dies alles wurde täglich ausführlich geprobt, aufgezeichnet und abends von Reinhold nach Woburn Abbey gebracht und dem gestrengen Chef der Abteilung, »der Bart« genannt, vorgespielt. Der verdonnerte Lutz tagein, tagaus und entließ ihn allabendlich mit dem Gefühl, daß es an *ihm* liege, wenn man den Krieg verlor.

Sophie hatte ihr eigenes Zimmer, ihr amerikanisches Gehalt war doppelt so hoch wie das beim MI 5, sie konnte sich PX-Waren im Keller des Hauses kaufen; paradiesische Zustände inmitten des

kriegsgeplagten Landes – wenn sie sie zur Kenntnis genommen hätte.
Die anderen Mädchen mochten sie gern, denn sie war weder erstklassig bei ihren Darbietungen noch schien sie sich für Lutz Reinhold zu interessieren, dem Hahn im Korbe. Gott sei Dank, daß es ihn gab. Er war jung, handfest und appetitlich, und die Abende waren lang. Man wanderte gemeinsam zum Pub in Bletchley, hörte am Radio die Neun-Uhr-Nachrichten, aß ein Käsebrot mit mitgebrachter PX-Butter und ging dann der Reihe nach mit Lutz schlafen. Er war ganz unparteiisch, jede hatte ihre Chance.
Eines Abends forderte er Sophie auf, ihm die Akten zu tragen, während er die Tonbänder zum Auto schleppte. Da wären wir, dachte sie und wartete dann im Wagen vor dem Eingang zu Woburn Abbey, bis der Bart Lutz genügend fertiggemacht hatte, bin ich schon soweit?
Er erschien wie ein Geist aus dem Stockdunkel, das Gesicht noch gramzerfranst vom Auftritt mit dem Bart, setzte sich hinter das Steuerrad und zündete sich eine Zigarette an. »So«, sagte er und seufzte einmal tief auf. »Des ham mer hinner uns. Jetz gämmer uns amüsiere.« Sie lachte erwartungsgemäß. »Ich bin aus Laabzich, ä waschächter Sachse, wußde Se das nich?«
Er fuhr ohne Erklärung an Bletchley vorbei in den nächsten kleinen Ort, Winslow, zu einem Pub *Rose and Crown*, das sich in nichts von dem in Bletchley unterschied, außer daß sie hier allein waren. Er hatte PX-Pökelfleisch mitgebracht, Zigaretten für den Wirt und Nylons für seine Frau. Dafür saßen sie allein in der Ecknische mit drei Astern auf dem Tisch.
Genauso hat er es sicher auch mit den anderen Mädchen gemacht, dachte Sophie, und bisher hat es ja immer geklappt. Er hatte natürlich auch eine Flasche Whisky dabei. »Auf Ihr Wohl, Lorelei.« Sie lächelte und trank.
Während der Mahlzeit das alte Spiel: Gegenseitige Entdeckungsreise, Wie-wo-was-Erkundigungen. Warum nicht lieber den Paß zeigen, da steht alles drin, dachte sie und trank hastig ein zweites Glas, um die Feindseligkeit loszuwerden und seiner Personalakte

mit Aufmerksamkeit zuhören zu können. So so, er war also aus Versehen in Kentucky geboren, ein Siebenmonatskind, immer noch am Aufholen, haha. Warum seine Mutter ausgerechnet in Kentucky war, hatte sie versäumt, er war schon mitten in der Beschreibung seines Vaters, der scheinbar etwas mit Lederwaren zu tun gehabt hatte. In Leipzig. Hoffentlich fragt er mich nicht nach *meinem* Vater – oder gar nach meiner Mutter. Warum eigentlich nicht? Sympathie ernten ...

»Meine Mutter ist in Ravensbrück.«

»Meine ist tot.« Plumps. *Noch* sympathischer als Ravensbrück. Tot ist tot. »Sie starb, als ich zwölf Jahre alt war.«

Damit ließ sich schwer konkurrieren. Hier war Mitgefühl am Platz.

»Zwölf Jahre! Schlimm, wenn man da die Mutter verliert.« Sie dachte an Anita, obwohl es gar keine Parallele gab, aber der Whisky hatte seine Pflicht getan, und »der Menschheit ganzer Jammer« packte sie an, ob es paßte oder nicht.

»Noch schlimmer für meinen Bruder Jonathan. Der war erst fünf. Er hat sich später umgebracht.«

Das haute hin. Mitten durch den Whisky hindurch.

»Warum hat sich Ihr Bruder umgebracht?«

»Man weiß es nicht.«

»Wie alt war er?«

»Siebzehn.«

Turhan war neunzehn gewesen.

»Erzählen Sie mir.«

Er berichtete von den zwölf nächtlichen Stunden im Zoo, von dem Schuß vor dem Gorillakäfig.

Nach kurzem Schweigen sagte sie: »Mein Bruder hat sich auch umgebracht.«

»Weiß man ...«

»Ja«, unterbrach sie ihn schnell und auf eine Weise, die ihn hinderte, mehr zu fragen.

»Es kommt schließlich auf dasselbe heraus«, sagte er nach einer Weile. »Ich meine, im letzten Augenblick ist es sicher der gleiche Grund.«

Sie nickte und begann, das PX-Pökelfleisch zu essen.
»Haben *Sie* schon mal daran gedacht?« fragte er.
»Ja.«
»Ich auch.«
Sie lachten, und es klang, als hätten sie beide das gleiche schöne Erlebnis gehabt. Er füllte die Gläser. Die Flasche war bereits halb leer.
»Ich habe ein Problem«, sagte er kühn. »Ich bin eigentlich schwul.«
»Was verstehen Sie unter ›eigentlich‹?«
»Ich habe Affären mit Frauen, aber meine einzige Liebe war ein Mann.«
»Warum nicht«, sagte sie gleichmütig und nahm sich einen Löffel Quetschkartoffeln.
»Sie finden nicht, daß das ein Problem ist?«
»War es eins, als Sie den Mann liebten?«
»Nein.«
»Suchen Sie sich wieder einen.«
»Das möchte ich eben nicht.« Er hob sein Glas, trank aber nicht, sondern sah sie über den Rand hinweg sehnsüchtig an. »Ich glaube, ich könnte mich gefährlich in Sie verlieben.«
»Dann hätten Sie ein echtes Problem.«
»Lieben Sie jemand? Ihren Mann?«
Sie sah ihn verwirrt an. »Meinen Mann?«
»Na, Mister Goodenday.«
»Ach so.« Wie weit weg der war, noch viel weiter als in Burma.
»Nein? Dann hab' ich kein Problem«, rief er und leerte sein Glas in einem Zug. »Gäm Se mer een baar Woche Zeid.«
Sie lachte nicht mit. »Sie *haben* ein Problem. Ich war jahrelang Morphinistin.
Er starrte sie bestürzt an, wie ein Kind, das brav war und dem man trotzdem die Schokolade wegnimmt.
»Und jetzt?«
»Jetzt bin ich ›geheilt‹, wie man das nennt.«
Er schwieg, aus der Bahn geworfen. Unsicher forschte er in ih-

rem Gesicht, ob da vielleicht noch Spuren waren. »Ich versteh' nichts von ... von solchen Sachen. Ich weiß nur, daß es schlimm ist.« Er machte eine Pause, hoffte, sie werde zustimmen oder verneinen, ahnte nicht, daß es in ihr kochte. (Schlimm? Schwachsinniger Trottel!) »Kann das wiederkommen?«
»Es kann. Aber es wird nicht.« Wie rauh ihre Stimme sein konnte!
»Wieso ist es dann ein Problem?«
»Es ist Ihr Problem, wenn Sie sich in jemand verlieben, dem so was passieren kann.«
Sie war direkt unheimlich, die Lorelei mit den seltsamen Augen in dem weißen, dreieckigen Gesicht, wenn sie einen so ansah. »Ich will's nicht wissen, ich hab' einfach das Gefühl, daß Sie ...« Er stockte.
»Ja?«
»Sie sind bestimmt kein böser Mensch.«
Rührend, wie er sie mit so glühendem Ernst anstarrte. Und warum, zum Teufel, war sie nicht gerührt? Ich muß aufwachen, ermahnte sie sich, ich muß wieder etwas fühlen, es wächst schon wieder eine Dornröschenhecke. Ich werde so tun, als fühlte ich was, dann kommt's vielleicht mit der Zeit.

Sie ließ ihn zu seinem Erstaunen noch in derselben Nacht in ihr Zimmer. Er hatte eigentlich nur pro forma gefragt, ob er noch einen Drink bei ihr haben könne, als sie nach Bletchley zurückkehrten.
»Kommen Sie rauf, und kommen Sie rein«, hatte sie geantwortet und war ohne Zögern ihm voraus die Treppe hochgestiegen. Sie hatte gar keinen Drink in ihrem Zimmer und löschte nicht mal das Licht. *Er* löschte es. Sie gab ihm weit mehr, als er fürs erste Mal erwartet hatte. Trotzdem wurde er das Gefühl nicht los, daß ihre Leidenschaft kalt war. Er saß noch immer im Kahn und blickte zum Felsen hinauf, obgleich die Lorelei neben ihm im Bett lag.
Er sagte die üblichen Dinge: »Wie schön du bist.«
»Ja«, sagte sie.

Nach einer Weile sagte er: »Warum hast du mich bei dir aufgenommen? Gefall' ich dir?«
»Das weiß ich noch nicht.«

Am Morgen, während der Proben, benahm sie sich genau wie sonst, gönnte ihm nicht einen einzigen verstohlenen Blick. Die Abwesenheit der beiden am Vorabend hatte alle in Aufregung versetzt, aber jetzt fragten sich die Mädchen, ob vielleicht doch nichts los gewesen war. Die Goodenday war ja ein Eiszapfen. Und prüde.
Die nächsten Tage brachten dann die Gewißheit: Es war was los, und auf die schamloseste Weise: Der ging ganz einfach Nacht für Nacht zu der ins Zimmer und blieb da!
Ein anonymer Brief erreichte den Bart: Die weiblichen Angestellten des Soldatensenders West seien nicht in der Lage, in einer so liederlichen Atmosphäre ihr Bestes für die Sache der Alliierten zu geben.
Woraufhin der Bart Lutz nach der abendlichen Standpauke noch einmal zurückwinkte.
»Reinhold, Mann, was treiben Sie da in Bletchley? Können Sie so was nicht diskreter abwickeln? Ist das die Rothaarige, mit der Sie da ...«
»Jawohl, Sir.«
»Viel Talent hat sie nicht.«
»O doch, Sir.«
»Ich meine, beim Singen.«
»Ach so, Sir.«
Der Bart mußte lachen, und das riß Lutz zum Leichtsinn hin.
»Wir wollen heiraten, Sir.«
Das war allerdings eine Neuigkeit. Und nicht nur für den Bart, auch Sophie wußte nichts davon, Lutz hatte Angst, sie würde ihn auslachen. Aber sie sah ihn nur nachdenklich an.
»Wie alt bist du eigentlich?«
»In zwei Monaten siebenundzwanzig.«
»Elf Jahre jünger als ich.«
»Mich stört's nicht, im Gegenteil«, sagte er und umarmte sie.

»Stört's dich?«
Wenn ich ihn lieben würde, dachte Sophie, würde es mich stören.

Sie schrieb an Goodenday nach Burma, und er antwortete postwendend: Sie könne die Scheidung jederzeit einreichen, er lebe mit einer Indonesierin zusammen. Die könne der offizielle Scheidungsgrund sein, er würde sie später heiraten. Das Klima bekomme ihm ausgezeichnet.
Sie saß da, mit dem Brief auf dem Schoß, und sah aus dem Fenster ihres Zimmers auf die regendurchtränkten, graubraunen Felder hinaus. Was hätte die Möwe gesagt, wenn sie ihr eröffnet hätte, daß sie Lutz Reinhold heiraten werde? »Aha« hätte sie gesagt.
Und warum tue ich das, wer zwingt mich dazu, was will ich von diesem netten jungen Mann? Ich erpresse mich, etwas zu fühlen, dabei weiß ich nicht einmal, ob ich's überhaupt noch kann. Das schrie doch früher nur so in mir! Papa! Anita! Dimi! Und – auf andere Weise – die Möwe! Da mußte ich doch nicht stupsen und drängen, damit sich was in mir rührte. Ob das alles bei dem Autodafé und dann später vor den roten Fingernägeln im Schutt mit Stumpf und Stil ausgebrannt ist? Gibt es so was? Nehmen wir an, Lutz käme heute abend nicht zurück. Verunglückt. Tot. Würde er mir fehlen? Ja. O ja! Aber wäre ich nicht auch – erleichtert? O Gott, ich weiß es nicht. Vielleicht.
Also: Patt.
Allerdings, es gibt da etwas, was das Zünglein an der Waage sein könnte. Nicht die Tatsache, daß ich gern mit ihm schlafe (das wäre zu ersetzen), aber die Seligkeit in seiner Stimme, wenn er Nacht für Nacht sagt: »Endlich! Endlich! Du hast mich auf die richtige Bahn gebracht, ich habe kein Problem mehr, ich bin wie andere Männer, ich *liebe* eine Frau.« So was hört sich doch gut an in der Dunkelheit.

Der Bart gab ihnen drei Tage Urlaub als Hochzeitsgeschenk, und sie fuhren direkt vom Standesamt zum Bahnhof. Acht Stunden im überfüllten Coupé nach Torquay, einem Badeort am Ärmel-

kanal, wo man angeblich im Sonnenschein spazierengehen konnte. Es sollte dort sogar Palmen geben.
Als sie dann endlich in Torquay ankamen und aufatmend aus dem Abteil stiegen, wurden sie, den Fuß noch auf dem Trittbrett, von Maschinengewehrgeknatter und einem ohrenbetäubenden Knall begrüßt, der sie umgehend wieder zurück ins Abteil katapultierte. Ein Geschwader Messerschmitts bombardierte gerade den Bahnhof.
Das Hotel gähnte riesig und kriegsleer. Außer ihnen wanderte noch ein Dutzend Hochzeitsreisende herum, die meisten in Uniform und wie sie Hände haltend und auf Palmen hoffend. Wenn es solche gab, so blieben sie unsichtbar, denn es goß in Strömen. Sophie und Lutz verbrachten die drei Tage unten in der kalten Pracht der verlassenen Empfangsräume und blickten auf das wilde, graue Meer hinaus. Manchmal sahen sie sich von der Seite an, dachten: Wir sind auf unserer Hochzeitsreise! – und lachten.
Sie langweilten sich nie miteinander, des Nachts schon gar nicht, und tagsüber entdeckten sie mindestens einen neuen und unerschöpflichen Gesprächsstoff: Musik. Lutz verstand noch bedeutend mehr davon als Dimi und brachte es sogar fertig, sie für moderne Musik zu interessieren. Er freute sich – wie Dimi, damals –, wie schnell sie begriff. Sophie, immer auf der Suche nach den Defekten in ihrem Gehäuse, dachte: Vielleicht ist es *das!* Ich begreife schnell, *zu* schnell, und dann bleibe ich stehen, unbereichert.
Es lebte sich gut mit Lutz. Es lebte sich gut mit einem, der so offenkundig glücklich war und meinte, er habe nun seine wacklige Montage für alle Zeiten festgeleimt. Wenn er nur nicht so lächerlich jung ausgesehen hätte! Mit seinen brauen Locken und der Stupsnase sah er aus wie ein Zwanzigjähriger. Sie aber hatte während der Hochzeitsreise das erste graue Haar in ihrem roten Schopf entdeckt, und am selben Tag bestellte ihr das Zimmermädchen: »Mrs. Reinhold, Ihr Sohn wartet unten auf Sie.«
Sie nickte verwirrt. Hätte sie antworten sollen: »Das ist nicht mein Sohn, dumme Kuh, das ist mein Mann!«?

Langsam stieg sie die breite Treppe hinunter.
Unten in der Halle stand Lutz und strahlte ihr entgegen. »Weißt du, was man mir eben gesagt hat? ›Ihre Mutter kommt gleich.‹ Also komm, Mutter.«
Er öffnete die Arme, und sie fiel erleichtert und lachend hinein.

Achtes Buch

I

Es klingelte an der Wohnungstür. Lutz sah auf die Uhr: Halb sechs, wer konnte das sein? Karlheinz, sein Freund, kam nie vor sieben Uhr. Also wer, zum Teufel?
Er fegte Othello, den Kater, vom Schoß, leerte noch schnell das Glas, das vor ihm auf dem Tisch stand. Dann stand er auf, nicht ohne Mühe und voll Zorn. Man sollte ihn in Ruhe lassen um diese Zeit, das war seine *Zeit! Bis zum Konzert um acht Uhr hatte er sich dann wieder erholt. Es ging niemanden was an, was er zwischen Redaktionsschluß und seinem abendlichen Dienst tat.*
Erst mal das Radio abstellen. Schade, ein schönes Konzert: Strawinski.
Es klingelte noch einmal und länger.
»Ja doch!« Er schlurfte in einem Pantoffel zur Tür. Den anderen konnte er in der Eile nicht entdecken, wahrscheinlich unters Sofa gerutscht. Er tastete umsonst nach dem Lichtschalter in der Diele, rief: »Wer ist das?« Eine männliche Stimme antwortete, aber er verstand nicht, was sie sagte, öffnete die Tür. Ein junger Mann mittlerer Größe mit Brille, der ihm bekannt vorkam, aber woher?
»Ja?«
»Ich heiße Karanogliu, Doktor Karanogliu, erinnern Sie sich? Ich behandle Ihre Frau, das heißt, ich habe Nachtdienst bei ihr. Nein, nein!« fügte er schnell hinzu, als er den Schreck in Lutz' Augen sah. »Es ist nichts passiert, ich wollte Sie nur aufsuchen, weil …« Er stockte, wäre am liebsten wieder gegangen, der Mann sah nicht gerade einladend aus.

»Kommen Sie rein«, brummte Lutz und führte seinen Gast durch die dunkle Diele ins Wohnzimmer. »Setzen Sie sich.« Er humpelte in die Küche und kam mit einem zweiten Glas zurück. »Ach, da *ist er!« Er jagte Othello den zweiten Pantoffel ab und streifte ihn sich umständlich über den nackten Fuß. »Sie müssen schon entschuldigen.« Er machte eine vage Geste von den Pantoffeln zu der einsamen Flasche, den nassen Flecken auf dem Tisch und der verwahrlosten Traurigkeit des Zimmers. »Hab' gerade gebadet. Die Aufwartefrau kam heut' nicht, weiß nicht warum.« Der Kater sprang ihm auf den Schoß, und er begann, ihn mit abwesender Hand zu streicheln. »Ich mag Katzen nicht«, murmelte er. »Sie?«*

»Ich schon.«

»Mögen Sie ein Glas Sherry?« Er wartete die Antwort nicht ab, füllte das zweite Glas und schob es seinem Gegenüber hin. »Kein sehr guter. Sorry. *Prost.«*

Der junge Arzt nahm einen Schluck. Reiner Essig. Was tue ich hier, dachte er, ich dränge mich dem Mann auf, und der Sherry ist ungenießbar. Austrinken und zurück ins Krankenhaus.

Sein Wirt hatte ihn scheinbar vergessen. Er starrte vor sich hin, ein ältliches Kindergesicht unter einem braun-grauen Lockenkopf. Die Hand suchte mechanisch und vergeblich nach einem Knopf, um die Lücke in der alten Wolljacke zu schließen, unter der sein nackter Bauch hervorquoll. Nur der Kater glänzte seidig und schnurrte zufrieden.

»Herr Reinhold, Sie sagten, Sie würden nicht mehr ins Krankenhaus kommen, es sei denn, ich ließe Sie rufen. Nun – hier bin ich und rufe Sie.« Er lächelte ermunternd, aber Lutz sah ihn frostig an. »Ich hab' heute dienstfrei, drei Tage lang, das heißt, daß eine Krankenschwester am Bett Ihrer Frau sitzen wird, und streckenweise vielleicht auch niemand.« Er machte eine Pause, gab Lutz die Chance, sich freiwillig anzubieten, aber der Mann schob ihm nur das Glas näher hin.

»Trinken Sie, wenn Sie schon mal hier sind. Der Sherry ist miserabel, aber man gewöhnt sich dran, und bei mir kommt's auf die Quantität an. Ich bin kein Alkoholiker, aber Sie dürfen

ruhig denken: Der trinkt, ihr Mann. Arme Sophie. – Wie heißen Sie mit Vornamen?«

»Kostas.«

»Prost, Beichtvater Kostas. Trinken wir auf Sophies Buch.«

»Herr Reinhold, es gibt Augenblicke, in denen kranke Menschen sich dringend etwas von der Seele reden wollen, und man muß zuhören, ob man will oder nicht. Man vergißt das alles später ganz automatisch. Allerdings, bei Ihrer Frau ...« Lutz' Augen waren auf einmal voll Interesse.

»Bei meiner Frau ist das was anderes, was?« sagte er trocken. »Wie heißen Sie gleich mit Vornamen?«

»Kostas. Ich gebe zu, Herr Reinhold ...«

»Lutz. Nennen Sie mich ruhig Lutz. Wetten, daß Sie mehr über mich wissen als ich?«

»Herr Reinhold, Ihre Frau wird heute nacht einen Schock bekommen, wenn ein fremdes Gesicht an meiner Stelle bei ihr wacht, jemand, der nichts weiß, und ich bin nicht sicher ...«

»Ob sie's überlebt? Sie ist zäh. Und jetzt hat sie ja wieder was.«

»Ich verstehe nicht ...«

»Sie! Sie hat *Sie*!« Er lachte. Der Arzt senkte den Blick, fuhr aber hartnäckig und beschwörend fort: »Ich kann heute nicht zu ihr, verstehen Sie doch! Aber Sie als ihr Mann haben jederzeit das Recht ...«

»Da brat mir eener 'n Storch!« rief Lutz auf einmal fröhlich. »Das alte Klappergestell hat's noch mal geschafft. Sie sind ja verliebt, Mann.«

»Nein.« Die Augen hinter der Brille blickten wieder unbewegt. »Aber mit Liebe hat es etwas zu tun, da haben Sie recht.«

»Sie sind naiv, Kostas, mein Freund. Sophie wird *mir* ihre Kapitel ganz bestimmt nicht erzählen wollen. Ich kenne sie ja alle nur zu gut. *Ihnen* will sie sie erzählen, *Sie* sollen zuhören und Mund und Ohren aufsperren vor Staunen. Wie weit ist sie denn? Schon alles gebeichtet?«

»Ihre Frau hat mir gerade berichtet, wie Sie geheiratet haben, mitten im Krieg, und wie gut das war.«

Lutz kraulte Othello hinter den Ohren. »Hat sie das gesagt?«
»Stimmt es nicht, Herr Reinhold?«
»Doch.«
»Wenn ich mir ein Urteil erlauben darf nach dem, was ich bisher gehört habe, diese Jahre mit Ihnen, die müssen doch zu ihren glücklichsten gehört haben. Ich kann einfach nicht verstehen, wie das kaputtgegangen ist. Sie waren doch nicht nur Liebende, Sie waren auch Freunde …«
»Hat sie das gesagt?«
»Ja«, log Kostas, und es lohnte sich dem Blick nach, den der Mann ihm zuwarf. Nach einer Weile sagte Lutz, ohne die Augen von Othello zu heben: »Wissen Sie, wer Yasmin war?«
»Die Mutter Ihrer Frau.«
Der Kopf schoß hoch. »Nein, Mann. Meine *Mutter!«*
»Ihre *Mutter? Ich verstehe nicht …«*
»Wissen Sie nicht, wie wir sie wiedergefunden haben? Nein? Na, dann werd' ich *mal ein Kapitel aus Sophies Buch erzählen, daß Ihnen Hören und Sehen vergeht, und dann werden Sie auch nicht mehr fragen, warum das alles ›kaputtgegangen ist‹, wie Sie sich ausdrücken. Los, trinken Sie schon, auch wenn's nicht schmeckt.« Er goß den Rest der Flasche in das Glas des Arztes, bis es überschwappte, murmelte: »*Sorry. *So, jetzt ist nichts mehr drin, ich hol' 'ne neue.« Gleich darauf kam er mit einem Rest Whisky aus der Küche zurück. Der junge Mann hob protestierend die Hand, aber Lutz machte eine wütende, abwehrende Geste. »Haben Sie 'ne Ahnung! Man merkt doch gar nicht mehr, was es ist, solange es was ist. Also, rein ins kalte Wasser: Kriegsende, ja? Alles noch drunter und drüber. Kein Mensch wußte, wohin mit sich. Den Soldatensender gab's natürlich nicht mehr, aber ich hatte andere Arbeit, gar nicht uninteressant: Kriegsgefangene aussortieren, die Guten ins Töpfchen, die Schlechten ins Kröpfchen. Wir lebten noch in Bletchley in zwei kleinen Zimmern. In London sah's wüst aus, man fing gerade an, das Geröll wegzuräumen, Wohnungen gab's noch nicht, alles war noch rationiert. Aber wir hatten es gut. In meiner Erinnerung hatten wir's gut. Wir waren – jawohl, ich gebrauch das Wort ohne zu*

kotzen – ›glücklich‹. Und mitten hinein platzte ein Brief von der türkischen Botschaft in Paris, Yasmin sei bei ihnen! Wir sind sofort hingeflogen, ich bekam ja immer Extrawürste durch meinen früheren Chef, den Bart. Ich war noch aufgeregter als Sophie. Sie freute sich, klar, aber es war ihr auch etwas mulmig. Wir hatten ja in England schon einige Überlebende aus KZs gesehen, und jeder war anders. Manche sprachen kein Wort, andere lachten zum Fürchten, wieder andere hatten keinen Zahn mehr im Mund ... Für mich war Yasmin ja sowieso was Neues, aber Sophie hatte richtig Schiß, und das hat sie selten. Sie sprach kein Wort während des Fluges, und am Flughafen tranken wir beide einen Cognac. Dann riefen wir die Botschaft an, damit Yasmin sich vorbereiten konnte, und fuhren hin. Sie kam durch die Tür, eine dicke, weißhaarige Frau, und lächelte und umarmte Sophie und dann mich. Sie umarmte mich! Von Anfang an.« Er schwieg einen Augenblick, versunken. Der Kater rieb umsonst den Kopf gegen seine Hand. »Ja, also Yasmin und ich ... Sie war vom ersten Augenblick an meine Mutter, und ich war ihr Sohn, sie hat's mir oft gesagt. Sophie stand ein bißchen daneben, sah von einem zum anderen, erstaunt, wohl auch etwas befremdet. Eifersüchtig war sie nicht, dazu liebte sie keinen von uns genug.« Er begann wieder den Kater zu streicheln, legte den Kopf in den Nacken und schloß die Augen, als könne er sich nur schwer von dieser Erinnerung an die erste Begegnung trennen. »Ich hätte Yasmin am liebsten gleich mit nach England genommen, aber sie wollte uns durchaus nicht zur Last fallen. ›Wartet ab, und seht erst mal, wo ihr *landen werdet!‹ Sie habe im großen ganzen Glück gehabt, niemand habe sie geschlagen oder gequält. Das kam aufs Konto der türkischen Botschaft; die Nazis wollten es sich ja nicht mit den Türken verderben. Sie sei nur so dick, weil sie vor Hunger aufgetrieben sei, sagte sie, bald würde sie wieder ihre frühere Figur haben; aber sie blieb, wie sie war. ›Du siehst aus wie ein Ei‹, sagte Sophie, ›überall rund, du hast nicht eine Ecke.‹ Und so wurde sie »das Ei« genannt, und es störte sie nicht.*

Ich glaube, ich bin Sophie auf die Nerven gegangen mit meinem

Jubel über Yasmin. Es war mir bisher nie in den Sinn gekommen, daß mir eine Mutter fehlte, verstehen Sie?«

»Natürlich«, sagte der Arzt. »In Ihrem Fall ganz selbstverständlich.«

»Sieh an«, erwiderte Lutz. »Das hat sie Ihnen also auch erzählt. Um so besser, dann muß ich nicht lange erklären, warum ich Yasmin täglich schrieb und warum sie mir plötzlich so fehlte. Ich hatte keine Ahnung, warum, redete mir ein, ich liebte Sophie in Yasmin oder umgekehrt – alles Quatsch. Schwule lieben Mütter, eine alte Sache. Das wissen wir ja nun, Sie und ich, und Sophie wußte es schon damals. Aber, wie gesagt, sie war überhaupt nicht eifersüchtig, es war ihr nur – fremd, und sie wußte nicht, wie sich das ausbalancieren würde, zu dritt in einer Wohnung. Ich hatte nämlich ein gutes Angebot aus München, durch den Bart natürlich, der seine Finger in jedem Brei hatte. Ich sollte die Musikkritik bei einer neugegründeten Zeitung übernehmen, genau das, was ich mir immer gewünscht hatte. Ich flog hin, unterzeichnete den Vertrag und sah mich sofort nach einer Wohnung um. Ach, ich war so voller Schwung und Schneid damals! Noch gab es keine Neubauten, aber in der Ottostraße wurde ein neuer Block geplant, und da reservierte man uns für später eine Wohnung. Eine nagelneue, ganz moderne mit zwei Schlafzimmern und einem großen Wohnzimmer. Aus unserem Schlafzimmerfenster sah man auf einen steinernen Löwen, der stand ganz allein auf einer niedrigen, zerfallenen Mauer – früher war da vielleicht mal ein feiner Garten gewesen –, und um ihn herum nur Unkraut. Zu schön! Alles ideal für uns, und wenn ich ›uns‹ sage, dann meine ich Sophie, Yasmin und mich.« Er schwieg lange und starrte in das Glas. Othello setzte sich auf und rieb seinen Kopf gegen Lutz' Kinn. »Aufdringliche Viecher, Katzen. Es ist ihnen ganz egal, ob man sie mag oder nicht.«

»Und das war ein Fehler? Ich meine, daß Sie mit Ihrer Schwiegermutter zusammenwohnten?«

»Schwiegermutter? Ach so. Nein, das war kein Fehler. Im Gegenteil, es ging gut. Eine lange Zeit. Das waren die schönsten Jahre für mich und ich glaube auch für Sophie. Wenigstens ihre

friedlichsten, und das war schon viel bei ihr. Sie gewöhnte sich an München, sie machte unsere Wohnung richtig schön, wir konnten uns ein Auto kaufen, wir fuhren übers Wochenende alle drei zur Schliersbergalm oder an einen See – alles war so gemütlich mit Yasmin, sie war immer heiter und so hübsch anzusehen mit ihren weißen Haaren und der goldenen Haut, nur in Ostereierfarben gekleidet: rosa oder hellblau. Und sie roch so gut nach geheimnisvollen türkischen Kräutern – es war eine Wonne, nach Hause zu kommen.« Er vergaß seine Abneigung gegen den Kater und drückte ihn fest an sich. Othello hörte auf zu schnurren und zeigte die Krallen. »Um uns herum kündigte sich das Wirtschaftswunder an, und in unserer kleinen Wohnung – ja, das war auch ein Wunder: Mutter und Tochter, die nicht zueinander gehörten und die trotzdem miteinander leben konnten. Wegen mir, *nur wegen mir, ich war die Tankstelle. Bei mir tankten sie beide auf, was ihnen fehlte: Eine gewisse Leichtfüßigkeit und Unkompliziertheit. Die hatte ich einmal, können Sie sich das vorstellen? Es gab keine Spannungen, und das kam auf mein Konto, denn beide waren schwerfällig in ihren Gefühlen und mißtrauisch. Aber das gab sich nach kurzer Zeit, und sie kamen gut miteinander aus, auch wenn Sophies Gefühle für Yasmin nicht so überschwenglich waren wie meine. Ich fraß sie geradezu auf vor Zärtlichkeit. Sie hatte so was noch nie in ihrem Leben gehabt! Sophie lachte über uns, sagte, sie würde ein Kapitel in ihrem Buch ›Das Ei und ihr Liebhaber‹ nennen, in dem Buch, das sie immer schreiben wollte.«*

Er starrte vor sich hin. Der Arzt griff über den Tisch und legte die Hand vorsichtig auf seinen Arm. »Aber wenn das alles so gut ging, wie konnte es dann überhaupt kaputtgehen? Können Sie mir das erklären? Drei vernünftige, erfahrene, erwachsene Leute ...«

»Geduld, Mensch. Erst muß ich Ihnen doch schildern, wie's mal war, was wir alle hatten.*« Er lachte plötzlich laut auf, schüttelte den Kopf, und seine Schultern zuckten vor Vergnügen. »Wir hatten sogar ein Kind – beinah! Aber es hing in der Luft, ganz konkret, war bereits für die Zukunft miteinkalkuliert. Stellen Sie*

sich vor, eines Tages sagte mir Sophie, sie sei schwanger. Wir gingen gerade Arm in Arm im Englischen Garten spazieren, nach dem Abendbrot, und die Luft war noch voller Duft. Ich ließ sie los und blieb stehen, während sie weiterging, als sei nichts geschehen. Ich lief ihr nach, hielt sie fest, starrte sie an. ›Ein Kind?‹ Sie nickte und lächelte ein bißchen, als käm's ihr auch ganz abenteuerlich vor. ›Aber vergiß nicht, ich bin dreiundvierzig Jahre alt‹, sagte sie. ›Das macht nichts!‹ rief ich. ›Das macht doch überhaupt nichts, nur …‹ – ›Nur was?‹ – ›Nur was macht man in einer kleinen Wohnung mit einem Baby, wenn man Bartok spielen möchte?‹ Da hat sie so laut gelacht, daß sich die Leute umgedreht haben, und hat mich umarmt und gesagt: ›Du bist der liebste Idiot, der mir je begegnet ist.‹ Das hat sie gesagt, Doktor.«

»Und das Kind?«

»Sie hat's verloren. Im dritten Monat. Ich glaube, wir waren beide erleichtert, und nicht nur wegen Bartok. Nur Yasmin war traurig. Sie hatte noch die alte orientalische Sehnsucht nach dem Fortbestand.« Er starrte wieder vor sich hin.

»Sie wollten mir doch erklären, warum …«

»Ich schieb's auf, wie Sie merken, lieber Beichtvater, weil … Was sagten Sie da gerade? ›Drei vernünftige, erfahrene, erwachsene Leute‹, so nannten Sie uns doch, nicht wahr? Und dann kommt etwas so Billiges, so Banales und schmeißt alles über den Haufen. Wenn's wenigstens eine große Leidenschaft gewesen wäre. Aber mit einem Herrn Soldien – zwei Stockwerke unter uns – in die Betten zu springen! Scheußlich, wie so was immer zugeht, ich hab's ja selber oft genug mitgemacht: Schnell, Schatz, ich hab' nur wenig Zeit. Vorhänge zuziehen, Kleider vom Leib, heftiges Gestrampel, unauffälliges Auf-die-Uhr-Sehen: Ach, du lieber Gott! Ich muß weg! Büstenhalter zuhaken, Vorhänge wieder auf – wo sind bloß meine Schuhe? Die Strumpfnaht ist krumm, schadet nichts, wer sieht das schon! Wiedersehen, Schatz, es war toll. Ruf dich morgen an, sowie er weg ist. Tschüß! Türzuschlagen, Hutgeraderücken und zu Fuß zwei Stockwerke aufwärts, etwas außer Atem. So ist es doch,

nicht wahr? Das dürfte auch Ihnen nicht gerade wildfremd sein. Aber meine Sophie! Ich weiß bis heute nicht, wie es dazu kam. Hab' sie nie gefragt. Yasmin erzählte es mir, als die Sache schon in vollem Gange war. Sie erwartete von mir, daß ich ›Maßnahmen‹ treffen würde. In ihrer Welt hätte man Sophie ohne viel Federlesens gesteinigt, jedenfalls zu der Zeit, als Yasmin dort aufwuchs. Meine ›Maßnahmen‹, Kostas, waren ein Fiasko. Es zeigte sich sofort, daß ich der Sache nicht gewachsen war. Ich war ja auch noch ziemlich jung, vierunddreißig, hatte gerade eine neue Mutter bekommen – und ein Gängelband. Sophie war fünfundvierzig, und in unserer Beziehung war sie *im Sattel, weil … weil ich …«*

»Weil Sie Ihrer Sexualität nicht sicher waren.«

Lutz warf ihm einen grimmigen Blick zu. »Das wollte ich damals nicht wahrhaben. Ich zersprang beinah vor Eifersucht und Gram, machte ihr eine furchtbare Szene, zog sie an den Haaren, was weiß ich. Sie blieb still, bis ich aufhörte. Dann sagte sie nur: ›Yasmin hat dir das erzählt?‹ Und von dem Augenblick an war es aus zwischen den beiden, denn Yasmin sagte Sophie besser Bescheid als ich, weil sie ihre Ruhe nicht verlor. Sie sagte, Sophie verdiene mich nicht. Entschuldigen Sie, es hört sich nicht gut an, wenn ich das selber erzähle, aber das sagte sie. Sophie sei die echte Tochter ihres Vaters, einfach nicht wert, daß man ihr sein Leben widme, und ähnliche Sachen. Sophie war weiß vor Wut und lief aus der Wohnung. ›Laß sie nur‹, sagte Yasmin. ›Sie geht jetzt zu Herrn Soldien. Der hat eine geschiedene Frau und zwei Kinder und keinen festen Beruf. Wart's ab.‹ Sophie kam spät wieder, etwas verweint. Ich hatte auf sie gewartet und versuchte, sie zu umarmen, ich wollte ihr so gerne verzeihen, aber sie ließ es nicht zu.«

»Herr Reinhold, Ihre Frau hat zu diesen Dingen eine Einstellung – wie ein Mann.«

»Aber ich *bin ja wohl im Grunde kein richtiger Mann. Vielleicht ist es mir deshalb so an die Nieren gegangen. Sie hat mir dann versprochen, daß die Sache aufhören würde, aber sie log. Das fiel ihr nicht schwer. Trotzdem möchte ich nicht sagen, daß sie ein*

verlogener Mensch war. Sie log wie ein Kind, um sich's leichter zu machen. Die Sache mit Herrn Soldien ging weiter, wenn auch nicht mehr so häufig. Und jedesmal, wenn Sophie bei ihm war, hörte ich's von Yasmin. Wir hatten ein Telefon mit Apparaten in allen drei Räumen, und Yasmin nahm einfach den Hörer ab in ihrem Zimmer und hörte zu, wenn Sophie mit Soldien sprach. Und dann erzählte sie's mir. Ich war doch ihr Sohn! Sie litt für mich und warf Steine für mich, verstehen Sie das nicht? Und ich machte Sophie dann jedesmal ein solches Theater, daß es sich für sie am Ende nicht lohnte. Oder aber, die Sache versickerte von selber. Sie telefonierte nicht mehr und verschwand nicht mehr hin und wieder, das heißt, sie verschwand jetzt regelmäßig, aber wir wußten, wo sie war, und ich kontrollierte und Yasmin kontrollierte, und es stimmte: Sie lernte Bridge spielen bei einer alten Dame. Ich konnte nichts dagegen machen, obwohl mir Kartenspiele zuwider sind, sinnlose Zeitverschwendung, infantil. Aber Yasmin meinte, etwas *müsse Sophie jetzt haben, und so sagte ich nichts und zahlte für die teuren Stunden. Es war auch gut, daß sie nicht mehr so viel in der Wohnung war, denn ich konnte es nicht wieder einrenken zwischen ihr und Yasmin, was ich auch versuchte. Nicht, daß sie Krach miteinander hatten – es war unmöglich, mit Yasmin Krach zu haben –, aber sie waren froh, wenn sie sich nicht sahen. Jede war tief enttäuscht von der anderen. Und da waren sie plötzlich doch Mutter und Tochter, aus demselben störrischen Holz.«*

Sein Glas war leer. Die Flasche auch.

»Entschuldigung«, murmelte er und verschwand in der Küche. Kam mit einer halbleeren Flasche Campari zurück.

»Sagen Sie, Kolja …«

»Kostas.«

»Sagen Sie, könnten Sie mir später einen starken Kaffee machen? Ich brauch' noch einen Schluck von irgendwas für – na, für das, was ich jetzt noch erzählen muß. Und später ist da noch ein Violinkonzert in der Residenz oder wo. Ach, vielleicht geh' ich einfach nicht hin.« Er setzte sich schwerfällig auf den alten Sessel und fegte Othello vom Schoß, der es sich gerade wieder

bequem machen wollte. »Jetzt nicht«, sagte er mit gerunzelter Stirn und aufgehobenem Zeigefinger zu dem Tier, das erwartungsvoll zu ihm aufsah. »Jetzt kann ich dich nicht brauchen.« Er fiel in den Sessel zurück und starrte dem Arzt ins Gesicht. »Sie haben ja auch einen Scheißberuf, Mann, da höre ich mir beinah lieber zweitklassige Musik an.«
»Warum?« fragte der Arzt verblüfft. »Was hab' ich getan?«
»Sie nicht, aber das ganze Krankenhausgezumpel. Das hasse ich.« Er machte eine so heftige Bewegung mit dem Arm, daß er beinah aus dem Sessel flog. »Immer mit der Ruhe«, murmelte er dann eindringlich zu sich selbst. »Sonst krieg ich's nicht zusammen. Also: Yasmin konnte eines Morgens nicht aufstehen. Der Arzt kam. Kreislaufstörungen. Sie müsse im Bett bleiben, dürfe sich nicht rühren. Jetzt stellen Sie sich mal vor, wie das auf einmal in unserer Wohnung aussah: Die alte Frau im Bett, Sophie, die sie waschen und auf den Topf setzen mußte, ich, der abends angestürzt kam, bevor ich wieder ins Konzert raste, nur um nachzusehen, ob alles überhaupt noch ging. Es ging nicht, *sag' ich Ihnen. Yasmin versuchte aufzustehen, fiel hin, hatte große Schmerzen, sagte nichts. Aber als der Arzt kam, verlangte er, daß sie ins Krankenhaus gebracht würde, um ›anständige‹ Pflege zu bekommen. Dabei sah er Sophie an …*
Sophie – nun, Sie können sich's denken. Sie hatte doch alles getan, pünktlich, gewissenhaft, nur eben ohne Liebe, und das kann man nicht ertragen, wenn man krank ist und hilflos. Entweder man wird mit Liebe zu Hause gepflegt oder man verläßt das Haus und zahlt *für die Pflege. Was da an Flickwerk dazwischenliegt, ist alles gleich unerträglich. Und so wurde Yasmin ins Krankenhaus gebracht, wurde fachmännisch versorgt und mußte sich nicht um die Gefühle der Schwestern kümmern. Es ging ihr dort so gut, daß der Tag kam, an dem man ihr sagte, sie müsse nun bald wieder nach Hause und dort weiter im Bett bleiben, man brauche ihr Zimmer für Schwerkranke. Yasmin bettelte, ich glaube zum erstenmal in ihrem Leben. Sie wollte durchaus nicht wieder zurück und auf Sophie angewiesen sein. Verstehen Sie mich recht, Doktor: Sophie hatte ihre Pflicht ge-*

tan und mehr als das. Sie hatte neben Yasmin gewacht, hatte extra gekocht, Tabletts angeschleppt und frische Wäsche, hatte ihre Bridge-Stunden aufgegeben und nie geklagt. Aber eben ohne Liebe, Doktor, wie ich Ihnen schon sagte. Auch als Yasmin im Krankenhaus war, besuchte sie sie täglich, brachte Obst und Zeitschriften und Schokolade. Eines Tages, während sie an Yasmins Bett saß, erklärte man ihr, sie müsse ihre Mutter Ende der Woche wieder mit nach Hause nehmen. Sophie sagte nichts, sie hatte es erwartet. Aber kaum war der Doktor aus dem Zimmer, da griff Yasmin nach ihrer Hand – Sophie hat mir das später erzählt – und sagte voller Liebe, voller Liebe, *Kostas, zum erstenmal nach langer Zeit, vielleicht sogar zum erstenmal überhaupt: ›Sophie, mein Kind, du mußt mir helfen. Ich will unter keinen Umständen zurück zu euch. Du verstehst das, nicht wahr? Ich ruiniere euch das Leben. Du würdest an meiner Stelle ganz genauso fühlen. Hilf mir. Bring mir etwas, damit ich sterben kann. Ich bin eine alte Frau, ich hab' genug.‹«*

»O nein«, flüsterte der junge Arzt.

»O doch, Doktor, o doch! Sophie ging zu einem Mann, der nichts mit dem Krankenhaus zu tun hatte. Er war mal Arzt gewesen, aber er hatte eine Nazi-Vergangenheit, etwas zu tun mit Euthanasie und diesen sogenannten Kliniken, Sie wissen schon. Der besaß noch Zyankali-Kapseln vom Krieg her, dieselben, die Tausende von SS-Männern mit sich herumschleppten, und andere, die Dreck am Stecken hatten. Sie kaufte ihm ein paar ab. ›Wer weiß, ob man sie nicht noch mal brauchen kann‹, sagte sie. Und eine davon brachte sie Yasmin. Sie hat dann noch einen Versuch gemacht, sagt sie, und ich glaube ihr. Sie sagte: ›Ei, sei doch vernünftig! Komm zu uns zurück. Du hast doch jetzt einen Sohn, was wird Lutz ohne dich machen?‹ Sie sagte nicht: ›Was werde ich *ohne dich machen?‹ Dazu war sie zu aufrichtig, ich sage ja, sie ist nicht verlogen, und Yasmin hätt' ihr's auch nie abgenommen. Da hat das Ei die Arme um sie gelegt – auch zum erstenmal seit langer Zeit –, sie geküßt und gesagt: ›Du bist mir eine gute Tochter, Sophie, ich danke dir aus ganzem Herzen. Leb wohl.‹ Sophie ist aus dem Zimmer geflohen.*

Am selben Abend rief das Krankenhaus an. Ich war zufällig am Apparat. Sie müßten uns leider mitteilen, daß Yasmin gestorben ist. ›Was?‹ schrie ich. ›Das gibt's doch nicht! Ich hab' sie doch noch vor ein paar Stunden gesehen. Sie – sie war doch ganz gesund ...‹ Sophie kam aus der Küche gerannt, riß mir den Hörer aus der Hand. Sie war leichenblaß, zitterte, konnte ihn kaum ans Ohr halten. ›Herzinfarkt?‹ stammelte sie. ›Ja ... ja, natürlich ...‹ Ich stieß sie zur Seite, ich schrie in den Apparat, ich weiß nicht mehr, was, ich würde das Krankenhaus verklagen, man habe nicht genug aufgepaßt – dabei mußte ich mir Sophie vom Leib halten, die mir unbedingt den Hörer wegreißen wollte. Trotzdem verstand ich ungefähr, was die am anderen Ende sagten: Man habe Yasmin ihr Abendbrot gebracht, und sie habe mit Appetit gegessen, sich mit der Schwester unterhalten; keinerlei Übelkeit, es sei ihr nur ein bißchen heiß gewesen, und sie habe die Schwester gebeten, das Fenster zu öffnen. Später, als die Nachtschwester kam, habe sie dagelegen ... Natürlich, wenn wir eine Obduktion wünschten, jederzeit ...

›Obduktion?‹ wiederholte ich verwirrt.

Da versetzte mir Sophie mit aller Kraft einen Stoß, packte den Hörer und drehte mir den Rücken zu.

›Ich bin ihre Tochter‹, sagte sie mit fester Stimme, gebieterisch, als erteile sie Befehle. ›Ich wünsche keine Obduktion. Meine Mutter war Moslem. Jede Art von Eingriff wäre Entweihung.‹

Während der letzten Worte drehte sie sich zu mir um und sah mich an mit Augen, weitaufgerissen und wie glühende Kohlen.

Entweihung. Daran hatte ich natürlich nicht gedacht. Ich hörte noch, wie sie knapp und schroff sagte: ›Danke. Wir kommen dann.‹

Ich bin hier auf diesem Sessel zusammengebrochen und heulte fassungslos, heulte, heulte, ich weiß nicht, wie lange. Sophie saß da, wo Sie jetzt sitzen und sagte kein Wort, bis ich endlich ruhiger wurde. Dann nahm sie meine Hand, drückte sie ganz fest und sagte: ›Bevor wir ins Krankenhaus fahren, muß ich dir etwas sagen ...‹«

2

Unter der Tür seines Zimmers im Personalbau des Krankenhauses fand er einen Zettel, als er von Lutz nach Hause kam. »Dr. K., bitte Station 5 c anrufen.« Die Sekretärin des Oberarztes war noch da und antwortete. Ob der Herr Doktor trotz Freizeit vielleicht auf fünf Minuten ...

Er fuhr mit dem Fahrstuhl hinauf zum obersten Stock mit den Privatbüros der Chef- und Oberärzte. Kopfnicken zur Sekretärin im Vorzimmer und schnell hindurch. Unnötig, sie auszufragen, um was es sich handele, er wußte es.

»Sagen Sie, lieber Kollege«, sagte der Oberarzt, »was ist los im Zimmer 384? Ich fürchte, wir müssen da drastische Maßnahmen ergreifen; die anderen Patienten werden in ihrer Nachtruhe gestört. Können Sie mir erklären, warum die Patientin so rabiat wird, wenn Sie abgelöst werden?«

»Die Patientin ... leidet unter dem Wahn, daß sie ein Buch schreibt und ich ihre Kapitel lese ...«

»Sie schreibt ein Buch? Sie steht doch unter Morphium, wenn ich mich nicht irre.«

Er vermied den Blick des Oberarztes. »In ihrem Fall ruft es diesen Zustand der Halluzination hervor.«

»Kollege«, sagte der Oberarzt, »ich glaube fast, Sie sind in Ihrer Betreuung der Patientin etwas zu weit gegangen.«

»Ich bin bereit, meinen Urlaub um eine Woche zu verschieben.«

»Das erscheint mir die einzige Lösung. Wenigstens vorübergehend. Vielleicht bringen Sie es fertig, die Abhängigkeit der Patientin von Ihrer Gegenwart etwas abzubauen. Wie Sie das ma-

chen, ist Ihre Sache. Aber es muß geschehen, verstehen wir uns recht!«
Er fuhr zum dritten Stock hinunter und ging eilig den langen Gang entlang. Er hatte erreicht, was er wollte, durfte heute nacht wieder Dienst tun. Höchste Zeit, denn er glaubte, schon von weitem Sophies wütendes Kreischen zu hören und dazwischen eine andere, verängstigte weibliche Stimme. Er hastete an der offenen Tür des Stationszimmers vorbei, sah mit einem Auge, daß dort zwei Schwestern und ein Pfleger ihre Unterhaltung unterbrachen, als sie ihn vorbeistürmen sahen. Schritte hinter ihm. Eine der beiden Schwestern lief ihm nach.
»Herr Doktor!« Die Oberschwester. Er blieb unwillig stehen. Sie hastete heran. »Gut, daß Sie kommen. Nummer 384 tobt. Sie meint, Schwester Bärbel sei die Italienerin ...«
»Welche Italienerin?« unterbrach er sie ungeduldig.
»Heute nachmittag kam eine Italienerin, wollte absolut zu Frau Reinhold, es sei doch Besuchszeit. Ich hab' ihr gesagt, daß Sie jeden Besuch streng verboten hätten, aber irgendwie ist sie doch hineingeschlüpft. Schwester Bärbel hat sie im Zimmer gefunden und sie natürlich sofort hinausgeworfen. Aber als sie dann zur Patientin zurückkehrte, ging's los. Sie läßt niemanden ans Bett ...«
Das wütende Kreischen ertönte von neuem, und er ließ die Oberschwester stehen und ging schnell davon.
Als er eintrat, lag Sophie halb aufgerichtet, die Haare wirr um das hochrote Gesicht. Sie rang nach Atem, der Speichel lief ihr aus dem Mund. In einer Hand hielt sie zitternd, aber drohend ihre Nachttischuhr. Als sie ihn in der Tür stehen sah, keuchte sie: »Das Weibsstück! Die Bestie! Wenn sie mir zu nahe kommt, dann ... dann ...«
Die Schwester hatte sich in die äußerste Ecke des Zimmers verkrochen. Sie war noch ganz jung, mit einem breiten, gutmütigen Bauerngesicht unter der verrutschten Haube.
»Ach, Herr Doktor«, schluchzte sie, »ich weiß nicht mehr, was ich tun soll, ich will doch nur ...«
»Raus!« knurrte Sophie und hob die Uhr. Aber sie glitt ihr aus

der schlotternden Hand und krachte zu Boden; Glasscherben und Gehäuseteile spritzten nach allen Seiten.

Er ging auf die Schwester zu. »Lassen Sie nur, ich mach das schon.«

»Rühr sie nicht an!« kreischte Sophie. Sie versuchte, das Laken zurückzuschlagen und sich aus dem Bett zu werfen, klappte statt dessen seitlich auf dem Bettrand zusammen und schlug mit der Stirn auf den Nachttisch auf.

»O Gott!« wimmerte die Schwester und verbarg das Gesicht in den Händen. Er legte den Arm um sie und führte sie zur Tür. »Sagen Sie denen draußen, sie sollen niemand reinschicken, Schwester Bärbel. Ich bring das in Ordnung.« Er lächelte sie beruhigend an. »Ich übernehme heute Ihren Nachtdienst.« Damit schloß er die Tür hinter ihr.

Sophie lag noch, wie sie gefallen war, mit der Stirn auf dem Nachttisch. Ein langer, dürrer Arm schleifte auf dem Boden. Er richtete sie auf, bettete sie auf das Kopfkissen. Sie war bei Bewußtsein, zitterte am ganzen Körper. Die Augen waren halb geschlossen, und sie röchelte leise. Er holte ein nasses Handtuch, wischte den Speichel von Kinn und Hals und tupfte vorsichtig die Beule auf der Stirn ab. Dann las er den Krankenbericht am Bettende. Die letzte Spritze hatte sie vor drei Stunden erhalten. Er füllte eine neue im Badezimmer auf, verabreichte sie ihr, so schnell er konnte, und machte sich daran, die Scherben aufzulesen. Schade um die alte Uhr mit ihrem kunstvoll ziselierten Rahmen. Die goldenen Zeiger lagen verbogen zwischen den Trümmern des geborstenen Zifferblatts. In die verbeulte Rückwand waren arabische Schriftzeichen eingraviert.

»Sie hat mal meinem Großvater gehört«, kam es im Flüsterton vom Bett.

Er legte die goldenen Zeiger zusammen mit der Rückwand auf den Nachttisch und sammelte die restlichen Stückchen Glas vom Boden auf, alles langsam und sorgfältig und schweigend. Dann nahm er seinen Stuhl, setzte sich, faltete die Hände im Schoß und sah an die Decke. Das stoßweise, röchelnde Atmen wurde leiser. Nach einer Weile hörte er nichts mehr und sah zu ihr hin.

Die Augen waren jetzt halb offen, die Lippen, ausgetrocknet und rissig, bewegten sich unhörbar. Er öffnete die Nachttischschublade, fand eine Tube Vaselin und rieb etwas davon in ihre Lippen ein. Als er spürte, daß sie sich schlossen und seine Finger küßten, zog er die Hand zurück, drehte das Nachtlicht so, daß es weder ihr Gesicht noch das seine beschien und lehnte sich im Stuhl nach hinten, schloß die Augen.

»Verzeih mir.« So leise, daß er es kaum hörte. »Sag, daß du mir verzeihst.«

»Sag's Schwester Bärbel morgen, nicht mir.«

»Wer ist das? Komm näher, Bruder, mach's mir doch nicht so schwer, ich kann nicht so laut sprechen.«

»Vorhin konntest du's.«

»Sonst wär' sie doch nicht gegangen, verstehst du nicht?«

Er beugte sich vor, legte beide Hände auf ihre dünnen, ineinander verkrampften Finger und hielt sie ganz fest. »Wer ist die Italienerin?«

Sie sah ihn erstaunt an. »Das weißt du nicht? Ach ja, entschuldige, soweit bin ich ja noch nicht. Sie kommt gleich – nur noch ein *Kapitel. Aber vor diesem Kapitel hab' ich Angst, Bruder.« Sie entzog ihm ihre Hände und schlug sie vor das Gesicht, blieb so, regungslos, eine lange Zeit.*

»Was wollte sie denn von dir, diese Italienerin?«

Sie ließ die Hände sinken und runzelte nachdenklich die Stirn. »Stell dir vor, Bruder, ich öffne die Augen – und da steht sie! Da, am Fußende, und starrt mich an, sagt kein Wort, starrt mich nur an. Ich dachte, es sei ein böser Traum und schließe die Augen wieder, aber als ich sie wieder aufmachte, stand sie hier neben mir, hat sich eine Haube aufgesetzt und wollte mich anfassen ...«

»Das war Schwester Bärbel, sie wollte deinen Puls fühlen.«

Aber Sophie hörte ihn nicht. »Sie ist eine von den grausamen Tauben«, flüsterte sie. »Sie wollte sehen, ob ich schon lahm genug bin ... Aber ich habe keine Angst vor ihr. Ich hab nur Angst vor dir*, große Angst! Jetzt kommt doch dieses Kapitel dran, und da steht was Furchtbares drin, aber ich muß es schrei-*

ben, denn sonst ist das ganze Buch gelogen. Komm noch näher. Ich kann's sowieso nur flüstern. Ich hab' was Schlimmes getan ...«

»Ich glaube«, sagte er langsam, »ich glaube, du hast es mir schon erzählt. Ich hab es schon gelesen, das Kapitel.«

Sie starrte ihn an, kniff die Augen zusammen, als müsse sie etwas im dichten Nebel erkennen. Dann sagte sie leise, jede Silbe ausdrücklich betonend: »Das mit Yasmin? Das hast du schon gelesen?«

»Ja«, sagte er ruhig. »Erinnerst du dich nicht?«

»Das hab' ich schon geschrieben?« Die Augen noch immer voll Mißtrauen. »Wie ist das möglich? Und da quäle ich mich, und du weißt es schon! Das ganze Kapitel? Bis zum Ende?«

»Du meinst, wie du ihr die Kapsel gebracht hast?«

Seine Augen hinter den Brillengläsern sahen fest in die ihren, die sich langsam entspannten und dann selig-erschöpft schlossen. »Wie schön«, flüsterte sie. »Du weißt es schon, und du liebst mich noch.« Er antwortete nicht gleich, und die Augen öffneten sich sofort und flackerten angstvoll. »Nicht wahr?« drängte sie kaum hörbar. Er nickte. »Das tut mir gut. Du weißt nicht, wie gut! Denn Lutz hörte auf, mich zu lieben, von dem Tag an. Eine Aussätzige, das war ich für ihn. Er sorgte für mich, aber er wollte mich nicht mehr anfassen. Mir war immer unsere Ehe wie ein viereckiges Gebäude ohne viel Schnörkel vorgekommen, der Zement war seine *Liebe gewesen. Jetzt krachte es auseinander – nein, das stimmt nicht, es bröckelte ab. So war's. Ich hörte es täglich rieseln im Gemäuer. Die Fassade steht immer noch da.« Sie starrte vor sich hin. »Schade«, sagte sie leise und seufzte einmal tief auf.*

Der junge Arzt saß schweigsam und nachdenklich, dachte an das, was Lutz ihm vorhin erzählt hatte. Etwas stimmte da nicht mit dieser Geschichte von der Kapsel ...

»Übrigens«, sagte er wie beiläufig und fuhr fort, ihre Hand zu streicheln, als habe er nur berufliches Interesse milder Art, eigentlich unwichtig, »weißt du, daß Zyankali, wenn es sich mit der Magensäure vermischt, einen scharfen süßlichen Geruch

ausströmt? Wie bittere Mandeln. Ich verstehe eigentlich nicht – die müssen das doch im Krankenhaus sofort bemerkt haben, als sie bei deiner Mutter ins Zimmer traten.«

Sie schüttelte schwach den Kopf. »Yasmin war doch im KZ gewesen, da wußte man genau Bescheid mit solchen Sachen. Sie hatte die Schwester gebeten, das Fenster zu öffnen, es sei ihr zu heiß. Als dann die Nachtschwester kam, zwei Stunden später, war alles verflogen.«

»Ah, so«, sagte er anerkennend. »Das war gut überlegt. Alle Spuren getilgt.«

»Klar«, flüsterte sie. »Yasmin war konsequent. Vorbildlich.« Ganz langsam verzog sich ihr Mund zu einem Lächeln. »Jetzt muß ich dir nur noch von Umberto erzählen, und da muß ich vorsichtig sein – vielleicht wirst du lachen, wer weiß. Ist das gut für die letzten Kapitel in meinem Buch, was meinst du? Aber vorher – würdest du mir die Haare kämmen? Ich muß dazu schön aussehen, nicht wie ein kahler alter Papagei. Mein Kamm – in der Schublade rechts. Heb' mich ein bißchen.«

Er hielt sie unter der Schulter, ihr Kopf sank ihm über den Arm, und er kämmte ganz vorsichtig die dünnen roten Haarsträhnen. Am Scheitel wuchsen sie schneeweiß heraus, und das rührte ihn so, daß er den Kamm hinlegte und ihren Kopf streichelte. Sie lag ganz still, bis er sie behutsam auf das Kissen zurücklegte.

»Jetzt bist du sehr schön«, sagte er und betrachtete sie.

Sie nickte ernst. »Das ist wichtig. Ich konnte nämlich noch schön sein, wenn ich mir Mühe gab. Zum Beispiel damals, als ich die Theatinerstraße entlangging – und dann in das Haus. Unten war eine Drogerie …«

3

... und im dritten Stock gab's einen Bridge-Club. Wahrscheinlich genau das, was sie jetzt brauchte; Geplapper, Betrieb, billigen Spaß, ein bißchen Aufregung.

Denn Lutz sprach nur das Nötigste mit ihr. Er hatte eine Mutter gehabt, sie hätte hier in der Wohnung sein können, in ihrem rosa Bett, im rosa Nachthemd, und vielleicht noch Monate und Monate lächeln, wenn er abends nach Hause kam. Sophie begriff, daß ihm Yasmin noch wichtiger gewesen war als sie.

Was *tun*. Was *unternehmen*. In Museen gehen? Alles Schöne tat weh. Was »Nützliches« tun. Sie kaufte ein Paket Spielsachen und ging ins Heim für »problematische« Kinder. Das erste Kind, das man ihr anvertraute, ein dreijähriger Bub, schlug ihr fröhlich die kleine Faust ins Gesicht, während die Vorsteherin sagte: »Aber Waldi, das ist doch eine liebe Tante.«

Die winzige Kinderfaust traf sie wie ein *Knock out*, so daß sie taumelte. Und floh.

Laufen war besser. Bewegung. Sie lief und lief, nicht durch Parks, denn da brach gerade der Frühling aus, sondern durch Straßen, je häßlicher, desto besser. Wurde dann doch müde und blieb eines Tages vor einem Kino stehen, offen, früh schon, um zwölf Uhr. Wer ging um diese Zeit ins Kino? Niemand außer ihr. Sie setzte sich in eine hintere Reihe. Ein kleines Kino, ein friedlicher Film. Sie sah Felder und ein Bauernmädchen, dem irgendwas passierte, wahrscheinlich das Übliche.

Kurz darauf passierte es Sophie – oder beinah, denn eine Hand fand sich auf einmal unter ihrem Rock ein. Sie hatte nicht gemerkt, daß zwei junge Männer sich neben sie gesetzt hatten. Mit

solchen Sachen war sie immer fertig geworden, ohne sich weiter aufzuregen, aber diesmal erschien ihr die tastende Hand wie ein glühendes Eisen. Sie schrie – die Hand machte sich eilig aus dem Staube –, da erstrahlte ein dünner, spitzer Taschenlampenschein, und dahinter erkannte sie die Silhouette der Kassiererin.
»Der Herr belästigt mich«, flüsterte Sophie.
»Ich suche nur nach meinem Regenschirm«, meckerte der Junge.
Er hatte aber keinen, wie der suchende Lichtstrahl herausfand. Sie zogen lachend ab, Sophie blieb zitternd zurück. Wo bin ich bloß, fragte sie sich, ich bin doch Sophie Berglund, wo ist die Dade, wo ist Papa, wo ist Turhan, wo ist Anita, wo ist das Segelboot ...
Die Kassiererin setzte sich neben sie. In der Dunkelheit konnte Sophie nur ihr Profil sehen, lauter kleine Mulden, ein doppeltes Doppelkinn und gleich darunter ein Busen wie ein viereckiger Kasten. Sie roch gut nach einem billig-freundlichen Blumenparfüm, und ihre Nähe tat Sophie so wohl, daß sie fühlte, wie ihr eine Gänsehaut den Arm hochkroch, nicht die kalte, erschrokkene, sondern die mild-schläfrige Version, die man manchmal bekommt, wenn jemand auf dem Klavier alte Schlager spielt.
Die Frau sah gebannt auf die Leinwand: »Jetzt kommt gleich meine Lieblingsstelle«, sagte sie halblaut. Da oben hatten die Dinge in der Zwischenzeit ihren Lauf genommen, und nun saß das Bauernmädchen unter einem Kirschbaum in voller Blüte und stillte ein Baby.
»Ist das nicht schön?« seufzte die Kassiererin.
Sophie erinnerte sich, wie sie als Kind zum erstenmal zugesehen hatte, wie Tante Vera ihren Jüngsten stillte. »Kommt aus dem anderen Beutel Kaffee raus?« hatte sie gefragt.
Die Kassiererin sah sie von der Seite an. »Ich kriege immer solche wie Sie in der ersten Vorstellung. Manche sind ganz am Ende. Soll ich Ihnen einen Nescafé machen?« Sie verschwand und kam kurz darauf mit zwei dampfenden Tassen zurück. Oben auf der Leinwand wurde das Bauernmädchen wieder ins Getreide gedrückt, diesmal von einem anderen Kerl.

»Sehen Sie nicht hin«, sagte die Frau. »Zucker? Das ist ein schwedischer Film, so geht's da zu, ununterbrochen.«

Sophie trank das duftende, dampfende Getränk und fühlte auf einmal, wie der unerträgliche Druck aus ihrem Kopf wich. Eine Tasse heißen Nescafé in einem kleinen dunklen Raum, anstelle des drückenden Schweigens, unverständlicher Laute und bunter Bilder, die sie nicht beanspruchten, ihr aber doch das Gefühl gaben, daß etwas vor sich ging in diesem Raum, und dicht neben ihr die tröstliche Gegenwart einer Fremden.

»Meine Mutter ist tot«, sagte sie unvermittelt.

»Ach Gott«, sagte die Frau.

»Ich hab' sie umgebracht.«

»Das denkt man immer«, sagte die Kassiererin. »Ihrer Mutter geht's gut. Sie schläft. Meine auch. Gott sei Dank.«

»Ist jemand hier?« rief eine Stimme. »Gibt's hier irgendwo Billetts?«

»Moment. Ich komm' gleich wieder.« Die Frau verschwand, und Sophie trank langsam ihren Kaffee aus.

4

Unten, neben der Drogerie in der Theatinerstraße, war ein Schild angebracht: Eine elegante Frauenhand, die einen Fächer Karten hielt. Darunter: BRIDGE-CLUB BIANCAMANO, 3. STOCK RECHTS.
Auf den ersten Blick gefiel es ihr nicht. Wahrscheinlich wegen der Frau, die am Eingang saß, auf einem kleinen Podium, als wolle sie allen in die Karten sehen. Sie musterte Sophie aus kleinen schwarzen Augen, die Mühe hatten, über die straffen Fettpolster der Wangen hinwegzuschielen. Ihre kohlschwarzen Haare waren so unbarmherzig straff nach hinten gezogen, als wolle sie sie bestrafen. Sie gab Sophie ein Formular zum Ausfüllen und informierte sie, daß sie vier Kinder habe und daß ihr Mann und sie ihr Bestes täten. Dabei liefen die dunklen Schweinsaugen unablässig zwischen Sophie und dem Clubzimmer hin und her. Nichts durfte ihr entgehen, dies war ihr Königreich, Eintritt fünf Mark pro Tag, der Punkt fünf Pfennig. (O Gott, dachte Sophie, teuer!) Herr Biancamano werde ihr Partnerinnen zuweisen, wenn er wisse, wie ihre Spielstärke sei. Sophie müsse einmal probespielen. Er irre sich nie.
Ein Raum wie ein Klassenzimmer, an einer Wand ein längliches Buffet mit Kaffeemaschine und Tassen und einer Vase mit künstlichen Rosen. Sophie zählte acht Tische, alle vollbesetzt. Nur Frauen. An einem Tisch spielte ein Mann, ein einziger: Herr Biancamano. Seine straffe Ehehälfte kassierte nicht nur, sie paßte auch auf, daß es keine Zwistigkeiten gab, wenn sich eine Dame über ihre Partnerin ärgerte, weil die falsch angesagt oder schlecht zugespielt hatte. Sofort kletterte sie vom Podium herunter und flüsterte ihrem Mann etwas ins Ohr. Dann leuchteten seine

Augen, als sei ihm dies ein besonderer Leckerbissen, und er schlichtete den Streit oder trennte die Partner. Aber das kam selten vor. Im allgemeinen ging es friedlich zu. Es wurde viel gelacht, und man drohte den Partnern nur mit dem Finger und sagte allenfalls: »Aber, meine Liebe! Aber, aber!«

Sophie auf ihrem Stuhl am Buffet besah sich die versammelten Spielerinnen. Keine unter vierzig, barmherzig geschätzt, die meisten um die Fünfzig. Sie kamen ihr alle ähnlich vor, als seien sie entfernt verwandt, aber vielleicht waren das nur die einheitlich steile Haltung und die angewinkelten Arme und gestreckten Hälse. Jede einzelne war sorgfältig angezogen und frisiert, noch sorgfältiger, dachte Sophie, als für einen eventuellen Herrn. Frauenblicke sind eben unbarmherzig.

Es gefiel ihr aber, wie sehr man bei der Sache war. Es wurde *nicht* geplappert, alle Augen – die meisten hinter Brillengläsern – klebten an den Karten, es wurde nicht getrödelt. Auch die, die »auf dem Tisch lagen« und nicht spielten, blieben steif sitzen und verfolgten mit Argusaugen, was die Partnerin da trieb. Aber am besten gefielen ihr die Klänge, die Geräusche, die über jedem Tisch wie eine Wolke flottierten. Manche summten vor lauter Konzentration, andere dudelten oder pfiffen mißbilligend oder gluckster bedauernd vor sich hin – sie konnte es kaum erwarten miteinzustimmen.

Als Herr Biancamano aufstand, zeigte es sich, daß er einen halben Kopf kleiner war als Sophie. Er hatte dieselben schwarzen, straffen Haare wie seine Frau, aber nicht die Schweinsaugen. Seine waren groß und etwas feucht, eigentlich sehr schön. Der Anzug saß ihm wie angeklebt auf dem strammen Leib, und Sophie fragte sich, ob er wohl ein Korsett trug.

Sie solle jetzt mal seinen Platz einnehmen und eine Partie spielen. Er werde hinter ihr sitzen und ihr in die Karten sehen – er lächelte zärtlich-feucht –, dann könne er sich ein Bild machen, wie sie spielte. Er setzte sich dicht hinter sie, so dicht, daß sein praller Schenkel den ihren streifte. *»Scusi, signora.«* Wieder das zärtlich-feuchte Lächeln. Unwillkürlich wandte Sophie den Kopf: Ja, die Straffe hatte es gesehen.

Sie hatte Glück. Gute Karten. Ihre Partnerin, eine hochfrisierte Hellblonde, legte ihr mit elegantem Schwung die passenden Suiten auf den Tisch und kassierte einen zärtlich bewundernden Blick von Herrn Biancamano. Sophie machte jeden Trick, wie es sich gehörte. Herr Biancamano zeigte freudig die weißen Zähne, wollte aber noch eine Partie sehen. Und diesmal hatte sie miserable Karten. Sie versuchte zu retten, was sie konnte, aber Herr Biancamano mußte doch einige Male eingreifen. Er umfaßte ihre Kartenhand mit einer Hand, und mit der anderen zog er die Karte heraus, die er für die richtige hielt. Es war schon beinah eine Umarmung, auch wenn es jedesmal nur Sekunden dauerte. Später sagte er ihr, es sei wie ein elektrischer Schlag durch ihn gegangen. Den drei Mitspielerinnen fiel nichts auf. Man spielte Bridge, nicht als Zerstreuung oder zum Spaß, hier wurde geklügelt, geschaltet, kombiniert und kühn gewagt. Es war keine Kurzweil, sondern eine Leistung.
Trotz des elektrischen Schlages vergingen ganze Wochen, bis er Sophie zum erstenmal anrief, und das nur, um zu sagen, daß heute kein Club stattfinden werde, seine Frau sei krank. Ein leerer Tag. Sie fühlte sich aus der Bahn geworfen und ganz konfus.

Seit ihrem Tod schlief Lutz in Yasmins Zimmer in dem rosa Bett. Er trug eine schwarze Armbinde und hörte nur Musik, wenn er sie für seine Arbeit brauchte.
Eines Abends kam er nach dem Konzert nicht wie gewöhnlich nach Hause. Sophie stellte sein Essen in ein heißes Wasserbad und wartete. Das war noch nie vorgekommen, Lutz ging abends nur ungern aus. Sie fing an, sich Sorgen zu machen. Auf dem Tisch lag ein geöffnetes Päckchen Zigaretten, das er vergessen hatte. Sie nahm eine und zündete sie an. Warum hatte sie nie geraucht? Sie nahm noch eine, rauchte nach und nach die ganze Schachtel, eine Zigarette nach der anderen, und schlief auf dem Sofa ein.
Sie wachte auf, als sie den Schlüssel in der Wohnungstür hörte. Lutz tanzte und torkelte durch die Diele, steckte den Kopf ins

Wohnzimmer und rief: »Ha ha! Der rote Teufel ist noch da«, drehte sich um und rief: »Komm rein, Jean, keine Angst, sie tut dir nichts.« Hinter ihm erschien zögernd ein blonder Kopf, ein junger Mann von höchstens zwanzig Jahren. »'tschuldigung«, murmelte er und sah sie betreten an, rührte sich nicht von der Tür. »Na, nun komm schon rein. Das ist meine Wohnung. Stimmt's, Sophie?«
»Es ist deine Wohnung, Lutz.«
»Ich möchte, daß Jean hier einzieht«, sagte er und hielt sich am Schrank fest.
»Gute Idee«, meinte Sophie. »Wo soll er schlafen?« Sie stand auf und ging zur Tür, die in Yasmins Zimmer führte. »Hier?«
Lutz schlurfte hinter ihr her und sah über ihre Schulter auf das Bett mit der rosa Decke und dem Kissen mit den Spitzen, auf dem Yasmins Kopf gelegen hatte. »Nein«, sagte er düster. »Hier schlafe ich. Niemand sonst. Er kann auf dem Sofa im Wohnzimmer übernachten.«
»Fein«, erwiderte Sophie, »schlafen Sie gut, Jean«, und ging in ihr Zimmer.
Am nächsten Morgen war der Junge verschwunden. Ein kleiner Zettel lag auf dem Küchentisch. »Bitte vielmals um Entschuldigung. Jean.«
Die Tür zu Yasmins Zimmer war noch geschlossen. Sie machte sich daran, Kaffee und Eier zu kochen. Lutz erschien in der Küchentür. Er hatte nur die Pyjamajacke an, verkehrt geknöpft, seine Haare hingen ihm tief ins Gesicht, als wolle er sich darunter verstecken.
»Morgen«, sagte Sophie und goß die Milch in den Topf. Er sah sich um.
»Wo ist er?«
»Weg.«
Er setzte sich an den Küchentisch und stützte den Kopf auf beide Hände.
»Weißt du, was ich gestern getan habe?«
»Ich kann's mir denken.«
»Und?«

»Und was?«
»Was sagst du dazu?«
Sie stellte Teller und Tasse vor ihn hin und strich ihm über den Kopf. »Wenn's dir hilft, hab' ich nichts zu sagen.«
Er starrte sie zwischen den wirren Haaren hindurch düster an.
»Es ist dir egal?«
»Ich will, daß du das tust, was dir hilft.«
Er hielt sie am Rock fest und verbarg das Gesicht darin. Sie stand still und ließ ihn weinen. Endlich wischte er sich die Haare aus der Stirn und sah aus roten, verschwollenen Augen zu ihr auf.
»Warum hast du's nur getan, Sophie? Warum. Warum.«
Sie setzte sich auf den Küchenstuhl und faltete die Hände auf dem Tisch. »Wenn sie *dich* gebeten hätte, was hättest du getan?«
»Ich weiß es nicht.«
»Doch, du weißt es und bist froh, daß es dir erspart blieb, denn du bist ...« Sie sah ihn zärtlich an. »Du bist ein bißchen feige. Und weil du das weißt, möchtest du mich bestrafen. Ich versteh' das sehr gut, und ich hab' dich auch lieb, aber ich habe keinen Respekt vor dir.«
»Wegen Jean?«
»Red doch keinen Blödsinn. Das scheint ein netter Junge zu sein.«
Er setzte sich ihr gegenüber auf den Küchentisch und legte die gefalteten Hände dicht neben die ihren auf den Tisch. »Was willst du von mir, Sophie?«
»Verstell dich nicht und versteck dich nicht. Wenn du wieder zu den jungen Männern zurückkehrst, dann tu's, ohne dich zu betrinken.«
»Ich möchte aber gern zu dir zurückkommen.«
Sie schüttelte den Kopf. »Du kannst es nicht, und du willst es auch nicht. Nur deine verkorkste Ehrbarkeit will, daß du's willst.«
Jetzt weinte er wieder, leise und verzweifelt.
Sie streckte die Hand über den Küchentisch und streichelte sein nasses Gesicht.

»Weißt du, ich glaube, früher oder später wäre es genauso gekommen, auch wenn Yasmin nicht gestorben wäre.«
Er hörte auf zu weinen, sah sie aus plötzlich haßerfüllten Augen an.
»Mit anderen Worten: Ich bin nie ein richtiger Mann für dich gewesen.«
»Was soll das heißen: ›ein richtiger Mann‹? Wer ist das schon? Und selbst wenn's so was gibt, was wäre das für ein sturer Bulle! Du und ich und alle anderen auch, wir haben doch tagaus, tagein beide Möglichkeiten in uns, weißt du das nicht?«
Sie stand auf und wärmte die Milch, goß den Kaffee in die Kanne, setzte Toast und Marmelade auf den Tisch. Er folgte ihr mit den Augen.
»Gut«, sagte er verbissen. »Wie du willst. Ich sehe die Dinge anders – aber wie du willst.« Er dachte nach, runzelte die Stirn und schloß die Augen vor Anstrengung.
Sie strich Butter auf ihre Scheibe Toast, öffnete den neuen Topf Marmelade, drängte ihn nicht.
»Sophie«, sagte er endlich, »du mußt mir helfen, es ist nicht so einfach für mich, es stürzt so viel ein, und ich muß mich an etwas klammern können.« Sie nickte. »Weißt du, der Junge gestern, der hat es mir leicht gemacht. Ich meine, es war nicht so gräßlich, wie ich befürchtet hatte …«
»Da hast du Glück gehabt.«
»Ich …« Er stockte, und sie sah erstaunt, daß er aus lauter Verlegenheit grinste. »Sophie, wie *hieß* der Junge von heute nacht?«
»Jean.«
»Ja, aber wie noch? Jean – wie? Sophie, wie soll ich den wiederfinden?

5

Er fand Jean nicht wieder, aber er fand einen Friedrich, und der war auch ganz nett. Aber er brachte ihn nie in die Wohnung. Ich bin jetzt frei, dachte Sophie. Man könnte es genausogut gottverlassen nennen. Ich treibe dahin, ich lebe ohne Plan – außer Punkt fünf Uhr Theatinerstraße, dritter Stock rechts.

Eines Tages rief Herr Biancamano wieder an. Ob sie sich mit ihm um neun Uhr abends im Englischen Garten treffen wolle.

»Warum?«

»Ich möchte Ihnen einen Fliederbusch zeigen, *signora,* einen ganz einmaligen Fliederbusch.« Und er beschrieb ihr den Weg, den er anscheinend gut kannte.

Sie fand ihn denn auch ohne Schwierigkeit. Unter zwei ineinander verwachsenen Fliederbüschen stand eine Bank, auf der Herr Biancamano wartete. Die Bank war etwas hoch, und seine Beinchen reichten nicht ganz bis zur Erde, aber sonst war alles, wie es sein sollte: Es dämmerte, und der Flieder schüttete ganze Wellen von Duft über sie aus, weshalb man immer wieder tief einatmen mußte und beinah ein wenig betäubt war.

Der Auftakt war holprig. Sie saßen nebeneinander und atmeten ein und aus. Dann machte Herr Biancamano sie darauf aufmerksam, daß er ein Rasierwasser entdeckt habe, das genau zu diesem Flieder passe. Ob sie sich überzeugen wolle? Und er hielt ihr die glatte, frischrasierte Wange vor die Nase. Und darauf, dachte Sophie, soll ich rein- und ihm in die Arme fallen? Gleich darauf stellte sie fest, daß sein Rasierwasser tatsächlich nach Flieder roch und daß er kein Korsett trug. Sein strammer kleiner Körper war wie eine Sanduhr: Er hatte eine richtige Taille.

Es kam nun sehr schnell zu einigen erstaunlich lang anhaltenden Küssen, so daß sie ernstlich nach Luft rang, worauf er stolz war. Überhaupt – das Ganze, Sommerabend, Fliederbusch, endlose Küsse, all das erinnerte sie an die Zeit ihrer ersten »Erfahrungen«, als sie siebzehn Jahre alt war. Die damaligen Richards und Ludwigs und Hans-Joachims – dieselbe Mischung von Pfadfinder und Tausendsassa, dieselben nicht enden wollenden Küsse, während eine Hand ungeschickt auf Entdeckungsreisen ging. Die Erinnerung rührte sie, aber sie kam ihr auch komisch vor, und sie mußte plötzlich lachen, worauf er hastig von ihr abließ und seine Hand zurückzog.

»Scusi, signora.«

Bedauerlich. Denn nun saßen sie schweigend nebeneinander unter dem Flieder und starrten in die Dämmerung. Erste Runde unentschieden.

Endlich: »Darf ich, *signora*?«

Sie verbiß sich das Lachen. »*Ja*, Herr Biancamano.«

Diesmal bog er sie wie im Stummfilm nach rückwärts, eine Hand unter ihrem Rückgrat, während die andere ihren Hinterkopf stützte. Wir sind im Land der Operette, dachte Sophie, ich bin die Csárdásfürstin.

Vorerst ging ihr der Atem aus. »Genug«, keuchte sie und drückte ihn mit aller Kraft zurück. »Herr Biancamano, ich bin verheiratet.«

Mal sehen, wie er reagiert.

Er ließ sie sofort los, und auch die dicken Schenkelchen rückten ein paar Zentimeter von ihr weg.

»Wußten Sie das nicht?«

»Ich dachte, die *signora* ist vielleicht nicht mehr so glücklich mit ihrem Herrn Gemahl, und jetzt, im Frühling ...«

»Herr Biancamano ...« Er drehte langsam den Kopf zu ihr zurück. Die Augen, die feuchten Augen! »Sie trösten wohl gern.«

»Si, signora«, sagte er mit schlichter Würde.

»Wie heißen Sie eigentlich mit Vornamen?«

»Umberto.«

»Und hier, unter diesem Fliederbusch, tröstest du die Damen aus deinem Bridge-Club, Umberto?«
»*Si, signora.* Man kann nicht nur Bridge spielen.«

Fliederbüsche blühen lange, und Sophies Geduld war bald erschöpft.
»Mein Mann ist in Wien bei den Festwochen«, sagte sie eines Abends während einer Atempause. Umberto reagierte nicht, setzte zur nächsten Runde an. »Er kommt erst Ende der Woche wieder«, keuchte Sophie, als sie wieder an die Oberfläche kam.
»So«, sagte er.
»Umberto, tröstest du deine Damen nur hier auf dieser Bank?«
»Si, signora.«
»Heißt das, daß du noch nie mit einer geschlafen hast?«
»*Mai, signora,* niemals!« Beinah entrüstet.
»Warum nicht?«
»Dazu ist meine Frau da, la Pina.«
Eine Abfuhr? Noch heute würde sie ihn in die Ottostraße locken.
Leichter geplant als getan. Umberto hielt an seiner Routine fest: Vor ihrer Haustür küßte er ihr immer nur die Hand und ging. Sie erwischte ihn gerade noch am eng um die Taille geschnallten Gürtel seines Mantels und zog ihn in den Hausflur. Es war stockdunkel, aber sie machte das Licht nicht an, bis der Fahrstuhl kam, gab ihm Zeit, sich zu fassen. Während sie schweigend aufwärts schwebten, betrachtete sie ihn von drei Seiten im Fahrstuhlspiegel. Er sah grün aus, aber vielleicht lag das an der Beleuchtung.
Später, im Schlafzimmer, beschäftigte sie immer wieder der Gedanke, wie wohl die vier *bambini* zustande gekommen waren. Der Mann war beinah noch eine Jungfrau. Es gab scheinbar zwei streng getrennte Abteilungen bei ihm: Zärtlichkeiten auf der Bank – und eheliche Pflichten im Bett. In der ersten war er in der Meisterklasse, in der zweiten ein Abc-Schütze.
»Umberto, erzähl mir von dir.«
Er setzte sich auf und dachte angestrengt nach. Worte waren nicht seine Stärke. Plötzlich erhellte sich sein Gesicht, und er

zeigte mit ausgestrecktem Arm aus dem Fenster. Unten, vom Lichtschein aus den Wohnungen mild angestrahlt, stand der steinerne Löwe, der schon Lutz damals so gut gefallen hatte, als er die Wohnung mietete. Er stand noch immer auf seiner alten, verfallenen Mauer, und das Unkraut reichte ihm jetzt bis an den Bauch. Die rechte Tatze hielt er hoch wie zum Protest – oder stammte er aus der Nazi-Zeit und setzte zum Hitler-Gruß an?

»*Ecco*«, sagte Umberto. »*Ecco*«, wiederholte er noch einmal und seufzte aus tiefster Seele. »Das bin ich – umgeben von Müll.«

Ein Löwe? Schön, daß er sich so sah, aber was bedeutete der Müll?

Einiges kam allmählich widerstrebend aus ihm heraus: »Müll« war der Bridge-Club. Er war zu Besserem geschaffen, war der jüngste Offizier in seinem Regiment gewesen, schneidig, tollkühn, Umberto »Leone« hatte man ihn genannt. Aber nach dem Krieg – zurück nach Lecce, dem kleinen Nest in Süditalien, wo er geboren war, und auf einmal nix Uniform, nix Job, nix Geld. Und dann: la Pina.

»Warum?« wollte Sophie wissen. Hatte er sich verliebt?

Amore? Er sah wieder zum Löwen hinunter und seufzte. Vier *bambini* ...

»Wie ist sie denn, deine Pina?«

»*Brava.*« Sie liebe ihren Papa, ihre Mamma und die *bambini*, und sie tat ihre Pflicht. Auch im Schlafzimmer. Wenn sie schwanger war, freuten sie sich beide; dann mußten sie viele Monate lang nichts miteinander treiben.

»Ach, du lieber Gott«, sagte Sophie.

»Müll«, meinte er düster, den Blick noch immer auf den Löwen gerichtet.

Ein weites Wirkungsfeld tat sich vor Sophies Augen auf.

Am nächsten Morgen ging sie zum Friseur und ließ sich das Haar färben; es hatte jetzt schon viele weiße Strähnen, wenn man genau hinsah. Dann wanderte sie pfeifend in die Theatinerstraße.

Aber bereits das extra muntere »Guten Tag« blieb ihr im Halse stecken, als sie Pina sah. Die Schweinsaugen flitzten nicht wie sonst umher, sie steckten wie angeklebt unter rotverschwollenen Lidern und starrten sie an. Sie fühlte, wie ihr das Blut in die Wangen stieg, als sei sie von der Dade ertappt worden. Er wird ihr doch nichts erzählt haben?

»Fünf Mark, bitte.«

Sie wagte nicht, das Geldstück in die ausgestreckte Handfläche zu legen, ließ es hastig in die Kasse fallen und flüchtete ins Spielzimmer.

Umberto setzte sie – absichtlich? – mit dem Rücken zur Eingangstür. Aber sie fühlte zwei Stunden lang den Blick aus den geschwollenen Augen wie ein Gewicht im Nacken.

6

»Wer ist der kleine Dicke mit den spitzen Schuhen?« fragte Lutz eines Abends.
»Ich kenne verschiedene Leute mit spitzen Schuhen«, sagte Sophie und griff nach der Zigarettenschachtel. Wo konnte Lutz sie gesehen haben? Egal.
»Ah, so«, sagte er, Kummer in den Augen. »Du rauchst zu viel.«
Jetzt waren es schon zwei bis drei Schachteln am Tag. Wie schnell das bei mir geht, dachte sie, was für eine Sucht zur Sucht ich in mir habe!
Die Zigaretten halfen, wenn sie auf den Telefonanruf warten mußte. Warten zerrte an ihren Nerven, und sie mußte täglich auf Umbertos Anruf warten. Noch dazu vor zwei Apparaten. Der eine stand in der Ottostraße, der andere in einem möblierten Zimmer in der Wurzerstraße.
Zuerst war sie gar nicht sicher gewesen, ob ihre Verführungskünste den gewünschten Effekt auf Umberto hatten. Er war zwar sehr bei der Sache, aber nicht mit gutem Gewissen; als seien es schwarze Künste, die sie ihm da beibrachte.
Um so mehr überraschte und erregte es sie, daß er, ohne sie zu fragen, dieses Zimmer in der Wurzerstraße gemietet hatte, als Lutz aus Wien zurückkehrte. Er nannte es ein *pied-à-terre,* obgleich sie nur selten den *pied* auf der *terre* hatten, sondern eigentlich nur auf dem Bett.
Wußte es Pina?
Natürlich. Er habe keine Geheimnisse vor seiner Frau.
Sophie starrte ihn an. »Ich verstehe nicht«, sagte sie endlich.

»Deine Frau *weiß* von dieser Wohnung?«
»Natürlich«, sagte er, wieder mit der schlichten und unantastbaren Würde, die ihr jedesmal den Atem nahm. »Wir rechnen jeden Samstag ab. Montags trägt sie das Geld zur Sparkasse. Jetzt sind es hundertundfünfzehn Mark fünfzig weniger. Die Wurzerstraße ist teuer.«
»Umberto, sag mir nicht, daß es deiner Frau gleichgültig ist, daß ich ... daß wir ...« Sie geriet tatsächlich ins Stottern. Und im September werde ich siebenundfünfzig, dachte sie.
Er gab zu, daß es ganz zu Anfang gewisse Unstimmigkeiten gegeben habe. Die *bambini* seien aufgewacht und ins Schlafzimmer gekommen. Heulend. Pina habe alle Hände voll zu tun gehabt, sie wieder zurück ins Bett zu befördern. Sie hätten sich schweigend ausgezogen, und dann, im Dunkeln, »da sind mir die richtigen Worte eingefallen. Alles hat seine guten Seiten. Ich muß sie jetzt nicht mehr belästigen, ich habe *dich.* Warum siehst du mich so an? Wäre es dir lieber gewesen, wenn sie mir die Augen ausgekratzt hätte?«
Tausendmal lieber. Von Frau Schweinsauge als Aushilfe für ihre ehelichen Pflichten angesehen zu werden, als eine Art Babysitter bei Umberto, damit sie, Pina, mit ihren Freundinnen ins italienische Kino gehen konnte! Der Tag der Scham war also ganz überflüssig gewesen. Sie hatte sich auf die offizielle Rolle der *maitresse en titre* eingestellt, aber nun war sie auf einmal als Miss Unzucht *engagiert*! Der Gedanke verdarb ihr beinah die Wurzerstraße.

Meistens war sie schon vor ihm dort, lag auf dem Bett in einem fliederfarbenen Negligé – eine zarte Anspielung – und bereitete sich auf den Auftritt des Löwen vor, von dem Umberto wenigstens die majestätische Geste geliehen hatte, mit der er jeden ihrer Vorschläge, auch nur die geringste Veränderung seiner äußeren Person vorzunehmen, ablehnte. Die glänzenden Seidenschlipse mit passendem Einstecktuch, die schwarz-weißen Schuhe oder der Schlafrock aus goldbesticktem Brokat – niemals würde er auf sie verzichten. Nicht *sein* Geschmack, der *ihre* be-

dürfe der Korrektur, sie sei – *scusi, Sophia, mio tesoro* – spießig.
Und dann ging er noch einen kleinen, aber bedeutsamen Schritt weiter und gab ihr zu verstehen, daß man vielleicht »zu ihrer Zeit« andere Begriffe gehabt habe ...
Wie alt war er denn, ihr Löwe? Sechsunddreißig Jahre. Aber es war ganz anders als bei Lutz. Noch war er Schüler, und noch war sie Bergführer, aber wie er hinter ihr herkletterte und Gipfel über Gipfel im Sturm nahm!

Das Zimmer in der Wurzerstraße hatte aus dem kleinen Seitensprung eine ausgewachsene Affäre gemacht, und es hagelte Reaktionen.
Zunächst Lutz: »Sophie, dieser kleine Dicke, das ist doch nicht dein Ernst?«
»Was verstehst du unter Ernst?«
»Sophie! Das ist doch nichts für dich.«
»Was, deiner Meinung nach, *ist* für mich? Ist der große rote Schlächtergeselle, von dem du dich gestern vor der Haustür so innig verabschiedet hast, was für *dich*?«
»Sophie, denkst du manchmal an Yasmin?«
»Warum?«
»Ich denke jeden Tag an sie, und ich erkläre ihr alles, auch den Schlächtergesellen, wie du ihn nennst, der übrigens die Zweite Geige im Opernorchester spielt. Bisher hat sie alles verstanden, aber ich kann mir nicht vorstellen, daß sie sich über deinen ... deinen, na, über diesen Kerl freuen würde.«
»Sicherlich nicht.«
»Ich kann's nicht mitansehen«, sagte er leise und mit gesenktem Blick, als schäme er sich vor ihr. »Du lebst weit unter deinem Niveau. Wie siehst du nur aus! Soll ich dir mal einen Spiegel holen?«
»Nicht nötig, ich weiß.«
»Sophie, *muß* das sein?«
»Ja!« schrie sie ihn plötzlich an.
Im Bridge-Club gab es eine andere Reaktion. Der wurde mit

einem Schlag zum Feindgebiet. Pina hatte einen offiziellen Lagebericht ausgegeben, und die Müll-Damen reagierten wie ein Mann: Die Bank unter dem Fliederbusch war bei den meisten bekannt und beliebt und wurde allgemein akzeptiert. Aber ein möbliertes Zimmer! So was tat man einer Frau mit vier *bambini* nicht an.
Umberto sorgte sich. »Möchtest du nicht lieber wegbleiben? Ist es dir nicht peinlich?«
»Ist es *dir* peinlich?«
»Ich bin ein Mann«, sprach der Löwe. »Mir ist nichts peinlich.«
Mir scheint, ich bin auch einer, dachte Sophie, mir macht's direkt Spaß. Der erste stumme Kampf wurde schon am Eingang mit Pina ausgefochten, deren Augen nicht mehr verschwollen waren. Jetzt glänzten sie tückisch. *Okay,* Frau Wildschwein, dachte Sophie und verzichtete auf das immerhin noch zivilisierte »Guten Tag« von ehedem. Sie hatte ihr Fünfmarkstück immer parat, so daß sie ohne Aufenthalt an ihr vorbeikam.
Drinnen warteten die Müll-Damen. Dreißig Paar Augen wie Nadelstiche, während sie Mantel und Hut ablegte. Sobald sie eintrat, hörten alle Vorbereitungen auf. Die Kartenpäckchen, die Bridge-Blocks, die Bleistifte – alles hing in der Luft, bis Sophie mit hocherhobenem rothaarigem Kopf auf Umberto zuging. »Guten Tag, Herr Biancamano, wo sitze ich heute?«
Wenn sie dann ihren drei Mitspielerinnen zugeteilt wurde, wagte zwar keine offen aufzumucken – was hätte sie auch sagen sollen? –, aber es gab bestenfalls ein halb gemurmeltes »Tag« zur Begrüßung. Einmal stand eine der Damen ganz ostentativ auf, als Sophie sich an ihren Tisch setzte, und erklärte, sie leide an plötzlichen Kopfschmerzen und gehe nach Hause. Die anderen beiden sahen unschlüssig zu ihr auf, wußten nicht recht, ob sie auch plötzlich Kopfschmerzen hatten – dieser Club war bei weitem der beste in München.
Sophie griff ein. »Kopfschmerzen? Herr Biancamano hat sicher ein Aspirin, nicht war, Umberto?«
Da war's heraus. Sie hatte ihn Umberto genannt.

Die Dame mit den Kopfschmerzen mußte sich wieder hinsetzen, so nahm es sie mit. Kaum, daß man die Ansagen hören konnte, sie waren alle ganz verstört.
»Zwei Kreuz.«
»Sagten Sie nicht Herz?«
»Wie könnte ich Herz sagen? Zwei Kreuz.«
»Aha. Zwei Kreuz ... ich ... äh ... ich passe.«
Diese Dame, wie sich herausstellte, hätte ansagen müssen, ihre Karten waren vielversprechend, aber sie flimmerten ihr vor den Augen bei dieser Aufregung, und so paßte sie.
Nicht so Sophie. Sie spielte zwei Pik und verlor beinah jeden Trick.
Keine Rede mehr von »aber, aber, meine Liebe«. Sophies Partnerin knirschte vor Zorn. »Frau Reinhold! Das hätte nicht mal eine Anfängerin verpatzen können. Sie hatten Pik gesagt, *Pik!*«
Das Pik knallte durch den Raum und verursachte einen vorübergehenden Kurzschluß an jedem Tisch. Pina schien nichts gemerkt zu haben. Umberto hob besorgt den Kopf, aber Sophie winkte ihm lächelnd zu. Schamlose Person!
Offener Feindseligkeit war sie gewachsen, die Müll-Damen konnten ihr nichts anhaben. Nur der Blick, den sie von Pina bekam, als sie den Club verließ, dieser Blick störte sie. Da war kein Kummer mehr drin, nur noch Haß und etwas abwartend Listiges, das ihr nicht gefiel.
Außerdem verlor sie jetzt regelmäßig um die dreißig Mark am Tag, weil sie sich nicht konzentrieren konnte. Lutz zahlte ohne ein Wort des Protestes.
Sie versuchte, an anderen Dingen zu sparen, kündigte der Aufwartefrau, gab sich Mühe, die Wohnung selber zu reinigen. Nach drei Tagen sagte Lutz: »Laß nur, ich mach' das schon.« Danach war es wieder einigermaßen sauber bei ihnen. Für ihr Essen gab sie fast nichts aus. Nur die Zigaretten, die waren nicht billig.

Jetzt blühte der Fliederbusch im Englischen Garten gerade zum zweitenmal. Sie ging manchmal allein hin, wenn es dämmerte, und atmete tief den Duft des Flieders ein. Der war noch derselbe,

drängte sich in strotzenden Trauben um die Bank. Was fehlte, war das Lachen, mit dem sie Umberto damals umarmt hatte. Wo war das nur geblieben? Aber solange es die Wurzerstraße gab, durfte sie sich nicht beklagen.
Es war Umberto, der sich beklagte. Sie werde ja immer dünner! Und wenn man in ein gewisses Alter kommt (wußte er ihr Alter? Ausgeschlossen!), dann, *Sophia tesoro,* dann soll man lieber etwas zu dick werden, so wie die Intalienerinnen, denn sonst ...
Sonst was?
Aber er wollte sich nicht festlegen.

Lutz eröffnete ihr, daß sie die Wohnung kündigen müßten. Erhöhte Miete, erhöhte Ausgaben, er schaffe es nicht mehr. Mit keinem Wort erwähnte er ihre täglichen Spielschulden. Oder die Zigaretten. Ob er etwas ahnte? Ob er ahnte, daß sie jetzt manchmal Zigaretten stahl? Sie ging wie früher in ihre Lieblingsläden, wo man sie kannte und mochte, und niemand kam auf die Idee, ihre Einkaufstasche zu untersuchen. Als sie es zum erstenmal getan hatte und bleich und schlotternd vor der Ladentür wieder auf der Straße stand, kam ihr der Besitzer nach und bat sie, doch wieder hineinzukommen und sich hinzusetzen, sie sehe nicht wohl aus. Sie ging mit ihm in den kleinen Supermarkt zurück und ließ sich von seiner Frau einen Stuhl und eine Tasse Kaffee bringen. Die gestohlene Schachtel Zigaretten brannte in ihrer Einkaufstasche.
Aber allmählich hörte sie auf zu brennen. Sieh mal, Dade, was ich alles kann! Hosen runter? Denkste.

Sie lag auf dem Bett in der Wurzerstraße und wartete. Hob den Arm gegen das Licht und betrachtete ihn durch das fliederfarbene Negligé hindurch. Beide waren abgenutzt, der Arm dünn, der Chiffon ausgefranst.
Sie griff nach dem Handspiegel und hielt ihn hoch über ihr Gesicht. Noch bin ich keine lahme Taube, dachte sie, noch kann niemand nach mir hacken. Ich sehe Papa in meinen Augen, ob-

gleich seine blau waren und kalt. Sind meine auch kalt? Schwer zu sagen, denn jetzt sehe ich mich ja so liebevoll an. Es gefällt mir, mein Gesicht, so weiß und dreieckig, und die Haare drum herum, wie rote Schlangen. So sieht mich Umberto, wenn er über mir ist, aber ich glaube, er hat mich noch nie wirklich gesehen.

Sie ließ den Spiegel sinken. Baden-Baden fiel ihr ein, Papa am Fenster mit der Decke über den Knien, und sie hörte sich fragen: Was hatte Amina eigentlich? Und seine Antwort: Nichts. Vielleicht ihre Jugend, aber eigentlich nichts ...

Und was hatte Umberto? Er war längst nicht mehr der possierliche lila Romeo, der er mal war, das heißt, er war es noch und würde es immer sein – nur merkte sie es eigentlich nicht mehr, und *das* war beängstigend.

Die Tür ging auf.

»Adorata Sophia mia!« Er kniete nieder, und sie ertrank mit geschlossenen Augen in den Wogen des Fliederrasierwassers.

Lutz fand eine billige, scheußliche Wohnung in Schwabing. »Du wirst sie schön machen«, sagte er. »Du hast ein Talent, alles schön zu machen.«

Hatte sie das? Vielleicht früher mal. Sie ließ die Möbel aufstellen, wie es den Transportarbeitern gerade paßte, und sah von einem Stuhl aus teilnahmslos zu. An diesem Tag machte Lutz den ersten Versuch, sie zum Arzt zu bringen. Kam überhaupt nicht in Frage!

Hin und wieder erschien eine neue Spielerin im Club, und eine frühere verschwand. Die Neue war am ersten Tag so freundlich zu Sophie wie zu den anderen, aber bereits am nächsten war sie »informiert« und im feindlichen Lager. Sophie war nun schon seit bald drei Jahren Miss Unzucht, aber der Haß der Damen verjährte nicht. Wahrscheinlich macht's ihnen genausoviel Spaß wie mir, dachte Sophie, und außerdem, das Spiel, das wir hier treiben, heißt zwar Bridge, aber es ist keine »Brücke«, sondern eine Mördergrube, in der man den Gegner nach allen Regeln der

Kunst abschlachtet. Und wenn man dabei auch noch ein paar persönliche Animositäten loswerden kann, um so besser. Es gibt ja auch Boxer, die sich vor dem Kampf künstlich in Rage versetzen und den Gegner beschimpfen; dann geht's noch mal so gut.

Und seit drei Jahren, über tausend Tagen, hatte sie nicht ein einziges Wort mit Pina gewechselt. In telepathischem Einverständnis waren sie übereingekommen, so zu tun, als seien sie beide taubstumm. Nicht einmal die Geldsumme, die Sophie allabendlich schuldete, wurde ausgesprochen. Pina schrieb die Zahl auf einen Zettel, den sie über den Tisch schob. Sophie las und zahlte.

Eines Tages konnte sie die Ziffern nicht lesen, die Pina mit Bleistift hingekritzelt hatte, und schob den Zettel wortlos zurück. Das Stück Papier reiste noch einmal quer über den Tisch, diesmal waren die Ziffern mit dicker Tinte in Riesenzahlen hingekleckert wie für eine Halbblinde.

Am nächsten Abend setzte Sophie ihre Brille auf, bevor sie den Zettel studierte. Da traf sie ein Blick aus den Wildschweinaugen. Der alte Haß war verschwunden, aber da saß jetzt was Neues: eine kleine Prise Mitleid. Um ein Haar hätte Sophie zugeschlagen.

Lutz bat sie noch einmal – und diesmal ließ er sich nicht so schnell abfertigen –, zum Arzt zu gehen, sie sehe furchtbar aus. Sophie lächelte. Lutz brachte seine schwere Artillerie ins Gefecht: Wie lange glaube sie denn, werde sie »jemand« noch gefallen, wenn sie zwanzig Pfund unter ihrem Gewicht hatte?

»Halt'n Mund. Ich gehe nicht.« Aber sie sagte es sanft, denn er hatte ihr gerade einen jungen Kater mitgebracht, den sie Othello nannte. Othello war ein Geschenk für sie von Karlheinz, Lutz' neuem Freund, Musikstudent an der Hochschule. Manchmal gingen sie abends zu dritt aus, Sophie in der Mitte, Lutz und Karlheinz links und rechts am Arm. Wenn sie Bekannte trafen, stellte Sophie den jungen Mann als ihren Neffen vor, und sie hatten was zu lachen.

»Mit der Zeit wirst du es zu einer ganzen Familie bringen«, sagte Lutz. »Lauter Neffen.«
Gar kein schlechter Gedanke. Wenn sie an ihre eigene dachte, mußte sie ein paar Sekunden lang die Augen schließen. Da war Papas schiefes Gesicht und »Ich möchte noch mal auf die Pauke hauen, Sophie ...« Da war die Krähe, die immer wieder auf dem Rasen in der Rümelangstraße hüpfte, wenn sie an Turhan dachte. Und zum Schluß Yasmin und die kleine runde Schachtel mit der Kapsel. Alpträume, allesamt.
Aber von einem halben Dutzend junger Männer umgeben zu sein, die alle dankbar zu ihr aufsahen, weil sie ihnen Lutz so ohne weiteres überließ und sie auch noch zu Hause mit Kaffee und Kuchen bewirtete, wofür sie ihr dann wieder Blumen oder Katzen brachten – was für ein vergnüglicher Reigen ohne Ende und ohne Probleme.

Eines Tages erschien im Bridge-Club eine blonde junge Frau, um sich anzumelden. Es kam ganz selten vor, daß eine Junge kam, und alle sahen von den Karten auf und wunderten sich.
Abends, während Sophie zahlte, fühlte sie auf einmal einen so zwingenden Blick auf ihrer gesenkten Stirn, daß sie die Brille abnahm und aufsah. Pina starrte sie an. In den engen Rosinenaugen glänzte unverhohlenes Vergnügen.
Am Tag darauf erschien die Blonde und spielte Probe. Umberto setzte sich hinter sie, genau wie damals bei Sophie, und hielt ihre Karten – *scusi, signorina!*
Sie hieß Fräulein Hoffe, Eva Hoffe, und wurde an Sophies Tisch gesetzt. Sie spielte noch schlechter als Sophie und verlor jede Partie. Da sie noch nicht »informiert« war, unterhielt sie sich während der Kaffeepause mit ihr, und zwar so gut, daß sie hinterher zusammen in eine Bar gingen und etwas zu trinken bestellten. Sie sei Sekretärin bei einer Baufirma, erzählte sie, und es gebe da richtige Chancen, man müsse sie nur auszunützen wissen. Ihre Chefin sei eine begeisterte Bridge-Spielerin. Sei es da nicht eine gute Idee, wenn sie, die Privatsekretärin, ebenfalls das Spiel beherrschte? Vielleicht könne man da mal auf privater Ba-

sis ... Eine Ehrgeizige also. Warum nicht. Sophie wollte auch was zum besten geben.

»Fräulein Hoffe, ich habe ein Verhältnis mit Herrn Biancamano. Schon seit vier Jahren.«

Die junge Frau sah sie erstaunt und verwirrt an und setzte zögernd ihr Glas auf dem Tisch ab. »Ja ... wieso ... ich verstehe nicht ...«

Sophie lächelte verschmitzt. »Ich wollte den Müll-Damen mal zuvorkommen.«

»Wie bitte?«

»Morgen wird man's Ihnen erzählen. Ich wollte gern, daß Sie's schon wissen.«

Jetzt wird's richtig spannend, dachte sie, als sie am nächsten Tag die drei Etagen zum Club hinaufschnaufte, was ihr jetzt immer große Mühe machte.

Pinas Augen verrieten nichts, aber die Front der Müll-Damen schien in leichter Verwirrung. Fräulein Hoffe spielte an einem anderen Tisch, und Sophie fühlte, wie sie sie von Zeit zu Zeit forschend ansah. Noch war sie nicht im feindlichen Lager. Sophie beschloß, um sie zu kämpfen, und lud sie zum Abendessen ein. Fräulein Hoffe nahm zögernd an. Was für eine seltsame Person, die alte Rothaarige! Eben, als sie den Kopf zurückwarf und sich im Kreis umsah mit diesem merkwürdigen Lächeln, da sah sie richtig schön aus. Aber möglicherweise war sie nicht ganz richtig im Kopf.

Das Abendessen war ein großer Erfolg. Lutz und Sophies »Neffe« Karlheinz aßen mit, während Othello unterm Tisch selig um vier Paar Beine schnurrte. Sophie hatte sich Mühe mit dem Essen gegeben, Lutz trank allein eine Flasche Wein aus und erzählte Geschichten aus seiner Redaktion. Es wurde viel gelacht. Fräulein Hoffe stellte fest, daß die Rothaarige nicht verrückt war, nur eben etwas merkwürdig. Ob das stimmte, daß sie mit dem Bridge-Club-Mann ...

Ja, es stimmte, versicherten ihr die Müll-Damen noch einmal am nächsten Tag, aber es gelang ihnen trotzdem noch nicht, die

Neue auf ihre Seite zu ziehen. Eine Zeitlang stand die Sache auf der Kippe. Eva Hoffe fand sich genau im Zentrum der »Brücke« und blickte unschlüssig von den Müll-Damen zu Sophie und wieder zurück.
Und dann, von einem Tag zum anderen, entschied sie sich und nahm Partei für Miss Unzucht. Und zwar radikal. Warum bloß, fragte man sich ratlos.
Von nun an trank Eva Hoffe den Kaffee in der Pause nur noch mit Sophie, bediente sie mit Sahne und Zucker, weil sie jetzt manchmal etwas danebenschüttete, bemutterte sie – sie sei ja viel zu dünn –, half ihr in den Mantel, lud sie hin und wieder zu einem Drink ein. Sophie wunderte sich, fragte nicht lange, freute sich. Daß es das noch geben konnte in ihrem Leben, eine Freundin! Sie fühlte sich oft müde und ließ Dinge, die auf den Boden fielen, einfach liegen. Eva Hoffe hob sie auf.
»Ich danke Ihnen, Sie sind ein liebes Mädchen«, sagte Sophie.

Und dann gab's plötzlich wieder etwas Neues im Club, und was bedeutete das?
Bei Sophies Ankunft war Pina nicht an ihrem Platz. Sie stand im Clubzimmer, umgeben von allen Müll-Damen, und sie kicherten. Fräulein Hoffe war nicht anwesend, sie konnte nicht jeden Tag von ihrem Büro weg.
Und wo war Umberto? Er kam gerade herein mit einem Karton voll neuer Kartenpäckchen und verteilte sie auf den Tischen. Die Damenversammlung schien er nicht zu bemerken, aber er sah, daß Sophie allein am Eingang stand, ließ alles stehen und liegen und eilte auf sie zu, um ihr aus dem Mantel zu helfen. Die Müll-Damen kicherten noch lauter.
»Spielbeginn, meine Damen«, rief Umberto, und man schlenderte zu den Tischen. Pina machte einen Umweg, um an Sophies Stuhl vorbei zur Kasse zu gehen und sagte laut: »Guten Tag, Frau Reinhold, wie geht's?«
Sophie war so verblüfft, daß sie keine Antwort fand, nur dem schwingenden, beträchtlichen Hinterteil nachstarrte, bis die Stimme ihrer Partnerin erklang: »Ansage, bitte.«

Heute war Wurzerstraße-Tag. Vielleicht wußte Umberto, was es mit dem Gekicher und dem plötzlichen Interesse seiner Frau an ihrem Befinden für eine Bewandtnis hatte.
Aber er zuckte die Achseln. Keine Ahnung.
»Pina hat dir nichts gesagt?«
»Nichts, *Sophia adorata.*« Aber *er* habe was zu sagen. Leider, leider. Er müsse das Zimmer hier aufgeben. Zu teuer. Wie schade, wie schade.
Sophie wandte ihm den Kopf zu, das Haar fiel wie ein roter Wasserfall – ein etwas zu roter Wasserfall – über die Stirn und über das Kissen. Sie sah ihn lange an, ohne ein Wort zu sprechen. Er fühlte sich unbehaglich unter ihrem Blick. Ja, liebte sie ihn denn nicht mehr, seine *Sophia adorata*?
»O doch«, sagte Sophie. »Doch, doch.«

Am folgenden Abend ging sie in den Englischen Garten. Es war schon beinah dunkel, aber sie brauchte kein Licht, sie kannte den Weg.
Sie blieb stehen. Dort drüben hinter einem breiten Rasenstück stand der Fliederbusch wie eine riesige lila Perücke. Darunter im tiefen Schatten die Bank. Und auf der Bank zwei Leute, ein kleiner dicker Schwarzer und eine Blonde. Oder bildete sie sich das ein?
Sie machte einen Umweg und schlich sich seitlich etwas näher heran, nahm Deckung hinter einem Baum und holte ihre Brille aus der Tasche. Die Bank war leer.

7

Ein paar Wochen später ereigneten sich gleich zwei Dinge an einem einzigen denkwürdigen Tag: Sie sah Eva Hoffe auf der anderen Seite der Maximilianstraße und wollte gerade die Fahrbahn überqueren, um sie zu begrüßen, aber etwas Unerklärliches hielt sie davon ab. Sie blieb statt dessen stehen und beobachtete die junge Frau, welche die Straße entlangschlenderte und ihre Schultertasche schwang. Jetzt mußte sie an einem Rotlicht warten, jetzt überquerte sie die Straße, jetzt ging sie weiter – und jetzt bog sie in die Wurzerstraße ein.

Sophie stand noch eine Weile, dann sah sie sich um. Gab es irgendwas zum Hinsetzen in dieser Straße? Eine Bank – eine Bank ...

Keine Bank weit und breit. Aber da drüben, an der Ecke, das Operncafé. Nur langsam, Schritt für Schritt. Plötzlich sah sie im Glas eines Schaufensters, wie ihr jemand ebenso langsam entgegenkam. Wer ist denn das, fragte sie sich und holte ihre Brille aus der Tasche, die sieht ja furchtbar aus, aber sie kommt mir bekannt vor, diese lange Dürre mit den grellen Haaren ...

Nicht ins Operncafé. Taxi. Nach Hause. Hinlegen.

Aber als sie die Tür zur Wohnung öffnete, geschah das zweite Ereignis: Lutz stand vor ihr. Wieso? Warum war er nicht in der Redaktion? Sie starrten sich einen Moment lang wortlos und fragend an; er hatte sie ebensowenig erwartet wie sie ihn.

»Sophie«, flüsterte er. »Im Wohnzimmer ist jemand – und vielleicht ist es besser, wenn du ihn nicht siehst.«

Zu spät. In der offenen Wohnzimmertür stand ein Mann, den Sophie nicht kannte – oder kannte sie ihn doch? Sie tastete nach

etwas, um sich festzuhalten. Lutz stützte sie und führte sie, da der Mensch nicht weichen wollte, dicht an ihm vorbei zum Sofa und half ihr beim Hinlegen. Der Mann blieb stehen, wo er stand, zögerte, bevor er sprach.
»Es hat keinen Zweck, Herr Reinhold. Entweder Sie sagen es ihr jetzt in meiner Gegenwart oder ich gehe zur Polizei. Tut mir leid, aber alles hat seine Grenzen.« Er verschränkte die Arme und lehnte sich gegen die Tür.
Lutz setzte sich neben sie und streichelte beruhigend ihre Hand, aber es half nichts, jeder Herzschlag dröhnte ihr im Kopf. Jetzt wußte sie, wer der Mann war: der von ihrem kleinen Supermarkt, wo sie gestern ... und vorige Woche ... und ...
»Sophie, dieser Herr sagt, du hättest heute morgen eine Schachtel Zigaretten mitgenommen, aus Versehen, nicht wahr, du hast vergessen, sie zu bezahlen ...«
»Sie hat schon Dutzende Male vergessen zu bezahlen. Uns fehlen schon seit Monaten jede Woche eine Anzahl Packungen einer bestimmten Sorte Zigaretten. Wir konnten es einfach nicht glauben, meine Frau und ich. Aber heute hab' ich's selbst gesehen. Ich hab' Sie gehen lassen, Frau Reinhold, weil ich erst mal mit Ihrem Mann sprechen wollte.«
Sophie setzte sich auf, hielt sich an Lutz fest, schüttelte und schüttelte den Kopf, als könne sie so die kaputten Stücke da drinnen wieder zusammensetzen. »Ich komme mit zur Polizei. Ich gehe ins Gefängnis.«
Lutz versuchte, sie mit Gewalt wieder aufs Sofa zu drücken, aber sie stieß seine Hände zurück.
»Sophie, weißt du, was du eben gesagt hast? Kennst du mich überhaupt?«
»Sei doch nicht so albern, Lutz, natürlich kenne ich dich. Was ist denn so besonderes am Gefängnis? Mal was anderes. Viele Leute kommen da rein, nicht wahr, Herr ... Herr ...«
Der Mann machte einen Schritt auf sie zu und rieb sich verlegen die Hände. »Nicht doch, Frau Reinhold, wir wollen niemand ins Gefängnis bringen. Ich hab' das natürlich nicht ernst gemeint, nur falls Sie leugnen sollten, ich meine ...«

»Leugnen?« sagte Sophie drohend und versuchte, auf die Beine zu kommen. »Ja, was denken Sie denn von mir?«
Lutz stand auf und holte seine Aktentasche. »Um wieviel handelt es sich, bitte?«
»Lutz! Ich verbiete dir, auch nur einen Pfennig zu zahlen. Ich gehe ins Gefängnis. Das lasse ich mir nicht nehmen.« Sie stand einen Augenblick lang auf den Beinen, knickte ein und fiel wieder auf das Sofa zurück. Lutz winkte dem Mann, und sie verließen das Zimmer, verhandelten draußen im Flüsterton.
»Aber nein, Herr Reinhold, wir wollen kein Geld, meine Frau und ich. Eine böse Sache, das mit Ihrer Frau – haben Sie einen Arzt?«
Das war der Tag, an dem Lutz seinen Arzt, Doktor Hensch, in die Wohnung brachte, der aber von Sophie angeschrien wurde und dann achselzuckend wieder ging. Im Hausflur sagte er zu Lutz: »Ich fürchte, lieber Reinhold, es wird erst noch viel schlimmer kommen müssen, bevor man etwas tun kann. Hoffentlich ist es dann nicht zu spät.«
Sophie blieb ein paar Wochen im Bett, und Lutz pflegte sie, vergaß auch nie, ihr täglich Zigaretten mitzubringen, aber er mußte sie tagsüber oft allein lassen und auch abends, denn gerade jetzt brauchte er jeden Pfennig.
Da traf sich's gut, daß Karlheinz, der Musikstudent, manchmal Zeit hatte. Er brachte Blumen und saß an ihrem Bett, stumm und taktvoll. Sophie sah ihn sich manchmal von der Seite an. Schade, dachte sie, er hat gar kein Gewicht. Er erinnert mich an Turhan.
Unermüdlich legte er Platten auf, Mozart, Bach, und sie saßen da und hörten schweigend zu. Das waren die besten Stunden.
Einmal, als er sich verabschiedete, küßte sie ihn auf die Wange.
»Lutz hat Glück«, meinte er leise.
»Wieso?«
»Ich hätte auch gern eine Frau wie dich.«
Sie sah ihn sprachlos an. Dann lachte sie, konnte gar nicht aufhören, so daß er dunkelrot wurde. »Nein, nein«, sagte sie und

streichelte ihm das Gesicht. »Ich lache nicht über dich, sondern über mich.« Abends bat sie Lutz, ihn nicht noch einmal in die Wohnung zu schicken.
»Warum? Er kommt doch so gern. Er ist richtig verliebt in dich.«
»Deshalb. Er ist immer so voller Takt, ich kann's kaum noch aushalten.«
Es ging *doch* nicht, das mit den Neffen ...

Eines Tages meinte sie, es gehe ihr besser, und sie stand plötzlich auf und ging wieder in den Club.
Was will ich eigentlich da, fragte sie sich auf dem Weg dorthin. Umberto? Nein. Ehrlich? Ehrlich. Mich mit den Müll-Damen duellieren? Langweilig, ja geradezu ekelhaft. Sie schlug sich im Gehen mit der geballten Faust vor die Stirn, so daß ein Herr, der gerade vorbeiging, sie befremdet ansah. War die betrunken? Ganz im Gegenteil. Stinknüchtern – ernüchtert. Wie habe ich bloß so lange Zeit von diesen öden, ekligen kleinen Fehden leben können! Da muß doch auch was anderes gewesen sein, was mich Tag für Tag dahin trotten ließ wie ein altes Zirkuspferd, auf dem Hinweg mit Volldampf und Gier, auf dem Rückweg – aber das war nie ein Rückweg, eher ein Rückzug nach verlorener Schlacht. Dreißig Mark beim Teufel, und die Gesamtsumme der bösen Blicke und verächtlichen Bemerkungen, die sie während des Spiels so glanzvoll parieren konnte, auf dem Weg nach Hause trug sie sie wie eine Zentnerlast auf dem Buckel. Also: Warum gehe ich heute doch wieder hin, wo mir doch die Knie zittern und ich nicht weiß, ob ich überhaupt die Treppe hinaufkomme?
Sie blieb so plötzlich stehen, daß zwei Frauen mit Einkaufstaschen, die hinter ihr gingen, sie beinah umrannten. »O Verzeihung! Entschuldigung!« Sie hielten sich alle drei aneinander fest, und die Frauen waren sogar freundlich und lachten, gingen weiter, vertieft in ihre Einkaufsträume.
Sie stand noch immer auf demselben Fleck. Warum – gehe – ich – heute – doch – wieder – hin? Eilige Passanten mußten um sie herumgehen, drehten sich nach ihr um. Komm, dachte sie, du

kannst doch nicht hier stehenbleiben wie eine Salzsäule, nur weil du dich endlich auf frischer Tat ertappt hast, und nun möchtest du »klären«, wie der Wunder-Rabbi im russischen Dorf. Kläre dort drüben, an dem Schaufenster, dann meinen die Leute, du prüfst die Waren.

Ob es das kühle Glas war, an das sie ihre Stirn preßte, das sie beruhigte und Klarheit in ihr Gehirn brachte? Aber jetzt wußte sie es auf einmal, erst fern und zögernd, denn es war doch eigentlich eine Schande, aber dann doch mit jeder Faser bestätigt. Was sie da mit magnetischer Kraft die drei Stockwerke hinaufzog, das war das alte Lied: Ich bin wieder süchtig. Und diesmal sind's die Karten. Ich bin kartensüchtig! Nicht »spielsüchtig« wie Papa – mir geht's nicht ums Gewinnen – es sind die *Karten*! Die haben es mir angetan.

Sie schloß die Augen, und da kamen sie angeflogen, dreizehn an der Zahl, aalglatte, scheinheilig winkende, nach frischem Wachstuch riechende, unwiderstehliche Spielkarten. Wann hatte sie je widerstehen können? So war es nun einmal. Sie löste die Stirn von der Scheibe und sah darin verschwommen ihr Gesicht widergespiegelt: gelassen und beinah glücklich.

Oben kam sie verspätet an. Es hatte lange gedauert, bis sie die drei Stockwerke geschafft hatte, und sie mußte sich eine Weile auf die letzte Stufe setzen, bis der Atem wieder ruhig kam. Dann trat sie ein. War noch so mit ihrer Entdeckung beschäftigt, daß sie aus Versehen guten Tag zu Pina sagte, die sie sprachlos anstarrte. Kaum daß sie registrierte, wie Umberto herbeieilte und ihr den Mantel abnahm, sie mit Fragen bestürmte, warum sie so lange weggeblieben war, ob sie krank gewesen sei.

Sie sah ihn zerstreut an, während sie ihren Hut abnahm. Krank? Nein, nein. Viel zu tun. Wo sitze ich heute? Aha. Guten Tag. Wer gibt? Und schon flatterten sie heran, die Karten, die erste, die zweite, die dritte ...

»Ein Karo«, sagte ihre Partnerin.

»Ein Herz«, hieß es rechts neben ihr. Jetzt war Sophie dran. Pause, während sie aufmerksam ihre »Hand« betrachtete. Das war üblich. Oft verstrichen so zehn bis fünfzehn Sekunden.

Sophie hob die Augen und blickte über den Tisch auf ihre Partnerin, die in ihre Karten vertieft war, Frau Mahrenholz, eine Dunkelhaarige, recht Ansehnliche.
»Sie sind doch wie Tauben, finden Sie nicht?«
»Wie bitte?« sagte Frau Mahrenholz. Die beiden Nachbarinnen blickten sie stumm an, eine von links, die andere von rechts.
»*Ich* finde«, sagte Sophie, »daß meine Karten wie Tauben angeflogen kommen. Ihre auch, Frau Mahrenholz?«
Die stutzte und runzelte die Stirn. Nur fachgemäße Bemerkungen waren gestattet.
»Soll das heißen, Sie sind mit dem Austeilen nicht einverstanden?«
»Im Gegenteil«, sagte Sophie. »So schön war es noch nie.«
Die drei Müll-Damen blickten sich an. Was war los mit der Reinhold? Wollte die sie auf die Schippe nehmen? Die Dunkelhaarige sah Sophie unschlüssig an. Auch sie hatte einmal vor Jahren mit Umberto unter dem Fliederbusch gesessen.
»Ich verstehe nicht ganz – Ihre Ansage, bitte, Frau Reinhold. Sie halten das Spiel auf«, fügte sie hinzu, nicht allzu grob, aber eben wie man mit der Reinhold sprach. Die sah übrigens etwas ramponiert aus.
»Tja ...«, meinte Sophie und betrachtete ihre »Hand« noch einmal voller Aufmerksamkeit. »Was würden Sie denn gern hören?«
Frau Mahrenholz öffnete ihren Mund – die anderen beiden blickten erwartungsvoll –, aber die giftigen Worte kamen nicht heraus, denn Sophie lächelte sie auf eine Art an, die sie noch nie an ihr gesehen hatte, als wolle sie ihr ein Geschenk machen.
»Ja, was haben Sie denn, Frau Reinhold?«
»Oh«, sagte Sophie fröhlich, »ich habe allerhand. Ein Pik zum Beispiel.«
»Gut, gut«, unterbrach sie Frau Mahrenholz hastig, »das geht.«
»Ich passe«, sagte die Nachbarin links.
»Drei Karo.« Von Frau Mahrenholz.
»Ich passe.« Nachbarin rechts.

Sophie blätterte ihre Karten mit verheißungsvollem Lächeln vor Frau Mahrenholz auf den Tisch. »Na? Ist das nicht schön?«
Die warf ihr einen Blick zu und seufzte. Bei der Reinhold war Hopfen und Malz verloren.
»Finden Sie nicht, sie sind wie Tauben? Sehen Sie nur: diese beiden, Pik-Zehn und Kreuz-Zehn. Wenn Sie die Augen ein bißchen zukneifen, dann sind das lauter schwarze Tauben auf dem Markusplatz in Venedig.« Sie hörte ganz plötzlich auf zu lächeln, stützte beide Ellbogen auf den Tisch und drückte die Fäuste gegen die Brust dicht unter dem Hals.
»Frau Reinhold«, sagte die Mahrenholz. »Ist Ihnen nicht gut? Möchten Sie lieber nach Hause gehen?« Weiß der Teufel, dachte sie, warum ich plötzlich so nett zu ihr bin, sie ist doch eine alte Nutte, vergessen wir das nicht. Trotzdem hörte sie sich sagen: »Möchten Sie vielleicht eine Tasse Kaffee?«
»Nein, nein«, sagte Sophie. »Vielen Dank. Spielen Sie doch bitte. Ich möchte sie gerne fliegen sehen, die Täubchen.«
Frau Mahrenholz zuckte die Achseln und begann. Rechts und links von Sophie flogen die ersten Karten auf den Tisch.
»Hui!« sagte Sophie und lachte. Ihre Partnerin ignorierte sie und kassierte den ersten Stich.
»Gut gelandet«, meinte Sophie zufrieden und nahm einen Schluck aus der Tasse Kaffee, die plötzlich vor ihr stand.
Die Nachbarin zur Rechten konnte es sich nicht verkneifen: »Frau Reinhold, diesen Kaffee hat Ihnen Frau Biancamano gebracht.«
»Fein«, sagte Sophie und trank noch einen Schluck, ahnungslos den bösen Blicken gegenüber, mit denen sie von allen Seiten bedacht wurde. Die sagt nicht mal danke schön, die Person! Die rechte Nachbarin knallte eine Karte auf den Tisch, um ihrer Empörung Luft zu machen, die andere pfefferte die ihre daneben. Frau Mahrenholz gab zögernd eine dazu und verlor den Stich.
»Ja, ja«, sagte Sophie und nickte vielsagend. »Sie sind grausam, die Tauben.«
Sie wußte weder, daß Pina hinter ihrem Stuhl stand, noch sah sie, daß diese jetzt zu ihrem Mann ging und ihm etwas ins Ohr

flüsterte, noch daß er zögernd zu ihr herübersah und Pina noch einmal und etwas lauter, aber auf italienisch, flüstern mußte.
An Sophies Tisch ging das Spiel zu Ende. Frau Mahrenholz hatte sich übertroffen und beinah alle Stiche gewonnen. Aber bevor man wieder mischen konnte, stand Umberto auf und verkündete, daß man heute die Kaffeepause etwas früher einlegen würde, nämlich jetzt. Für alle die, die bereit waren ...
Stühlerücken. An Sophies Tisch mit einem Seufzer der Erleichterung. Alle drei Müll-Damen flohen zum Buffet und beobachteten von dort aus, wie Umberto auf Sophie zuging, die am Tisch sitzen geblieben war und einzelne Karten versonnen durch die Finger gleiten ließ.
»Frau Reinhold«, sagte er und setzte leise hinzu: »*Sophia adorata,* Sie sehen sehr schlecht aus. Erlauben Sie, daß ich Sie nach Hause bringe.«
Sie betrachtete ihn kühl. »Erst abrechnen«, sagte sie.
»Aber selbstverständlich«, erwiderte Umberto, obgleich der *rubber* noch nicht zu Ende gespielt war, griff eilig nach ihrem Bridge-Block und tat als ob er addiere, während Sophie dachte, wie schade es eigentlich war, daß Fräulein Hoffe nicht da war. Miss Unzucht Nummer zwei – gute Fahrt! »Neun Mark fünfzig«, verkündete Umberto.
»Ich habe gewonnen«, sagte Sophie und stand befriedigt auf.

Abends, den Hut noch auf dem Kopf, Othello auf dem Schoß, schlief sie fest in ihrem Stuhl, als Lutz nach Hause kam.
»Du bist ausgegangen? Um Gottes willen, Sophie, du kannst doch nicht ...«
»Doch, ich kann. Ich habe gewonnen. Neun Mark fünfzig.«
Er sah sie fassungslos an, ging dann wortlos in die Küche. Gegessen hatte sie nichts.
Am Tag darauf fiel sie vom Stuhl, den Löffel Brei in der Hand, und nun war es soweit. Er legte sie aufs Sofa, bevor er Dr. Hensch anrief, der sie ins Krankenhaus brachte.

8

Das war vor genau neun Tagen gewesen.
Kostas ging abends den langen Korridor entlang, um seine Nachtwache im Zimmer 384 zu beginnen. Eine kleine, runde Gestalt kam ihm entgegen. Schwester Bärbel, kaum daß er sie erkannte, ohne Haube. Sie ging nach Hause, wohnte außerhalb, bei ihrer Familie.
»Wie ging es tagsüber in 384, Schwester?«
»Besser. Sie hat sogar etwas gegessen, und ich habe die intravenöse Ernährung eingestellt. Da hat sie ›Vielen Dank, Schwester‹ gesagt und nach meinem Namen gefragt. Sie hat auch was gemurmelt von gestern nacht, und es täte ihr leid, ich glaube, sie meinte die Uhr ...«
»Sie meinte Sie, *Schwester Bärbel.«*
»Wirklich?« Sie errötete, sah plötzlich aus wie ein kleines Bauernmädchen. »Das freut mich aber. Das freut mich wirklich, Herr Doktor. Gute Nacht.«
Als er ins Zimmer trat, saß Sophie halb aufrecht und hielt sich am Nachttisch fest. Ihre Augen flackerten, und der Atem ging wieder stoßweise.
»Schnell«, flüsterte sie. »Ich brauche eine, Bruder, schnell!« Sie erlaubte ihm nicht einmal, den Krankenbericht am Bettende zu lesen. Er konnte sich denken, was da stand: Morphium reduzieren. Der Oberarzt hatte eine Remission festgestellt, eine zeitweilige Besserung, und wollte natürlich sofort das Morphium abbauen.
Er fand zwei Ampullen im Badezimmer und gab ihr eine. Die andere würde er zurückhalten, solange er konnte. Und vielleicht

morgen mit dem Oberarzt sprechen – nein, das hatte keinen Zweck. Es war sogar gefährlich. Man würde sie – und ihn – scharf überwachen.
Er setzte sich auf den Bettrand und sah zu, wie ihre Züge sich entspannten, die geschlossenen Augenlider nicht mehr zuckten. Auch der Atem kam nur noch leise.
»Seltsam«, flüsterte sie. »Ich habe eigentlich weniger Schmerzen. Ist das möglich? Oder bilde ich mir das ein?«
»Es ist möglich.«
Sie schlug die Augen auf und sah ihn argwöhnisch an. »Bruder, du willst mir doch nicht sagen, daß ich ... daß ich wieder gesund werde?« Er drehte den Kopf zur Seite. »Bruder, ich hab's doch, nicht wahr? Sag mir nicht, daß ich's nicht habe, ich fühl's *doch hier.« Sie nahm seine Hand und legte sie an ihre linke Seite unter die Brust. »Da ist jetzt ein breites Loch, nicht wahr? Da ist doch nichts mehr, das ist doch alles weggefressen!« Er blieb stumm. »Warum weinst du? Sag mir's. Du kannst mir doch alles sagen.«*
Statt einer Antwort nahm er die Brille ab und trocknete sie.
»Sieh mich an! Wie sehe ich aus, wenn du keine Brille auf hast?«
»Etwas verschwommen, aber ich kann dich erkennen.«
»Bin ich schöner – verschwommen?«
»Natürlich«, sagte er und lachte ein wenig.
Sie nahm ihm die Brille aus der Hand und legte sie auf den Nachttisch.
»Von jetzt an wirst du mich nur noch verschwommen sehen. Versprich es mir.«
Er lächelte und wischte mit ihrer Hand über seine nassen Augen. Sie sah ihn mit großer Zärtlichkeit an und ließ die Hand auf seiner Wange liegen.
»Ich gebe mir solche Mühe«, sagte sie und runzelte die Stirn. »Aber ich finde es nicht. Vielleicht kannst du mir helfen. Ich brauche einen Schlußsatz für mein Buch, es ist ja gleich fertig. Hast du eigentlich über Umberto gelacht? Nein?«
»Aber ich habe über Lutz geweint«, sagte er leise.

Sie ließ ihre Hand von seinem Gesicht auf das Bettuch fallen, spielte sachte mit den Fingern darauf, hob mal den einen, dann den anderen.
»Man könnte es auch umdrehen«, sagte sie dann. »Man könnte weinen über Umberto, und über Lutz – lachen, und es wäre auch die Wahrheit. ›Geh vorsichtig um mit der Wahrheit‹, hat Anita gesagt.«
»Vielleicht ist das dein Schlußsatz?«
Sie schüttelte den Kopf. »Ich suche nach etwas, das mir erklärt, was mit mir los war. In mir steckte so viel drin, Bruder ...« Sie machte einen Versuch, die Fäuste zu ballen, aber die Finger wollten nicht. »Und dann ist so wenig daraus geworden. Du hast doch das ganze Buch gelesen; weißt du, *warum?«*
»Ich kann nicht nachdenken ohne Brille.«
»Gut. Dann ist es eben ein Buch ohne Schlußsatz.«
»Vielleicht kommt noch einiges dazu.« Hätte er das doch nicht gesagt!
Sie sah ihn forschend an. »Du meinst, weil ich mich besser fühle? Kommt das vor, daß es einem plötzlich wieder gut geht?« Er nickte. »Und dann kann man noch eine Weile – weitermachen? Wochen? Monate?« Flüsternd: »Jahre?« Er nickte. Sie drehte den Kopf zum Fenster, sagte, ohne ihn anzusehen, als sei es ihr eben eingefallen: »Wird man mich nach Hause schicken, wenn ich wieder essen kann?«
Sie wartete nicht auf seine Antwort. »Wer gibt mir dann die Spritzen?«
»Ach«, meinte er und legte einen leichten Ton in seine Stimme, »das wird sich schon einrichten lassen. Schlimmstenfalls komme ich *jeden Tag und versorge dich.«*
»Wo willst du das Zeug herkriegen?«
»Aus unseren Beständen. Da wird nie so ganz genau nachgezählt.«
»Bruder!« Sie sah ihn lange und aufmerksam an. »Beinah hätte ich dir geglaubt«, sagte sie langsam. Er antwortete nicht, senkte den Kopf.
Sie schwieg eine lange Weile, nahm die Augen nicht von ihm. Er

blickte auf, und sie sahen sich lange und schweigend und voll Liebe an.
»Wenn Lutz anruft, sag ihm, es geht mir besser. Sag ihm, ich gebe mir Mühe.«
Danach schloß sie die Augen, murmelte nur noch: »Laß mir deine Hand«, bettete ihr Gesicht in seine Handfläche und schlief ein. Sprach nichts mehr während der ganzen Nacht, auch nicht, als er im Morgengrauen das Zimmer verließ.

Gegen Mittag klingelte das Telefon an seinem Bett. Schlaftrunken nahm er den Hörer ab, konnte zuerst die Stimme nicht erkennen.
»Wer ist da?«
»Ich bin's, Herr Doktor, Schwester Bärbel!« Stotternd, schlukkend vor Aufregung. »Kommen Sie schnell, schnell! Oder soll ich die Oberschwester …«
»Nein! Bleiben Sie. Ich komme.«
Er lief den Gang entlang, knöpfte sich den weißen Kittel zu, während er rannte. Der Korridor war leer. Mittagspause. Gott sei Dank.
Die kleine Schwester stand an Sophies Bett, eine Hand vor dem Mund wie ein Kind, das etwas zerbrochen hat, mit der anderen zeigte sie stumm auf die reglose Gestalt in den Kissen.
Sophie lag zusammengekrümmt, den Kopf nach rückwärts geworfen. Ihre Augen waren geschlossen, der Mund leicht verzerrt, die Stirn gerunzelt. Kein Puls. Kein Herzschlag. Arm und Brust schon kalt.
»Wann ist das passiert?« flüsterte der junge Arzt.
»Ich weiß nicht«, flüsterte sie zurück, die Hand noch immer vor dem Mund. »Sie wollte eine Tasse Kaffee …«
»Wann?«
»Um acht. Ich hatte mich so gefreut, daß sie Kaffee wollte, das Zimmer war schon gemacht, sie war auch schon gewaschen, sie sagte, es ginge ihr besser, und sie sah auch besser aus, Herr Doktor, ich versteh's nicht …«
»Und dann?« unterbrach er sie rauh.

»Sie hat einen Schluck getrunken, dann wollte sie sich im Spiegel sehen. Ich mußte ihr ihre Handtasche bringen ...«
»Ihre Handtasche?« Kaum, daß er die Worte hervorbrachte.
»Hätt' ich sie ihr nicht geben dürfen?« Zitternd vor Angst zeigte sie auf den Nachttisch. »Da liegt sie, die weiße da.«
Er kam auf einmal zu sich, war mit einem Satz an dem Tisch. Die Tasche war offen. Er wühlte sie hastig durch und fand eine kleine runde Schachtel. Leer.
»Hab' ich was Falsches gemacht, Herr Doktor?« Er gab keine Antwort, schloß die Tasche und stellte sie wieder hin, langsam, wie im Traum.
»Sie hat ja den Spiegel gar nicht mehr sehen wollen, Herr Doktor«, stammelte das Mädchen. »Sie war plötzlich zu müde, schickte mich weg. Sie sagte, sie wolle nur schlafen.«
Er wandte sich zu ihr um, aber sie sah, daß seine Gedanken mit etwas ganz anderem beschäftigt waren. Er nahm seine Brille ab und rieb sie am Kittelärmel.
»Das war das letzte, Schwester?« Mühsam, mit tonloser Stimme.
»Ja, Herr Doktor, ganz bestimmt«, beteuerte sie. »Da war gar nichts mehr. Sie hat nur noch gewollt, daß ich das Fenster aufmache, recht weit, sie brauche frische Luft.«
Er nickte und schloß einen Augenblick lang die Augen. Dann setzte er die Brille sorgfältig auf und drehte sich langsam um. Keine Eile mehr, alles war klar. Da war das Fenster. Es stand noch immer weit offen, eine dünne, weiße Gardine beulte sich in sanften Schwingungen ein und aus.
»Gehen Sie, machen Sie Ihren Bericht.« Sie sah nur seinen Rücken, und der heisere Flüsterton war kaum verständlich.
»Soll ich den Oberarzt rufen?«
Sie wartete und merkte, daß er sie nicht gehört hatte. Er starrte immer noch auf das Fenster, als könne die wogende Gardine ihm eine Auskunft geben, die er noch brauchte.
Sie warf einen letzten Blick auf die stille Gestalt auf dem Bett. Noch hatte sie wenig Erfahrung mit toten Patienten, sie staunte noch, und es gruselte sie, und sie glaubte es auch nicht ganz.

»Ich versteh's einfach nicht«, flüsterte sie wieder und hoffte, daß er sich umdrehen und es ihr erklären würde, aber er rührte sich nicht.
Als er hörte, wie sich die Tür leise öffnete und wieder schloß, beugte er sich über Sophie. Die Lippen waren noch weich, ließen sich leicht schließen. Nur die Stirn wollte sich nicht glätten lassen, widersetzte sich, bildete immer wieder dieselbe kleine Falte, als bestehe sie darauf, zu zeigen, daß sie sich Mühe gegeben hatte.
Er bückte sich und küßte sie sanft auf den Mund. Ein zarter, bitterer Mandelgeruch kam von ihren Lippen, den er mit geschlossenen Augen einatmete. Dann legte er seinen Kopf, nur für eine einzige, letzte Sekunde, neben den ihren auf das Kissen.